Rebecca Makkai
Ich hätte da ein paar Fragen an Sie

REBECCA MAKKAI
ICH HÄTTE DA EIN PAAR FRAGEN AN SIE

ROMAN

Aus dem amerikanischen Englisch
von Bettina Abarbanell

EISELE

Besuchen Sie uns im Internet:
www.eisele-verlag.de

Die Originalausgabe »I Have Some Questions For You«
erschien 2023 bei Viking, New York.

Taschenbuchausgabe
1. Auflage September 2024

© 2023 Rebecca Makkai Freeman
© 2023 der deutschsprachigen Ausgabe
Julia Eisele Verlags GmbH, München
Alle Rechte vorbehalten
Wir behalten uns die Nutzung unserer Inhalte für Text und
Data Mining im Sinne von § 44b UrhG ausdrücklich vor.
Gesetzt aus der Kepler Std
Satz: LVD GmbH, Berlin
Druck und Bindearbeiten: CPI books GmbH
ISBN 978-3-96161-201-7

Für CGG
in freudiger Erinnerung

»Sie haben von ihr gehört«, sage ich – eine Herausforderung, eine Zusicherung. Zu der Frau an der Hotelbar neben mir, die den Fehler gemacht hat, ein Gespräch mit mir anzufangen, zu dem Zahnarzt, der ans Ende seiner Fragen zu meinen Kindern gelangt ist und sich erkundigt, was ich selbst gerade so treibe.

Manchmal wissen sie sofort Bescheid. Manchmal fragen sie: »War das nicht die, die von diesem Mann im Keller gefangen gehalten wurde?«

Nein! Nein. Nicht die.

War das nicht die mit dem Messer im – nein. Die, die mit ihm ins Taxi gestiegen ist und – andere Geschichte. Die, die auf der Studentenparty war, die, bei der er einen Stock benutzt hat, bei der er einen Hammer benutzt hat, die, die ihren Freund von der Entzugsklinik abgeholt hat, und er – nein. Die, die täglich von ihm beim Joggen beobachtet wurde? Die, die so unvorsichtig war, ihm zu sagen, dass ihre Tage ausblieben? Die mit dem Onkel? Moment, die andere mit dem Onkel?

Nein: Es war die im Schwimmbad. Die mit dem Alkohol im – mit den Haaren um – wo der Mann dann gestanden hat – genau. Die.

Sie nicken, beruhigt. Wovon?

Meine Barnachbarin zieht die Selleriestange aus ihrer Bloody Mary und beißt knirschend zu. Mein Zahnarzt bittet mich auszuspülen. Sie nehmen ihren Namen in den Mund, testen ihre Erinnerungen. »Ach so, ja, die«, sagen sie.

»Die«, denn was ist sie jetzt anderes als eine Geschichte, eine Geschichte, die man kennt oder nicht kennt, eine Geschichte mit einer begrenzten Menge an Details, eine Geschichte, die man sich anhand von Geländekarten und Zeitabläufen erschließen kann.

»Die von dem Internat!« sagen sie dann. »Ja, ich erinnere mich, die aus dem Video! Die *kannten* Sie?«

Es ist die, deren Foto auftaucht, wenn man *New Hampshire* und *Mord* eingibt, neben Fahndungsfotos von den Meth-Tragödien jüngerer Jahre. Vor allem ein Foto – auf dem sie lächelt, aber nur mit dem Mund, nicht mit den Augen, was auf eine unterschwellige, tiefe Traurigkeit hinzudeuten scheint – wird häufig in Clickbaits verwendet. Es ist bloß ein Ausschnitt aus einem Jahrbuchfoto vom Tennisteam; wer Thalia kannte, sieht schnell, dass sie nicht wirklich traurig war, sondern nur für die Kamera lächelte, obwohl sie keine Lust dazu hatte.

Es war die Geschichte, die wieder und wieder erzählt wurde.

Die mit dem Mädchen, das jung, weiß, hübsch und reich genug war, um die Aufmerksamkeit der Leute zu erregen.

Die von damals, als wir noch jung genug waren zu glauben, irgendjemand Klügeres wüsste die Antworten.

Vielleicht war es die, bei der wir uns irrten.

Vielleicht war es die, bei der wir uns alle, kollektiv, jeder Einzelne nur federleicht, irrten.

TEIL I

1

Zum ersten Mal sah ich das Video 2016. Auf meinem Laptop, im Bett, und mit Kopfhörern, weil ich nicht wollte, dass Jerome aufwachte und ich ihm erklären müsste, was ich da tat. Nebenan schliefen die Kinder. Ich hätte hingehen und nach ihnen sehen, ihre warmen Wangen und ihren heißen Atem spüren können. Ich hätte am Haar meiner Tochter riechen können – vielleicht hätte der Duft nach feuchtem Lavendel und der Kopfhaut eines Kleinkinds genügt, um mich einschlafen zu lassen.

Aber ich hatte gerade einen Link zugeschickt bekommen, von einer Freundin, die ich zwanzig Jahre nicht gesehen hatte, also klickte ich ihn an.

Lerner und Loewes *Camelot*. Ich war die Inspizientin und technische Leiterin. Eine Standkamera, zu nah am Orchester, zu weit weg von den jugendlichen Sängern, die keine Mikros hatten, 1995er-VHS-Qualität, hinter der Linse jemand vom AV-Club. Und meine Güte, dass wir nicht umwerfend waren, wussten wir ja, aber wir waren nicht annähernd so gut, wie wir damals dachten. Wer auch immer dieses Video zwei Jahrzehnte später hochgeladen hatte, wer auch immer die Anmerkungen unten hinzugefügt hatte, mit genauen Zeitangaben von Thalia Keiths Auftritten, hatte auch eine Liste aller auf und hinter der Bühne Mitwirkenden gepostet. Beth Docherty als eine zierliche Guinevere, Sakina John strahlend mit Goldzackenkrone auf den Cornrows, Mike Stiles als König Artus, wunderschön und verlegen. Mein Name ist falsch geschrieben, aber er steht da auch.

Deutlich zu sehen ist Thalia zum letzten Mal beim Schlussapplaus, mit ihren dunklen Locken, die sie aus der verschwommenen Masse herausheben. Dann singen fast alle auf der Bühne für Mrs. Ross, unsere Regisseurin, »Happy Birthday«, bis sie von ihrem Platz in der ersten Reihe aufsteht, wo sie jeden Abend saß und sich Notizen machte. Wie jung sie ist; das hatte ich damals nicht registriert.

Ein paar von den Darstellenden gehen ab, treten verwirrt wieder auf. Mehrere Orchestermitglieder hüpfen auf die Bühne, um mitzusingen, Mrs. Ross' Mann taucht mit einem Blumenstrauß in der Hand aus dem Publikum auf, auch die Crew kommt auf die Bühne, in schwarzen Hemden und schwarzen Jeans. Ich bin nirgends zu entdecken; wahrscheinlich war ich oben am Beleuchtungspult geblieben. Es hätte mir ähnlich gesehen, den Applaus auszusitzen.

Inklusive Aufstellung und Gesang dauert das Geburtstagsständchen zweiundfünfzig Sekunden, in denen man Thalia kein einziges Mal deutlich sieht. In der Kommentarleiste hatte jemand ein Stück von einem grünen Kleid herangezoomt und Fotos von diesem Farbfleck und dem Kleid, das Thalia trug – zuerst als die Fee Nimue, in Gaze gehüllt, dann ohne Gaze als Lady Anne mit einfachem Kopfschmuck –, nebeneinander gepostet. Aber es gab an dem Abend mehrere grüne Kleider. Das von meiner Freundin Carlotta zum Beispiel. Gut möglich, dass Thalia da schon tot war.

In der Diskussion unter dem Video geht es hauptsächlich um den zeitlichen Ablauf. Die Aufführung sollte um 19 Uhr beginnen, aber wahrscheinlich fingen wir mit unserer glücklicherweise gekürzten Fassung fünf Minuten später an. Vielleicht sogar mehr als fünf Minuten. Die Pause wurde nicht mit aufgezeichnet, also gab es Spekulationen darüber, wie lang die Pause eines Highschool-Musicals wohl dauert. Je nachdem, wie hoch man diese beiden Variablen veranschlagte, endete die Aufführung irgendwann zwischen 20 Uhr 45 und 21 Uhr 15. Ich hätte es wissen müssen. Es gab mal einen Ordner mit meinen sorgfältigen Notizen. Aber niemand hatte je danach gefragt.

Der medizinische Gutachter sagte, Thalias Todeszeitpunkt liege zwischen 20 Uhr und Mitternacht, wobei das Musical den Beginn dieser Zeitspanne nach hinten verschiebt – deshalb war das genaue Ende des Musicals online zum Gegenstand grenzenloser Faszination geworden.

Ich bin durch YouTube hierauf gestoßen, hatte ein Kommentator 2015 geschrieben und einen Link zu einem weiteren Video gepostet. *Seht euch das an. Es BEWEIST doch, dass da gepfuscht wurde. Der zeitliche Ablauf ergibt so keinen Sinn.*

Jemand anders schrieb: *Falscher Mann im Knast wg rassistischer Bullen unter der Fuchtel der Schule.*

Und darunter: *Willkommen in der Querdenkerzentrale! Konzentriert eure Energien lieber auf einen ECHTEN UNGEKLÄRTEN FALL.*

Beim Anschauen des Videos, zwanzig Jahre nach der Tat, löste sich aus den dunklen Ecken meines Gehirns die Erinnerung daran, wie ich mit meiner Freundin Fran, die auch bei der Aufführung mitmachte, im Bibliothekslexikon das Wort *lusty* nachschlug. Um unserem Gekicher wegen »The Lusty Month of May« ein Ende zu setzen, hatte Mrs. Ross verkündet, »*lusty* heißt einfach kräftig. Ihr könnt es gern nachschlagen.« Aber was wusste Mrs. Ross schon von Lust? Lust war was für junge Menschen, nicht für verheiratete Schauspiellehrerinnen. Aber (»Heilige Scheiße«, wie Fran gesagt hätte) siehe da, dem Webster zufolge heißt *lusty* in der Tat *healthy and strong; full of vigour* – gesund und stark; herzhaft. Eins der Beispiele war *a lusty beef stew*: ein herzhaftes Rindergulasch. Wir flohen lachend aus der Bibliothek, und Fran sang: »Oh, a lusty stew of beef!«

Wo hatte ich diese Erinnerung all die Jahre aufbewahrt?

Beim ersten Durchgang sprang ich hin und her, schaute mir eigentlich nur das Ende richtig an; ich hatte keine Lust, endlosen

Teenagergesängen und schlecht gestimmten Saiteninstrumenten zu lauschen. Doch dann – gegen zwei Uhr in derselben Nacht, nachdem die Melatonintablette nicht gewirkt hatte – spulte ich noch einmal zurück und schaute mir alle Teile mit Thalia an. 1. Akt, 2. Szene, war ihr einziger Auftritt als Nimue. Sie kam hypnotisch singend in einem Eisnebel auf die Bühne, hinter Merlin. Irritierenderweise schaute sie immer wieder von ihm weg, rechts neben die Bühne, als suchte sie die Hilfe der Souffleuse. Das war aber kaum möglich; sie brauchte ja nur den einen Song mit den sich immer wiederholenden Zeilen zu singen.

Vorsichtig griff ich über Jerome hinweg nach seinem iPad und rief das Video dort auf, zoomte diesmal ihr Gesicht heran, sodass es größer, wenn auch nicht deutlicher wurde. Es ist kaum wahrnehmbar, aber sie wirkt gereizt.

Und dann, während Merlin seine Abschiedsrede hält und Artus und Camelot auf Wiedersehen sagt, schaut sie erneut über die Schulter zur Seite. Sie formt mit den Lippen ein Wort; ich bilde es mir nicht ein. Ihr Mund scheint sich schließen zu wollen und öffnet sich dann wieder, was einen W-Laut ergibt, wenn ich es nachmache. Sie sagt, da bin ich mir fast sicher: *Was*. Vielleicht zu jemandem aus meiner Crew, die ein vergessenes Requisit hochhält? Aber was hätte in dem Moment, so kurz bevor sie abging, noch derart wichtig sein können?

Bis 2016 hatte sich in den Kommentaren niemand damit befasst. Alle interessierten sich nur für die genaue Uhrzeit des Schlussapplauses, dafür, ob Thalia in jener letzten Minute noch auf der Bühne gewesen war. (Und dafür, wie hübsch sie war.) Zweiundfünfzig Sekunden, so der Gedankengang, hätten ausgereicht, um jemanden zu treffen, der hinter der Bühne auf sie wartete, und mit dieser Person zu verschwinden, bevor es irgendwer mitbekam.

Ganz am Ende der Aufnahme macht unser illustrer Dirigent Schrägstrich musikalischer Leiter, mit Fliege, den Taktstock noch in der Hand, eine Ankündigung, der niemand mehr zuhört: »Vielen Dank an alle! Wenn ihr geht –«, dann nur noch ein Summen grauer Linien. Wahrscheinlich ging es darum, wann wir alle in unseren Zimmern sein oder dass wir unseren Müll mitnehmen sollten.

Achtet mal auf Guinevere in den letzten zwei Sekunden, schreibt einer. *Ist das ein Flachmann? Ich will mit Guinevere befreundet sein!* Ich hielt das Video an, und ja, es ist ein Flachmann, den Beth da hochhält, vielleicht im Vertrauen darauf, dass ihre Leute erkennen werden, was es ist, während die Lehrerinnen und Lehrer im Publikum dafür zu abgelenkt sind. Oder Beth war selbst schon so beschwipst, dass es ihr egal war.

Ein anderer fragt, ob irgendwer die Zuschauer identifizieren könne, die im Hinausgehen an der Kamera vorbeikommen.

Wieder ein anderer schreibt: *Wenn ihr euch das 2005 Dateline Spezial anschaut, glaubt nichts von dem, was da gesagt wird. SO viele Fehler. Außerdem heißt es THA- wie am Anfang von »thatch« oder »thanks«, und Lester Holt sagt ständig THAY-lia.*

Darauf der Nächste: *Ich dachte, es heißt TAHL-ia.*

Nee, nee, nee, die Antwort. *Ich kannte ihre Schwester.*

Ein anderer Kommentar: *Das Ganze macht mich so traurig.* Gefolgt von drei weinenden Emojis und einem blauen Herz.

Danach träumte ich wochenlang nicht etwa davon, wie Thalia den Kopf zur Seite drehte oder mit den Lippen ein Wort formte, sondern von Beth Dochertys Flachmann. In meinen Träumen musste ich ihn finden, um ihn wieder zu verstecken. Ich hatte meinen riesigen Ordner im Arm. Meine Notizen waren keine Hilfe.

Die Leute aus der Theatergruppe hatten darum gebettelt, dieses Musical aufführen zu dürfen – wann immer Mrs. Ross im Jahr davor Wohnheimaufsicht hatte, waren sie darauf zurückgekommen. 1993 hatte es eine Wiederaufführung des Stücks am Broadway gegeben, und selbst diejenigen unter uns, die es nicht gesehen hatten, kannten den Soundtrack, wussten, dass es mittelalterliche Dekolletés, Küsse auf offener Bühne und fantastische Solos beinhaltete. Für mich bedeutete es Schlosskulissen, Throne, Bäume auf Rädern – nichts Kniffliges, keine fleischfressende Hauspflanze, kein Ford Deluxe Cabrio, das auf die Bühne gerollt werden müsste. Den zukünftigen Journalistinnen und Journalisten unter uns würde es endlose einfache Metaphern bescheren. Das Internat als Königreich im Wald, Thalia als Zauberfee, Thalia als Prinzessin, Thalia als Märtyrerin. Was könnte romantischer sein? Was ist so perfekt wie der jähe Tod eines jungen Mädchens mitten in der Entwicklung? Junges Mädchen als unbeschriebenes Blatt. Junges Mädchen als Spiegelung der eigenen Sehnsüchte, unverdorben von denen, die es selbst hatte. Junges Mädchen, das der *Idee* vom jungen Mädchen geopfert wird. Junges Mädchen als Kind auf einer Reihe von Fotos, alle gekennzeichnet von der Aura *eines Mädchens, das früh sterben wird*, als hätte schon der Fotograf der dritten Klassen in ihrem Gesicht lesen sollen, dass sie eine war, die nie etwas anderes sein würde als ein junges Mädchen.

Der Zuschauer, der Voyeur, sogar der Täter – sie alle sind raus, wenn ein Mädchen schon tot zur Welt kommt.

Das begeistert die Leute, im Internet und im Fernsehen gleichermaßen.

Und Sie, Mr. Bloch: Ihnen kam es vermutlich auch gelegen.

2

Entgegen aller Wahrscheinlichkeit fuhr ich im Januar 2018 in einem jener guten alten Blue Cabs, die mich vor langer Zeit so oft vom Flughafen in Manchester abgeholt hatten, in rasantem Tempo erneut zum Gelände des Internats. Mein Fahrer sagte, er habe schon den ganzen Tag Leute nach Granby chauffiert.

»Die waren alle irgendwo im Urlaub.«

»Die waren zu Hause in den Ferien«, sagte ich.

Er schnaubte, als hätte ich einen üblen Verdacht von ihm bestätigt.

Er fragte mich, ob ich Lehrerin in Granby sei. Kurz war ich erstaunt, dass er mich nicht für eine Schülerin hielt. Doch in seinem Rückspiegel sah ich: eine gestandene Erwachsene mit Falten um die Augen. Nein, sagte ich ihm, ich sei nur besuchsweise hier, um einen zweiwöchigen Kurs zu geben. Ich erklärte ihm nicht, dass ich in Granby zur Schule gegangen war und die Strecke, die wir fuhren, so gut kannte wie ein altes Lied. Es schien mir zu viel Information für eine zwanglose Unterhaltung. Ich erläuterte ihm auch nicht das Konzept des Minimesters, weil es zu einfach geklungen und exakt seiner Vorstellung davon entsprochen hätte, was die verwöhnten Kids da so trieben.

Es war Frans Idee, mich an die Schule zu holen. Fran selbst war in all den Jahren kaum weggewesen; nach dem College, Studium und einiger Zeit im Ausland war sie zurückgekehrt, um in Granby

Geschichte zu unterrichten. Ihre Frau arbeitet im Zulassungsbüro, und sie leben mit ihren Söhnen auf dem Internatsgelände.

Mein Fahrer hieß Lee und erzählte mir jetzt, er »kutschiere diese Granby-Kids schon rum, seit ihre Großväter da zur Schule gingen.« Granby sei die Art von Schule, auf die man es nur mit familiären Beziehungen schaffe. Ich hätte ihm gern gesagt, wie falsch er da lag, aber die Gelegenheit, seine Annahme zu korrigieren, dass ich eine Außenstehende sei, war längst verstrichen. »Diese Kids machen so viel Mist, Sie würden's nicht glauben«, fuhr er fort und fragte mich, ob ich den Artikel im *Rolling Stone* »vor ein paar Jahren« gelesen hätte. Dieser Artikel (»In Freiheit leben oder sterben: Alkohol, Drogen und Tod durch Ertrinken an einem Elite-Internat in New Hampshire«) war 1996 erschienen, und ja, wir hatten ihn alle gelesen und uns von unseren College-Wohnheimen aus Mails geschrieben, wütend über all die Fehler und Mutmaßungen – ähnlich wie wir uns neun Jahre später schreiben sollten, als *Dateline* alles wieder ans Tageslicht zerrte.

Lee sagte: »Die beaufsichtigen die Schüler da kein bisschen. Wenigstens gibt es die Regel, dass sie kein Uber benutzen dürfen.«

»Komisch, ich habe das Gegenteil gehört«, sagte ich. »Was das Beaufsichtigen angeht.«

»Na klar, die lügen. Die wollen, dass Sie da unterrichten, also erzählen sie Ihnen sonst was.«

In den fast dreiundzwanzig Jahren seit meinem Abschluss war ich nur dreimal in Granby gewesen. Es hatte ein frühes Klassentreffen gegeben, als ich in New York lebte; ich war eine Stunde geblieben. 2008 war ich zu Frans und Annes Hochzeit in der Internatskirche gekommen, der Alten Kapelle. Und im Juli 2013 war ich für ein paar Tage nach Vermont gefahren, um Fran und ihr erstes Baby zu sehen. Das war's. Unser Zehntes, Fünfzehntes und Zwanzigstes hatte ich gemieden, die Alumni-Treffen in L. A. ignoriert. Erst als das *Camelot*-Video aufgetaucht war und Fran mich zu einem Gruppenchat hinzufügte, in dem dann am Ende Theatererinnerungen ausgetauscht wurden, bekam ich echte Sehnsucht nach der Schule. Ich dachte, ich würde auf 2020 warten – unser Fünfundzwanzigstes und zugleich die Zweihundertjahrfeier der Schule, zu der sicher viele aus meiner Klasse kommen würden. Doch dann erhielt ich diese Einladung.

Günstig war auch, dass Yahav, der Mann, mit dem ich eine sich hinziehende, ausweglose Fernaffäre hatte, nur zwei Stunden entfernt wohnte, weil er für ein Jahr an der Bostoner Uni Jura lehrte. Yahav hatte einen israelischen Akzent und war groß, brillant und neurotisch. Unsere Beziehung war nicht so, dass ich einfach hinfliegen konnte, um ihn zu sehen. Aber zufällig in der Gegend sein, das konnte ich.

Außerdem wollte ich herausfinden, ob ich dazu in der Lage wäre – ob ich trotz meiner Nervosität, meiner fast jugendlichen Panik, inzwischen so weit war, das Mädchen zu überflügeln, das als Schülerin in Granby gerade so zurechtgekommen war. In L. A. war mir zwar theoretisch klar, dass ich etwas zustande gebracht hatte – eine ehemalige College-Dozentin mit einem vielgepriesenen Podcast, eine Frau, die eine Mahlzeit aus Zutaten vom Bauernmarkt zubereiten und ihre Kinder vernünftig gekleidet auf den Weg zur Schule bringen konnte –, aber in meinem Alltag spürte ich nicht besonders deutlich, was für eine weite Strecke ich zurückgelegt hatte. In Granby, das wusste ich, würde es mich hart treffen.

Da waren also das Geld und der Kerl und mein Ego, und – unter alledem, als unhörbar tiefer Ton – Thalia und das Gefühl, ganz leicht aus dem Lot geraten zu sein, seit ich mir das Video angeschaut hatte.

Jedenfalls hatte man mich gefragt, und ich hatte zugesagt, und hier war ich nun und ließ mich, auf der Rückbank angeschnallt, von Lee, der fünfzehn Stundenkilometer zu schnell fuhr, zum Internat befördern.

Er sagte: »Was bringen Sie denen bei, Shakespeare?«

Ich erklärte ihm, dass ich zwei Kurse unterrichten würde: einen übers Podcasten und einen zweiten über Film.

»Film!«, sagte er. »Gucken die Schüler da Filme oder machen sie selber welche?«

Ich hatte das Gefühl, dass es keine Antwort gab, die Lee nicht noch schlechter von mir und der Schule denken lassen würde. Ich sagte: »Es geht um die Geschichte des Films«, was korrekt und unvollständig zugleich war. Also fügte ich noch hinzu, dass ich bis vor kurzem Filmwissenschaften an der UCLA unterrichtet hatte, mit dem erwünschten Effekt – ein Trick, den ich schon öfter angewendet habe –, dass er direkt auf die Bruins und Football zu sprechen kam. Ich konnte zustimmende Geräusche von mir geben, während er monologisierte. Wir hatten nur noch zwanzig Minuten Fahrt vor uns, und es war unwahrscheinlich, dass er mich jetzt noch über Podcasts ausfragen oder mir Quentin Tarantino herrklären würde.

Die Schule hatte mich an sich nur für den Filmkurs eingeladen; den zweiten Kurs hatte ich zusätzlich angeboten, weil es doppelt so viel Geld brachte – aber auch, weil ich noch nie gut stillsitzen konnte und keine Lust hatte, Däumchen zu drehen, wenn ich schon meine Kinder alleinließ und zwei Wochen im Wald verbrachte. Das Bedürfnis, immer auf Trab zu sein, ist ein Symptom hochfunktionaler Angst und zugleich der Schlüssel zu meinem Erfolg.

Der Podcast, den ich zu der Zeit produzierte, hieß *Starlet Fever* und war eine Serie zur Geschichte von Frauen im Film – dazu, wie sie von der Industrie verschlungen und wieder ausgespuckt wurden. Er lief so gut, wie man es von einem Podcast vernünftigerweise erwarten konnte, erreichte in diversen Downloadberechnungen manchmal sogar Spitzenplätze. Es ließ sich ein bisschen Geld damit verdienen, und manchmal, sehr aufregend, erwähnte uns ein Promi in einem Interview. Mein Co-Moderator Lance hatte seinen Landschaftsgärtnerjob aufgeben können, ich war in der Lage, die Hilfsprof-Krümel abzulehnen, die UCLA mir hinwarf, und es gab ein paar Literaturagenten, die angeboten hatten, uns zu vertreten, falls wir an einem Buch mitschreiben wollten. Wir steckten knietief in den Vorbereitungen für die kommende Sendung, in der es um Rita Hayworth gehen würde, aber die Recherche dafür konnte ich überall machen.

Auf der Route 9 folgten wir einem anderen Blue Cab mit zwei Jugendlichen hinten auf der Rückbank. Lee sagte: »Na bitte, das sind bestimmt welche von Ihren Schülern. Keins der Kids ist von hier. Die kommen sogar aus anderen Ländern. Heute Morgen habe ich ein paar Mädchen gefahren, die gerade aus China zurückkamen, die haben kein Wort gesagt. Wie können sie am Unterricht teilnehmen, wenn sie kein Englisch sprechen?«

Ich tat so, als müsste ich einen Anruf entgegennehmen, bevor sein Rassismus noch unverhohlener wurde.

»Gary!«, sagte ich zu dem Niemand in meinem Handy und verteilte dann zehn Minuten lang in gewissen Abständen meine *M-hm*s und *Okay*s, während draußen der eisige Wald vorbeiraste. Ohne die Ablenkung durch Lee hatte ich nun allerdings leider Gelegenheit, die Nervosität zu spüren, die ich bisher erfolgreich ignoriert hatte, und zu spüren, wie der Wald mich Richtung Granby verschluckte. Hier war die kleine weiße Kirche, die für mich immer als Zeichen gedient hatte, dass ich bald da sein würde. Hier kam die Abbiegung auf eine schmalere Straße, die sich tief in mein Muskelgedächtnis eingeprägt hatte.

Und prompt fielen mir die zu langen Jeans-Shorts und das gestreifte Tanktop ein, die ich 1991 auf meiner ersten Fahrt nach Granby getragen hatte. Und ich erinnerte mich, dass ich mich gefragt hatte, ob Leute aus New Hampshire einen Akzent hatten, nicht ahnend, wie wenige von meinen Mitschülerinnen und Mitschülern überhaupt aus New Hampshire stammten. Das sagte ich tunlichst weder zu Lee noch in mein Handy.

Die Robesons, die Familie, bei der ich damals lebte, hatten mich den größten Teil der Strecke, von Indiana aus, an nur einem Tag gefahren, und als wir am nächsten Morgen aufwachten, hatten wir nur noch einen einstündigen Weg vor uns. Ich saß bei heruntergelassenem Fenster hinten, hielt das Gesicht in den Fahrtwind und schaute auf das vorbeirollende kalenderblatthübsche Ackerland und die undurchdringlichen Wälder, schiere grüne Wände. Alles roch nach Pferdedung, woran ich gewöhnt war, und dann, plötzlich, nach Kiefern. Ich sagte: »Da draußen riecht es nach Luftauffrischer!« Die Robesons reagierten darauf, als wäre ich ein kleines Kind, das etwas unglaublich Süßes gesagt hatte. »Wie Luftauffrischer!«, wiederholte Severn Robeson und haute begeistert aufs Lenkrad.

An jenem ersten Tag auf dem Internatsgelände konnte ich kaum fassen, wie dicht der Wald hier war, selbst der Boden schien hier Waldboden zu sein – überall Steine, Stämme, Kiefernnadeln, Moos. Man musste ständig schauen, wohin man trat. Aus Indiana kannte ich nur kleine Ansammlungen von Bäumen zwischen Reihen von Häusern oder hinter Tankstellen – Wäldchen, durch die man ohne weiteres ganz hindurchlaufen konnte. Voller Zigarettenkippen, Getränkedosen. Wenn ich als Kind Märchen gehört hatte, waren das die Wälder, die ich mir vorstellte. Jetzt ergaben all die Geschichten von Urwäldern, verlorenen Kindern, versteckten Höhlen überhaupt erst Sinn. *Dies* war ein Wald.

Außerhalb von Lees Taxi sah ich das Postamt von Granby und was früher mal der Videoladen gewesen war. Die Circle K gab es noch, aber wegen einer Tankstelle sentimental zu werden war schwierig. Hier kam die Zufahrt zum Internat, und hier kam der Adrenalinstoß. Ich wünschte Gary einen schönen Tag und beendete mein vorgetäuschtes Telefonat.

Als in jenem ersten November alle Blätter fielen, erwartete ich, durch die Bäume hindurch die Häuser und Gebäude zu sehen, die die ganze Zeit dahinter verborgen gewesen waren. Aber nein: Jenseits der kahlen Äste waren bloß weitere kahle Äste. Und jenseits davon noch mehr.

Nachts hörte man Eulen. Manchmal, wenn die Müllcontainer nicht richtig zugeschnappt waren, holten sich Schwarzbären ganze Beutel heraus und zerrten sie übers Gelände, um sie wie Geschenktüten zu öffnen.

Der Wagen, dem wir gefolgt waren, nahm die Abzweigung zum Wohnheim der Jungen, aber Lee wählte die längere Strecke am Unteren Campus vorbei, um mir eine kleine Führung zu geben, und mir blieb nichts anderes übrig, als höflich zuzuhören.

Er sagte: »Wo Sie abgesetzt werden wollen, das ist der Obere Campus, nördlich vom Fluss, mit den schicken neuen Gebäuden. Hier unten ist der alte Teil, den gibt's schon seit siebzehnhundertsoundso.«

Seit den 1820ern, aber ich korrigierte ihn nicht. Es war mitten am Nachmittag, und ein paar Jugendliche kamen aus der Cafeteria über den Hof getrottet, mit hochgezogenen Schultern, weil es so kalt war.

Lee wies mich auf das Originalgebäude mit den Klassenräumen hin, auf die Wohnheime, wo die pubertierenden Bauernjungen immer gefroren, die Cottages, in denen unverheiratete Lehrkräfte von anno dazumal ihr einsames Leben gefristet hatten, die Alte Kapelle und die Neue Kapelle (beide keine richtigen Kirchen mehr, beide unglaublich alt), das Haus des Direktors. Er zeigte mir die Bronzestatue von Samuel Granby und sagte, irrtümlich: »Das ist der Mann, der die Schule mit nur einem Klassenzimmer gegründet hat.«

Als Schülerin konnte ich nicht an Samuel Granby vorbeigehen, ohne an seinem Fuß zu reiben, ein Brauch, den niemand mit mir teilte. Ich konnte auch an keinem Münztelefon vorbeigehen, ohne den Hörer falsch herum aufzuhängen. Eine ungeheuer originelle und rebellische Aktion, glauben Sie mir.

Als Lee schließlich am Fuß des Oberen Campus anhielt und ich die Tür aufmachte, schlug mir eisige Kälte entgegen. Ich bezahlte, und er sagte, ich solle mich warmhalten – als wäre das eine Option, als wäre dies nicht der absolute Tiefpunkt des Winters, die ganze Welt in Eis und Salz gesperrt. Beim Anblick der Gebäude, die sich nicht verändert hatten, und des schmalen Kamms des White Mountain-Gipfels, der über der Baumgrenze im Osten aufragte, hätte man sich leicht einbilden können, dieser Ort sei mittels Tieftemperaturtechnik konserviert worden.

Fran hatte mir ihre Couch angeboten, aber so, wie sie es gesagt hatte – »also, da ist der Hund, und bei Jacob gibt's nur Lautstärke elf, und Max schläft nach wie vor nicht durch« –, klang es eher nach einer Geste als einer echten Einladung. Deshalb hatte ich mich für eins der beiden Gäste-Apartments entschieden, direkt oberhalb der Schlucht in einem kleinen Haus, das früher die Geschäftsstelle des Internats gewesen war. Auf jeder Etage gab es ein Schlafzimmer und ein Bad, dazu im Erdgeschoss eine Küche zur gemeinsamen Nutzung. Wie ich feststellte, roch es im ganzen Haus nach Bleichmittel.

Ich packte aus, besorgt, dass ich nicht genügend Pullover dabeihatte, und musste, warum auch immer, an die Münztelefone in Granby denken.

Stellen Sie es sich vor (erinnern Sie sich) – ich mit fünfzehn, sechzehn, ganz in Schwarz gekleidet, selbst wenn ich nicht hinter der Bühne arbeitete, die zusammengeflickten Doc Martens, das dunkle, feine, mein Kohlkopfpuppengesicht rahmende Haar; ich, flanellbewehrt, mit dicken Lidstrichen, wie ich an einem Telefon vorbeikam, ohne hinzuschauen den Hörer abnahm, ihn umdrehte und falsch herum wieder einhängte.

So war es allerdings nur am Anfang; spätestens in der 9. Klasse konnte ich an keinem der Internatstelefone mehr vorbeigehen, ohne den Hörer abzunehmen, auf eine einzelne Taste zu drücken und zu lauschen – denn es gab mindestens eins, an dem man durch das Rauschen hindurch ein Gespräch mithören konnte. Das hatte ich entdeckt, als ich einmal vom Vorraum der Sporthalle aus in meinem Wohnheim angerufen hatte, um zu fragen, ob ich etwas später als 22 Uhr – unsere Ausgangssperrzeit – zurückkommen dürfe, doch nachdem ich die erste Taste gedrückt hatte, hörte ich die Stimme eines Jungen, gedämpft, halbe Lautstärke, der seiner Mutter von den Zwischenprüfungen erzählte. Sie fragte, ob er seine Allergiespritzen auch alle bekommen habe. Er klang weinerlich und heimwehkrank und wie zwölf, und ich brauchte eine Weile, bis ich seine Stimme erkannte: Es war Tim Busse, ein Hockeyspieler mit schlechter Haut und schöner Freundin. Er musste an einem Apparat in seinem Wohnheim telefonieren, auf der anderen Seite der Schlucht. Ich verstand nicht, welche Regeln der Telekommunikation das möglich machten, und als ich meinem Mann später einmal davon erzählte, schüttelte er den Kopf und sagte: »Das gibt es nicht.« Ich fragte ihn, ob er glaube, dass ich log oder Stimmen gehört hatte. »Ich meine nur«, antwortete Jerome monoton, »dass es das nicht gibt.«

Ich stand wie gebannt im Vorraum der Sporthalle, wollte kein Wort verpassen. Aber irgendwann musste ich in meinem Wohnheim anrufen; ich bat die Aufsichtslehrerin um zehn Minuten zusätzlich, damit ich mir schnell noch das Geschichtsbuch holen könne, das ich in der Cafeteria hatte liegen lassen. Nein, sagte sie, das könne ich nicht. Ich hätte noch drei Minuten Zeit. Ich legte auf, nahm den Hörer wieder ab, drückte eine Taste. Da war immer noch Tim Busses Stimme. Zauberei. Er erzählte seiner Mutter, dass er in Physik durchfallen werde. Ich war überrascht. Und kannte jetzt ein Geheimnis von ihm. Ein geheimes Geheimnis, das er mir nicht hatte anvertrauen wollen.

Danach war ich stillschweigend in Tim Busse verknallt, dem ich vorher nicht die geringste Aufmerksamkeit geschenkt hatte.

In den darauffolgenden Monaten probierte ich jedes Münztelefon auf dem Schulgelände aus, aber es funktionierte nur bei dem in der Sporthalle und auch nur, wenn jemand im Barton Hall telefonierte (und dort vielleicht auch nur bei einem bestimmten Apparat).

Meistens hörte ich nichts als unverständliches Gemurmel. Einmal hörte ich jemanden Pizza bestellen. Manchmal sprach einer Koreanisch oder Spanisch oder Deutsch. Einmal hörte ich »Rhapsodie in Blue«, die Warteschleifenmusik von United Airlines. Gelegentlich bekam ich auch interessantere Dinge mit, Informationsbrocken, die ich für mich behielt. Ich wusste, dass jemand – ich fand nie heraus wer – über Pessach nach Hause fahren würde, sich aber weigerte, mit zu Tante Ellen zu kommen. Ich erfuhr, dass einer seine Freundin vermisste, nein, *wirklich* vermisste, wirklich, und *nein*, er habe keine andere, er liebe sie, warum sei sie so, sie solle aufhören, so zu sein, wisse sie denn nicht, wie sehr er sie vermisse?

Uns werden im Leben so selten Superkräfte zuteil. Aber das war meine. Ich konnte die Flure entlanglaufen und wusste Dinge, die niemand von den Barton-Hall-Jungs mir freiwillig erzählt hätte. Ich wusste, dass Jorge Cardenas, wenn er traurig war, nichts trank, weil man so zum Alkoholiker werde und er nicht so enden wolle wie sein Vater.

Es wäre praktisch gewesen, wenn ich eines Tages den Hörer abgenommen und etwas Nützliches erfahren hätte, etwas Belastendes. Zum Beispiel, wie jemand Thalia drohte. Oder etwas über Sie.

Aber es war nur Teil einer allgemeineren Angewohnheit: Ich sammelte Informationen über meine Mitschülerinnen und Mitschüler, so wie manche Menschen Zeitungen horten. Ich hoffte, es würde mir helfen, mehr wie sie zu sein und weniger wie ich selbst – weniger arm, weniger ahnungslos, weniger provinziell, weniger verwundbar.

Jeden Sommer nahm ich das Jahrbuch mit nach Hause und versah alle Fotos mit einem speziellen Code aus farbigen Haken: ob ich sie kannte, sie als Freund oder Freundin betrachtete, in sie verknallt war. Manchmal, in den unendlichen Tiefen der Sommerisolation, schlug ich die Vornamen ihrer Eltern im Internatsregister nach, nur um mich für eine Minute aus einem Zimmer, das ich hasste, aus einem Haus, das nicht meins war, aus einer Stadt, wo ich niemanden mehr kannte, hinauszubeamen.

Es macht mich nicht zu etwas Besonderem, und das wusste ich auch damals schon. Ich sage es nur zur Erklärung: Ich interessierte mich für Einzelheiten. Nicht weil ich sie kontrollieren, sondern weil ich sie besitzen konnte.

Und es gab so wenig, was mir gehörte.

3

Fran und Anne hatten mich zu einem späten Abendessen eingeladen, und so zog ich die Schneestiefel an, die ich mir für die Reise gekauft hatte, und machte mich auf den Weg über die Südbrücke zum Unteren Campus. Es war minus dreizehn Grad, der Schnee hart genug, um darauf zu laufen, ohne einzusinken. Ich fragte mich, ob ich jemandem begegnen würde, den ich kannte, aber anscheinend war ich das einzige lebende Wesen, das sich draußen aufhielt.

Meine letzten Besuche hatten sich immer auf bestimmte Teile des Internatsgeländes beschränkt. Ich war nicht über die Brücken gegangen, hatte kein Schulgebäude betreten. Die Dimensionen schienen jetzt nicht mehr zu stimmen; mein Gedächtnis und meine häufigen Träume von Granby hatten alles Zentimeter um Zentimeter verschoben. Die Statue von Samuel Granby stand zum Beispiel drei Meter weiter oben, als ich dachte. Ich ging dicht daran vorbei und berührte mit dem Handschuh ihren Fuß, um der alten Zeiten willen.

Als ich am Tag, nachdem ich die Einladung der Schule angenommen hatte, morgens aufwachte, dachte ich an die Hauptstraße des Ortes mit all ihren Geschäften, konnte mich aber an ihren Namen nicht erinnern, also googelte ich *Granby Internat Karte*.

Was ich abgesehen von der gesuchten Antwort (Crown Street!) fand, waren detaillierte Karten vom Internatsgelände, wie es im März 1995 gewesen war, Karten, in die diverse Leute gepunktete

Linien eingezeichnet hatten, als grafische Darstellung ihrer Theorien zu den Wegen durch den Wald. Dass der Mord an Thalia die Aufmerksamkeit der Öffentlichkeit auf sich gezogen und gefesselt hatte, wusste ich ja, aber mir war nicht klar gewesen, wie viel Zeit die Leute tatsächlich darauf verwendeten.

Mich in den Kaninchenbau des Internets hinabzubegeben war nicht gut für meine geistige Gesundheit. (Nachdem ich mir in jener Nacht das *Camelot*-Video angeschaut hatte, war ich wachgeblieben und hatte Klassenmitglieder und Lehrkräfte sowie Fakten zum Tod durch Ertrinken gegoogelt und mir einen Teil der *Dateline*-Folge noch einmal angeschaut. Irgendwann wachte Jerome auf, sah meine Augen und brachte mich dazu aufzuhören, eine Erkältungstablette zu nehmen und den Vormittag im Bett zu verbringen.) Also gestattete ich mir jetzt nur eine Stunde, um die Karten zu studieren und zu lesen, was die Leute geschrieben hatten.

Bei dem Wort *Kaninchenbau* denkt man an Alice im Wunderland und daran, wie sie direkt dort hineinfiel, aber was ich meine, ist ein regelrechtes Kaninchenlabyrinth, mit endlosen, sich windenden Tunneln und Abzweigungen und all der damit einhergehenden Klaustrophobie. Es haute mich um, wie sehr diese Geschichte die Leute interessierte. Für sie war Thalia doch nur ein Gesicht aus ein paar oft geteilten Fotos: eher ein kaum skizziertes Leben als ein Mädchen, das nach Sunflowers-Parfüm roch, dessen Lachen wie ein Schluckauf klang und das sich aufs Bett schmiss wie eine Handgranate.

Aber ich muss zugeben, dass ich mich auch schon so für Leute interessiert habe, die ich gar nicht kenne. Ich interessiere mich für Judy Garland und Natalie Wood und die Schwarze Dahlie. Ich interessiere mich für die Lacrosse-Spielerin, die von ihrem Ex an der Uni von Virginia ermordet wurde, und für das Mädchen, dessen Freund an jenem Tag definitiv nicht bei LensCrafters gearbeitet hatte, und für die Highschool-Schülerin, die im Hinterhof ihres Freundes in Shaker Heights umgebracht wurde, während alle schliefen, und für die arme Martha Mosley und für die Frau im Hotelaufzug, und für die einzige Schwarze auf der Weinparty weißer Damen, die nachher tot auf dem Rasen lag, und für die Frau, die von ihrem berühmten Freund durch die Badezimmertür erschossen wurde, weil er sie für einen Einbrecher gehalten habe, wie er behauptete. Ich habe eine Meinung zu ihrem Tod, eine Meinung, die mir nicht zusteht. Gleichzeitig ist mir etwas mulmig dabei zumute, dass diese Frauen zum Gemeingut geworden sind, der kollektiven Fantasie ausgeliefert. Dass die Frauen, mit deren Tod ich mich beschäftige, zumeist schön und reich waren. Dass die meisten jung waren, wie uns Opferlämmer am liebsten sind. Dass ich mit dieser Fixierung nicht allein bin.

Dank Frans und Annes vereinter Seniorität waren sie von ihrem Apartment in den Gemeinschaftsgebäuden zu einem Haus avanciert, einem der drei alten Steinhäuser unten beim Haupteingang. Etwas schuldbewusst klingelte ich mit leeren Händen – ich hatte vergessen, Lee beim Weinladen anhalten zu lassen –, aber es war ihr Sohn Jacob, der an die Tür kam und den Golden Retriever meine Beine mit blauen Flecken versehen und auf meine Jeans sabbern ließ.

Ich hoffe, Sie erinnern sich an Fran, denn an Fran sollte man sich erinnern. Fran Hoffnung – jetzt allerdings Hoffbart, sie und ihre Frau haben ihre Nachnamen zusammengefügt. Zumindest an die Hoffnungs werden Sie sich wohl erinnern: Deb Hoffnung gab Englisch, Sam Hoffnung Mathe, und Fran und ihre drei älteren Schwestern wuchsen in der Wohnung auf, die vorne ans Singer-Baird angebaut war, das Mädchen-Wohnheim mit dem komischen steilen Dach. Sie war die mit der lauten Stimme, die die Lip-Sync-Wettkämpfe moderierte und sich die Haare immer pink oder lila tönte. Heute sind sie braun mit grauen Strähnen, was bei ihr genauso cool aussieht wie früher das Pink.

Nachdem ich seine Mütter umarmt hatte, wollte Jacob unbedingt, dass ich ihren Weihnachtsbaum bestaunte, den sie noch stehen gelassen hatten – große, altmodische bunte Glühbirnen und ein paar spärliche Anhänger aus Frans und Annes Kindheit: eine bemalte Snoopy-Hundehütte, eine kleine Silbertasse mit Annes Namen, eine gestickte Eule. Und als offensichtlich neuere Anschaffung eine Ruth-Bader-Ginsburg-Figur mit Spitzenkragen.

Jacob, den ich als rotgesichtigen Neugeborenen mit Koliken kennengelernt hatte, war inzwischen fast fünf und hatte einen kleinen Bruder, den ich bisher nur online gesehen hatte, einen Zweijährigen, der immer wieder angestakst kam, um seine Eisenbahn an meinem Bein herunterzuschieben, bis Anne beide Jungs mit *PAW Patrol* auf dem iPad bestach. Anne machte uns vegetarische Tacos. Ich aß mehr als sonst, weil Fran immer befürchtete, ich äße nicht genug. Fran mixte einen Krug Margaritas, und wir hörten Bob Marley, was nicht zum Essen passte, aber schöne Gefühle weckte. Fran kam nicht darüber hinweg, dass ich just in dem Moment aus L. A. eingetroffen war, als die Kälte hier ihren Höhepunkt erreicht hatte. »Du wirst so sauer auf mich sein«, sagte sie. »Ich werde zerfließen vor schlechtem Gewissen.«

»Und sofort gefrieren. Zu einer kleinen Eisbahn des schlechten Gewissens.«

Anne fragte, ob ich zusätzliche Socken brauchte, zusätzliche Decken, zusätzliche Irgendwas.

»Vielleicht ein paar Pullover?«, sagte ich. »Ich habe vergessen, dass es auch *drinnen* so kalt wird.«

Anne flitzte los und kam mit einer ganzen wiederverwendbaren Einkaufstüte voller Pullover und Sweatshirts zurück, plus einer grün-goldenen Granby-Schlafanzughose.

Fran selbst war für das Minimester freigestellt; sie hatte drei Jahre hintereinander ihren Kurs über den Vietnamkrieg unterrichtet und durfte sich jetzt ihrer »beruflichen Weiterentwicklung« widmen, also Bücher lesen, alte Mails beantworten und mit mir trinken. »Wir müssen ja nicht jeden Abend zusammenhocken«, sagte sie, »aber wenn du nicht zu uns kommst, gehe ich davon aus, dass du in deiner Gästesuite liegst, trostlose Hetero-Pornos guckst und über die Arbeit nachdenkst.« Fran hatte mittwochabends Wohnheimaufsicht, aber »an allen anderen Abenden«, sagte sie, »machen wir Party, als wär's 1995.«

»Mit Zima und SnackWell's-Keksen?«

»Ich dachte eher ans *Sassy*-Magazin und lauwarmes Natty Light.«

»Ich muss ja Arbeiten korrigieren«, sagte ich, aber Fran wusste, dass sie mich nicht zu überreden brauchte.

»Wenigstens jeden zweiten Abend. Und Freitag findet eine Party statt, da musst du kommen. Alle wollen dich kennenlernen. Wir nennen sie Midi-Mini, weil, du weißt schon, Hälfte des Minimesters geschafft.«

»Wortspielen können wir hier einfach nicht widerstehen«, sagte Anne.

Anne hatte lange blonde Locken und eine Läuferinnenfigur, gegen die Fran geradezu plump wirkte. Sie trainierte im Herbst mit den Jungs und Mädchen Geländelauf, im Frühling Leichtathletik und war für Fran ganz allgemein die perfekte Kombination aus Zuschauerin, Stichwortgeberin und Managerin. Wenn eine Idee für eine Party gebraucht wurde, hatte Fran gleich zwanzig. Wenn jemand gebraucht wurde, der die Pizzen bestellte, das Eis kaufte und das Wohnzimmer putzte, während Fran die Playlist machte, war das Anne. Sie hatten sich hier in Granby kennengelernt. Anne hatte im Zulassungsbüro angefangen, während Fran ihr kurzes Leben außerhalb der Internatswelt führte. Als sie zurückkam, wurden sie Freundinnen, wehrten sich gegen alle Versuche, sie zu verkuppeln, klagten gemeinsam über die Unmöglichkeit, irgendwen kennenzulernen. Dann fuhren sie über ein langes Wochenende zusammen nach Boston und kamen als Liebespaar zurück.

Und nun war Anne diejenige, die die Jungs ins Bett scheuchte und ihnen sagte, wenn sie still seien, müssten sie nicht baden, während Fran sich über den Tisch lehnte und – als hätten wir nur darauf gewartet, dass ihre Frau den Raum verließ – zu mir sagte: »Erzähl mir alles.«

Sie meinte alles über Jerome, weil ich in unserem Mailwechsel ein paar Wochen davor erwähnt hatte, dass Jerome ausgezogen war und jetzt ein Haus weiter wohnte. Und nun wollte Fran alle Details von mir hören, einschließlich einer Erklärung dafür, dass ich es ihr nicht früher erzählt hatte. »Wir sind ja noch verheiratet«, sagte ich. »Es ist nur nicht das, was unsere Großeltern als Ehe bezeichnet hätten.« Es war schleichend passiert, nichts, was man in den sozialen Medien verkündete oder alten Freundinnen schrieb.

»Wir hatten eine schwierige Phase«, sagte ich, ohne hinzuzufügen, dass diese Phase zwei Jahre zurücklag, als die Kinder fünf und drei waren und ihre lautstarke Allgegenwart den Stress noch vergrößert hatte. Irgendwann war alles, was ich zu Jerome sagte, falsch oder kam im falschen Ton heraus. Alles, was er zu mir sagte, war noch schlimmer. Wir waren nach und nach allergisch aufeinander geworden und merkten schließlich, dass wir beide an einen Menschen gekettet waren, der unseren Anblick kaum mehr ertrug. »Und ungefähr zur gleichen Zeit«, erzählte ich ihr, »kam Jeromes Mutter ins Hospiz. Sie wohnte damals in der anderen Hälfte unseres Doppelhauses, also zog er rüber.« Er ist Maler, und so hatte die Entscheidung auch einen praktischen Aspekt: Er konnte das zweite Schlafzimmer als Atelier nutzen und brauchte keine Miete mehr für sein Atelier in Downtown zu zahlen. Aus steuerlichen Gründen, Zweckmäßigkeit und offen gesagt auch schierer Faulheit blieben wir verheiratet, behielten beide dieselbe Adresse. Die Kinder konnten mal hier und mal dort sein, dachten wir, aber am Ende war es Jerome, der mal hier und mal dort war, und so schlief er zum Beispiel, während ich in Granby war, in meinem Bett, das unser altes Bett war, wo er gelegentlich auch dann schlief, wenn ich dort lag, denn er war gut im Bett, und jetzt, da wir uns nicht mehr den ganzen Tag sahen, hassten wir uns auch nicht mehr. Im Gegenteil, er bedeutete mir ungeheuer viel: Ich war ihm dankbar, wenn er die Kinder nahm, wehmütig, wenn wir miteinander schliefen, verwirrt von seinem Dating-Leben, zu gleichen Teilen geschmeichelt, abgestoßen und besitzergreifend, wenn er mich um Rat in Liebesfragen bat. Ich fand jede Frau, die er datete, grenzwertig verrückt und wusste nicht, ob das an ihm oder an mir lag.

Fran sagte: »Also, es ist ja toll, wie du an Menschen festhältst, die dir mal was bedeutet haben, aber dass er trotz eurer Trennung immer noch bei dir im Haus wohnt, finde ich höchst amüsant.«

»Na ja, nebenan.«

»Das heißt also«, sagte sie, »du bist single?«

»Im Grunde ja. Verheiratet, aber single.«

»Witzig, dass meine Ehe traditioneller ist als deine.«

Ich hatte ihr nichts von Yahav erzählt, vielleicht, weil ich es nicht beschreien wollte. Yahav war sprunghaft und unberechenbar, ein hübsches israelisches Karnickel, dem es genauso zuzutrauen war, geradewegs zu mir gehoppelt zu kommen wie für immer im Wald zu verschwinden. Am Nachmittag, noch am Flughafen, hatte ich ihm geschrieben: *Bin wie angedroht in New England eingefallen.* Er hatte mir als Antwort nur ein Ausrufezeichen geschickt.

Als ich mich von Jerome trennte, schlief ich noch nicht mit Yahav, aber seine Freundschaft half mir damals zu erkennen, dass nicht jeder mich satthatte, nicht jeder mich für das Wetter verantwortlich machte. Yahav hatte riesengroße warme Hände und einen dichten dunklen Stoppelbart, der Kinn und Hals verschluckte, mehr Dunkelheit als Licht, mehr Nachthimmel als Sterne.

Anne kam zurück, wir schenkten uns nach, und der Abend wurde zu einer Art rückwirkender Klatsch-und-Tratsch-Session. (Moment, erinnerst du dich an Dani Michalek? Weißt du noch, wie sie versucht hat, sich selbst die Nase zu piercen, die sich dann so krass entzündet hat? Ach ja, und dann musste sie doch für einen Monat nach Hause. Ich hatte sie als Laborpartnerin und hab nichts gemacht. Sie hat mich gehasst. Ich sie auch. Was ist wohl aus ihr geworden? Hab ich dir das nicht *erzählt*? Sie ist evangelische Pfarrerin!)

Annes anspornendes Gelächter, ihre verblüfften Nachfragen, stachelten uns an. Wenn sie nicht dagewesen wäre, hätten wir vielleicht gesagt: »Weißt du noch, der Kurt-Schrein?« und es dabei bewenden lassen. Aber für sie (und eigentlich füreinander) beschrieben wir den aufwändigen Schrein, den wir als Neuntklässlerinnen im Wald für Kurt Cobain errichtet hatten und den wir von dem Tag an, als er wegen einer Überdosis ins Krankenhaus eingeliefert wurde (Anfang März, weshalb wir dicke Handschuhe trugen, wenn wir die aus den Zeitschriften ausgeschnittenen Fotos an gefrorene Bäume hefteten) bis zu seinem Suizid im April hegten und pflegten. Inzwischen wussten auch andere von dem Schrein, und am Tag, nachdem sein Leichnam entdeckt worden war, fanden Fran und ich an den Bäumen etliche Botschaften vor, weitere Fotos aus Zeitschriften, ein Luftballonherz und etwas, das wie eine vom Frühlingsball übriggebliebene Korsage aussah.

»Wir waren so wahnsinnig in ihn verliebt«, sagte ich. Dann fiel mir ein, dass das in Frans Fall wahrscheinlich gar nicht stimmte. »Also, ich jedenfalls.«

»Oh, ich habe ihn geliebt«, sagte Fran. Sie war betrunkener als ich. »Aber *ver*liebt war ich in Courtney. Kurt war mein Alibi.«

Zum Nachtisch gab es karamellisierte Bananen mit Vanilleeis – Anne war nüchtern genug, um noch am Herd zu hantieren und unsere Forderung, sie solle die Bananen anzünden, zu ignorieren –, und je mehr wir uns in geheimnisvollen Details ergingen und je weniger die geduldig bleibende Anne verstand, desto komischer fanden wir alles.

In Frans Gegenwart war ich so witzig wie sonst nie, jedenfalls fand sie mich witzig. Wir hatten uns im ersten Schuljahr in Weltgeschichte kennengelernt und anfangs nicht miteinander gesprochen, sondern uns nur aus Faulheit meist nebeneinander gesetzt.

Den September über hatte ich mich so durchgewurstelt, an der Ecke eines langen Tisches mit lauter Neuen gegessen, zugesehen, wie sie sich in Cliquen aufteilten, und gewusst, dass ich bald allein dastehen würde. Es gab einen Jungen namens Benjamin Scott, der sich schon früh als Genie unseres Jahrgangs etabliert hatte – ein großer Blonder, der nach dem Erwerb von ein paar Doktortiteln in Granby gelandet zu sein schien, so oft, wie er auf Bücher Bezug nahm, die keiner von uns kannte. Irgendwer musste im Unterricht einen Witz darüber gemacht haben, wie es wäre, wenn Benjamin umgebracht werden oder sterben würde, denn ich weiß noch, dass ich sagte: »Wenn du stirbst, kann ich dann deine Noten haben?« Fran war die Einzige, die es gehört hatte. Sie kicherte, sah sich um und sagte laut: »Genau, Benji, wenn du stirbst, kann ich dann deine Noten haben?« Und (ein Wunder!) die ganze Klasse warf sich weg vor Lachen. Sogar Benjamin Scott lachte verlegen. Nach dem Unterricht kam Fran im Flur hinter mir hergelaufen. »Sei mir nicht böse«, sagte sie. »Die Pointe war zu gut, um sie zu verschenken.«

Von da an sorgte ich dafür, dass Fran alle meine geflüsterten Bemerkungen hörte, Sachen, die ich normalerweise gar nicht ausgesprochen hätte. Sie wiederholte sie nicht mehr, grinste aber oder tarnte ihr Gelächter mit Husten. Da Fran das einzige Linkshänderpult im Raum für sich beansprucht hatte, grenzten unsere Schreibflächen aneinander, sodass wir uns Nachrichten nicht hin und her zu reichen brauchten, sondern sie einfach an den Rand unserer Hefte schreiben konnten.

Wo kommst du überhaupt her?, schrieb sie einmal, und ich antwortete *West Bumblefuck*, was wir damals originell genug fanden, um in Gelächter auszubrechen. Niemand hatte mich je für besonders witzig gehalten. Es war berauschend.

Fran war in einem anderen Mittagessensblock als ich, wohnte bei ihren Eltern und nicht im Wohnheim und spielte Feldhockey, während ich ruderte, und so dauerte es eine Weile, bis wir außerhalb des Unterrichts Freundinnen wurden. Dann allerdings fühlte es sich ganz natürlich an. Wir konnten ja schon die Handschrift der anderen lesen. Sie kam zu mir ins Wohnheim, und wir lernten zusammen für die Geschichtsklausur und danach auch für andere Prüfungen. Irgendwann schrie sie los, weil ich nicht wusste, wer die Pixies waren, und von da an waren wir beste Freundinnen.

Während der gesamten Granby-Zeit war keine von uns je mit irgendwem zusammen – Fran, weil sie sich noch nicht geoutet hatte und dachte, sie sei die einzige Lesbe in New Hampshire; und ich, weil ich fast pathologisch vor dem Risiko zurückscheute, an einem Ort, wo ich mich sowieso schon nur am Rand festklammerte, abgewiesen oder gedemütigt zu werden. Es war entscheidend für mich, dass Granby unverdorben blieb. Die schlimmen Dinge passierten in Indiana; in Granby durfte ich mich von nichts verletzen lassen. Sobald mir in New Hampshire jemand das Herz bräche, würde hier alles anfangen zu bröckeln. Im Sommer, zu Hause, ging ich mit ein paar Jungs. Aber nicht in Granby, noch nicht mal für einen Ball. Fran scharte ein paar Leute für Homecoming um sich, eine Phalanx der Begleitungslosen, und ich schloss mich ihnen an und trug Chucks zu meinem Kleid, damit jeder wusste, dass ich es nicht ernstnahm. Da wir beide nie liiert waren, gab es bei uns nicht diese Monate der Trennung, in denen die Eine immer nur mit ihrem Freund (oder ihrer Freundin) zu Mittag aß. Wenn Fran und ich uns miteinander zu langweilen begannen, holten wir einfach noch jemanden dazu. Carlotta French, Geoff Richler oder eine polnische Schülerin namens Blanka, die uns während ihres kompletten Semesters in den USA nicht von der Seite wich.

An jenem Abend nun fingen wir aus irgendeinem Grund an, die Leute aufzuzählen, die seit der Schulzeit gestorben waren. Wir taten das nicht mit der gebotenen Würde – aber Sie müssen bedenken, dass wir betrunken waren und in Erinnerungen schwelgten, da gehörte das irgendwie dazu.

Zach Huber, ein Jahr über uns, stürzte im Irak mit dem Hubschrauber ab. Puja Sharma, die ein paar Wochen vor dem Highschool-Abschluss aus Granby flüchtete, starb zwei Jahre später in ihrem Zimmer am Sarah Lawrence College an einer Überdosis. Kellan TenEyck war erst im vergangenen Frühjahr in seinem Auto auf dem Grund eines Sees gefunden worden. Er war geschieden und alkoholabhängig und hatte insgesamt ein schreckliches Leben gehabt. In Granby hatte er so heiter gewirkt, so unauffällig. Er hatte rote Haare, die ihm ins Gesicht fielen, wenn er dem Lacrosse-Ball hinterherrannte.

Wir hatten acht Tote gezählt, als Fran sagte: »Aber drei allein im letzten Schuljahr, das ist sicher der Rekord.«

»Außer vielleicht im Zweiten Weltkrieg oder so«, sagte ich. Aber da dachte ich ans College. Schüler zogen nicht in den Krieg. Vielleicht wollte ich das Thema wechseln. Ich hatte Fran bisher nicht erzählt, wie viel ich in letzter Zeit an Thalia dachte, wie gegenwärtig ihr Tod mir wieder geworden war, seit ich jede Woche für meinen Podcast über tote und entrechtete Frauen im frühen Hollywood sprach, über ein System, das Frauen entsorgte wie alte Filmkulissen: Man entledigte sich ihres Leichnams, wie Granby sich von dem Schlamassel distanzierte und der Mord an ihr sie zum Gemeineigentum gemacht hatte.

»Moment«, sagte Anne. Sie stand schon an der Spüle und wusch ab. »*Drei* sind gestorben, aus der ganzen Schule oder nur aus eurem Jahrgang?«

Nur aus unserem Jahrgang, bestätigten wir. »Und es gab auch keine anderen Toten in anderen Jahrgängen«, fügte Fran hinzu. »Drei sind gestorben, und sie waren alle in unserer Klasse.«

»Drei von wie vielen, hundertzwanzig? Das ist ja absurd.«

»Zwei davon gemeinsam«, sagte ich, »nur einen Monat vor dem Abschluss. Zwei Jungs, die nach Quebec raufgefahren waren, um zu trinken, sind auf dem Rückweg von der Straße abgekommen. Und natürlich Thalia Keith, ein paar Monate davor.«

»Meine Güte«, sagte Anne. »Von Thalia wusste ich, aber von den anderen nicht. Was für ein Jahrgang.«

»Die Abschlussfeier war schräg«, sagte ich. Und aus irgendeinem Grund fanden Fran und ich das wahnsinnig komisch und konnten uns nicht mehr halten vor Lachen, während Anne mit der seifigen Spülbürste in der Hand neben uns stand.

4

Die Lichter vom Kirchturm der Alten Kapelle schufen auf dem verschneiten Schulhof lange geometrische Formen – das Gegenteil von Schatten. Es sah so schön aus, dass ich es vermied, darauf zu treten. Möglich, dass der Tequila meine Wertschätzung steigerte.

Ich konnte mich nicht erinnern, als Schülerin derart von Schnee verzaubert gewesen zu sein, allerdings war mir auch vor allem im Gedächtnis geblieben, wie kalt es hier im Winter gewesen war, so dermaßen kalt. Beim Betrachten des Prospekts hatte ich gedacht, dass all die Fotos vom Skiteam und Schneeschuhwandern Eindruck schinden sollten. Ich hatte mir nicht vorstellen können, dass es irgendwo tatsächlich so viel kälter sein konnte als in Indiana. Mir war nicht klar gewesen, dass diejenigen, die Skifahren konnten, das Internat beherrschten, als machte diese zusätzliche Fortbewegungsart sie zu Angehörigen einer überlegenen Spezies. Und ich hatte noch nicht begriffen, wie dünn meine Socken waren, wie unzulänglich meine gebrauchten Mäntel.

Ich kam am Couchman vorbei, damals das finsterste, schäbigste Wohnheim, aber es musste kürzlich renoviert worden sein. Die Steine sahen im Flutlicht verblüffend sauber aus, die Feuertreppe wirkte neu und elegant. Am Anfang meines ersten Jahrs hatte ich hier häufig auf der alten, rostigen Treppe gesessen, um die Nachmittagssonne zu genießen und in Ruhe zu lernen. Vielleicht war es merkwürdig, auf dem Fortsatz eines Jungen-Wohnheims zu hocken, aber damals erschien es mir logisch. Hier hatte Dorian Culler mir später in jenem Herbst aus dem Fenster zugerufen, ob ich da säße, um ihn zu stalken. Er fand das derart witzig, dass es die nächsten dreieinhalb Jahre lang das Leitmotiv aller unserer Interaktionen war. Vor seinen Freunden sagte er solche Sachen wie: »Bodie, ich hab deinen Brief bekommen, aber der war echt schräg. Jungs, sie hat mir über zehn Seiten lang geschrieben, wie sehr es sie nach meinem Mannesfleisch verlangt. Ihr Wort, nicht meins. Bodie, du musst dich wieder einkriegen.« Unnötig zu sagen, dass ich nie irgendwas getan hatte, außer unfreiwillig ein paar Mal in Französisch mit Dorian zusammenzuarbeiten. Oder er sagte: »Bodie, dass du unserer Familie nach London hinterhergereist bist, war nicht okay. Lieg ich da in meinem Hotelbett und hör auf einmal so ein Stöhnen unter mir, und es riecht irgendwie so nach Thunfisch, und da liegt Bodie unterm Bett und vergnügt sich mit sich selbst.«

Es war die Art von Scherz, die keinen Raum für eine Entgegnung ließ. Ich kapierte nie, ob er mit mir zu flirten glaubte, oder ob ich auf der Sozialskala so weit unter ihm stand, dass es der pure Hohn war. Einmal versuchte ich mitzuspielen: »Ja, ich bin durch dein Fenster eingestiegen; ich wollte dich fragen, ob du mich zum Frühlingsball begleitest, und wenn du nicht ja sagst, sterbe ich« – aber er lachte nur noch lauter und sagte zu seinen Freunden: »*Seht ihr?* Ich sollte sie anzeigen! Mensch, Bodie, das ist sexuelle Belästigung, wie sie im Buche steht.«

Ich hatte die Südbrücke etwa zur Hälfte überquert, als ich ausrutschte, ins Stolpern geriet und mich schon mit dem Kinn aufs Eis knallen sah – stattdessen fiel ich hart auf Ellbogen und Unterarme und lag ein paar Sekunden lang mit dem Gesicht nach unten da, benommen, durchgerüttelt. Seltsamerweise fühlte ich mich gedemütigt, obwohl niemand es gesehen hatte. Außer all den Gespenstern meiner Jugend.

Es setzte mir noch aus einem anderen Grund zu, einem dummen

Grund: Ich hatte unverwundbar nach Granby zurückkehren wollen. Die fünfzehnjährige Bodie mochte auf dem Eis gestürzt sein, mochte zerbrechlich sein oder gar zerbrochen, mochte sich eines Nachts beim Kurt-Schrein in den Schlaf getrunken haben und halb erfroren aufgewacht sein, tief erschrocken, weil sie hätte sterben können, nicht ganz sicher, ob das nicht sogar ihre Absicht gewesen war. Aber die vierzigjährige Bodie hatte sich doch im Griff, hatte ihren Körper und Geist seit langem unter Kontrolle. Und hier erhob sich nun der harte, kalte Boden gegen mich, um mir zu zeigen, wie leicht man ausrutschen konnte.

Danach war ich vorsichtiger. Ich musste mich, die verwöhnte Frau aus L. A., ermahnen, die Füße zu belasten und das Gewicht leicht nach vorne zu verlagern. Ich schaltete mein Handylicht ein und achtete auf Glatteisstellen.

Als ich die Tür zum Gästehaus öffnete, traf ich auf den Mann, der sich im Erdgeschossapartment einquartiert hatte – ein junger Mensch in Skinny-Jeans. Er war nach einem verspäteten Flug aus Newark gerade angekommen und würde hier zwei Wochen lang Webdesign unterrichten. Er bot mir ein Bier an; ich nahm stattdessen Wasser und eine der Orangen aus dem Obstkorb, den man uns als kleine Aufmerksamkeit hingestellt hatte.

So was wie dieses Internat habe er noch nie gesehen, sagte er. Er fragte mich, ob die Kids hier alle Genies seien oder was.

»Sie sind *intelligent*«, sagte ich, dankbar, dass er nicht gefragt hatte, ob sie alle reiche Waisen seien, »aber es sind normale Teenager. Ein paar kommen aus anderen Staaten. Einige aus Gegenden in den USA, wo die Schulen nicht besonders gut sind. Viele, deren Eltern selbst schon auf dem Internat waren, für die gehört sich das einfach so.«

Der Mann, dessen Namen ich schon wieder vergessen hatte, blinzelte. Er hielt sein Craftbeer vor der Brust umklammert.

Früher, wenn ich über die Ferien zu Hause war, hatte ich meinen Freundinnen und Freunden in Broad Run Granby oft zu beschreiben versucht. Das Schlimmste, was ich tun konnte, war, es nobel erscheinen zu lassen, also stellte ich es, ohne mir dessen bewusst zu sein, eher wie eine Strafanstalt dar. Nicht wenige glaubten, ich wäre gegen meinen Willen dort hingeschickt worden.

»Stellen Sie es sich wie ein kleines geisteswissenschaftliches College vor, nur für Jüngere. Oder wie – gab es auf Ihrer Schule Begabtenkurse? Tun Sie so, als gäb's hier nur Begabtenkurse.«

»Bloß im Wald«, sagte er und lächelte schwach. »Begabtenkurse im Wald.«

Zu meiner Zeit hatten wir keine Minimester, erzählte ich ihm; wenn wir aus den Ferien kamen, war es direkt mit Mathe, Verbkonjugationen und pH-Werten weitergegangen. Wer jetzt hier zur Schule ging lernte was über Winterwaldwirtschaft, Textilkunde, Abnormale Psychologie, Shakespeare-Monologe, die Geschichte des Rap.

Skinny-Jeans schüttelte den Kopf. »In meiner Schule konnte man noch nicht mal zwischen zwei Fremdsprachen wählen. Alle hatten Spanisch. Sogar die Puerto-Ricaner.«

Ich lachte. »Über eine leicht verdiente gute Note freut sich doch jeder.«

Es stimmte schon, wenn ich sagte, dass meine Gefühle in Bezug auf Granby ambivalent waren, dass ich dort eine schwere Zeit gehabt hatte – aber ich wurde allmählich etwas nüchterner und spürte das vertraute Bedürfnis, Granby ein wenig in Schutz nehmen, zu beweisen, dass es kein ganz und gar elitäres Internat war und auch ich nicht als elitär beargwöhnt werden musste. Also sagte ich jetzt, was ich in solchen Situationen immer sage: »Es ist eine fantastische Schule. Dass ich dank eines Stipendiums hierherkommen konnte, hat mein Leben verändert.« Man beachte meine wohlüberlegte Wortwahl – wie ich einfließen ließ, dass Reichtum mit Sicherheit nicht zu den Privilegien gehörte, die ich im Leben gehabt hatte. Das mit dem Stipendium war gelogen, aber nur, wenn man's ganz genau nahm.

»Ich war hier wie ein Fisch auf dem Trockenen«, sagte ich, »aber ich habe eine Kleinstadt in Indiana gegen einen Ort mit Gleichaltrigen aus aller Welt getauscht. Die Leute denken manchmal, auf Internaten wären nur weiße privilegierte Kids, aber so ist es nicht.« Ich hatte an dieser Rede bis zur Perfektion gefeilt und konnte sie auch betrunken noch halten.

»Ich meine, die *kamen* aus Puerto Rico«, sagte er. »Was hat ein puerto-ricanischer Schüler von Spanisch 2? So weit sind wir gekommen, Stufe 2. *Yo tengo que comer manzanas*, solche Sachen. Stufe 2.«

5

Am nächsten Morgen schlief ich lange – harte Matratze, weiche Kissen – und musste beim Aufwachen kurz überlegen, wo ich war, in welchem Hotel. Es machte klick, als ich an der Wand gegenüber ein Schwarzweißfoto der Alten Kapelle sah – und kurz darauf die Glocke derselben in der Ferne acht Uhr schlagen hörte. Nur noch zwei Stunden bis zu meinem Kurs und eine Stunde, bevor mich die Journalismus-Lehrerin, die mich während meines Aufenthalts unter ihre Fittiche nehmen sollte, abholen und wegen ein paar letzter Unterschriften zur Personalabteilung begleiten würde.

Als ich mich aufrichtete, wurde mir kurz schlecht. Angemessen: Meine ersten Kater hatte ich auch in Granby gehabt. Einmal musste ich aus dem Physikunterricht rennen, um mich in den Mülleimer auf dem Flur zu übergeben, und Miss Vogel begleitete mich zum Krankenzimmer, wo ich einer Schwester, die mich sicher durchschaute, eine Lebensmittelvergiftung vorgaukelte.

Ich schrieb Jerome, um zu fragen, wie es den Kindern gehe; das hatte ich bisher noch nicht geschafft. Sie waren inzwischen so an meine Reisen gewöhnt, dass ich längst keine »Gut gelandet!«-Nachrichten mehr verschickte.

Ich sah nach, ob ich letzte Nacht in meinem betrunkenen Zustand Yahav geschrieben hatte; zum Glück nicht, und er hatte auch nichts weiter von sich hören lassen. Ich schrieb: *Diese Woche treffen? Mittwoch?*

Als ich beim Duschen das kleine Bad unter Wasserdampf setzte und mir die Zähne putzte, begann der Kater sich langsam zu verflüchtigen und legte meine Nerven blank. Ich war nicht nur wegen des Kurses nervös – es dauerte einen Moment, bis ich den Finger darauflegen konnte. Es war das gleiche Gefühl, das mich heute noch beschlich, wenn ich ein Einkaufszentrum in einem Vorort betrat, obwohl es Jahrzehnte her war, dass sich dort Gruppen von Teenagern in den Food-Courts herumgetrieben hatten, um sich über Leute lustig zu machen. Es war die Angst des Hundes vor der Stelle, wo ihm einmal eine Walnuss auf den Kopf gefallen ist. Irrational, instinktiv, mehr an Erinnerungen als an Wahrscheinlichkeiten geknüpft.

Ich zog die neuesten Sachen an, die ich eingepackt hatte: enganliegende dunkle Jeans, einen roten Pullover und einen goldenen Armreif, den ein Online-Stylist für mich ausgesucht hatte.

Im Herbst meines letzten Schuljahrs in Granby hatte ich zu meiner großen Begeisterung von einer von Frans Schwestern einen langen, knitterigen Rock der Marke J. Crew geerbt. Das J. Crew-Etikett war in meinen Augen damals so viel wert wie Armani. Ich trug ihn mit Birkenstocksandalen, einem weißen T-Shirt und Hanfschmuck. Ich hatte schon etwas abgenommen – in jenem Jahr sollte ich noch viel zu viel abnehmen –, meine Haare waren neuerdings länger, und zum ersten Mal hatte ich das Gefühl, als halbwegs attraktiv durchgehen zu können. Ich hatte sogar weniger Eyeliner aufgetragen als sonst, fast gar keinen. Als ich über den Hof ging, sagte eine Schülerin aus der Zehnten mit hoher Quietschstimme, wie zu einem Kind: »Oh, mein Gott, ich erinnere mich noch an diese Röcke! Die haben wir in der achten Klasse oder so getragen!« Tatsächlich war der Rock ungefähr zwei Jahre alt. Er war eins der neusten Kleidungsstücke, die ich je getragen hatte. Offenbar war es sicherer, Sachen aus Billigläden zu tragen – Sachen, die in Granby noch nie jemand gesehen hatte, die nicht auf irgendeinen alten Katalog oder einen Sonderschlussverkauf datiert werden konnten.

Petra, die Journalismus-Lehrerin, wartete vor dem Gästehaus auf mich und gab mir eine Granby-Tragetasche mit einem Granby-Fleecepullover, einer Granby-Wasserflasche und einer Ausgabe des *Sentinel* darin. Sie war auffallend groß, hatte einen leichten deutschen Akzent und einen schicken Kurzhaarschnitt mit einer Gardine blonder Strähnen vor dem linken Auge. Sie fragte, ob ich gut geschlafen hätte, ob ich einen Kaffee brauchte.

Unterwegs überflog ich die Zeitung: Wohnheimrenovierungen, diverse Sandwich-Lieferoptionen im Vergleich, ein laufender, von einer früheren Kunstlehrerin angestrengter Prozess.

Wir verließen die matschige Straße und betraten die vereisten Planken der Südbrücke, und ich steckte die Zeitung weg und neigte den Kopf, damit die eiskalte Luft auf meine Mütze traf anstatt auf mein Gesicht. In der Kälte verflog auch der letzte Rest meines Katers.

Wir hörten hinter uns jemanden rufen und warteten, bis sie uns eingeholt hatte. Nicht zu fassen: Es war Priscilla Mancio, die hier immer noch Französisch unterrichtete. »Bodie Kane«, rief sie. »Unglaublich. Ich hätte sie *niemals* wiedererkannt«, sagte sie zu Petra, »wenn im Magazin nicht ein Foto von ihr abgedruckt gewesen wäre.« Sie führte ihre Bulldogge spazieren, ein herrliches Ungetüm, das sie mir als Brigitte vorstellte. Ich ging in die Hocke, um es zu kraulen.

Petra sagte: »Sie haben sich stark verändert seit damals.« Wegen ihres deutschen Akzents hatte ich Schwierigkeiten herauszuhören, ob das ein Kompliment sein sollte oder eher das Gegenteil.

»Klar«, sagte Madame Mancio, »aber – also, die meisten Ehemaligen sehen entweder genauso aus wie früher oder schlechter. Na ja, die Jungs vor allem. Die lassen sich gehen, wenn sie älter werden. Aber Sie sind so viel hübscher geworden, Bodie! Hatte Ihr Haar immer schon diese Farbe?«

»Ja, das ist Natur.« Meine Haare waren noch immer dunkel – nur nicht mehr strähnig und selbstgeschnitten und von billigem Shampoo geschädigt.

»Also, ich habe mir Ihren Podcast angehört und hatte dabei wohl Ihr früheres Gesicht vor Augen.« Und an Petra gewandt: »Sie hatte so ein rundes kleines Gesichtchen!«

Madame Mancio hingegen sah verblüffend unverändert aus. Lassen Sie sie dreißig gewesen sein, als ich in Granby war, dann war sie jetzt Anfang fünfzig, aber sie hatte noch den gleichen androgynen Haarschnitt wie damals, die gleiche große, knochige Statur. Und kleidete sich nach wie vor, als würde sie jeden Moment zu einer Gebirgswanderung aufbrechen.

»Wir haben uns immer solche Sorgen um sie gemacht, vor allem gegen Ende«, sagte sie zu Petra. »Es gibt diese Schüler, um die man sich einfach *Sorgen macht*. Und nun schauen Sie sich an, was aus ihr geworden ist, wie erfolgreich sie jetzt ist.«

Ich war froh, dass ich mich auf Brigittes Augenhöhe befand und nicht auf ihrer. Die Hündin leckte mir das Gesicht ab, und ich bestaunte die kleine Tasche, die durch die Falten zwischen ihren Augen entstand. Man hätte ein Leckerli dort verstecken können.

Wir gingen Richtung Campus, und die beiden unterhielten sich über den Prozess, der in der Zeitung erwähnt war, aber ich verstand die Einzelheiten nicht.

»Granby wird unentwegt verklagt«, sagte Petra zu mir. »Jede andere Schule im Bezirk auch.«

»Weswegen?«

»Ach, Gott«, sagte Madame Mancio, »aus allen möglichen Gründen. Meistens *drohen* die Familien nur mit einer Klage. Suspendierung, Noten, Vernachlässigung, ihr Kind sei nicht aufs richtige College gekommen, ein Trainer habe ihr Kind nicht in die Unimannschaft aufgenommen. Kein Witz, leider. All die Anwälte, die die Schule bezahlt? Sie sind *ausgelastet*.«

»Das wusste ich nicht«, sagte ich.

Unter der Brücke war der schneebedeckte Tigerwhip sicher fest zugefroren. Ich konnte Stiefelspuren sehen, den Abhang hinunter und quer über die flache Oberfläche, die jetzt nur vage an Wasser erinnerte. (An diesen Hängen hatten wir in der elften Klasse in Bio gesessen, als Ms. Ramos uns je zehn Pflanzen skizzieren ließ. Ich trug einen Pullover, der mir bis über den Po reichte, und ruinierte ihn mir im Dreck.) Fünfundzwanzig Kilometer weiter, wo das Flüsschen sich in den Connecticut River ergoss, war das Eis sicher lockerer, klumpiger, wich Matsch und strömendem Wasser.

»Hat sich der Campus sehr verändert?«, fragte mich Petra.

Madame Mancio, die ich wahrscheinlich Priscilla nennen sollte, wenn ich irgendeine Chance auf ein normales Gespräch mit ihr haben wollte, sagte: »Nicht so sehr wie Bodie! Ich weiß noch, wie ich Ihr Foto auf diesem Cover sah. Ich dachte, mein Gott, sie hat ja richtig was aus sich gemacht! Ich erinnere mich nicht an jeden so gut, aber Sie hatte ich alle vier Jahre, nicht wahr?«

Ich nickte, obwohl es nicht stimmte; im ersten Jahr hatte ich Mr. Granson gehabt.

Dann, mit plötzlicher Dringlichkeit: »Und wer passt auf Ihre Kinder auf, während Sie hier sind?« Als könnte ich dieses Detail übersehen haben.

»Ihr Vater.«

»Oh, gut. Bestimmt vermissen sie Sie ganz schrecklich!«

Brigitte hechelte; ich hatte den Eindruck, dass sie nie die Zunge einzog.

Als Lance und ich mit *Starlet Fever* tourten, wurde ich oft gefragt, wo meine Kinder seien, wie sie es fänden, dass ich nicht da sei, wie mein Mann dazu stehe – aber Lance, der drei Kinder hatte, wurde das nie gefragt.

Wir erreichten jetzt den Unteren Campus und gingen über den Hof, wo der Schnee zu grauem Eis plattgetrampelt war.

Priscilla sagte: »Mit wem haben Sie noch Kontakt?«

»Mehr mit Lehrkräften als mit Schülerinnen und Schülern. Vor allem über Facebook.«

»Ach, Facebook, pfff.« Priscilla machte eine wegwerfende Geste. »Ich bin für Telefonate und Briefe. Und ich gehe zu jedem Klassentreffen. Wissen Sie, mit wem ich immer noch Weihnachtskarten austausche – mit Denny Bloch und seiner Frau. Sie waren doch auch Orchesterschülerin.« Zu Petra sagte sie: »Ich sehe sie noch da oben stehen und Flöte spielen. Es war doch Flöte, oder?«

»Sie können froh sein, wenn ich nicht mal in die Nähe einer Flöte komme«, sagte ich. »Ich habe Sachen im Backstage gemacht, das meinen Sie wahrscheinlich.«

»Aber Sie waren doch im Orchester!«

»Nein. Ich habe mich nur um die Beleuchtung und so was gekümmert.«

»Er hat den Fachbereich Musik in unglaublich kurzer Zeit umgestaltet. Das Orchester ist immer noch gut, wie Sie wissen. Allerdings ist es schwer, Jungs zum Singen zu bringen. Oft müssen Mädchen Tenor singen.«

Aber: Jetzt, da sie von Ihnen gesprochen hatte, waren Sie die vierte Person in unserer Gruppe, ein Phantom, das über den Unteren Campus mit uns zum Lehrerzimmer ging.

Als Kind hatte ich mir oft zwanghaft vorgestellt, mich würde jemand beobachten. Ich wusste, dass dem nicht so war, paranoid war ich nicht, aber ich tat zum Beispiel so, als könnte meine Klassenlehrerin der dritten Klasse alles sehen, was ich machte, nur nichts von meiner Umgebung. Wenn ich also ganz normal über den Krempel in meinem Zimmer stieg, wüsste sie nicht, wie unordentlich mein Zimmer war. Wenn ich mir lange genug die Zähne putzte, wüsste sie nicht, dass ich keine Zahnpasta benutzte. Diese Angewohnheit schleicht sich bis heute noch manchmal ein, besonders dann, wenn ich nicht ganz glauben kann, wo ich bin, und mich meiner selbst von außen vergewissern muss.

Sobald Priscilla also Ihren Namen genannt, sobald sie Sie heraufbeschworen hatte, stellte ich mir vor, Sie seien es, der mich beobachtete.

Im Lehrerzimmer beobachteten Sie, wie ich Kaffeesahne in meine Tasse schüttete und Süßstoff aus einem kleinen grünen Päckchen.

Ich war noch nicht wütend auf Sie. Das kam erst später. Zunächst waren Sie nur ein Zuschauer.

Fühlen Sie sich nicht geschmeichelt.

Ich hatte noch nicht begriffen, dass ich Ihnen auf der Spur war, dass ich Antworten von Ihnen haben wollte. Aber das Unterbewusstsein hat eine seltsame Art, Dinge herauszuarbeiten.

6

Von der Personalabteilung aus begleitete Petra mich zur Quincy Hall, dort in den ersten Stock und einen Flur entlang, der so roch, wie er früher schon gerochen hatte – nach dem dunklen, alten Holz seiner Fensterbänke. Aber die Dunkelkammer von damals war jetzt ein 3D-Drucklabor, der Trinkbrunnen eine Wasserfüllstation mit digitalem Zähler. In dem Eck-Klassenraum, wo einst mein Kunstgeschichtsunterricht stattfand, warteten meine fünf Podcaster.

Fünf allerliebste Kinder, die mich mit großen Augen anschauten. Da stand ein schlaksiger Junge mit altmodischem High-Top-Fade und David-Bowie-T-Shirt. Ein blasses Mädchen mit lila Haaren, das wie Lillian Gish aussah. Sie waren alle schön, auf eine Art, wie wir es nie gewesen waren. Nicht auf einer tieferen spirituellen Ebene, das meine ich nicht. Es dauerte ein paar Minuten, aber dann hatte ich es: Es lag an ihrer Haut und ihren Zähnen. Nicht eine einzige Aknenarbe bei irgendwem. Keiner trug eine Zahnspange, und doch waren ihre Zähne ebenmäßig, schon seit der Mittelstufe begradigt. Die Dermatologen und Kieferorthopäden wissen endlich, wie es geht.

Wir machten eine Vorstellungsrunde, Namen, Pronomen, Heimatstädte, Ziele, aber ich blieb völlig auf ihre Jugend fixiert. Anders als meine UCLA-Studenten waren dies noch wirklich Kinder. Außer einem (dem mit dem Bowie-Shirt, ein halb ghanaischer, halb irischer Elftklässler aus Connecticut, der beim öffentlich-rechtlichen

Rundfunk arbeiten wollte) waren alle im letzten Schuljahr, aber was für Milchgesichter, wie unausgereift.

Sie hätten diese Kids geliebt, Mr. Bloch. Sie wären Knetmasse in Ihren Händen gewesen.

Der Bowie-Junge hieß Alder und entschuldigte sich andauernd für sein Niesen, wobei er jedes Mal aufstand und sich ein Kleenex vom Tafelrand holte. Schließlich gab ich ihm die ganze Box, und er wirkte beschämt. »Ich will was über die Dreißigerjahre machen«, sagte er. Wir gingen noch einmal reihum und sammelten Podcast-Ideen. »Aber ich will es so machen, als wären die Dreißiger *jetzt*.«

In der Woche davor hatte ich sie in einer E-Mail gebeten, sich Themen zu überlegen, die mit Granbys Vergangenheit oder Gegenwart zu tun hatten. *Auf diese Weise*, schrieb ich, *haben Sie leichten Zugang zu Interviewquellen und Archiven*. Es hatte auch den Vorteil, dass mir Fancasts über Videospiele oder Vampire erspart bleiben würden. Dazu hatte ich ein paar Ideen aufgelistet, inklusive Links. Der Brand, der 1940 die ursprüngliche Sporthalle zerstört hatte. Die Tötung einer Granby-Lehrerin durch ihren drogenvernebelten Freund in ihrer Wohnung in Kern, eine Geschichte, von der ich als Schülerin besessen gewesen war. Die Schikane-Rituale in den Nullerjahren und die daraus resultierenden Schulverweise. Die Auflösung des Footballteams von Granby und ihre negativen Folgen. Die Debatte über Advanced Placement, das Angebot von Kursen auf Collegeniveau. Der Tod von Thalia Keith 1995.

Wenn Sie mich gefragt hätten, warum ich Thalia mit auf die Liste gesetzt hatte, hätte ich gesagt, ich wollte die jungen Leute zum Nachdenken bringen, indem ich so viele Punkte auf der Granby-Zeitleiste vorschlug wie möglich. Und hätte es sogar geglaubt.

Alder sagte: »Mein Konzept ist quasi, mir vorzustellen, wie es gewesen wäre, wenn es damals Podcasts gegeben hätte, quasi eine Art Kreuzung aus dem Radio von damals und Podcasts. Ich wär also ein Granby-Schüler aus den Dreißigern und würde über das

Leben reden. Ich bin quasi der einzige Schwarze Schüler in Granby, und dann kommt die Große Depression, und Roosevelt –«

Ein Mädchen namens Jamila unterbrach ihn. »Du müsstest dich aber für ein Jahr entscheiden«, sagte sie. »Zwischen 1930 und 1939 ist ein Riesenunterschied.«

Alder nickte bedächtig, während er ein Taschentuch in der Hand zerknüllte. »1938«, sagte er. »Es ist 1938, ich bin ein junger Podcaster, der Botschaften in den leeren Raum sendet, und erfinde dabei Podcasts.«

»1938 war das Jahr, in dem *Krieg der Welten* –«, fing ich an, und Alder haute auf den Tisch, grinste und zeigte auf mich.

»Genau!«, rief er. »Sie *kapieren* es!«

Jamila plante eine Serie über Finanzbeihilfen im Zusammenhang mit »Race« in Granby. Reporterisch schien mir das eine schwierige Aufgabe zu sein, denn ich konnte mir kaum vorstellen, dass die Verwaltung sich sonderlich offen dazu äußern würde, aber Jamila wirkte entschlossen und gut informiert.

Ich hatte gehofft, sie würden meine Mail lesen, aber dass sie mit Notizen ankommen würden, mit ersten Recherchen, manche sogar mit Alternativvorschlägen, das hätte ich mir nicht träumen lassen. Nachdem alle dran gewesen waren, wäre ich nicht erstaunt gewesen zu hören, dass sie sich auch schon Fördergelder gesichert hatten. Lola mit den lila Haaren verwendete genderneutrale Pronomen, hatte ausführlich über deren Leidenschaft für den Schutz von Elefanten gesprochen und wollte Restaurantangestellte in der Stadt interviewen. Alyssa Birkyt, eine stille Skiläuferin, die sich schon fürs Dartmouth College entschieden hatte, wollte sich mit dem komplizierten Vermächtnis von Arsareth Gage Granby beschäftigen.

Nur eine Teilnehmerin war unschlüssig: Britt, ein glutäugiges Mädchen mit langem, karamellfarbenem Haar, das mir wie ein typisches Granby-Glückskind meiner Zeit vorgekommen wäre (lässige Kaschmirpullis, hübsche Jeans, genetisch begünstigte

Wangenknochen), hätte sie nicht ein Anch-Tattoo an der Innenseite ihres Handgelenks gehabt und in der Vorstellungsrunde völlig unbefangen von ihrer klinischen Depression gesprochen. Ihre Stimme war trocken und tief, irgendwo zwischen der einer Raucherin und einer fünfzigjährigen Anwältin.

Als sie an der Reihe war, zuckte sie mit den Schultern. »Ich schwanke noch zwischen ein paar Ideen.«

Nach dem Unterricht blieb sie an der Tür stehen und wartete, bis Alder mit seinem Monolog über die Links, die er mir schicken wollte – zu seinen liebsten Musikkritikpodcasts und seinen liebsten Dokuserien und einem Podcast, in dem die ersten Blogs aus den späten Neunzigern vorgelesen würden –, fertig war. Im Gehen warf er Britt eine Kusshand zu, ein Schauspieler, der einer zu seinen Ehren gegebenen Party entschwebt.

»Ich, ähm«, sagte Britt, blickte zu Boden und dann über meine Schulter. »Okay, also, das ist nicht böse gemeint, aber, Sie machen ja in Ihrem Podcast viel über wahre Verbrechen, und ich finde, es ist ein problematisches Genre.«

Sie wartete ab, als sollte ich jetzt Reue zeigen. Ich sagte: »Ja, das ist ein Thema. Aber wir befolgen ja die Regularien des Studiosystems und jagen nicht nach Blut.«

»Ich mache mir Sorgen wegen der Tropen wahrer Verbrechen, der Art und Weise, wie sie in Unterhaltung verwandelt werden.«

»Das ist scharfsinnig«, sagte ich. »Es ist eindeutig eine Frage der Herangehensweise. Wenn wir etwas fetischisieren –«

»Klar, nein. Ich habe mir Ihren Podcast angehört, und ich verstehe schon, was Sie da machen, selbst bei der Folge mit Patricia Douglas oder der Schwarzen Dahlie – es geht mir mehr um Strukturen und – wie gesagt, ist nicht böse gemeint. Ich finde nur, also, ich sehe so viel Fetischisierung überall, und ich will nicht noch so ein weißes Mädchen sein, das kichert, wenn es was von Mord hört.«

Ich sagte: »Die meisten Gewaltverbrechen sind erstaunlich langweilig.« Ich zog mir einen Stuhl heran und setzte mich, signalisierte Britt, sie solle das Gleiche tun, doch sie blieb stehen und zupfte an ihren Rucksackschnallen. Ich gab ihr meine Podiumsantwort: »Die überwiegende Mehrheit aller Morde passieren, wenn zwei junge Männer in Streit geraten: Einer bringt den anderen um. Wenn Sie tiefer graben, nach ungelösten Kriminalfällen oder, in Anführungszeichen, interessanten Kriminalfällen, stoßen Sie in den meisten Fällen auf Männer, die ihre Partnerin umgebracht haben. Man kann also entweder von strukturellem Rassismus, häuslicher Gewalt und Überwachungsproblemen reden, oder man wählt eine Geschichte aus, die in irgendeiner konkreten Hinsicht interessant ist. Normalerweise in einer Hinsicht, die diese Schemata aufbricht. Eine Sorge dabei ist, dass solche Fälle nicht repräsentativ sind. Und sicher, die Versuchung, die Dinge zu einer Sensation aufzubauschen, ist da. Sind Sie –« Ich hatte erwartet, dass ihr Blick glasig geworden wäre, aber sie sah mich konzentriert an. »Interessiert es Sie, das als Thema zu bearbeiten?«

Britt sagte: »Also, ich als Weiße, wenn ich die Geschichte eines Mordes an einer weißen Person erzählen wollte, dann ignoriere ich die Gewalt, die Schwarzen und Braunen Körpern angetan wird. Aber eine Geschichte über Gewalt an People of Color kann ich nicht erzählen, weil ich weiß bin, das wäre kulturelle Aneignung.« Sie klang frustriert. Dass sie wie eine Erstsemesterstudentin vom Oberlin College redete, die diese Themen sehr wichtig nahm und nur noch nicht ganz durchschaute, hätte mich nicht überraschen sollen – immerhin hatte ich am College unterrichtet –, aber mit Granby wirkte es schwer vereinbar; wir hatten hier einst eine so naive, verletzende Sorglosigkeit an den Tag gelegt. Und war das nicht erst gestern gewesen?

»Ich finde nicht, dass das kulturelle Aneignung ist«, sagte ich. »Und es ist ja nur für ein kleines Publikum bestimmt.« Ich wies auf die kahlen Bäume vor dem Fenster, in der Hoffnung, Britt würde sehen, was ich sah: dass wir im Wald waren, nicht – wie es sich für eine Zwölftklässlerin sicher anfühlte – im Mittelpunkt des Universums.

Sie sagte: »In Ihrer Mail hatten Sie zwei Morde aufgelistet. Den aus den Siebzigern und den aus den Neunzigern. Ich dachte, ich nehme einen von den beiden. Aber –«

Ich spürte meinen Puls im Nacken. Als wäre ich ein Kind in einer Vorstellung, wo der Zauberer um Freiwillige bittet und man panische Angst hat, dass er einen auswählt, es zugleich aber aufgeregt hofft. Ob ich es zugeben konnte oder nicht, ich wollte, dass dieses junge Mädchen sich Thalias Tod anschaute, so genau, wie ich es nicht tun konnte (aufgrund meiner zu großen Nähe oder meines Traumas oder der irrationalen Sorge, dass meine ehemaligen Mitschülerinnen und Mitschüler es anmaßend von mir finden könnten – nein, dass irgendwie Thalia *selbst* es anmaßend finden könnte); und gleichzeitig, zum Teil aus den gleichen Gründen, wollte ich sie davon abhalten. Ich bereute es, Thalia auf die Liste gesetzt zu haben. Vielleicht könnte ich Britt ja für Barbara Crocker und 1975 interessieren, dachte ich, für ihren Freund, den man in unmittelbarer Nähe des Internatsgeländes im Wald versteckt gefunden hatte, und seine erstaunlich milde Strafe.

Aber Britt sagte: »Ich weiß, dass Sie befreundet waren.«

»Wie bitte?«

»Sie und Thalia Keith. Okay, also, ich hab Journalismus belegt, und wir haben Zugang zu den *Sentinel*-Archiven. Ich bin letztes Jahr auf die Geschichte gestoßen und hab alles gelesen, was dazu in dieser Zeitung stand, und dann noch intensive Internetrecherchen gemacht und alle Reddit-Foren durchforstet.«

»Sie haben meinen Namen auf Reddit gefunden?«

»Nein. Ich meine – Sie wurden im *Sentinel* zitiert, und ich habe alle gegoogelt, die da zitiert sind, um zu sehen, was aus ihnen geworden ist, und Sie waren leicht zu finden. Und dann hieß es, dass Sie hierherkommen, und ich dachte so – *krass*.« Britt begann, an der Kappe ihres grünen Stifts zu nagen.

Ich sagte: »Wir haben fast die ganze elfte Klasse lang zusammen in einem Zimmer gewohnt. Wir waren uns zugeteilt worden. Freundinnen waren wir nicht.«

»Wenn Sie einverstanden sind – von den zwei Fällen würde ich gern Thalia Keith nehmen«, sagte sie. »Es wäre einfacher. Ich meine, es gibt Lehrer und Lehrerinnen, die ich interviewen könnte. Und vielleicht Sie? Aber, also, ich frage mich immer noch, wie problematisch das ist.«

»Was ja schon zeigt, dass Sie es rücksichtsvoll und verantwortungsbewusst machen würden.« Ich merkte gerade noch so, dass ich dabei war, Britt zu dem Thema zu überreden, und mich zu fragen, warum ich das tat.

Sie nickte, nagte an der Stiftkappe.

»Es ist Ihre Entscheidung«, sagte ich. »Aber denken Sie daran, den Umfang im Blick zu behalten – was Sie in zwei oder drei Folgen erzählen können.«

Britt zog die Stiftkappe aus dem Mund und sagte: »Ich glaube, der falsche Mann sitzt im Gefängnis.«

»Interessant.« Ich nickte unverbindlich. Ich hätte ahnen sollen, dass es das war, worauf sie hinauswollte. »Ich bin gespannt«, sagte ich.

7

Petra hatte gesagt, ich könne mich zum Mittagessen mit ihr treffen, aber ich merkte, dass ich weder hungrig war noch bereit, mich der Schulcafeteria auszusetzen, wo ich meinem eigenen täppischen Geist begegnen könnte – also entschied ich mich für einen weiteren Kaffee und ein paar Minuten Recherche für meinen eigenen Podcast. In der Bibliothek, wo das Licht gelb durch die hohen, schiefen Fenster glitt und den kreiselnden Staub erleuchtete, setzte ich mich wie einst an einen der Tische, um meine Hausaufgaben zu machen. Dies war der Ort, wo ich um zehn Uhr abends Vokabeln nachgeschlagen, der Ort, aus dem ich Zeitschriften unter meinem Hemd herausgeschmuggelt hatte. Jetzt gab es hier weniger Bücher und mehr Tische, mehr Leute mit Laptops und Kopfhörern. Aber ein Junge neben mir hatte eine Tüte Chips verdeckt auf dem Schoß; diese Dinge hatten sich nicht geändert.

Während des Zweiten Weltkriegs war Rita Hayworth das beliebteste Pin-up-Girl der GIs. (Nicht zufällig hängt in *Die Verurteilten* ihr Poster an der Wand.) Sie war ins Showbusiness hineingezwungen worden (von ihrer Mutter, einer Varieté-Künstlerin, und ihrem Vater, der Tänzer war), eine in sich gekehrte, zögerliche, von ihrem Image erdrückte junge Frau. Als Margarita Carmen Cansino mit dunklem Haar geboren, wurde sie in einen Rotschopf verwandelt. Mittels Elektrolyse hob man ihren Haaransatz an, der als zu ethnisch galt. Man ließ sie in ihrer Unterwäsche posieren. Sie machte gute Miene.

Lance wollte jeweils einen der Männer ihres Lebens in den Mittelpunkt der Folgen stellen – zuerst ihren Vater, dann nacheinander die fünf Ehemänner. In einer Hinsicht war das passend, weil ihr Leben von Männern bestimmt gewesen war. Fast immer von schrecklichen Männern, die ihr Geld nahmen oder sie baten, Hollywood zu verlassen, oder ihre Kinder als Schachfiguren benutzten. Ihr vierter Mann schlug ihr im Cocoanut Grove ins Gesicht. Aber es schien mir unfair, ihr Leben um die Menschen herum zu strukturieren, die es beherrscht hatten. Ich sagte, ich würde es mir überlegen.

Die Recherche war von jeher mein Wohlfühlort. Schon früher habe ich gern Fakten über die Leute aus meiner Klasse gesammelt, vermutlich um mich sicherer zu fühlen, indem ich die Welt kartierte. Wenn ich alles um mich herum kartographisch erfassen kann, so weit mein Auge reicht, befinde ich mich zwangsläufig im Zentrum, real und unbeschädigt. *Sie sind hier.*

Rita war ein Pinball, der von einem Punkt zum anderen katapultiert wurde. Das kannte ich; was war meine Kindheit anderes gewesen als ein ständiges Abprallen von einem Ort und einem Desaster zum nächsten? Aber um fair zu sein, so sind viele Kindheiten. Ich muss dem Drang widerstehen, mich selbst zu mythologisieren, meinen Weg als einen besonders harten darzustellen, um mir auf die Schulter klopfen zu können, weil ich da herausgefunden habe. Ich kann mir auch so auf die Schulter klopfen. Sagt zumindest meine Psychiaterin.

Manche kamen aus Sozialwohnungen nach Granby, andere aufgrund eines Sorgerechtskompromisses. Ich war nicht die Einzige mit einer nicht eben romantischen Herkunftsgeschichte.

Eine Nachricht von Jerome: ob ich die Mail von Leos Klassenlehrerin bekommen hätte – morgen sei der hundertste Tag der zweiten Klasse. Es schien unmöglich, das Jahr war wie im Flug vergangen. Die Kinder sollten hundert Exemplare von irgendetwas mitbringen und sich wie alte Leute anziehen. Damit bloß keine

Mutter des einundzwanzigsten Jahrhunderts auch nur einen einzigen Moment fand, in dem sie nicht durch Kreativität ihre mütterliche Hingabe bewies.

Jerome schrieb: *Leo allein oder ich alle Register?*

Ich war unschlüssig. Leo Selbständigkeit beibringen und einer Schule, die dies zusätzlich zu Heritage Week und Crazy Hair Day und Historical Figure Day und Cupcake Day und Funky Socks Day verlangte, den Mittelfinger zeigen – oder Leos künstlerischen Vater die Pinterest-Mütter spektakulär übertrumpfen lassen. Da wir immer zwischen diesen beiden Verhaltensweisen schwankten, waren unsere Kinder mal wandelnde Kunstwerke, mal DIY-Desaster.

Ich schrieb zurück: *Entscheide du.*

Obwohl Jerome absolut imstande war, hundert Gummibärchen zur *Mona Lisa* zusammenzukleben, wollte er, dass ich die Show von New Hampshire aus inszenierte. Wenn ich auf Podcast-Tour in einem Hotelzimmer saß, nahm ich die Dinge gern in die Hand. Aber schon nach einem Tag in Granby kam es mir absurd vor.

Auf Drängen meines Fitness-Trackers stand ich auf und lief in der Bibliothek herum, und dabei fiel mir ein, Mr. Bloch, wie Sie dazu neigten, in dem großen Ledersessel bei den Zeitschriften einzunicken, und wie manche von uns es witzig fanden, Ihnen eine Zeitschrift in den Schoß zu legen, als wären Sie darüber eingeschlafen. *House & Garden* oder *YM* oder *Glamour*.

Ich streckte die Hand nach dem Fenster über den Nachschlagewerken aus, um zu prüfen, ob es auch nach Jahrzehnten noch ungeputzt und unberührt geblieben war.

Mein Bruder Ace starb zweieinhalb Jahre, bevor ich nach Granby kam. An bestimmten Tagen (seinem Geburtstag, seinem Todestag, dem Tag, an dem ich ihm mitteilen wollte, dass die Pacers den Meisterschaftstitel gewonnen hatten) markierte ich bestimmte Stellen auf dem Internatsgelände, indem ich etwa ein Stück Rinde von einem Baumstamm schälte oder einen Stein tief in den Boden trat – einfach irgendein Zeichen hinterließ, das später noch da wäre. Nach Wochen oder Monaten schaute ich nach. Manchmal ritzte ich seine Initialen irgendwo hinein, häufiger aber veränderte ich nur auf kaum merkliche Weise die Welt.

Mein Sohn Leo würde diese Zeichen vielleicht Horkruxe nennen, und er hätte gar nicht so Unrecht damit. Ich legte um mich herum einen Schutzring an. Es gab von zu Hause nicht viel, woran ich denken wollte, aber wenn Ace überall in meiner Nähe wäre, *müsste* ich gar nicht an ihn denken und hätte kein schlechtes Gewissen, wenn ich es nicht tat.

Jedenfalls hatte ich irgendwann den abgebrochenen Aufhänger eines Plastikbügels genommen – einen vollkommenen Halbkreis – und ihn auf besagter Bibliotheksfensterbank versteckt.

Er konnte unmöglich noch da sein, aber in einem kleinen vertrauensseligen Winkel meines Gehirns erwartete ich es trotzdem und war enttäuscht, dort nichts zu finden.

8

Es gibt so vieles, was ich Ihnen nie von mir erzählt habe, selbst wenn Sie fragten, aufrichtig fragten; Dinge, die ich auch bei den endlosen Kennenlernspielen nicht preisgab, an denen jeden August die gesamte Schule teilnahm.

Ich glaube, ich würde vor allem gemocht werden, wenn ich durchschnittlich wäre, ein Amalgam – also schmirgelte ich meine Geschichte auf das Gewöhnliche herunter. Meine Mutter sei Zahnärztin (in Wahrheit war sie Zahnarzt*helferin*), mein verstorbener Vater sei Unternehmer gewesen (er hatte eine erfolglose Kneipe besessen), ich hätte einen älteren Bruder; ich sei im Süden Indianas aufgewachsen.

Die Kurzfassung der Wahrheit, die Fassung, die ich allen neuen Therapeutinnen und Therapeuten in den ersten fünf Minuten erzähle, um zu sehen, worauf sie anbeißen:

Als ich acht war, hat mein Bruder, der damals fünfzehn war, aus Versehen meinen Vater umgebracht, indem er ihn vom Balkon stieß. Mit einem Pfannenwender.

Ich beende den Satz immer mit dem Wort »Pfannenwender«, nur um die Leute zum Lachen zu provozieren. Es ist weniger eine Prüfung, der ich mein Gegenüber unterziehe, als eine Methode, das Gespräch unter Kontrolle zu bringen, bevor sie mich mit ihrem Mitleid auf die Matte ringen.

Später in jenem Jahr ließ meine Mutter, als sie schon kurz vor einem Zusammenbruch stand, mormonische Missionare ins Haus, die von da an immer wiederkamen, mit Keksen und Bastelsachen. Sie zeigten mir, wie man eine Flasche mit verschiedenfarbigen Sandschichten füllt. Binnen weniger Monate wurden wir Mormonen, das heißt, meine Mutter wurde eine, und Ace und ich machten um ihrer seelischen Stabilität willen mit. Ich erinnere mich an einige Mormonengeschichten, denen ich in Bibelkunde mit halbem Ohr zuhörte (Lehis Traum vom glücklich machenden Obstbaum, der Traum eines anderen von zweitausend unbesiegbaren Soldaten), und oft bin ich mir unsicher, ob etwas aus dem Buch Mormon stammt oder aus der Bibel, mit der ich davor aufgewachsen war.

Knapp vier Jahre später im April, als ich elf war und er achtzehn, sprang oder fiel mein Bruder, unter dem Einfluss von mehr als nur einer Substanz im Blut, vom Dach eines Schuhgeschäfts und lag drei Tage im Koma, bevor er von uns ging. Da verlor meine Mutter vollends den Verstand.

Zum Beispiel stellte sie die leere Mikrowelle auf fünf Minuten ein, setzte sich davor und sah zu, wie die Glasplatte rotierte und rotierte. Ich schnitt mir im Bad die Haare bis zu den Ohren ab, und sie bemerkte es nicht, ich hörte auf, die Wäsche zu machen oder fing an, Aces alte Klamotten zu tragen, und sie bemerkte es nicht. Ob ich zu Hause blieb, um *Zeit der Sehnsucht* zu schauen, ob die Lebensmittel abgelaufen waren, ob ich Geld aus ihrer Handtasche nahm, um bei Wendy's zu essen, sie bemerkte nichts von alledem. Sie ging nicht mehr zur Arbeit, und soweit ich wusste, lebten wir von der Lebensversicherung meines Vaters.

Im Nachhinein frage ich mich, ob die Mormonen uns einen guten Dienst erwiesen. Wir waren leicht verkäuflich, eine rührselige Geschichte. Ein wohlhabendes Mormonenpaar, die Robesons, zeigte besonderes Interesse an uns, nahm uns jeden Sonntag mit zur Kirche und lud uns immer montags zu sich zum Abendessen ein. Ich sollte sie Tante und Onkel nennen, also vermied ich es ganz, sie mit Namen anzusprechen. Die Robesons hatten erwachsene Kinder, ein Haus voller Kunstblumen und kleiner Potpourrischalen, und pastellfarbene Teppiche in jedem Zimmer.

Meine Mutter gehörte in eine Klinik. Das war offensichtlich, und es war auch offensichtlich, dass sie meinetwegen zu Hause blieb. Was keineswegs besser für mich war; als ich in die achte Klasse kam, hatten meine schulischen Leistungen genauso gelitten wie meine Freundschaften und meine Körperpflege. Ich weiß nicht, ob ich klinisch depressiv war, aber um die Depression meiner Mutter zu überleben, war es das Beste für mich, abzustumpfen und mich ihr anzupassen, indem auch ich schwieg und mich nicht mehr um Sauberkeit, Telefonanrufe oder die Zubereitung von Mahlzeiten scherte.

Severn Robeson war in einem Vorort von Boston aufgewachsen und in den Fünfzigerjahren in Granby zur Schule gegangen, hatte auch seinen Sohn und seine Tochter dorthin geschickt und das eine oder andere Schülerstipendium gesponsert. Die Robesons machten mir einen Vorschlag: Ich sollte für den Rest des achten Schuljahrs bei ihnen wohnen und meine Noten verbessern, während meine Mutter sich einer Behandlung unterziehen würde. Und wenn ich dann die Zulassung für Granby bekäme – und sie waren sicher, dass ich das schaffen könnte, zwinker, zwinker –, würden sie die Schulgebühren, Kost, Logis und Bücher für mich bezahlen. In den Ferien würde ich bei ihnen wohnen, bis meine Mutter wieder stabil wäre und nach Hause käme.

Meine Vorstellung von einem Internat speiste sich hauptsächlich aus Fernsehserien und einer vagen Vision von Schaurigkeit und elitären Leuten. In dem Prospekt waren allerdings lachende Jugendliche vor Tellern mit Pommes frites zu sehen. Er zeigte braungebrannte, muskulöse Teenager, die Tauziehen spielten, als wäre das ein normaler Zeitvertreib und nicht etwa (wie ich noch lernen würde) eine der Pflichtaktivitäten der Orientierungswoche. Granby sah um einiges besser aus als Indiana. Es sah aus wie eine Schule, an der die Leute kein Kaugummi an dein Schließfach klebten und es nicht wahnsinnig komisch fanden, dich zu fragen, ob dein Bruder sich umgebracht hatte, weil du fett warst.

Als ich im Herbst 91 nach Granby aufbrach, nahm meine Mutter gerade an einer Gruppentherapie teil. Sie wohnte zusammen mit zwei anderen in einem eigenen kleinen Haus mit winziger Küche. Dort lernte sie einen Mann kennen, mit dem sie in die Wüste Arizonas zog. Sie stellten gemeinsam Windspiele und selbstgebundene Bücher her. Zu Thanksgiving kam sie nach Indiana geflogen. Wir feierten mit den Robesons und deren Kindern und Enkeln, und sie redete die ganze Zeit von der Sonne Arizonas und davon, dass der Großteil ihrer Probleme von der Düsternis hier oben herrühre.

Im darauffolgenden Juni fuhr ich zu ihr nach Sedona, aber weder für ihren Pseudo-Hippie-Freund noch für den Airstream-Wohnwagen, in dem wir uns zusammenquetschten, konnte ich mich sonderlich erwärmen. Sie und ich stritten uns ganz fürchterlich, und ich kehrte einen Monat früher als geplant nach Indiana zurück. Als Sie mich kennenlernten, in der zehnten Klasse, lebte ich schon ganz bei den Robesons und verbrachte die Ferien auf meinem Zimmer oder mit einem Buch auf ihrem Samtsofa, immer in der Hoffnung, dass niemand Smalltalk mit mir machen würde. Aus Pflichtgefühl ging ich mit ihnen in die Kirche. Sie drängten mich nur sanft, mich taufen zu lassen, und ließen mich nicht fallen, als ich es ablehnte. Sie fragten mich nach meiner Mutter, als ginge mein Kontakt zu ihr über ein paar Postkarten dann und wann hinaus. *Ohne mich bist du so viel besser dran*, schrieb sie auf einer davon.

Wenn ich mit Gleichaltrigen von den Robesons sprach, nannte ich sie meine Tante und meinen Onkel; in offiziellerem Rahmen bezeichnete ich sie als meine Pflegeeltern. Doch keiner der beiden Ausdrücke traf den Gästezimmeraspekt des Arrangements – wie Margaret Robeson zum Beispiel, wenn ich duschte, schnell zu mir hineinhuschte, um mein Bett zu machen, oder wie erleichtert wir alle waren, wenn ihr Sohn Ammon mit seinen Zwillingen nach Hause kam, sodass ich eine Rolle übernehmen konnte, indem ich sie für fünf Dollar die Stunde vor Disneyfilme setzte.

Fran wusste das alles; ich hatte es ihr im Lauf des ersten Granby-Jahres, in dem unsere Freundschaft allmählich Gestalt annahm, nach und nach erzählt. Zuerst, dass mein Vater und mein Bruder beide tot waren; dass der Tod des einen zum Drogenproblem des anderen und letzteres wiederum zu dessen Tod geführt hatte, eine Tragödie die Ursache der zweiten. Frans ältere Schwester Liza, die gerade ein Jahr in Japan gewesen war, hatte uns beigebracht, wie man mit einem Bambusschneebesen Matcha machte, und so saßen wir zunehmend koffeiniert in der Hoffnungschen Küche (auf dem Tisch stapelweise unkorrigierte Arbeiten und alte *New Yorker*, in der Mitte das Aquarium und auf der Arbeitsfläche immer ein angebrochener Kuchen), bis ich ins Wohnheim zurückmusste. Es war Winter, ich brauchte also nicht morgens um vier zum Rudertraining aufzustehen. Mit dem Schneebesen spielend, erzählte ich Fran im Detail, wie mein Vater gestorben war, und beantwortete ihre Nachfragen. Das hatte ich noch nie getan, nicht einmal bei dem sanftmütigen mormonischen Therapeuten, den die Robesons für mich gefunden hatten.

Er war an dem Abend betrunken gewesen, was keineswegs typisch war. Die Kneipe, die er besaß, war ein gewöhnliches Lokal, mit Neonschildern in den Fenstern, und im Sommer arbeitete mein Bruder bei ihm, servierte frittierte Zwiebeln und Käse in roten Plastikkörben. Am besagten Abend bat er meinen Vater um einen Vorschuss auf seinen Lohn, und mein Vater lehnte ab, obwohl er es anderen Angestellten durchaus schon bewilligt hatte. Nach Kneipenschluss stritten sie sich hinten auf dem Balkon, während Ace den Grill saubermachte. Mein Vater, nicht sturzbetrunken, aber betrunken, sagte Sachen, die einen Fünfzehnjährigen mit Affektkontrollproblemen provozieren mussten. Mein Bruder brüllte, mein Vater brüllte, mein Vater schubste meinen Bruder,

der stieß ihn mit der Grillbürste, die er in der Hand hielt – kein Pfannenwender, entschuldigen Sie die dichterische Freiheit –, und mein Vater fiel rückwärts über das niedrige Geländer auf den steinigen Abhang darunter, drei Meter tief, und kam hart mit dem Kopf auf. Ein paar Zentimeter weiter links, und ihm wäre nichts passiert, aber so verlor er sofort das Bewusstsein – und Ace klang am Telefon nicht panisch genug, um die Notfallsanitäter zur Eile anzutreiben. Als sie kamen, hatte mein Vater schon zu stark geblutet, um gerettet zu werden. Er starb noch im Krankenwagen.

Fran vertraute mir ihrerseits keine Geheimnisse an, hörte aber aufmerksam zu und bildete sich eine Meinung, etwa zu dem scheußlichen Pferdeschwanz, den der Freund meiner Mutter trug, zum Spieleabend bei den Robesons, dazu, ob ich im nächsten Sommer um die Kirchgänge herumkäme, ob meine Mutter in Arizona weiter durchdrehen würde (wie ich annahm) oder aber gesund werden würde (Frans optimistische Einschätzung). Ihr Coming-out hatte Fran erst am Reed College, also war sie nicht kurz davor, mir zu erzählen, wie brennend sie für Halle Berry schwärmte oder was sie an einer Schule, wo schon ihr zweites Ohrloch als nonkonformistisch galt, an inneren Turbulenzen auszustehen hatte.

Heutzutage kamen meine Mutter und ich ganz gut miteinander aus, auch wenn wir ein etwas steifes, herzliches Erwachsenenverhältnis hatten, nachdem sie den Großteil meiner Jugend verpasst und an meinem Leben erst wieder teilgenommen hatte, als ich in den Zwanzigern war (die Robesons sponserten auch meine Studienbeihilfen, nur leicht enttäuscht, dass ich nicht ihren Kindern an die konfessionelle Brigham-Young-Universität gefolgt war). Sie lebte noch in Arizona, war von dem Hippie geschieden und machte die Buchführung für ein Resort mit angeschlossenem Ashram. Immerhin liebte sie ihre Enkelkinder. Severn Robeson war 2009 gestorben, und Margaret Robeson schickte ich zu jedem Muttertag eine Karte. Wenn irgendwo in Kalifornien ein Feuer ausbrach, mailte mir Margaret und fragte, ob ich in L. A. in Sicherheit sei.

An und für sich mag ich die meisten Mormonen recht gern, selbst wenn ich mich in Granby in einem soliden Agnostizismus einrichtete und große Probleme mit der kirchlichen Geschichte der Scheinheiligkeit habe. Wenigstens meine Zuneigung bin ich ihnen schuldig. Aber ich blieb immer ein Gast im Haus der Robesons, und je mehr ich mich in Granby veränderte – ein so anderes Granby als die reine Jungenschule, die Severn in den Fünfzigern, noch mit Sakko und Krawatte, besucht hatte –, umso klarer wurde mir, dass ihre Unterstützung mehr in ihren Werten als in emotionaler Verbundenheit wurzelte.

Ich glaube nicht, dass die Erwachsenen in Granby von alledem etwas wussten, abgesehen von den Hoffnungs und vielleicht Mrs. Ross, die als meine Tutorin mit den Robesons in Verbindung stand.

Ich wurde so gut darin, die typischen Kennenlernfragen zu beantworten. *Lieblingsurlaubsort?* Arizona! Ich liebe das Sonnenlicht! *Wie viele Geschwister?* Eins. Die Golffreunde meines Vaters hätten gemeint, da mein Bruder Ace heiße, müssten sie mich Birdie nennen. Also hätten meine Eltern mich Elizabeth getauft und mir den Spitznamen Birdie gegeben. Und was habe mein Bruder, mit seinem Sprachfehler, daraus gemacht? Bodie. Klingt eher wie Bogey, ja, ha ha ha! *Wie haben deine Eltern sich kennengelernt?* Bei einem Blind Date! *Nenne ein Essen von zu Hause, das du vermisst!* Brownies, sagte ich immer, weil die Mormonen fantastische Brownies machen.

9

In meinem Nachmittagskurs schaltete ich auf Autopilot, ließ meine Standardeinführung in die Filmwissenschaften vom Stapel und zeigte passende Clips dazu. Ich hatte zwölf Schülerinnen und Schüler, von denen drei *Der Pate* als ihren Lieblingsfilm nannten. Ich sagte ihnen, wir würden ganz am Anfang beginnen. Es würde um Orientierung und Desorientierung gehen.

Ich konnte nicht anders, als mein Handy zu checken, während die ersten Clips liefen; Yahav hatte immer noch nicht geantwortet.

Auf dem Bildschirm fuhr der Zug der Lumière-Brüder in seinen 1895er Bahnhof ein.

Eine Raumkapsel traf den Mond direkt ins Auge.

Ein Feuerwehrmann trug eine Frau aus einem brennenden Gebäude.

Auf dem Bildschirm jetzt eine Silhouette mit einem Messer, Janet Leighs Gesicht im Close-up, ihre Finger an den Kacheln, die Duschvorhangringe im Close-up, der Abfluss. »Überlegt mal, was er nicht zeigt«, sagte ich.

Es war nicht selten vorgekommen, dass jemand erst ein halbes oder ganzes Jahr später nach Granby kam. Manche gingen sofort wieder, ein abgestoßenes Organtransplantat. Andere blieben, und man erinnerte sich gar nicht mehr an die Zeit vor ihnen.

Zur letzten Sorte gehörte Thalia, die erst zwei Jahre später, in einen Gerüchtenebel gehüllt, ans Internat kam.

Ein Schulwechsel in der Elften, da musste es doch eine *Ge-*

schichte geben. Dass Leute in der Zehnten wechselten, ergab Sinn – entweder ging die Schule, die sie davor besucht hatten, nur bis zur neunten Klasse, oder sie hatten an einer anderen Schule etwas vermisst oder keine Freunde gefunden oder waren schlicht durchgefallen. Die Wenigen, die in der Zwölften wechselten, waren wie Parkman Walcott – ich bezweifle, dass Sie ihn kannten – alle mindestens neunzehn Jahre alt, hatten schon einen Abschluss von einer anderen Schule, öffentlich oder privat, und ließen sich gegen die Regeln für ein dreizehntes Schuljahr als Verstärkung fürs Football- oder Hockeyteam holen, weil sie sich davon bessere Chancen auf ein besseres College versprachen. Parkman Walcott, ein aknenarbiger Verteidigungsspieler, dessen Kentucky-Akzent umso ausgeprägter wurde, je länger er in New Hampshire war, wurde mit wenig subtiler Ironie Peewee genannt, was so viel wie Milchbart oder Frischling hieß, und ich habe eine besonders unerfreuliche Erinnerung an ihn, die ich mir für später aufspare. Das waren die Schulwechsler in der Zwölften: vier oder fünf Peewees pro Jahr. In der Elften gab es keine, es sei denn, man zählte die skandinavischen oder brasilianischen Austauschschüler und -schülerinnen mit, die für neun Monate kamen, mit allen rummachten, die heiß waren, unsere Schwimmrekorde brachen, angesichts unserer College-Bewerbungsverfahren den Kopf schüttelten und wieder verschwanden.

Dann, aus dem Nichts, kam Thalia Keith. (Titelmusik! Verfolgerscheinwerfer! Alle wenden die Köpfe.) Lange schwarze Locken, reiner olivfarbener Teint, Augen, die viele ehrfurchtsvoll als *aquafarben* beschrieben. Flachbrüstig, was vielleicht erklärte, warum eine hochrangige Gruppe von Elftklässlerinnen sie, anstatt sie umzubringen, auf der Stelle adoptierte. Vor allem Rachel Popa und Beth Docherty, die wie Negativbilder voneinander aussahen. (Fran nannte sie die Pantone-Zwillinge. »Ich wüsste ja gern, ob es sie auch in Blau gibt«, sagte sie. »Vielleicht bestelle ich mir eine in Lavendel.«) Rachel war leuchtend braun mit langen, glatten dunklen Haaren, Beth leuchtend hellhäutig mit langen, glatten blonden Haaren – beide zierlich, hübsch, sportlich und reich genug, um ihre Zeit damit zuzubringen, Sozialdramen zu entfachen, anstatt ihnen auszuweichen. Sie rissen Thalia sofort an sich. Das tat auch Sakina John, die neben Beth eine von Granbys Musicalstars war. Sobald die Proben für die Oktober-Follies begonnen hatten und sie merkte, dass Thalia gut war, aber nicht besser als sie, freundete sie sich eng mit ihr an. Puja Sharma war mit Thalia im Tennisteam und heftete sich regelrecht an ihre Fersen. Puja kam aus London und suchte etwas verzweifelt Kontakt, war aber geschickt darin, sich Freundinnen mit Urlauben und Geschenken zu erkaufen. Thalia war nicht die Bienenkönigin der Klasse (das war Beth), aber sie stand im Mittelpunkt und war beliebt.

Und für die Jungs war sie Frischfleisch, hätte halb so hübsch sein können und trotzdem ihr Interesse erregt, allein weil sie die Neue war. Inzwischen weiß ich, dass es für heterosexuelle Jungen in dem Alter weniger um das konkrete Mädchen geht als um den Wettkampf. Genauso wie es beim Fußball nicht um die Liebe zum Ball geht. Und sobald sie zum Objekt des kollektiven Interesses erklärt worden war, war sie der Ball.

Bald machte in den Badezimmern der Jungs eine Thalia-Bingokarte die Runde – ein Zettel mit Quadraten, in denen Dinge standen wie *Kleidung außen berührt* oder *unter Kleidung über Thailie berührt* (dieser Rechtschreibfehler wurde mir hämisch von Geoff Richler übermittelt), *verabredet* oder *gevögelt*, und die sie mit ihren Initialen versehen konnten. Die einzigen Initialen, auf die er etwas gebe, sagte Geoff, seien die der fünf Jungs, die behaupteten, sie schon gefragt zu haben (im September!), ob sie mit ihnen zum Homecoming gehen wolle. Aber ich sah ja, wie die Jungs zu Thalia liefen und sie am Arm berührten, damit sie das *Kleidung außen-*Quadrat markieren konnten. Mit ihrem selbstsicheren Lachen gelang es Thalia, sich den Witz zu eigen zu machen, es war ein schönes, gutgelauntes Lachen, das jedem zeigte, dass die Jungs ihre *Freunde* waren, ganz gleich, ob sie je mit ihr gesprochen hatten oder nicht. Sie lachte wie jemand, der sie seit Jahren kannte. Ein »Ach, Marco, du schon wieder«-Lachen, dabei – wusste sie überhaupt, dass es Marco Washington war, der zu ihr gelaufen kam, um kurz ihr Haar zu streicheln?

Vielleicht erinnern Sie sich nicht an Marco. Er war nicht gerade ein Kandidat für Ihr Opernseminar. Erinnern Sie sich an Pewee Walcott, Dorian Culler, Mike Stiles? Egal. Es waren wesentliche Gestalten meiner Jugendzeit, für Sie dagegen bloß vorüberziehende Gesichter. Sie hatten seitdem jedes Jahr eine neue Schülergeneration. Thalia war Ihnen wichtig genug, deshalb erinnern Sie sich bestimmt auch an die Leute in ihrem direkten Umfeld – Robbie Serenho, Rachel und Beth, diejenigen, die wie Monde um sie kreisten.

Auf dem Bildschirm stürzte jetzt über Buster Keaton ein Haus zusammen, und er stand unbeschadet da – verwirrt, gesegnet.

Die Gerüchte, falls Sie nie etwas davon mitbekommen haben: Sie sei an ihrem Heimatort mit einem Jungen verlobt gewesen, und ihre Eltern hätten sie hierhergeschickt, um die beiden zu trennen. Sie habe abgetrieben, und an ihrer alten Schule hätten das alle gewusst. Sie sei magersüchtig, und ihre Eltern reisten zu viel, um auf sie aufzupassen, also hätten sie sie auf dieses Internat geschickt, wo sie sich jeden Tag auf der Krankenstation wiegen lassen müsse. Sie habe sich die Nase korrigieren lassen und wolle noch einmal neu beginnen, an einem Ort, wo niemand ihr altes Gesicht kenne.

Wie die Gerüchte entstanden, kann man sich leicht denken – Mädchen, die wütend waren, weil »ihre« Jungs Thalia in jener ersten Woche auf Schritt und Tritt folgten und in der Augusthitze ihre Locken anschmachteten. Sie spielte Tennis, und auf einmal hatte das Tennistraining der Mädchen Zuschauer.

Wir teilten nicht von Anfang an das Zimmer. In der neunten und zehnten Klasse wohnte ich mit einer ruhigen Mitschülerin namens Diamond zusammen, die kurz vor Beginn der Elften die Schule abbrach. Danach wurde mir Ji-Hyun zugeteilt, die die Tage vor Unterrichtsbeginn im Bett verbrachte und sich vor Menstruationsbeschwerden krümmte; sie entpuppten sich als Blinddarmentzündung. Sie musste auf die Krankenstation und von dort in die Klinik, und als ich eine Woche nach ihrer OP aus dem Unterricht zurückkam, hatte sie ihre Sachen gepackt; sie flog heim nach Seoul. Thalia und ihre erste Zimmergenossin, eine mürrische Ukrainerin, hatten sich nie gut vertragen. Eines Tages Ende September, nachdem Thalia sich tagelang gefragt hatte, wo ihr lila BH geblieben war, sah sie unter Khristinas Hemd einen lila Träger hervorschauen. Es sprach sich binnen Stunden herum, und wir gingen alle davon aus, dass Khristina rausgeworfen werden würde (eine *BH-Diebin!*), aber der Disziplinarrat sah es ihr nach. Vielleicht gab es in Odessa ja keine schöne Unterwäsche. Thalia bat allerdings darum, in ein anderes Zimmer wechseln zu dürfen, und so hatte ich nach drei Wochen allein wieder eine Mitbewohnerin.

Ich machte mir keine Illusionen, dass Thalia und ich Freundinnen werden würden – sie war bereits in die soziale Stratosphäre aufgestiegen –, aber nach der kurzen Phase unerhörten Glücks, als Elftklässlerin ein Einzelzimmer gelandet zu haben, freute ich mich insgeheim doch sehr darüber, dass die andere Seite des Zimmers wieder bewohnt war. Der halbleere Raum hatte sich steril und gespenstisch angefühlt.

Thalia brachte richtige Dekogegenstände mit – eine Lichterkette aus winzigen weißen Lämpchen, eine Aloepflanze, einen wuscheligen grünen Sitzsack – und war nett zu mir und scherzte herum, während sie die Klamotten und Bücher, die sie nach und nach über den Flur in unser Zimmer herübertrug, auf ihr Bett fallen ließ. Als sie hörte, dass ich aus Indiana kam, fragte sie, wie es dort sei, und ich sagte, die reinste Hölle, bloß langweiliger. »Aber keine Sorge«, fügte ich hinzu, »immerhin haben wir da BHs.« Darüber lachte sie.

Es dauerte nicht lange, und ihre Freundinnen kamen, ihre richtigen Freundinnen, um ihr beim Einzug zu helfen. Beth Doherty und Rachel Popa standen auf ihrem Bett, um an das darüber angebrachte lange, hohe Regal heranzukommen, ein Regal, das ich für die Bücher benutzte, die wir erst im nächsten Halbjahr lesen würden. Aber Thalia hatte *Pullover*. Stapelweise Pullover, Fair Isle, Merino, Kaschmir. Sie füllten ihr Regal wie Geschmackssorten in einem Eisladen. Ich schätzte fünf Pullover pro Stapel, sechs Stapel. Sie hatte *dreißig* Pullover mit zur Schule gebracht. Plötzlich hatte ich Verständnis für Khristina, die gedacht haben musste, dass ein lila BH wohl kaum vermisst werden würde.

Thalia sprang in Shorts und Tanktop durchs Zimmer, die Haare zu einem Pferdeschwanz gebunden, den sie im Unterricht nie getragen hätte. Sie legten Janet Jackson auf, und schon bald war ich vergessen. Puja Sharma kam mit Muffins, die sie in der Stadt gekauft hatte und die sie mit viel Gejammer über die Kalorien in kleinen Stückchen aßen. Ich saß auf meinem Bett, ein Heft auf den Knien, und setzte ziemlich bald meinen Kopfhörer auf, damit es bloß nicht so aussah, als ob ich einbezogen zu werden hoffte. Ich lag nicht peinlich auf der Lauer, ich *lernte*.

Um Defensivmaßnahmen war ich nie verlegen.

Aber ich rede hier von mir, dabei ging es mir ja um Thalia. Und ich wollte Folgendes sagen: Eines der Gerüchte in jenem Herbst lautete, sie habe von ihrer letzten Schule abgehen müssen, nachdem ans Licht gekommen sei, dass sie mit ihrem Mathelehrer geschlafen habe. Dass er der besagte Verlobte sei. Dass *alle* Gerüchte stimmten: Er habe sie geschwängert, ihre Abtreibung bezahlt, seine Frau für sie verlassen, ihr geholfen, mit ihrer Essstörung fertigzuwerden. Ein paar von den Geschichten hatte ich geglaubt, aber diese Komplettversion verwarf ich sofort, schon weil sie von Donna Goldbeck kam, unserem Klassenklatschmaul und einer höchst unzuverlässigen Quelle.

Im abgedunkelten Klassenzimmer begannen die Erinnerungen

zu rumoren und mich zu irritieren. Wir waren damals so schnell dabei, den schlimmsten Tratsch zu verbreiten, so frei davon, uns Sorgen um jemanden zu machen. Vielleicht weil wir uns für Erwachsene hielten. Wenn sie mit einem Lehrer geschlafen hatte, war das ihre Schuld. Wir waren empört oder sogar beeindruckt, aber nicht besorgt.

Auf dem Bildschirm: Eine schmale Wolke zog quer über den Mond; ein Mann schlitzte einer Frau den Augapfel auf. Die Kids hielten sich die Hände vors Gesicht.

10

Als ich zum Abendessen wollte, fing Alder mich vor der Cafeteria ab und fragte, was ich von seinem Projekt hielte, ob er bei den 1930ern bleiben oder lieber etwas zum Vergleich der Wohnheimzimmer von Jungfrauen und Waagen machen solle. Er schien mir ein ungemein kreativer Schüler zu sein, der früh die unglückselige Botschaft empfangen hatte, dass es immer eine richtige Antwort gab.

»Es geht darum, sich auf etwas festzulegen«, sagte ich. Jetzt entdeckte ich Fran, die mir von drinnen zuwinkte, wo wir uns verabredet hatten. »Und dann das Beste daraus zu machen.« Alder nickte. Er hatte die Angewohnheit, über einen hinweg zu schauen und die Augen hin und her zu bewegen, so als löse er dort oben Gleichungen. »Also – es geht um Selbstvertrauen. Wenn's hilft, stellen Sie sich vor, dass ich Sie nicht für den Podcast benote, sondern für Ihr Selbstvertrauen.«

Ich zeigte auf seine Brust, was komisch war, weil das Bowie-Hemd jetzt von einem grauen Parka verdeckt war.

»Selbstvertrauen«, sagte Alder lachend und stieß einen tonlosen Pfiff aus. »Na ja. Darin bin ich nicht so groß.«

So viel, wie er redete, und so beliebt, wie er bei den anderen ganz offensichtlich war, schien er mir ein beeindruckendes Selbstvertrauen zu besitzen, aber wahrscheinlich hatte es noch keinen Elftklässler gegeben, der sich auf seinen wackligen Rehkitzbeinen wirklich sicher fühlte. Jemand aus meiner Klasse? Dorian Culler vielleicht, der sich seine eigene verzerrte Wirklichkeit schuf, indem er verkündete, ich würde ihn stalken oder Thalia sei seine heimliche Verlobte oder der arme Blake Oxford habe ihn gefragt, ob er seine Knastschlampe sein dürfe. Vielleicht Mike Stiles, unser König Artus, der sein Charisma wie einen maßgeschneiderten Anzug trug.

Dass ich ins Leere starrte, fasste Alder wohl als Ende des Gesprächs auf. Er dankte mir ein paar Mal zu oft und bahnte sich einen Weg ins Gebäude.

Fran schleuste mich an den Briefkästen im Eingangsbereich vorbei in die eigentliche Cafeteria, wie sie es tausend Mal gemacht hatte, und die Augenbinde war ab – ich stand wieder unter jener unverändert gewölbten Decke in einem Saal, wo es immer noch nach Speck, Kaffee und Desinfektionsmitteln roch. Sie führte mich durch die Schlange an der Salatbar hindurch zu einem Tisch unter den asiatischen Flaggen, an dem Anne, die Jungs und ein paar junge Lehrerinnen und Lehrer saßen. Aber zu meinem großen Verdruss kochte ich die ganze Zeit vor Wut, während sie mich den anderen vorstellte, weil ich erneut an all die Dinge denken musste, mit denen Dorian Culler ungestraft davongekommen war. Und ich kochte vor Wut, weil ich sein Verhalten damals als normal hingenommen hatte und erst jetzt in der Lage war, dessen ganzes übles Gewicht zu kalkulieren.

Keine Tabletts mehr in der Cafeteria von Granby, eine Umweltmaßnahme, die sie zugleich stilvoller machte. Wahrscheinlich verringerte es auch die Chancen, dass jemand sein gesamtes Essen mit spektakulärem Geschepper auf den Boden fallen ließ.

Ich freute mich riesig, als Mr. Levin sich zu uns setzte. Er unterrichtete immer noch Geometrie (war immer noch der sanfte, gutmütige Nerd) und sein Sohn Tyler, der im Windelalter gewesen war, als ich von der Schule abging, war jetzt Postdoktorand in Entomologie an der Cornell.

Ich schaffte es, mit Mr. Levin zu sprechen, aber Sie müssen verstehen: Dorian zog seine Show damals vor der ganzen *Klasse* ab, verdammt. Eines Tages, kurz nachdem er mit der Nummer angefangen hatte, kam ich in den Raum, wo wir Weltgeschichte hatten, und sah, dass er *Du machst mich so feucht, Dorian – BK* an die Tafel geschrieben hatte. »Bodie!«, sagte er. »Bodie, was soll das? Du weißt doch, dass du mir einfach einen Zettel in den Rucksack stecken kannst. Ich fühl mich missbraucht, Bodie.« Als Mr. Dar kam, sagte Dorian: »Mr. Dar, ich werde von Bodie sexuell belästigt. Schauen Sie mal, was sie geschrieben hat.« Seiner Stimme war anzuhören, dass er scherzte, also lachte Mr. Dar kurz, und der Satz blieb fast die ganze Stunde an der Tafel stehen, bis er Platz für seine Notizen zu Suleiman dem Großen brauchte. Er drehte sich mit dem Schwamm in der Hand zu mir um und sagte: »Was dagegen, wenn wir Ihren Liebesbrief wegwischen, Miss Kane?« Ich weiß nicht mehr, was ich gemacht habe – eine Grimasse und Daumen hoch? –, aber ich erinnere mich, dass die Schrift sichtbar blieb, Geisterwörter hinter den Geschichtsnotizen.

Mr. Levin bestätigte, dass die Zulassungsvoraussetzungen in Granby strenger geworden waren. »Die Besten hier waren schon immer intelligent«, sagte er. »Wie Sie. Aber am unteren Ende – da gab es welche, die scheiterten.« Es war freundlich von ihm, vergessen zu haben, dass ich in Geometrie beinahe durchgefallen wäre; ich hatte seine Unterrichtsstunden damit zugebracht, Nachrichten in meinen Taschenrechner zu tippen und ihn Geoff Richler rüberzureichen, als müsse er ihn sich ausborgen, der dann meine Nachricht löschte, selbst etwas eintippte und ihn mir zurückgab.

Falls Sie sich nicht an ihn erinnern, Geoff war derjenige, der im Kolloquium aufstand und mit Orangen jonglierte, während er, die Pfiffe ignorierend, Ankündigungen zum Jahrbuch machte. Sommersprossig und eher klein, hatte er etwa ab der Elften dichte Kinnstoppeln, die er »ein Geschenk meiner semitischen und prähistorischen Vorväter« nannte. Sein Vater war deutlich älter als seine Mutter (Geoff hatte Stiefgeschwister, die alt genug waren, um seine Eltern zu sein), und nachdem sie Geoff in Granby abgeliefert hatten, zogen sie aus New York weg und ließen sich in einer Seniorensiedlung in Boca Raton nieder. Geoff wirkte irgendwie gedemütigt von diesen Umständen, selbst wenn er grandios übertriebene Geschichten von geselligem Beisammensein um vier Uhr nachmittags und langweiligen Barbecues mit greisenhaften Nachbarn erzählte. Im Sommer arbeitete er als Caddy und schrieb meisterhafte Briefe an seine Granbyer Freunde mit Karikaturen am Rand.

Da ich gerade an Geoff dachte, fragte ich Mr. Levin, ob er sich an ihn erinnern könne. Ich brauchte das als Gegengift gegen Dorian Culler, als Selbstvergewisserung, dass nicht jeder Junge in Granby ein Drecksker gewesen war. »Wir haben uns zusammen durch Geometrie gekämpft«, sagte ich, dabei war Geoff, trotz unserer Nachrichtenschreiberei, sehr gut in Geometrie gewesen und später ein renommierter Ökonom geworden.

In Granby hatte Geoff förmlich in der Dunkelkammer gelebt. Die nächstgelegene Drogerie war in Kern, also entwickelte Geoff nicht nur Fotos für das Jahrbuch und den *Sentinel*, sondern betrieb auch ein Nebengeschäft für alle, die privat Bilder entwickelt haben wollten. Selbst diejenigen, die einen Fotokurs belegten, mussten sich auf einem Plan eintragen, wenn sie die Dunkelkammer benutzen wollten, aber Geoff organisierte sich einen Schlüssel und unbeschränkte Nutzung im Tausch gegen Instandhaltung und Wartung. Ich wusste, dass ich ihn in den Freistunden oder nach dem Abendessen oft dort antreffen konnte. Dann hockte ich mich auf den Tisch, und wir unterhielten uns, die Gesichter rot beleuchtet.

Mr. Levin sagte: »Ich erinnere mich an jeden Schüler und jede Schülerin. Man sollte meinen, mein Gehirn wäre nach dreißig Jahren voll, aber nein.«

»Ich erinnere mich nicht mal an die vom *letzten* Jahr«, sagte Fran.

»Testen wir ihn!«, riefen die jungen Lehrkräfte am anderen Ende des Tisches. »Wir könnten ein Jahrbuch holen, von 1970 oder so!«

Mr. Levin räusperte sich und fragte, für wie alt sie ihn denn genau hielten. Allgemeiner Aufruhr, Gelächter und Gefrotzel. Mr. Levin war 1962 geboren.

Eine Frau am Tisch unterrichtete Rudern und freute sich, als sie hörte, dass ich auch gerudert hatte. »Schade, dass Sie nicht bei warmem Wetter hier sind!«, sagte sie. »Dann würden wir Sie mit rausnehmen!«

Genau hier, in der Cafeteria, hatten auch Karen King und Laura Tamman mich in der ersten Schulwoche angesprochen und eine kleine Befragung mit mir durchgeführt. Zum Beispiel wollten sie wissen, wie stark ich im letzten Jahr gewachsen sei. »Nicht sehr stark«, sagte ich verwirrt, was sie über Gebühr zu freuen schien. Sie fragten, ob ich besser führen oder folgen könne und ob ich ein Morgenmensch sei. Am Ende sagte Laura: »Du wärst *perfekt* fürs Rudern.« Ich war nicht zur sogenannten Vorsaison angereist, sondern hatte mich für »Leibesübungen« eingetragen, nicht ahnend, dass vor allem diejenigen daran teilnahmen, die viel rauchten oder Herzprobleme hatten, und dass es die Vorsaison war, wo alle sich kennenlernten und erste Freundschaften schlossen. Ich sagte ihnen, dass ich noch nie in einem Boot gesessen hätte und meine Arme nicht besonders stark seien. Dass Rudern in meinen Augen etwas für Mädchen war, die Ashley hießen, sagte ich nicht. Auch nicht, dass ich übergewichtig war (nur ein bisschen, in meinem Kopf aber monströs) und mir Sorgen machte, ich würde das Boot zum Kentern bringen.

»*Niemand* hat Erfahrung«, sagte Karen. »Das ist ja das Schöne.« Ich könne ein Jahr lang als Anfängerin rudern, mit und gegen Mädchen, die auch noch nie gerudert hätten. Wichtig beim Rudern seien die Körpermitte und die Beine, erklärte sie mir. Sie meldete mich bei den Leibesübungen ab und ließ mich noch am selben Nachmittag das Erg ausprobieren, das sich als genau so ein Rudergerät entpuppte, wie die Robesons es im Keller stehen hatten. Die Ruderinnen waren ausgelassene, toughe Mädchen, die sich über die Sportarten lustig machten, bei denen man in einem winzigen Röckchen herumhopste. An den Wochentagen stand ich von nun an also im Morgengrauen auf, um mit dem Dragon Wagon zum Bootshaus zu fahren, das am breiteren, tieferen Teilstück des Tigerwhip stand, und hielt die Luft an, wenn ich mit acht anderen Mädchen ins Boot stieg und mich fragte, wie leicht dieses Ding wohl kippte. Ich ruderte erst auf Platz drei und als sie feststellten, dass ich Rhythmusgefühl hatte, auf Platz vier.

Mit das Beste daran war für mich die Chance, vom Campus wegzukommen. Ein Boot war ein Ort, wo man unerreichbar war, wo kein Junge sich einem in den Weg stellen und einen zum Requisit seiner Witznummer machen konnte. Auch wenn die Jungs an uns vorbeiruderten, johlten oder skandierten wir nur; wir brauchten nicht alles stehen und liegen zu lassen, um ihnen zuzuschauen, wie es sonst immer erwartet wurde. (Erinnern Sie sich zum Beispiel an die Woodstock-Attrappe, die Marco Washington und Mike Stiles einmal auf dem Hof aufbauten? Sie schleppten Sofas aus den Wohnheimen nach draußen, legten Verlängerungskabel für Gitarren und Standmikros. Ich ging hin und hörte mir ihre schreckliche Musik an, weil man das eben so machte. Damals nervte uns, dass wir die Jungs als Stars betrachten und ihnen zu Schweißfüßen liegen sollten. Heute stört mich daran mehr, dass diese Jungen das Bild *Mädchen als Zuschauerinnen* verinnerlichten, als wären wir nur dazu da, ihnen als Spiegel zu dienen, ihre Leistungen realer zu machen.) Aber draußen im Boot waren wir weder Zuschauerinnen noch wurde uns zugeschaut; dort gab es nur das Geräusch des Wassers und die Stimme unserer Steuerfrau, die *Volle Kraft* von uns forderte, nur das Muskelbrennen und kalte Luft auf nasser Haut.

Im Frühling trug ich mich erneut für Rudern ein, diesmal für die Sprintsaison, und dann hatte ich endgültig Feuer gefangen.

Oder zumindest bis zur Zwölften, als ich mich in jeder Hinsicht abmeldete – mich still und heimlich auf 60 Kilo runterhungerte, nicht mehr zu Analysis ging, zehn Zigaretten am Tag rauchte und anfing, Tylenol und Wodka zu mixen. Als ich dann in der Sprintsaison ins Boot stieg, konnte ich es nicht mehr, konnte mich buchstäblich nicht in die Riemen legen. Ich schied aus und schob es aufs Abschlussjahrgangssyndrom. Aber im College sprang ich zur Übung manchmal als Ersatzfrau ein, und in New York und L. A. wurde ich Mitglied in Ruderclubs. Wenn ich an Granby denke, sehe ich den Tigerwhip und den Connecticut vor mir, bevor ich das Schulgelände selbst sehe. Ich sehe Robin Facers Rücken, sehe ihre Zöpfe beim Rudern hin und her schwingen. Ich sehe uns in Stotesbury feiern, dass wir uns nicht blamiert hatten, und uns im Hotelflur mit M&Ms bewerfen.

Die aktuelle Rudertrainerin zeigte mir alle Ruderinnen, die sie in der Cafeteria entdecken konnte. »Da ist eine«, sagte sie und wies mich auf ein hoch aufgeschossenes Mädchen am Sandwichstand hin. »Die drei, die da zusammenstehen, das sind auch welche.«

»Sie sind mir sofort sympathisch«, sagte ich.

Und das waren sie. Sie wirkten absolut natürlich, lachten laut, schenkten sich hohe Gläser mit Schokomilch voll. Die Dorian Cullers von 2018 wären verrückt, ihre Spielchen mit ihnen zu treiben.

Als wir mit unserem Geschirr in den Händen aufstanden, sagte Mr. Levin: »Wissen Sie, mir war immer klar, dass Sie im Leben gut zurechtkommen würden.« Ich hätte fast geweint – vor Bitterkeit? Vor Rührung? –, denn wenn das stimmte, dann war er der einzige Mensch, der das je geglaubt hatte. Ich selbst hatte es ganz sicher nicht geglaubt.

11

Am Abend erzählte ich Fran von Britts Podcast.

»Ich möchte nicht, dass die Leute denken, es wäre meine Idee gewesen«, sagte ich. Anne war mit den Jungs nach Hause gegangen, um sie zu baden; Fran begleitete mich, weil sie sich das neue Gästehaus mal anschauen wollte, und blieb noch auf ein Glas Wein.

»Ach was.« Sie öffnete und schloss jeden Schrank und jede Schublade. »Niemand würde überhaupt darauf kommen, dass du Thalia kanntest.« Sie dachte an die Lehrkräfte, während ich alle meinte: unsere Mitschülerinnen und Mitschüler, Thalias Familie, die Welt. »Vielleicht würden sie sich an dich erinnern, wenn du Thalias beste Freundin gewesen wärst. Wenn du Robbie Serenho wärst oder so. Aber wie ich schon beim Essen gesagt habe – welche Leute damals zusammen hier waren, das verschwimmt doch völlig.«

Mein Mitbewohner kam in die Küche und stellte sich Fran vor. Oliver Coleman. Ich war froh über die Gedächtnishilfe und wiederholte seinen Namen im Kopf. Oliver-Oliver-Oliver. Ich fragte ihn, wie sein erster Tag gelaufen sei.

»Die Kids sind klug, da hatten Sie Recht«, sagte er. »Und *respektvoll*. Ich dachte irgendwie – keine Ahnung. Ich hatte sie mir elitärer vorgestellt.«

»Sie sind reichlich elitär«, sagte Fran und setzte sich mit ihrem Wein an die Kochinsel. »Die meisten jedenfalls. Sie verstecken es bloß gut.«

»Ich war auf mehr Pullunder gefasst.« Er sagte es ganz trocken, aber dann grinste er – und kleine Grübchen und Augenfältchen kamen zum Vorschein.

Oliver wollte sich offensichtlich mit uns unterhalten. Er holte eine Schachtel Cracker aus dem Schrank und schüttete sie in eine Schale, fragte Fran, wie es sei, hier zu leben, ob die Kids zu jeder Tages- und Nachtzeit mit ihren Problemen bei ihr anklopften. Er war attraktiv, und wenn ich seinem Alter näher gewesen wäre, hätte ich ihn nicht nur als Störfaktor betrachtet.

»Ich habe nur einmal die Woche Sprechstunde«, sagte sie. »Wenn sie zu einer anderen Zeit bei mir anklopfen, kriegen sie eine Ladung mit dem Gartenschlauch ab.«

Ich hatte den Eindruck, dass Fran solche Smalltalk-Fragen andauernd gestellt bekam, und wechselte das Thema.

»Eine meiner Schülerinnen will einen Podcast über ein Mädchen machen, das gestorben ist, als Fran und ich hier im letzten Schuljahr waren. Ich glaube, sie betrachtet 1995 als Vor- und Frühgeschichte. Als gruselige alte Zeit.«

Fran fragte Oliver, wie alt er 1995 gewesen sei.

»Mm –« Er überlegte kurz. »Sechs.«

»*Himmel*«, sagte Fran.

»Ich hab nachgerechnet«, sagte ich. »Wir sind von 1995 so weit entfernt, wie 1995 von 1972 entfernt war.«

Fran schüttelte den Kopf. »Das ist einfach unverschämt.«

»Das Komische ist, dass die Erinnerungen nicht verblassen«, sagte ich. »Ich habe *weniger* Erinnerungen. Aber die starken bleiben, wie sie sind.«

Oliver sagte: »Moment, war das diese Schwimmbadgeschichte? Wo es – also, nachdem ich die Einladung bekommen hatte, den Kurs zu unterrichten, habe ich Granby gegoogelt und gesehen, dass es eine ganze *Dateline*-Sendung darüber gibt.«

»Genau die«, sagte ich.

»Soll ich sie mir anschauen?«

»Es ist geschmacklos«, sagte Fran. »Bei jeder Werbeunterbrechung wird ein Bild davon eingeblendet, wie sie im Wasser treibt.«

Ich hatte sie nur zweimal gesehen: 2005, als sie herauskam, und dann noch einmal während meiner Kaninchenlochepisode. Was 2005 bloß klischeehaft gewirkt hatte, fand ich mehr als ein Jahrzehnt später nur noch erbärmlich.

Halten wir kurz inne und stellen fest, dass ich in meinen bisher vierundzwanzig Stunden in Granby drei Gespräche über Thalia Keith geführt hatte. Am Abend davor und eben gerade hatte ich selbst damit angefangen. Und Britt hatte die Geschichte zwar ohne mein Zutun gefunden, aber das änderte nichts daran, dass ich sie auf die Themenliste gesetzt hatte. Wenn Thalia mich überallhin verfolgte, dann so, wie Bienen jemanden verfolgen würden, der sich die Hände dick mit Honig beschmiert hat.

Immerhin wunderte ich mich jetzt, warum ich das tat.

Vielleicht weil mich jenes mit den Lippen geformte »Was« nicht losließ, eine Frage ohne Antwort. Wenn Jerome bei einem Bild festhing, fragte ich ihn immer, woran denn, woran genau, und er rollte dann mit den Augen. »Wenn ich das wüsste«, sagte er, »würde ich nicht festhängen. Wenn ich das wüsste, hätte ich mit dem Bild gar nicht erst angefangen, weil es gar nichts gäbe, woran ich festhängen könnte.«

Thalias Frage schien nicht nur an die Person hinter der Bühne gerichtet zu sein, sondern an mich: *Was? Was ist dein Problem? Warum bist du wieder hier? Was macht dir so zu schaffen? Warum jetzt? Was? Was? Was?*

Mein Handy summte, eine Nachricht nicht von Yahav, sondern von Jerome: *Du warst heute nicht auf Twitter, oder?*

Wenn er so fragte, machte da wahrscheinlich eine Meldung die Runde, mit der ich nicht gut umgehen könnte. Er war versiert darin, bestimmte Ausgaben des *New Yorker* vor mir zu verstecken, mich bestimmte Links nicht anklicken zu lassen, oder mich dazu zu bringen, ein, zwei Tage offline zu bleiben. Meine Schlaflosigkeit tangierte ihn auch jetzt noch, da wir auf zwei verschiedenen Seiten einer Wand wohnten. Wenn es eine gute Nachricht wäre – etwa der Rücktritt eines verhassten Politikers –, hätte er es mir gleich mitgeteilt.

Ich schickte ihm ein Fragezeichen.

»Ist der Fall ungelöst?«, fragte Oliver.

»Nein«, sagte Fran, »der Kerl wurde sofort gefasst. Omar Evans, der Sporttrainer. Er arbeitete im Kraftraum und war derjenige, der einem den verstauchten Knöchel tapte. Er hat sie quasi gestalkt. Oder sie war seine Freundin. Oder beides.«

»Sie war *nicht* seine Freundin«, sagte ich.

»Stimmt«, sagte sie. »Sie war zu beschäftigt. Sie hing ja die ganze Zeit mit Mr. Bloch rum.«

»Klar, aber das war keine –«

»Mr. Bloch war ein *Creep*.«

Ich konnte mich nicht erinnern, dass Fran damals so über Sie geredet hätte. Sie sang überall bei Ihnen mit, ob bei den Choristen, in den Musicals oder in den Follies. Sie gewann den Preis für herausragendes Engagement in den Darstellenden Künsten und umarmte Sie, als Sie ihn ihr überreichten.

Ich sagte: »Moment mal, das stimmt so nicht.«

Fran rollte mit den Augen. »Bodie ist extrem loyal«, sagte sie zu Oliver. »Wie ein süßer Pitbull. Es ist ihre beste und schlechteste Eigenschaft. Und Mr. Bloch war ihr Lieblingslehrer. Aber, Bodie, er war ein Creep.«

Vielleicht traf es mich härter, weil ich Sie schon die ganze Zeit im Kopf gehabt hatte. Aber ich wollte Fran nicht noch eins draufsetzen hören, also widersprach ich kein zweites Mal.

Fran sagte: »Sie hatte einen richtigen Freund, einen Mitschüler, und Omar war – was, dreiundzwanzig?«

»Fünfundzwanzig«, sagte ich.

»Wirkte er wie der Typ dafür?«, fragte Oliver.

»Nein«, sagten wir im Chor.

»Er hing ein bisschen zu viel bei den Jugendlichen rum«, sagte Fran, »aber im Rückblick glaube ich, das lag daran, dass er sich als Schwarzer – also, dies ist eine Stadt weißer Ärsche in einem Staat weißer Ärsche. Mit den Leuten vom Granbyer Footballteam fühlte er sich vielleicht wohler als in irgendeiner Bar unten im Ort.«

»Wir mochten ihn richtig gern«, sagte ich. »Er hat immer versucht, uns allen Yoga beizubringen.«

Fran sagte: »Sternzeichen Fische. Die kann man einfach nicht lesen.«

»Also Moment«, sagte Oliver, »soll ich es mir jetzt anschauen, oder nicht?«

Ich sagte: »Nur zum Spaß. Nehmen Sie es nicht ernst.«

Das war im Grunde das Ende des Thalia-Gesprächs. Oliver wollte sich *Dateline* unvoreingenommen ansehen, also erzählten wir ihm nur noch, dass Lester Holt ihren Namen falsch aussprach.

»Oh«, sagte Fran und strahlte, »und ziemlich am Anfang, wenn ein Mann im weißen T-Shirt zu sehen ist, der was an eine Tafel schreibt? Das ist mein Dad.«

Wir saßen noch lange so zusammen, und meine Kinder schickten mir Tier-Emojis und Close-ups von ihren Nasenlöchern auf mein Handy, das ich auf der Kücheninsel liegen hatte, und ich schickte ihnen Herzchen und fragte, ob sie an ihre Inhalatoren gedacht hätten. Leo war sieben und Silvie fünf. Leo begeisterte sich für Haie, LEGO-Star Wars und Backen, und Silvie hatte eine Pferdephase – das heißt, dass sie permanent spielte, sie wäre ein Pferd.

Yahav schrieb wegen Mittwoch, endlich endlich endlich: *Ich muss schauen. Ich melde mich. Bitte glaub mir, dass ich es möchte!*

Nachdem Fran gegangen war, fragte ich Oliver: »Verfolgen Sie regelmäßig die Nachrichten? Ist heute irgendwas Wichtiges passiert?« Es juckte mich in den Fingern, auf Twitter zu gehen, aber wenn Oliver mir einfach sagen würde, was passiert war, könnte ich besser damit umgehen. Es war wichtig, dass ich schlief. Stattdessen schnappte er sich die Fernbedienung und schaltete den großen Fernseher ein.

Und da war es, der Grund, warum Jerome mich vom Internet hatte fernhalten wollen: Anderson Cooper mit neuen Entwicklungen zu einer Geschichte, die ich ausgesprochen verstörend fand.

Welche Geschichte das war, spielt keine Rolle.

Sagen wir, es war die mit den jungen Schauspielerinnen, die Ja zu einer Poolparty sagten, ohne zu wissen, worauf sie sich einließen.

Oder die mit dem Rugbyteam, das den Tod des Mädchens vertuschte und von der Schule gedeckt wurde.

Nein, es war die mit dem Therapeuten, der jahrelang Minderjährige anmachte. Die mit dem Senator, damals ein vielversprechender Teenager, der dem jungen Mädchen seinen Schwanz in den Mund schob. Sie war auch ein vielversprechender Teenager. Es war die mit dem Milliardär, der die Frau in die Telefonzelle gedrängt hatte, was ihr aber niemand glaubte. Die mit dem Zwölftklässler, der vom Vorwurf der Vergewaltigung freigesprochen wurde, weil die Elftklässlerin sich die Scham rasiert hatte, was interessanterweise als Einverständnis gewertet wurde.

Oliver fragte, ob ich Hunger hätte, und ich zuckte die Schultern.

Daraufhin rief er bei Foxie's an und bestellte uns eine Pizza Bianca mit Salbei und eine mit Champignons und Zwiebeln und ein Extra-Päckchen Paprikaflocken. Ich beschloss, mir von jeder ein Stück zu erlauben.

Anderson war inzwischen zu anderen Themen übergegangen, aber Oliver fragte, ob ich etwas dagegen hätte, wenn er zu MSNBC wechselte. Hatte ich nicht. »Unglaublich, dass es hier jetzt Kabelfernsehen gibt. Damals hatten wir nur drei Sender.« Um *Beverly Hills, 90210* zu schauen, mussten wir Dani Michaleks Mutter bitten, es jeden Mittwoch in Darien aufzunehmen und uns die VHS-Kassette zu schicken.

Die Geschichte kam auch auf MSNBC. Die mit dem Richter, der

sagte, die Schwimmerin sei so vielversprechend. Die mit dem Vergewaltiger, die den Richter an sich selbst als jungen Vergewaltiger erinnerte.

Es war die mit der Frauenleiche, die nie gefunden wurde. Es war die mit der Frauenleiche, die im Schnee gefunden wurde. Es war die mit dem Mann, der sie für tot hielt und unter der Abdeckplane liegen ließ. Es war die mit der Frau, die für den Rest des Lebens mit ihrer Haut und ihren Knochen herumlief, aber ohne ihren Körper.

Sie wissen schon welche.

Die Pizza kam. Oliver holte uns Teller. Er sagte: »Und wer passt auf Ihre Kinder auf, während Sie hier sind?«

12

Ich brauchte ewig, um einzuschlafen, wachte zu früh wieder auf und grübelte darüber nach, ob Sie wirklich ein Creep waren. Es setzte mir zu, und ich musste es abwägen – eine seltsame Murmel, die ich plötzlich in der Hand hielt.

Da waren die Mädchen, die Sie süß fanden, oder zumindest waren Sie die Antwort, die sie gaben, wenn sie sagen sollten, in welchen Lehrer sie verknallt waren. Sie fanden es schön, dass Ihre Wangen rote Flecken bekamen, wenn Sie im Kolloquium aufstanden, um Ankündigungen zu machen, und manche Jungen sicher auch. Rote Wangen und dunkles Haar sind eine unwiderstehliche Kombination.

Und Sie hatten zweifellos Ihre Fangemeinde, Schülerinnen und Schüler, die nicht nur regelmäßig in Ihrem Klassenraum vorbeischauten, sondern sich auch bei Ihnen zum Adventssingen auf dem Dorfplatz anmeldeten oder zu Ihren Vorführungen von Screwball-Komödien kamen. Gelegentlich hielten sie Ihnen einen Platz an ihrem Tisch in der Cafeteria frei und überredeten Sie dazu, mit Ihnen zu essen. Es waren Leute aus der Chor- und Orchester-AG, diejenigen, die Privatunterricht nahmen, und Musicaldiven wie Beth, Sakina und Thalia, die meinten, sie könnten durch Schmeichelei eine Hauptrolle ergattern. Ich bin nie mit zum Adventssingen gegangen, gehörte nicht zu der Gruppe, die auf die Bühne sprang, um Sie an Ihrem Geburtstag mit einem deutschen Trinklied zu überraschen – aber ich kam gern mal bei Ihnen vorbei, um zu fachsimpeln, als wären wir Kollegen. Ich hatte das Gefühl, dass Sie *mein* Lehrer waren, anders etwa als Mr. Dar, dessen Geschichtsunterricht seinem Hockeytraining untergeordnet zu sein schien. Mr. Dar gehörte denen, die Hockey spielten. Aber Sie, Sie gehörten mir und Fran und Carlotta, Sie gehörten den Musizierenden, den Sprachfreaks und dem Italienischen Club, diesen kleinen Nischen der Schule, nicht allen.

Ich werde nie begreifen, warum Mrs. Ross Ihnen ausgerechnet mich als Technikassistentin zuteilte, als Sie in meinem zweiten Internatsjahr an die Schule kamen. Vielleicht weil sie mich bei den Oktober-Follies entbehren konnte, anders als ihre Elft- und Zwölftklässler, die schon dabei waren, die Kulisse für *Unsere kleine Stadt* zu bauen. Die Follies waren schließlich nur eine Revue, nur dazu da, die Familien beim Elternwochenende zu unterhalten und die College-Mappen einiger Zwölftklässler aufzuplustern.

Da Sie neu waren und ich die Follies im Herbst davor gesehen hatte, war ich plötzlich in der merkwürdigen Lage, Ihnen alles Mögliche erklären zu können. Ich hielt es für meine Entscheidung, dass wir so freundschaftlich miteinander redeten. Ich zog *Sie* auf, nicht umgekehrt. Ich war es, die Sie über relevanten Theatertratsch ins Bild setzte: wer seine Zeilen nicht auswendig lernen konnte, welche zwei Leute mal zusammen gewesen waren und keine gemeinsamen Szenen haben sollten, wer wahrscheinlich Proben versäumen würde.

Aber 2018 sahen die Dinge anders aus. Jetzt warfen wir alle einen scharfen Blick zurück auf die Männer, die uns eingestellt, uns unter ihre Fittiche genommen, uns in Schränke gezerrt hatten. Ich musste in Betracht ziehen, dass Sie sehr geschickt darin gewesen waren, Grenzen zu untergraben und weiblichen Jugendlichen das Gefühl zu geben, sie wären erwachsen.

Wir verbrachten tatsächlich viel Zeit zusammen – aber nein, Sie haben nie eine schwitzige Hand auf mein Knie gelegt. Im College fühlte sich ein Professor einmal genötigt, mir in seinem Büro zu erzählen, dass es zum erotischsten Erlebnis seines Lebens gehört habe, einer Französin beim Einseifen ihrer unrasierten Achseln zuzuschauen. Sie haben nie irgendetwas dergleichen gesagt, mich nie aufgefordert, mich an Ihren Schreibtisch zu setzen, um mir etwas auf Ihrem Computer zu zeigen, und mir dabei ins Ohr geatmet. Gott sei Dank.

Doch auch wenn Sie in meinem Fall keine Grenze überschritten hatten, hieß das noch keineswegs, dass Sie es nicht bei anderen getan haben könnten, die weniger auf der Hut waren, weniger in Stacheldraht gewickelt als ich; das immerhin gestand ich mir ein.

Mehr als einmal sahen Sie mich, bevor am Abend einer Premiere der Vorhang aufging, an und sagten: »Du hältst meine Karriere in deinen Händen.«

Sie fanden es wahnsinnig komisch, meinen Namen so auf den Probenplan zu setzen: *Body! Bodi! Bodé!*

Sie erzählten mir in Ihrem ersten Jahr von der winzigen öffentlichen Schule, die Sie in Missouri besucht hatten; wir saßen auf dem kleinen braunen Cordsofa in Ihrem Büro, das Sie auch als Chor- und Orchesterprobenraum nutzten, und schauten uns alte Videos von früheren Follies an, und ich erinnere mich noch genau, wie Sie sagten, manche Menschen seien dazu ausersehen, die Grenzen ihrer Herkunft zu überwinden. Damit meinten Sie nicht die reichen zwei Drittel in Granby, diejenigen, die schon als Kleinkinder Europa gesehen hatten. Sie meinten Menschen, die sich aus Kleinstädten hinauswagen mussten, Menschen mit Ambitionen, die für ihre Geburtsorte zu groß waren. Das traf auf mich nicht recht zu; Severn Robeson war es, der mich aus Broad Run, Indiana, herausgelotst hatte. Aber ich fand es schön, dass Sie annahmen, ich sei aus eigenem Antrieb geflohen. So gesehen zu werden ist für einen Teenager genauso gut, wie tatsächlich so zu sein – und schon bald wurde Ihre Sichtweise zu einem Teil meines Selbstbilds. In den Jahren zwischen Zwanzig und Dreißig stellte ich meinen Weggang aus Broad Run den Männern, mit denen ich mich verabredete, immer gern als einen Entschluss dar. Und glaubte daran.

Später war ich ehrlicher: Meine Ambitionen gingen Granby nicht voraus, hatten mich nicht nach Granby geführt. Sie wuchsen erst in den moosigen Wäldern wie Pilze.

Sie sagten: »Dies ist der erste Ort, an den du durch eigenes Zutun gekommen bist. Das bedeutet, dass er dir gehört.«

Ich schwieg, nicht weil ich nicht seiner Meinung war, sondern weil ich vor Dankbarkeit fast geweint hätte.

Als wir bei den zweiten Follies zusammenarbeiteten, fragten Sie mich, warum ich lieber hinter der Bühne sei. Ich sagte: »Oh, Gott, *niemand* will mich singen hören!«

Sie sagten: »Ich spreche von wichtigeren Dingen. Regie führen. Schreiben. Interessierst du dich nicht für Film? Ich glaube nicht, dass es dir bestimmt ist, immer nur backstage zu sein. Ich glaube, du wirst irgendwann mal das Sagen haben.«

Wenn ich jetzt zurückblicke, erkenne ich, dass eine bestimmte Sorte Schülerin sich aufgrund solcher Sätze in Sie verliebt hätte. Aber ich zog etwas vollkommen anderes daraus. Ein neues Bild von mir selbst, zum einen. Ein Gefühl für Möglichkeiten. Letztlich einen Berufsweg.

Und wie war es mit Thalia, die, kaum hatte sie einen Fuß auf Internatsboden gesetzt, so offensichtlich für Sie schwärmte? Ich weiß nicht, ob sie mit irgendwem sonst über Sie sprach, aber mir gegenüber tat sie es andauernd. Schließlich war ich ja jemand, der Insiderinformation haben musste. Oder zumindest waren meine Verbindungen zu Ihnen ein guter Vorwand für sie, Ihren Namen auszusprechen.

In jenem Herbst fand ein Chorkonzert in der Neuen Kapelle statt, gemeinsam mit dem Internat Northfield Mount Hermon. Eine Messe oder ein anderes größeres klassisches Werk, und aus irgendeinem Grund – vielleicht weil es, wie Priscilla Mancio sagte, immer einen Mangel an singenden Jungs gab – dirigierten Sie nicht nur die Hälfte des Konzerts, sondern traten, wenn der NHM-Lehrer dirigierte, auch als Solosänger auf. Sie wiegten sich mit Ihrem ganzen langen Körper zu der Musik, ein Oszillieren, das bei Ihrem weit geöffneten Mund begann und an den Füßen endete. Sie verloren sich so sehr darin, wirkten in Ihrer Verzückung so übertrieben, dass ich es zuerst für einen Scherz hielt. Aber Thalia, hinter Ihnen im Sopran – ich sah den Ausdruck auf ihrem Gesicht. Es war nicht nur Bewunderung; sie wirkte um Ihretwillen nervös, wünschte Ihnen leidenschaftlich Erfolg.

Natürlich dachten wir bei den Gerüchten, die sich um Thalia und irgendeinen Lehrer rankten, an Sie. Auch an Mr. Dar, an Mr. Wysocki, ihren Tennistrainer. Vielleicht weil Thalia ein Mensch war, der *jeden* Mann, mit dem sie sich unterhielt, an der Schulter berührte. Wir glaubten es alle, und sei es nur, um etwas zu tratschen zu haben. Wegen der sozialen Schlagkraft allen Klatschs verbreiteten – und glaubten – wir auch Geschichten über Lehrer, die in Schülerinnen verknallt waren, Lehrer, die Mädchen auf die Beine schielten. Aber sie konnten nicht alle wahr sein, und im Lauf der Jahre begann ich zu verstehen, dass es unreife Fantasien gewesen waren, entstanden, weil wir uns sicher waren, dass die ganze Welt sich um uns drehte.

Ich dachte an die Follies-Probe in unserem letzten Schuljahr, als wir unseres dänischen Austauschschülers Bendt Jensens wegen alle aus dem Theater liefen. Vielleicht erinnern Sie sich nicht an Bendt, er war nur ein Jahr da; dass ich es tue, liegt daran, dass er so süß war, unbestritten attraktiv. Mit seinem Schwung blonder Haare, die wie aufgemalt wirkten, und seiner *Kinnspalte*.

Bendt kam an jenem Abend zu spät zur Probe, und als Sie ihn nach dem Grund fragten, stand er verlegen und mit aufgerissenen Augen da und sagte, da seien, also, er wisse nicht genau, wie er es sagen solle, aber da seien ... eine Menge kleiner UFOs draußen? Die Wörter waren kaum heraus, da wurde er schon rot, aber alle waren bereit, ihm zu glauben, waren schon aufgestanden, sprangen schon von der Bühne, während Sie mit vorgetäuschter Sorge, die Ihre wirkliche Sorge tarnte, hinter uns her riefen.

Wir rannten hinaus, auf die Treppe oder den Weg darunter, und starrten auf den Hügel hinter dem Theater, wo die Baseball-Jungen außerhalb der Saison Wiffleball spielen würden. Es war später Spätsommer, und die volle Dunkelheit New Hampshires war schon hereingebrochen.

»Eben waren da noch –«, sagte Bendt und schien vergeblich zu versuchen, über sich selbst zu lachen. »Da waren hundert kleine – ich weiß nicht was – *da*!«

Und triumphierend zeigte er auf den Waldrand, wo plötzlich lauter kleine Lichter aufflackerten.

»*Mensch*«, sagte jemand. »Hast du noch nie Glühwürmchen gesehen?«

Hatte er anscheinend nicht. Der arme Bendt hatte noch nie was davon *gehört*, es war völlig neu für ihn, dass es Lebewesen gab, die auf diese Weise leuchten konnten. Ich weiß, dass ich ihn in der anschließenden allgemeinen Heiterkeit zu verstehen glaubte. Meine Güte, wenn man keine Ahnung hatte, dass dergleichen existierte, ja, klar, dann zog der Verstand die nächstliegenden, seltsamsten, beängstigendsten Schlüsse.

»Sie leuchten auf, wenn sie sich paaren wollen«, sagte jemand und erklärte Bendt dann, dass wir da im Grunde so etwas wie einen Glühwürmchen-Nachtclub sahen. Wir rannten herum, bis wir ein paar gefangen hatten, die wir Bendt aus der Nähe zeigen konnten. Max Krammen warf einen auf den Gehweg und verstrich dessen Licht mit dem Turnschuh, während wir anderen alle schrien, er solle damit aufhören.

Als wir wieder hineingingen, saßen Sie noch am Klavier, und Thalia lehnte daran wie eine Schnulzensängerin. Sie war als Einzige drinnen geblieben. In dem Jahr machte Carlotta in den Follies mit, sie sang »Adelaide's Lament« mit affektiertem New Yorker

Akzent, unterlegt von ihrem Virginia-Akzent, den sie nicht abschütteln konnte. Bevor ich wieder an mein Pult ging, flüsterte sie mir zu: »Da hat wohl jemand seinen eigenen Paarungstanz aufgeführt.«

Später im Wohnheim wurde die Geschichte ausgewalzt (hatten wir es gesehen oder nicht?), von wegen, Ihre Wangen seien knallrot gewesen, Sie hätten sich am Hals gerieben, wie um Lipgloss davon abzuwischen.

Falls wir wirklich glaubten, dass Sie ihre Gefühle erwiderten, warum wandten wir uns nicht an einen Erwachsenen? Die Wahrheit ist, dass uns nie in den Sinn gekommen wäre, etwas zu sagen, selbst wenn sie Thalia mitten in der Probe geküsst hätten, genauso wenig wie wir Ronan Murphy verpfiffen hätten, der mehr Koks in seinem Zimmer hatte als ein kolumbianischer Drogenboss. Nicht aus Ehrenhaftigkeit, sondern weil es bloß eins der vielen Geheimnisse der Welt zu sein schien, in die wir jetzt eingeweiht waren, Geheimnisse, die es locker zu nehmen galt. Und weil wir vielleicht auf irgendeiner Ebene wussten, dass unsere Vermutungen einer Überprüfung nicht standhalten würden.

Als ich noch an der UCLA unterrichtete, verwendete ich die Glühwürmchengeschichte in meinen Vorlesungen als Beispiel für das »Uncanny Valley« – aber ich gebe zu, dass es ein miserables Beispiel ist. Manchmal veranschaulichte ich damit, wie unser Gehirn Lücken füllt, wie wir uns die Assoziationen zunutze machen, die uns eben zur Verfügung stehen. Und manchmal zog ich sie heran, wenn es um falsche Annahmen ging.

Mir blieb nicht verborgen – auch wenn ich es nie ansprach –, dass Carlotta und ich genau das Gleiche machten, wenn wir Sie und Thalia sahen und die grellen Details hinzufügten, die später die beste Geschichte ergeben würden.

Wir glaubten, wir wüssten Bescheid, und waren schließlich davon überzeugt. Es wurde für uns so real wie die Leuchtkäfer, ihr Paarungstanz am Waldrand, unser Gelächter, Bendts gutartige

Erleichterung, unsere Schritte auf dem Boden, als wir umherrannten, um sie für ihn zu fangen und ihm in unseren hohlen Händen kleine Wunder zu bringen.

1 3

Am zweiten Kurstag sollten meine Podcaster mit Plänen für ihre erste Folge wiederkommen – mit einer Idee, wen sie interviewen könnten, ein paar einleitenden Absätzen des Skripts und Titelvorschlägen. Sie hatten alle mehr als genug getan. Noch dazu waren sie wach und tranken sogar genug Wasser: ganze Flaschen standen auf dem Tisch! Mir kam der Gedanke, dass ich mich hier damals vielleicht wohlergefühlt hätte, wenn ich mit dieser liebenswerten Gen-Z-Truppe zur Schule gegangen wäre, wahrscheinlich aber versagt hätte, die Einzige, die fünfzehn Minuten zu spät aufgetaucht wäre, Haare noch feucht, den Mund voller Bagel, die Hausarbeit im Computer versenkt. Selbst heute, nach meiner schlechten Nacht, hatte ich das Gefühl, zwei Schritte hinter allen zu sein.

Jamilas Intro für ihren Finanzbeihilfe-Podcast war das stärkste, nur sprach sie in Warpgeschwindigkeit und würde für die Aufnahme deutlich langsamer werden müssen.

Ich sagte: »Es gibt doch noch die Abschlussvorträge der Zwölftklässler, oder? Bereitet ihr die zusammen mit einem Tutor vor?«

»Erst im Frühlingssemester.«

»Waren die nicht früher eine halbe Stunde lang oder so?«, fragte Britt.

»Ja«, sagte ich, »und wir haben das ganze Jahr daran gearbeitet. Wie lang sind sie jetzt?«

»Zehn Minuten.«

Es gelang mir gerade noch, keinen empörten Laut von mir zu geben. Ich wollte nicht die alte Frau sein, die keine Veränderung ertrug. Stattdessen erzählte ich ihnen, dass das Thema meines Vortrags Veganismus gewesen war.

»Sind Sie immer noch Veganerin?« Alder schien sich zu freuen, und es tat mir leid, dass ich ihn enttäuschen musste.

»Ich bin Vegetarierin«, sagte ich. »Und ich kann euch versichern, an dieser Front hat sich die Cafeteria *enorm* verbessert. Eigentlich in jeder Hinsicht. Die Omelett-Station heute Morgen? Wir wären gestorben. Man hatte uns damals eine vegetarische Option pro Mahlzeit versprochen, aber oft genug war das dann gebratener Fisch.«

Es ist mir schleierhaft, wie ich es geschafft hatte, mich ein komplettes Jahr in den Wäldern von New Hampshire vegan zu ernähren. Ich weiß, dass ich im Naturkostladen in Kern veganen Streichkäse fand und ihn in dem Minikühlschrank aufbewahrte, den Donna Goldbeck in ihrem Zimmer haben durfte, weil sie Diabetikerin war. Und dass ich Fritos aus dem Automaten in den Kunstkäse dippte. In der Cafeteria aß ich Salate, Erdnussbutter-Marmelade-Sandwichs. Oder ich nahm mir weißen Reis, goss Sojasauce drüber, warf Schalotten rein und nannte es eine chinesische Gemüsepfanne.

Wissen Sie noch, wie witzig Sie es fanden, wenn Sie an Ihrem Schreibtisch saßen, während ich meinen Vortrag übte, und Ihren in der Cafeteria stibitzten Keks aßen? »Mmmmm, Bodie, weißt du, was diesen Keks so köstlich macht? Die Eier und die Butter.«

Als Britt mit dem Vortrag ihres Intros an der Reihe war, rutschte sie bis an die Stuhlkante vor und schaute in die Runde, um sicherzugehen, dass alle zuhörten.

»1995 starb Thalia Keith auf dem Gelände der Granby School in Granby, New Hampshire.«

Die Ambition, die aus ihrem Auftakt sprach, die Vorstellung, dass dies ein landesweites Publikum erreichen würde, das Orientierung brauchte, beeindruckte mich durchaus.

»Ihr Leichnam wurde am Nachmittag des vierten März, eines Samstags, im Schwimmbad des Internats gefunden. Die Todesursache war zwar Ertrinken, aber Thalia hatte auch offene Wunden am Hinterkopf, blaue Flecken am Hals und Schädigungen der Halsschlagader und des Schilddrüsenknorpels, als wäre sie gewürgt worden. Sie war ein Musicalstar und Tennisass aus dem Abschlussjahrgang und hatte eine Zusage vom Amherst College in der Tasche. Der Verdacht fiel schnell auf Omar Evans, einen fünfundzwanzigjährigen Schwarzen, der an dem renommierten Internat das Sporttraining leitete. Er war der einzige offiziell Verdächtige in dem Fall. Evans gab nach fünfzehnstündigem Verhör unter enormem Druck ein falsches Geständnis ab, das er am nächsten Tag widerrief. Er war das Opfer einer unerfahrenen, rassistischen Kleinstadtpolizei und einer rassistischen Schule, die den Fall schnell abgeschlossen wissen wollte. Omar Evans wurde wegen Mordes mit bedingtem Vorsatz schuldig gesprochen und zu sechzig Jahren Haft verurteilt. Inzwischen sitzt er für einen Mord, den er nicht begangen hat, seit fast dreiundzwanzig Jahren im Gefängnis. Dies ist die Geschichte von zwei gestohlenen Leben: dem Leben von Thalia Keith und dem Leben von Omar Evans.«

Lola pfiff. Alder sagte, ohne erkennbare Ironie: »Oh, *Mann*!«

Jamila sagte: »Hast du uns wirklich gerade *renommiert* genannt?«

Ich sagte: »Das war gut, Britt. Ich habe eine kleine Korrektur – der Fall wurde der Kriminalpolizei des Bundesstaats übergeben. Die Leute dort mögen rassistisch gewesen sein, ich weiß es nicht, aber unerfahren waren sie nicht. Was mir gefällt, ist, dass Sie nicht nur das Thema dargelegt, sondern auch eine These formuliert haben. Eine Gefahr dabei –« Ich nahm einen Schluck Kaffee, um Zeit zu schinden. Ich fühlte das Adrenalin durch meine Adern fließen, fragte mich, was um Himmels willen ich da in Gang gesetzt hatte. »Also, wenn Sie Ihre Theorien am Anfang darlegen, besteht die Gefahr, dass Sie im Laufe Ihrer Recherchen Ihre Meinung ändern und dann nicht mehr zurückkönnen.«

»Ich werde meine Meinung nicht ändern«, sagte Britt. »Ich habe schon massenhaft Nachforschungen angestellt. Der Fall war *so* auf Luft gebaut.« Ich nahm an, sie meinte auf Sand. Sie fragte, ob ich Diane Sawyers Interview mit Omars Mutter gesehen hätte. Hatte ich nicht; sie würde es mir schicken, sagte sie. »Wenn Sie sie reden hören, werden Sie verstehen, was ich meine.« Ich war sicher, dass seine Mutter mit jeder Faser ihres Körpers an seine Unschuld glaubte. Und vor der Kamera kam das bestimmt deutlich heraus.

»Möglich, dass in dem Fall Fehler gemacht wurden«, sagte ich. »Aber man hatte seine DNA an ihrem Badeanzug gefunden. In ihrem Mund war ein Haar von ihm. Er war im Gebäude, als sie starb, was sie sonst niemandem nachweisen konnten. Es gab ein Geständnis. Es gab ein Motiv, zumindest ihren Freundinnen zufolge. Es gab den Strick, den er in das Schülerverzeichnis gezeichnet hatte. Manch einer wurde schon für wesentlich weniger schuldig gesprochen.« Ich hörte mir selbst zu, ein Papagei. Aber Britt plapperte auch nur die Reddit-Foren nach. Ich wollte nicht, dass sie sich auf etwas versteifte, egal in welcher Richtung. Sie sollte gute Arbeit machen, sollte all die schlafenden Tiger wecken und alles hinterfragen, was ich bis heute nicht durchschaute. Denn da waren einige Details, die ich nie ganz unter einen Hut hatte bringen können. Im wahren Leben bekommt man den Mörder nicht dazu, einem genau zu erzählen, was er getan hat und warum. Selbst Omars Geständnis, für bare Münze genommen, wies große Lücken auf. Was ich wollte, war ein Ding der Unmöglichkeit – nämlich zurückzugehen und mit eigenen Augen zu sehen, wie es geschehen war. Nicht die grausigen Details, nicht den Tod, aber jeden Schritt, der dorthin geführt hatte, jeden Moment, in dem das Schicksal ein Stück hätte beiseitetreten und Thalia unversehrt lassen können.

»Was denken die anderen?«, fragte ich die Gruppe. »Ist es im

Allgemeinen besser, erst einmal Fragen zu stellen oder Antworten vorauszusetzen?«

»Also, ich höre ja Ihren Podcast«, sagte Jamila, »und da sagen Sie quasi: *Alles, was Sie über Judy Garland wissen, ist falsch*. So kriegen Sie die Leute, oder?«

»Klar, aber ich habe ein Jahr lang recherchiert, bevor wir angefangen haben. Als wir produzierten, war ich nicht noch dabei, Dinge über Judy Garland herauszufinden.«

»Okay, also, wer war's?«, sagte Alder zu Britt. »Ist das nicht der unbeantwortete Teil? Oder weißt du es?«

Sie zuckte mit den Schultern. »Es gibt massenhaft Leute, die es gewesen sein könnten, aber niemand Offensichtliches. Ihr Freund zum Beispiel, dieser Robbie Serenho, war zwar auf einer Party im Wald mit massenhaft Zeugen, aber wenn der Todeszeitpunkt nicht stimmt, ist das egal. Möglich ist auch, dass es gar kein Mord war. Es gibt die Theorie, dass sie von der Aufsichtsplattform in den Pool sprang, mit dem Kopf aufschlug und sich den Hals an einem Trennseil aufschürfte. Denn die Frage ist doch: Wie kriegt man jemanden gegen seinen Willen in einen Badeanzug? Also, ich habe schon babygesittet, und ich kann euch sagen, es ist unmöglich. Wenn sie sich den Anzug also selbst angezogen hat, ist sie vielleicht gesprungen.«

Jeder, der irgendetwas von Forensik verstand, hatte diese Theorie verworfen – ein Trennseil hinterließ keine Fingerabdrücke am Hals –, aber ich hielt den Mund.

Wir gingen weiter zum nächsten Thema. Zumindest im Kurs.

Eines der provokativeren Beweismittel gegen Omar war die Broschüre *Gesichter von Granby 94–95*, die in seinem Schreibtisch gefunden wurde. Ich kann mir nicht vorstellen, dass heute noch solche analogen Exemplare gemacht werden, die wir »Gesichtsbücher« nannten, aber Sie werden sich an sie erinnern – die kleinen spiralgebundenen Hefte mit Schwarzweißfotos von jedem Schüler und jeder Schülerin.

Omar hatte unter jedes Bild etwas geschrieben. Später behauptete er, das seien Gedächtnisstützen gewesen, damit er wusste, wer in die Sporthalle gehörte und wer nicht – als würden irgendwelche Leute aus der Gegend dort eindringen und versuchen, die Geräte zu benutzen. In einem Artikel, den Fran mir im Jahr darauf schickte – als sie am Reed College war, sandten ihre Eltern ihr besondere Ausgaben des *Union Leader*, und die relevanten Stücke schickte sie dann wieder quer über den Kontinent zu mir an die IU –, war die Seite mit Thalia abgedruckt. Auf zwei Fotos hatte er etwas eingezeichnet. Auf Daphne Kramers Gesicht eine Brille. Und um Thalias Hals, hinauf bis zum oberen Rand des Fotos: einen Strick. Omar behauptete, den habe er nicht gezeichnet, er habe ihn noch nie gesehen, aber die Tinte war dieselbe wie bei den schriftlichen Bemerkungen, die höchstwahrscheinlich von ihm stammten.

Mein Foto war auf derselben Seite, weil unsere Namen im Alphabet nur durch Hani Kayyali getrennt waren, heute eine bekannte Restauratorin. *Wednesday Addams*, hatte Omar unter mein Foto geschrieben. Es hätte schlimmer kommen können; ich sah aus wie ein wütendes Streifenhörnchen. Unter Hani hatte er *kebab breath* geschrieben. Unter Thalia *minderjährig*.

Jamila nannte ihren Podcast über die Zulassungspolitik und Finanzbeihilfen *Schwarzweiß*. Lolas über Restaurantangestellte hieß *Bedient*, Alyssas Stück über Arsareth Gage Granby *Gründungsmutter*. Alder konnte sich für keinen Titel entscheiden, er hatte sieben Optionen. Britt hatte ihren Thalia-Podcast *Falsches Geständnis* nennen wollen, doch am Ende des Kurses entschied sie sich für *Sie ist ertrunken*, ein *Hamlet*-Zitat, das Alder per Handyrecherche bestätigte. Es schien mir ein wenig melodramatisch, aber der Podcast würde ja nicht in die weite Welt hinausgesendet. Er war nur für uns. Zwei oder drei Folgen, nur für uns.

14

Im Filmkurs am selben Nachmittag: Eisensteins Kinderwagen stürzt in Odessa die Treppe hinunter. Ich forderte sie alle auf, die durchschnittliche Einstellungslänge zu timen. Drei Sekunden, praktisch ein Stroboskobeffekt für die damalige Zeit. Dann, in Farbe, zweiundsechzig Jahre später, De Palmas Kinderwagen, der die Treppe von Chicagos Union Station hinunterrast, der stumme Schrei der Mutter. Wieder Eisenstein, wieder De Palma, wieder Eisenstein, beide Babys fallen ungebremst, beide Kamera-Augen blinzeln schnell, fixieren, ohne zu fokussieren. Ich schrieb an die Tafel: *Montage von Attraktionen*. Ich schrieb *Bewegung – konzentrierte Aufmerksamkeit – emotional, geistig, politisch »bewegt«*.

Es gab eine besonders helle Leuchte im Raum, einen Jungen, der sich auf seinem Stuhl permanent nach vorne neigte. Er sagte: »Mir scheint – okay, also, Szenen replizieren gelebte Erfahrung? Aber Montage repliziert Erinnerungen, die Art, wie Erinnerungen fragmentiert sind.«

Ein Junge und ein Mädchen, die hinten saßen, flüsterten miteinander. Damit sie aufhörten, fragte ich sie, ob ihnen etwas dazu einfalle. Das Mädchen sagte: »Wir haben uns gefragt, was mit den Babys passiert ist. Also, wird das in dem Film noch weiter verfolgt?«

Nach der Stunde: drei Nachrichten auf meinem Handy, alle von Jerome. Eine Frage nach der Flohtablette für den Hund; ein Bild von Leo, wie er mit weißen Haaren und Strickjacke zur Schule aufbricht; und dann *Bleib von Twitter weg. Such dir einen attraktiven Lehrer zum Vögeln. Hoffe, du schläfst gut.*

Ich war froh, von ihm getrennt zu sein, und schlief in der Tat mit anderen Männern, oder zumindest mit Yahav, oder hatte es zumindest getan – und es war auch kein Problem für mich, dass Jerome sich mit anderen Frauen traf. Aber solche Sätze von ihm machten mich traurig auf eine Art, die ich nicht recht beschreiben konnte.

Ich hatte vor dem Abendessen noch Zeit, in den Fitnessraum zu gehen, der frisch renoviert war und nur halb voll Gewichte hebender Teenager. Für alle Fälle hatte ich Badeanzug und Schwimmbrille dabei, und nach zwanzig Minuten auf dem Crosstrainer war mir so warm, dass mich das Wasser, das ich als eiskalt in Erinnerung hatte, zu reizen begann.

Wenn Sie es glauben können: Ich sagte mir, dass dies der Grund war, warum ich in die Schwimmhalle ging. Um mich abzukühlen. Dass ich den Badeanzug eingepackt hatte, weil ich gerne schwamm.

Ich zog mich um und sprang mit einem Geräusch, auf das ich nicht stolz war, am flachen Ende des Beckens hinein. Ich fragte mich, ob der plötzliche Blauton meiner Beine eine Reflektion der hellblauen Poolwände war oder ob ich mich schon unterkühlt hatte. Ich hatte extra kein Licht gemacht; es gefiel mir, wie hier alles im Halbdunkel aussah, nur von der untergehenden Sonne erleuchtet, die in weichen, schweren Strahlen durch die hoch angesetzten, horizontalen Fenster schien. Ich hatte das Licht in Granby vergessen. Es war anders dort, älter, durchstreifte Jahrhunderte, bevor es einen erreichte. In der Winterwelt draußen kam es nadelförmig herunter; drinnen war es wie Suppe.

In der Schwimmhalle hatte sich kaum etwas verändert. Am schwarzen Brett standen noch die Rekorde aus den frühen 90ern und einige von einem Schüler, der in den 70ern hier gewesen war, ergänzt um Updates zu Stephanie Pasha, Abschlussjahrgang 2016, die anscheinend nahezu jeden Mädchenrekord gebrochen hatte. Die beiden großen Geräteschließschränke in der Ecke gab es auch noch, mit unten herausgerutschten Schwimmbrettern. Die Trennseile waren nach wie vor in den Granby-Farben gehalten, abwechselnd Grün und Gold; die wie eh und je mit den bunten Fahnen der anderen Internate New Hampshires, Holderness, Brewster und Proctor, geschmückt.

Zum Glück war die Schwimmsaison vorbei, als Thalia starb. Könnten Sie sich vorstellen, wie die Leute wieder in den Pool gestiegen wären, selbst nachdem das Wasser ausgewechselt worden war?

Ich hatte beim Schwimmen Unterrichtspläne durchgehen wollen, aber (Überraschung!) dort gingen meine Gedanken nicht hin. Es half auch nicht gerade, dass die Halle riesig und leer war und meine Schwimmbrille mir vorgaukelte, neben mir im Wasser bewege sich etwas.

Als ich mir die Geländekarten im Internet angeschaut hatte, war ich auf zwanghaft detaillierte Berechnungen gestoßen: Die Aufsichtsplattform befindet sich 6,07 Meter über dem Becken und 2,44 Meter vom Beckenrand zurückgesetzt, und das Geländer ist 0,91 Meter hoch, sodass jemand, der vom Geländer springt, 7,01 Meter hinunter und mehr als 2,44 Meter nach vorne springen müsste, um im Wasser zu landen. Die Leute hatten komplizierte geometrische Formeln angewendet, die den Bogen eines springenden Körpers einbezogen. Es gab Diagramme.

Die Argumentation ging so: Thalia könnte entweder zu kurz gesprungen sein, sich gedreht und den Kopf am Beckenrand angeschlagen haben – oder sie könnte weit geflogen und mit dem Hals auf einem Trennseil aufgekommen sein. Beides zugleich ging nicht, das war das Problem. Die Beschädigung ihrer Halsschlagader deutete darauf hin, dass sie gewürgt worden war; und die Verletzungen an der rechten Seite ihres Gesichts sowie die Schäden an Hirnstamm und Schädelrückseite passten nicht zu einem einzelnen Sturz auf die Schwimmbadkante oder ein Trennseil. Außerdem hatte es am Beckenrand keinerlei Zeichen eines Aufpralls gegeben.

Meine Schwimmbaderlebnisse als Schülerin beschränkten sich auf die Schwimmprüfungen, die wir vor jeder Rudersaison im Herbst und Frühling ablegen mussten. Beim ersten Mal, nach ein paar Trainingstagen, kannte ich meine Teamkolleginnen noch kaum. Da war es eine besonders große Demütigung gewesen, mit meinen molligen, blassen Beinen dazustehen, in dem geliehenen Granby-Badeanzug, der mir die Oberschenkel einschnürte.

Thalia hatte genauso einen grünen Granby-Badeanzug getragen, als sie ertrank, was den Schluss nahelegte, dass sie ihn entweder am Pool gefunden oder sich von jemandem aus dem Team geliehen hatte. Er hatte Größe L, und Thalia war klein. Keine Badekappe, keine Schwimmbrille. Im Schritt des Badeanzugs DNA-Spuren von Omar Evans – eins der Hauptbeweismittel gegen ihn. Obwohl: Einer der Artikel, die Fran mir im Jahr darauf schickte, erwähnte die Instabilität von DNA im Wasser. Das Wasser konnte Omars DNA also nicht dort hinterlassen, durchaus aber die eines anderen weggespült haben.

Dann war da noch das Haar in ihrem Mund. Vielmehr hatte man zwei Haare in ihrem Mund gefunden, ein zwei Millimeter langes, das mit Omars DNA übereinstimmte, und ein drei Zentimeter langes von jemand anderem, der nicht identifiziert worden war. Einem Schwimmer, so die unbewiesene Behauptung der Polizei, einem anderen Schüler, der kurz davor im Pool gewesen war. Ich stellte mir vor, wie Britt argumentieren würde: Beide Haare konnten schon vorher im Wasser gewesen, im Ertrinken von Thalia eingeatmet worden sein.

Ich war außer Atem. Ich schwamm nicht oft, und auch wenn meine Gliedmaßen in Form waren, meine Lunge war es nicht. Ich legte die Arme bis zu den Achseln über das Trennseil und hängte mich dort ein. Wie viele Flusen, Fasern, Haare sprenkelten die Wasseroberfläche? Wenn ich meine Blickachse auf ein bestimmtes Niveau senkte, wirkte das Wasser ganz und gar von Staub bedeckt.

Für die Reddit-Detektive wäre das hier ein Fest gewesen. Sie hätten ihre Maßbänder gezückt, ihre Taschenrechner.

Jahrelang hatte ich angenommen, Thalia wäre am tiefen Ende gefunden worden (da ertrinkt man doch?), aber aus *Dateline* erfuhr ich dann, dass es das flache Ende gewesen war und ihre Haare sich um das Trennseil gewickelt hatten; der Lehrer, der Thalia entdeckt hatte, rief einen der Sicherheitsleute um Hilfe, der in den Pool springen und sie losschneiden musste, während die Rettungssanitäter unterwegs waren. Ich hatte auch angenommen, sie wäre oben getrieben, aber als mein Sohn diese Phase hatte, in der ihn gruselige und verstörende Tatsachen faszinierten, lernte ich, dass Leichen ein paar Tage lang nicht oben treiben. Wenn Thalias Kopf in der Nähe der Wasseroberfläche war, dann nur, weil ihre Haare sich in Marionettenfäden verwandelt hatten und ihn oben hielten.

Ihr Tod war nicht eindeutig durch Ertrinken eingetreten. Thalia hatte Wasser in der Lunge, was aber nur bedeutete, dass sie *entweder* mehrmals unter Wasser geatmet hatte *oder* das Wasser – das vielleicht schon in ihrem Mund gewesen war – bei den Wiederbelebungsversuchen der Sanitäter in ihre Lunge gedrungen war.

Die Autopsie konnte erst einen Tag später durchgeführt werden, fast zwei Tage nach ihrem Tod – eine Verzögerung, durch die viele unzweifelhafte Zeichen des Ertrinkens schon zersetzt gewesen wären, etwa (wie ich zu meinem Grauen hörte) Schaum in den oberen Atemwegen. Der Gerichtsmediziner musste schließlich Gewebe auf einer mikroskopischen Ebene untersuchen, deren Ergebnisse solide, aber nicht unangreifbar waren. Die offizielle Todesursache lautete »Ertrinken mit vorausgehender Verletzung«.

Britt hatte im Kurs darauf verwiesen, dass am Tatort – der tagelang nicht als Tatort betrachtet wurde – Chaos geherrscht hatte. Überall Wasser, von Schuhen hereingetragener Schlamm, Kratzer an Thalias Arm, als sie sie herauszogen. Die Blutspuren, die später auf dem Beton am flachen Ende gefunden wurden, ja selbst die am Türrahmen des Notausgangs konnten durchaus von unachtsamen Sanitätern dort hingeschmiert worden sein, sodass sich keine Schlüsse daraus ziehen ließen. Außerdem, wer wusste denn, was inzwischen vom Chlor weggewaschen worden war. Einen Luminoltest zu machen, fiel tagelang niemandem ein.

Die Schwimmhalle hat zwei Türen. Mit anderen Worten, zwei Ein- und Ausgänge – beide unten beim flachen Ende, einander direkt gegenüber. Eine führt zu dem Flur voller Trophäen – den glänzenden neuen Pokalen und den ausgetrockneten Football-Bällen von 1890 –, der wiederum zur Sporthalle führt, zu den Umkleiden, der Eingangshalle und dem Haupteingang. Von diesem Flur ging Omars Büro ab – dem Internet zufolge 7,92 Meter von der Schwimmhallentür entfernt. Die andere Tür ist der Notausgang, unübersehbar als alarmgesichert markiert, nicht von außen zu öffnen.

Omar hatte nicht nur einen Schlüssel für die Sporthalle (den Generalschlüssel, mit dem sich die meisten Türen auf dem Schulgelände öffnen ließen), sondern auch einen für die Schwimmhalle selbst (die ein singuläres Schloss hatte). Genau so wie Mr. Cheval, der Fachbereichsleiter Sport. Genau so wie der arme Mr. Wysockis, stellvertretender Fachbereichsleiter Sport, der Thalia an jenem Samstagnachmittag, als er gerade schwimmen wollte, fand. Die Schwimmtrainerschaft – darunter Frans Mutter, Mrs. Hoffnung – hatten Schlüssel, ebenso wie die Hausmeister. In der Schülerschaft waren verbotenerweise eine Menge Generalschlüssel im Umlauf – aber kein Schwimmhallenschlüssel. Wozu für einen Schwimmhallenschlüssel alles riskieren?

Bei seiner ersten Befragung sagte Omar, an dem Abend habe seine Bürotür offen gestanden. (Zu ihm kam man, wenn man sich die Schulter untersuchen oder die Handgelenke tapen lassen wollte. Es gab einen Schreibtisch, eine Untersuchungsliege, ein Sofa, wo man wartete, und eine geräuschvolle Eismaschine.) Jeder, der die

Schwimmhalle betreten hätte, wäre also durch sein Blickfeld marschiert. Es sei denn, er wäre durch den Notausgang geradewegs zum Pool gegangen oder schon seit Stunden dort gewesen. Aber Thalia konnte nicht seit Stunden dort gewesen sein; Thalia hatte auf der Bühne gestanden.

Schreie in der Schwimmhalle hätte Omar selbst bei geschlossener Tür gehört. In *Dateline* hatte Lester Holt sich in Omars ehemaliges Büro gestellt, während eine Frau am Beckenrand stand und schrie. Er konnte sie laut und deutlich hören. Das hatte ich immer überzeugend gefunden. (Aber hier meldete sich wieder Britts imaginierte Stimme in meinem Kopf: Haben sie es auch bei laufender Eismaschine versucht?)

Omars späteren Aussagen zufolge hatte er, bevor er um 23 Uhr 18 ging, wie üblich das Gebäude kontrolliert, sogar an der Glastür zum Pool gezogen, um sicherzugehen, dass sie abgeschlossen war; das war sie. Nein, sagte er, er habe nicht hineingespäht. Es sei ja dunkel drinnen gewesen. Ich würde Britt am Morgen darauf hinweisen, dass Thalia, wenn sie hätte schwimmen wollen, doch wohl das Licht eingeschaltet hätte.

Ich schwamm auf dem Rücken weiter, verlangsamte den Atem, sah die Hallendecke vorbeiziehen. Die gleichmäßigen Holzbalken, die Fahnen. Ich wollte, dass meine Muskeln brannten, wollte alle meine Gedanken an Thalia, an alles, was ich erfahren hatte, erschöpfen, wollte meine Quadrizepse, Kniesehnen und Arme erschöpfen. Ich wollte ausgelaugt aus dem Becken steigen. Dann könnte ich in der Nacht traumlos schlafen und am Morgen mit Muskelkater aufwachen.

Was das Motiv anging, lautete die Theorie der Anklage, dass Thalia im Tausch gegen Drogen mit Omar geschlafen habe – was lächerlich war, weil Thalia über genügend Geld verfügte, um Pot für die ganze Schule zu kaufen. Sie hätte ihm einfach Drogen *abkaufen* können, vielleicht kannten sie sich sogar daher, über das Tapen ihres Ellbogens hinaus, jedenfalls hätte sie keinen Handel mit ihm nötig gehabt. Die Staatsanwälte argumentierten, Omar hätte Thalia, je länger sie miteinander schliefen, immer mehr mit seiner Exfrau assoziiert (er hatte eine zehnmonatige Ehe hinter sich) und seine Wut auf Thalia übertragen. Die Tatsache, dass seine Ex weiß war, wie Thalia, bliesen sie ganz groß auf. Sie stellten die Behauptung auf, dass Omar, auf Drogen und eifersüchtig wegen ihrer anhaltenden Beziehung mit Robbie Serenho, an jenem Abend die Kontrolle verloren habe – alles, was er mit seiner Exfrau erlebt habe, sei wieder über ihn hereingebrochen, bis er Thalia in einem Wutanfall gewürgt, ihren Kopf auf etwas Hartes geknallt, ihr besagten Badeanzug angezogen und ihren bewusstlosen Körper in den Pool geworfen habe.

Verdrängte Wut war mir allerdings immer schon als ein seltsames Motiv erschienen, selbst damals – und 2018 wusste ich einiges mehr darüber, wie Staatsanwälte aus kleinen Schnipseln Geschichten weben. Ganz sicher wusste ich mehr darüber, wie bereitwillig Wut Schwarzen Männern zugeschrieben wird.

Im Pool versuchte ich, an den Omar zu denken, den ich gekannt hatte, den echten, nicht die Version, die vom Moment seiner Verhaftung an neu über ihn geschrieben wurde und von mir verlangte, jede meiner Erinnerungen als befleckt zu betrachten, als Gespräch mit einem Mörder. Er hatte grün gesprenkelte Augen und sehr weiße Zähne. Er sprang im Kraftraum herum, als hätte er Federn unter den Füßen. Einmal sagte ich ihm, er erinnere mich an Tigger. Er legte sich oft zwischen den Geräten auf den Boden, um Liegestütze zu machen, und redete dabei weiter, ohne aus der Puste zu kommen. Er schien sich für uns Schülerinnen und Schüler zu interessieren, wobei er uns keine Fragen zu uns selbst, sondern zu anderen stellte: *Was ist mit dem Jungen los? Sind die beiden da zusammen? Ist sie wirklich eine Anheuser-Busch-Erbin oder wollte mich da jemand veräppeln?*

Es gab natürlich noch andere Szenarien. Thalia und Omar hätten sich am Beckenrand gerauft – vielleicht hatte er sie beim Hineinschleichen erwischt und sie gestellt, oder sie hatten sich gestritten, über Sex oder Geld, und was dann – sie war ausgerutscht und auf den Kopf gefallen? Und er hatte versucht, es zu vertuschen, indem er sie ertränkte? Oder sie waren zusammen geschwommen, hatten im Wasser miteinander gerungen, und die Situation war außer Kontrolle geraten? Nur sollte man doch meinen, dass er *das* gestanden hätte, anstatt zu erzählen – und es später zurückzunehmen –, er habe sie in seinem Büro angegriffen und dann hier hereingetragen.

Ich dachte nach, Bahn für Bahn, während die Kälte des Wassers sich tief in meinen Gelenken einnistete. Was ich von der Sache wusste, kam mir sehr ähnlich vor wie die Geschichten, die Lance und ich in unserem Podcast untersuchten, Geschichten, die durch Jahrzehnte der Falschinformationen und Vorurteile zu uns gelangt waren. Die Wahrheit steckte irgendwo darin, aber man musste tief graben.

Wahrscheinlich gab es irgendetwas an ihrem Verhältnis oder an jener Nacht, das ich bisher übersehen hatte. Ich wollte, dass Britt mich dorthin führte. Ich wünschte mir das zweite Gesicht. Ich wollte in der Lage sein, mich an Dinge zu erinnern, bei denen ich nicht dabei gewesen war.

Jemand betrat die Schwimmhalle, ein junger Mann, kaum alt genug, um zur Lehrerschaft zu gehören. Er stieg auf einen der Startblöcke am tiefen Ende, stieß sich ab und sprang ins Wasser, elegant wie ein Delphin.

15

Ich hatte Britt versprochen, mir vor der nächsten Stunde Diane Sawyers Interview mit Omars Mutter anzuschauen, also rief ich es beim Zähneputzen am Abend auf meinem Laptop auf.

Sheila Evans war spröde – klein und scheu wie ein Zaunkönig. Ich hatte nach Omars Verhaftung gehört, dass seine Mutter als Fachbereichssekretärin am Dartmouth College arbeitete und dass sein Vater früh gestorben war. Sie kam mir altmodisch vor mit ihrer adretten Frisur, ihrer verknappten, behutsamen Redeweise. Hinter ihr reihten sich gerahmte Familienfotos auf einem Klavier. Diane Sawyer beugte sich vor, ihr Gesicht eine spektakuläre Mischung aus Mitgefühl und Skepsis.

»Als mein Mann starb«, sagte Sheila, »war das so, wie wenn man die Buchstütze aus einem Regal wegnimmt. Wir sind alle zur Seite gekippt. Aber als wir Omar verloren haben, ist das ganze Regal zusammengebrochen. Uns wurde der *Boden* unter den Füßen weggezogen.«

Diane nickte, vor Mitgefühl triefend. Mir war Lester Holt lieber, mit seinem aufrichtigen Blinzeln. Man hatte nie das Gefühl, dass er eine Show abzog.

Die Kamera zoomte eins der Fotos heran: Omar als Teenager, lächelnd, als hätte er gerade etwas Witziges gehört. Er sah aus wie der Mann, den ich gekannt hatte, nur mit sehr viel mehr Haaren. Als ich nach Granby kam, hatte Omar sich den Kopf kahlrasiert – und weil er hellhäutig war und ich dachte, Menschen mit arabischen Namen müssten aus dem Nahen Osten kommen, begriff ich erst gegen Ende meines zweiten Internatsjahrs, als Omar sich die Haare wieder wachsen ließ, dass er Afroamerikaner war. Ich fragte ein paar aus meinem Ruderteam, ob sie es gewusst hätten, und sie sahen mich an, als wäre ich bescheuert. Angie Parker, die Schwarz war, fand es dann eine Zeitlang wahnsinnig komisch, auf beliebige blonde Menschen zu zeigen und zu sagen: »Na, Bodie, asiatisch? Jamaikanisch?«

Wir erfuhren jetzt durch Diane Sawyers Begleitkommentar, dass Omar seinen Bachelor in Sportmedizin an der UNH gemacht hatte, wo er ein Leichtathletikstar gewesen war, und dass er dort während seiner Zeit in Granby weitere Kurse belegt hatte, weil er auf einen Master hinarbeitete. Nichts davon war in *Dateline* zu hören gewesen. Omar wohnte in Concord über einer Apotheke – eine Stunde Fahrt von Granby in seinem verrosteten Grand Am. UNH wäre noch mal eine Stunde von Granby entfernt gewesen, und dazu nicht in der Richtung seiner Wohnung.

Sheila sagte: »Sein kleiner Bruder war so lange ganz verloren. Malcolm war erst sechs, als sein Vater starb, aber Omar war fünfzehn, und ich hab mir gesagt, okay, mein Mann hat einen Jungen großgezogen, jetzt kann Omar seinen Bruder großziehen. Und dann wird uns, Malcolm war gerade sechzehn geworden, auch noch Omar entrissen. Ich versuche, alles allein zusammenzuhalten, aber ich muss ja die ganze Zeit für Omar kämpfen. Erst der Prozess, dann die Berufung. Von dem ganzen Stress habe ich eine Gürtelrose bekommen, das schwächt mich enorm. Wir alle, meine Schwester, meine Mutter, die mich die ganze Zeit unterstützen, werden von der Sache aufgezehrt. Was bleibt da für Malcolm? Und wir leben in einer kleinen Gemeinschaft. Sie können sich vorstellen, wie wir danach behandelt wurden, selbst von seinen Lehrern. Er findet jetzt allmählich seinen Weg, aber nur, weil er so charakterstark ist.«

Für mich war das wie ein Schlag in den Magen – sie etwas aussprechen zu hören, das ich nie in Worte hatte fassen können. Der Tod meines Vaters brachte uns aus dem Gleichgewicht, aber Aces Leben wurde aus unserer Mitte herausgerissen, der letzte Nagel, der noch irgendetwas zusammenhielt. Der eine Verlust war nicht schlimmer als der andere, aber der zweite war es, der uns den Rest gab.

Ich merkte, dass ich erneut Zahnseide benutzte, obwohl ich das schon gemacht hatte.

Sie fuhr fort: »Sie haben sich Omar als rundherum schlechten Menschen zurechtgebogen. Die eine Beschuldigung reicht ihnen nicht, sie müssen auch noch behaupten, dass er mit Drogen dealt, gewalttätig ist, mit seinen Schülerinnen schläft. Sie malen ein ganzes Bild. Sie reden über ihn, als käme er aus dem Nichts, als hätte er keine Familie.«

Sie hatte Recht, die Anklage und die Zeitungen hatte einen regelrechten Drogendealer aus ihm gemacht, ihm unterstellt, er verkaufe an uns Jugendliche, was mir neu war. Er *redete* viel über Pot, das schon, ließ sich über den Unterschied zwischen Indica und Sativa aus und riet den Leuten, die nach einer Sportverletzung mit narkotischen Schmerzmitteln aus der Klinik zurückkamen, sie alle wegzuschmeißen, Pot sei gesünder. Es lag für mich auf einer Linie damit, dass er von Meditation und Atemübungen überzeugt war. Er brachte das Footballteam dazu, Vinyasa-Yoga zu machen. Sein Gerede von Pot schien da nichts Besonderes zu sein. Und selbst wenn es mehr als Gerede war: Die Hälfte aller Jugendlichen auf dem Campus hatte eine Plastiktüte mit Gras oder zumindest Oregano, das ihnen als Gras verkauft worden war. Ronan Murphy war es, dieser aalglatte Typ aus Bronxville, bei dem tatsächlich alle kauften, und er dealte mit wesentlich mehr als Pot.

»Ich glaube, ohne den Stress hätte meine Mutter länger gelebt«, sagte Sheila Evans. »Sie hatte eine tiefe Beinvenenthrombose, sowas wird durch Sorgen nicht besser. Er war ihr erster Enkel. Wenn ich ihn schon gebadet hatte, bevor sie zu uns kam, wurde sie immer wütend, weil *sie* es so gern machen wollte.« Sie schluckte, und ihr Kinn kräuselte sich; sie hielt so viel zurück, es war ein Wunder, dass sie nicht implodierte, zu einem kleinen Trauerkieselstein wurde. »Meine Mutter ist 2008 von uns gegangen«, sagte sie.

Ich nahm den Laptop mit ins Bett.

»Meine Schwester hat sich mit uns allen zerstritten. Sie war nicht von Omars Unschuld überzeugt. Wir haben seit Jahren nicht miteinander gesprochen. Am Anfang hatte ich eine Familie«, sagte sie. Ihre Stimme hatte zu brechen begonnen, und sie hielt inne, bis sie sich wieder gefangen hatte. »Eine gesunde, intakte Familie, und – na ja, jetzt ist es ein Scherbenhaufen. Es sind die Trümmer einer Familie.«

Mein Antidepressivum ist so dosiert, dass ich seit zehn Jahren keine echten Tränen mehr geweint habe, aber manchmal möchte ich so unbedingt weinen, dass ich alle dazugehörigen Geräusche mache und mir die Fäuste an die Augen drücke, um etwas Ähnliches zu spüren. Die Abwesenheit von Tränen schmerzt mehr – oder lässt das, was schmerzt, noch mehr schmerzen –, als wenn ich einfach schluchzen könnte. Wie dem auch sei: Das war es, was ich dort in meinem Bett jetzt machte. Es war eine kindliche Bitterkeit dabei, die ich unter dem Mitgefühl erst allmählich erkannte: Sheila Evans, anders als meine eigene Mutter, hatte ihr verbliebenes Kind nicht im Stich gelassen.

Ich fand es schlimm, dass ich an mich dachte, statt zu einem reinen Gefäß für Sheilas Trauer zu werden, aber die Wahrheit ist: Während jeder, der ein Herz hatte, es in dem Moment hätte brechen fühlen, bekam meines Risse entlang vertrauter Bruchlinien.

Doch da jetzt nicht der richtige Moment war, über mich selbst nachzudenken, schob ich diese Erkenntnis tief unter die Erde, ins Feuchtkalte, Lehmige, wo sie vielleicht Wurzeln schlagen würde.

Und anstatt zu versuchen, mich mit allem auseinanderzusetzen, schlief ich ein.

#1: Omar Evans

Am Morgen konnte ich mich nicht erinnern, was ich geträumt hatte, außer dass es verstörend war und von Wasser handelte und dass ich im Traum einem Freund von diesem Traum schrieb. Ich fühlte mich kein bisschen erholt. Als die Sonne schließlich durch die Lamellen kam, wusste ich, dass ich nicht aufstehen konnte, bevor ich mir den Abend, an dem Thalia gestorben war, nicht mit geschlossenen Augen von A bis Z vorgestellt hätte. Erst wenn mir das gelänge, wenn ich ihn komplett durchdenken könnte, wäre ich in der Lage, aufzustehen und hinter mir zu lassen, was immer meine Bettwäsche zu einem schweißfeuchten Haufen verknäult hatte.

Also – möge das Universum mir verzeihen – tat ich das.

Thalia legt ihr Kostüm ab, der Tüll riecht nach Schweiß und Sägemehl. Sie zieht Jeans und Pullover an, die später säuberlich gefaltet auf der Bank am Beckenrand gefunden werden. Ein Hemd wurde nie gefunden, nur ein grüner Kaschmirpullover, nehmen wir also mal an, das ist alles, was sie anhat. Wanderstiefel. Kein Mantel.

Sie schnappt sich ihren Rucksack (verzeichneter Inhalt: Haarbürste, Lippenstift, Tampons, Analysis-Lehrbuch, Toni Morrisons *Beloved*, der schulische Wochenplaner, verschiedene Stifte und Haargummis, Minideodorant, Schlüssel zu ihrem Zimmer), stiehlt sich an den anderen Mädchen vorbei, die mit Umkleiden beschäftigt sind, verlässt das Gebäude über die Feuerleiter hinter der

Bühne. Niemand wird sie vermissen: Die Theater-Crew und viele andere, darunter Robbie, sind unterwegs zum Wald, um bei den zwei ekligen alten Matratzen zu feiern.

Ihre Fußspuren verbinden sich mit anderen, und bis zum nächsten Abend – früher wird niemand auf die Idee kommen, danach zu suchen – hat der Regen sie sowieso weggespült.

Sie meidet die Flutlichter, bis sie hinter der Sporthalle ist, wo überhaupt kein Licht brennt, tastet sich an den Steinen des Gebäudes vorwärts. Beim Notausgang klopft sie dreimal, und Omar schaltet den Alarm aus. Er hat ungeduldig dort gewartet. Sie gehen zu dem Sofa in seinem Büro.

Thalia hat noch ihre Bühnenschminke im Gesicht, den grünen Lidschatten, der zu ihrem Kleid passte. Omar sagt ihr, sie sehe heiß aus.

Oder nein – er sagt, sie sehe schlampig aus, und sie schlägt die Augen nieder, schmollt.

Vielleicht fragt er sie, ob die Schminke für Robbie sei. Oder warum sie für das Stück nuttig aussehen müsse, ob sie noch mehr Männer brauche, er wisse ja, dass er ihr nichts bedeute, wahrscheinlich vögele sie auch mit Jungs vom Dartmouth.

Manchmal ist das ihr Vorspiel. Manchmal sagt sie: *Wie wär's, wenn ich auf eine Party gehe und mal schaue, wie viele Typen es mir da besorgen?*

Aber er ist nicht in der Stimmung, er steht vor ihr, noch high von den Drogen, die er genommen hat, während er auf sie wartete, und packt sie am Hals, und vielleicht wollte er es bis zu diesem Moment gar nicht. Wenn ihr Gesicht nicht vor Schreck erstarrt wäre, hätte er es noch als Witz tarnen können, aber es ist zu spät; sie hat gesehen, was in ihm steckt, jetzt muss er dafür sorgen, dass sie ihn nicht mehr sieht, nicht mehr verurteilt, sich an diese Szene nicht erinnern kann. Er knallt ihren Kopf gegen ein neues CPR-Poster, das an der Betonwand über dem Sofa hängt. Sie wehrt sich, fügt ihm den tiefen Kratzer zu, den die Polizei neun Tage später hinter seinem rechten Ohr findet, bis zum Schlüsselbein hinunter, und von dem er sagen wird, er stamme vom Hund seines Nachbarn. Unter ihren Fingernägeln wurden keine Hautpartikel gefunden, aber das ließe sich erklären, sie hatte ja stundenlang im Chlorwasser gelegen. Er würgt sie mit noch mehr Kraft, und als ihre Arme schlaff werden, tritt er zurück.

Nein. So konnte es nicht gewesen sein.

Das war die Version, die uns allen mitgeteilt wurde – das war es auch, was er in seinem Geständnis aussagte (Drogen, sein Büro, das Sofa, die Wand, ein Poster, an das sich niemand erinnert), aber für mich funktionierte es nicht. Die Filmregisseurin in meinem Kopf wollte es verwerfen, die Schauspieler für den Rest des Tages nach Hause schicken.

Omar war jemand, der den Druck in deinen Schultern bemerkte, bevor du ihn selbst spürtest – keiner, der Wut in sich anstaute, bis sie explodierte.

Also vielleicht – vielleicht ist da noch jemand anders. Vielleicht hat Omar einen gewalttätigen Freund, einen, dessen Temperament mit ihm durchgeht. Und Omar beschließt später, für sie beide den Kopf hinzuhalten.

Vielleicht hat Omar verunreinigte Drogen genommen, die bei ihm zu Halluzinationen führen.

Mir blieb nichts anderes übrig, als es vorerst bei *Irgendetwas passiert* zu belassen. Weil es so sein musste. Weil es keine andere Erklärung gab. Weil an dem Abend niemand anders in der Sporthalle war. Etwas sehr Schlimmes passiert, und er kann nicht um Hilfe rufen.

Sie atmet noch. Selbst im benebelten Zustand begreift er, was er getan hat, und mit seiner medizinischen Erfahrung weiß er auch, dass sie noch überleben könnte. Aber wenn sie überlebt, ist es aus für ihn.

Er vergewissert sich, dass niemand im Flur ist, und trägt Thalia über seiner Schulter die 7,92 Meter zum Pool.

Am Beckenrand entkleidet er ihren Stoffpuppenkörper, zerrt und zottelt ihr einen Badeanzug aus dem Geräteschrank über. Er muss daran denken, wie er früher immer seinen kleinen Bruder angezogen hat, drängt den Gedanken weg. Ihre Atemzüge: flatterhaft, aber stabil. Er rollt sie ins Wasser, bemerkt das Blut auf dem Zementboden erst, als sie schon drinnen ist. Das muss bedeuten, dass auch Blut an seiner Wand ist, Blut auf dem Flur. Ihre dunklen Locken hatten die Wunde verborgen.

Omar nimmt sich den Kescher, hält Thalias Körper mit dem Stiel ein paar Zentimeter unter Wasser. Sie kämpft nicht. Das sagte er in seinem Geständnis, ein Detail, das mich immer fertiggemacht hat: dass jemand, der so lebendig gewesen war, mit einem Kescher – so sanft, so langsam – getötet werden konnte.

Omar zermartert sich den Kopf, wer sie zusammen gesehen haben, wer etwas wissen könnte. Er kann nicht leugnen, hier in der Sporthalle gewesen zu sein; er hat ja den ganzen Abend lang von seinem Büroapparat aus telefoniert. Er wird sagen müssen, er habe nichts gesehen, nichts gehört. (Warum hat er dann, bei der ersten Befragung, freiwillig ausgesagt, seine Tür habe offen gestanden?)

Er wartet zehn Minuten, länger als irgendjemand je ohne Luft überleben könnte. Zu seinem Erstaunen geht sie ein bisschen unter. Ihre Füße tiefer als der Kopf, aber beide unter die Wasseroberfläche. Er faltet Thalias Kleider, legt sie auf die Bank. Er weiß, wo der Schwimmhallenwart die Bleiche aufbewahrt, Industriestärke, geht zu dem Schrank, benutzt seinen Hemdärmel, um die Flasche in die Hand zu nehmen und das Mittel auf den blutigen Boden zu gießen. Er sieht zu, wie es weiß aufschäumt. Mit einem vergessenen Handtuch schrubbt er nach, und es dauert lange, bis er zurücktreten kann und keinen rosa Schleier mehr sieht. Um sicherzugehen, macht er kurz Licht. Er benutzt die Bleiche und das Handtuch auch für die Tropfen auf dem gefliesten Flur. Er hat Glück: In seinem Büro ist nur auf dem CPR-Poster Blut zu sehen. Trotzdem –

nachdem er es abgehängt, gefaltet und in seinen Rucksack gesteckt hat, schrubbt er auch die Wand. Er stellt die Bleiche wieder in den Schrank. Dafür muss er noch einmal in die Schwimmhalle, muss Thalia unter der Wasseroberfläche schweben sehen.

Er ist jetzt etwas nüchterner, das Hinsehen wird schwerer. Von dem Chlorgeruch wird ihm schlecht, und sein eigenes Erbrochenes am Tatort ist das Letzte, was er brauchen kann. Das Wasser bewegt ihre Leiche permanent. Die Arme bleiben nicht an ihren Seiten, der Kopf stößt an das Trennseil. Sie ist ganz nah an seinem Ende des Pools, er kann sie an einer Locke näher zu sich heranziehen. Er reibt die Haare zwischen den Fingern, denn oh, Gott, was hat er bloß getan, so ein wunderschönes Mädchen – und er, er macht alles kaputt. Er zerstört Dinge. Er hat seine Ehe zerstört. So einer ist er, und er hasst sich dafür, es widert ihn an, dass er noch derselbe Junge ist, der einst die kristallene Nachtigall seiner Großmutter kaputtgemacht hat. Seht ihn euch an. Seht sie euch an. Sein Ärmel wird nass, als er ihr Haar um das Trennseil wickelt, fünf, sechs, sieben Mal, als wolle er sie verankern, damit sie nicht – was? Er weiß es auch nicht.

Er schließt die Schwimmhallentür hinter sich ab; vielleicht gibt ihm das Zeit, zögert den Moment hinaus, in dem ihre Leiche gefunden werden wird. Das Handtuch nimmt er mit, um es zusammen mit dem Poster zu verbrennen.

Die ganze Nacht, den ganzen nächsten Tag riechen seine Hände nach Chlor.

(War ich an jenem Morgen mit meiner Geschichte zufrieden? Ich redete mir ein, dass ich es, trotz der fehlenden Puzzleteile, sein sollte. Vielleicht hatte mein dumpfes Übelkeitsgefühl auch etwas mit den asiatischen Nudeln zu tun, die ich am Abend davor in der Cafeteria gegessen hatte. Wie auch immer: Ich war in der Lage, aus dem Bett aufzustehen. Ich war in der Lage, meinen Tag zu beginnen.)

16

Vor dem Unterricht fragte mich Britt, ob sie mich später interviewen dürfe. Ich willigte ein, sagte aber, mein Interview sollte nicht das erste sein, das sie in ihrem Podcast sende. »Es könnte so wirken, als machten Sie es sich leicht, wenn Sie Ihre Lehrerin als erste Quelle benutzen.«

Zum Teil folgte ich dabei dem Instinkt, die Verantwortung von mir zu weisen. Falls der Podcast irgendwie in die Welt hinauslangte, wollte ich nicht, dass es so aussah, als hätte ich den Kahn gesteuert.

Ich warnte Britt vor – ich hätte nicht viel zu sagen, könne Thalia nur als Person beschreiben. Und möglicherweise hätte ich am Abend auch gar keine Zeit, weil ich mich mit einem Freund aus Boston treffen wolle. Bis zur Pause hatte ich allerdings nichts von Yahav gehört. Ich schrieb ihm meinerseits – wenn ich es nicht tat, würde ich nur wie eine Idiotin herumsitzen und warten. *Heute ist etwas dazwischengekommen, aber sag Bescheid, ob du in den nächsten paar Tagen Zeit hast!*

Sie brauchen sich für Yahav nicht zu interessieren. Es wäre merkwürdig, wenn Sie es täten. Aber er ist Teil der Geschichte, und in jenen zwei Wochen trug er nicht unwesentlich zu meiner Gemütsverfassung bei. Damit ich nicht ahnungslos und verzweifelt wirke: Yahav war jemand, mit dem ich seit zwei Jahren eine Beziehung hatte, jemand, der mir in guten Phasen schrieb, nur um mir guten Morgen zu sagen. Als wir zusammenkamen, lebte er wie ich in

Trennung und stand am Anfang seines Scheidungsprozesses. Befreundet waren wir schon vorher gewesen – wir unterrichteten beide an der UCLA, hatten beide Spaß an Schnellfeuergesprächen, Politik und Tapasbars. Ich glaube nicht an Seelenverwandtschaft, und das hat das Leben einfacher gemacht; wir passten einfach gut zusammen.

Ich hatte ihn bei einem Dinner kennengelernt, zu dem ein befreundeter Psychologieprofessor uns in sein von Spinnenblumen wimmelndes Haus eingeladen hatte – eine Party, zu der jeder eine Speise mitbrachte und die erstaunlich unsexy war, und sei es nur, weil es in dem Haus nach Katzenstroh stank. Yahav hatte sich so viel Essen auf den Teller gehäuft, dass ich mich dabei ertappte, wie ich seinen Körper scannte, weil ich sehen wollte, ob er ein Muskelpaket oder Ektomorph war. Die Antwort: beides, was ich zwei Jahre später bestätigt fand, als wir endlich miteinander schliefen und ich mit der Hand über seine Rippen und die langen, wulstigen Quadrizepse strich. Aber in dem Moment entschuldigte ich mich dafür, dass ich so auf seinen Teller mit den Bergen von Orzo, Hühnchen und vegetarischer Lasagne gestarrt hatte. Ich sagte: »Du hast buchstäblich von allem etwas genommen, also musst du mir nachher sagen, was das Beste ist.« Er nahm die Aufforderung ernst und erstattete mir den ganzen Abend über Bericht, empfahl mir zum Beispiel die Brownies am hinteren Ende des Tisches, die allen anderen überlegen seien. »Salz ist der Schlüssel«, raunte er mir ins Haar. »Die anderen haben nicht genug Salz.«

Da ich noch mit Jerome verheiratet war, betrachtete ich meine Kaffeeverabredungen mit Yahav als schlichte, wenn auch aufregende Geselligkeit. Wir teilten das Interesse am israelischen Kino, und er bat mich um Hilfe bei der Suche nach ein paar frühen Uri-Zohar-Filmen, was einmal dazu führte, dass wir in seinem Büro *A Hole in the Moon* schauten. Ich war von den Büchern in seinen Regalen stärker beeindruckt als von dem Film, umso mehr, als er Juraprofessor war und ich nicht erwartet hatte, dort David Mitchell und Audre Lorde anstelle von ledergebundenen Werken zu finden. Da wir uns immer mehr anfreundeten, dachte ich, wir würden nie miteinander schlafen. Konkret: Ich hatte mich ihm auf unschmeichelhafte Weise geöffnet, auf unseren Spaziergängen eine Brille und kein Make-up getragen, über Jeromes Angst gemeckert, ja mich sogar über die Schwangerschaftsstreifen beklagt, die ich den Kindern verdankte, und so war Sex für mich vom Tisch.

Und dann, spätabends in einer Weinbar, nachdem wir über unsere scheiternden Ehen und über die Panikattacken gesprochen hatten, die Yahav im Straßenverkehr bekam, sah er mich mit einem so flehentlichen Blick an, dass die Zukunft sich weich und grün vor uns ausrollte.

Wir waren erst sechs Monate zusammen, als bei seiner Frau ein schweres chronisches Erschöpfungssyndrom diagnostiziert und ihm klar wurde, dass er bei ihr bleiben und sich um ihre gemeinsame Tochter kümmern musste. Ihre Krankheit brachte uns in eine Warteposition, machte eine erlaubte Beziehung zu einer unerlaubten. Plötzlich fand ich mich in einer Affäre wieder, nicht weil ich beschlossen hatte, Ehebruch zu begehen, sondern weil ich eine auf Hochtouren laufende Liebesbeziehung nicht abbrechen wollte, nur weil die Umstände sich geändert hatten. Wir trafen uns, wir trafen uns nicht, wir waren ein Paar, wir definierten nicht, was wir waren, wir mailten uns, wir schrieben uns Nachrichten, er bat mich, ihm Nacktbilder zu schicken, er sagte, er brauche mich, er verstummte, wir trafen uns in Hotels, wir trafen uns bei mir, er fühlte sich schuldig, er fühlte sich erleichtert, es ging ihr besser, es kam zurück, sie hatte Herzprobleme, ich war das Einzige, was ihn aufrechterhielt, ich war der Grund, warum er nicht mehr konnte. In jenem Herbst nahm er die Stelle an der Boston University an – ein einjähriges Sabbatical von der UCLA, aber er würde nicht nur ein neues Buch schreiben, sondern auch ein paar Kurse unterrichten –, und seine Familie kam mit. Seiner Frau ging es etwas besser. Sie sprachen immer noch von Scheidung, aber ich hatte nicht das Recht, das Boot zum Kentern zu bringen. Ich konnte ihm sein mitunter abweisendes Verhalten nicht vorwerfen, denn er tat ja das Richtige, wenn er mich ignorierte. Und ich konnte nicht für mich eintreten, ohne das Falsche zu tun.

Also machte ich es ihm wieder mal leicht. Reduzierte mich auf das Mädchen, das ich nie hatte sein wollen, das Mädchen, das sich mit Brosamen zufriedengab.

Nach der Pause wollten wir eigentlich über Schnitt und Montage sprechen, aber die anderen interessierten sich zunehmend für Thalias Fall, hatten angefangen, dies und das zu googeln, eigene Theorien zu entwickeln, und wollten darüber reden.

Lola fuhr sich mit den Fingern durchs lila Haar und sagte: »Der Typ, der in den Siebzigern diesen Spanischlehrer umbrachte, war da schon aus dem Gefängnis raus. Da gibt's eine ganze Diskussion drum, dass er vielleicht im *Wald* lebte. Und in der Nähe vom Internat rumlungerte. Und den haben sie nie gecheckt?«

»Damit haben wir uns bloß gegenseitig Angst eingejagt.« Das Gerücht musste von jemandem gekommen sein, der hier früher mal zur Schule gegangen war und vier Jahre lang die abenteuerlichsten Versionen gehört hatte – von einer alten Jacke, die an einem Ast hing und eindeutig Barbara Crockers Exfreund gehöre; der lebe jetzt in einem alten Lacrosse-Tor, über das er sich Decken gebunden habe, oder vielleicht lebe er auch im Uhrenturm und beobachte uns alle mit dem Fernglas. »Da ist nichts dran.«

Jamila sagte: »Und diese Matratzen im Wald? Ich hab gelesen, da soll er gelebt haben.«

»Ach Gott, nein. Da ging man hin, um was zu trinken. Thalias Freundinnen und Freunde waren in der besagten Nacht dort.«

Und dann wollten sie mehr von den Matratzen hören und wissen, ob ich da auch immer hingegangen sei, aber auf dieses Ablenkungsmanöver fiel ich nicht herein.

»Meine Leute und ich haben mehr geraucht als getrunken«, sagte ich. »Das war alles ziemlich bedauernswert.«

So oder so hatte ich nie an einer echten Matratzenparty teilgenommen. Aber ich war oft an den Dingern vorbeigekommen, und wenn man einmal wusste, wo sie waren, konnte man sie nicht verfehlen, nur wenige Meter abseits vom Nordic Trail, auf dem im Winter die Skilangläufer und im Herbst die Jogger unterwegs waren. Die Medien schlossen von den Matratzen auf Sex, dabei waren es in Wirklichkeit bloß zwei ekelhafte alte Wohnheimmatratzen, die den Treffpunkt markierten, und wer dort Sex gehabt hätte, wäre Gefahr gelaufen, sich Wundstarrkrampf und Flöhe einzuhandeln. Im letzten Frühlingssemester, als ich Rudern geschmissen hatte und eine halbe Schachtel pro Tag rauchte, gingen Geoff Richler und ich oft in der dritten und vierten dorthin, unseren Freistunden, und stiegen über zerbrochene Flaschen, um uns nicht auf die immer nassen Matratzen zu setzen, sondern auf die Baumstämme, die irgendwer auf die Lichtung gezerrt hatte. Ich rauchte, und Geoff unterhielt mich. Manchmal schwänzte Carlotta ihre unbeaufsichtigten Atelierstunden, um mitzukommen und eine halbe Zigarette zu rauchen, und Geoff sah ihr dabei zu, als wäre es sein Penis, den sie zwischen die Lippen nahm.

Dass man für den Weg dorthin eine halbe Stunde brauchte – wie ich im Netz gelesen hatte, wo die Leute sich fragten, ob jemand die Party hätte verlassen, Thalia umbringen und wieder zurückgehen können – klang richtig, aber bei Schnee und Eis dauerte es länger, bei Matsch auch. Jedenfalls, so viel kann ich Ihnen mit Sicherheit sagen, hätten wir es nicht geschafft, innerhalb einer Unterrichtsstunde zu den Matratzen und wieder zurückzugehen. Sie waren, wie wir jetzt alle wissen, 2,25 Kilometer sowohl vom Theater als auch von der Sporthalle entfernt. Die Dunkelkammer im Quincy, von wo aus Geoff und ich immer aufbrachen, war noch ein Stück weiter weg.

Ich schaltete mich wieder dem Kurs zu, wo Britt ihrer Gemeinde predigte. »Plus, die einzigen Anhaltspunkte dafür, dass Omar auch nur mit ihr *gesprochen* hat, waren Gerüchte. Sie hatte ein paar

Freundinnen erzählt, sie habe Probleme mit einem älteren Typen. Daraufhin halten diese Freundinnen nach einem älteren Mann Ausschau, der ihnen irgendwie creepy vorkommt, und einigen sich auf den einzigen Schwarzen.«

»Das stimmt so nicht ganz«, sagte ich.

Das Geschnatter im Raum schwamm nur um mich herum. Es lag an dem Wort *creepy*; irgendetwas hallte darin wider, etwas, das ich nicht ganz zu fassen bekam.

Und dann – ich bin mir nicht sicher, ob ich tatsächlich mit offenem Mund dasaß oder es schaffte, meine Gesichtszüge unter Kontrolle zu halten –, dann war mir, als wäre mit einem Ruck eine jahrzehntelange Leitungsunterbrechung zwischen meinen Gehirnhälften beendet.

Jener Abend, an dem Sie und Thalia zurückgeblieben waren und die Glühwürmchenshow verpasst hatten. Die Tage, an denen ich endlos vor Ihrer Tür gewartet hatte, nachdem Thalias Coachingzeit für ihren Abschlussvortrag längst überzogen war. Leises Gemurmel, wenn Sie sprachen, Thalias Stimme, die laut durch den Raum schallte, lange Phasen der Stille. Ich hatte sie, in der Elften, rot werden sehen, wenn sie von Ihnen sprach. Ich hatte Sie zu dicht neben ihr sitzen sehen. Ich hatte mitbekommen, wie sie nach den Follies-Proben noch lange dablieb.

Es war zwischen Fran, Carlotta, Geoff und mir Thema gewesen. Wir hatten Witze über ihre Besessenheit von Ihnen gemacht, darüber, dass Sie mit ihr schliefen. Waren es keine Witze gewesen? Oder wir hatten es nur aus Spaß geglaubt. So wie wir auch beschlossen, an Wohnheimgespenster zu glauben.

Und was, wenn –

Sie wirkten gar nicht so besonders erschüttert nach Thalias Tod, jedenfalls nicht mehr als andere Lehrer oder Lehrerinnen. Wenn ich meinen Abschlussvortrag mit Ihnen übte, fragten Sie mich wieder und wieder, ob es *mir* gut gehe, erzählten mir, wie aufgewühlt Ihre Kinder seien, die Thalia als ihre Babysitterin gekannt hatten. Spätestens da muss ich jegliche Idee, dass etwas Verbotenes vor sich gegangen sein könnte, fallengelassen haben.

Damals, 1995, hatte ich zuerst von den Gerüchten über Omar gehört, dann von seinem Geständnis, dann – nach unserer Abschlussfeier – von seiner Verurteilung und erst *dann*, dass zu den Beweisen gegen ihn Thalias angebliche Äußerungen über einen älteren Mann gehörten.

Nicht dass Sie ihr etwas antun würden; das war es nicht, was ich dachte. Ihre Hände waren so dünn. Sie hatten Angst vor Bienen. Ich konnte mir nicht vorstellen, dass Sie jemandem den Kopf einschlagen würden. Ich rief mir den DNA-Beweis gegen Omar in Erinnerung. Und Sie hatten ein Alibi: Sie waren im Theater geblieben, um sicherzustellen, dass die Instrumente und Noten eingepackt, die Pauken wieder in die Abstellkammer gerollt wurden. *Ich* war Ihr Alibi, verdammt. Ich erzählte der Polizei, wir hätten über *Braveheart* geplaudert. Und dann seien Sie zu Ihrer Frau und Ihren Kindern nach Hause gefahren.

Aber dennoch: wie verstörend, dass diese eine Information, die Gerüchte über Thalia und einen älteren Mann, die Polizei überhaupt erst dazu gebracht hatte, Omar ins Visier zu nehmen.

Es traf mich mit dem Gewicht von dreiundzwanzig Jahren.

Der ältere Mann waren Sie.

Wenn Thalia wirklich Probleme mit einem älteren Mann gehabt hatte, dann waren dieser ältere Mann Sie.

17

Dies sind die Dinge, über die ich nachdachte, als ich, ohne zu Mittag gegessen zu haben, im Wind den Hügel zum Gästehaus erklomm.

Die Opern-AG, New York City, der Bethesda Fountain.

Wir waren nur zu sechst in dem Opernkurs, den Sie im Herbst des letzten Schuljahrs gaben: drei, die sich auf Ihrem Sofa zusammenzwängten, und drei, die sich gepolsterte Orchesterstühle heranzogen. Ich, Thalia und ihr Freund Robbie, Beth Docherty, Kwan Li – der später tatsächlich Opernsänger wurde – und Robbies Freund Kellen TenEyck, der sich zwanzig Jahre später auf den Grund eines Sees soff. Es ist schwierig, zurückzublicken und uns zu sehen, wie wir waren, und nicht, wie wir wurden, schwierig, nicht die über unseren Köpfen schwebenden Textblasen zu sehen: »Mordopfer«, »Opernstar!« und »Trauriger Trinker«.

Robbie Serenho war nur wegen Thalia dabei und Kellan nur, weil Robbie mitmachte. Robbie war ein Skistar und strotzte vor Privilegiertheit. Noch dazu war er ein Aufschneider, der selbst bei Schnee Shorts trug, sich die Haare ins Gesicht fallen ließ, Kaugummi kaute und von keiner Lehrkraft deswegen zur Rede gestellt wurde. Dass er mit Thalia zusammen war, verbesserte seinen Status sicherlich noch. Ich hatte seit dem Englischunterricht in der Neunten keinen Kurs mehr mit ihm gemeinsam gehabt und war gelinde überrascht, als ich merkte, dass er ziemlich scharfsinnig war. Er konnte zum Beispiel an einem Loch in seinen Khakishorts herumzupfen, als hörte er gar nicht zu, und dann mit einem Beitrag wie »Beethoven war der Miles Davis seiner Zeit. Er hat sich ständig neu erfunden« um die Ecke kommen. Robbie saß vielleicht nicht als Opernfan in dem Kurs, aber zumindest war er ein Gelegenheits-Musikfreak, bewandert in allem, was er cool genug fand. Meistens hatte er den Arm auf der Rückenlehne von Thalias Stuhl liegen, hielt sie am Boden des Raums verankert.

Die Opern, die wir in jenem Oktober in der Met sahen, werde ich nie vergessen. Drei Opern in drei Tagen, an denen unsere anderen Kurse in Granby ohne uns stattfanden. *Le Nozze di Figaro, La Bohème, Tosca*. Das immerhin verdanke ich Ihnen: ein Mädchen aus dem Süden Indianas bekam drei Opern in der Met zu sehen. Es war anstrengend, hat aber mein Gehirn neu verdrahtet.

Thalia war mit Robbie zusammen, Beth war in Kellan verknallt, und alle vier waren miteinander befreundet – und so blieben Kwan und ich außen vor. Die Reise war nicht durchorganisiert; zwischen Aufwachen und Abendessen war nichts geplant. Für den Vorschlag, die Stadt gemeinsam zu erkunden, waren Kwan und ich beide zu gehemmt, also machte ich mich jeden Tag allein auf den Weg, schaute, wie weit ich laufen konnte, und rechnete im Kopf die Kalorien aus, die ich pro Block verbrannte.

Die größte Stadt, die ich bis dahin gesehen hatte, war Indianapolis. Und ich war über O'Hare geflogen, aber das zählte nicht. Da ich nicht wie ein Bauerntrampel wirken wollte, sagte ich nichts davon. Wenn Sie es gewusst hätten, hätten Sie mir bestimmt mehr Anleitung gegeben, mir zumindest erklärt, wie man ein Taxi anhielt.

Alles war gewaltig, selbst die breiten Gehwege, und ich fand es herrlich, sogar den Abfallgeruch auf den Straßen, wenn nach fünf Uhr nachmittags der Müll rausgestellt wurde. Ich hatte die ganze Zeit panische Angst vor Taschendieben, vor Kriminalität, davor, in einen Bandenkrieg zu geraten (ah, die berüchtigten Bandenkriege vom Lincoln Square), aber ansonsten war es himmlisch.

Ich hatte dreißig Dollar für drei Tage, und während Granby für unsere Met-Tickets und das Abendessen aufkam, musste ich davon Frühstück, Mittagessen und Verkehrsmittel bezahlen. Ich stand früh auf (mein Körper war um vier Uhr wach, noch in New York aufs Rudern konditioniert), schlich mich aus dem Zimmer, ohne Thalia und Beth zu wecken, und kaufte mir im Deli gegenüber von unserem Hotel einen kleinen Bagel mit Marmelade und einen Orangensaft, zusammen $ 3,75. Für den Rest des Tages blieben mir also noch $ 6,25. Einmal gönnte ich mir mittags ein Sorbet, was gegen meine Diät verstoßen hätte, wäre es nicht das Einzige gewesen, was ich an dem Tag aß. Ein andermal kaufte ich mir an einem Imbisswagen eine Brezel.

Ich schickte meiner Mutter in Arizona eine Postkarte – *NEW YORK* in Großbuchstaben, jeder mit einem Foto von der Stadt ausgefüllt. Sie wusste nicht, dass ich dort war, und ich wollte sie so ganz nebenbei überraschen. Rückblickend sehe ich, dass das nicht sehr nett von mir war. Genauso gut hätte ich hinten drauf schreiben können: *Guck mal, wie wenig du von mir weißt.* Oder: *Du warst noch nie hier, stimmt's?* Möglicherweise hatte ich aus eben diesem Grund den Opernkurs belegt. Wie viel weiter konnte ich mich von Broad Run, Indiana, entfernen?

Nicht lange nach unserer Ankunft lief ich die Columbus Avenue hinunter, als ein Mann, eindeutig nicht ganz gesund im Kopf, auf mich zusteuerte, die Hände hob und so tat, als hätte er riesige Brüste und schüttele sie. Ich wich ihm aus und eilte weiter, wütend darüber, wie mir das Adrenalin in Glieder und Magen schoss. Er rief mir »Lauf, kleines Häschen! Hoppeldihopp!« hinterher. Ich hatte das Gefühl, mich falsch und peinlich benommen zu haben, nicht tough genug zu sein.

Am zweiten Tag traf ich Kwan, als er mit Posterrollen unterm Arm zum Hotel zurückkam. »Ich war im Met!«, sagte er, und ich war völlig verwirrt – gingen wir nicht jeden Abend in *die* Met? »Man bezahlt nur so viel, wie man will«, sagte er. Noch mehr Verwirrung. Doch dann öffnete er eine der Rollen, um mir Van Goghs Selbstporträt mit Strohhut zu zeigen, und unten stand *Metropolitan Museum of Art (The Met)*.

Und so ging ich am Morgen des dritten Tages, unseres letzten ganzen Tages in New York, vom Lincoln Square durch den Park zu dem Museum, das ich mir auf dem kostenlosen Hotelstadtplan eingekringelt hatte. Auf dem Weg wollte ich am »Beth. Fountain« vorbeigehen, der auf dem Plan verzeichnet war, weil ich mir dachte, ein Springbrunnen eignete sich gut für Fotos.

Ich nehme an, Sie wissen noch, was als Nächstes passierte. Ich sah Sie und Thalia am Rand des Brunnens sitzen, der Bethesda Fountain heißt, wie ich inzwischen weiß – einander zugewandt, viel zu dicht zusammen, sodass Ihre und Thalias Füße sich berührten. Wenn ich noch weit genug entfernt gewesen wäre, hätte ich mich hinter anderen Touristen versteckt und Sie beide eine Weile beobachtet. Ich hätte es später Fran erzählen können – wie Thalia sich Ihnen *an den Hals warf*. Aber ich war nur noch zwei Meter entfernt, und Thalia und Sie sahen mich auch. Ruckartig gingen die Füße auseinander. Thalia sah aus, als versuchte sie, nicht zu lachen; Ihre Wangen wurden waldbrandrot. Sie sagten: »Bodie! Kleine Stadt, was?« Dann, geschmeidig: »Thalia hat mich gerade überredet, ihr Coach für den Abschlussvortrag zu sein. Hast du schon einen? Brauchst du einen?«

Was immer ich sonst in dem Moment gedacht hatte, wurde von meiner großen Erleichterung darüber verdrängt, dass Sie mir offenbar anboten, mit mir zu arbeiten. Gerade war die Liste der etwa zehn Lehrkräfte veröffentlicht worden, die die Abschlussvorträge betreuen würden, nun sollten wir selbst die Initiative ergreifen. Für die meisten war das einfach – wer Hockey spielte ging zu Mr. Dar, wer Ski lief zu Mr. Granson –, aber für mich war die Vorstellung, zu jemandem in die Sprechstunde zu gehen, sogar zu Ihnen, und *einfach zu fragen*, ob er oder sie mich beraten würde, ungeheuerlich.

Also sagte ich: »Ich – ja, ich brauche wohl einen.«

Sie wirkten hocherfreut, ganz aufrichtig, und ich war zu ausgehungert, um Ihr Angebot nicht anzunehmen.

Sie fragten mich, wohin ich unterwegs sei, und ich sagte, »zum Metropolitan Art Museum«, woraufhin Sie mich behutsam korrigierten und sagten, ich solle mir unbedingt die altägyptische Kunst ansehen.

Am Abend sahen wir *Tosca*. Als wir in der Pause aufstanden, drehte Kellan TenEyck, eine Reihe vor mir, sich um. Er reckte die Arme in die Höhe, sodass unter dem Oxfordhemd sein blasser Bauch zum Vorschein kam, und sagte völlig unvermittelt: »Und du und Fran Hoffnung, ihr seid ein lesbisches Paar, oder?«

Und das war es, weswegen ich wütend ins Bett ging, worüber ich mich aufregte. Nicht das, was ich im Park gesehen hatte.

18

Wann ist sie Ihnen aufgefallen? Sie dürfte vom Beginn der elften Klasse an bei den Choristen dabei gewesen sein, eine von vielen Sopranen. Dann machte sie auch bei den Follies mit, eins von vier Mädchen, die sich in schwarzen Kleidern zu »I'm Every Woman« im Kreis drehten. Mitte September hatten Sie sie schon für Rollen im Eröffnungssketch ausgewählt und ihr ein Solo in der Schlussnummer gegeben.

Als ich mir das Zimmer mit ihr teilte, waren Sie ihr definitiv schon aufgefallen. Sie fragte mich, seit wann ich Inspizientin sei, wie Ihre Kinder so seien, wenn ich auf sie aufpasste, ob ich wisse, welche Art von Bagel sie am liebsten hätten oder welches Getränk sie Ihnen mitbringen solle, wenn sie vor der Probe noch beim Kiosk vorbeiging.

Abgesehen von dieser Ausquetscherei waren unsere Interaktionen in jenem Jahr seltsam förmlich. Kurz vor dem Schlafengehen, außer der gnädigen Stille der Lernphasen die einzige Situation, in der wir regelmäßig allein miteinander waren, hatte Thalia die Angewohnheit, eine höfliche Gesprächseröffnung zu machen. Es kam vielleicht herablassend rüber – *war* vielleicht herablassend –, aber immerhin gab sie sich Mühe. »Habt ihr in der Familie irgendwelche besonderen Weihnachtsbräuche?«, fragte sie dann oder »Hast du in letzter Zeit irgendwelche guten Filme gesehen?« Selten *sagte* sie einfach nur etwas, vielmehr beklagte sie sich etwa bei mir über die Hausaufgaben oder erzählte mir von ihrem Tag. Es war, als schaute ihre Großmutter zu, und sie müsste beweisen, wie gut sie erzogen war.

In jenem Frühjahr fragte sie mich nach meinen Sommerplänen. Ich sagte: »Vielleicht arbeite ich bei Burger King«, und sie wusste ganz offenkundig nicht, ob sie lachen sollte. Es sollte ein Witz sein, aber nur fast; ich hoffte, wieder die Spätschicht bei der Café-Kette Baskin-Robbins zu bekommen.

Sie sagte: »Zuhause in Idaho?«

Ich fragte mich, ob sie tatsächlich die ganze Zeit Idaho vor Augen gehabt hatte oder doch Indiana, ob sie also nur die Namen verwechselte. Ich sagte: »Das Besondere an Burger King in Idaho ist, dass unsere Fritten regional sind. Wir ernten sie selbst.«

Thalias Freundinnen begegneten mir nicht bemüht höflich wie sie, sondern mit kaum verhohlener Abneigung. Ich solle es mal mit Bräunungsmittel probieren, dann würde mein Gesicht schmaler wirken und ich »weniger mürrisch«, sagte Beth einmal zu mir. Selbst so etwas wie »schönes Oberteil« war eine getarnte Gemeinheit, ein Akt vorgetäuschten Großmuts, als reiner Scherz fürs jeweilige Publikum inszeniert. Ihr Erfolg beruhte auf der Annahme, dass jeder, der es hörte, die Ironie verstehen würde, außer mir. Die Ironie daran: Ich selbst war von Ironie durchdrungen. Ich war diejenige, für die es sich wie blanke Ironie anfühlte, überhaupt in Granby zu sein. Ich war diejenige, deren Kleidung und Poster ironisch gemeint waren. Wohingegen sie mit ihren Stufenhaarschnitten und North-Face-Klamotten und Minischottenröcken kreuzbrav durchs Leben segelten (glaubte ich). Als ich also erwiderte: »*Oh, mein Gott, deins auch*«, obwohl die betroffene Mitschülerin ihre Lacrosse-Uniform trug, genoss ich den Ausdruck der Verwirrung auf Beths Gesicht und dann das wenig subtile Augenrollen, das sie mit Rachel tauschte.

Beth war der Star dieses Paars, die Sängerin, eine blonde Christy Turlington, die Frau, die das Flirten zu einer Kunstform erhoben hatte. Rachels Mutter war die Tochter eines ehemaligen Gouverneurs von Connecticut, und ihr Vater besaß Geschäftsimmobilien in Manhattan. Das schien ihren Mangel an Persönlichkeit auszugleichen. Rachel folgte Beth wie ein Schatten, und durch ihre Nähe zueinander wurde jede von ihnen attraktiver.

Beth Docherty war für meine größte Demütigung in Granby verantwortlich. Ich hatte in jenem Jahr angefangen, die dunklen Haare auf meiner Oberlippe zu bleichen, wozu ich einen kleinen Topf mit brennender Creme verwendete und Puder, das man mit einem kleinen Stab dort hineinrührte. Ich bekam bloß gelben Flaum davon, wusste aber nicht, was ich sonst machen sollte. Ich hatte keine Ahnung, dass die meisten Frauen ein ähnliches Problem hatten; vielmehr dachte ich, es sei eine Blamage, die nur ein paar traurige Mädchen kannten.

Ich kümmerte mich alle paar Wochen darum, wenn der Unterricht zu Ende war und Thalia Robbie zur Sporthalle begleitete oder mit ihm auf den Skibus wartete. Eines Nachmittags hatte ich gerade die Tür abgeschlossen und das Zeug aufgetragen, als es klopfte. Ich suchte meinen Waschlappen, bis mir einfiel, dass ich ihn im Bad gelassen hatte. Ich machte den Fehler zu fragen, wer da sei – es war Beth, die mir zurief, Thalia brauche ihren Musikordner. Wenn ich gewusst hätte, wo Thalias Ordner war, hätte ich ihn ihr einfach durch die Tür gereicht, aber ich wusste es nicht – und suchte nun hektisch nach etwas, womit ich mir die Oberlippe abwischen konnte, etwas, das ruhig Bleichmittel abbekommen durfte, aber meine Kleidungsstücke waren alle schwarz, meine Bettwäsche dunkelblau.

Beth rüttelte am Knauf und sagte: »Würdest du mich bitte reinlassen?«

Ich schnappte mir ein weißes T-Shirt aus Thalias Wäschekorb, wischte mir das Gesicht ab und öffnete die Tür. Ich muss knallrot gewesen sein, außer Atem. Beth sah mich von oben bis unten an und sagte: »Warum war die Tür abgeschlossen?«

Am nächsten Tag beim Frühstück kam Dorian Culler zu mir.

Er sagte: »Ich hab gehört, du hast deinen Fingern freien Lauf gelassen.«

Ich verstand nicht, was er meinte, bis Puja Sharma, die keinerlei Skrupel hatte, mich im Wäscheraum antraf und zu mir sagte: »Aaach, weißt du, ich glaube nicht, dass Thalia dich hasst, die anderen machen sich bloß Sorgen um sie.« Ich fragte sie, wie sie das meine, und sie sagte: »Die sagen so, oh nein, die Arme muss mit einer Onanistin zusammenwohnen.«

Ich weiß nicht, ob Sie, als Mann, das Stigma verstehen, das zu der Zeit damit verbunden war. Es war eine Sache, als Schlampe bezeichnet zu werden; das war halb gut und halb schlecht. Dies aber war durch und durch schlecht.

In derselben Woche sprach Mike Stiles mich auf dem Flur an. Er sagte, ernstgemeint: »Es tut mir leid, dass die alle so blöd zu dir sind.« Das war eine schöne Geste, aber die Tatsache, dass er davon wusste, machte es noch schlimmer. Wie alle anderen auch, war ich in Mike Stiles, unseren künftigen König Artus, verknallt; ich schwärmte auf die reinste Art für ihn. Rein, weil ich nie ein richtiges Gespräch mit ihm führte und weil er wirklich nett zu sein schien. Er hatte eine fliehende, gefurchte Stirn, ein breites Kinn, Elvis-dickes Haar. (»Ein heißer Neandertaler«, hatte Fran mal über ihn gesagt, aber ich fand, dass er eher auf andere Weise aus der Zeit gefallen wirkte – wie ein Unionssoldat vielleicht.)

Als ich in jenem Mai in Thalias Jahrbuch schrieb, sah ich, dass Jorge Cardenas am Ende seiner Nachricht an sie *Genieß deinen Sommer ohne die Onanistin!* geschrieben hatte. Auf der Seite davor hatte Beth eine Liste von Insider-Witzen gemacht (*Bunny???* Und *Das ist doch kein Ping Pong* und *Mr. WHATNOW* und *Die Oneinnistin*). Thalia packte gerade, mit dem Rücken zu mir, und ich blätterte zur Seite von *Der kleine Horrorladen* vor und schrieb meinen Namen – nur meinen Namen – unter das Foto aller Mitwirkenden, auf dem wir beide zu sehen waren.

Aber Thalia erwähnte es nie, war keinen Moment unfreundlich

zu mir. Sie war reif – was sie in Ihren Augen sicher noch attraktiver machte. Wenn Sie an einer *wirklich* reifen Frau interessiert gewesen wären, hätten Sie sich nicht mit einem Teenager abgegeben, aber Thalias Reife war vermutlich eine bequeme Entschuldigung. Vielleicht sagten Sie sich, sie sei eine alte Seele. Sicher sagen Sie sich, dass sie wisse, was sie tue. Ich wette, Sie fühlten sich bemuttert, wenn sie Ihnen Bagels und etwas zu trinken brachte.

Es war ein Vorteil für mich, dass Thalia und ich keine gemeinsame Vergangenheit hatten. Diese anderen Mädchen hatten miterlebt, wie ich in der Neunten ankam und mich ernsthaft bemühte, mit Laura-Ashley-Billigkopien, die ich von Robesons Tochter geerbt hatte, und toupierten, mit Haarfestiger besprühten Ponyfransen – in Indiana immer noch Mode, in Granby definitiv nicht. Sie hatten miterlebt, wie ich in einem Anfall von Schulgemeinschaftsgeist anfing, beim Jahrbuch mitzumachen (wo ich nicht lange durchhielt, aber als Andenken Geoff Richlers Freundschaft mitnahm). Sie hatten miterlebt, wie ich versuchte, mich mit Leuten wie ihnen anzufreunden, bevor ich meinen Weg zu Fran fand.

Aus der Perspektive von Mädchen wie Rachel und Beth, die mich so ziemlich gleich am Anfang des ersten Jahrs aus den Augen verloren, muss meine Verwandlung über den nächsten Sommer abrupt gewirkt haben. Ich schnitt mir die Haare auf Kinnlänge, kürzte meinen Pony à la Bettie Page. Ich ließ die abgetragenen Sachen in Indiana und ging, als ich vor Schulbeginn noch eine Woche bei den Hoffnungs wohnte, mit Fran auf Schnäppchenjagd in Hanover, gab das Geld, das ich bei Baskin-Robbins verdient hatte, für dunkle Oversized-Klamotten aus, Netzstrümpfe, die ich sorgfältig zerriss, und eine unechte Armeejacke. Ich pflegte einen Look, den ich jetzt als Goth Grunge bezeichnen würde, und der geeignet war, mein Gewicht zu kaschieren: alles schwarz, ein Flanellhemd, das ich mir entweder um die Taille band oder offen trug wie einen Mantel. Bei Clover Music in Kern kaufte ich mir Choker aus Hanf und Fimo, einen Schwarzlichtnagellack. Fran schenkte mir ihre alten Doc

Martens, an den Zehen mit Klebeband zusammengehalten und eine Nummer zu groß. Ich zupfte mir die Augenbrauen zu spitzen Häkchen. Das machten alle, aber meine waren extrem. Ich lernte, dicken schwarzen Lidstrich aufzutragen. Im Lauf des Sommers hatte ich alles abgelegt, was ich als erbärmlich artifiziell entlarvt hatte, und war bereit, als mein wahres Ich zurückzukommen.

In der Zehnten tauchte Carlotta French auf, geflüchtet aus einer reinen Mädchenschule in Virginia, und erklärte Fran und mich praktisch öffentlich zu ihren neuen besten Freundinnen, Rollen, die wir freudig annahmen, weil Carlotta cooler war als wir beide. Carlotta trug Fußkettchen und keinen BH. Wenn sie auf einer Decke unter Bäumen saß und Gitarre spielte, rückten die Jungs, die sich sonst nur für gepflegt gekleidete Mädchen aus Shampoo-Werbespots interessierten, mit ihren Frisbees näher heran und legten sich schließlich neben sie auf den Bauch, um mit ihr zu reden. Sie fand sie lächerlich. Als sie bei den Follies »Rhiannon« sang, in einer ätherischen Fassung, wollte ich am liebsten sie *sein*. Ihre Haare waren wild und sandfarben. Sie war spindeldürr, aber ich hasste sie nicht dafür. Sie schien vielmehr einfach so der Erde entsprungen zu sein, anstatt sich anhand irgendeiner Zeitschrift zurechtgemodelt zu haben.

In jenem Winter holte Fran die *Dragon Tales* vom Vorjahr heraus und zeigte Carlotta, im Abschnitt über die Neuntklässler, wie ich damals herumgelaufen war, woraufhin Carlotta in ihr froschähnlichstes Lachen ausbrach. »Warst du von einer Bekleidungs-Sekte gekidnappt worden?« Und ich konnte mit ihr lachen, dankbar, dass sie das Unechte an dem Mädchen auf dem Foto erkannte, diesem Mädchen, das irgendetwas ganz furchtbar falsch verstanden hatte.

Aber die meisten Menschen reagierten mit Sorge auf meine Verwandlung.

Als Karen King mich am ersten Tag sah, sagte sie: »Oh, Gott, heißt das, du hörst mit Rudern auf?«

Die arme Mrs. Shields versuchte, mir auf den Zahn zu fühlen.

Eines Morgens vor der Probe, als wir vor der Sporthalle auf den Dragon Wagon warteten, fing sie an, mich nach meinem Sommer zu befragen, nannte mir dann aber binnen zwei Minuten Hilfsangebote: mit wem ich sprechen, an wen ich mich wenden könnte. Ich stammelte irgendetwas Unsinniges, verstand erst später, dass ich geschädigt wirkte. Und genau so war es natürlich – ich *war* geschädigt und muss unbewusst den Wunsch gehabt haben, mich entsprechend zu kleiden. Aber da die Schädigung für alle anderen erst jetzt sichtbar war, hielten sie sie für neu. Es wurde gemunkelt, ich hätte im Sommer Drogen entdeckt oder Hexenkunst. An irgendeiner staatlichen Schule im Amerika der 1990er Jahre hätte ich mich gut eingefügt, zumindest in einer bestimmten Gruppe. Aber in Granby, dem Land der Ralph Lauren-Hemden und Duck Boots, wurde ich als das Wrack angesehen, das ich tatsächlich war. Und nur weil sie bei den Einzelheiten so weit daneben lagen – Heroin! Okkultismus! Geritzte Handgelenke! –, konnte ich ihr Gerede abtun.

Nach Kurt Cobains Tod, in meinem elften Schuljahr, verkaufte Clover Music Kopien von seinem Abschiedsbrief. Es waren Kopien einer Kopie, und zu den Seitenrändern hin wurde Kurts Handschrift undeutlicher. Es war ein beidseitig bedrucktes Blatt, und ich kaufte zwei Kopien, damit ich das ganze Ding über mein Bett tackern konnte.

Einmal kam ich aus dem Badezimmer und hörte, wie Rachel den Brief mit Kifferstimme Thalia und Beth vorlas.

Thalia sagte: »Ich find's süß. Er war ihr Held.«

»Das sagst du jetzt«, sagte Beth, »aber warte, bis du sie hier an der Decke hängen siehst.«

Schallendes Gelächter, bis ich die Tür aufmachte.

Egal: Für Thalias Freundinnen war ich diejenige, mit der in den Sommerferien nach der Neunten *irgendetwas passiert war* – oder im besten Fall eine, die verschiedene Rollen spielte und keine richtig hinbekam. Für Thalia dagegen war ich schlicht ich selbst, unverändert. Eine ordentliche und rücksichtsvolle Mitbewohnerin, die zwar superuncool war, aber ihr wenigstens keine BHs klaute.

Und ich wusste alles über *Sie*.

Ihr Lieblingsgetränk sei RC Cola, sagte ich ihr. Das tat ich, weil Sie im Backstage-Kühlschrank ein Sixpack davon gefunden und mir gesagt hatten, Sie fänden es scheußlich. Seitdem hatten Sie die Flaschen loszuwerden versucht und mir jeden Tag eine angeboten, bis ich sie schließlich annahm, nur um sie, ungeöffnet, irgendwo in Ihrem Büro zu verstecken. Wenn Thalia Ihnen eine RC Cola mitbrachte, würden Sie wissen, dass sie eigentlich von mir kam.

19

Als Yahav bis Mittwochabend nicht geantwortet hatte, redete ich mir ein, es sei gut, dass Britt sich mit mir treffen wollte. Es würde mich davon ablenken, die ganze Zeit an ihn zu denken, oder auch davon, an Sie zu denken und nach winzigen Momenten zu suchen, die ich übersehen hatte.

Ich hatte Britt eine Liste weiterer Leute gegeben, mit denen sie sprechen könnte (Fran und diverse Lehrkräfte, die noch immer hier waren), damit ich in ihrem Podcast nicht die einzige andere Stimme wäre.

Wir trafen uns um sieben in einem leeren Lernraum im Dwyer, einem schicken, gläsernen Wohnheim auf dem Oberen Campus, das es in den 1990ern noch nicht gegeben hatte. Ich setzte mich auf ein Plüschsofa, das unter einem Whiteboard stand, und Britt legte ihr Handy vor mich auf den Tisch und öffnete die Aufnahme-App, die ich alle im Kurs hatte herunterladen lassen.

Britt trug einen cremeweißen Fischerpullover, Skinny-Jeans und Stiefel, die genau so aussahen wie die Frye Boots, die Fran 1994 getragen hatte. Sie sagte: »Ich würde gern mit dem zeitlichen Ablauf anfangen.«

Ich steckte den Rahmen ab: Von 1993 bis 1994 teilten Thalia und ich uns ein Zimmer. Im März 1995 starb sie. Omar wurde im selben Frühjahr verhaftet, aber die Einzelheiten des Falls kamen erst im Sommer ans Licht, als wir alle schon quer übers Land verteilt waren und unsere Sachen fürs College packten. Das Internet steckte noch in den Kinderschuhen; einen E-Mail-Account hatte ich erst im September. Ich erzählte Britt von den per Schneckenpost verschickten Zeitungsausschnitten und fühlte mich uralt. Omars Prozess war 1997, seine Berufung 1999. Nach deren Scheitern lange nichts. Höchstens mal eine Erwähnung in Fernsehsendungen über wahre Verbrechen, Sie wissen schon, *totes weißes Mädchen an einem Internat*. Mehr als das: hübsches, reiches totes weißes Mädchen. Wäre sie doch bloß auch noch blond gewesen. Es war immer das Gleiche*: Erinnern Sie sich an diesen grauenhaften Fall?* Die Details bei jeder Wiederholung diffuser, das Urteil unzweifelhafter. *Der Mann, der das getan hat, wurde Gott sei Dank gefasst. Schauen Sie sich dieses Foto an, nach Jahren und Jahren im Gefängnis, muskelbepackt, die Augen tot. Sieht er nicht aus wie ein Mörder?* Dann, 2005, das *Dateline*-Spezial, aus Anlass ihres zehnten Todestags und einer wachsenden »Free Omar«-Bewegung im Internet.

Dateline widmete Omars Fürsprechern einige Zeit – vor allem dieser Schauspielerin, mir durch ihre kleine Rolle in *Spider-Man* in Erinnerung, die den Fall vorübergehend zu ihrem Lieblingsanliegen gemacht hatte –, konzentrierte sich aber hauptsächlich auf die Beweislast: die DNA, Omars Poolzugang. Sein Geständnis, auch wenn er es zurückgezogen hatte. Der Strick im Schülerverzeichnis. Selbst wenn er nicht der »ältere Mann« war, den Thalia ihren Freundinnen gegenüber erwähnt hatte: Drei Skiläufer behaupteten, sie hätten Omar Witze darüber machen hören, wie es wäre, Thalia auf der Hantelbank festzubinden.

»Mit Omar war's oft lustig«, sagte ich zu Britt. »Er stellte die Musik im Kraftraum laut und rannte dann rum, streckte die Faust aus wie ein Mikro und wollte einen dazu bringen, solo zu singen.« Das spielte zwar für den zeitlichen Ablauf keine Rolle, aber es schien mir wichtig. »Er hatte nicht die gleichen Grenzen wie ein Lehrer. Wenn man den Leuten die Leisten mit Eis kühlt, wird's eben schnell ein bisschen persönlich.«

Britt nickte. Dann sagte sie: »Ich meinte eigentlich den zeitlichen Ablauf *an dem bewussten Abend*.«

»Oh.« Ich war erleichtert, weil ich nicht gewusst hatte, was ich als Nächstes sagen sollte. *Sie* wollte ich nicht erwähnen – schon gar nicht während der Aufnahme –, aber die Karten in meinem Kopf wurden hier gerade neu gemischt, auf ungute Art. Warum, zum Beispiel, hatte ich über die Jahre so viel über Thalia nachgedacht und so wenig über Omar? Vor eben dieser Frage wollte ich mich schützen.

Ich sagte: »Okay. Der Freitag. Ich machte meinen Job hinter der Bühne, ging nach dem Ende der Show in mein Zimmer und hörte am nächsten Morgen, was passiert war. Also am Samstag.«

»Klar. Aber was war am Samstag, woran erinnern Sie sich?«

»Ich hatte im letzten Schuljahr ein Einzelzimmer und werde vermutlich lange geschlafen haben«, sagte ich. »Das ist jetzt kein entscheidender Teil der Geschichte, aber am Freitag gegen Mitternacht war der Rauchalarm im Wohnheim losgegangen, bloß ein kleiner Mikrowellenunfall, deshalb standen wir alle bis spät nachts draußen. Verbrennt ihr heute immer noch Popcorn?«

Britt lachte. »Oh, mein Gott. Ich verstehe nicht, warum es einen eigenen *Popcornschalter* an der Mikrowelle gibt, wenn es dann zu einer Art Kernschmelze kommt, sobald man da draufdrückt.«

»Genau! Okay, also – wie Sie wissen, traf sich eine ganze Gruppe am Freitagabend zum Feiern bei den Matratzen im Wald, abseits vom Nordic Trail. Für März war es ziemlich warm, das haben sie ausgenutzt. Ich meine, es waren wahrscheinlich so um die null Grad, aber zum ersten Mal tat einem die Luft nicht mehr im Gesicht weh, wissen Sie?«

Britt sagte: »Ich habe viele Notizen hierzu. Es waren insgesamt neunzehn.«

»Wahrscheinlich alles Leute, die sich das Musical angeschaut oder dabei mitgewirkt hatten«, sagte ich. »Thalia nicht, aber die meisten ihrer Freundinnen und Freunde und auch ihr Freund, insofern war es schon etwas seltsam, dass sie nicht da war. Worauf ich hinauswill: Viele waren am Samstag verkatert. Ich nicht – ich meine, ich war nicht abstinent, aber das war nicht meine Clique. Wegen des Rauchalarms und des Trinkens waren viele also müde, schliefen aus. Und Thalia hatte ein Einzelzimmer, deshalb hat sie eine ganze Weile niemand vermisst.«

Passiert war Folgendes: Jenny Osaka, unsere Stufensprecherin, war auch zu der Matratzenparty eingeladen – sie spielte Flöte im Orchester –, hatte aber Aufsicht in Thalias und meinem Wohnheim. Als die Singer-Baird-Crew der Matratzentruppe nicht zur vorgeschriebenen Zeit auftauchte (am Wochenende war um 23 Uhr Ausgangssperre), trödelte Jenny ein wenig und schaute später als gewöhnlich in die Zimmer. Jenny trank nicht, hätte nie gegen die Ausgangssperre verstoßen, wollte aber auch niemanden verpetzen. Sie habe ja gewusst, wo sie waren, erklärte sie später, sich daher keine Sorgen gemacht. Um fünf nach elf kamen einige Mädchen durch Beth Dochertys Erdgeschossfenster herein und verschwanden eilig in ihren Zimmern. Jenny registrierte, dass sie zurück waren, hakte schnell den Rest der Namen ab und gab den Zettel Miss Vogel; sie ging davon aus, dass Thalia dabei war, dies waren ihre Freundinnen, wo sollte sie sonst sein? Die Sache mit dem Feueralarm kam erst danach. Miss Vogel befolgte die Vorschriften und machte einen Kontrollgang durchs Wohnheim, um sicherzustellen, dass auch jedes Zimmer leer war – aber weil wir alle zusammen in der Kälte standen, dem Anschein nach vierzig, und niemand mehr drinnen war, führte sie keine Anwesenheitsüberprüfung durch und schaute auch später, um halb eins, nicht nach, ob wir alle wieder in unseren Zimmern waren, wie sie es hätte tun müssen.

Jenny hatte schreckliche Schuldgefühle gehabt – und hatte sie vielleicht immer noch. Sie nahm später als Skiläuferin an der Olympiade teil, die Erste von uns, die etwas Großes schaffte. Aber wie wird man mit einem solchen Fehler fertig? Nachdem Thalias Leichnam gefunden worden war, ging Jenny zu Miss Vogel und erzählte ihr von der Matratzenparty. Nicht dass die anderen es nicht auch getan hätten, und zwar ziemlich bald; immerhin lieferte es allen, die dort gewesen waren, ein Alibi. Jenny trat als Stufensprecherin zurück, und auch von ihrem Dienst als Aufsichtsschülerin. Ich bin mir sicher, dass Miss Vogel es mit stilleren, ernsteren Konsequenzen zu tun bekam.

Ich hatte nicht die Absicht, all dies Britt zu erzählen. Ausgerechnet die arme Jenny Osaka zu erwähnen.

Britt sagte: »Waren Sie auch im Singer-Baird?«

»Ja, die ganzen vier Jahre.«

»Oh, mein Gott!« Britt klang wie die Cheerleaderin, die sie in einer vergangenen Granby-Ära hätte sein können. »Da habe ich in den ersten zwei Jahren gewohnt! Ich habe nie rausgekriegt, welches Thalias Zimmer war.«

Ich war froh, dass Thalias Zimmer kein Schrein war, in dem es angeblich spukte oder dergleichen. »Ich erinnere mich nicht an die Nummer«, sagte ich, »aber es ist das Einzelzimmer am Ende des Flurs im ersten Stock, das mit der Fensterbank.«

Britt schauderte, erfreut. »Ich weiß, wer da wohnt! Soll ich es ihr sagen?«

»Besser nicht.«

Britt sah ein wenig gedankenverloren aus, als plante sie schon, aus irgendeinem Grund bei dem Mädchen anzuklopfen und auf der Innenseite des Schranks nach Thalias Initialen zu schauen. »Aber erster Stock heißt, dass sie ihr Zimmer nicht mitten in der Nacht verlassen haben kann.«

»Es sei denn, sie ist durch ein Erdgeschosszimmer rausgegangen. So oder so wurde als letztmöglicher Todeszeitpunkt Mitternacht angegeben«, sagte ich. »Und niemand hat sie *je* wieder im Wohnheim oder nach dem Feueralarm draußen gesehen.«

»Aber niemand hat bemerkt, dass sie nicht da war, bis man sie fand?«

»Genau. Und das war am Samstagnachmittag.« Ich war froh, jetzt etwas aus erster Hand berichten zu können. »Ich hatte Rudern, und unsere Schwimmprüfung stand an, wie immer vor Saisonbeginn, also gingen ein paar von uns zusammen zur Sporthalle. Das muss so gegen vier gewesen sein. Und plötzlich kommen da ein Polizeiwagen und ein Notarztwagen aufs Gelände gerast. Das waren wahrscheinlich die ersten.«

»Haben Sie etwas gesehen?« Britt schützte ruhige Professionalität vor, aber ihre Augen leuchteten.

Ich schüttelte den Kopf und schickte für den Podcast schnell noch ein lautes »Nein« hinterher. Normalerweise hatte ich für solche Dinge ein Skript. »Immer mehr Leute versammelten sich vor der Halle. Wir Ruderinnen, ein paar Volleyballspieler, Lehrkräfte. Irgendwann hörten wir, jemand sei ertrunken. Zu dem Zeitpunkt war auch schon ein Feuerwehrwagen da. Wahrscheinlich hatten sie den ganzen Einsatztrupp mobilisiert.«

»Wann wussten Sie, dass es Thalia war?«

Ich versuchte, mich zu erinnern, und erzählte ihr, was ich noch wusste. Vielleicht eine Stunde später war aus der Seitentür eine Bahre herausgetragen worden, auf der jemand lag, mit einem weißen Tuch zugedeckt. Inzwischen war es dunkel, und alles leuchtete im Flutlicht der Sporthalle. Aber wir hatten noch keine Ahnung, wer es war, und irgendwie dachte ich nicht, dass es jemand von uns sein könnte. Es musste eine der weißhaarigen Damen vom örtlichen Schwimmverein sein, die beim Bahnenschwimmen einen Herzinfarkt erlitten hatte. Oder ein Hausmeister oder vielleicht der gruselige Typ aus der Stadt, der gern beim Basketballtraining zuschaute. Selbst als gemunkelt wurde, es sei jemand aus der Schülerschaft – Hani Kayyali, nein, Michelle McFadden, nein, Ronan Murphy –, schien es zu dramatisch, um wahr zu sein.

»Wir wurden weggeschickt und wussten es immer noch nicht«, sagte ich. »Als ich ins Wohnheim zurückkam, hingen da schon Zettel, auf denen stand, dass vor dem Abendessen eine Versammlung stattfinde, die für alle Pflicht sei, und dass *Camelot* ausfalle. Wir trafen uns im Gemeinschaftsraum, und ein paar Mädchen weinten schon.« Sogar Fran war gekommen; sie nahm normalerweise nur selten an den Wohnheimversammlungen teil. Ich weiß noch, wie sie mit mir an dem kleinen Tisch saß. Ihre Eltern waren auch da.

Ich wusste, wer es war, bevor es verkündet wurde; es hatte sich im Raum herumgesprochen, außerdem war Thalia ja diejenige, die fehlte.

»Wer hat es denn verkündet?«, fragte Britt.

»Miss Vogel. Sie war jung. Ich glaube nicht, dass sie noch lange blieb. Sie unterrichtete Physik und trainierte die Skiläuferinnen.« Es musste, wie mir jetzt klar wurde, Angela Vogel gewesen sein, als Wohnheimvorsteherin, die Thalias Zimmer ausgeräumt hatte, nachdem es von der Polizei durchsucht worden war. Und Dr. Calahan, der Direktorin, fiel wohl die Aufgabe zu, die Keiths anzurufen. Ich konnte mir nicht vorstellen, irgendwem je so eine Nachricht zu überbringen. Es war ja nicht wie bei Chirurgen, die darin geschult und auf so einen Moment eingestellt waren. Und dann im selben Jahr noch zwei weitere Schüler, mein Gott. Es war ein Wunder, dass Dr. Calahan noch ein ganzes Jahrzehnt geblieben und sich nicht schleunigst einen gemütlichen Fundraising-Job in irgendeinem Museum gesucht hatte.

Ich sagte: »Sie haben dann Pizza für alle bestellt, die nicht in die Cafeteria gehen wollten.« Fran und ich verdrückten uns mit unseren Pizzen in mein Zimmer und setzten uns im Schneidersitz aufs Bett. Und Fran sagte, darum gehe es jetzt natürlich nicht, das sei nicht die Hauptsache, aber sie finde es richtig scheiße, dass wir nur zwei von vier Aufführungen gehabt hätten und die Show jetzt vorbei sei. Fran hatte Mordred gespielt, mit heiserer Tenorstimme und wiegendem Gang. »Also ehrlich, Fran, immerhin habe ich das Zimmer mit ihr geteilt«, sagte ich. »Ich dachte, du hast sie gehasst«, sagte Fran. Wenn es nicht mein Zimmer gewesen wäre, in dem wir saßen, wäre ich rausgestürmt. So starrte ich sie nur an, sah ihr direkt in die Augen, bis sie tief beschämt war und mich umarmte und ich an ihrer Schulter zu schluchzen anfing.

»Da dachten wir noch, es sei ein Unfall gewesen«, sagte ich. »Sie sei entweder nachts betrunken schwimmen gegangen oder habe am Morgen trainieren wollen und – was auch immer.«

Britt sagte: »Und wann wurde klar, dass sie es als Mordfall betrachteten?«

»Erst nach ein paar Tagen. Es wurde eine Autopsie gemacht, was bei einem Unfalltod wohl Standard ist, und danach tauchten Leute von der Staatspolizei auf.«

Britt schaute in ihr Notizbuch. »Die kamen am Dienstag, genau wie die Ermittler, die die Familie engagiert hatte. Das sind drei volle Tage, nachdem der Leichnam entdeckt wurde, und in der Zwischenzeit hatte die Polizei von Granby noch nicht mal den Tatort gesichert.«

»Na ja, sie dachten eben, es war ein Unfall.«

»Der Tatort muss ja trotzdem gesichert werden, aber anscheinend sind die Polizisten einfach *weggefahren*. Sie haben noch nicht mal gute Fotos gemacht. Und die Schule hat niemanden davon abgehalten, die Sporthalle zu betreten.«

Ich nickte langsam. »Es wurde sogar das Wasser aus dem Pool gelassen. Das wussten Sie, oder?«

Britt hatte es nicht gewusst. Sie riss die Augen auf und hielt sich die Hand vor den Mund, aber wegen des Podcasts musste sie ja etwas sagen. Ich wies mit dem Kopf auf ihr Handy.

Was sie dann sagte, war: »Alter Falter.«

»Ich weiß noch, dass das Ehemaligen-Wochenende bevorstand, ich glaube, es war gleich das darauffolgende. Das Letzte, was die Schule wollte, war Absperrband rund um die Sporthalle.«

»Man sollte meinen, sie hätten das Wochenende absagen können, aber sie haben es glatt durchgezogen. Haben die *Welcome Back*-Transparente aufgehängt. Ich weiß noch, dass sie die Polizei gebeten haben, hinter der Sporthalle zu parken, damit sie keiner sieht.« Damals hatten wir bloß mit den Augen gerollt, aber als ich es jetzt sagte, 2018, war ich ziemlich entsetzt. Von der Herzlosigkeit der Schule, aber auch davon, dass die Polizei offenbar tat, was immer Dr. Calahan wollte.

»Und an dem Wochenende«, sagte Britt, »haben sie dann angefangen, Schülerinnen und Schüler zu interviewen. Eine volle *Woche* nach ihrem Tod.«

Stimmte das? Ich erinnerte mich, dass manche gleich danach Unterrichtsstunden versäumt hatten, aber die trafen sich vielleicht eher mit Seelsorgern als mit Ermittlern.

Ich hätte es nicht gewagt, mich für die am Schwarzen Brett angebotene Seelsorge einzutragen. Und ich war auch keins der Mädchen, die genügend Anspruch auf Thalia erheben konnten, um in den nächsten paar Wochen einfach zusammenzubrechen, wann immer ich einen Test nicht mitschreiben wollte. Vielleicht bin ich zu harsch, aber ein paar Mädchen wetteiferten in jenem Frühjahr wirklich um den Oscar als beste weibliche Hauptdarstellerin.

Ich stand allerdings auf der Liste der Ermittler, und so wurde ich eines Abends in Miss Vogels Wohnung gerufen, wo ich mit zwei Männern vom Dezernat für Schwere Kriminalität am Tisch saß, während Miss Vogels Sittich in einem Käfig über dem Spülbecken vor sich hin zwitscherte. Die Ermittler waren beide groß – einer bullig, einer grauhaarig. Sie waren viel zu laut für die kleine Küche.

»Sie befragten mich vielleicht zehn Minuten lang«, erzählte ich Britt. »Zum Beispiel wollten sie von mir wissen, ob sie Streit mit irgendwem gehabt hatte. In den Tagen davor hatte ich manche von Omar reden hören, aber das war Sekundärwissen, also sagte ich nichts davon. Dafür erzählte ich ihnen von einer zusammenhanglosen Begebenheit und fand es surreal, dass sie alles aufschrieben, was ich sagte. Es gab mir das Gefühl, wichtig zu sein.«

Damals hatte ich gedacht, es sei wenigstens *etwas*, was ich ihnen geben konnte, und so ging es mir mit Britt jetzt auch. Wenigstens hatte ich diese eine Sache beobachtet, von der vermutlich sonst niemand wusste.

Ich sagte: »Im September davor hatte ich als Babysitter bei einer Familie auf dem Internatsgelände gearbeitet, in einem der Backsteinhäuser.« Es war das Haus gleich neben dem, wo Anne und Fran jetzt wohnten. Das der Pelonis, falls Sie sich an sie erinnern. Drei unausstehliche Kinder, die es witzig fanden, sich auf Mr. Pelonis Schreibtischstuhl gegenseitig herumzuwirbeln, bis ihnen schlecht wurde. »Hinter den Häusern standen ein paar Müllcontainer, zwischen den Gärten und der Laderampe der Cafeteria.«

Britt nickte. »Das ist alles heute noch so.«

»Die Kinder lagen im Bett, aber es war noch hell draußen, also setzte ich mich auf die Terrasse und machte Hausaufgaben. Als ich einmal hochschaute, sah ich Thalia bei den Containern, im Pyjama. Also, barfuß, Boxershorts, T-Shirt. Sie sah mich nicht. Da waren Büsche zwischen uns.« Ich hatte auch nicht von ihr gesehen werden wollen, schon damit sie sich nicht verpflichtet fühlte, gönnerhaft Smalltalk mit mir zu machen. »Und plötzlich lief sie um einen der Container herum. Immer im Kreis, so als stimmte irgendwas nicht. Ab und zu sprang sie hoch, als wollte sie hineinschauen. Es war komisch.«

Britt schien verwirrt. Ich erzählte es nicht richtig.

»Ich meine, dass da irgendwas faul war. Zuerst dachte ich, sie schlafwandelte, aber dann sagte ich mir, Quatsch, es ist ja erst halb neun. Also fragte ich mich, ob sie was genommen hatte. Was Härteres. Sodass einem die Welt nicht ganz real vorkommt.«

Britt beugte sich aufgeregt vor. »Und das einen dazu bringen könnte, von der Aufsichtsplattform in den Pool zu springen!«

Ich sagte: »Aber sie wurde ja toxikologisch untersucht, und dabei kam raus, dass sie nur ein bisschen betrunken war, nicht wahr?«

»Das Merkwürdige ist«, sagte Britt, »dass in ihrem Blut wenig

Alkohol war, in ihrem Magen dagegen jede Menge, nur noch nicht absorbiert. Das heißt, sie hat viel getrunken, ist aber gestorben, bevor sie davon betrunken werden konnte.«

»Ach ja, richtig«, sagte ich. Zu irgendeinem Zeitpunkt hatte ich das mal gewusst – wahrscheinlich stand es in einem der Artikel, die Fran mir geschickt hatte –, es nur nicht zusammengebracht mit – ja, womit? Ich hatte ein »Es liegt mir auf der Zunge«-Gefühl, wie kurz vor einem gedanklichen Durchbruch, der sich nicht vollziehen wollte.

Britt sagte: »Wussten Sie, dass das im Prozess verwendet wurde? Weil, also, wenn sie kurz vor ihrem Tod getrunken hatte, aber nicht mit den anderen im Wald war, muss sie ja *in der Sporthalle* an Alkohol gekommen sein. Deshalb sagt die Staatsanwaltschaft, Omar müsse ihn ihr gegeben haben. Wie naiv ist das denn? Glauben die, nur ein Erwachsener hätte Alkohol?«

Der Flachmann. Der Flachmann in dem Video, in Beth Dohertys Hand.

Ich sagte nichts. Weil ich noch dabei war, die Puzzleteile zusammenzusetzen, und weil alles, was ich sagte, aufgenommen wurde.

Wahrscheinlich war der Flachmann hinter der Bühne herumgegangen, als das Musical zu Ende ging, und sie hatten schon mal vorgeglüht, für die Matratzenparty.

Wären rechtzeitig die richtigen Fragen gestellt worden, hätten diejenigen, die ehrlich genug waren, womöglich ausgesagt, dass sie Thalia hatten trinken sehen. Vielleicht hatten sie gesehen, wie sie nach ihrer letzten Szene hinter die Bühne kam und runterkippte, was immer übrig war.

Ich sagte: »Hat man rausgefunden, was für Alkohol es war?«, und Britt zuckte mit den Schultern.

In dem Flachmann dürfte Wodka gewesen sein. Beth trank immer Wodka, sprühte sich danach Atemspray in den Mund, atmete einem ins Gesicht und fragte, ob man irgendetwas roch. Das machte sie auch bei Jungs, die sie mochte, ein bloßer Vorwand, um ihnen nahezukommen.

Wenn Thalia Wodka im Magen hatte – gut, beweisen würde das nichts. Aber es könnte ein Indiz dafür sein, dass sie kurz nach dem Ende der Show gestorben war.

Und was würde das heißen? Dass sie direkt zu Omar ging und er sie praktisch sofort umbrachte? Dass er schon in den Kulissen auf sie wartete und das Wort, das sie tonlos ins Off flüsterte, an ihn gerichtet war?

Sie waren es dann jedenfalls nicht; Sie waren ja im Orchestergraben.

Britt sagte: »Meinen Sie?«

»Entschuldigung, was?«

»Dass die Polizei diese Idee von Ihnen hatte?«

Ich schaute sie verdutzt an; offenbar hatte ich ein paar Sätze verpasst.

»Die Idee, sie könnte auf Drogen gewesen sein. So hat doch die Staatsanwaltschaft argumentiert – sie habe im Tausch gegen Drogen mit Omar geschlafen. Meinen Sie, diese Annahme beruhte auf dem, was Sie ihnen erzählt hatten?«

Mein Kopf fuhr Karussell, dann mein Bauch. Das war unmöglich, das konnte nicht der einzige Grund sein.

Sie mussten doch gewusst haben, dass ich gar nicht zu jenem Freundeskreis gehörte. Oder? War ihnen nicht klar, was mein zu alter J. Crew-Rock bedeutete, nämlich, dass ich nicht *wirklich* mit Thalia befreundet war?

Ich konnte mir vorstellen, wie die Ermittler eins und eins zusammenzählten, wie sie das Wort *Drogen* auf ihre gelben Blöcke schrieben, herumzufragen begannen, wo die Schülerinnen und Schüler ihre Drogen herbekamen, und eine Theorie entwickelten, die Omar ins Bild holte – denselben Mann, von dem Thalias Freundinnen sagten, er sei ihr nachgelaufen, denselben Mann, der um die Tatzeit herum im Gebäude gewesen war. Ich konnte mir vorstellen, wie diese Theorie der Staatsanwaltschaft für bare Münze verkauft wurde. Thalia war auf Drogen; Omar verkaufte Drogen. Thalia hatte romantische Probleme wegen eines älteren Mannes; Omar war ein älterer Mann. Thalia schlief mit Omar, einem älteren Mann, im Tausch gegen Drogen.

Aber andere mussten doch ähnliche Sachen ausgesagt haben. Wenn ihre Freundinnen darauf beharrt hätten, Thalia habe nie einen Joint angefasst, hätte die Polizei doch darauf gehört, oder nicht?

»Möglich ist es«, sagte ich, und meine Stimme gefiel mir kein bisschen. Ich klang wie ein in der Falle sitzendes Tier.

»Wie auch immer«, sagte Britt, »ich traue dem Bericht der Toxikologen nicht. Für mich hört es sich ganz danach an, als wäre sie high gewesen. Vielleicht dachte sie, sie könnte fliegen.«

#2: Thalia

Die Hervorbringungen der schlaflosen Nacht danach: Halb Geträumtes von Ihnen und Thalia; wie Sie in den Müllcontainer schauen, wie Sie Thalia all die Jahre in Ihrem Haus versteckt halten. Wie Sie sich in den Mann verwandeln, der mich im College überfiel. Wie ich mir Kontaktlinsen einzusetzen versuche, die so groß sind wie Teller, und ganz steif, und einfach nicht in meine Augen passen.

Ein Juckreiz an meinen Oberschenkeln, der schlimmer wurde, je mehr ich kratzte, ein Juckreiz, der lange, heiße Striemen bildete.

Eine andere Geschichte, ein anderer Film, den ich mich ganz bis zum Ende zu schauen zwang.

Thalia stiehlt sich allein fort.

Sie will von Rachel und Beth weg, die so tun, als wären sie ihre Freundinnen, es aber nicht sind, und von Robbie, der im Wald zwangsläufig betrunken und unerträglich sein wird. Sie will auch von Ihnen weg, will verhindern, dass Sie wieder einen Vorwand finden, sie dazubehalten, wenn alle anderen schon gegangen sind, dass Sie sie mit Ihrem Welpenblick ansehen und ihr sagen, sie habe alle Macht, sie sei es, die Ihr Herz in der Hand halte. Also zieht sie sich schnell um, schleicht sich durch die Hintertür hinaus.

Früher am Abend hat sie ein paar Züge von Max Krammens Joint genommen, ein feuchtes Ding, das er in der Tasche seines Merlingewands hatte. Und gegen Ende des zweiten Akts hat sie an

Beths Flachmann genippt – aber sie ist nicht betrunken, nur schwereloser als sonst, voll eigener Gedanken.

Leichtfüßig geht sie zur Sporthalle. Die Eingangstür ist nicht abgeschlossen. Auch die Tür zur Schwimmhalle nicht. Sie schließt hinter sich ab, dann kann sie sich gleich hier am Beckenrand den Badeanzug anziehen, den sie gefunden hat. Omar hatte ihn, als er das letzte Mal durch die Halle ging, entdeckt, ihn nass vom Boden gefischt – und dann was, hineingeniest? Sich den Schweiß damit von der Stirn gewischt? Würde das ausreichen? – und auf einer Bank abgelegt, mit seiner DNA daran.

Wenn sie langsam ins Wasser geht, wird es ihr zu kalt sein, das weiß sie; dann wird sie kneifen. Also klettert sie auf die Aufsichtsplattform, denn wenn sie in den Pool fliegen kann – und sie hat gesehen, wie andere das machen, sie weiß, dass es möglich ist –, gibt es kein Zurück mehr.

Sie klettert über die zwei Stangen des Geländers, in Granby-Grün gestrichen, hält sich hinter ihr an der oberen Stange fest, steht nur noch mit den Fersen an der Kante. Es ist eine Frage der Kraft; die einzige Gefahr besteht darin, dass man nicht beherzt genug springt.

Früher war sie so entschlossen gewesen. Hatte sich als Zehnjährige grasfleckig und sonnenverbrannt von Ast zu Ast geschwungen; war als Zwölfjährige mit dem Schläger voran zum Ball gehechtet. Aber irgendetwas war in letzter Zeit mit ihr passiert, sogar auf dem Tennisplatz; ihr Körper weigert sich, aufs Ganze zu gehen, sich ihrem Willen zu unterwerfen. Es ist, vielleicht, der Selbsterhaltungstrieb, aber sie fühlt sich davon immer wieder verraten.

Und wie verliert ein siebzehnjähriges Mädchen derart die Kontrolle über sich? Fing es an, als die Bingokarte im Badezimmer aufgehängt worden war? Wenn ein dreiunddreißigjähriger Musiklehrer vom Körper eines Teenagers Besitz ergreift, nimmt er dann auch ihren Muskeln etwas von ihrer Kraft? Lässt er die Grenze zwischen Körper und Geist zerfransen? Vielleicht nicht ganz. Aber genug, um einen Unterschied zu machen, von einem Zentimeter, zwei Zentimetern, drei?

Sie springt, zögert aber leicht, stößt sich nicht mit den Beinen der Zehnjährigen ab, sondern mit Beinen, denen gesagt worden ist, was sie sind, bis sie es glaubt.

Sie weiß sofort, so wie man es bei jedem schlimmen Sturz weiß, dass die Erde sich ihr entgegenhebt, und schafft es, sich zu drehen. Nicht in eine aufrechte Position, sondern wie ein Barber-Pole, sodass ihr Hinterkopf auf den Beckenrand trifft. Und nicht mal auf den äußeren, sondern auf den inneren Rand, der ein paar Zentimeter unter Wasser ist. Ihr Kopf hinterlässt dort keine Delle; ihr Blut wabert in hellrosa Wolken durch das Wasser.

Sie kämpft eine Zeitlang, verliert immer wieder das Bewusstsein. Sie schafft es nicht, sich hochzuziehen, folgt aber dem Trennseil bis zum flachen Ende, windet sich um die grünen und goldenen Ringe, hält sie sich dicht unters Kinn, rutscht ab, kommt hoch, rutscht ab, kommt am anderen Ende hoch, aber jetzt hat etwas ihre Haare gepackt, zieht ihren Kopf zurück und nach unten, und das Einfachste, das Einzige, was sie tun kann, ist schlafen.

2 0

Nach unserem Interview hatte Britt mir einen Link zu einem YouTube-Video geschickt, das ein Mann namens Dane Rubra eingestellt hatte. Wie sich zeigte, hatte er einen ganzen Kanal, in dem es anscheinend zu neunzig Prozent um Thalia ging. Um zwei Uhr morgens plötzlich hellwach, beschloss ich, für genau eine Stunde in jenes Kaninchenlabyrinth hinabzusteigen und danach weiterzuschlafen.

Dane Rubra wirkte, und ich drücke mich vorsichtig aus, als hätte er seit zehn Jahren keine Sonne mehr gesehen, kein Gemüse gegessen und mit niemandem geschlafen. Ein Norman Bates, nur käsiger, mit strähnigeren Haaren und teigigerem Gesicht. Seinem ersten Video zufolge, das ich erst nach einigem Scrollen fand, war er »zwischen zwei Jobs« gewesen, als er das *Dateline*-Spezial sah, und hatte dann eine Erleuchtung gehabt und gemeint, er könnte etwas beitragen.

Wenn er Thalias Namen sagte, zog er die Vokale so schmierig in die Länge, dass sich mir die Nackenhaare sträubten. Er war ungefähr so alt wie ich und schien zu glauben, wenn er und Thalia sich über den Weg gelaufen wären, hätte er sie retten und in sein Bett kriegen, ja ihre Liebe gewinnen können.

Er zeigte ein Jahrbuchfoto von Puja Sharma und sagte: »Die hier war nicht so hübsch wie ihre Freundin, da drängt sich einem natürlich der Gedanke an Eifersucht auf. Miss Sharma ist eine reale Möglichkeit. Leider können wir sie nicht mehr befragen.« Ich knallte beinahe den Laptop zu bei so viel Unverfrorenheit, Hinverbranntheit und Schleimigkeit. Puja mochte ein Anhängsel gewesen sein – mochte Thalias Freundlichkeit benutzt haben, um Zutritt zu der Gruppe zu bekommen, die die Februarferien in Mike Stiles' Skihütte verbrachte oder an langen Wochenenden in die Weinberge fuhr –, aber sie war am Boden zerstört, als Thalia starb. Zwei Wochen danach brach sie mitten in der Nacht auf, lief einfach die Straße entlang, bis die Polizei sie zwei Dörfer weiter aufgriff, schmutzig und desorientiert. Sie wurde nach London heimgeschickt, und wir sahen sie nie wieder. Und zwei Jahre später, inzwischen Studentin am Sarah Lawrence College, nahm sie eine Überdosis – ich hatte mich immer gefragt, ob da ein Zusammenhang bestand.

Immer wenn dieser Typ Robbie Serenhos Namen sagte, huschte die Eifersucht über sein Gesicht wie eine Motte. Er glaubte, dass Robbie etwas wusste, hielt ihn für einen »privilegierten Internatswichser« mit einem »verdächtig wasserdichten Alibi«.

In einem Video gelingt es ihm, Robbie ans Telefon zu bekommen. Er ruft ihn im Büro an und gibt vor, in Granby für die Ehemaligen zuständig zu sein, deren Daten er zu aktualisieren versuche. Er kann Robbie seine Privatadresse entlocken, über die er gnädiger Weise einen Piepton legt. Dann fragt er ihn, mit wem aus dem Abschlussjahrgang 95 er noch Kontakt habe. »Uns fehlen so viele Adressen«, sagt er. »Haben Sie zufällig noch Verbindung zu jemandem namens Angela Parker?« Robbie verneint. »Wie ist es mit« – und hier tut Dane so, als hätte er Mühe mit der Aussprache – »Thalia Keith?«

Robbie sagt: »Äh, sie – Thalia Keith ist 1995 verstorben.«

»Oh!«, sagte Dane. »Das tut mir leid zu hören. Ich habe gerade erst angefangen, hier zu arbeiten, und das steht nicht in unseren Unterlagen.«

»Das ist ja merkwürdig«, sagt Robbie. »Ja, also, die sollten Sie von Ihrer Liste streichen.«

Dane sagt: »Können Sie mir mehr darüber erzählen? Mehr Details nennen? Ich würde unsere Unterlagen gern auf den neusten Stand bringen.«

Darauf folgt eine Pause, weil Robbie dämmert, was Sache ist. »Ich lege jetzt auf«, sagt er.

Ich lernte Robbie gleich am Anfang kennen, weil wir in dieselbe Orientierungsgruppe kamen und in Zwölfergruppen auf dem Hof Spiele spielten; zum Beispiel versuchten wir, mit Frisbees Kegel umzuwerfen. Es gab Leute, die Frisbee wie Ballett aussehen ließen. Ich wusste nicht mal, wie man die Scheibe warf (wer hätte es mir beibringen sollen?) und schämte mich zunächst entsetzlich. Aber Robbie zeigte mir ohne Herablassung, wie es ging. Er war geduldig und nannte mich bei meinem Namen, den sich sonst niemand gemerkt hatte.

Sie müssen wissen: Zum Skistar wurde er erst, als es schneite. Im August war er bloß einer der Neuankömmlinge – und zwar ein halbattraktiver, mit symmetrischen Gesichtszügen und reiner Haut, wie ein jugendlicher Fernsehdarsteller. Dunkles Haar, Stupsnase, kantiges Kinn. Jene abgewetzte Red-Sox-Mütze. Um bei den Skiwettkämpfen zuzuschauen, musste man den Fanbus nehmen und stundenlang im Schnee stehen, was merkwürdig gewesen wäre, wenn man nicht mit einem der Skiläufer zusammen war. Aber wir wussten alle ganz genau, wer gut war, und bis zum Winter hatten wir auch das Foto von Robbie im *Sentinel* gesehen, wie er bebrillt und behelmt den Berg hinunterjagte.

Als Thalia seine Freundin wurde, im Spätherbst der Elften, hatte er den Ruf, ein Spieler zu sein, einer, der kaltschnäuzig Herzen brach und während der Thanksgiving-Ferien im betrunkenen Zustand Ronan Murphys Auto zu Schrott gefahren hatte.

Er war nicht der perfekte Freund. Wenn Dorian Culler »Thalia-Witze« erzählte, die im Wesentlichen dumme Blondinenwitze waren, nur mit Thalia als Pointe, lehnte er sich zurück und lachte. (»Was sagte Thalia, als sie herausfand, dass sie schwanger war?

Ich frage mich, ob es meins ist.«) Eines Abends in der Cafeteria schrie Thalia Robbie an, warum er seinem Freund nicht sage, er solle damit aufhören, warum er sich nicht vor sie stelle.

Robbie war nicht gemein zu anderen; eher neigte er dazu, wie eine Zamboni durch die Flure zu schreiten, stur geradeaus, und von allen zu erwarten, dass sie ihm aus dem Weg gingen.

Es machte mich stolz, dass er von Anfang an freundlich zu mir gewesen war, dass wir immer ein herzliches Verhältnis hatten. Er hatte nicht für jeden Zeit. Aber zu mir war er einmal, unaufgefordert, nett gewesen.

Ich schrieb einen Kommentar unter das Video: *Robbie war netter, als Sie denken. Und Thalia wäre nie Ihre Freundin geworden.*

21

Ich bin mir nicht sicher, ob ich danach noch einmal richtig schlief. Um sieben (in L. A. gerade mal Morgengrauen) kam eine Nachricht von Jerome, der nach der Dosierung von Leos Angstlöser fragte. Ich hatte die CSV-Apotheken-App, also lud ich das Rezept herunter und schickte Jerome einen Screenshot davon, der die App mit Sicherheit auch hatte und selbst hätte nachschauen können.

Eine Minute später rief er von seinem Laptop aus per FaceTime an. Ich war darauf eingestellt, ihm zu sagen, wo die Apotheke war oder dergleichen, aber der Jerome auf dem Bildschirm sah furchtbar aus. Seine Augen waren rot, sein silbernes Haar stand ihm in schweißnassen Stiften vom Kopf ab.

Ich sagte: »Warst du noch gar nicht im Bett?«

Ich sah zu, wie er sich in seinen riesigen Ledersessel sinken ließ. Wenn er mir irgendwas Schlimmes von den Kindern hätte mitteilen müssen, wäre er panisch gewesen, nicht resigniert. Hier ging es um etwas anderes – trotzdem, ich stieg wieder ins Bett, zog mir die Decke über die nackten Beine. »*Was?*«, sagte ich.

»Du warst wirklich nicht auf Twitter, oder«, sagte Jerome. »Oh, Mann. Also, ich glaube, ich bin – äh, ich bin gecancelt worden, wie man so sagt.«

Ich verstand ihn nicht gleich, bezweifelte auch, dass er das Wort richtig verwendete. Ich fragte ihn, wie es den Kindern gehe (sie schliefen noch), und dann: »Was hast du gemacht?«

»*Tja*. Vor fünfzehn Jahren.« Seine Augenbrauen gingen hoch, als müsste schon dieses Detail mich auf seine Seite ziehen. »Als ich noch in Denver lebte.«

Das war kurz bevor wir uns kennenlernten. Ich nickte, hätte ihn am liebsten gebeten, mir eine schriftliche Fassung des ganzen Fiaskos zu geben, die ich kurz bis zum Ende überfliegen könnte.

»Ich hatte eine Ausstellung in Peters alter Galerie.«

Peter Boll war einer, von dem ich mir vorstellen konnte, dass er gecancelt würde. Er hatte einen *Vibe*.

»Und es gab da – also, wir nannten sie Galeriemädels. Wär heute wahrscheinlich nicht mehr okay. Eine junge Dame war Peters Assistentin.«

Ich sagte: »Jerome, was hast du *gemacht*?«

»Ich war mit ihr zusammen! Wir waren zusammen! Einvernehmlich!« Er warf die Arme hoch. »Ungefähr sechs Monate lang. On and off. Locker – na ja, also im Sinne von unverbindlich. Ansonsten war es stürmisch. Sie war einundzwanzig.«

Ich rechnete. Vor fünfzehn Jahren dürfte Jerome sechsunddreißig gewesen sein, denn ich war jetzt vierzig, und er war elf Jahre älter als ich. Als wir uns kennenlernten, wusste ich, dass er schon vorher Freundinnen in meinem Alter gehabt hatte, aber ich wusste auch, dass er am längsten mit einer Frau zusammen gewesen war, die acht Jahre älter war als er, das glich sich für mich irgendwie aus. Es hieß, dass er nicht nur auf Macht aus war oder auf Mädchen ohne ein Gramm Fett. Er flirtete gern, und das gefiel mir. Aber er wurde dabei nicht unangenehm. Seine Methode bestand darin, zu grinsen, leicht die Augenbrauen zu runzeln, sich auf die Unterlippe zu beißen, den Kelch seines Weinglases zu streicheln.

Er sagte: »Ich habe bestimmt noch amouröse E-Mails in meinem alten Yahoo!-Account.«

»Jerome«, sagte ich. »Was ist *passiert*?«

Er seufzte, brachte einen Kaffeebecher ins Blickfeld, starrte hinein, ohne zu trinken. »Diese Frau, Jasmine Wilde. So heißt sie wirklich. Die ist jetzt Performance-Künstlerin in Brooklyn. Und ihr, ähm – anscheinend handelt ihr neues Stück von mir.«

»Was meinst du mit ›Stück‹?«

»Ein Performance-Stück. Sie sitzt auf einer Parkbank und fängt an zu reden, mit jedem, der bereit ist, stehenzubleiben und ihr zuzuhören. So geht das ein, zwei Stunden.«

»Das ist der Plot von *Forrest Gump*.«

Kurz sah er mich verständnislos an, dann wieherte er vor Lachen. Viel lauter, als meine Bemerkung es verdiente.

Als er aufhörte, sagte ich: »Soll ich googeln, oder was ist der Kern des Ganzen?«

»Ähm. Okay.« Er wischte die Lachtränen weg. »Also, sie wirft mir vor, dass ich mit ihr zusammen war. Als ich sechsunddreißig war und sie einundzwanzig.«

»Da muss doch noch mehr dran sein.«

»Klar. Klar. Sie sagt, weil ich ein erfolgreicher Künstler war, was – war ich erfolgreich, vor fünfzehn Jahren? In ihren Augen vielleicht, aber ich war pleite, ich fing ja gerade erst an. Die Macht haben meiner Meinung nach die Galerien! Die sind für den Verkauf und das Geld zuständig, und ich bin der Affe im Käfig! Egal, sie sagt, ich hätte Macht gehabt, weil sie in der Galerie arbeitete und ich angeblich erfolgreich war. Und das bedeute, dass die Beziehung, selbst wenn sie es damals nicht erkannt habe, missbräuchlich gewesen sei.«

»Und war sie das?«

»Nein, das hab ich doch gerade gesagt!« Jeromes Stimme konnte erschreckend schrill werden. »Ich habe ein paar Mal mit ihr Schluss gemacht, und am Ende hat sie sich von mir getrennt. Ich habe sie Leuten vorgestellt, ihr ein paar Beziehungen verschafft, was ich ganz normal fand als ihr Freund, aber heute gilt es offenbar als *Grooming*.«

»Grooming, wie bei Pädophilen?«

Jerome zuckte zusammen. »Mensch, Bodie. Ja, vermutlich.«

»Und sie ... redet auf ihrer Parkbank darüber?«

Er fing wieder an zu lachen, verzweifelt. Er sagte: »Entschuldige, ich bin bloß –«

»Du stellst sie dir in dem weißen Anzug vor, stimmt's. Mit der Schachtel Pralinen.«

Immer noch lachend, setzte er sich eine Lesebrille auf, nahm sein Handy und tippte darauf herum. »Ich schick dir einen Link.« Der Link erschien vibrierend oben auf meinem Bildschirm, und ich klickte mich durch bis zu Twitter, einem Tweet mit Video-Vorschaubild. Eine elegante Frau mit langen, hellen, wirren Haaren saß auf einer Bank, die Hände mitten in der Bewegung erstarrt. Der Tweet lautete: *Ich schaue gerade die geniale @wilde_jazz, und mein Blut KOCHT ÜBER. Hört euch an, was der Sextäter Jerome Wagner ihr angetan hat. @CGRgallery bitte gebt diesem Mann keine Bühne für seine Frühlingsausstellung.* Datiert von vor zwei Tagen.

»Also muss ich es mir doch ansehen«, sagte ich. »Ich muss mich ja selbst dafür verantworten können. Das gehört nicht zu den Dingen, mit denen du mich verschonen solltest.«

Auf eine Entschuldigung von ihm, dass er mich nicht früher alarmiert hatte, wartete ich gar nicht erst. Er sagte: »Wenn du es gesehen hast, sag mir, was du denkst. Ehrlich. Ich – du weißt, dass ich nie perfekt war. Ich habe damals mehr getrunken, und ich glaube, sie erwartete Treue von mir, was nicht meinem Verständnis der Beziehung entsprach. Aber diese Leute wollen bewirken, dass man mich feuert.«

»Vom College?«, fragte ich – eine dumme Frage, denn obwohl der größte Teil von Jeromes Einkommen aus Auftragsarbeiten und Verkäufen stammte, war das eine Seminar, das er am Otis College gab, sein einziger richtiger Job.

»Vermutlich, weil sie im College-Alter war?«, sagte er. »Dabei war sie ja gar nicht *im* College! Und ich unterrichtete noch nicht!«

»Das ergibt doch alles keinen Sinn, Jerome«, sagte ich. Er nickte, aber ich hatte es eher als Frage gemeint. Die Geschichte funktionierte so nicht, sie hatte zu wenig Substanz. Entweder erzählte er mir nicht alles, oder er übersah das Wesentliche und hatte keine Ahnung, was er getan hatte – wie es ja im vergangenen Jahr der Abrechnung bei so vielen Männern der Fall gewesen war.

Jetzt, da ich auf Twitter war, schwebte Jeromes briefmarkengroßes Gesicht in der Ecke meines Bildschirms. Ich tippte seinen Namen ins Suchfeld ein und fand etliche ähnliche Tweets – immer dasselbe Vorschaubild, in immer demselben Moment eingefroren.

Und einige Ergebnisse weiter unten: mein eigenes Twitter-Handle. Nach der Wahl von 2016 hatte ich beschlossen, einen Entzug zu machen, indem ich meinen Account nur noch einmal pro Woche nutzte, hauptsächlich um Werbeposts für *Starlet Fever* einzustellen. Aber jemand hatte mich getaggt: *hey@msbodiekane, wann äußerst du dich zum missbräuchlichen Verhalten deines Mannes? Es kommen immer mehr Anschuldigungen. Jetzt ist NICHT die Zeit zum Schweigen!*

»Was für andere Anschuldigungen?«, fragte ich, als könnte er meinen Bildschirm sehen. »Hier steht –«

»Ich hab mal jemanden auf einem Podium unterbrochen«, sagte er. »Eine Schwarze. Ich erinnere mich nicht daran, und es stimmt wahrscheinlich, aber – ich weiß nicht. Solche Sachen. Sieh dir am besten einfach das Video an.«

»Wird das den Kindern schaden?«

»Es beschränkt sich auf die Kunstwelt«, sagte er. »Ein paar Leute reden darüber, aber wird es zum Gesprächsthema auf Schulparkplätzen? Ich glaube nicht. Oder? Oh, Mann.«

Ich fragte ihn, wie viel Uhr es sei, obwohl ich es wusste; ich wollte, dass er es sich klar machte.

»Ach, Bo, es tut mir leid. Ich – du hattest recht, ich habe nicht wirklich geschlafen. Ich bringe die Kinder zur Schule und lege mich dann noch mal hin.«

»Du kommst doch klar, oder?«, sagte ich. »Du wirst nicht –«

»Du brauchst nicht alles stehen und liegen zu lassen, um hier die scharfen Gegenstände zu verstecken. Aber ich kann mir nicht vorstellen, dass ich den Job behalten werde. Das ganze Theater bin ich nicht wert. Der Mist ist, dass alles noch legitimer klingen wird, wenn sie mich rausschmeißen. *Künstler nach Anschuldigungen gefeuert.* Das ist so konkret.«

Ich versprach ihm, später noch zu schreiben, und sagte, ich liebte ihn – was wir seit seinem Umzug nach nebenan so selten taten, dass es jetzt bedeutungsvoller klang. Aber es kam komisch heraus. Ich hatte Fragen. Im Lauf der letzten paar Jahre hatte ich mich von Jerome, so wie er jetzt war, distanziert, dem Jerome, dessen Glanz verblasst war. Wir hatten uns auseinandergelebt: Das zu sagen war einfach und sozial akzeptabel. Aber an jenem Morgen, mit kalten Beinen im Bett sitzend, spürte ich, wie ich mich auch von dem Jerome, wie ich ihn früher gekannt hatte, distanzierte. Was wusste ich nicht, und wann hatte ich es nicht gewusst?

All das war ein unangenehmes Echo der Zeit vor dreiundzwanzig Jahren, als ich jede Erinnerung an Omar neu hatte fassen müssen. Und auch des gestrigen Tages, an dem ich Erinnerungen an Sie ins Licht gehalten und hin und her gewendet, mir ihre hässlichen Rückseiten angeschaut hatte, die lange verborgen gewesenen, schmutzigen Facetten.

Ich würde gern zu den Menschen gehören, die murren, wenn sich etwas verändert. Aber niemand in meiner Umgebung veränderte sich; meine komplette Schule war in Bernstein konserviert. Das Einzige, was sich veränderte, war meine Sichtweise – wie damals, als ich zum ersten Mal eine Brille aufsetzte, die Bäume bestaunte und mich auf unerklärliche Weise betrogen fühlte. Diese klar umrissenen Blätter waren die ganze Zeit schon da gewesen, und niemand hatte es mir gesagt.

Im Badezimmer scrollte ich noch einmal durch die Tweets und sah, dass er nur auf einen geantwortet hatte, nämlich den, der mich getaggt hatte. *Bodie Kane und ich haben uns vor zwei Jahren getrennt*, hatte er geschrieben. *Bitte lasst sie da raus*. Er hatte gute Manieren. Zumindest hatte ich das immer geglaubt.

22

Ich brauchte unbedingt etwas Stärkeres als den Filterkaffee aus der Cafeteria, also ging ich, mit noch feuchten Haaren, durchs Tor des Unteren Campus zur Crown Street, wo überall Salz gestreut war. Dort gab es ein neueres kleines Lokal, wo es nach Toast roch und Kunst von Schülerinnen und Schülern aus Granby ausgestellt war. Ich stützte mich in dieser Woche deutlich zu stark auf Koffein, das war mir klar, aber wie sollte ich mich sonst aufrecht halten?

Ich suchte mir einen Platz am Tresen, setzte meinen gigantischen Kopfhörer auf und startete das Video. Jasmine Wilde war strahlend, eine Waldnymphe, die in einem fließenden braunen Kleid unter Bäumen wandelte, Haare wie auf dem Ophelia-Gemälde von Millais. Sie näherte sich einer Bank in einem Stadtpark; die Bäume warfen zwar nicht genug Schatten, um einen glauben zu lassen, man träfe sie zufällig auf einer Lichtung an, signalisierten aber doch Wald, Natur, Reinheit. Eine volle Minute umkreiste sie nur die Bank und setzte sich schließlich hin, jedes Geräusch so gestochen scharf, dass es mir intim vorkam, wie das Rascheln der Kleidung eines Liebhabers dicht an meinem Ohr. Irgendwann hockte sich ein schlaksiger, leicht ergrauter Mann neben sie. Er sah befangen aus, als hätte jemand außerhalb der Bildfläche ihn gebeten, sich auf die Bank zu setzen, und ihn eine Einverständniserklärung unterschreiben lassen, ohne dass er wusste, worauf er sich einließ.

Sie sagte: »Erinnern Sie sich noch, wie es ist, einundzwanzig zu sein?«

Der Mann sagte, mehr zur Kamera als zu ihr: »Äh, ja.«

Dann blieb das Video stehen, um zwischenzuspeichern. Ich ging ein Stück zurück, aber jetzt startete es nicht einmal mehr.

»Ja«, sagte der Mann hinterm Tresen, der mir auch das WLAN-Passwort gegeben hatte, »es funktioniert, ist nur echt langsam. Ich würd's mal einen Moment laden lassen.«

Das Video war achtundvierzig Minuten lang, und bis zu meinem Kurs blieben mir noch zwei Stunden. Da ich schon einen Café Latte und ein Croissant bestellt hatte, blieb ich, wartete auf das Video und machte halbherzig eine andere Schublade in meinem Kopf auf, um an einem Teil des Rita-Hayworth-Skripts zu arbeiten.

Das Satin-Negligé, das sie auf ihrem berühmtem *Life*-Pin-up-Foto trug, wurde 2002 bei Sothebys für nahezu siebenundzwanzigtausend Dollar verkauft. Ich hatte über den Käufer nichts herausfinden können und hoffte einfach, dass es ein liebenswerter schwuler Mann mit Verbindungen zum alten Hollywood war, jemand, der es auf möglichst unlüsterne Art zu schätzen wusste.

Auf dem Tresen lag eine Ausgabe von *USA Today*, mit Kaffeeflecken von jemand anderem, auf dem Titelblatt die Geschichte, die kürzlich in den Abendnachrichten gewesen war. Die mit den Männern, die endlich, Jahrzehnte später, die Priester anprangerten und allseits für ihren Mut gepriesen wurden. Die mit den Frauen, die sich nach fünf Jahren meldeten und gefragt wurden, warum sie es nicht schon früher getan hätten.

Die Kellnerin sah, was ich las. Sie sagte: »Man sollte doch meinen, wenn es ihr so viel ausgemacht hat, hätte sie es dem Produzenten sagen können.«

Es war die mit der Zeugin, die nicht als glaubwürdig galt, weil sie sechs Jahre vorher einen anderen Mann der gleichen Sache beschuldigt hatte, weshalb es einfacher war zu glauben, dass sie log, als dass der Blitz gern in beschädigte Bäume fährt.

Ich pfefferte die Zeitung hin und wandte mich wieder Rita zu, konnte mich aber nicht konzentrieren. Ich hätte zum Campus zurücklaufen und das Granby-WLAN nutzen können, um das Video zu schauen, aber die Kombination aus banger Ahnung und Kälte – jedes Mal, wenn die Tür aufging, traf mich ein polarer Luftstrom – ließ diese Aussicht wenig ansprechend erscheinen.

Das Croissant, das sie für mich warmgemacht hatten, war erstaunlich gut. Sauerteig mit knuspriger Kruste. Ich krümelte in alle Richtungen.

Ich beschloss, Sie zu googeln.

Ein Rätsel, warum ich auf diese Idee verfiel, wo ich doch gerade erlebt hatte, wie langsam das Internet hier war. Warum erst so lange warten und Sie dann ausgerechnet jetzt googeln, wo das Ergebnis höchstwahrscheinlich eine 404-Fehlerseite sein würde? Fast so, als gäbe es da Dinge, mit denen ich mich nicht befassen wollte.

Aber siehe da: Google funktionierte einwandfrei. Das WLAN war nur für Videos nicht stark genug.

Ich hatte vor zwei Jahren schon mal eine Internetrecherche mit Ihrem Namen gemacht, in der Nacht, als ich wachgeblieben war und alle gegoogelt hatte. Und ja, da waren Sie, auf der Website einer Privatschule in Providence, das Foto kannte ich schon. Sie hatten sich nicht verändert. Vielleicht im Gesicht etwas breiter geworden. Ihr Haar heller, als hätte Sie jemand mit Puderzucker bestäubt. Sonst gab es wenig, außer den Artikeln aus der Schülerzeitung dieser Schule über die Gilbert-and-Sullivan-Shows, die Sie aufgeführt, die Klassenreise nach Chicago, die Sie geleitet hatten. Es war unbefriedigend. Kein Porträtfoto, kein Ruhm, keine Heiratsanzeige von Ihnen und einer ehemaligen Schülerin. Ich schrieb Ihren Namen plus Thalias in die Suchmaske, aber die einzigen Ergebnisse waren das *Camelot*-Video und ein paar archivierte *Sentinel*s.

Ich googelte Ihre Frau und fand nichts – vielleicht hatte sie einen anderen Nachnamen? –, dann suchte ich nach Ihren Kindern. Da ich ja ein paar Mal auf Natalie und Phillip aufgepasst hatte, erinnerte ich mich an das dunkle Haar und die rosigen Wangen, die sie von Ihnen hatten, und die strahlend blauen Augen ihrer Mutter. Ich war ziemlich sicher, dass die Natalie Bloch, die ich auf Facebook fand, eine auffallende, dunkelhaarige Frau in Boston, Ihre Tochter war. Als ich mir Natalies Profil anschaute, kam ich mir übergriffig vor. Sie sah sportlich aus im Badeanzug, verliebt in den Mann neben ihr.

Ich schloss das Profil und rettete mich, indem ich Carlotta schrieb: *Ich bin in fucking New Hampshire!* Sie wusste von meiner Unternehmung, hatte mich und Fran versprechen lassen, ihr ein Selfie zu schicken. Carlotta, die jetzt in Philly lebte, hatte den liebsten Mann, den man sich vorstellen kann – Chefsommelier eines Restaurants mit mehreren Filialen –, und die beiden hatten drei perfekte Kinder, das jüngste ein Junge mit Down-Syndrom, den ich über alles liebte. Seit es die sozialen Medien gab, war ich wieder in engem Kontakt mit Carlotta. Die Leute meiner Generation haben sich in ihren Zwanzigern aus den Augen verloren.

Ich schrieb: *Weißt du noch, wie wir immer gesagt haben, Denny Bloch hätte sich mit Schülerinnen eingelassen? Meinst du, das stimmte?*

Ihre Antwort ließ nicht lange auf sich warten: *Haha, ja, das dachten wir, aber wahrscheinlich eher nicht? Ich meine, wir dachten ja allen möglichen Quatsch damals.*

Aus irgendeinem Grund versetzte mir das einen Stich. Ich wollte nicht, dass es stimmte, aber ihre Antwort kam mir wie eine Zurückweisung vor.

Ich schrieb: *Du glaubst also nicht, dass er und Thalia was miteinander hatten?*

Sie schickte ein Schulterzucken-Emoji. Na schön.

Mir fiel plötzlich ein, dass Carlotta in der Zehnten jeden Tag mit mir und Fran zusammen gegessen hatte, im Februar dann auf einmal nur noch mit Sakina John und noch etwas später eine Woche lang mit einem Haufen Mädchen von der Frühlingswanderfahrt, an einem Tisch auf der anderen Seite der Cafeteria, von wo ihr schallendes Lachen zu uns herüberdrang. Dann war sie wieder bei uns, als wäre nichts gewesen, flirtete mit Geoff und kam in mein Zimmer, wo wir Sextests in der *Cosmopolitan* zusammen machten. Und kurz darauf war sie wieder weg. Sie wollte uns nicht verletzen; sie schwirrte nur einfach überall herum.

Ich versuchte es noch einmal mit dem Video, und zu meiner Überraschung hatte es geladen und war startbereit.

Jasmine sagte: »Ich war einundzwanzig, und Jerome Wager betrat die Galerie und wollte vor dem Treffen mit meinem Boss ein Glas Wasser haben.«

Sie sagte, sie habe sich wie ein Kind gefühlt, sei im Grunde ein Kind *gewesen*, so naiv, so jung. Und Jerome, sechsunddreißigjährig, ein vollwertiger Erwachsener. Da ich Jerome geheiratet habe, als er neununddreißig war, kann ich bezeugen, dass er in vielerlei Hinsicht noch ein Kind war und es bis heute geblieben ist. Mit neununddreißig konnte er kein anderes Essen zubereiten als Auberginen mit Parmesan. Er ruinierte Veloursleder-Sneaker in der Waschmaschine. Er ging nie wählen. Ich halte nicht viel von dem Narrativ, dem zufolge Männer nur langsam erwachsen werden und daher am besten zu jüngeren Frauen passen; ich will nur sagen, dass speziell Jerome in seinen Dreißigern nicht besonders reif war.

Jerome interessierte sich für ihre Arbeit, sagte Jasmine zu der nächsten Person, die sich zu ihr setzte, einer Frau mit einem zappeligen Kleinkind. Sie gingen essen, und er fragte sie nach ihrer Kunst und fand es spannend, was sie davon erzählte. Sie begannen, miteinander zu schlafen, er stellte sie Leuten in der Kunstwelt vor, er behandelte sie schlecht. Machte zum Beispiel an ihrem Geburtstag mit ihr Schluss und bat sie am nächsten Morgen um Vergebung; ließ benutzte Kondome bei ihr auf dem Boden liegen, sagte, dass er Kondome überhaupt hasse; bestellte Pizza für sie beide, aber mit scharfer Salami, weil er vergessen hatte, dass sie kein Schweinefleisch aß; sagte ihr, er könne nicht monogam sein. Sie mochte keinen Morgensex, er aber schon, also willigte sie ein, ohne es schön zu finden, und obwohl er das wusste, verlangte er es trotzdem, und sie fügte sich. Einmal weckte er sie morgens um vier, und sie hatten Sex, weil er es wollte, aber da sie immer wieder eindöste, hörte er irgendwann auf.

Ich wartete die ganze Zeit auf den Paukenschlag, den Moment, in dem er sie festgehalten, geschlagen oder ihr gedroht hatte, ihre Karriere zu zerstören – das Verhalten, in dem ich Jerome nicht wiedererkennen und das meine Sicht auf ihn für immer ändern würde; aufgrund dessen ich mich endgültig von ihm scheiden lassen und mir das Sorgerecht für die Kinder sichern würde; das seine Karriere zum Scheitern bringen und auf einhellige öffentliche Kritik treffen würde. Aber nach fünfundvierzig Minuten kam sie zum Schluss (indem sie wieder wie eine Löwin die Bank umkreiste), und es war von nichts Schlimmerem die Rede gewesen als von unerwünschtem – aber einvernehmlichem – Morgensex.

Sie blickte zum ersten Mal in die Kamera und sagte: »Habt ihr schon mal etwas verloren, ein Buch oder eine Kette, und – es fühlt sich an, als hättet ihr einen Arm liegen gelassen, oder ein Ohr? Als fehlte ein Teil von euch selbst, und – ich habe einen Teil von mir 2003 in Denver zurückgelassen. Ich habe überall im Land Teile von mir zurückgelassen. Was ich dort gelassen habe, das war –« Und hier machte sie eine Faust vor ihrem Bauch, die ich als Kern deutete, als einen fehlenden Kern in ihrer Mitte. »– Ich kann es nie wiederfinden.«

Na gut, okay. Ihr Trauma war real. (So lauteten übrigens viele der Twitter-Kommentare. *Ich sehe dich, Jasmine, und ich sehe dein Trauma.*)

Ich fühlte mich uralt, wie aus einer Generation, die die Grundgegebenheiten des einundzwanzigsten Jahrhunderts nicht verstand. Wenn sie damals meine Freundin gewesen wäre, hätte ich ihr geraten, sich von ihm zu trennen. Ich hätte seine Fehler aufgelistet. Ich hätte ihr gesagt, sie habe etwas Besseres verdient.

Aber großer Gott.

Ich versuchte mir klarzumachen, ob meine Wut – denn in der Tat war es Wut, was ich empfand, mehr auf Jasmine als auf Jerome – persönliche Gründe hatte, weil sie den Vater meiner Kinder angriff (der treue Pitbull in mir), oder ob es mir bei jeder Frau so gehen würde, die Missbrauch geltend machte, obwohl sie doch, Herrgott noch mal, eine erwachsene Frau gewesen war und zugestimmt hatte, Handlungsmacht gehabt hatte, nicht überfallen, zu nichts gezwungen worden war. Denjenigen von uns, die Schlimmeres durchgemacht hatten, tat sie keinen Gefallen hiermit. Vergesst den Kerl, der damals im College Sex mit mir hatte, als ich bewusstlos war. Selbst gegen Dorian Fucking Culler hatte ich mehr in der Hand als sie gegen Jerome. Ich könnte Dorian Cullers Frau ausfindig machen und fordern, dass sie ihn anprangerte.

Ich ging auf Twitter, wo nicht viel Neues passiert zu sein schien, doch dann checkte ich den *Starlet Fever*-Account, und da hatte jemand Jasmines Video unter jeden einzelnen der letzten etwa zwanzig Tweets gepostet. Ich würde nicht viel länger dazu schweigen können. Ich schrieb Lance, dass ich ihm das alles später erklären würde.

Mein Magen spielte verrückt. Es war Zeit, zum Unterricht zu gehen, Zeit, mit diesen Kindern zu sprechen, als hätte ich irgendeine Ahnung, wie die Welt funktionierte.

23

Da ich von den Ereignissen jener zwei Wochen in Granby im Wesentlichen der Reihe nach berichte, erzähle ich Ihnen jetzt Folgendes, obwohl ich erst viel später davon erfuhr. An dem Morgen – soweit ich weiß, ziemlich genau zu der Zeit, als ich meinen Teller im Geschirrkorb der Cafeteria abstellte – wurde Omar Evans im achtzig Kilometer entfernten New Hampshire State Prison for Men von einem Mitinsassen mit einer zehn Zentimeter langen Glasscherbe in die Seite gestochen. Es war wohl eine Verwechslung; Omar kannte den Mann nicht.

Die Scherbe drang unterhalb seines rechten Rippenbogens ein, und während ich zum Campus hinaufging, voller Sorge um mich und Jerome und über die Kälte maulend, wurde Omar von der Gefängnisambulanz – zwei Insassen, die mit einer Trage losgeschickt wurden – zur Krankenstation gebracht.

Ungefähr in dem Moment, als ich die Tür zum Quincy öffnete und mir ein Schwall Heizungswärme entgegenschlug, untersuchte jemand die Wunde per Augenschein und mithilfe von Instrumenten. Kein Ultraschall, um nach Schädigungen der Organe, keine Röntgenaufnahme, um nach Resten von Glas zu schauen. Die Wunde wurde gesäubert und genäht, man gab ihm eine Tetanusspritze, ein äußerlich anwendbares Antibiotikum und nicht genügend Gaze, sagte ihm, er dürfe alle acht Stunden 600 mg Ibuprofen einnehmen.

Nicht viel später, als wir im Unterricht saßen und über ihn diskutierten, als wäre er eine Figur in einem Film, versuchte er, sich in seinem Bett auf der Krankenstation aufzusetzen, und verlor vor lauter Schmerzen das Bewusstsein.

24

Im Kurs verkündete Lola mit den lila Haaren: »Mein Onkel sagt, er kennt Sie.«

»Ja?«

»Er war in Ihrem Jahrgang. Mike Stiles.«

»Mike Stiles ist *Ihr Onkel*?«

Ich fragte mich, ob Lola das Jahrbuch von 1995 durchgegangen war, den heißesten Typen rausgesucht hatte und mich jetzt hochnahm.

»Er ist der kleine Bruder meiner Mutter.«

Es schien kein Witz zu sein. Ich sagte: »Das *gibt's* ja nicht.«

»Er hat gesagt, Sie waren cool, aber irgendwie unheimlich.«

»Unheimlich! Na ja, ich hab viel Schwarz getragen.«

»Viele Grüße jedenfalls.«

Ich war mir nicht sicher, was mit meinem Gesicht passierte. Es fühlte sich heiß an.

»Was macht er heute?«, fragte ich, obwohl ich schon aus dem Internet wusste – dank derselben Google-Orgie, die mich jenes erste Mal zu Ihrer Providence-Schule geführt hatte –, dass er Professor an der University of Connecticut war, spezialisiert auf US-Auslandsbeziehungen, und dass er immer noch gut aussah.

Schulisch war Mike in Granby nicht groß aufgefallen; entweder hatte er sein Potenzial verborgen, oder es hatte erst im College klick gemacht. Bis er bei *Camelot* mitmachte, hatten wir alle angenommen, sein Gehirn bestünde aus Schnee.

Im letzten Schuljahr kam er nach Thanksgiving mit einem komplett eingegipsten Bein zurück, weil er sich bei einem Fahrradunfall den Oberschenkel zertrümmert hatte, und entschied sich, beim Wintermusical mitzumachen, anstatt die Demütigungen des Sportunterrichts zu ertragen. Es zeigte sich, dass er singen und schauspielern konnte; als es um die Rolle von König Artus ging, setzte er sich gegen die Jungs durch, die regelmäßig Theater spielten. Und er trat bescheiden und sympathisch auf, ohne auf der Bühne Grimassen zu schneiden, wie die meisten anderen Sportler es taten, damit auch jeder wusste, dass das Ganze ein Witz war.

Sein Gips kam eine Woche vor der Premiere ab, und hinter der Bühne zeigte er uns die blasse, unbehaarte Haut seines linken Beins, forderte einen heraus, sie zu berühren.

Aber da war ich schon nicht mehr offiziell in Mike Stiles verknallt. Damit war es abrupt vorbei gewesen, als Fran und ich im Frühjahr davor, am Abend der Offenen Tür im Lambeth, an seinem Zimmer vorbeigekommen waren (Tür vorschriftsmäßig neunzig Grad geöffnet). Er lag lässig auf seinem Bett ausgestreckt, mit den langen Beinen zur Tür, barfuß. Über ihm Poster von Kate Moss und Winona Ryder. Spindeldürre Mädchen mit hohlen Wangen und aufgespritzten Lippen, Mädchen, deren Ellbogen der breiteste Teil der Arme war. Er wollte ein Mädchen, das er über einer Schulter tragen konnte. Ich begriff, dass ich Mike Stiles nicht länger mögen durfte. Ich war zu dick, zu chaotisch, zu pausbäckig, um Mike Stiles zu mögen.

Ich war nicht geneigt, all dies im Kurs zum Besten zu geben, aber für den Rest der Stunde suchte ich immer wieder nach Ähnlichkeiten zwischen Lolas weichem, vollem Gesicht und Mike Stiles' gemeißelten Zügen.

Auf der sogenannten Schwanztabelle, die Carlotta und Sakina John sich in der Elften ausgedacht hatten, war Mike Stiles prominent platziert gewesen. Carlotta hatte ein bemerkenswert originalgetreues Porträt seines Gesichts neben dem Eintrag über seinen Schwanz gezeichnet.

Ich bin mir meiner Scheinheiligkeit bewusst. Ich koche heute noch, wenn ich an das Thalia-Bingo denke, lache aber ohne schlechtes Gewissen, wenn ich mir dieses Dokument ins Gedächtnis rufe, in dem detailliert aufgeführt war, was wir über das Gehänge aller möglichen Jungs wussten. Es spielte keine Rolle, ob sie in Granby zur Schule gingen; wenn eine von uns (ich, Carlotta, Sakina, Fran, Sakinas Freundin Jade, Carlottas Zimmergenossin Dani, die sich selbst die Nase gepierct hatte) irgendetwas wussten, kam es auf die Tabelle. Es gab Kästchen für Länge, Umfang, Krümmung, Hoden.

Ich trug Einzelheiten über Brian Wynn bei, den Jungen, mit dem ich in jenem Sommer in Indiana quasi geschlafen hatte, und seinen nagetierartigen Penis, der halb-hart und pulsierend auf seinem Bauch lag. Carlotta machte mit ein paar Jungs in Granby rum, hatte aber auch zu Hause noch ein, zwei. Sakina blieb die ganzen vier Jahre – zum Missfallen ihres Vaters, dem ersten Schwarzen, der als Granby-Ehemaliger im Vorstand saß – an Marco Washington hängen, der immer in Schwierigkeiten war. Marco informierte sie über die Schwänze aller Jungs im Lambeth, denn die Jungs in den Wohnheimen sahen einander nicht nur unter der Dusche, sondern anscheinend auch, und zwar gar nicht so selten, vollständig erigiert – ein Scherz, eine Performance, eine Drohgebärde. Also gab Marco zum Besten, Kellan TenEyck habe die reinste Coladose zwischen den Beinen, und der von Blake Oxford, einem Mitschüler, der es sowieso schon schwer hatte, sei klein und unbeschnitten. *Kleiner Finger*, schrieb Sakina auf die Liste und zeichnete ein Bild davon, wie sie sich ihn vorstellte. Unter Mike Stiles' Namen schrieb Sakina: *Sogar Marco ist neidisch.*

Ich war nicht besonders mit Sakina befreundet, die in *Camelot* Morgan le Fay spielte, in *Der kleine Horrorladen* Chiffon, in *Grease* Rizzo, und auf dem besten Weg zu Broadway-Ruhm zu sein schien

– tatsächlich wurde sie Gynäkologin und Geburtshelferin –, doch als Carlotta eine Band gründete und Sakina dazu holte, wurden die beiden enge Freundinnen, und sie kam zu uns ins Singer-Baird, wenn wir *My So-Called Life* schauten. Ich hatte immer die Sorge, dass sie schlecht über mich dachte, was sie wahrscheinlich auch tat, aber später war sie eine derjenigen, mit denen ich den engsten Kontakt hielt – zuerst, weil wir beide in New York waren, und dann, weil unsere ältesten Kinder am selben Tag geboren wurden.

Die Tabelle lag immer in Carlottas Kommode. Niemand außer uns sollte davon wissen (auch Marco nicht; er beschrieb Sakina all die Schwänze nur aus Spaß), aber in der Zwölften weihte ich Geoff ein, auf einem unserer Morgenspaziergänge zu den Matratzen. Es schien ihn zu amüsieren, vor allem, nachdem ich ihm versichert hatte, dass es keinen Eintrag über ihn gab. »Du musst mich auch draufschreiben«, sagte er. »*Bitte*. Kannst du mich zwanzig Zentimeter länger machen, mit den Hoden eines Gottes?« Wochenlang, ob auf den Fluren oder in der Essensschlange, formte er mit den Lippen die Wörter *Hoden eines Gottes*. Ist es falsch von mir, dass ich immer noch darüber lachen muss? Anders als die Bingokarte brachte unsere Tabelle niemanden in Gefahr, machte niemanden zu einem Spielball, den man sich einfach schnappen konnte.

Außerdem hatten wir andauernd Schwänze vor der Nase, im übertragenen oder buchstäblichen Sinn und ob wir es wollten oder nicht. Bevor ich aufs College kam, habe ich nie selbst einen ins Auge gefasst oder zu sehen gehofft. Aber hier waren sie. Sogar der nervöse Brian Wynn hatte in jenem Sommer seinen Gürtel aufgemacht und mit seiner schwitzigen Hand meinen Kopf runtergedrückt. Dorian Culler entblößte sich dreimal vor mir. Einmal im hinteren Teil der Sporthalle auf dem Flur. Er war an mir vorbeigegangen, als ich dort auf dem Boden saß und lernte, und kurz darauf, schon lachend, in Begleitung von ein paar Freunden wiedergekommen. Er sagte: »Bodie, als du dich letzte Nacht zur mir ins Zimmer geschlichen hast, hast du Bissspuren an meinem Rohr hinterlassen.« Er holte ihn aus seiner Sporthose und setzte einen verwirrten, verwundeten Blick auf. Instinktiv hielt ich die Hand hoch, um mir die Sicht zu versperren – er stand nur wenige Schritte von mir entfernt –, da sagte er: »Gott, Bodie, wie du schon wieder nach mir greifst! Du bist ja unersättlich. Und das, obwohl ich verwundet bin! Ich brauche ärztliche Hilfe.« Ich verfluchte mich dafür, das Falsche getan zu haben. Was wäre das Richtige gewesen? Sie gingen, aber ich hatte so ein Gefühl, als würden sie noch mal wiederkommen, also sammelte ich meine Bücher auf und suchte mir einen anderen Flur.

Mit all dem will ich sagen: Die Schwänze von Granby zu dokumentieren fühlte sich eher wie Rache an und nicht wie Sexismus.

Ich versuchte mir vorzustellen, wie Jerome vor Jasmine Wilde sein Ding rausholte. Nein, Jerome war nicht Dorian. Ich versuchte mir vorzustellen, wie er sie während einer After-Show-Party auf seinen Schoß zog. Ich versuchte mir vorzustellen, wie er sagte: »Du solltest nachher noch bei mir im Atelier vorbeikommen, dann kann ich dir ein paar Tipps geben.« Oder: »Ich kann Leute auf dieser Welt zum Erfolg und zum Scheitern bringen, weißt du.«

Sich etwas nicht vorstellen zu können, heißt noch lange nicht, dass es nicht möglich ist.

All dies ging mir durch den Kopf, während Lola ein Foto von Mike auf ihrem Laptop suchte – sein offizielles Porträt von der UConn-Website – und es im Kurs herumzeigte.

Britt zappelte auf ihrem Platz in der Ecke herum. »Kann ich ihn interviewen? Lola, kann ich ihn interviewen?«

Lola zuckte mit den Schultern.

Ich sagte: »Er kannte Thalia ziemlich gut. Omar wird er auch gekannt haben. Er war Sportler.«

Mike hätte mehr zu sagen als ich: Ebenfalls ein Skistar, gehörte er zu Robbie Serenhos besten Freunden. Er hatte im Musical mitgespielt und war an dem Abend bei den Matratzen gewesen. Wahrscheinlich hatte er viel länger mit der Polizei gesprochen als ich. Und wenn Britt ihn interviewte, würde er merken, wie besessen sie war, und – falls die Nachricht von dem Podcast zu unseren ehemaligen Mitschülerinnen und Mitschülern durchdrang –, vielleicht bezeugen, dass ich sie nicht darauf angesetzt hatte.

Lola sagte zu Britt: »Na ja, ich kann dir seine E-Mail-Adresse geben.«

Alle berichteten vom Stand ihrer Projekte, und dann sprachen wir über Schnitt und redaktionelle Bearbeitung, denn die ersten ihrer ersten Folgen waren am kommenden Morgen fällig.

Alder hatte die verworrene Idee, die Zuhörer davon zu überzeugen, dass sein Podcast aus wiederentdeckten Aufnahmen von 1938 bestehe, wollte sie hinters Licht führen, so wie es *Krieg der Welten* getan hatte. Alyssa, die Arsareth Gage Granby behandelte, schlief immer wieder ein. Ich konnte es ihr nicht verdenken: Sie saß vor der Heizung, von einem Fenster gerahmt, das sie in Morgensonne tauchte. Ich war neidisch.

Britt hatte versucht, Omar selbst zu kontaktieren, über dessen Anwalt, aber keine Reaktion bekommen. Sie hatte beschlossen, den Podcast um unbeantwortete Fragen herum zu strukturieren. Wie funktionierte der Notausgang der Schwimmhalle 1995 genau, und wer hätte sonst noch Zugang zu dem Gebäude gehabt? Welchen Einfluss hatte die Schule auf die Staatspolizei? Was waren die Umstände von Omars Geständnis? Schlief Thalia mit ihrem Musiklehrer? Okay, nein, das Letzte nicht. Noch nicht.

25

Am Nachmittag ließ ich die Film-Kids über Rückblenden nachdenken. Zur Einführung zeigte ich ihnen die flimmernden Erinnerungsintros aus den *Wayne's World*-Sketchen meiner Jugend. Dann führte ich ihnen billige Bildsprünge aus *Lost* vor. Auch vor ihrer Zeit, für sie so alt wie die Ausschnitte aus *Rashomon*, die ich ihnen als Nächstes zeigte.

Wir sprachen über den Unterschied zwischen einer Figur, die sich erinnert, und der Kamera, die einen neutralen Blick auf die tatsächliche Vergangenheit wirft.

Jimmy Stuart träumte, fiel, sein Kopf schwebte in schwindelerregenden Farbfeldern.

Fellinis Stau, der Ausweg des Fliegens.

Ihre Aufgabe für den Abend war es, *Memento* zu schauen und sich Gedanken und Notizen dazu zu machen.

»Sie werden es wahrscheinlich auf Ihren Handys schauen, oder«, sagte ich, als sie aufstanden.

Sie zuckten mit den Schultern. Meine helle Leuchte sagte: »Wenn man es sich nah vors Gesicht hält, ist es so gut wie ein Kino.«

2 6

Ich hatte Angst, in mein Handy zu schauen, wollte nicht noch mehr schlechte Nachrichten über Jerome lesen. Dann tat ich es doch, und es lohnte sich: Yahav schrieb, er könne am Samstag kommen – das war übermorgen. Ich hatte schon gedacht, ich würde ihn nicht sehen, hatte mich mit meinen angesammelten Über-Männer-Hinwegkommen-Fähigkeiten gestählt. Aber: Ja, er könne am Samstag herfahren und »vielleicht spazieren gehen«, er habe »höchstens drei Stunden Zeit.«

Ich konnte spüren, wie ihn meine Nähe in Panik versetzte. Seit August war ich nur die elektronische Version meiner selbst, Nacktbilder in seinem Handy, Wörter und Pixel. Und nun war ich hier, zerrte ihn aus seinen Verankerungen. Aber ich merkte, dass ich ganz gegen meine Natur unfähig war, ihn in Ruhe zu lassen. Es hatte etwas damit zu tun, dass Yahav der erste Mann war, der je zuerst mein Freund und *dann* mein Geliebter geworden war – und so hing ich auf zwei Ebenen an ihm, was selbst zwischen mir und Jerome nicht der Fall war. Jerome und ich lernten uns auf der Vernissage einer Freundin kennen, wo er mir laszive Blicke zuwarf. In unserem ersten Gespräch, das voller Zweideutigkeiten war, neckte er mich etwa damit, dass ich die Olive aus meinem Martini äße, bevor sie Zeit gehabt hätte, den Wodka aufzusaugen. Heute frage ich mich, wie ich diese erste Begegnung empfunden hätte, wenn ich eine junge Künstlerin gewesen wäre, Jeromes Arbeiten gekannt hätte und ihm hätte imponieren wollen. Aber war mein

Eindruck von ihm nicht der unverfälschtere? Ich hatte ihn als den gesehen, der er war: einen wahnsinnig selbstbewussten, wahnsinnig unsicheren Mann, der gern flirtete.

Aber mit Yahav war es, als wären wir aufgeschlitzt und *dann* zusammengeklebt worden, und seine Abwesenheit war eine unverheilte Wunde.

Das Verlangen, das ich empfand, wäre faszinierend gewesen, hätte es nicht so geschmerzt.

Ich schrieb zurück: *Ich mache mit dir eine Tour durch meine Jugend. Wappne dich.*

27

Nach dem Scheitern seiner Berufung 1999 hatte Omars Familie die *Free Omar*-Website eingerichtet. Ich hatte sie mir vor Jahren kurz angesehen, nachdem sie in *Dateline* diskutiert worden war; als ich sie jetzt vor dem Essen in meinem im Dämmerlicht dunkler werdenden Gästezimmer aufrief, kam sie mir relativ unverändert vor. Anscheinend hatte nach der anfänglichen Flutwelle des öffentlichen Interesses eine Verschiebung von Aktivismus zu Klatsch und Tratsch über wahre Verbrechen stattgefunden. Die *Spider-Man*-Schauspielerin war gegangen, um sich neuen Themen zu widmen, und die Dane Rubras dieser Welt traten an ihre Stelle.

Auf der Homepage sah man zunächst Kindheitsfotos von Omar: Ohren, die zu groß waren für seinen Kopf, im Sand vergrabene Zehen, meterbreites Lächeln. In Web 1.0-Neonlila auf schwarzem Hintergrund legte seine Familie ihren Fall dar: Omar sei zu einem falschen Geständnis gezwungen worden. Die Beweise gegen ihn seien fragwürdig. Gegen andere Verdächtige sei nicht ermittelt worden.

Es gab einen Link für Spenden, eine E-Mail-Adresse für sachdienliche Hinweise.

Eine Seite war mit »Ein Gebet für Thalia« überschrieben. Es lautete: *Wir beten für die Seele und die Familie von Thalia Keith, innig geliebte Tochter und geliebtes Kind Gottes. Sie hat die Erde zu früh verlassen. Wir beten dafür, dass ihr Geist uns zur Wahrheit leitet und zu Gerechtigkeit für sie selbst und für Omar.* Dazu wieder das Bild von ihr, das aus dem Foto des Tennisteams ausgeschnitten war.

Eine andere Seite informierte über die Einzelheiten des Falls. Letztes Mal war ich nicht so weit gekommen, und ich hatte noch eine Stunde, bis Fran mich abholen würde – wir wollten essen gehen, Anne würde die Jungs hüten –, aber die Website zu lesen reizte mich mehr als die sieben Nachrichten, die inzwischen von Lance eingegangen waren, seit er mich am Morgen gefragt hatte, ob wir alle Jasmine-Unterstützer, die den Podcast taggten, blockieren sollten.

Ich fing an zu klicken, querzulesen. Hier waren Nachschriften vom ursprünglichen Prozess, zur Vorbereitung auf die gescheiterte Berufung. Hier war Omars widerrufenes Geständnis, mit Fußnoten zu den Ungereimtheiten.

Nach einer kurzen Liste von Beweisen der Verteidigung – auf der man zum Beispiel Omars Bürotelefonanrufe sehen konnte – kam eine wesentlich längere Liste der Dokumente und Gegenstände, die die Staatsanwaltschaft dem Gericht vorgelegt hatte, plus solche, die noch während der Ermittlungen eingereicht worden waren. Dazu gehörten die Fotos von der Matratzenparty – die angeblich bewiesen, dass neunzehn von Thalias engsten Freundinnen und Freunden ein Alibi für die ganze Nacht hatten und nicht weiter unter die Lupe genommen werden mussten. Was für fürchterliche Fotos. Rotäugige Teenager, vom Blitzlicht ausgewaschen. Aufnahmen, wie man sie heutzutage sofort wieder vom Handy löschen würde. Aber diese Jugendlichen blieben da, für immer im Wald feiernd, für immer überbelichtet. Ich konnte mir nicht vorstellen, wofür diese Bilder in Omars Fall gut sein sollten, warum seine Familie sie online stellte, außer dass dieses Archiv den Anspruch zu haben schien, allumfassend zu sein.

Ich erkannte sie fast alle wieder.

Robbie Serenho. Er ist auf vielen Fotos dieser Nacht zu sehen, goldenes Granby-Ski-Sweatshirt, Jeans, Red-Sox-Kappe.

Bendt Jensen, unser dänischer Austauschschüler, Lancelot zu Beths Guinevere. Alle waren in ihn verliebt.

Vishwas Singh, den wir Fizz nannten, weil er im ersten Jahr eine Flasche Wein wie Salatdressing geschüttelt hatte, bevor er sie aufmachte. Als die Leute lachten und schrien, er solle aufhören, sagte er voller Überzeugung: »Nein, was man nicht schütteln soll, ist doch *Bier*.« Er war trotzdem beliebt, wurde im zweiten Jahr Klassensprecher. Auf einem Foto hat er eine Zigarette in jeder Hand, die Arme ausgestreckt wie eine Vogelscheuche.

Rachel Popa, Beth Docherty und Donna Goldbeck posieren wie die drei Engel für Charlie. Beth, genau wie Bendt, Sakina John und Mike Stiles, kommt direkt von der *Camelot*-Bühne. Sakina trägt noch ihr Morgan le Fay-Make-up, die langen Lidstrichflügel. Die Tatsache, dass Mike gerade erst der Gips abgenommen worden war, gab dem Abend eine Geschwindigkeitsbegrenzung; die Gruppe konnte nicht gerannt sein, weder auf dem Hin- noch auf dem Rückweg.

Dorian Culler. Es gibt ein Foto von ihm allein, an einen Baum gelehnt, die Augen geschlossen, lange Wimpern auf blassen Wangen, der Mund zum Sprechen geöffnet. Er hätte vielleicht gut aussehen können, wäre er nicht so schrecklich gewesen.

Asad Mirza – damals gläubiger Muslim, sodass es wenigstens einen nüchternen Bericht von der Matratzenparty gab.

Ein paar weitere Ski fahrende und ski-affine Leute, deren Gesichter mir nicht mehr viel sagten.

Der Fotograf war Jimmy Scalzitti – ein Skiläufer, der für die Schlussapplausfotos von *Camelot*, die nutzloserweise ebenfalls auf der Website zu sehen waren, eine teure Jahrbuch-Pentax verwendet hatte. Den Rest des Films hatte er größtenteils im Wald verschossen. Er musste damit angefangen haben, als er schon betrunken genug war, ein Trinkgelage Minderjähriger mit einer schuleigenen Kamera zu dokumentieren.

Sie hatten ein Scheinwerfer-Lagerfeuer gemacht, also ihre vom

Internat ausgegebenen Taschenlampen sowie ein paar stärkere Handleuchten eingeschaltet und daraus einen Haufen errichtet, der den ganzen Platz erleuchtete.

Eine dieser Aufnahmen hatte ich schon mal gesehen, auf *Dateline*: Robbie, der über die Schulter in die Kamera blickt, im Hintergrund Sakina und Beth, aneinander gelehnt, Dorian, der die Hände verschraubt, zum Scherz irgendein Gangzeichen imitierend. Man sieht Bierflaschen auf dem Foto, ein paar glimmende Zigaretten: die perfekte visuelle Verkapselung harmloser jugendlicher Ausschweifung.

Mir fiel wieder ein, dass der Film noch in der Pentax gewesen war und noch in Jimmys Zimmer, als die Staatspolizei mit den Ermittlungen begann; Jimmy hatte den Film zu Geoff gebracht und ihn gefragt, ob er ihn vor seiner Vernehmung entwickeln könne. »Ich will bloß reinen Tisch für Serenho machen«, hatte er gesagt, wie Geoff uns später berichtete. Er habe ihn gefragt, ob es eine Möglichkeit gebe, Alkohol und Zigaretten irgendwie aus den Bildern zu tilgen – doch dann versprach die Schule jedem, der sich freiwillig zum Drogen- und Alkoholkonsum in jener Nacht äußerte, disziplinarische Immunität, und so war das nicht mehr nötig.

Geoff sagte mir, er würde die Negative behalten und Abzüge machen. »Also – ist doch klar, dass ich sie behalte, oder?«, sagte er, und es schien vollkommen logisch: Was, wenn Scalzitti alles wegwarf und es sich als wichtig entpuppte? »Außerdem«, sagte Geoff, »ist es Jahrbuchmaterial.«

Aus irgendeinem Grund hatte Jimmy Scalzitti den Zeitstempel eingestellt, sodass die *Camelot*-Fotos, wenn Geoff sie nicht beschnitt, fürs Jahrbuch unbrauchbar waren, die Aufnahmen der Matratzenparty dagegen enorm hilfreich dafür, den zeitlichen Ablauf des Abends nachzuvollziehen. Genauer gesagt – und daraus waren, wie ich schon wusste, ein Dutzend Online-Theorien entstanden – hatte Jimmy während der Show nur den Datumsstempel eingeschaltet, von den ersten Partyfotos an aber auch den Zeitstempel. *Ein bisschen zu vorteilhaft*, fanden einige Leute. Andere meinten, ein betrunkener Jugendlicher, der im Wald bei Matsch und Kälte fotografierte, habe wahrscheinlich bloß die Schalter verwechselt.

Ohne lange darüber nachzudenken, verließ ich die *Free Omar*-Seite und suchte auf Reddit nach Threads über den vollgeknipsten Film.

(Falls es Sie interessiert, Mr. Bloch: Achtzig Kilometer entfernt wurde Omar erst jetzt seine zweite Dosis Ibuprofen zugestanden. Sein durchtränkter Gazeverband wurde endlich gewechselt. Für Anzeichen einer Entzündung war es zu früh. Er hatte noch kein Fieber.)

Es gab so viele Reddit-Threads. Unter anderem fand ich da die Theorie, dass Thalia von allen neunzehn Leuten bei den Matratzen im Wald gemeinsam getötet worden sei, ein Satansopfer. Jemand wies auf Tim Busses Augen hin, sie seien blutunterlaufen, der Blick wirr. *Der ist total zugekokst*, schrieb NotYoPaulie82. *Zu allem fähig.* Aber Tim sah einfach so aus.

Es gab einen langen Thread nur über die Matschspritzer hinten auf Robbies Sweatshirt, die manche hartnäckig für Blut hielten. *Du meinst also*, lautete eine Antwort mit Hunderten von Upvotes, *dass er in den ZEHN MINUTEN zwischen dem Musical und der Party nicht nur Thalia umgebracht und in den Pool geworfen hat, sondern es auch noch HINTER SEINEM EIGENEN RÜCKEN getan hat? Ginger Rogers kann einpacken.*

All das beruhte auf dem zweiten Foto von der Party, einem ungestellten, schlecht komponierten Gruppenbild. Die meisten Threads befassten sich endlos mit Uhrzeiten und der Reihenfolge der Aufnahmen. Auf dem ersten Foto, mit dem Stempel 21:58, sieht man den Boden, einen verschwommenen Mantel, Beine. Danach kommt das Matschspritzerfoto und dann eine 22:02-Aufnahme von Robbie, die Arme um Beth und Dorian gelegt, Zunge raus, irres Teufelsgrinsen. Da trägt er noch seine Kappe, während man auf anderen Bildern sieht, dass seine Haare an den Schläfen rasiert sind, oben auf dem Kopf lang und weich, in der Mitte gescheitelt. (»Der Penisschnitt«, hatte Fran seine Frisur genannt. Aber 1995 war sie Trend.)

Die Show war allerfrühestens um Viertel vor Neun zu Ende gewesen. Lassen wir es fünfzehn Minuten gedauert haben, bis die *Camelot*-Mitwirkenden umgezogen waren, Mike sich wenigstens abgeschminkt hatte. Ein paar Minuten, bis sich auch die versammelt hatten, die nicht im Publikum gewesen waren, Beth die Flaschen unter ihrem Bett hervorgeholt und in einem Rucksack verstaut hatte, andere ihre Taschenlampen, Zigaretten, Feuerzeuge. Alles aus den Mädchen-Wohnheimen, denn die der Jungs waren ja auf dem Unteren Campus. Die Jungs standen also draußen und warteten auf die Mädchen. Die 2,2 Kilometer vom Theater über den Nordic Trail bis zu den Matratzen legten sie nicht schneller zurück als Mike humpeln konnte – einen Weg von ungefähr einer halben Stunde. Die ersten Fotos dann um 22 Uhr herum, als die Party in vollem Gange war. Daher hatte der Reddit-Poster seine Zehn-Minuten-Logik. Vielleicht hätte jemand ein paar Minuten gehabt, um loszurennen und *irgendetwas* zu tun, aber nicht genügend Zeit, um eine Person lebensgefährlich zu verletzen, sie umzuziehen und ins Wasser zu befördern.

Laut Staatsanwaltschaft war Thalia in der Zeit der Party vom Theater zur Sporthalle gelaufen, um sich mit Omar zu treffen, und hatte auf ihn gewartet, bis er um 22:02 sein Telefonat beendete. Sie glaubten, dass sie schon vor Beginn der Ausgangssperre tot war. Und ich stimmte ihnen zu: Wenn sie bis elf nicht wieder im Wohnheim war, musste da schon irgendetwas passiert sein. Thalia leistete sich durchaus mal einen Regelverstoß, aber nichts, wobei sie automatisch erwischt worden wäre. Sie wäre nie zu spät zurückgekommen.

Der Großteil der restlichen Fotos (einundzwanzig der sechsunddreißig Aufnahmen aus dem Wald) verteilte sich über die nächsten vierzig Minuten; das letzte, 22:39, zeigt Fizz, der sich eine Dose Bier reinschüttet.

Diejenigen, die dabei gewesen waren, sagten aus, das sei der Moment gewesen, in dem jemand auf die Uhr geschaut habe. Sie seien losgerannt, Jimmy Scalzitti sei unterwegs hingefallen und habe sich den Knöchel verstaucht. Die Mädchen waren um fünf nach Elf in ihren Zimmern, und die Jungs, die noch zum Unteren Campus mussten und einen verletzten Jimmy und nicht ganz wiederhergestellten Mike dabeihatten, kamen zwölf Minuten zu spät. Mr. Dar wusch ihnen den Kopf, aber sie waren alle gleichzeitig zurück.

Eine andere Reddit-Theorie lautete, dass Robbie sie später in der Nacht getötet habe, nachdem sie sich aus ihren Wohnheimen geschlichen hätten, um sich zu treffen. *Er erscheint mir einfach wie der Typ dafür*, schrieb jemand. *Verwöhnter Junge, kriegt einen Wutanfall, wenn was schiefläuft. Er findet raus, dass sie Omar vögelt, flippt aus.* Es gab Gründe, weswegen das unmöglich war, unter anderem den, dass Mr. Dar, der im Lambeth Aufsicht führte, dafür gebürgt hatte, dass Robbie noch bis Mitternacht, dem Zeitpunkt, zu dem alle auf ihren Zimmern sein mussten, im Gemeinschaftsraum Madden Football auf der Playstation gespielt habe. Und Mr. Dar war keiner, der früher schlafen ging und sich auf die Alarmanlagen verließ, die sicherstellen sollten, dass die Jungs drinnen blieben. Er war berühmt dafür, einen Kartentisch auf dem Treppenabsatz aufzustellen und bis zwei Uhr morgens in seinem kleinen Panoptikum zu sitzen und Geschichtsarbeiten zu korrigieren.

Die letzten drei Fotos stammten vom Dienstag danach: Jimmys Zimmerboden – Anziehsachen, Schulbücher, aus der Cafeteria geklautes Geschirr –, als er schnell den Film vollgeknipst hatte.

Ich hatte eine Nachricht von Fran verpasst: *Wo bist du?? Ich steh draußen.* Noch eine: *Schläfst du mit dem Typen? Beweg deinen Arsch hier runter.* Ich sprang auf und bürstete mir die Haare. Es war Viertel nach. Ich hatte die Zeit vergessen.

#3: Robbie Serenho

Er hat sich zweigeteilt.

Es gibt einen Robbie Serenho, der zur Matratzenparty geht, der auf Film gebannt und von Freunden gesehen worden ist, der nur zwölf Minuten zu spät ins Wohnheim kommt, der am nächsten Morgen beim Frühstück auftaucht und herumscherzt und zusammen mit uns anderen am Nachmittag erfährt, dass Thalia tot ist. Das ist der Robbie, der Thalia liebt, der Robbie, der ein anständiger Vater sein und seinen Kindern Skifahren beibringen wird.

Aber es gibt noch einen zweiten Robbie, den elitären Sportler, denjenigen, dem alles in den Schoß gefallen ist, der seine Wut und seine Fäuste nicht beherrschen kann, dessen harte Kanten sichtbar werden, wenn er trinkt. Das ist der Robbie, der sich mit Thalia vor dem Theater trifft.

Der erste Robbie geht zusammen mit seinen Freunden los, während der zweite Thalia wegen all der Zeit löchern muss, die sie mit Ihnen verbringt. Er hat an diesem Abend, als er vor Showbeginn hinter die Bühne gekommen ist, etwas bemerkt. Er hat Sie zu dicht bei ihr stehen sehen, die Hand an ihrem Ellbogen. Er hat gesehen, wie sie, das Gesicht nach unten geneigt, zu Ihnen hochschaute. Er lungert hinter der Bühne herum, versucht während Thalias Szene ihre Aufmerksamkeit auf sich zu ziehen, weswegen sie sich zu den Kulissen dreht und tonlos *Was?* sagt. Daraufhin geht er in den Zuschauerraum, setzt sich, kocht vor Wut. Dorian beugt sich zu ihm herüber, um ihm einen seiner Thalia-Witze zu erzählen. »Deine Freundin ist keine Nutte«, sagt er. »Sie ist bloß ehrenamtliche Prostituierte.«

Beim Schlussapplaus ist Robbie wieder hinter der Bühne, winkt sie zu sich.

Er sagt: »Lass uns einen Spaziergang machen.«

Er befragt sie, fragt vor allem immer wieder nach Ihnen. Er ist betrunken. Im Zuschauerraum ging in Plastikflaschen abgefüllter Wodka herum, und Robbie trinkt zwar eine Menge, verträgt aber nicht viel. Während der andere Robbie bei den Matratzen einen Schluck von seinem ersten Bier nimmt und für die Kamera das Friedenszeichen macht, ist dieser Robbie sternhagelvoll.

Schließlich stehen sie hinter der Sporthalle, und Thalia sagt, sie gehe jetzt zurück, sie müsse aufs Klo. Es gebe doch in der Sporthalle eins, antwortet er.

Er hat einen Generalschlüssel in der Tasche, wie immer – der passt auch in diese Hintertür, den speziellen Schwimmhallenschlüssel braucht er dafür nicht. Der Notausgangsalarm geht nicht los. (Robbie spielt immer alles in die Hände.) Sie gehen durch die Schwimmhalle, leise, leise, und den Flur entlang – nicht an Omars Büro vorbei, wo die Tür offen steht und das Licht an ist, sondern nur in die Mädchenumkleide, wo Robbie weiterhin Frage um Frage stellt, noch während sie pinkelt.

Sie braucht so lange, dass er voll bekleidet in eine Duschkabine steigt und das Wasser aufdreht. Er muss eine Sekunde eingeschlafen sein, an die Wand gelehnt, denn auf einmal ist sie bei ihm, gibt ihm ein paar Klapse, sagt ihm, er soll aufwachen.

Wenn sie schon in der Dusche sind, können sie auch Sex haben, also versucht er, ihr die nassen Sachen auszuziehen.

Sie wird wütend und brüllt, stößt ihn weg. Sie macht so viel Krach. Er fragt, warum sie keinen Sex haben will, fragt, ob es daran liege, dass sie heute schon Sex mit jemand anderem gehabt habe, ob dieser Jemand Sie seien.

Sie sagt ihm, er sei ein Idiot, und versucht, die Duschkabine zu verlassen.

Dieser Robbie packt Thalia am Hals, schüttelt sie, will sie nur schütteln, damit sie zur Vernunft kommt, muss sie gegen etwas Hartes stoßen, gegen diese nasse, glatte Wand, und er fühlt sich wie ein Tier, fühlt sich so, wie wenn er im Tiefschnee einen Hang hinunterfliegt, wenn das Feuer in seine Muskeln fließt, wenn sein Körper eine Maschine ist. Er befiehlt seinem Körper nicht, was er tun soll, denn der weiß es selbst, er folgt dem Hang, er folgt der Schwerkraft, und das tut er auch jetzt, der Schwerkraft folgen, bis Thalia anfängt zu krampfen und ihre Augen nach hinten wegrollen. Sie rutscht auf den Boden der Duschkabine, und das Wasser wäscht das Blut an der Wand von Rot zu Pink zu Nichts.

Er wird nüchtern, oder zumindest sieht er die Dinge vor sich glasklar: Er muss all dies wieder in Ordnung bringen. Für sie kann er nichts mehr tun, dafür ist es zu spät, sie zuckt wie nach einem tödlichen Stromschlag – aber all dies, diesen schlechten Film, dieses Problem, diese Sache, die ihm zugestoßen ist, muss er in Ordnung bringen.

Er zerrt ihren zierlichen, nassen Körper aus der Umkleide und zum Schwimmbad, zieht sie aus, zieht ihr einen Badeanzug an, der dort herumliegt. Er hat alle Zeit der Welt, denn unterdessen singt der andere Robbie, der Robbie im Wald, zum Ghettoblaster eine Falsettversion von *Come to My Window*. Dieser Robbie trägt richtig dick auf, dreht sich mit ausgestreckten Armen, während der andere Thalia in den Pool schiebt, wissend, sofern er in diesem Moment überhaupt noch irgendetwas weiß, dass sie noch lebt, dass das, was er in der Dusche gemacht hat, ein Unfall hätte gewesen sein können, aber dies ist Absicht, dies ist Mord, ist Mord, ist Mord. Er hat Zeit, das Bleichmittel zu holen, damit den Beckenrand, den Flur – Omar ist inzwischen gegangen, sein Bürolicht ist aus – und die Umkleide zu reinigen. Er hat Zeit, sich ins Waschbecken zu übergeben, alles wegzuspülen, sich Hände und Gesicht zu waschen.

In Thalias Rucksack sind Wechselklamotten – ein grüner Pullover, Jeans, Unterwäsche –, und er legt sie ordentlich gefaltet auf die Bank, als wären dies die Kleidungsstücke, die sie getragen hat. Er wird die nassen, blutbefleckten Sachen mitnehmen und eine Möglichkeit finden, sie zu verbrennen.

Er schleicht sich durch den Notausgang wieder hinaus. Am Morgen fällt ihm ein, dass er den Schlüssel bei Thalia hätte lassen sollen, damit es eine plausible Erklärung dafür gäbe, wie sie allein in die Halle gekommen war.

Aber dieser Robbie ist nicht derjenige, der am nächsten Morgen aufwacht, denn dieser Robbie verschwindet. Er wird molekular, schwebt in der feuchten Märzluft davon.

Der echte Robbie eilt jetzt mit seinen Freunden zum Wohnheim zurück, über die Nordbrücke, bester Dinge und nur ein bisschen betrunken und nur ein bisschen zu spät.

Er wird heiraten und Kinder haben und in Connecticut leben, und er wird nie wissen, was er getan hat.

28

Der Granby Supper Club war noch genauso, wie ich ihn in Erinnerung hatte, außer dass jetzt, für zwei erwachsene Frauen, die hervorragende Weinkarte eine Option war, was bei dem mittelmäßigen Essen enorm half. Besonders charmant sind das Grissini-Glas auf dem Tisch und der Mann, der mit dem Brötchenkorb und einer kleinen Zange herumgeht. In L. A. bekommt man nicht mehr viele Brötchenkörbe zu sehen.

Als der Kohlenhydrate-Mann weiterging – es gelang mir zu verzichten, was Fran mit einem Augenrollen quittierte –, sagte ich: »Also, du hast Mr. Bloch neulich einen Creep genannt.«

»Warum, was.«

»Weißt du noch, wie wir immer dachten, Thalia hätte was mit ihm?«

Fran lachte und sagte: »Moment, lass Britt das nicht in dem Podcast sagen. Hab ich dir erzählt, dass sie mich um ein Interview gebeten hat? Wir treffen uns am Montag.«

»Aber meinst du, sie haben miteinander geschlafen?«

»Nein. Nein! Und lass sie das nicht sagen. Himmel. Ich meinte, er war den Schülerinnen zu nah. Ich meinte nicht, dass er sie vögelte.«

»Aber du hattest Recht«, sagte ich. »Teenager haben einen sechsten Sinn für so was. Ich denke einfach, wenn wir geglaubt haben, dass da was stattfand, dann fand es auch statt – jedenfalls irgendwas. Vielleicht kein richtiger Sex, aber irgendwas Ungehöriges.«

Ich erzählte ihr vom Bethesda Fountain, aber es klang nicht überzeugend.

»Teenager glauben auch wilde Gerüchte«, sagte sie. »Weißt du noch, wie wir dachten, Marco Washington wäre mit Denzel verwandt?«

Ihr Rückzieher frustrierte mich. Es war nicht fair von ihr, mir erst etwas in den Kopf zu pflanzen, das die ganze Woche meinen Schlaf durcheinanderbrachte, und sich dann davon zu distanzieren.

Ich sagte: »Sie haben zu viel Zeit zusammen verbracht. Wenn ich zum Üben meines Abschlussvortrags mit ihm verabredet war, passierte es oft, dass sie noch ewig bei ihm drinnen war, hinter geschlossener Tür. Irgendwas war da komisch.«

Fran nickte. »Als Jugendliche denkt man, das ist ja ein toller Lehrer, der hängt mit uns ab. Dabei, wer würde *nicht* gern mit Sechzehnjährigen abhängen? Dann wird man älter und denkt, hm, vielleicht hatte er kein richtiges Sozialleben.«

»Das meine ich aber nicht.«

»Schon klar. Aber sag das nicht Britt. Lass sie da *bloß* nicht ihre Nase reinstecken.«

Sie winkte einer Gruppe zu, die den Raum betrat. Ich entdeckte Dana Ramos unter ihnen, meine alte Biologielehrerin, mit der ich am Tag davor sehr nett gefrühstückt hatte; bei Kaffee und Haferflocken hatte ich sie gefragt, ob sie immer noch die Hula-Hoop-Beobachtung im Wald anbiete (ja) und sie die Schülerinnen und Schüler noch Pflanzen zeichnen lasse (ja), und ob sie immer noch Schweineföten sezierten (es war eine Option, aber viele entschieden sich für eine virtuelle Variante). Ich war nie groß für Naturwissenschaften zu haben gewesen, aber sie fand ich wunderbar – wie sie uns die griechischen oder lateinischen Wurzeln von jedem Wort erklärte und darauf bestand, dass wir »Zo-ologie« sagten und nicht »Zoo-logie«. »Es geht um die Erforschung des *Lebens*«, sagte sie. »Nicht des Zoos.« Und wie sie *Photosynthese* aussprach, als wäre es der private Name Gottes. Ich liebte die Poesie von Blättern, die

Sonnenlicht in Glukose und Sauerstoff verwandelten. Und wie Pflanzen in der Lage waren, sich anzupassen und um ihren Zugang zur Sonne zu kämpfen: indem sie früh sprossen oder enorme Blätter entfalteten, um mehr Licht einzufangen, oder winzige Nadeln trugen, die kaum welches brauchten. »Sie spezialisieren sich«, sagte Dana, »ganz ähnlich, wie ihr euch in euren College-Bewerbungen spezialisiert.«

Dana und die vier anderen Frauen waren schon in lebhaftem Gespräch. Sie hatten Geschenktüten dabei; irgendwer hatte Geburtstag.

Fran sagte: »Und worauf genau zielt Britts Podcast ab?«

Ich grimassierte, unsicher, wie sie es aufnehmen würde. »Darauf, dass Omar zu Unrecht verurteilt wurde.«

Fran nickte langsam. Unser Wein kam, und als wir beide ein volles Glas hatten und der Kellner abgezwitschert war, sagte sie: »Aber die Kids werden doch ihre Podcasts – also, die senden sie doch nicht, oder?«

»Sie werden online zugänglich sein.«

»Aber ich meine – du wirst das nicht laut irgendwo verkünden. Es wird nicht publik werden und einen Shitstorm verursachen?«

»Na ja«, sagte ich. »Ich weiß es nicht. Sie könnte morgen irgendein Video reinstellen, das viral geht.«

Fran wirkte ziemlich gereizt, und ich fragte mich, ob sie nur mit mir hergekommen war, um mich in die Mangel zu nehmen. »Glaubst du denn, dass es stimmt?«, sagte sie. »Glaubst du, er war es gar nicht?«

Das hatte ich, bis jetzt, in einem sicheren, neutralen akademischen Umfeld – zumindest hatte ich es mir eingeredet. Ich konnte Britt hilfreiche Fragen stellen, drängende Fragen, konnte des Teufels Advokat spielen. Antworten brauchte ich nicht.

Ich sagte: »Das habe ja nicht ich zu entscheiden.«

Fran biss mitten in ihr Brötchen, anstatt ein Stück abzureißen. Mit vollem Mund sagte sie: »Vielleicht doch.«

»Ob er es *getan* hat?«

»Ich meine – was Britt macht, was du damit machst, wo du es hinlenkst.« Sie griff nach der eisgekühlten Schale mit in Goldfolie gewickelten Butterpäckchen. »Eben klang es nämlich so, als ob du denkst, Bloch hätte was damit zu tun.«

Ich gab einen hohen Protestlaut von mir und sagte: »Er war zu Hause bei seiner Frau und den Kindern! Das denke ich nicht!«

»Ich habe das Gefühl, du implizierst es.«

»Nein! Er war nach der Show mit mir im Theater. Um alles wegzuräumen.«

»Eben hast du noch gesagt, er war bei seiner Frau.«

»Das war später, es – meine Güte. Fran! Ich glaube keine Sekunde, dass er es getan hat. Du weißt doch, was für ein Schwachmat er war.« Ich hörte mich selbst, hörte, wie lächerlich das klang. Aber es stimmte, diese Möglichkeit wollte mir tatsächlich nicht in den Kopf. Schon die Vorstellung, dass Sie vielleicht mit Thalia geschlafen hatten, war mehr, als ich in Betracht ziehen mochte.

Fran sagte: »Ich weiß, wie du an ihm hingst. Nicht auf unangemessene Art, das meine ich nicht. Aber er hat dir viel Aufmerksamkeit geschenkt. Darin war er gut, stimmt's? Er hat unsere Talente erkannt. Und zwar nicht so große, offensichtliche Sachen wie Skifahren.«

Meine Füße in ihren doppelten Socken und Schneestiefeln waren jetzt zu warm. Der Sangiovese, in einem Glas so groß wie mein Kopf, machte meine Glieder bereits bleischwer und gewichtslos zugleich.

Ich sagte: »Ich verstehe nicht, was das mit –«

»Na ja, als ich dich hergeholt habe, wollte ich doch nicht, dass du hier irgendwas noch mal durchleben musst. Du hast immer so stabil gewirkt, und irgendwie – entschuldige, ich möchte nicht, dass du in eine Spirale gerätst.«

»Wer sagt, dass ich in eine Spirale gerate?«

»Bodie, du siehst aus, als hättest du kein Auge zugetan, seit du hier bist. Du bist immer noch hinreißend, aber du siehst fürchterlich aus.«

Zu meiner Rettung kam unser Essen – Steak für Fran, eine ölige Gemüseterrine für mich. Es verschaffte mir einen Moment Zeit, um mich zu sammeln, mir klarzumachen, dass Fran mich in all den dreiundzwanzig Jahren meines kompetenten Erwachsenenlebens seit Granby insgesamt nur ein paar Wochen gesehen hatte. Sie wusste nicht, wie weit ich mich von dem Desaster entfernt hatte, das ich im letzten Schuljahr gewesen war.

Ich sagte: »Mich beschäftigen gerade verschiedene Dinge. Ich stecke in einem emotionalen Sumpf.« Ich war noch nicht bereit, über Jasmine Wildes Video mit ihr zu sprechen, also erzählte ich ihr stattdessen, ausführlich, von Yahav.

Einer von Frans besten Zügen ist es, dass sie den ganzen Schlamassel wirklich hören möchte. Ihre Augen leuchten dann auf, als schaute sie ihren Lieblingsfilm.

»Das Problem ist«, sagte ich, »dass ich außer mit Yahav quasi keinen Sex mehr habe, das heißt, andere Männer könnten genauso gut alte Frauen sein. Sieh mich an – ich glänze in Monogamie, wenn es am wenigsten angebracht ist.«

Sie fragte, ob sie ihn am Samstag kennenlernen dürfe, oder ob wir es wenigstens irgendwie so deichseln könnten, dass wir uns irgendwo auf dem Gelände begegneten.

Dana Ramos hatte ihren Tisch und ihre zunehmend lärmende Truppe verlassen und schwankte mit einem Glas leuchtend gelben Weins in der Hand auf uns zu. »Na, unterhaltet ihr euch gut?«, sagte sie zu laut. »Was gibt's Neues?« Danas Haare waren krisseliger geworden, seit sie das Restaurant betreten hatte.

Ich konnte sehen, wie Fran im Kopf zu dem am wenigsten privaten Teil unseres Gesprächs zurückspulte. Sie sagte: »Wir haben über Denny Bloch geredet. Erinnern Sie sich an ihn? Er hat Musik unterrichtet?«

»Klar. Er war nur ein oder zwei Jahre hier.«

»Drei«, sagte Fran. »Ich weiß noch, dass er hier anfing, als wir in der Zehnten waren, und am Ende der Zwölften einen Abschiedspreis bekam.«

»Er hat einen Preis fürs Weggehen gekriegt?«, sagte ich.

»Ach«, sagte Dana, »er wollte nach Russland, um da zu unterrichten. Nein, Bulgarien. Ich bin mir sicher, dass sie ihm einen Granby-Schal geschenkt haben oder sowas. Die arme Frau.«

»Wieso?«

»Ach, nur – na ja, wer will schon nach Bulgarien ziehen?«

Irgendwie hatte ich vergessen, dass Sie nach Bulgarien gezogen waren. Bulgarien! Damals war es mir nicht seltsamer erschienen, als dass die Leute aus meinem Jahrgang an Colleges in Kalifornien, Colorado oder auch Schottland gingen, für mich alles gleichermaßen exotisch.

Dana stützte sich mit einer zum Zelt aufgespannten Hand auf unserem Tisch ab. Sie sagte: »Ich weiß noch, dass er uns im Regen stehen ließ. Man sollte doch bitte die Freundlichkeit haben, seinen Abgang im Januar anzukündigen, um Himmels willen, damit wir vernünftigen Ersatz finden können. Die Frau, die dann gefunden wurde, war einfach furchtbar. Aber das sind eben die Leute, die im Mai noch einen Job suchen.«

»Im Mai«, wiederholte ich dümmlich, und mir fiel ein, dass Sie mir kurz vor unserer Abschlussfeier gesagt hatten, Sie gingen »auch von der Schule ab«, Überraschung, Überraschung.

Dana sagte: »Dann kam er zurück und unterrichtete in Providence, und mehr weiß ich nicht. Gordon Dar hatte Kontakt zu ihm, aber der wurde dann pensioniert. Diese jungen Lehrkräfte kommen und gehen so schnell!«

»Seine Kinder sind jetzt erwachsene Leute«, sagte Fran.

Dana sagte: »Er war ein komischer Vogel. Ich erinnere mich, dass er einen Opernkurs anbot. Ich konnte gar nicht glauben, dass es Jungs und Mädchen gab, die da mitmachen wollten.«

Fran sagte: »Fanden Sie ihn je ein bisschen fragwürdig? So im Verhältnis zu seinen Schülerinnen?«

Dana nahm die Hand vom Tisch, trat einen Schritt zurück und bereute es vermutlich, denn sie beugte sich gleich wieder vor, um an der Rückenlehne von Frans Stuhl Halt zu suchen. »*Neeeiiin!* Denny Bloch? Überhaupt nicht! Ach, er war ein Schatz. Ich finde«, sagte sie, »ich finde, es ist so sehr *Mode* geworden, oder? Anschuldigungen gegen Leute zu machen.«

Fran sah mich mit großen Augen an, ein Blick, den ich seit 1991 kannte: wenn sie versuchte, nicht zu lachen und nicht zu schreien. Und eine leise Stimme in mir sagte: »Ja, Dana, genau, denn seit wann ist es Grooming oder ein tätlicher Übergriff, wenn ein Sechsunddreißigjähriger einvernehmlich mit einer Einundzwanzigjährigen zusammen ist?«, und eine lautere Stimme in mir sagte: »Sie haben keine Ahnung, wovon Sie reden, und ich bin zunehmend besorgt, dass Mr. Bloch von 1994 bis 1995 Sex mit Thalia Keith hatte.« Und mit hörbarer Stimme: »Wie sind denn die Nachtische hier – haben Sie ein Lieblingsdessert?«

Zu guter Letzt wankte Dana wieder an ihren Tisch zurück, und wir bestellten Baklava und eine unratsame zweite Flasche Sangiovese.

Fran sagte: »Versprich mir einfach, dass du ihn da nicht mit reinbringst.«

»Wen?«

»Denny Bloch. In den Podcast. Das wäre richtig dumm.«

»Ich sage dir doch, ich beschuldige ihn nicht.«

»Du glaubst bloß, dass Thalia mit Robbie *und* mit Omar *und* mit Mr. Bloch schlief. Das sind eine Menge Leute für jemanden, der eher keusch war.«

»Sie hat nie mit Omar geschlafen«, sagte ich.

»Interessant. Du glaubst also nicht, dass er es war.«

Ich sagte: »Er kann es auch gewesen sein, ohne mit ihr zu schlafen! Außerdem gibt es noch andere Möglichkeiten. Da ist zum Beispiel dieser Kerl, der in den Siebzigern Barbara Crocker umgebracht hat.«

Ich war ein bisschen betrunken. Vielleicht sehr betrunken.

Zudem begann ich allmählich zu begreifen, dass Thalia Keith in den vergangenen dreiundzwanzig Jahren in meinem Kopf als die Siebzehnjährige von damals stehengeblieben war, kultivierter, weiter entwickelt als ich. Aber ich war inzwischen Mutter, verdammt, und in zehn Jahren wäre Leo so alt wie Thalia es war, als sie starb. Ich arbeitete mit diesen süßen Mädchen und Jungs, und sie waren brillant, aber eben auch Kinder. Und Omar – Omar war selbst noch ein Kind gewesen. Ich musste aufhören, ihn als den weltläufigen Mann zu betrachten, der er damals in meinen Augen gewesen war, jemand, der sich in einem Polizeiverhör mit Sicherheit richtig zu verhalten wüsste.

Ich sagte: »Es gab so viele Beweise gegen Omar. Nur sind auch manche Fragen immer unbeantwortet geblieben. Meinst du nicht?«

Was, zum Beispiel, wenn in Thalias Umfeld niemand von Ihnen und ihr gewusst hatte? Was, wenn alle so auf die Thalia-und-Robbie-Romanze fixiert gewesen waren, dass sie nicht sehen konnten, wie ihr Leben wirklich war? Es war möglich – es war möglich! –, dass ich Dinge wusste, die sie nicht gewusst hatten.

Fran sagte: »Klar, aber dies ist nicht *Perry Mason*. Wir werden nie eine Rückblende zu sehen kriegen.«

»Denkst du manchmal an Omar im Gefängnis? Also – während du hier dein Leben lebst, denkst du –«

»Ich denke an Thalia unter der Erde«, sagte sie. »In meinem ersten Jahr am Reed habe ich mich das ganze Jahr lang gefragt, wie lange es wohl dauert, bis ein Körper verwest. Ich habe mich immer wieder gefragt, ob die Haut schon weg war.«

»Himmel.«

»Darüber denke ich nach. Verzeih mir, wenn ich nicht so wahnsinnig viel Mitgefühl mit dem Kerl habe, dessen DNA überall an ihr gefunden wurde.«

Ich gab mir die größte Mühe, ein anderes Thema zu finden.

»Was wohl aus der Schwanzliste geworden ist«, kam dabei heraus. »Wir sollten sie dem Archiv stiften.«

»Man sollte sie in dem Schaukasten im Zulassungsbüro aushängen!«

»Oder zumindest in der Ehemaligenzeitschrift veröffentlichen.«

»Ich wette, Carlotta hat sie noch«, sagte Fran. »Wir sollten sie auf eine dieser Idioten-Websites über Thalia stellen. *Hey, hier kommt mal relevante Info über Schwanzgrößen!*«

»Ich überlege gerade«, sagte ich, vielleicht zu ernst, »ob irgendwer wohl die Thalia-Bingokarte noch hat.«

Fran hörte auf zu lachen. »Du bist besessen. Du fängst an, besessen zu werden.«

»Ich habe versucht, es zu verhindern. Aber ist es so schlimm? Weißt du, wann man so tun konnte, als ob einen alles Mögliche nicht tangierte? Als Heranwachsende. Damals hatte ich die Energie, so zu tun, als tangierte es mich nicht.«

»Glaubst du –«

»Was.«

»Nichts. Nur, meinst du – ich weiß ja, dass du in der Kindheit irgendein krasses traumatisches Erlebnis hattest. Und dann kamst du hierher, und das letzte Jahr war der Albtraum. Es tut mir heute leid, dass ich nicht gespürt habe, wie hart es dich getroffen haben muss. Ich dachte, da ihr keine Freundinnen wart ... deshalb habe ich dann angenommen, es hätte was mit deiner Familie zu tun, als du am Ende so durchgedreht bist. Dabei muss dir Thalias Tod sehr nahegegangen sein.«

Ich wollte sie anschreien, dass sie sich irre, und gleichzeitig in Tränen ausbrechen und ihr sagen, sie habe Recht.

Etwas ruhiger sagte ich: »Danke, das weiß ich zu schätzen. Aber wenn ich ehrlich bin, ist das wahrscheinlich der Grund, warum ich es nicht an mich heranlassen konnte. Ich hatte schon private Tragödien erlebt, und dies war nicht meine Tragödie. Sie gehörte anderen. Dabei – Fran, was, wenn ich es mehr an mich hätte heranlassen *sollen*? Was, wenn es *entscheidend* gewesen wäre, es an mich heranzulassen?«

»Du meinst, wenn du den Ermittlern gesagt hättest, sie sollen sich mit Denny Bloch befassen?«

»Nein, nur – ich hätte das Thalia-Bingo erwähnen können, was doch – nicht, dass es illegal war, aber hätte die Polizei sowas nicht wissen müssen? Ich hätte –«

Und dann fiel mir wieder ein, was mir am Abend zuvor klargeworden war: Vielleicht hatte ich schon zu viel getan, vielleicht war ich zu weit damit gegangen, ihnen von Thalia und den Mülltonnen zu erzählen.

Hier kam endlich der Kellner, nachdem er gemerkt hatte, dass es an unserem Tisch nicht ruhiger werden würde. Ich verscheuchte Frans Hand von der Rechnung und gab ihm meine Kreditkarte, ein merkwürdiges Machtspiel. Ich brauchte Wasser.

Fran sagte: »Ich glaube nicht, dass das Thalia-Bingo geholfen hätte. Es wäre eine Riesenablenkung gewesen. Stell es dir doch mal vor. *Ich bin ... Lester Holt.*« Es war eine gute Imitation, ernst und kermithaft zugleich. »*Und dies ... ist eine sexuelle Bingokarte.*«

Ich lachte; der Dampf war abgelassen.

Wir merkten beide, dass wir nicht mehr fahren sollten, selbst die kurze Strecke nicht, also schrieb sie ihrer Freundin Amber, einer Lateinlehrerin. Wir warteten in der Eingangshalle des Supper Clubs auf sie.

Fran hatte sich schon vermummt, Schal, Anorak, Fausthandschuhe, Mütze. Durch den Schal hindurch sagte sie: »Meine Sorge bei Britt ist einfach die – klar ist es das bessere Narrativ, dass Omar das Opfer rassistischer Cops war, aber manchmal gilt Ockhams Rasiermesser, oder? Der Mann, der sie gestalkt hat, ist auch der Mann, der sie getötet hat.«

»Woher wissen wir, dass er sie gestalkt hat?« Ich hatte ein Pfefferminz vom Empfangstisch im Mund.

»Es kursierten damals so Geschichten«, sagte sie. »Zum Beispiel, dass er sie Millionen mal im Wohnheim angerufen habe. Oder draußen vor der Cafeteria auf sie gewartet habe. Oder zu ihren Tennisspielen gekommen sei.«

»Hast du je was davon miterlebt?«

»Wie, war ich Thalias beste Freundin? Ihre Freundinnen haben es miterlebt.«

Ich sagte – und es war kein Gedanke, den ich schon öfter gehabt hatte, vielmehr kam er mir gerade zum ersten Mal: »Hast du diese Geschichten vor oder nach ihrem Tod gehört?«

»Danach? Glaube ich? Aber –«

»Eben. Alle wollen Teil des Geschehens sein. Nach so einem Ereignis hat jeder eine Geschichte, jeder hat irgendwas Wichtiges gesehen.« Wie ich, mit den Mülltonnen.

Fran sagte: »Oder es gehört zu den Dingen, von denen sich später rausstellt, dass alle es immer schon wussten. Und Bodie, vergiss nicht: Es gab DNA-Spuren.«

»Stimmt«, sagte ich. Das hatte ich tatsächlich kurz vergessen. »Es gab DNA-Spuren.«

Ein Honda Civic fuhr vor, blendete kurz auf.

Fran sagte: »Das ist Amber. Und Bodie: Ich hab dich auch dann lieb, wenn du mit den Nerven durch bist.«

29

Hier kommt ein Witz für Sie.

Zwei Mädchen und ein Junge gehen in eine Bar. Sie haben dort eigentlich nichts zu suchen.

Eins der Mädchen ist rundgesichtig und eine Quasi-Goth; eins ist laut und lacht, trägt einen unförmigen Overall und hat Filzstift-Mandalas auf den Handrücken. Der Junge ist drahtig und wachsam, immer vorgebeugt, auf die nächste Chance für einen witzigen Spruch lauernd wie ein Tier auf Beute.

Die Bar ist in Kern, und es ist zwar tatsächlich eine Bar, aber es gibt dort auch frittierten Käse in Körben und bergeweise Nachos – solange also die Drinks noch nicht auf dem Tisch sind, besteht für die Jugendlichen glaubhafte Abstreitbarkeit.

Die Pointe kommt noch.

Warten Sie ab.

Der Junge geht zum Tresen und bestellt, denn obwohl er klein ist, hat er einen dichten Stoppelbart, einen passabel gefälschten Ausweis und eine Stimme wie ein rollendes Fass voller Steine. Er bestellt drei Gin Tonics und die Nachos, kommt triumphierend zurück, die Finger um drei Gläser, in denen auch Sprite mit Limettensaft sein könnte.

Das laute Mädchen sagt: »Schmecken die immer so süß?«

Die Lehrerin, mit der sie im Dragon Wagon nach Kern gefahren sind, hat ihnen gesagt, sie gehe ins chinesische Restaurant, und wenn sie nicht um Punkt acht wieder auf dem Hannaford-Parkplatz wären, würde sie ohne sie wegfahren, aber das glauben sie ihr nicht.

Der Junge befürchtet, die Lehrerin könnte in der Bar vorbeischauen.

»Sie muss bleiben, wo sie ist«, beruhigt ihn das Goth-Mädchen. »Wenn sie in der Stadt rumläuft, kann sie im Notfall niemand finden.«

Die anderen sind nicht in der Bar. Eine Gruppe Mädchen ist in den Lebensmittelladen gegangen, zwei Jungs weiß Gott wohin, um zu rauchen; ein paar wollten Pizza essen; der Star-Skiläufer und seine Freundin sind in die Richtung des Lokals gegangen, das nur für Pancakes gut ist.

Aber: Hier sind sie. Ein Skiläufer und ein totes Mädchen kommen in die Bar. Das tote Mädchen weiß nicht, dass es tot ist.

»Oh, scheiße«, flüstert das laute Mädchen, und alle drei wenden sich in ihrer Nische vom Tresen ab, wo das tote Mädchen und der Skiläufer stehen, um etwas zu bestellen, beobachten das Geschehen aber trotzdem.

Der Skiläufer hat die Hand im Kreuz des Mädchens, wie so oft.

Der Skiläufer spricht mit dem Barkeeper, und der Barkeeper lehnt sich vor, beide Hände auf dem Tresen, gerunzelte Stirn, und fragt etwas. Der Skiläufer verhandelt jetzt, der Barkeeper lacht, schüttelt den Kopf. Er wird sie nicht bedienen, keine Chance. Der Skiläufer klopft auf seine leere Gesäßtasche; das tote Mädchen schaut demonstrativ in ihre kleine blaue Handtasche. Klares Nein.

Der Junge in der Nische sagt: »Wie kann es sein, dass Serenho keinen Ausweis hat?«

Das tote Mädchen zieht den Skiläufer am Arm; sie will gehen. Er schiebt ihre Hand weg, sagt laut, sodass die drei es hören können: »Lass mich los, verdammte Scheiße!«

Das tote Mädchen stürmt an der Nische vorbei in Richtung Toiletten. Der Skiläufer dreht sich auf dem Absatz um und geht.

Die Jugendlichen in der Nische reden im Flüsterton darüber,

sind aber bei anderen Themen angelangt, als das tote Mädchen wieder auftaucht und sich mit glasigen Augen im Raum umschaut. Dann sieht sie sie, sammelt sich, bleibt an ihrem Tisch stehen.

»Wie geht's euch?«, sagt sie. Souverän, fast könnte sie als glücklich durchgehen.

Sie nimmt das Glas des Jungen, schnuppert daran, nimmt einen Schluck. »Böse, böse!«, sagt sie und wackelt mit dem Finger. »Wie habt ihr –«

Der Junge wird rot. Er sagt: »Ich kann, ähm – ich mache gefälschte Ausweise. Ich hab ein Laminiergerät in der Dunkelkammer. Wenn du mal –«

Das tote Mädchen lacht. Dann sagt sie: »Oh, mein Gott, Moment, könntest du einen für Robbie machen?«

»Klar.« Der Junge zuckt mit den Schultern. »Er müsste nur mal vorbeikommen, damit ich ein Foto machen kann.«

»Mist, nein«, sagt sie. »Ich will ihn überraschen. Ginge es – ginge es auch, dass ich dir ein Foto bringe, von seiner alten Busfahrkarte oder so?«

»Es wäre weniger überzeugend«, sagt der Junge, »aber ich könnte es versuchen.«

Seine Freundinnen wissen, dass er normalerweise fünfzig Dollar verlangt, aber er nennt keinen Preis.

Sie sagt: »Kannst du es bis zum nächsten Wochenende schaffen? Montag ist nämlich sein Geburtstag.«

Der Junge nickt. »Ich bin den ganzen Samstag dort. Ich kann auch für dich einen machen, wenn du willst.«

Wenn das tote Mädchen erst gegangen ist, wird das laute Mädchen sagen: »Oh, mein Gott, du warst so, *Komm, posier für mich! Sei meine Muse!*«, und das Goth-Mädchen wird sich kaputtlachen.

Aber vorerst dankt ihm das tote Mädchen und sagt, eine Woche werde sicher genügen, um ein gutes Foto von dem Skiläufer zu finden, vielleicht könne sie unter irgendeinem Vorwand aber auch selbst eins machen. Sie sagt: »Habt ihr gesehen, wo Dorian hingegangen ist?«, und das Goth-Mädchen spürt eine Faust im Magen bei dem Namen, bei der Andeutung, sie könne über Dorian Cullers Tun und Lassen Bescheid wissen. Sie weiß, dass er rauchen gegangen ist, sagt es aber nicht. »Ich geh ihn mal suchen«, sagt das tote Mädchen, als hätte sie gerade beschlossen, etwas Wildes, Mutiges zu tun. »Falls Robbie zurückkommt, sagt ihm das.« Dann: »Okay, Geoff, nächsten Samstag.« Sie verlässt die Bar, und sobald sie weg ist, machen seine beiden Freundinnen sowohl sie als auch ihn nach.

Ach ja, warten Sie, die Pointe:

Das tote Mädchen wird den Ausweis nie bekommen, denn am Samstag ist sie schon tot.

3 0

Wenn man zu viel getrunken hat und sich am nächsten Tag grottig fühlen wird, könnte der Körper einem wenigstens den Gefallen tun, gleich in Tiefschlaf zu verfallen, um den Rausch auszuschlafen. Aber meiner weigerte sich. Ich ließ mir ein Bad einlaufen, lag dort mit einer Gesichtsmaske, das Zimmer abgesehen von meinem Handy dunkel. In meinem Kopf herrschte Chaos.

Auf Twitter war einiges los gewesen – ein neuer Post hatte etliche Retweets, manche davon taggten mich:

Jerome Wager hat mir bei einem Offsite-Event @ArtBasel Miami einen Drink spendiert, obwohl ich ihn NICHT darum gebeten hatte, mir dann 2x mitgeteilt, er habe besagten Drink bezahlt. Die Implikationen waren klar.

Das klang, abgesehen von der Interpretation, plausibel – so etwas machte Jerome schon mal, wenn er beschwipst war. Er dürfte sich als einfacher Underdog gesehen haben, der um die Aufmerksamkeit einer schönen Frau buhlte; sie ihn als etablierten Künstler, der einen Tausch anbot.

Eine andere Frau hatte geschrieben:

Nachdem eine Freundin von mir ihr Baby bekommen hatte, machte #JeromeWager ihr das Kompliment, ihre Figur sei schon wieder »fast wie vorher«, und sah ihren Bauch dabei so an, dass sie sich sexualisiert und auf ihren Körper reduziert fühlte. Ich nenne ihren Namen nur, falls sie es möchte.

Ach, Jerome. Ich hätte ihn davon abgehalten, wenn ich dabei gewesen wäre, hätte ihm auf dem Nachhauseweg erklärt, warum das unangebracht war.

Ich hatte ein paar weiterführende Fragen, die nie beantwortet werden würden. Hatte er sie angestarrt? Flüchtig hingesehen? Geglotzt? Hatte er sie allein um ein Uhr morgens in einer Bar bedrängt? Oder hatte er es vor anderen Leuten gesagt, anderen Frauen, die in den Chor hätten einstimmen können? Letzteres war am wahrscheinlichsten. Jerome hatte die Angewohnheit, so zu reden, als wäre er eine von ihnen, was in der Welt der Kunst für Männer ziemlich normal geworden war.

Waren diese Tweeter so anders als die Menschen, die über Thalia schrieben? Indem sie sich auf jede mögliche Art und Weise Platz in der Geschichte eines anderen verschafften?

Was ich verstehe: Es ist ein menschlicher Instinkt, sich ins Zentrum einer Katastrophe zu begeben. Nicht mal um der Aufmerksamkeit willen, sondern weil es sich wahr anfühlt. Jemand, der am Tag nach 9/11 irgendwohin geflogen ist, hätte, so sein späteres Narrativ, eigentlich an jenem Tag fliegen sollen. Er war schon auf dem Weg zum Flughafen. Er war schon *in* dem Flughafen. Er behauptet nicht, dass er auf einen jener Flüge gebucht war, das nicht, er bewegt sich nur ein paar Schritte näher an das Abfluggate heran.

Aus irgendeinem Grund hatte ich, bei Thalia damals, den gegenteiligen Instinkt gehabt.

Fran hatte Recht: Ich war schon während des ganzen letzten Schuljahrs in einer Spirale gewesen, aber Thalias Tod hatte mir mehr zugesetzt, als ich je zugegeben hatte. In jenem Frühling ging alles endgültig den Bach runter.

Meine Depression, meine Schlaflosigkeit, mein selbstzerstörerisches Verhalten setzten sich bis ins erste Collegejahr fort, und Thalia kam überhaupt erst nach zehn Sessions beim kostenlosen Campustherapeuten zur Sprache. (Zu meiner Verteidigung: Vorher waren da der tote Vater, der tote Bruder, die Mutter in der Wüste, die mormonische Pflegefamilie abzuarbeiten.) Ich erwähnte sie beiläufig – *die Mitschülerin, mit der ich in der elften Klasse das Zimmer teilte, wurde in der Zwölften ermordet* –, und der Seelenklempner stürzte sich darauf wie der Hund auf den Knochen. Er wollte wissen, was aus meiner Vergangenheit dadurch hochgekommen sei, wie es zu meinem Misstrauen gegenüber Männern beigetragen habe, warum ich mir nicht zugestehe, um sie zu trauern.

Ich sagte: »Wir waren ja nicht mal befreundet«, und er fragte mich, ob das eine Rolle spiele. Ja, ja, sagte ich, das tue es.

Ich warf die Gesichtsmaske in Richtung Mülleimer und rieb die restliche Schmiere in meine Haut ein.

Dann scrollte ich weiter:

Vergessen wir nicht, dass Jerome Wagers Arbeiten schrecklich + abgekupfert sind. Sein Obama-Wandbild war rassistisch AF. Er ist bloß einer der vielen Dreckskerle, die den Laden auf diesem Planeten schmeißen.

Was @wilde_jazz getan hat, ist stark und mutig. Wenn Jerome Wager euch auch etwas angetan hat, schreibt mir direkt. Eure Anonymität bleibt gewahrt.

Kann mir hier vielleicht mal jemand erklären, wieso Jerome Wager überhaupt noch eine Plattform hat? Er ist immer noch auf Twitter, und @CGRgallery hat seine Taten bisher NICHT öffentlich verurteilt.

Das klingt mir nicht nach Missbrauch. Eher nach einer grottigen Beziehung. Canceln wir Leute jetzt schon, weil sie schlecht im Daten sind?

Was war denn an seinem Obama-Wandbild bitte rassistisch?

Traurig, dass dir das erklärt werden muss. Macht über jemanden auszuüben, selbst »sanfte Macht«, ist strukturelle Ungleichheit. Missbrauch ist nicht unbedingt dasselbe wie Vergewaltigung.

Immer noch kein Statement von @msbodiekane. Hallo, @starletpod?

Selbst wenn #JeromeWager Konsequenzen drohen – der Schaden ist schon angerichtet. Wie viele Ausstellungen hätten andere bekommen müssen? Wie viel Geld hat er verdient, indem er seine Macht ausgenutzt und andere kleingehalten hat?

wenn du erst fragen musst, wieso das Wandbild rassistisch war, bist du das Problem

Wir haben in diesem Land EIN Gesetz dazu, wann man volljährig ist, nämlich mit 18. Wer 18 ist, kann jemanden vögeln, der 100 ist, und tut mir leid, aber das ist VOLLKOMMEN LEGAL.

An anderen Orten sogar noch früher, aber es geht hier nicht um Volljährigkeit, du Klappspaten.

Ich war wütend – ich bebte vor Wut –, und ich war mir sicher, dass es weniger mit Loyalität gegenüber Jerome oder Sorge um seinen Ruf zu tun hatte als mit dem unfassbaren Kontrast zwischen dieser wohlfeilen Online-Entrüstung und der Entrüstung, die jeder von uns seit Jahren wegen solcher Männer wie Ihnen, wie Dorian, hätte empfinden müssen.

Es war, als würde jemand dafür gehängt, dass er ein Kaugummi geklaut hatte, während ein anderer ein Stück die Straße runter eine Bank ausraubte.

Ich hätte nichts machen sollen. In nüchternem Zustand hätte ich auch nichts gemacht. Aber ich war nicht nüchtern. Mit meinen verschrumpelten Fingern tippte ich einen ganzen Thread von Nachrichten ins Handy und postete sie, nachdem ich sie jeweils kurz auf Betrunkenheitsrechtschreibfehler geprüft hatte:

Hat Jasmine Wilde überhaupt Konsequenzen gefordert? Dies ist ein Kunstwerk und, soweit ich weiß, kein Aufruf zum Handeln. 1/

Ich bin nicht mehr mit Jerome Wager zusammen, aber als eine, die ECHTE sexuelle Gewalt erlebt hat, stößt mir all dies übel auf. Alter ist nicht die einzige Form von Macht. Man könnte auch argumentieren, dass Jasmine, als Mitarbeiterin der Galerie, genauso viel Macht über ihn hatte wie er über sie. 2/

Reden wir hier von Ermächtigungsfeminismus oder von Opferrollenfeminismus? Entweder ist eine 21-jährige eine Erwachsene, die ihre eigenen Entscheidungen trifft, oder ein hilfloses Kind, das unseres Schutzes gegen große, böse Männer bedarf. Was davon? Beides geht nicht. 3/

Meinen wir, dass eine 21-jährige Frau keine sexuelle Handlungsmacht hat? Nicht in der Lage ist, Entscheidungen über ihren eigenen Körper zu fällen? Wessen Erlaubnis braucht sie, um sich mit einem Älteren einzulassen? Die ihres Vaters? Das ist bevormundend. 4/

Welcher Altersabstand WÄRE denn für euch alle akzeptabel? Ist fünf Jahre älter okay? Ist ein Jahr älter okay? Ein Monat? 5/

Abgesehen von all dem hat Jasmine ein aufrüttelndes Kunstwerk geschaffen. Belassen wir es dabei: Kunst, kein Aufruf zu einem Twitter-Mob. 6/6

Ich zwang mich aufzuhören, weil mein Blutdruck stieg und ich nichts davon mit Jerome abgesprochen hatte und schon die ersten Antworten kamen, die ich nicht lesen wollte. Ich schaffte es, nicht auf dem Boden auszurutschen, und ins Bett zu gehen.

31

Ich schlief nicht richtig, ruhte mich nur aus, wurde in nervösen Schüben nüchtern.

Auf der anderen Seite des Staates lag auch Omar die ganze Nacht wach; irgendwann nahm er die Gaze ab, machte aus seiner Kissenhülle eine Art Verband und legte sich auf den Bauch, sodass der Stoff auf die Wunde drückte. Aber schon bald hatte das Blut auch den durchtränkt. Sein Puls stieg an, und er meinte, Symptome eines Schocks zu erkennen, was merkwürdig war, weil er am Morgen nicht unter Schock gestanden hatte.

Von dieser Warte aus betrachtet würde ich gern glauben, dass es eine Art übersinnliches Mitempfinden von Omars Schmerz war, was mich wachhielt – aber in Wirklichkeit war es vor allem der blöde Umstand, dass meine Oberschenkel immer noch juckten, was mich an Flöhe denken ließ und die Erinnerung daran wachrief, wie Thalia und ich einmal Flöhe gehabt hatten und selbstständig damit fertiggeworden waren, was mir wiederum bewusst machte, dass wir uns damals mitten zwischen Kindheit und Erwachsensein befunden hatten.

Lance, mein Co-Moderator, fragte mich einmal, ob Leute, die aufs Internat gingen, reifer seien als andere in ihrem Alter, weil sie fern von zu Hause lebten. Ich sagte: »Das bezweifle ich« und fügte nicht hinzu, dass ich, zumindest emotional, eigentlich schon ab meinem zwölften Lebensjahr allein gewesen war.

Komischerweise erinnere ich mich mit relativ positiven Gefühlen an die Flohepisode. Zum einen war ich dankbar, dass Thalia nicht mir die Schuld gab, nicht von vornherein annahm, dass der Befall nicht in ihrer Ralph-Lauren-Bettwäsche und ihren Daunenkissen angefangen haben könne.

Sie setzte sich eines Morgens in jenem Winter im Bett auf und sagte: »Scheiße, was ist das denn?« Es war das erste Mal, dass ich sie fluchen hörte. Sie streckte mir ein Bein entgegen, lang und braungebrannt, in Robbie Serenhos Boxershorts; es war mit roten Punkten und blutigen Striemen übersät.

Ich sagte: »Ach, das hab ich auch.« Ich hatte mich schon die ganze Woche über gekratzt, ohne zu ahnen, dass diese Stellen nicht in die gleiche Kategorie gehörten wie die anderen Leiden, die meinen Körper sabotierten – die Akne, die Krämpfe, das widerspenstige Haar, die brüchigen Fingernägel.

Sie kreischte auf, sprang aus dem Bett, schüttelte ihre Decke aus. Sie wusste sofort, dass es Flöhe waren – Thalia schien über endloses Erwachsenenwissen zu verfügen, konnte zum Beispiel Kleider dämpfen und unseren sturen Heizstrahler reparieren –, und wir nahmen unser gesamtes Bettzeug und rannten zum Wäscheraum am Ende des Flurs. Sie stopfte alles in den Trockner und schaltete ihn auf höchster Stufe ein, schaute dann an ihrem Tanktop und den Boxershorts hinunter, an meiner Flanellschlafanzughose und dem *Lemonheads*-T-Shirt, und sagte: »Die Klamotten auch.«

Mir ist klar, wie sehr sich das nach dem Anfang eines Pornos anhört, zwei Teenager, die im Begriff sind, sich auszuziehen, aber in Wirklichkeit war es peinlich und saukomisch und schrecklich und vollkommen asexuell. Außerdem – und das sollte ich nicht extra sagen müssen – waren wir Kinder. Selbst Thalia, die vermeintliche Schönheit des Jahres: Unter ihren Kleidern war sie eckig und jungenhaft, und ich fand es, in dem Augenblick, wahnsinnig aufregend, ihre Unvollkommenheiten zu sehen oder was die Welt gewiss als solche betrachten würde – den Streifen Haare über ihrem Nabel zum Beispiel, der sich dunkel von ihrer Haut abhob.

Andererseits war sie zu dünn. Das bemerkte ich trotz meines Neids auf ihre Schlankheit; es war zu viel. Ihre Rippen waren deutlicher sichtbar als ihre Brüste. Wenn wir uns in unserem Zimmer auszogen, waren wir immer schamhaft gewesen. Sie ging hinter die geöffnete Tür ihres Schranks, und ich kleidete mich meist auf der Toilette um. Aber in dem Moment verstand ich, dass die Gerüchte über eine Essstörung begründet waren. So mager war sie in der Tennissaison nicht gewesen. Ihre Winterkleidung hatte das langsame Hervortreten der Knochen verborgen.

Jemand müsste mit ihr darüber reden, dachte ich, ihr sagen, dass ihre Rippen nicht nur von vorne, sondern auch von hinten zu sehen waren, dass man ihre Wirbel zählen konnte. Aber dieser Jemand konnte nicht ich sein. Ein rundliches Mädchen konnte einem mageren nicht sagen, sie sei zu dünn.

Ich beschloss, es niemandem zu erzählen. Weder Fran oder Geoff oder Carlotta aus Lust am Tratsch noch (das verstand sich fast von selbst) irgendeinem Verantwortlichen. Es würde einfach ein weiteres Detail sein, das ich über jemanden wusste, eine weitere Ergänzung meines Vorrats an Informationen.

Thalia öffnete den Trockner und schleuderte ihre Sachen hinein. »Komm«, sagte sie, drehte sich aber Gott sei Dank schon um, auf der Suche nach etwas, womit sie sich bedecken konnte. Sie schnappte sich ein rosa Handtuch aus einem Wäschekorb, das nicht ihres war, und wickelte sich darin ein. Sie wühlte weiter, zog eine Jeans und ein Sweatshirt heraus und reichte sie über ihre Schulter nach hinten. Inzwischen hatte ich mich so schnell wie möglich ausgezogen und hielt mir jetzt die stibitzten Kleidungsstücke vor die Brüste und den Bauch, der in meinen Augen wie ein pockennarbiger Brotlaib aussah. Darunter waren Muskeln vom Rudern, aber darauf wäre nie jemand gekommen. Thalia musste im selben Moment wie mir klargeworden sein, dass die Sachen mir vielleicht nicht passen würden. Noch bevor ich diese neuerliche Peinlichkeit ganz registriert hatte, riss sie sie mir die Kleider wieder weg, nahm das Handtuch ab und gab es mir. Es reichte zum Glück ganz um mich herum. Im Nu hatte Thalia die Jeans und das Sweatshirt an und warf auch meinen Pyjama in den Trockner.

Sie bekam den Trockner nicht zu, und das war der Moment, in dem wir anfingen zu lachen. Die Jeans war zu weit, sie musste sie mit einer Hand hochhalten, also trat sie die Sachen mit dem nackten Fuß hinein und stieß dann mit dem Knie gegen die Tür, bis sie endlich einrastete. Wir rannten den Flur entlang, ermahnten uns gegenseitig, leise zu sein, damit keine unserer Mitschülerinnen herauskam und uns in ihren Sachen sah, ihrem Handtuch.

»Weißt du, was perfekt wäre?«, sagte ich, als wir wieder in der Sicherheit unserer eigenen vier Wände waren. »Wenn sich rausstellt, dass wir Khristinas Zeug geklaut haben.« Und wir lachten noch mehr. Sie zum Lachen zu bringen war etwas Wunderschönes.

Wir duschten und zogen uns hastig an, bis Thalia auf die Uhr schaute und sagte: »Oh, mein Gott, Bodie, es ist erst zehn vor sieben.«

Ich sagte: »Fanscheißtastisch« und warf mich auf meine nackte Matratze.

»Was *machst* du denn?«, kreischte Thalia, und ich war wieder der ahnungslose Tölpel, sprang hoch und wischte an meinen Klamotten herum, während Thalia so weit wie möglich vor mir zurückwich. Wir waren kein Team mehr; sie war sauber, und ich war es nicht.

3 2

Mein zweiter Kater in Granby in fünf Tagen: Ich fühlte mich, als hätte ich Wattebällchen und Hammer im Kopf.

Ich füllte eine ganze Thermoskanne mit Lehrerzimmerkaffee und nahm mir auch noch einen Pappbecher voll.

Um nicht auf Twitter zu gehen, löschte ich es von meinem Handy. Wie befriedigend, das kleine Icon inklusive aller Antworten auf meinen im Suff verfassten Thread verschwinden zu sehen.

Ich nahm mir Zeit für den Weg zum Unterricht, dankbar für die Winterluft, die auf meinen Kopf wie ein gigantischer Eisbeutel wirkte.

Auch die Kids waren am Ende einer langen Woche gedämpfter Stimmung; vor allem Britt schien niedergeschlagen. Omars Anwalt hatte ihr zurückgemailt, Omar stehe für keinerlei Kommentar zu seinem Fall zur Verfügung.

Jamila sagte: »Das hätte ich dir gleich sagen können, dass er keine Lust hat, mit irgendwelchen Kids aus Granby zu sprechen.«

»Sorry«, sagte Lola, »aber genau. Noch ein weißes Mädchen, das ihm das Leben versaut? Da denkt er sich sicher so, nein danke.«

Britt seufzte und legte den Kopf auf den Tisch. »Ohne seine Stimme mach ich's nicht. Das wäre dermaßen falsch.«

Alyssa kam zu spät hereingehetzt, mit Donuts aus der Granby-Bäckerei. Wir aßen, bis der Tisch mit Zimtzucker überzogen war, während alle ihre ersten Folgen vorspielten. Britts steuerte, außer meiner Stimme, ein Interview mit Priscilla Mancio bei, das sie noch würde kürzen müssen.

Irgendwann fragte Britt sie, welche Erinnerungen sie an Omar habe.

Priscilla sagte: *Aus der Zeit vor der Verhaftung und dem Prozess kaum etwas, wenn ich ehrlich bin. Die Leute vom Sport nehmen nicht an den Konferenzen teil.*

Britt: *Und Robbie Serenho?*

Priscilla: *Ach ja, ihr Freund. Also, da wusste man ja sofort, dass er nichts damit zu tun hatte. Er war im Wald, feiern. Die Fotos haben Sie sicher gesehen.*

Britt: *Klar, aber ich meinte, was war er für einer?*

Priscilla: [Pause] *Ein begabter Skiläufer. Er hatte kein Französisch gewählt, deshalb kannte ich ihn nicht gut, aber so viel kann ich sagen: Manche haben noch nicht richtig zu sich gefunden, wenn sie hierherkommen. Und Robbie war unreif. Laut auf den Fluren, etwas eingebildet. Ich erinnere mich an seine Eltern, reizende Leute. Der Vater war ein portugiesischer Immigrant, und die – oder nein, vielleicht waren sie beide einfach New-England-Portugiesen. Vermont, Arbeiterschicht. Der Vater war – Elektriker glaube ich, korrigieren Sie mich, wenn ich falsch liege. Robbie war ein Stipendienfall. Mein erster Ehemann war Portugiese, und als ich die Serenhos bei irgendeinem Elternwochenende kennenlernte, habe ich ein Gespräch mit ihnen angefangen. Man hat eine kleine Sache mit jemandem gemeinsam, und dann kennt man diese Leute.*

Das haute mich um, und ich hörte kaum noch zu, während die anderen vier Britt Redaktionsvorschläge machten. Ich hatte mir immer vorgestellt, dass Robbie aus dem Teil Vermonts mit den Nurdachskihütten stammte, wo viele aus meinem Jahrgang die langen Wochenenden verbrachten.

Viele Jugendliche verdankten ihre Popularität anderen Vorzügen als Herkunft und Reichtum. Manche waren charismatisch oder hervorragende Sportler oder extrem attraktiv oder alles drei. Es gab eine Menge Gründe, warum Robbie einer der Kings an der Schule war, jemand mit genügend gesellschaftlichem Kapital, um Thalias Freund zu werden, egal, wo er herkam. Trotzdem, dass Robbie Serenho keine reichen Eltern gehabt hatte, war eine verwirrende neue Erkenntnis. Die Fran, die in meinem Kopf lebte, sagte: *Siehst du? Nur weil wir etwas dachten, ist es noch lange nicht wahr.*

Als Nächste war Alyssa mit ihrem Arsareth-Gage-Granby-Projekt an der Reihe, und ich reckte und streckte mich, um mich wieder konzentrieren zu können.

Als Schülerin hatte ich mich geärgert, dass es keine Statue von Arsareth gab, obwohl sie mehr mit der Gründung der Schule zu tun gehabt hatte als ihr Mann Samuel. Und dennoch stand nur er da, allein, in Bronze gegossen, und setzte Staub an – oder besser gesagt, Schnee und Pollen.

Doch wie ich erst Jahre nach der Schule herausfand und Alyssa jetzt in ihrem Projekt ausführte, hatte Arsareth, die in Virginia aufgewachsen war, nichts getan, um den Mann, die Frau und das Kind, die ihr Onkel ihr hinterlassen hatte, zu befreien, sondern sie vor ihrem Aufbruch nach New Hampshire an einen anderen Versklaver verkauft. Gott sei Dank hatten wir keinen Schrein für sie errichtet.

In den Neunzigern erzählte Dr. Calahan uns zum Auftakt jedes neuen Schuljahrs, dass der Gouverneur 1814 eine Schulordnung eigens für die jungen Männer der Stadt bewilligt hatte, heute noch Midpoint genannt, um sie zu gebildeten Landwirten zu machen. Arsareth Gage, mit vierundzwanzig Jahren ledige Lehrerin, zog in eine kleine Hütte neben dem Schulhaus und begann, zwölf Jungs unterschiedlichen Alters zu unterrichten. Dr. Calahan bat uns dann immer, uns vorzustellen, wie Arsareth ihre Heimat gegen eine Landschaft eingetauscht hatte, die völlig anders war als alles, was sie bis dahin kannte. Sie forderte uns auf, uns die Dunkelheit der hiesigen Wälder um 1814 vorzustellen, das Funkeln der Sterne.

Die offizielle Geschichte ging so weiter: Als Samuel Granby sechs Jahre später hier durchkam, jung aus dem Rechtswesen ausgestiegen und auf der Suche nach einem Platz, wo er sich einen Namen machen konnte, florierte die Schule bereits. Er lernte die junge Frau aus Virginia kennen, die eine beachtliche Schule quasi aus dem Boden gestampft hatte, und bot ihr an, eine richtige, weiterführende presbyterianische Schule zu finanzieren, einschließlich Bibliothek und Kapelle, und sie als deren Leiterin einzusetzen. Wo er schon mal dabei war, ließ er auch die örtliche Presbyterianerkirche wieder aufbauen und die Straße reparieren; zum Dank nahmen sowohl die Schule wie die Stadt seinen Namen an. Irgendwann verliebten er und Arsareth sich ineinander und heirateten, und während er zum Direktor der schnell wachsenden Schule wurde, behielt sie die immergleiche Rolle der leitenden Lehrerin bei. Sie hatten keine Kinder; ihr Vermächtnis waren die Jungs – und seit 1972 auch Mädchen – von Granby.

Ich fragte mich immer, ob es eine Überlebenstaktik von ihr gewesen war, ihn zu heiraten. Oder ob sie ihn kühl kalkulierend zum Bleiben verführte, weil sie für sein Geld so gute Verwendungszwecke sah.

Alyssa bestätigte, dass die Version, die heute zum Schuljahresanfang erzählt werde, vollständiger sei, nämlich sowohl die vertriebenen Abenaki als auch Arsareths einstigen Versklaverinnenstatus berücksichtige. Sogar auf der Website bekennt sich die Schule inzwischen unter dem Reiter *Geschichte* dazu, dass zwar ihr erster Schwarzer Schüler 1860 seinen Abschluss machte, der zweite aber erst 1923 aufgenommen wurde. Direkt darunter steht, dass die Schule zwischen 1930 und 1950 ein Kontingent für Juden vorhielt.

Als ich 1991 herkam, hielt ich Granby für ungeheuer divers, wenn auch nur, weil Broad Run, Indiana, es noch weniger war. Dort kannte ich zwei asiatische Kinder, beide von weißen Familien adoptiert. Und eine Familie aus Mexiko. Und ich schaute die Bill-

Cosby-Show. Das war's. In Granby saß ich plötzlich mit Gleichaltrigen aus Indien, Pakistan, Südafrika, Saudi-Arabien, Brasilien, Singapur in der Klasse. Ich teilte mir ein Zimmer mit Diamond Bailey aus Kingston, Jamaika. Erst im Nachhinein begriff ich, dass dies nur ein kleiner Prozentsatz der Gesamtschülerschaft war. Die vielleicht zwei Dutzend Schwarzen setzten sich in der Cafeteria meist zusammen, an den langen Tischen bei der Müslitheke. Ich dachte, das sei bloß Cliquenbildung; in welchem Maße es womöglich Selbstschutz war, machte ich mir überhaupt nicht klar.

Inzwischen gab es in Granby wesentlich mehr People of Color, und alle mischten sich auf dem Gelände wie eigens für den Internatsprospekt in Positur gebracht.

Was nicht heißt, dass die Situation jetzt, 2018, perfekt war. Jamila hatte für ihr Projekt Statistiken dazu gefunden, auf welche Weise die Bewerbung um finanzielle Unterstützung gerade diejenigen, die sie am meisten nötig hatten, ausschloss. Die Verbleibquote nicht-asiatischer People of Color war immer noch niedriger als die der weißen Schülerschaft. Sie hatte scharfsinnige Dinge über den Unterschied zwischen Gleichheit und Gleichberechtigung zu sagen.

Aber es ging um Arsareth Gage Granby, und was ich sagen wollte, war, dass ich an jenem Freitag im Unterricht den Fehler beging, die Séancen zu erwähnen, die wir ihretwegen abgehalten hatten – woraufhin alle, insbesondere Alder, wollten, dass Alyssa eine solche spiritistische Sitzung für ihren Podcast abhielt. Ich stimmte zu und sagte, wenn sie die Erlaubnis bekämen, an irgendeinem Abend das Gage House zu benutzen, würde ich die Séance beaufsichtigen, und wir könnten sie aufnehmen; sie könnten daran üben, aus Nichts Content zu generieren, fügte ich hinzu – eine brauchbare Fähigkeit.

»Heißt das, es hat nie funktioniert?«, fragte Jamila.

»Wir haben nachgeholfen, also zum Beispiel dafür gesorgt, dass jemand von draußen einen Kieselstein ans Fenster warf oder so. Ich denke, das zählt nicht.«

Was ich nicht sagte, war, dass wir diese Sitzungen ohne Genehmigung abgehalten hatten. Wir stahlen uns dafür aus den Wohnheimen, zuversichtlich, dass das Gebäude, in dem die Abteilung für Auswärtige Beziehungen und Ehemalige untergebracht war, mitten in der Nacht leer sein würde. Es war nicht die kleine Hütte, in der Arsareth zuerst gelebt hatte, sondern das schöne Haus, das Samuel Granby für sie gebaut hatte; Wohn- und Schlafräume waren in Büros umgewandelt worden.

Wie alarmierend, im Rückblick, dass sich mit den verschiedenen Schlüsseln, die Fran von den Bunden ihrer Eltern mopsen konnte, fast jede Tür auf dem Schulgelände öffnen ließ. Einer davon passte zum Beispiel in sämtliche Zimmerschlösser sämtlicher Wohnheime. Den nahm Fran nie, mit Ausnahme der paar Male, als ich mich ausgeschlossen hatte – aber den Schlüssel zu den Schulgebäuden borgte sie sich oft, und irgendwann gelang es ihr, bei Aubuchon Hardware in Kern einen nachmachen zu lassen, obwohl dick *nicht duplizieren* darauf stand.

Ich war immer davon ausgegangen, dass diverse Leute bei den polizeilichen Vernehmungen im Frühjahr '95 die Generalschlüssel erwähnt hatten, die im Umlauf waren, von Ehemaligen oder unter Geschwistern weitergereicht. Ich selbst erwähnte es nicht, weil sie nicht fragten, und warum sollte ich mit dem Finger ausgerechnet auf Fran zeigen? Jetzt fragte ich mich: Was, wenn niemand etwas gesagt hatte? Aber die Polizei wusste doch sicher, dass Jugendliche so ihre Methoden hatten, mit abgesperrten Türen fertigzuwerden.

Die Jugendlichen von 2018 waren bereit, legitimere Wege zu beschreiten: Alyssa nutzte unsere Pause, um eine Mail ans Schulsekretariat zu schreiben, und als der Unterricht zu Ende war, hatten wir die Erlaubnis und einen Plan. Am selben Abend würde ich auf die Midi-Mini-Party des Kollegiums gehen, also einigten wir uns auf Samstag, spätabends. Entweder wäre Yahav dann schon weg, oder er hätte eingewilligt, die Nacht über zu bleiben, und würde in meinem Bett auf mich warten. Wir verabredeten, uns vor dem Gage House zu treffen, und ich gab ihnen meine Nummer, falls irgendetwas dazwischenkäme.

(Ich wusste, dass ich es bereuen würde, aber nicht wie schnell: Ich war noch nicht draußen, als Alder mir ein GIF von einer Frau schickte, die mit der Hand über eine Kristallkugel fährt, dazu die Nachricht: *Ich bin's, Alder P! Okay, wenn ich mein Tarot mitbringe?*)

3 3

Auf dem Weg zur Cafeteria googelte ich *Serenho + Portugiesisch*. Es war in der Tat ein portugiesischer Name. Mein Wissen über New England-Portugiesen stammte hauptsächlich von den Arbeiterschichtkindern aus dem Film *Pizza Pizza* – aber manche der Familien waren bestimmt auch gut gestellt. Trotzdem, Priscilla schien ihrer Sache so sicher zu sein. Arbeiterschicht, hatte sie gesagt. Alle Artikel über Thalias Tod versteiften sich darauf, was für ein perfektes Privatschulpaar Thalia und Robbie gewesen seien, reich, begabt und privilegiert, Omar Evans dagegen – keine Zeile dazu, dass seine Mutter am Dartmouth College arbeitete – ein Außenseiter. Das ergab das beste Narrativ.

Dass die Wahrheit irgendwo dazwischen lag, Robbie also weder reiche noch arme Eltern gehabt hatte, war kaum anzunehmen. Auch 2018 zahlten die Familien entweder die vollen Schulgebühren oder erhielten finanzielle Unterstützung, die fast den ganzen Betrag abdeckte. Die einzigen Mittelschichtschulkinder waren immer noch Bälger von Lehrkräften wie Fran.

In der Salatbarschlange googelte ich *Serenho + Elektriker + Vermont* und fand eine Todesanzeige für einen Roberto Ademar Serenho, 2009 gestorben, der einen Sohn gleichen Namens hinterließ – das war eindeutig Robbie. Roberto Sr. hatte so viele Arbeitgeber gehabt – eine Motorrückspulwerkstatt, was immer das war, ein Elektrowarengeschäft, einen Hersteller von Landwirtschaftsgeraten –, dass er es nirgendwo weit nach oben geschafft haben konnte. Er war Mitglied der Lions und der Elks, Freiwilliger Feuerwehrmann. Beliebt für seine Pfannkuchen und dafür, dass er die Einfahrten der Nachbarn mit seinem Traktor mähte.

Ich saß an einem leeren Tisch und googelte weiter, jetzt auf meinem Laptop; wenn sich jemand zu mir setzte, würde ich aufhören, sagte ich mir. Es kam aber niemand.

Facebook zufolge war Robbie Serenho Finanzplaner in Connecticut. Ein Profilbild, zuletzt vor drei Jahren erneuert, zeigte ihn mit seiner Frau, zwei Jungs und einer kleinen Tochter – die ganze Familie in Hellblau am Strand posierend. Es sah aus, als hätte er sich gut geschlagen. Leichter Bauchansatz, Haare, die sich lichteten, an den Schläfen grau. Seine Frau war keine Schönheit, zumindest nicht verglichen mit Thalia, aber sie hatte die vordergründigen Attraktivitätsmarker: straffe Arme, lange, gebleichte Haare, unrealistische Wimpern.

Robbie hatte nicht viel gepostet. Alte Spendenaufrufe zum Kampf gegen eine Krankheit, an der das Kind einer Freundin gestorben war, ein paar YouTube-Links. Ein Hochzeitsfoto, an ihrem Hochzeitstag gepostet. Seine Tochter, älter als auf dem Profilbild, wie sie auf den Weihnachtsbaum zuläuft, reine Freude, das Nachthemd verwackelt. Er selbst beim Yoga mit seiner Frau. Am Jahrestag von Thalias Tod, letztes Jahr, ein Link zu Jeff Buckleys Coverversion von *Hallelujah* – aber das mochte Zufall sein. Ein Foto von ihm, an einem Fluss sitzend, in einem *I'm With Her*-T-Shirt, wie sein Sohn. Ein Artikel über bedingungsloses Grundeinkommen. Vor drei Jahren hatte er an einem Fundraiser für ein Bildungszentrum in Hartford teilgenommen. Ich war verblüfft, wie sehr er jemand zu sein schien, der mir sympathisch sein könnte.

Das meiste davon hatte ich schon bei jenem ersten langen Google-Tauchgang gesehen. Ich hatte mit den *Camelot*-Mitwirkenden angefangen und dann ein paar aus deren näherem Umfeld gefunden, bevor Jerome mich zum Aufhören bewegte. Robin Facer, die

Lady Catherine spielte und an Platz fünf ruderte, nahm heute an Ironman-Wettkämpfen teil. Mrs. Ross, die jetzt in Wyoming lebte, war auf Facebook aktiv und mit vielen Ehemaligen von Granby befreundet. Max Krammen, der sowohl Merlin als auch König Pellinore gespielt hatte und immer bekifft gewesen war, lebte jetzt als Anwalt für Arbeitsrecht in L. A., mit anständigem Haarschnitt und allem. Beth Docherty wirkte reich und gelangweilt, eine Hausfrau und Mutter, die die sozialen Medien nutzte, um ätherische Öle zu verkaufen, obwohl sie das Geld, dem Anschein ihres Hauses nach zu urteilen, nicht brauchte.

Ich hatte mit keinem von ihnen Kontakt aufgenommen. (Auf Facebook war ich sowieso nur inkognito, als Elizabeth Wager – Jeromes Nachname genügte, um bequeme Stalker zu verwirren, aber niemanden, mit dem ich befreundet war.) Nur mit wenigen Granbyern in Verbindung zu bleiben, so meine Überlegung, war eine gesunde Beschränkung, damit die chaotische, kaputte Bodie nicht wie ein Geist vor meinem Fenster auftauchte. Es half, dass in der Ehemaligen-Zeitschrift, die viermal im Jahr in meinem Briefkasten landete, niemand aus meiner Altersgruppe seine biografischen Daten aktualisierte.

Aber seit ich die Büchse der Pandora geöffnet hatte, konnte ich genauso gut weitersuchen. Es war beunruhigend einfach, Leute zu finden, zumindest die Grundzüge ihres Lebens zu überfliegen.

Khristina Gura, Thalias ursprüngliche Mitbewohnerin, lebte in Florida. Ich fand Bendt Jensen, dessen dänische Beiträge Facebook in semi-verständliches politisches Geschwafel übersetzte. Ich fand Asad Mirza, der als Comedy-Autor arbeitete; ich hatte einiges von ihm gesehen, ohne es zu wissen. Rachel Popa unterrichtete an einer privaten Tagesschule in Boston Mathe. Das haute mich um; ich hätte erwartet, dass sie mit einem Senator verheiratet war und vielleicht was mit Mode machte. Benjamin Scott, unser Jahrgangsbester (der, den ich im Falle seines Todes um seine Zensuren gebeten hatte), schrieb für die *Washington Post* über LGBTQ-Themen. Dorian Culler war nicht auf Facebook, aber via Google leicht zu finden: ein Arbeitsrechtler, der offenbar keine Unternehmen, sondern Gewerkschaften vertrat. Beim Anblick seines Gesichts fröstelte es mich, aber seine Arbeit schien durchaus von Belang.

Die herrschende Klasse von Granby hätte zu den elitären Ignoranten werden sollen, die das Land regierten, denjenigen, deren Einfluss ihre Intelligenz übertraf. Stattdessen wirkten sie allesamt nahezu liebenswert.

Na ja, sicher: Wir hatten alle Dr. Meyer in Englisch gehabt, der 1984 auf den Tisch knallte, während er über Macht redete. Dana Ramos brachte uns alle dazu, stillzusitzen und Pflanzen zu betrachten. Mr. Levin erzählte uns allen dieselben Geschichten vom griechischen Geometer und von den Hilfskellnerjobs, mit denen er sich das College-Studium finanziert hatte. Es war sehr gut möglich (wie mir langsam dämmerte), dass meine Empathie und Beharrlichkeit keine Eigenschaften waren, die mich Granby hatten überstehen lassen, sondern die Granby mir mitgegeben hatte. Dinge, die Granby jedem, der dafür offen war, zuteilwerden ließ.

Wie oft musste ich die immergleiche Lektion lernen? *Du bist nicht besonders. Und das ist okay.*

Schließlich landete ich wieder auf Robbies Facebookseite und starrte mich in sein Profilbild hinein, wo er den Arm um seine Frau gelegt hatte und seine Finger sich in ihre Hüfte gruben, als fürchtete er, sie würde von den Wellen hinter ihnen davongespült. Ich dachte daran, wie Robbie nach den Follies-Proben, nach der *Camelot*-Probe, auf Thalia gewartet hatte. Er saß dann auf der Treppe des Theaters, allein oder mit einem Freund, Schularbeiten machend oder nicht, bereit, sie auf dem Rückweg zum Wohnheim zu begleiten.

Aber manchmal – und das fiel mir erst jetzt wieder ein – verlegten Sie die Follies-Probe kurzentschlossen auf den Unteren Campus, unter das Gewölbe vor der Alten Kapelle. Während ich

Notizen über das Arrangement für Sie machte, wurde es um uns herum dunkel. Ich glaube, dort tauchte Robbie nie auf.

Bis dahin hatte ich nicht gewusst, wie anders der Schall sich am Abend fortpflanzt; ich saß mit meinem Klemmbrett auf den Stufen der Kapelle, und wenn Sie die Sänger und Sängerinnen im Kreis aufstellten, klangen ihre Stimmen runder: hell und silbern. Wie beim Singen unter der Dusche, wenn die Dusche keine Wände hätte.

»Wen singt ihr *an*?«, hatten Sie einmal gefragt. Sakina antwortete: »Die letzte Reihe.« Nein, nein, Missverständnis. Sie meinten, welche Figur, selbst wenn das Wort *du* in einem Song nie vorkam, denn die Follies mochten zwar im Wesentlichen eine Talentshow sein, waren aber als Revue konzipiert, und sie hatten stets in ihrer Rolle zu bleiben, ob sie nun Showmelodien, Madrigale oder Mariah Carey sangen.

Sie sagten: »Ich möchte, dass ihr euch euren Zuhörer so genau vorstellt, dass ich ihn sehen kann.«

Irgendwer fragte: »Und was ist, wenn man für sich selbst singt?«

»Niemand singt je für sich selbst«, sagten Sie, und das löste einen Proteststurm aus. Was sei denn zum Beispiel mit Maria in *The Sound of Music*, wenn sie auf den Hügeln herumwirbele?

Schließlich sagten Sie: »Wenn ihr es nicht hinkriegt, singt Bodie an. Sie wird ja eh da an ihrem Pult sitzen. Gesteht Bodie eure Liebe, erzählt Bodie, dass ihr einen Traum hattet, erzählt ihr, ihr seid der mustergültige moderne Generalmajor.« Und Sie packten mich an den Schultern und setzten mich als Ein-Personen-Publikum vor das Gewölbe. Als hätten Sie von all den Gründen, warum ich Schwarz trug und mich hinter der Bühne versteckte, nichts mitbekommen.

Kwan Li, der als Nächster dran war, machte es tatsächlich so, er sah mir fest in die Augen, während er mit seiner ohnehin schon bemerkenswerten Stimme *All I Ask of You* sang. Dann stand Graham White mit seiner Gitarre auf, und statt *Blackbird* zu singen, stimmte er den Tom-Petty-Song über das Aufwachsen in einer Stadt in Indiana an. Ich dachte, das sei der ganze Gag, bis er zum Refrain kam: »Last dance with Bodie Kane!«, sang er; es reimte sich und alles.

Wissen Sie das noch? Schallendes Gelächter, Applaus für Graham, die Frage an mich, ob schon mal jemand diesen Song für mich gesungen habe. Nein, gab ich zu. Es war ein guter Scherz, und ich lachte mit, fühlte mich geschmeichelt, weil Graham sich gemerkt hatte, dass ich aus Indiana kam. Aber ich wusste schon genau, was passieren würde: Für den Rest des Schuljahres würden die Leute mich auf den Fluren und in der Cafeteria ansingen, und ich würde mir irgendeine Reaktion darauf einfallen lassen müssen.

»Okay«, sagten Sie schließlich und wischten sich übers Gesicht, »weniger buchstäblich nächstes Mal, aber so war's gemeint.«

Eine Stunde war vergangen, und ich starrte immer noch auf meinen Laptop. Ich muss ausgesehen haben, als ob ich intensiv und angestrengt an etwas arbeitete; kein Wunder, dass alle einen Bogen um meinen Tisch gemacht hatten.

Wir hatten geglaubt, in Quincy Hall und Gage House spuke es. Wir hatten geglaubt, Mr. Wysockis und Ms. Arena wären liiert, bis er seine Verlobung mit einer Frau verkündete, von der wir noch nie gehört hatten, einer Studentin von der University of Vermont. Wir hatten geglaubt, wir wären praktisch erwachsen.

Niedergedrückt von der Kälte, dem Laptop in meinem Rucksack und dem Wintermantel, den ich zu hassen begann, ging ich zum Filmkurs. So hatte ich mich auch durch die vier Granby-Jahre geschleppt, voller Unbehagen, ohne Halt.

Es ist schwer, den benommenen Geisteszustand zu beschreiben, in dem ich mich befand, außer zu sagen, dass ich kein Gespür mehr dafür hatte, was wahr sein mochte – Jerome betreffend, Robbie betreffend, Omar, Sie. Ich hatte keine Ahnung, ob Yahav mich noch liebte. Ich war mir unsicher, wer mehr darüber wusste, was Thalia passiert war: ich heute oder ich mit knapp achtzehn. Ich als Erwachsene, die mit Erfahrung und Abstand zurückblickte, oder ich als unreifer Teenager, so zynisch wie naiv, die alles frisch in sich aufnahm.

Und dabei ging es nicht mal darum, einer Frau zu glauben, die Gewalt überlebt hatte, denn Thalia hatte nie ein Wort über Sie gesagt. Na ja, und überlebt hatte sie auch nicht.

3 4

In der elften Klasse blieb ich während der sogenannten Feb-Woche auf dem Schulgelände.

Als ich im Gespräch mit einer Kommilitonin an der University of Indiana die Feb-Woche erwähnte und dann erklärte, dass ich einfach die Februarferien meinte, sah sie mich trotzdem an, als hätte ich sie nicht alle. Angeblich, so die Ursprungsgeschichte dazu, wolle das Internat damit Heizkosten sparen, aber in Wirklichkeit ging es um Zweitwohnsitze und besondere Einladungen und Druck vonseiten der ältesten Granby-Familien, diese Woche beizubehalten.

Und so wurde mir klar, dass nicht nur das Skiteam Ski fuhr, sondern alle um mich herum damit großgeworden waren, gelegentlich Hänge hinunterzugleiten. Skifahren war nicht unbedingt ein Oberschichtskennzeichen; für manche bedeutete es Kindheitsreisen nach Aspen, aber für diejenigen, die aus New England stammten, bedeutete es vielleicht auch bloß den Berg in der Nachbarschaft mit verharschtem Schnee, gebrauchte Ausrüstung und ein paar Leistungspunkte in Sport.

Ich war nie von irgendwem eingeladen worden, mit zum Skifahren zu kommen, und für die schulisch gesponserten Bildungsreisen auf die Galapagos-Inseln oder zu den Everglades mangelte es mir an Interesse und Geld. Im ersten Jahr war ich nach Indiana zurückgeflogen und hatte eine kalte Woche lang ferngesehen und die Robesons gemieden. Im zweiten Jahr war ich in Granby geblieben und hatte mit Fran rumgehangen, und das war auch unser Plan für das dritte Jahr. Nur wir und eine Handvoll Leute aus anderen Ländern. Selbst die Stipendiaten, selbst diejenigen, die noch nie Ski gelaufen waren, würden, wenn sie nur beliebt genug waren, mit in das Vermonter Haus von irgendwem fahren, schon wegen der Aussicht auf Whirlpools, Alkohol und Sex. (Zumindest vermittelten die Geschichten, die ich mitbekam, diesen Eindruck; heute stelle ich mir eher verkaterte Teenager vor, die Cartoons guckten, pubertäre Gespräche und Liebeskummer, die Logistik von Pizzabestellungen.)

Fran und ich fanden es damals, 1994, grandios, das VHS-Gerät im Wohnheim eine Woche lang weitgehend für uns allein zu haben. Wir sahen *Shining*, *Warte, bis es dunkel wird* und einen Teil der *Twin Peaks*-Videos – alles, was half, die Atmosphäre des beinahe leeren Schulgeländes zu kanalisieren. Ich hatte gerade angefangen, mich für Filme zu interessieren, und die Sammlung der Hoffnungs war eine Schatztruhe.

Eines Abends unterbrachen wir unsere Gruselfilm-und-Krimi-Orgie, um Disneys *Robin Hood* zu schauen, und beschlossen nach der Hälfte, uns die Nägel zu lackieren. Ich ging in mein Zimmer, um Nagellack zu holen, und traf dort Thalia an, auf dem Bett liegend, ein Arm über den Augen, ihre Granby-Reisetasche mit herausquellenden Anziehsachen auf dem Boden.

Sie setzte sich rasch auf und sagte: »Ach, deshalb war die Tür nicht abgeschlossen. Ich hab ganz vergessen, dass du hier bist.«

Ihre Augen waren rosa gerändert; ihre Nase war rot.

Ich sagte: »Bist du krank?« Es war Donnerstag, eine unlogische Zeit fürs Zurückkommen. Die Schule fing erst Dienstag wieder an.

Sie stand auf und begann, Kleidungsstücke aus der Tasche in ihre Kommode zu werfen. »Sagen wir einfach, Robbie Serenho ist ein kleines Arschloch.« Sie und Robbie waren seit November zusammen – und glücklich, dachte ich. Sie zeigte auf mich und kniff die Augen zusammen. »Lass dich nie mit Robbie Serenho ein. Er ist ein wütendes kleines sexistisches Arschloch.« Sie nahm ihr *Hamlet*-Exemplar aus der Reisetasche und schleuderte es auf den Schreibtisch.

Wie schon erwähnt, hatte ich Thalia kaum jemals fluchen hören, deshalb erinnere ich mich so deutlich an ihre Worte. Die Worte und die absurde Idee, dass ich je mit Robbie zusammen sein könnte, beziehungsweise er mit mir.

Ich hütete mich zu fragen, was er getan hatte. Ich gehörte nicht zu ihren Vertrauten, war nicht eingeweiht in die Dramen dieser Gruppe. Aber mein Schweigen animierte sie offenbar zum Weiterreden.

Sie sagte: »Er kann natürlich rumflirten, wie er will, *klar*. Dann gehe ich mal mit *einer* Person spazieren, und schon bricht der Atomkrieg aus oder was. Er ist Alkoholiker, ich schwör's bei Gott. Kippt um neun aus den Latschen, und ich darf mit niemand anderem reden? Ich soll mit seinem schlafenden Körper rumhängen? Seine Kotze wegwischen?«

»Wow«, sagte ich. Ich stand immer noch an der Tür. »Das ist ja scheiße.«

Sie hielt im Auspacken inne und starrte mich an, als ob sie mich jetzt erst bemerkte. »Was soll das heißen?«

»Ich meine – es klingt schlimm.«

»Oh, *vielen Dank* auch«, sagte sie. »Danke für den Vertrauensbeweis.«

Ich sagte ihr, wir würden uns ja später noch sehen – vielleicht entschuldigte ich mich auch –, schnappte mir ein paar Nagellackfläschchen von meiner Kommode und lief in den Gemeinschaftsraum zurück. Ich erzählte Fran, was passiert war, und fragte sie, ob ich etwas falsch gemacht hätte. Nein, das fand sie nicht.

Als ich spätnachts zurückkam, mit lila und schwarz angemalten Nägeln, schlief Thalia.

Am Sonntag trudelten die ersten Leute ein, und Thalia wurde

wieder unruhig, fragte mich zum Beispiel mehrfach, ob ich Beth oder Rachel gesehen hätte. Ich glaubte nicht, dass irgendjemand von denen, die Skilaufen waren, vor Montag zurückkommen würde, verkatert, über schmerzende Muskeln klagend und ohne etwas für die Schule getan zu haben. Am Sonntagabend kam Thalia in ihrem knielangen pinken Bademantel aus der Dusche, ein gestreiftes Handtuch raffiniert ums aufgetürmte Haar gewickelt. Während sie sich hinter ihrer Schranktür umzog, hörte ich sie plötzlich sagen: »Bodie, du hast nicht zufällig, also, einen Schwangerschaftstest, oder?«

Kurz dachte ich, es gehe um mich, darum, dass mein Bauch dick aussah. Dann verstand ich sie. Ich sagte: »Oh. Nein, ich – ich meine, ich hab ja hier nie einen Freund gehabt, also, nein. Nur zu Hause. Vielleicht die Krankenstation?«

»Egal.«

Später am Abend kam sie von der Toilette zurück, vollführte einen kleinen Tanz und sang: »Ich hab meine Pe-ri-ooode, ich hab meine Pe-ri-ooode!«

Ich wusste, dass sie mir das alles nur anvertraute, weil ich als Einzige verfügbar war, aber ich machte mit. Ich sagte: »Wie weit warst du denn drüber?«

Um ehrlich zu sein, war das einzige sexuelle Erlebnis, das ich bis dahin gehabt hatte, im Sommer davor in Indiana, so kurz und unbeholfen gewesen, dass ich mir nicht mal sicher war, ob eine vollständige Penetration stattgefunden hatte. Aber die Hälfte meiner wenigen aus der Mittelschule übriggebliebenen Freundinnen steuerte geradewegs auf die Teenage-Mutterschaft zu. Einer hatte ich in den Ferien geholfen, einen First-Response-Test zu klauen, bei einer anderen, meiner Freundin Renee, hatte ich vor einer McDonald's-Toilette gestanden, während sie auf das Ergebnis wartete – negativ – und es mir dann zeigte, um eine zweite Meinung einzuholen. Zumindest wusste ich also, welches die richtigen Fragen waren.

Thalia sagte: »Ich hab nur – ich dachte, es wäre ungefähr einen Monat her, und hab Schiss gekriegt.«

»Notierst du's dir nicht? In deinem Planer oder so?«

»Wie – soll ich ICH HAB MEINE TAGE in meinen Kalender schreiben?«

Ich war Mrs. Keith noch nicht begegnet, aber als ich sie dann kennenlernte, fand ich ihre spröde Südstaatenförmlichkeit passend für eine Frau, die Thalia anscheinend nie beigebracht hatte, ihren Zyklus nachzuhalten. Thalia kam aus Duxbury, Massachusetts, Mrs. Keith hingegen direkt von einem Debütantinnenball in South Carolina.

Ich nahm meinen Granby-Planer vom Schreibtisch und zeigte ihr den feinen roten Punkt, den ich an den besagten Tagen in die Ecke eines Kalendervierecks malte. (Auch meine Mutter hatte nicht die nötige Übersicht gehabt, es mir beizubringen, es aber selbst meine ganze Kindheit lang in unserem Küchenkalender so gehandhabt.) Ich blätterte bis Mitte August zurück, als Brian Wynn und ich in seinem Keller herumgefummelt hatten. Ich zeigte ihr das lila X, das ich dort gleich in der ersten Schulwoche, nach Erhalt des Planers, hingezeichnet hatte, damit ich später nachzählen konnte, wie lange es her war. Ich sagte: »Das machst du immer, wenn du Sex gehabt hast. Dann weißt du auch, wann du einen Test machen kannst. Das Ergebnis ist ja erst nach zwei Wochen ganz sicher.« Ich war richtig zufrieden mit mir, ihr all das zeigen zu können, das kann ich Ihnen sagen. Wenn Thalia Brian Wynn gesehen hätte, seine dürren Beine, seinen Pfirsichflaumschnurrbart, hätte sie nie und nimmer weltliche Ratschläge von mir angenommen. Aber alles, was sie sah, war ein lila X.

»Super«, sagte sie. »Wer ist der Kerl?«

»Ein totaler Loser.« Es gefiel mir wahnsinnig gut, wie sehr das nach abschätziger Übertreibung klang statt nach der Wahrheit.

»Wie auch immer«, sagte sie, »ich schlafe nie wieder mit Robbie Scheiß-Serenho, insofern ist das nebensächlich.«

Aber schon am Dienstagnachmittag saßen sie ineinander verschlungen auf der Bank vor Mr. Dars Klasse, und Robbie saugte an ihrem Hals.

35

Dane Rubra lebte in Milwaukee, war aber insgesamt fünf Mal nach Granby gereist – zunächst auf eigene Kosten, dann dank dem Crowdfunding seiner großen YouTube-Followerschaft.

In einem Video steht er hinter der Sporthalle beim Notausgang des Schwimmbads und redet über schwache Blutspuren, die am Türrahmen und an der Außenmauer gleich neben der Tür gefunden worden seien. Diese Spuren waren auf Reddit groß rausgekommen.

»*Vielleicht* stammt es von dem Sicherheitsmann, der die Tür für die Sanitäter und die Bahre offen gehalten hat«, sagt er, »aber vielleicht auch nicht. Die Leute von der Staatspolizei treffen erst später ein und finden diese Spuren, aber wissen Sie, wo sie keine finden: in Omars Büro. Sie haben den ganzen Raum mit Luminol abgesucht – nichts. Weshalb sie diese Theorie über ein imaginäres Poster an seiner Wand entwickeln, das anscheinend das ganze Blut absorbiert hat. Also, ich sage Ihnen was: Das funktioniert nur, wenn er ihr ein einziges Mal eins überzieht. Weil, wenn er zum zweiten Mal zuschlägt? Dann ist überall Blut. Sie müssen glauben, dass Omar Thalia im Gebäude umgebracht hat, also müssen sie auch glauben, dass das Blut draußen unwichtig ist.«

Von der Sache mit dem Luminol hatten wir alle gewusst, weil es ein ziemlicher Aufriss gewesen war. Es funktioniert nicht wie im Fernsehen, wo CSI-Teams das Zeug einfach in die Gegend sprühen wie Glasreiniger. Es muss mit Wasserstoffperoxid und Natriumhydroxid gemischt werden, was Schutzkleidung und Desinfektion erfordert. Außerdem ist die völlige Abwesenheit von Licht nötig; alle hohen Fenster der Sporthalle und des Schwimmbads wurden mit schwarzen Mülltüten zugeklebt. Es wurden Kameras auf Stativen aufgestellt. Vorher hatten wir zwar nicht das Schwimmbad selbst, aber immerhin das Gebäude wieder betreten dürfen, doch dann war der Zutritt erneut für ein paar Tage verboten. Fran, die ihre beste Fleecejacke in einem der Schließfächer gelassen hatte, war stocksauer.

Dateline zufolge fanden sie um den Pool herum ein verwirrendes Chaos vor. Luminol reagiert auf Bleiche mit hellem Leuchten, auf das Eisen im Blut dagegen mit mattem Glimmen – und einige Stellen des Beckenrands waren kurz zuvor gebleicht worden. Oder war es nur das Chlor aus dem Pool? Ich hatte es nie ganz verstanden. Blutspuren gab es auch, auf dem Zement, aber ob sie von vor oder nach dem Bleichen stammten und ob es Thalias waren, blieb unklar.

Es dauerte allerdings nicht lange, bis die Polizei das Gebäude räumte. Der Frühlingssport sollte beginnen, bald würden die Ehemaligen einfallen, und ich bin sicher, Dr. Calahan stand unter erheblichem Druck, alle Absperrbänder und umherwimmelnden Ermittler vom Schulgelände und die Mülltüten von den Fenstern zu bekommen, damit es nicht aussah, als fänden die Volleyballspiele in einem Atombunker statt. Ich erinnere mich, dass die Polizei einige Zeit in Thalias Zimmer in Singer-Baird verbrachte; wir sollten draußen bleiben.

»Die Polizei hat so viel für sich behalten«, sagt Dane Rubra. »Solange die Ermittlungen laufen, leuchtet einem das ja ein. Sie halten irgendwas geheim, und wenn der Mörder dann einen Fehler macht und ein Detail preisgibt, das die Öffentlichkeit nicht kennt, BÄM!« – er boxt sich in die offene Hand – »haben sie ihn. Stimmt's? Aber angeblich hatten sie ihren Mann ja schon. Also, warum dann keine Fotos vom Tatort am Pool? Warum keine Videoaufzeichnung vom Haupteingang zum Internatsgelände? Warum keine Fotos von der Hintertür?« Es ist schwer zu sagen, ob seine Augen tränen, weil der Wind um ihn herum heult, oder ob sie einfach so sind. »Diese Schule hat die Staatsanwaltschaft von New Hampshire doch in der Hand. Wissen Sie, wie viele Klagen da schon fallengelassen wurden? Wie viele Fälle von sexuellem Missbrauch gedeckt wurden?«

Dane glaubt, dass die Tür 1995 nicht alarmgesichert war, dass sie auch außen mit Griff und Schloss versehen war und jeder, der den richtigen Schlüssel hatte, sich hätte Einlass verschaffen können. »Jemand wie Robbie Serenho«, sagt er. »Jemand wie Puja Sharma.«

Er sagt: »Der Sicherheitsdienst hat den Sanitätern die Tür aufgemacht. Niemand, der von der Polizei zu dem Tag befragt wurde, erinnert sich, einen Alarm gehört zu haben. Haben die ihn entschärft, bevor sie die Tür aufgemacht haben? Das wäre ziemliche Zeitverschwendung gewesen. Oder war der Alarm gar nicht eingeschaltet?«

Er blickt direkt in die Kamera. »Wir haben alle Jahrbücher durchforstet, versuchen es aber weiter. Wenn Sie Fotos *aus den 1990ern* von der Rückseite vom Mardis Gymnasium auf dem Granbyer Schulgelände haben, *egal welches Jahr*, kontaktieren Sie mich. Schreiben Sie nicht hier drunter, kontaktieren Sie mich direkt.« Seine E-Mail-Adresse läuft über den Bildschirm. »Wir können für eine finanzielle Belohnung sorgen, wir können für Anonymität sorgen.« Seine Nasenflügel blähen sich.

Es scheint ihn euphorisch zu machen, so nah an allem dran zu sein. Er blinzelt zu schnell und leckt sich immer wieder die dünnen Lippen.

3 6

Fran und ich überredeten meinen Mitbewohner Oliver dazu, am Abend mit zu der Party zu kommen, wo er sofort von jungen Lehrerinnen umzingelt war, die nach Frischfleisch lechzten.

Die Party fand zu meiner Freude in der Singer-Baird-Wohnung statt, wo Fran aufgewachsen war – die Raumaufteilung war noch dieselbe, aber die Küche war neu und die ganze Atmosphäre so viel cleaner als das kunterbunte Hoffnungsche Chaos. Ich konnte noch nicht mal ausmachen, wer jetzt hier wohnte; alle bewegten sich in der Küche, als wäre es ihre, und Fran drehte wie selbstverständlich an der Heizung. Mehrere Kinder liefen in Verkleidungskisten-Pracht herum, aussichtslos zu erkennen, welches zu welchen Erwachsenen gehörte oder welche Kinder hier zu Hause waren.

Ich nahm mir ein Bier, an dem ich mich den ganzen Abend festzuhalten beabsichtigte. Ich wollte nicht zwei Abende in Folge zu viel trinken – außerdem würde ich Yahav am nächsten Tag sehen, vorausgesetzt, er machte nicht noch einen Rückzieher, da wollte ich nicht aussehen wie der Tod auf zwei Beinen.

(In Concord fühlte sich Omar, als bei uns die Party losging, allmählich etwas besser, und die äußerliche Blutung hatte fast ganz aufgehört – nur kalt war ihm noch, und schwindelig. Er konnte nichts essen, und sein Bauch fühlte sich geschwollen an. Die Krankenschwester, die am Nachmittag bei ihm gewesen war, um nach seiner Wunde zu schauen, hatte ihm zwei Ibuprofen zugesteckt und gesagt, die solle er nehmen, wenn es notwendig sei. Er schluckte sie noch am selben Abend, und sie unterdrückten das leichte Fieber, das er sonst vermutlich gehabt hätte.)

An der Plücheninsel diskutierten die Leute über die Geschichte aus den Nachrichten. (»Das ist doch eine zweite Vergewaltigung, was sie da mit ihr machen.« »Ich wollte kotzen, buchstäblich. Nein, wirklich, ich bin ins Badezimmer gegangen und hab versucht zu kotzen.«)

Es wurde enorm viel getrunken, unbestreitbar. Niemand musste fahren oder am nächsten Morgen arbeiten, und alle, deren Kinder zu Hause waren, hatten Babysitter, die lange bleiben konnten. Und wenn man selbst nüchtern ist, kommen einem die anderen im Raum umso betrunkener vor.

Eine Frau, die zuvor eine Weinflasche hatte fallen lassen, prüfte immer wieder, ob wir Schuhe anhatten.

Mr. Levin war da, und ich erzählte ihm, dass ich einmal bei einem Quiz für mein Team gewonnen hatte, weil ich wusste, dass Pythagoras Vegetarier war – dank ihm. »Ich würde Ihnen ja einen Drink spendieren, aber ich wüsste nicht, bei wem ich bezahlen sollte.«

Ein süßer und extravaganter Englischlehrer namens Ian überzeugte mich davon, mehr Shirley Jackson zu lesen, aber selbst als ich schon vollständig überzeugt war, setzte er seine Überzeugungsarbeit fort und spritzte mir Gin Tonic auf den Pullover. Ich tippte meine E-Mail-Adresse in sein Handy, damit er in einem Monat nachfragen konnte, ob ich meine Hausaufgaben gemacht hatte.

Ein Basketballspiel ging dem Ende zu – verschwommene lila Flecken gegen verschwommene gelbe Flecken –, und die Partygäste schienen in zwei Fangruppen gespalten. Während die Uhr ablief, versammelten sich noch mehr Leute, noch betrunkener, um den Fernseher.

Zwei Frauen, deren Namen ich nicht mitbekommen hatte – eine war Anwältin, weshalb ich annahm, dass sie Lebensgefährtinnen hiesiger Lehrer waren – sprachen wieder über die Nachrichtengeschichte. Mr. Levin kam dazu, und ein Mann mit einem Baby auf dem Arm. Der Mann sagte: »Haben Sie mitgekriegt, dass man ihn wegen Selbstmordgefahr unter Beobachtung gestellt hat?«

Mr. Levin sagte: »Ja, klar. Und sie sorgen auch besser dafür, dass niemand ihn umbringt. Bevor sie seine Aussage haben.«

Die Anwältin sagte: »Ich hätte nichts dagegen, wenn ihn einer umbringt. Sorry, aber wir reden hier von jahrzehntelangem – habt ihr gehört, dass er ihre Kreditkarten kontrolliert hat?«

Die zweite Frau sagte: »Wenn einer den Körper so zudeckt, ist das was Persönliches; er zeigt damit Scham.«

Priscilla Mancio schaltete sich ein. »Es ist ein Wunder, dass sie überlebt hat«, sagte sie.

Ian, der Englischlehrer, sagte: »Die Sache mit der Gebärdensprache? Auf der Sicherheitskamera? Ich meine, sie sitzt da und buchstabiert den Namen von dem Kerl. Das ist doch – sie weiß, dass sie sterben wird, und hat die Geistesgegenwart, das zu tun?«

Die Anwältin sagte: »Es ist *immer* der Ehemann.«

»DC ist so«, sagte Mr. Levin. »Die verbrauchen ihre Praktikantinnen wie Taschentücher.«

»Und die *Kinder*! Ich frage mich, was aus den Kindern wird.«

»Ich kann einfach nicht aufhören, an die Mutter zu denken. Sie sperrt die Tochter aus dem Haus, und woher um Himmels willen soll sie wissen, dass da draußen ein Sexualstraftäter lauert? Normalerweise ist die Welt doch sicher. Das dürfen wir nicht vergessen.«

»Diese VHS-Kassetten waren wie lange unter den Bodendielen – zwanzig Jahre?«

Priscilla Mancio sagte: »Ich verstehe einfach nicht, wieso die Freundin da mitgemacht hat. Sie ist genauso schlimm wie er, wenn ihr mich fragt.«

»Das ist das Problem mit Hollywood«, sagte Mr. Levin, »im

Namen des Geldes würden sie da alles und jeden decken. Bodie, Sie wissen das doch sicher. Haben Sie den Fall verfolgt?«

Ich konnte nicht antworten. Die Basketballfans wurden lauter; und hier, nicht zu fassen, kam jemand mit einem Tablett voll Schnapspudding, und wir mussten Platz auf der Arbeitsfläche machen.

Wie sich herausstellte, war die zweite Frau keine Partnerin eines Lehrers, sondern unterrichtete Kunstgeschichte in Granby. Aus einem Impuls heraus fragte ich sie: »Haben Sie die Sache über Jerome Wager gesehen?«

Sie sagte: »Über wen?«

»Den Künstler, der das Obama-Wandbild in West Hollywood gemacht hat, und der –«

»Oh!«, sagte sie. »Ja! Den finde ich großartig. Moment, was war denn da?«

»Ach, nichts.«

Enorme Erleichterung. Es gab Twitter, und es gab die reale Welt.

Mr. Levin sagte: »Wer hat den Paprika-Käse-Dip gemacht? Der ist ja *köstlich*.« Ich stimmte ihm zu. Ich musste mich davon entfernen, um nicht noch mehr zu essen.

Priscilla infiltrierte jedes Gespräch, an dem ich teilnahm, und vor dem Spülbecken stellte sie mich schließlich. Sie legte mir eine Hand auf die Schulter und sagte: »Ich muss Sie etwas fragen.« Ich wünschte, ich könnte wieder in die Hocke gehen, um mit ihrer Bulldogge zu sprechen. »Sind Sie nur hierfür zurückgekommen?«

»Für diese Party?«

»Für das, was Ihre Schülerin macht, über Thalia Keith.«

Mir wurde heiß und kalt und wieder heiß. Genau davor hatte ich die ganze Zeit Angst gehabt. »Gott, nein. Ich bin gekommen, weil man mich gefragt hat. Die Kids haben ihre Themen selbst gewählt.«

Sie sagte: »Ich bin immer noch eng befreundet mit den Keiths.« Sie erzählte mir weitschweifig vom »Winterrefugium« der Keiths in Florida, wo sie mit Caroline Keith Preiselbeerbrot gebacken hatte oder was auch immer. »Jedenfalls«, sagte sie, »wären sie am Boden zerstört« – sie hielt inne und beugte sich in einem Moment buchstäblicher Herablassung herunter, um mir in die Augen zu schauen – »also wirklich *am Boden zerstört,* wenn noch mehr Bockmist über diesen Fall verbreitet würde.«

Ich versuchte, entspannt zu lachen. »Britts Podcast ist nur für den Unterricht gedacht. Wir reden hier nicht gerade von landesweiter Ausstrahlung.«

Fran warf mir von weitem einen Blick zu, und ich versuchte ihr mit den Augenbrauen zu signalisieren, dass ich in der Tat gerettet werden müsse.

»Aber *Sie* haben eine Stimme«, sagte Priscilla. »Sie haben ein großes Publikum. Ich hoffe, Sie wissen das und genießen Ihren Ruhm. Aber, Bodie, Sie müssen *nachdenken*. Sie müssen gut überlegen, wem hier geschadet werden könnte.«

»Ich sehe nicht, wie dies irgendwem schaden könnte«, sagte ich. Obwohl, ja, die Familien von Opfern hatten es generell nicht gern, wenn jemand in einem schon abgeschlossenen Fall weiter herumstocherte. Das verstand ich. Fran versuchte, sich einen Weg zu mir zu bahnen, aber sie steckte hinter jemandem fest, der mit einem Schongarer voller Fleischbällchen hantierte.

»Als Britt mich interviewte, hatte ich das Gefühl, sie wollte darauf hinaus, dass die falsche Person im Gefängnis sitzt. Sie wissen schon, es könnte auch ein Mann gewesen sein, der im Wald lebte, oder irgendwas Satanisches. Diese Hirngespinste.«

»Keine Ahnung«, log ich.

»Und ich denke an den Schaden. Den Schmerz für Myron und Caroline. Manchmal werden diese Fälle wieder aufgerollt, und der ganze Prozess wird noch einmal neu geführt. Oder sie entlassen den Mann, und dann?«

»Es ist außerordentlich schwierig, ein Urteil aufzuheben«, sagte ich. »Wenn Omar Evans freikäme, geschähe das aus einem *sehr* guten Grund. Und der wird sich bestimmt nicht aus einem Unterrichtsprojekt ergeben.«

Ich wünschte, ich wäre betrunken, wünschte, die Zeit könnte über mich hinwegrollen, wünschte, ich würde mich am Morgen nicht an all dies erinnern und befürchten müssen, dass alle über mich redeten.

»Na ja, außerdem sitzt der richtige Mann im Gefängnis. Er war ein Monster. Einem so jungen, so vielversprechenden Menschen das Leben zu nehmen – ja zu entreißen. Man muss sich fragen, warum er sich überhaupt so einen Job gesucht hat. Wissen Sie«, sagte sie, die Hand auf meiner Schulter, »das ist alles so lange her. Es kommt mir vor wie gestern, aber dann fällt mir ein, wie jung ich damals war. Es war in einem anderen Jahrhundert. Für diese Jungs und Mädchen ist es Geschichte.«

Letzterem konnte ich zustimmen. Ich nickte, und jetzt tauchte endlich Fran neben mir auf. Priscilla sagte: »Ich habe gerade zu Bodie gesagt, wir sollten die Geschichte Geschichte sein lassen.«

Fran, Gott segne sie, wies uns darauf hin, dass es auf dem Wohnzimmertisch Cupcakes gebe. Sie zeigte zum Sofa in der Ecke, wo Oliver sich mit Amber unterhielt, der jungen Lateinlehrerin, die uns am Abend davor nach Hause gefahren hatte. Sie sahen aus wie das Traumpaar einer Casting-Direktorin – beide nerdig-schick und bezaubernd. Fran sagte: »Sie sind den ganzen Abend immer näher aneinander herangerückt. Und haben sich seit einer Stunde nicht bewegt.«

#4: Puja Sharma

Wie könnte das überhaupt funktionieren?

Puja wartet während des Schlussapplauses hinter der Bühne auf Thalia, fragt sie, ob sie reden können. Sie hasst den jämmerlichen Unterton in ihrer Stimme, grämt sich, weil Thalia sie während des ersten Akts hinter der Bühne entdeckt hat und gereizt schien, stumm die Lippen bewegte. Thalia sagt, ja, aber nur kurz, sie wolle zur Party für die Theater-Crew bei den Matratzen. *Nur für die Theater-Crew.* Puja weiß, dass das nicht stimmt. Robbie und Rachel haben während der Pause darüber gesprochen. Thalia hätte sie einladen sollen. Hatte sie sich nicht vor allen anderen mit ihr angefreundet? Und jetzt behandelt sie sie wie eine peinliche Verwandte.

Sie gehen durch die Dunkelheit, Puja fragt, was sie ihr getan habe, Thalia sagt, »Ich hatte einfach keine Zeit!« Puja versucht, Thalia zu warnen, die anderen Mädchen seien nicht ihre Freundinnen, sagt sie, sie redeten hinter ihrem Rücken über sie. Thalia tut es mit einem Lachen ab. Sie landen hinter der Sporthalle, und Puja weiß, wie man die Hintertür zum Schwimmbad öffnet. Sie zeigt Thalia den Trick, und sie stehen dort im Dunkeln, in der warmen, feuchten Luft. Puja sagt: »Wir sollten nachtschwimmen. Das ist Tradition bei den Zwölftklässlern.«

»Nicht in meinen Kleidern«, sagt Thalia, lässt den Rucksack fallen, zieht sich aus, steht mit ihrem zu dünnen Körper da, schnappt sich einen herumliegenden Badeanzug. Sie macht einen

Kopfsprung von einem der Startblöcke, lang und anmutig, Wasserspritzer landen auf Pujas Jeans. Sie kommt hoch, streicht sich das nasse Haar aus den Augen.

Puja hat keinen Badeanzug, zieht sich aber bis auf die Unterwäsche aus und springt rein, mit den Füßen zuerst. Chlor steigt ihr in die Nase, brennt im Gesicht.

Thalia sagt: »Krieg dich ein, im College wirst du schon richtige Freundinnen finden. Mit denen du mehr gemeinsam hast.«

Puja wird heiß, ihre Hände kribbeln, und plötzlich hat sie Thalia eine Ohrfeige gegeben, hart.

»He!«, sagt Thalia und fasst sich an die Wange. »Deshalb haben die Leute Probleme mit dir! Kapierst du's? Kapierst du's jetzt?«

Puja will unbedingt rückgängig machen, was ihr da gerade passiert ist, aber stattdessen packt sie instinktiv den Träger von Thalias Badeanzug, reißt sie nach vorne und stößt sie dann nach hinten, wo ihr Kopf mit einem grässlichen Geräusch irgendwo draufknallt – was war das, der Beckenrand? –, wie ein hartes Stück Obst. Sie erwartet, dass Thalia sich auf sie stürzt, schreit, aber in dem trüben Licht wirkt Thalia benommen; sie sieht aus, als wäre ihr übel.

Puja sagt: »Oh, Gott – ich wollte nicht –«

Thalia macht ein Geräusch, das nicht ganz ein Schrei ist, und kratzt Puja an der Brust. Puja geht unter, schluckt Wasser. Sie greift um sich, bekommt irgendetwas zu fassen, es sind Thalias Haare. Um sich hochzustemmen, drückt Puja Thalia unter Wasser, drückt ihren Hals auf die Plastikringe des Trennseils. Sie will nur Luft holen, braucht nur etwas Zeit zum Nachdenken.

In ihrer Panik sieht sie Sterne, alles summt und flackert und braust. Jemand könnte kommen und sie hier finden. Sie müssen aus dem Pool raus – aber Thalia würgt, zittert, geht immer wieder unter.

Puja steigt aus dem Becken, zieht sich ihre Sachen über die nasse Unterwäsche, denkt nach.

Aber Thalia ist jetzt untergegangen. Ihr Mund und ihre Nase sind unter Wasser. Wenn sie Thalia herauszieht, gibt es kein gutes Ende. Wenn sie sie drinnen lässt –

Sie schaut auf die Wettkampfuhr an der Wand, weil sie ihrem Zeitgefühl nicht traut. Eine Minute, zwei Minuten, fünf. Dann rennt sie los.

Sie ist eine Minute zu spät im Wohnheim, aber andere Mädchen, die nach Bier und Schlamm riechend aus dem Wald zurückkommen, verspäten sich noch mehr als sie. Thalia wird vermisst werden, und zuerst wird sich niemand groß aufregen, aber bald werden die anderen anfangen, sich Sorgen zu machen, werden nach ihr suchen, werden sie finden, und Pujas Fingerabdrücke könnten noch an Thalias Körper sein. Geht das überhaupt? Je länger Thalia im Wasser bleibt, desto besser.

Als Puja überhaupt nicht mehr schläft, als sie zwei Wochen später schließlich fortgeht, dann nicht wegen ihrer Tat. Vielmehr geht sie wegen des Getuschels. Beth, Rachel, Donna Goldbeck – sie sind ihr zu leicht auf die Schliche gekommen.

Und auch deswegen: Ihr Vater schickte ihr einen hauchdünnen Brief aus London, in dem er sie fragte, ob sie das ermordete Mädchen gekannt habe und ob sie sich nicht Pfefferspray kaufen wolle. Er schrieb: *Ich dachte ja, erst an der Universität wäre es gefährlich, aber jetzt sehe ich, dass du sogar dort im Paradies Schutz brauchst.*

Aus irgendeinem Grund ist es das Wort *Paradies* – mit seinem Beiklang, dass das Leben nie besser werden wird als hier –, was ihr den Rest gibt.

37

Als ich am Samstag aufwachte, hatte es besorgte und kryptische Nachrichten gehagelt, von Lance, von Jerome, von Freundinnen und Freunden aus L. A.

Meine Hände zitterten zu stark, um Twitter wieder auf mein Handy zu laden, also öffnete ich es stattdessen auf dem Computer. Spät in der Nacht hatte Jasmine Wilde mit einem Quote Tweet auf meinen Thread reagiert.

Als Person of Color, schrieb sie, *bin ich bestürzt, dass Bodie Kane meint, sie könne definieren, was sie als »ECHTE Gewalt« erlebt hat, und zugleich das ganz reale Erlebnis von jemandem wie mir abtun.*

So ging es weiter, aber ich hatte schon das Video angeklickt, starrte auf ihr sandfarbenes Haar, fühlte mich so dumm wie damals, als ich gedacht hatte, Omar komme aus dem Nahen Osten. Ich schrieb Jerome: *Person of Color??? Und du fandst nicht, darauf solltest du mich hinweisen?*

Er antwortete: *Ich weiß nicht, was zum Geier sie damit meint. Ich schwör's dir, davon hat sie nie was gesagt. Sie hat blaue Augen! Ich hab keinen Scheißschimmer, Bodie.*

Ich suchte in Twitter herum, wo in einem anderen Thread jemand fragte, was Jasmines ethnische Herkunft sei, und jemand antwortete, die Frage sei ein Angriff, und jemand auf Rachel Dolezal hinwies, und jemand schrieb *Sie ist ein Viertel bolivianisch* und zu einem Interview verlinkte, in dem sie ihre bolivianische *abuela* erwähnte, die ihrerseits einen deutschen Vater habe, und jemand anmerkte, dann sei sie nur ein *Achtel* bolivianisch. Darunter hatte jemand einen rassistischen Elizabeth-Warren-als-Pocahontas-GIF gepostet und jemand anders *Sie spricht nicht mal Spanisch* geschrieben und jemand eine acht Tweets lange Tirade dazu abgelassen, wie rassistisch es sei, sich als Wächter über ethnische Zugehörigkeit aufzuspielen.

Eine Nachricht von Lance: *Ruf bitte mal an? Wir haben gerade Flower People and Fresh Feast verloren.*

Stattdessen schloss ich Twitter und hoffte, auch alles andere würde damit irgendwie verschwinden. Und es *würde* verschwinden, beruhigte ich mich. Ich würde mich nicht weiter äußern. Die Leute würden zu anderen Themen übergehen. Trump würde jeden Moment wieder irgendetwas gefährlich Idiotisches schreiben, und alle Aufmerksamkeit wäre bei ihm.

Ich schrieb Lance eine entsprechende Nachricht und fügte hinzu: *Ich gehe nicht mehr in die Nähe von Twitter. Ich werde nie wieder was tippen.*

Es gelang mir, den Computer nicht aus dem Fenster zu schmeißen; stattdessen nahm ich ihn und meinen Kopfhörer mit in die Cafeteria, um redaktionelle Anmerkungen zu den ersten Folgen meiner Podcaster zu machen und auf Yahav zu warten. So hätte ich, falls er nicht auftauchte, etwas zu tun, außer mir den Kopf über sein Wegbleiben zu zerbrechen.

Ich setzte mich in die Nähe der Obstsalatbar (eine Obstsalatbar!) und beobachtete, wie die jungen Leute zum späten Frühstück eintrudelten – verschlafen und allein, zu zweit miteinander schwatzend oder in lauten, verschwitzten, vom Sport kommenden Horden –, und tat mein Bestes, mich innerlich abzuschotten, den dumpfen Feueralarm in meinem Hinterkopf zu ignorieren.

Die Kids würden eine weitere Chance zur Überarbeitung haben und sollten am kommenden Freitag eine zweite, schon geschnittene Folge präsentieren. Ich hatte ihnen gesagt, wenn sie noch eine dritte produzierten, könnten sie sie mir nach dem Mini-Mester schicken, dann würde ich ihnen noch mein Feedback dazu geben. Idealerweise sollten sie ihr Gruppenportal vor der Feb-Woche auf die Website der Schule stellen. Mich packten noch einmal ganz neue Sorgen darum, dass meine Stimme in Britts erster Folge auftauchte: Wenn ihr Podcast jetzt nach außen drang und irgendeine wütende Person sich darauf stürzte, könnte Britt gemeinsam mit mir und Jerome in den Strudel hereingezogen werden.

Alder war nicht weit genug gewesen, um uns seinen Podcast im Unterricht vorzuspielen; er hatte ihn mir erst Freitagabend spät gemailt. Die Folge erwies sich als gute Ablenkung, obwohl sie verworren war, zu ambitioniert. Nach der Hälfte meldete er sich selbst: »Okay so, Ms. Kane? Ich denke, in der finalen Fassung werde ich an diesem Punkt irgendwas mit, also, mit Leuten machen, die jetzt hier zur Schule gehen? Sie zum Beispiel bitten, die letzte Nachricht auf ihrem Handy vorzulesen?« Ich konnte mir nicht vorstellen, was das mit den 1930ern zu tun hatte – aber ein Schüler mit zu vielen Ideen ist mir immer willkommen.

Und dann: ein Wunder. Yahav kam durch die Tür, fünf Minuten zu früh – leuchtend rote Wangen, tränende Augen, leckende Nase. Er habe außerhalb des Geländes geparkt, sagte er, obwohl ich ihm genau gesagt hatte, wo er hinfahren solle. Er war außer Atem, vielleicht von dem Weg, aber eher wohl von dem Stress, den dieses Treffen mit mir für ihn bedeutete.

Er sagte: »Ihr seid hier ja wirklich mitten im Wald.«

Ich umarmte die Kälte aus ihm heraus und sog seinen Geruch ein: sauber, aber verschwitzt. Er war ein unverschämt schöner Mann. Er sprach klar, aber mit starkem Akzent, und alles, was er sagte, klang wie eine Zeile aus einem traurigen Kunstfilm. Aus Gründen, die ich nicht in Worte fassen kann, war er für mich die Verkörperung eines platonischen Ideals von Männlichkeit und Sex, so als hätte allein meine Vorstellungskraft ihn heraufbeschworen. Ich konnte nie ganz glauben, dass er real war.

Ich holte uns Kaffee in zwei ausleihbaren Granby-Bechern.

Mein Handy vibrierte immer wieder – weitere Leute, die wütend auf mich waren, weitere Fehler, die ich gemacht hatte –, und ich ignorierte es.

Wir gingen den Hang hinauf, und ich gab ihm meine ganz persönliche Führung: *Auf der Feuertreppe da habe ich oft gelernt. Da drüben habe ich mir im ersten Schuljahr den Knöchel umgeknickt.*

Yahav hatte zwei Arten, mit mir umzugehen – entweder konnte er gar nicht von mir lassen oder er wich mir aus –, und an diesem Tag hatte er sich für letztere entschieden. Seit seiner Ankunft waren zehn Minuten vergangen, und er hatte mich noch nicht geküsst, meine Schulter nicht gedrückt, mir nicht richtig in die Augen geschaut. Ich würde ihn um nichts davon bitten, aber ich merkte, wie ich mich anstrengte, ihn zu ködern, ihn mit schönen Dingen zu becircen.

Ich zeigte ihm Quincy Hall, ging mit ihm zur ehemaligen Dunkelkammer, auch wenn sie zum Schutz der 3D-Drucker ratsamerweise abgeschlossen war.

Er sagte: »Hier hast du also mit Jungs rumgemacht?« Endlich begann er mich zu necken, zu flirten, sich etwas zu entspannen. Er hob eine dicke, hinreißende Augenbraue.

»Ich hab mit keinem einzigen Jungen aus Granby rumgemacht«, sagte ich. »Jungsgeschichten hatte ich nur zu Hause.«

»In Indiana.« Sein Akzent machte das Wort weicher, romantischer, als es hätte möglich sein sollen.

»Nur kleine Sommer-Techtelmechtel, damit ich bloß nicht verletzt werden konnte. Und niemand in Granby davon erfahren oder mich bemitleiden konnte, wenn ich abgeschossen worden war.«

»Das ist ja ein hartes Wort«, sagte er. »Warst du nie auf Tanzfesten?«

»Doch, klar, im Pulk.«

»Du musst hübsch gewesen sein.«

Ich sagte: »Ich war eine Katastrophe. Hab ich dir nie Fotos gezeigt?«

»Jetzt musst du.«

Also gingen wir zur Bibliothek, zum Regal mit den Jahrbüchern ganz hinten. Ich zeigte ihm die *Dragon Tales* von 1995, mein ernstes Foto aus der Zwölften, meine halbe Seite mit Ausrufen und Zitaten – Insiderwitze für Fran und Carlotta, einige Nirvana-Textzeilen, eine Monty-Python-Anspielung für Geoff: »Du bist nicht der Messias – du bist ein ganz böser Junge!«

Yahav sagte: »Dein Make-up. Hattest du eine – Waschbärenphase?«

Meine Augen waren schwarz umrandet; mein Gesicht war erheblich dünner geworden, die Fotos mussten also im Frühling gemacht worden sein. Aber nicht sehr spät im Frühling, denn auf der nächsten Seite war Thalias Foto, wie immer nur durch Hani Kayyali von meinem getrennt. Thalia saß draußen auf einem Stuhl und schaute über die Schulter, eine verdrehte Position, zu der sie nur der Fotograf gebracht haben konnte.

Natürlich las ich, was sie geschrieben hatte:

Diese zwei Jahre waren die längsten vier Jahre meines Lebens!
»Was in Liebe getan wird, das wird gut getan« – Van Gogh
Rach-a-Beth: Passen wir alle in eine Limo? Schmove you both!
S-B Krewwww: puja, donna, jenny, michelle – wer macht meinen Dreck weck
Dorian: Sag jetzt NICHTS
Sakina, Booboo, Fizzy, Stiles: Wir ham's geschafft! Eins dürft ihr nie vergessen: Unterprimanitis ist eine Entzündung des Unterprimaners ...
Mrs. Ross, Mr. Dar, Mrs. W, Ms. Arena: Danke, dass Sie mich mit durchgeschleppt haben.
Mom, Dad, Vanessa, Brad: Ein besseres Zuhause als Euch gibt es nicht.
Deeb: Wer Bescheid weiß, weiß Bescheid. (Ich weiß, ich weiß).
And don't start collecting things.

Robbie: My luuuuuv. Du bist meine 100 % und mein PIEP! Ich bin immer in der Nähe!
Tennis Schulauswahl, 11, 12
Oktober-Follies, 11, 12
Granby-Chor, 11
Choristen, 11, 12
Frühjahrsmusical, 11, 12
Theta-Club, 11, 12

»Rach-a-Beth« hieß wohl Rachel und Beth. Mit »S-B krewww« waren ihre Freundinnen in Singer-Baird gemeint.

»Deeb.« Waren Sie das?

Ich sagte: »Warte, ich mache ein Foto.« Ich legte das Buch auf einen runden Holztisch, der vermutlich seit hundert Jahren dort stand, und hielt mein Handy so lange still, bis das Blitzlicht alles überbelichtete. Ich wollte es Britt bei der Séance zeigen, aber sicher hatte sie es längst gefunden.

Yahav kannte Thalias Geschichte in Grundzügen, also sagte ich ihm, dies sei sie, die Mitbewohnerin von mir, die gestorben sei.

»Sie sieht weise aus«, sagte er.

Danach gingen wir zum Oberen Campus, wo ich ihm eins der Biere anbieten könnte, die Oliver im Kühlschrank hatte. Mehr brauchte er normalerweise nicht, um wieder ganz mit mir verbunden zu sein.

Deeb. Ich hatte nie mitbekommen, dass jemand Sie so nannte, aber wer sollte es sonst sein, auf diesem Ehrenplatz zwischen ihrer Familie und Robbie. Zumal sie Sie nicht mit den anderen Lehrern und Lehrerinnen zusammen aufgezählt hatte, und sie hätte Sie doch niemals ausgelassen. Ich überlegte, ob es eine Debbie, einen Deepak gegeben hatte. Aber Denny Bloch – das funktionierte.

Was zum Teufel hieß *And don't start collecting things?*

Ich führte Yahav zur Südbrücke – nicht der direkteste Weg zum Gästehaus, aber immerhin die richtige Richtung.

Immer wenn unsere Blicke sich trafen, lächelte er entschuldigend und fand irgendetwas Sehenswertes hinter mir. Ich hätte ihn in eine Ecke zerren, ihn an den Gürtelschlaufen packen und küssen können, aber die Chance, damit alles zu verderben, war nicht gering. Selbst wenn ich nur seine Hand in meine nähme – ich war mir nicht sicher, ob er zupacken würde, als hinge sein Leben davon ab, oder sie wegziehen, als wäre sie kochend heiß.

And don't start collecting things könnte aus einem Song stammen, den sie im Chor gesungen hatten. Irgendetwas klingelte in meinem Hinterkopf, eine halbe Melodie.

Ich erzählte Yahav, dass wir in Biologie in der elften Klasse Hula-Hoop-Reifen unter diese Brücke gelegt und zwischen Februar und Mai jede Veränderung darin protokolliert hatten. Wir hatten uns in Vierergruppen aufgeteilt; ich war mit Carlotta, Mike Stiles und Rachel Popa zusammen, wobei Carlotta die ganze Zeit mit Mike flirtete, sich weit zu ihm vorbeugte, um ihren Pferdeschwanz neu zu binden, und sich von ihm den Hang hochziehen ließ. Sie wurden nie ein Paar, also war er vielleicht immun gegen ihre Reize.

»Eines Tages«, sagte ich zu Yahav, »fanden wir in unserem Kreis eine Snickers-Hülle. Die Frage war: Werfen wir sie weg oder lassen wir sie liegen und schreiben über die Ameisen, die kommen und sie auskundschaften?«

»Und was war deine Position?«

»Ich fand, es würde sich auch lohnen, Menschen, also die menschliche Umweltverschmutzung, zu beobachten. Meine Freundin Carlotta hat den Ameisen dann Namen gegeben. Eine hieß Chunko.«

Ich wollte die Geschichte zu Ende erzählen, aber Yahav war mitten auf der Südbrücke stehen geblieben. Er sagte: »Ich habe das Gefühl, du führst mich immer weiter von meinem Wagen weg.«

»Willst du denn schon wieder fahren?« Er war erst seit einer Stunde hier. Ich hatte gehofft, er würde den ganzen Tag bleiben, hatte auf Sex auf meinem schmalen Gästehausbett gehofft. Ich wollte ihm die Schläfen massieren, bis er sich entspannte, wollte, dass er die Augen zumachte, sich zurücklehnte und seufzte. Ich wollte mein Gesicht in seinem Haar vergraben, das unerklärlicherweise immer nach Tee roch.

Er legte die Hände aufs Geländer, und ich wusste, es würde schlimm werden. Er sagte: »Ich muss dir etwas erzählen. Ich war hier zu einer Art Vorsingen. Sie bieten mir einen attraktiven Posten an, und ich werde dauerhaft hierbleiben.«

Ich sagte: »Oh, das ist ja toll!« und meinte es ernst, obwohl es nicht alles zu sein schien, was er mir mitteilen wollte. Er schwieg, und ich überlegte, einen Witz über die Attraktivität des Postens zu machen, ihn zum Beispiel fragen, ob der Posten eine gute Figur habe.

Aber er sagte: »Ich brauche generell einen Neuanfang.« Und dann redete er immer weiter.

Ich konnte nicht damit umgehen, auf der Südbrücke abgeschossen zu werden. Ich hatte ihm gerade erst erzählt, was ich alles angestellt hatte, damit mir auf diesem Schulgelände nicht das Herz gebrochen wurde. Ich hatte Granby in der Hand gehalten wie ein rohes Ei, hatte jedes Risiko vermieden, mich nur theoretisch verliebt, mein Bestes getan, um mich unsichtbar zu machen. Vier Jahre lang hatte ich mich bemüht, Granby so zu bewahren, wie es mir beim ersten Blick aus dem Robesonschen Autofenster erschienen war: mythisch, ein Ort, den ich nur besuchte, keiner, der mich je verletzen könnte.

Ich hatte das Wetter bisher nicht wahrgenommen, aber die Luft war plötzlich klirrend kalt und nass.

Ich ging in den Selbstschutzmodus über – kein Modus, den ich in der Therapie je wieder verlernen möchte. Ich sagte, dann sollte ich ihn jetzt wohl aufbrechen lassen. Seinen Monolog kommentierte ich nicht. Ich begleitete ihn zu seinem Wagen, als hätte ich es die ganze Zeit vorgehabt. Ich sagte: »Aber ich habe meine Geschichte noch nicht zu Ende erzählt. Rachel, eine aus unserer

Gruppe, stampfte einfach mit dem Stiefel auf die Hülle und all die Ameisen. Sie sagte: *Da. Ihr könnt schreiben, dass mein Menschenstiefel alles zertreten hat.*«

Yahav sagte: »Kinder sind Psychopathen.«

Ich wollte einwenden, dass wir keine Kinder gewesen waren, sondern Elftklässler, aber das ergab keinen Sinn.

Mein Gesicht brannte, als wir uns verabschiedeten. Im Weggehen achtete ich darauf, mich nicht noch einmal zu ihm umzudrehen.

Am Ende meines ersten Jahrs in Granby hatte ich auf einen glatten Stein, der so groß war wie meine Faust, mit lila Leuchtstift ein »A« für Ace gemalt und ihn von der Südbrücke aus in die Schlucht geworfen. Er war mit dem Buchstaben nach oben gelandet. Ein gutes Zeichen für die letzten Schultage, dachte ich. Im Herbst stellte ich überrascht fest, dass der Bach ihn nicht fortgespült, die Sonne ihn nicht ausgebleicht hatte. Er blieb das ganze Jahr dort liegen. Auch im Herbst darauf, zu Beginn der elften Klasse, war er noch da, aber nach der Schneeschmelze im Frühling war er entweder verschwunden, oder die Farbe war völlig verblasst. Trotzdem schaute ich immer wieder nach; die Stelle, wo er gelegen hatte, war für mich ein Anker, ein geweihter Ort, der mir in Granby Schutz verlieh. Auch jetzt, auf dem Rückweg über die Brücke, suchte ich danach. Natürlich wurde mir noch elender zumute, als ich an der Stelle nichts fand.

Don't start collecting things, don't start collecting things, und dann auf einmal hatte ich die nächste Zeile: *People will say we're in love.* Es stammte aus *Oklahoma!,* aus einem Song über Menschen, die, natürlich, verliebt *waren.*

Scheiße.

Tja, da war es. Ich brauchte keine Bestätigung von Fran oder Carlotta: Thalia erzählte es mir selbst.

38

Ich stand immer noch mitten auf der Brücke, als Lance anrief. Ich ging nur dran, um mich von dem Entschluss abzuhalten, Yahav hinterherzurennen. Lance klang, als atmete er durch Sand. Er sagte: »Ich dachte, du wolltest Twitter nicht mehr anrühren.«

»Hab ich auch nicht!«

»Okay. Okay. Wusstest du, dass die Leute es sehen können, wenn du eine Antwort auf Twitter ›likest‹?

»Natürlich. Warum? Was?«

»Jemand hat gepostet, dass du dieses Elizabeth-Warren-GIF mit einem Herz markiert hast. Es – sie trägt da so einen Federkopfschmuck, und sie ist –«

»Das hab ich gesehen«, sagte ich, »aber ich habe es NICHT mit einem Herz markiert. Bist du verrückt geworden? *Kennen* wir uns überhaupt?«

Ich setzte mich hin. Die Brücke war nass, und die Nässe drang durch meine Jeans.

»Das Problem ist nicht nur, dass du ein rassistisches GIF likest, sondern dass du es als Reaktion auf den Thread getan hast, als wärst du auch der Meinung, die Frau flunkert bloß.«

»Ja, das kapier ich ja, aber ich habe den Post NICHT geliket.«

»Geh auf deinen Account. Schau's dir an.«

Ich schaltete ihn auf Lautsprecher und schaute nach meinen letzten Aktivitäten, und scheiße, scheiße, da war es, ein rotes Herz.

Und daneben sah ich »20+« Benachrichtigungen, was vermutlich hieß, ich hatte Hunderte. Heiße Panik erfasste mich, ein Gefühl von Übelkeit, wie wenn man in der Umkleidekabine in einem Pullover feststeckt. Ich hasse sie alle, ich hasse mich selbst, ja ich hasse sogar Lance dafür, dass er mich angerufen hatte, und am allermeisten hasste ich es, gehasst zu werden.

»Verdammt, ich habe es auf dem Telefon geöffnet. Du weißt, wie ungeschickt meine Daumen sind.«

»Ja, klar. Ich glaube dir, aber die Frau, die es gefunden hat, hat einen Screenshot gemacht und das Ding gepostet und 130 Retweets bekommen.«

»Im Ernst? Ich hab's gerade rückgängig gemacht.«

»Das macht es vielleicht bloß schlimmer. Da ist noch eine Menge anderes Zeug, weißt du, die Leute flippen einfach nach wie vor aus wegen der Sachen, die du geschrieben hast.«

Ich wusste, ohne nachzuschauen, was sie mir vorwarfen: Scheinheiligkeit. Da hatte ich in etlichen Folgen den Missbrauch von Frauen in Hollywood erforscht, und sobald mein eigener Mann beschuldigt wurde, hatte ich nichts Eiligeres zu tun, als ihn zu verteidigen. Es wäre schlimm genug, wenn es in meinem Podcast ums Stricken ginge, aber so war es Verrat an der Sache, und eine Rassistin war ich noch dazu. Vielleicht glaubte ich nur weißen Frauen, vielleicht war das mein Problem, und mein Gesicht sah ja auch wie ein Weißkohl aus. Alles berechtigte Punkte, außer dass ich gedacht hatte, Jasmine Wilde sei weiß.

»Soll ich meinen Account schließen?«

»Vielleicht.«

»Wenn ich meinen Computer anzünde, wird auch Twitter gelöscht, oder?«

Ihm war nicht zum Scherzen zumute. Er sagte, wir hätten einen der zwei Podcasts verloren, die für unseren warben. Und die Haarfärbemittel-Werbung auch. »Außerdem ist eine Mail von Mattress Eden gekommen, die ich gar nicht erst öffnen möchte.«

»Sag mir, was ich tun soll.« Ich bekam ein Engegefühl in der Brust.

Er sagte: »Von Podtopia habe ich bisher nichts gehört. Aber es ist auch Wochenende.« Lance war für die Kommunikation mit unserer Produktionsfirma zuständig. Weil er besser darin war und weil er, bevor ich an Bord kam, schon zehn Podcast-Folgen mit einem anderen Co-Moderator gemacht hatte.

Ich sagte, und hörte mich sagen: »Vielleicht sollte ich aus der Sendung aussteigen.« Lance hatte Kinder und keinen anderen Job; seine Frau war Grundschullehrerin.

»Sag das nicht.«

»Ich sage es aber. Ich biete es dir an.« Es war das Einzige, was alles besser machen würde, zum Teil, weil es vielleicht wirklich eine Überreaktion war, und was könnten die Leute nach einer Überreaktion noch von mir wollen? »Falls es schlimmer wird, meine ich. Oder nicht besser.«

»Es wird sich legen«, sagte er. Die Luft war so nass und so kalt, und ich wollte immer noch hinter Yahav herrennen. Ich wollte mich bei jemandem ausweinen, und sei es tränenlos, und er war der Einzige, der dafür in Frage kam.

Ich sagte: »Aber sie werden jetzt alles durchgehen, was ich je in der Sendung gesagt habe. Und dann alles auseinandernehmen, was ich nächstes Mal sage und übernächstes Mal.«

Ein Streifenhörnchen flitzte auf dem Brückengeländer an mir vorbei, sauste den Pfeiler hinunter und verschwand aus meinem Blickfeld. Eine Manifestation meines rasenden, fliehenden Herzens.

»Lass mich erst mal sehen, wie schlimm der Rest meiner Inbox ist«, sagte er. »Wie groß überhaupt der Schaden ist.«

3 9

Ich war unten in der Schlucht, um mich herum nur Matsch und Eis. Ich war schon lange da – seit Stunden? –, versuchte zu weinen, lachte dann aber alle paar Minuten darüber, wie schlimm es alles war.

Meine Hose war klatschnass, meine Stiefel waren klatschnass, meine Socken an den Fußgelenken festgefroren. Ich saß am Ufer des Bachs, auf einem Stück Eismatsch.

Wenn ich bis ins Mark auskühlen würde, könnte ich vielleicht ein Gleichgewicht zwischen meinem inneren und meinem äußeren Zustand herstellen. Wie man es in der Homöopathie machte, mit einem Katerbier, mit einem Gegengift.

Es war nicht eine einzelne Sache, die mir den Atem raubte; es war alles zusammen. Die plötzliche Atomisierung von Yahav *und* Jerome *und* Lance. Und vielleicht auch des Podcasts, in einer Rauchwolke verpufft. Das langsame Dahinschmelzen all meiner Gewissheiten über Thalias Tod, das zu beängstigend gewesen war, um es anzuerkennen, sich aber nicht länger ignorieren ließ. Die Erkenntnis, dass Sie, der für mich zum Besten von Granby gehört hatte, vielleicht nicht nur ein Heuchler gewesen waren, nicht nur ein Creep, sondern – es war möglich, ich ließ es endlich millimeterweise in mein Blickfeld rücken – ein brutales Ungeheuer.

Ich sog die Luft ein, aber da war nur leerer Raum, kein Sauerstoff.

Auch die Geschichte aus den Nachrichten hatte mir zugesetzt, sich an den Rändern meiner Träume festgekrallt. Wie niemand ihrer Aussage Gehör schenkte. Wie über ihr Statement zu den Auswirkungen auf das Opfer gespottet wurde. Wie sie laut aus ihrem Tagebuch vorlasen.

Irgendwo hier unten lag der Stein, den ich einst geworfen hatte. Irgendwo hier unten war der Hula-Hoop-Kreis, den wir beobachtet hatten, darin ein Vierteljahrhundert der Veränderungen.

Den Kurt-Schrein hatten wir in dem anderen Waldstück am Südrand des Internatsgeländes errichtet, der mit diesem verbunden war, aber trockener, flacher, dichter. Dort war 1975 Barbara Crockers Leiche gefunden worden, knapp außerhalb von Granbys Grundstücksgrenzen. Und dorthin war ich gegen Ende der zwölften Klasse einmal mitten in der Nacht gegangen, mit einer halben Flasche Absolut Kurant im Rucksack, die ich aus der Hoffnungschen Hausbar gestohlen hatte. Ich hatte mich unter den Baum gesetzt, um mich herum die verblassten Überreste all der Fotos, Nachrichten und Blumen, und direkt aus der Flasche getrunken, mich gezwungen, noch mehr zu trinken, bevor die erste Welle mich erfasste, und dann noch mehr. Und als die Welle kam, hatte sie die Gewalt einer heftigen Unterströmung besessen und mich weit, weit hinaus ins schwarze Wasser gezogen.

Am Morgen danach wachte ich kotzend auf – mein Rücken, mein Hals und mein Kopf pulsierten, meine Finger waren taub. Ich erinnerte mich nebelhaft daran, Tylenol aus der Seitentasche meines Rucksacks gefischt und die sieben, die in der Dose waren, geschluckt zu haben. Wären mehr in der Dose gewesen, hätte ich auch die noch geschluckt. Ganz sicher. Ich erinnerte mich, dass ich betrunken in die Nachtluft flüsternd Thoreau zitiert hatte: »Ich ging in die Wälder, denn ich wollte wohlüberlegt leben.« Es war eine Art Rüge – des Waldes, der Schule, meiner selbst. Ja, ich war hergekommen, um wohlüberlegt zu leben, und war gescheitert. Ich wusste nicht, was mit mir nicht stimmte, aber es wurde Tag für Tag schlimmer. Jeden Morgen, wenn ich aufwachte, war die Luft schwerer, waren meine Knochen, meine Augenlider schwerer, selbst als mein Körper so dünn geworden war, dass ich immerzu fror. Ich hatte mich am Tag davor mit meiner Mutter gestritten, aber das war nur eine Kleinigkeit. Ich löste mich schon seit Wochen mehr und mehr auf. Aber was sollte ich tun, zum Schulpsychologen gehen und einer von Thalias trauernden Freundinnen den Platz wegnehmen?

Jetzt in der Schlucht war mir, als wäre die Zeit durchlässig, als könnte das Mädchen von 1995 irgendwie ihren Atem gegen meinen ausgetauscht haben. Als wäre sie damals wieder aufgewacht, indem sie mir Atem und Herzschlag des gegenwärtigen Moments stahl. Dafür hatte sie mir ihre Atemnot, ihr Organversagen, ihre einsetzende Besinnungslosigkeit gegeben. Hier waren sie.

Der Tigerwhip war an dieser Stelle vermutlich etwa einen Meter tief, dazu kamen die Eisdecke und der Matsch, der es unmöglich machte zu erkennen, wie fest das Eis war. Es waren Kaninchenspuren darauf. Die Kaninchen waren nicht eingebrochen.

Ich trat darauf, um zu sehen, ob es mich halten würde, war mir sicher, dass es nicht so wäre. Ich wartete auf das Bersten, darauf, bis zur Hüfte einzubrechen. Alles bewegte sich unter meinen Füßen, die Ränder des Bachs ächzten metallisch, aber ich brach nicht ein. Vielleicht konnte ich daraus etwas lernen. Mir war klar, dass ich mich glücklich schätzen und ans sichere Ufer springen sollte, aber ich rührte mich nicht vom Fleck.

Folgendes möchte ich Ihnen sagen:

Als ich noch klein und unreif war, haben mich alle im Stich gelassen. Niemand war beständig. Es gab Menschen mit guten Seiten, aber im großen Ganzen war auf sie kein Verlass. Mit vierzehn hatte ich die bittere Erkenntnis gewonnen, dass ich mich einzig und allein auf mich selbst verlassen konnte. Und so kam ich an diesen Ort, der meinem Zuhause in keiner Hinsicht ähnelte, und war eine Insel. Sie waren einer der ganz wenigen Menschen, die mich genauso sahen – als eine Insel – und mir das Gefühl gaben, das sei gut so.

Wir sollen hinter uns lassen, wer wir mit vierzehn waren, sollen wachsen und lernen. Der College-Therapeut arbeitete so hart mit mir daran, Vertrauen zu fassen, Menschen zu finden, auf die ich mich verlassen konnte, zu glauben, dass sie nicht wieder aus meinem Leben verschwinden würden.

Und so hatte ich mich in all den Jahren nach Granby mehr und mehr bemüht, mich auf andere zu stützen und sie meinerseits in Schutz zu nehmen. Ob Partner, Jerome, Freundinnen und Freunde, Kolleginnen und Kollegen. Und das Problem war, ich hatte es geschafft. Ich hatte mich mit meinem ganzen Gewicht auf sie gestützt. Ich hatte ihnen Treue geschworen. Und tief in meinem Inneren war mir immer klar gewesen, dass es ein Fehler war.

Die Sonne begann unterzugehen; so lange war ich schon in der Schlucht.

Inzwischen weiß ich, dass Omar, während ich dort in der Schlucht war, mit über vierzig Grad Fieber bewusstlos in seinem Bett gefunden wurde. Man brachte ihn ins Concord Hospital, um die Scans machen zu lassen, die von vornherein nötig gewesen wären, und fand eine sieben Zentimeter lange sichelförmige Scherbe in seiner Leber, wo sie fortwährende innere Blutungen verursacht hatte. Die Entzündung der äußeren Wunde – und das daraus resultierende Fieber – hatten ihm wahrscheinlich das Leben gerettet, weil er ohne sie nicht ins Krankenhaus gekommen wäre. Die Scherbe hatte ein Hauptgefäß in der Leber eingerissen, und er musste sofort operiert werden.

Während Omars Körper brannte, war ich aus Eis. Ich könnte an dem Bach festfrieren, dachte ich, könnte Teil von ihm werden, ein Schneekind, das für immer in diesen Wäldern herumgeistern würde. Und während meine Augen aufhörten zu tränen und mein Gesicht taub wurde, legte ich mich, mit einzigartiger Wut, auf Sie fest.

Sie waren der ältere Mann, der ihr Probleme bereitete. Sie hatten Schlüssel für alles. Sie hatten den Schutz, adrett, weiß und geachtet zu sein.

Wer zieht denn verdammt noch mal nach Bulgarien?

Ich wusste nicht, wie es möglich sein sollte, wenn doch Omars DNA an ihrem Körper war, wenn doch Omar derjenige war, der gestanden hatte; aber ich wusste, dass Sie Dinge verheimlicht hatten. Ich wusste, dass Sie etwas getan oder etwas gewusst oder bei etwas nachgeholfen hatten. Ich wusste, dass Sie es waren.

Fran hatte Recht: Meine Loyalität war eine bitterernste Sache. Eine gefährliche Sache. Aber Ihnen galt sie nicht länger. Ich schuldete sie Thalia mehr als Ihnen.

Und das war es, was mich loseiste, was mich nach Baumwurzeln greifen ließ, an denen ich mich den Hang hinaufziehen konnte.

Ich atmete tief ein, und die Luft traf meine Lunge in einem kalten, vollen Schwall.

Es war dunkel. Ich musste duschen, musste mich umziehen, brauchte trockene Sachen. Ich musste mich fertig machen, ausgerechnet für eine Séance.

40

Und wenn ich nun sagen würde, Thalias Geist habe uns, als ich mit den Kids im Gage House war, alles über Sie erzählt? Sie hätte auf dem Ouija-Brett Ihren Namen buchstabiert?

Keine Sorge, hat sie nicht. Sie machte sich rar.

Das Wohnzimmer im Gage House ist noch genauso eingerichtet wie früher, als Empfangsraum für Ehemalige und Gäste, die das Internat durch Spenden unterstützen. An den Wänden Fotos von Granby vergangener Zeiten. Um halb elf setzten wir uns bei spärlichem Lampenlicht auf die unbequemen Stühle und Sofas, die auf den leeren Kamin ausgerichtet waren. Alder hatte eine Kaffeemaschine aus der Cafeteria hergeschleppt und ernannte sich zum »Séance-Barista«, mit der ungünstigen Nebenwirkung, dass alle ganz aufgedreht wurden. Britt nicht, sie war still und schlecht gelaunt, aber ihr Schweigen wurde von den anderen vier wettgemacht, die herumalberten wie pubertierende Mittelstufenkids.

Hier zu sein war gut für mich, ein Grund, an diesem Abend dem Alkohol fernzubleiben, ein Grund, offline zu bleiben. Und ihre jugendliche Ausgelassenheit war Balsam für mein wütendes Herz.

Ich hatte wieder Gefühl in den Fingern und Zehen.

Die Energie dieser jungen Menschen, die unglaubliche Frische ihrer Gesichter, die im Schein der Niedrigwattbirnen leuchteten, führte mir erneut vor Augen, dass sie *Kinder* waren. Yahav hatte Recht. Wir gewöhnen uns daran, High-School-Schülerinnen und

-Schüler von Vierundzwanzigjährigen gespielt zu sehen, erscheinen uns selbst in unserer Erinnerung als ungemein reif, und vergessen dabei, dass Teenager in Wirklichkeit einen begrenzten Wortschatz haben, eine schlechte Haltung und fragwürdige Vorstellungen von Hygiene, dass sie zu laut lachen, nicht wissen, wie man sich körpertypgemäß kleidet, und zum Mittagessen Hähnchen-Nuggets und Nudeln wollen. Es ist einfacher, sich die Zwölfjährigen vorzustellen, die sie gerade noch waren, als die Einundzwanzigjährigen, die sie bald sein werden.

Der Cheerleader-Tropus in den Köpfen der meisten Männer steht für erwachsene Frauen (Gott, hoffentlich sind sie erwachsen) mit Zöpfchen und Quietschstimmen für Pornos. Er steht für das, woran wir uns zu erinnern meinen. Er steht nicht für tatsächliche Jugendliche, es sei denn, irgendetwas ist sehr faul.

Soll heißen: Ich nehme an, Sie haben sich weisgemacht, dass Sie Thalia liebten. Ich nehme an, Sie haben es ihr gesagt. Und vielleicht glauben Sie es bis heute. Aber ich sage Ihnen, aus einer wutentbrannten Stelle tief in meinem Bauch heraus: Es mag etwas mit Macht zu tun gehabt haben, mit Sex, mit Kontrolle, und in einem kaputten Teil von Ihnen vielleicht sogar mit etwas verdreht Väterlichem, Zartem und Blindem. Aber mit Liebe hatte es nichts zu tun.

Nach den ersten Ouija-Versuchen (unser Geist hieß XGHERERE, und JA, er war friedlich, und NEIN, er wusste nichts über den Geist von Arsareth Gage Granby), fragte Alder, ob wir versuchen sollten, Thalias Geist zu beschwören, oder ob das für mich zu schwierig wäre. Ich sagte, sie könnten es gern versuchen. Da Britt keine Anstalten machte, es für ihren Podcast mitzuschneiden, schaltete Alder sein Handy auf Aufnahme.

Dieses Mal waren die Kids cleverer. Sie fragten nicht nach dem Namen des Geistes, sondern nur, ob er Thalia sei, und bewegten den Zeiger, bewusst oder unbewusst, zum JA.

»Wie können wir beweisen, dass sie es ist?«, fragte Jamila mich, und ich sagte: »Fragt, ob Khristina ihr die Laufschuhe geklaut hat.«

Der Zeiger ging zum JA, und ich schüttelte den Kopf. »Er ist es nicht«, sagte ich und erzählte ihnen von dem BH.

Irgendwo knackte es, eine Wand, die sich in der Kälte regte, und alle zuckten zusammen. Alder kreischte, rückte an Britt heran und umklammerte seine Knie, was die anderen witzig und süß zu finden schienen. Ich versuchte, mir irgendeinen Jungen vorzustellen, der das in den Neunzigern gemacht hätte, und mir fiel nur der Neuntklässler ein, von allen »der Oklahomo« genannt, den ein paar Jungs aus seinem Wohnheim mitten im Gewitter mit Klebeband nackt an eine Couchman-Säule gefesselt hatten. Damals hatte mich das nur leicht entsetzt; es war mir wie ein normaler Schülerstreich erschienen, und den anderen Jungs hatte es kaum Ärger eingetragen. Er kam im nächsten Jahr nicht wieder. Ich hatte seit Jahren nicht daran gedacht und verspürte plötzlich heftige Schuldgefühle, einen richtigen Krampf, obwohl ich den Jungen kaum gekannt hatte und nicht dabei gewesen war. Ich bezweifle, dass meine Kids diesen Vorfall, oder unsere Gleichgültigkeit ihm gegenüber, überhaupt begreifen könnten, diese lieben Seelen, die seit dem Kindergarten in Anti-Mobbing geschult waren.

Ich behielt es für mich und sagte ihnen nur, ich fände sie pflichtbewusster, rücksichtsvoller und künstlerischer als die Leute aus meinem Jahrgang. Jamila prustete los. Sie sagte: »Das liegt an dem, was Sie unterrichten. Sie sollten mal sehen, wer im Aktienmarkt-Kurs sitzt und in ›Wie kriege ich meinen Dad dazu, mein Start-up zu finanzieren‹.«

»Es gibt hier eine Menge Deppen«, sagte Lola. »Und auch die Geheimbünde sind noch da. Also, mit nur weißen Jungs, deren Großväter schon hier waren.«

Alder sagte: »Was machen die überhaupt?«

»Nichts. Mein Onkel sagt, sie haben sich bloß genügend Geheimnisse anvertraut, um sich später gegenseitig erpressen zu können –

und so zusammenzuhalten. Und ich denke, sie geben einander Jobs nach dem College?«

»Moment, war Ihr Onkel auch in einem?«, fragte ich. Wir hatten früher darüber spekuliert, wer in der Peregrine Society war, deren Ehemalige die Eislaufbahn finanziert hatten, und in der Omega Society, deren Hauptaktivität darin bestand, den Campus mitten in der Nacht mit Fotokopien ihres Logos zu pflastern.

»Das wollte er mir nicht verraten!«, sagte Lola.

Alder sagte: »Das heißt so viel wie ja.« Dann: »Oh, mein Gott, Britt, das musst du alles prüfen! Was, wenn Thalia ihre Geheimnisse rausgefunden hat oder so? Das ist eine meiner Theorien. Ich habe insgesamt acht »

Britt schloss die Augen und lächelte nur mit dem Mund. Sie sah so benommen aus, wie ich mich fühlte.

»Ms. Kane«, sagte Alder, obwohl die anderen meine Einladung, mich Bodie zu nennen, angenommen hatten, »was, glauben Sie, ist passiert? Hand aufs Herz?«

Ich brauchte lange, um zu antworten, mich in meinem Kopf, in dem sich immer noch alles drehte, zurechtzufinden. Ich sagte: »Erst müssen Sie die Aufnahme stoppen.« Das tat er. Ich wählte meine Worte mit Bedacht. Auch weil ich vieles davon für mich selbst noch nicht ausformuliert hatte. »Es gibt einige Indizien gegen Omar, die ich nicht erklären kann. Aber im Grunde haben sie damals das Netz nicht weit genug ausgeworfen. Ich persönlich denke, Britt hat Recht damit, dass wichtige Details übersehen wurden und auch wichtige Personen.«

»Moment!«, sagte Alder. »Moment, das haben Sie bisher nicht erwähnt! Wer denn zum Beispiel?«

»Einige aus ihrem engsten Freundeskreis, die nicht mit im Wald waren. Eine, Puja Sharma hieß sie, hatte ein paar Wochen später ziemlich merkwürdige psychische Probleme und verließ dann das Internat. Und Max Krammen, der bei *Camelot* mitmachte, einfach ein Kotzbrocken. Ich glaube *nicht*, dass sie etwas getan haben; ich

finde nur, man hätte sie genauer unter die Lupe nehmen müssen.«
Gerüchten zufolge war es Max gewesen, der mit der Bingokarte angefangen hatte, auch wenn das für seine Verhältnisse ziemlich ambitioniert schien. Dann, als wäre dieser Name nicht wichtiger als die anderen, sagte ich: »Und da war ein Lehrer namens Denny Bloch.«

Ich frage mich, ob Sie in diesem Moment einen Stich spürten, ein Gefühl des Verrats oder der Schuld. Vielleicht streifte ich ohne Grund Ihre Gedanken. Vielleicht krähte dreimal ein Hahn.

»Er leitete die Choristen, das Orchester, die Follies und das Frühlingsmusical und unterrichtete ein paar Kurse.«

Jamila sagte: »Es gab nur *eine* Person, die das alles machte?«

»Es war eine andere Schule als heute. Aber er – Britt, Sie sollten sich mit ihm befassen. Er war verheiratet, mit Kindern, aber ich bin mir ziemlich sicher, dass sie eine Affäre hatten, er und Thalia.« Allen außer Britt fiel die Kinnlade runter. »Oder – ich meine, er stellte ihr nach. Das ist keine Affäre.«

Ich hasste es, wie ein Teil von mir – immer noch! – an der Vorstellung festhielt, dass Thalia sich aus freiem Willen entschieden hatte, mit Ihnen zu schlafen, weil Sie jung waren und alle Sie attraktiv fanden und es unter ihren Freundinnen eine Statusfrage war. Aber nein. Es gab eine Trennlinie, eine durchgezogene Trennlinie, zwischen Thalia und jemandem wie Jasmine Wilde. Eine Linie des Alters, der Handlungsmacht. Und es gab einen himmelweiten Unterschied zwischen Ihnen und Jerome.

Ich weiß noch, wie Puja mich fragte, kurz nachdem Thalia zu mir ins Zimmer gezogen war: »Findest du sie nicht ein bisschen nuttig?« Ich hatte das Wort nicht verstanden, zumal mit ihrem Londoner Akzent, und sie gefragt, was sie damit meine. »Nuttig«, wiederholte sie. »So ein bisschen wie eine Nutte.« Ich nahm an, es war ein gebräuchliches Wort, das mir bisher entgangen war. Es blieb Teil meines Bilds von Thalia. Ein Adjektiv, das, soweit ich es mitbekam, nie auf jemand anderen angewendet wurde.

Alder sagte: »Moment, ich weiß, wer das ist! Der Typ auf der Bühne am Ende vom *Camelot*-Video?« Ich nickte, hätte allerdings gern gewusst, warum Alder die Fragen stellte und nicht Britt, die unglücklich auf dem lavendelfarbenen Zweisitzer neben ihm saß.

Schließlich sagte sie mit monotoner Stimme: »Ich weiß, dass sie ihn vernommen haben, aber ich habe keine Protokolle davon. Nicht dass das jetzt noch eine Rolle spielt.«

Jamila, die sich auf dem Boden ausgestreckt hatte, stieß einen theatralischen Seufzer aus. »Britt, ich hab gesagt, was ich gesagt habe, aber deshalb brauchst du nicht so wütend zu sein.«

Die anderen drei zogen eine Grimasse, schienen aber nicht verwirrt; was immer vorgefallen war, sie hatten es mitbekommen.

»Ich wüsste ja gern, warum wir hier ein griechisches Drama aufführen«, sagte ich.

Ein langes Schweigen, das Lola schließlich beendete: »Jamila hat einen Witz gemacht. Über Harriet Beecher Stowe.«

Ich brauchte einen Moment. »Die Autorin?«

»Also, dass Britt hier die weiße Retterin gibt oder so.«

»Im Ernst jetzt, ich hab dich bloß verarscht!«, sagte Jamila. »Mach, was du willst. Viel Spaß dabei.«

Britt sagte: »Das ist aber eindeutig nicht deine Meinung. Und ehrlich gesagt, Jamila, ich war wütend, ja, aber ich verstehe, was du meinst, und du hast Recht. Es ist nicht an mir, diese Geschichte zu erzählen.«

»Was ich nicht gesagt habe.«

Die Situation wuchs mir über den Kopf, aber es gelang mir, Jamila zu fragen, ob sie in Worte fassen wolle, was sie empfinde.

Sie sagte: »Was ich empfinde ist, das war ein Scherz, weil ich wusste, dass sie ausrasten würde.«

Ich bot Jamila an, später unter vier Augen mit mir zu sprechen, falls sie das wolle. Mir war nicht klar, ob sie sauer war oder gekränkt oder nichts dergleichen; überhaupt begriff ich nur die Hälfte der Dynamik im Raum. Mein Instinkt sagte mir in solchen Situationen, es sei das Beste, mich zurückzulehnen, zuzuhören und zu lernen – aber sie sahen mich alle an, als erwarteten sie eine Lösung von mir. Es war eine sensible Situation, und dies waren sensible junge Menschen. Und ich selbst, so schien mir, war entgleist: Ich hatte den Verdacht ausgeplaudert, den ich gegen Sie hegte, und er hatte sich in einem Nebel jugendlicher Angst und weißer Schuldgefühle aufgelöst.

Ich sagte: »Das sind wichtige Themen, über die man sprechen muss, und vielleicht könnten wir sie sogar in den Podcast einfließen lassen. Aber unser Kurs ist schon zur Hälfte vorbei. Britt, ich glaube nicht, dass Sie jetzt noch das Projekt wechseln können.«

Außerdem setzte mir der Gedanke, Britt würde mit dem Podcast aufhören, auf einmal genauso zu, wie es mich anfangs beunruhigt hatte, dass sie damit anfing. Sie sollte unbedingt weiter forschen. Was getan werden musste, konnte ich nicht selbst tun; ich musste im Hintergrund bleiben.

»Ich weiß«, sagte Britt, und ich befürchtete, wir würden gleich echte Tränen erleben.

Also sagte ich: »Alder, können Sie mir noch Kaffee nachschenken? Wer will noch mehr Kaffee? Und dann unterbreiten Sie uns Ihre Theorien.«

»Moment!«, sagte Lola. »Sie haben uns doch gerade *Ihre* Theorie unterbreitet. Sie glauben also, es war der Musiktyp?«

Ich zögerte. Hier fiel für mich alles auseinander. Ich traute, was Sie betraf, keinem Gefühl und keinem Gedanken mehr. Einerseits glaubte ich, dass Sie irgendwie in die Sache verwickelt waren, andererseits konnte ich mir einfach nicht vorstellen, wie Sie ihr den Kopf einschlugen. Warum nicht?

Weil ich Sie als guten Lehrer und zugewandten Vater kannte? Weil Sie Opern mochten? Weil Sie so leicht rot wurden und daher so empfindsam wirkten? Weil ich in die offensichtlichste Falle getappt war, indem ich mir eine Affekthandlung eher von dem dunkelhäutigeren Omar vorstellen konnte?

Ich hatte natürlich Zeit gehabt, ganze dreiundzwanzig Jahre, mich an das Bild von Omar als Mörder zu gewöhnen, und sein Polizeifoto und seine Verurteilung hatten die Tatsache außer Kraft gesetzt, dass ich auch ihn als empfindsamen Menschen kannte. Omar zeigte mir, als ich mir das Fußgelenk verstaucht hatte, wie ich es mir selbst tapen konnte. Omar brachte den Ruderern und Ruderinnen die Meditationstechnik der Wechselatmung bei, jeweils durch nur ein Nasenloch. Omar war allergisch gegen den Farbstoff in gelben Skittles, und anstatt sie wegzuwerfen, hatte er immer eine kleine Schale mit ausschließlich gelben Skittles auf seinem Schreibtisch stehen, aus der jeder sich bedienen durfte.

In meinem Kopf herrschte Chaos. Mein Hals tat weh, und ich fragte mich, ob ich es in der Kälte geschafft hatte, krank zu werden.

Ich sagte: »Mir geht es vor allem um etwas anderes: Es gab fünfhundert Schülerinnen und Schüler in Granby. Und etliche Lehrkräfte. Und wie Britt zurecht gesagt hat, war Omar der Einzige, den sie wirklich unter die Lupe genommen haben.«

»Plus das ganze sonstige Personal, oder?«, sagte Alder. »Außenanlagen, Cafeteria?«

Britt schüttelte den Kopf und sagte leise: »Niemand, der nicht auf dem Gelände wohnte, war noch hier. Außer Omar und einem Sicherheitsmann. Am Crown-Street-Ausgang gab es eine Videokamera, und die Zufahrtsstraße war für die Nacht gesperrt – man wusste also von jedem Auto, das kam oder wegfuhr. Und dann, also, ich denke mal, wegen des Rauchalarms waren ja auch Feuerwehrleute auf dem Gelände. Aber das scheint weit hergeholt.«

Alder fragte: »Um wie viel Uhr hat Omar denn das Gelände verlassen?«

»23 Uhr 18«, sagte Britt. »Was perfekt mit dem Todeszeitpunkt übereinstimmt, das war also nicht gut für ihn. Und er fuhr zu schnell.«

»Es war auf *Dateline*«, sagte Alyssa.

Das hatte ich vergessen. Etwas in mir gab nach, setzte sich. Ich sagte: »Genau. Und sein Alibi ist, dass er zu der Zeit, als sie starb, allein in dem Gebäude war, in dem sie starb. Was kein Alibi ist. Es ist das Gegenteil eines Alibis.«

41

Jetzt wollten sie alle das *Dateline Spezial* schauen – womit die Zeit besser verbracht schien, als weiter herumzusitzen und Britt beim Schmollen zuzusehen –, also klappte Alyssa ihren Laptop auf, und bei einem Streaming-Anbieter fanden wir es.

Wir übersprangen das Intro und spulten ein paar Minuten vor. Hier waren Myron und Caroline Keith an ihrem Küchentisch, hinter ihnen ein Glasschrank mit geschmackvollem Geschirr.

Alder sagte: »Moment, geht ein Stück zurück, wir haben *Camelot* verpasst!«

Er wurde überstimmt.

Myron Keith sagte: »Sie war unser Wildfang.« Da war Thalia, ohne Schneidezähne, kniend, im Fußballtrikot. »Aber ehe wir's uns versahen, war sie eine junge Frau.«

»Sie war nicht glücklich zu Hause, in der zehnten Klasse«, sagte ihre Mutter. Caroline sah hübsch aus, dünn, mit einem silbernen Kurzhaarschnitt. »Hinter ihr lag eine unschöne Trennung, und noch dazu hatte sie sich mit ein paar Freundinnen zerstritten. Wir dachten, ein Wechsel aufs Internat wäre gut für sie. Und in Granby versicherte man uns, dass man die Kinder im Auge behalten, dass man gut auf sie aufpassen würde.« An dieser Stelle brach ihre Stimme ein wenig.

Die Kamera schwenkte zu Thalias jüngerer Schwester, damals Anfang Zwanzig. Ich erinnerte mich an Vanessa als selbstbewusste

Elfjährige, die einen französischen Akzent nachahmte, als sie am Ende der elften Klasse Thalias Seite des Zimmers zu räumen half. Und ich erinnerte mich, wie sie im Frühjahr darauf bei der kirchlichen Trauerfeier für Thalia mit düsterer Miene, aber zappelig neben ihren Eltern in der Neuen Kapelle saß. Auf dem Bildschirm wirkte sie müde, und die Make-up-Crew hatte ihre Grundierung zu dick aufgetragen.

»Sie war glücklich dort«, sagte Vanessa. »Zumindest schien es so.«

Thalias älterer Halbbruder, der wie der Star einer Fernsehschnulze aussah, nickte ernst. Ich hatte ihn nie kennengelernt. Er erzählte von einem Besuch bei ihr in Granby, davon, wie beeindruckt er gewesen sei.

Und hier kam Archivmaterial: Gründungstag, Schülerinnen und Schüler mit Rucksäcken, die über die Mittelbrücke gingen, ein Jungs-Achter auf dem Connecticut River. Volle Tribünen bei einem Footballspiel, Fans, die *You can't beat the Granby Dragons! Your offense is awful and your defense is laggin'!* sangen.

»Oh«, sagte ich bei der nächsten Szene. »Das ist Mr. Hoffnung! Das ist Ms. Hoffbarths Vater!« Man sah ihn etwas an die Tafel kritzeln.

Als Nächstes war Dr. Calahan in ihrem Büro zu sehen, das frühzeitig weiß gewordene Haar tadellos hinter die Ohren gesteckt. »Thalia war eine herausragende Schülerin und Sportlerin, beliebt, sozial engagiert«, sagte sie mit fürsorglicher Wärme in der Stimme. »Sie verkörperte den Geist von Granby.«

Auf das Interview mit ihr folgte der Teil, auf den wir gewartet hatten: Lester Holt legte mit finsterer Miene den zeitlichen Ablauf am 3. März 1995 dar. »Um einundzwanzig Uhr war *Camelot* zu Ende.«

»Zweifelhaft!«, rief Alder dazwischen.

Der Schlussapplaus – Thalia, wie sie sich am Arm von Max Krammen als Merlin verbeugte. »Die Schüler liefen über den knirschenden Neuschnee zurück zu ihren Wohnheimen, wo ihre Bücher auf sie warteten.«

»Falsch«, sagte ich. »Kein Neuschnee, sondern Schneematsch und Schlamm.«

Die nächste Einstellung zeigte den Flur von Singer-Baird, alle Türen geschlossen. »Gegen dreiundzwanzig Uhr, Ausgangssperre, war Thalia Keith allerdings anderswo.« Keine Erwähnung von Jenny Osaka, dem Mikrowellenvorfall, den Gründen, aus denen Miss Vogel Thalias Abwesenheit übersehen hatte.

»Der nächste Tag war ein Samstag«, fuhr Lester Holt fort, »ein Tag, an dem keine Aktivitäten angesetzt waren. Selbst an der strengen Granby School dürfen die Schüler am Wochenende ihre Freizeit genießen. Doch es wurde Nachmittag, und Thalia Keith ... war nirgends zu finden.«

»Wie er ›Granby‹ sagt, schrecklich«, sagte Jamila. Ich gab ihr Recht. Es klang irgendwie spöttisch und geziert zugleich. »Diese Sendungen, die stellen den Schulbesuch hier immer so dar, als wäre man blöd genug, allein in ein Haus zu gehen, in dem es spukt.«

Das traf es genau. Als würde jeder, der auch nur über ein wenig Grips verfügte, einen weiten Bogen um ein mitten im Wald gelegenes Internat machen, wo alle so privilegiert waren, dass das Karma es garantiert schon auf sie abgesehen hatte.

Lester Holt erklärte, wie der Verdacht auf den fünfundzwanzigjährigen Sporttrainer gefallen war, den einzigen Menschen, von dem man wusste, dass er an dem Abend in dem Sportkomplex gewesen war.

Omar sei um 20:15 von einer Fahrt mit den Hockeyspielerinnen zurückgekommen, die ein Auswärtsspiel in St. Paul's gehabt hätten, hieß es weiter. Er habe die Sporthalle aufgeschlossen, in seinem Büro Papierkram erledigt und von 20:53 bis 22:02 Telefonate geführt. Wie Britt gesagt hatte, war er um 23:18 vom Schulgelände gerast – was ihm gerade genügend Zeit gelassen habe, so die Kriminalpolizei, Thalia zu töten, alle Spuren zu beseitigen und vom Tatort zu verschwinden.

»Ein unabhängiger medizinischer Sachverständiger, den die Verteidigung hinzuzog«, sagte Lester Holt, »führte an, dass Thalia bereits vor zehn Uhr gestorben sei, was Omar Evans ein starkes Alibi gegeben hätte.«

»Mit wem hat er überhaupt telefoniert?«, fragte Jamila. »Vielleicht war er ja auch bei irgendeiner Firma in der Warteschleife und hat den Hörer weggelegt.«

Britt schüttelte den Kopf. »Er hat wegen eines verletzten Schülers mit einem Elternteil und einer Ärztin gesprochen und gleich danach mit dem Fachbereichsleiter Sport. Die haben alle drei eidesstattliche Versicherungen abgegeben.«

Jetzt sahen wir Omars Anwalt, der erklärte, dass New Hampshire nicht zu den Staaten zähle, in denen Verhöre in Untersuchungshaft aufgezeichnet werden müssten – es gebe also kein Protokoll der fünfzehn Stunden, in denen Omar ohne anwesenden Anwalt verhört worden sei. Es gebe kein Protokoll davon, was gesagt und getan worden sei, bevor er eine Aussage unterschrieben habe, der zufolge er seit einiger Zeit ein sexuelles Verhältnis mit Thalia Keith gehabt und sie nicht bloß mit Hasch, sondern mit harten Drogen bestochen habe und wütend geworden sei, als sie die Sache beenden wollte, worauf sie in seinem Büro in Streit geraten seien und er sie mit dem Kopf gegen ein Poster an der Wand gestoßen, sie dann gewürgt und ins Wasser geworfen und in der Annahme, sie sei tot, dort zurückgelassen habe.

Weniger als vierundzwanzig Stunden später widerrief er sein Geständnis mit der Begründung, dass es erzwungen gewesen sei.

Omar erschien auf der Bildfläche, in einem waldgrünen Overall und mit kahlrasiertem Kopf, auf der Brust ein medizinisches Pflaster mit seinem Nachnamen darauf. Im Gesicht wie auch sonst war er dicker geworden, aber das kantige Kinn und die wachen Augen waren noch dieselben. Er sagte: »Sie haben sich eine Geschichte ausgedacht, und die haben sie in ihren eigenen Worten aufgeschrieben und gesagt, ich soll das einfach so wiedergeben, dann würde es als Unfall durchgehen, und das wär das Beste, was für mich rauskommen könnte.«

Als ich diese Szene zum ersten Mal gesehen hatte, war ich mir sicher gewesen, dass er log. Ich hatte konzentriert auf meinen Fernsehbildschirm geschaut, um zu erkennen, wo er sich verriet. Jetzt sah ich nichts als Resignation, Erschöpfung, anhaltende Verwirrung.

»Verdammt«, sagte Alder. »Deshalb muss man unbedingt immer auf einen Anwalt warten. Man denkt, das lässt einen verdächtig erscheinen, aber Alter ... Das muss man unbedingt.«

Der Rest der Sendung ging im Geschnatter der Kids unter: Omars Verurteilung und Einspruch, der Kampf von Thalias Familie, die wollte, dass er im Gefängnis blieb, Lester Holt, der sich am Ende schwer um *Camelot*-Parallelen bemühte, von wegen hier gebe es »kein *Sie lebten vergnügt bis an ihr seliges Ende.*«

4 2

Das schwerfällige Rad meines Gehirns begann sich endlich zu drehen.

In Thalias Magen war Alkohol, aber er war noch nicht in ihre Blutbahn gelangt.

Wenn es stimmte, dass sie hinter der Bühne aus dem Flachmann getrunken hatte, war sie sehr bald nach dem Ende von *Camelot* gestorben.

Wenn sie schon bald nach dem Ende der Show gestorben war, dann war sie gestorben, während Omar telefonierte.

Oh.

Ich rechnete noch einmal nach.

Himmel.

Aber wer würde sich nach all der Zeit noch daran erinnern, ob sie an jenem konkreten Abend hinter der Bühne etwas getrunken hatte? Wer könnte das je bezeugen?

43

»Können wir Musik hören?«, fragte Jamila, also machten wir das.

Offenbar warteten wir auf Mitternacht. Diese Kids waren noch jung genug, um mit dem Schlagen der zwölften Stunde Unfug, Partys und Geister zu verbinden und keine Abgabefristen, Babys mit Koliken und Nachtflüge.

Den Flachmann und meine Überlegungen zum zeitlichen Ablauf hatte ich noch nicht angesprochen. Ich wollte am Morgen mit klarem Kopf darüber nachdenken. Einen dritten Gegencheck machen.

»Wir sollten die Lampen ausschalten«, sagte Alder um 23:58. »Wir sollten absolut stillsitzen und einladende Vibes aussenden. Und die Aufnahme wieder starten!«

Jamila sagte, dann würde sie einschlafen – sie lag ja schon auf dem Boden –, aber Alders Antrag ging durch.

Sagen wir, statt Britts und Alders unkontrollierbaren Gekichers und ihrer gegenseitigen Ermahnungen, leise zu sein, statt des spitzen Schreis, als Alyssa Lola am Nacken kitzelte, statt der Stille, die sich schließlich über uns legte, sei Thalia erschienen, sei ihr Gesicht leuchtend im Fenster aufgetaucht. Sagen wir, sie hatte einen Flachmann in der Hand.

In jener Woche befand ich mich in einem Geisteszustand, in dem ich mich genau an den Klang ihrer Stimme erinnern konnte. Zum Beispiel, wenn sie sagte: »Wie *random*!« Oder wenn sie lachte und dabei Schluckauf bekam. Oder wenn sie beim Anziehen Chormusik sang und der Sopranpart von *Wade in the Water* über ihrer offenen Schranktür aufstieg.

Sagen wir also, in dieser Nacht im Gage House erschien ihr Gesicht im Fenster, und sie sagte, was sie sagen würde, wenn sie es könnte: *Bodie. Die Drogentheorie kam von dir. Du hast sie erfunden, und sie haben auf dich gehört. Omar war am Telefon. Was verstand man 1995 schon von DNA?*

Sagen wir, sie fragte: *Wer hat mehr Grund, ein Mädchen zu töten? Der Mann, der ihr den Ellbogen tapet, oder der Mann, mit dem sie schläft?*

Sagen wir, sie fragte: *Wie oft hast du an meinen toten Körper unter der Erde gedacht? Wie oft hast du an Omars lebendigen Körper im Gefängnis gedacht? Wessen Körper kann befreit werden?*

Vielleicht sagte sie: *Alle waren es. Denny Bloch und Omar Evans und Robbie Serenho und die Lehrerinnen und Lehrer, die nichts unternahmen, und die Jungs, die das alles so witzig fanden. Dorian Culler und der ganze Cast des Stücks und Mrs. Ross und Rachel und Beth und meine Eltern, die mich wegschickten, und Khristina, die meine BHs und meinen Körper zum Gesprächsgegenstand machten, und du und du und du und du und du.*

Aber nein – meine Augen waren geschlossen, und ich döste. Um 0 Uhr 05 schaltete Alder eine Lampe wieder ein, und wir saßen da, so ruhig wie Leute nach einem Yogakurs. »Ich hab was *gespürt*«, sagte er.

Lola sagte: »That's what *she* said«, und schon ging das Geplapper und Gekicher wieder los.

#5: Ich

Ich war es selbst. Ich erinnere mich nicht daran, ich weiß nicht, wie es möglich ist, aber ich habe es in einem Anfall von Eifersucht getan und vollständig verdrängt, und all die unterbewussten Anstöße, die mich zurück nach Granby und bis zu diesem Moment geführt haben, kamen aus dem Schmelzkern der Schuld in meiner Seele.

Ein lächerlicher Gedanke, aber als ich am Sonntagmorgen Fieber bekam und mein Körper für jene Stunden in der Schlucht bezahlte, lag ich im Halbschlaf, käute immer dieselben Träume wieder und war mitunter überzeugt, dass ich Thalia zum Schwimmbad gefolgt war. Nein, dass ich sie dorthin geführt hatte. Oder sie im Pool angetroffen hatte und mit ihr geschwommen war, bis sie mich anschaute und eine Hand an den blutenden Kopf hielt.

Was war mein Alibi? Dass ich die Lichter und das Beleuchtungspult ausgeschaltet, die Requisiten wieder an ihre Plätze geräumt, das Theater abgeschlossen hatte, ins Wohnheim zurückgegangen war und dort allein Schulaufgaben gemacht hatte, bis der Feueralarm losging.

Was, wenn meine Erinnerungen so fehlerhaft waren wie Träume? Was, wenn meine Träume in Wahrheit Erinnerungen waren? Was, wenn wir zusammen in geliehenen Badeanzügen geschwommen waren, bis das Wasser schwer und dick wurde, bis Omar uns einen Rettungsring zuzuwerfen versuchte, der aber bloß unterging? Und da – da waren Sie und warfen Steine von der Aufsichtsplattform, die uns immer wieder verfehlten, also nahm ich einen und half Ihnen, ich hob ihn über Thalias Kopf und schlug zu. Dann sank ich, selbst ein Stein, auf den Grund; sank hinunter und lebte dort jahrelang.

4 4

Nachdem ich das Fieber gegen Nachmittag weitgehend weggeschlafen und den Rest medikamentös gesenkt hatte, rief ich per FaceTime Jerome an. Die Kinder sausten mit dem iPad im Haus herum, zeigten mir die Rennmaus, die Fische, den Hintern der Katze. Leo wollte wissen, ob in New Hampshire Schnee liege, also ging ich mit dem Handy nach draußen und zeigte ihm den wenig eindrucksvollen Harsch. Er verlangte, dass ich einen Schneeball machte, und ich tat mein Bestes.

»Mommy«, sagte Silvie, »ich fresse gerade mein Heu.« Aus ihrem Mund hingen gelbe Wollfäden.

Jerome schickte sie in den Keller, und ich fragte ihn, wie es ihm gehe.

Er sagte: »Ich glaube, es wird nicht wieder gut werden.« Er meinte, für ihn selbst.

»Offenbar bin ich in Teufels Küche geraten, weil ich dich verteidigt habe«, sagte ich.

Er legte den Kopf in den Nacken, rollte ihn hin und her. »Ich weiß. Das hättest du nicht machen sollen. Also, es wäre nicht nötig gewesen. Du schaltest so schnell in den Mama-Bär-Modus.«

Von den negativen Folgen für den Podcast schien er nichts zu wissen, und weder war es nötig, es ihm jetzt unter die Nase zu reiben, noch wollte ich es laut aussprechen.

Er sagte: »Sind das nicht dieselben Leute, die an Rehabilitation glauben? Ehrlich, wenn ich vor fünfzehn Jahren jemanden bei einem Raubüberfall erschossen hätte, würden sie dafür kämpfen, dass alle mir vergeben. Sie würden sagen, ich hätte aus meinen Fehlern gelernt.«

»Das – Jerome. Komm schon.«

»Wer war noch mal dieser Sänger aus Boston – dass der mal jemanden umzubringen versucht hat, weiß doch heute kein Schwein mehr.«

»Ich bin froh, dass du niemanden erschossen hast. Und du würdest auch nicht tauschen wollen.«

»Aber schlecht in Beziehungen zu sein, ist anscheinend schlimmer als Mord. Ich kapier's nicht. Ich möchte zu Hause bleiben und nie wieder mit Menschen reden.«

»Wie wär's, wenn du mit den Kindern was kochst? Das hilft immer.«

Er sagte: »Für dich ist doch alles okay, oder? Du kommst da heil raus?«

Silvie war wieder da, weinend. Sie sagte: »Mommy, Leo ist auf meinen Schwanz getreten. Er hat sich nicht entschuldigt, und jetzt tut mein Schwanz weh, und meine Mähne tut auch weh.«

45

Am Montagmorgen hatten sich auf jeden Ast und jedes Geländer ein paar Zentimeter Schnee gelegt. Auf dem Boden bedeckte er die alten, hart gewordenen Stellen, sodass man mit den Stiefeln durch weiche Wolken sank, nur um auf Eis zu stoßen.

Solchen Schnee hatte ich seit meinem Weggang aus Granby nirgends mehr gesehen. Weder in New York, wo die Haufen binnen Stunden körnig und schwarz wurden. Noch in der Zeit, die ich in London verbracht hatte. Und natürlich schon gar nicht in L. A.

Ich stellte mir vor, ich würde alle möglichen Sachen von mir wiederfinden, wenn es in New Hampshire plötzlich taute. Den Taschenrechner, den ich in der Elften verloren hatte, sodass ich mein ganzes Babysittergeld für einen neuen ausgeben musste. Das Glasperlenarmband, das Carlotta mir zu Weihnachten geschenkt hatte und das mir dann auf der Nordbrücke vom Handgelenk gerutscht war. Und in dreiundzwanzig Jahre altem Dauerfrost würde ich irgendeinen kleinen, perfekten Gegenstand finden, den Thalia mal hatte fallen lassen, irgendetwas ungeheuer Wichtiges. Ihr Tagebuch, einen Stift mit entscheidenden Fingerabdrücken, ein Taschentuch mit den aufgestickten Initialen ihres Mörders. Ich würde Yahav wiederfinden, ich würde meinen Podcast wiederfinden, ich würde die unbeschadete erwachsene Frau wiederfinden, die ich noch vor einer Woche gewesen war.

Auf dem Weg über den Campus atmete ich tief die Kälte ein.

Die Sonne zeigte sich, nur um grell zu Boden zu scheinen, von dort abzuprallen und mich von unten zu blenden.

(Genau in diesem Moment, auf der anderen Seite des Staates, stand Omar aus dem Bett auf, sechsunddreißig Stunden nach seiner OP, um ein paar Schritte auf den Krankenhausfluren zu tun – flankiert von Krankenschwestern und Wärtern. Das war nur möglich, wenn sie die Flure zuvor räumen konnten, damit er auf keine anderen Patienten und kein Krankenhauspersonal traf, weshalb diese Runden sicher nicht annähernd häufig genug stattfanden. Auch wurde er viel zu früh auf die Krankenstation des Gefängnisses zurückverlegt, weil man der Ansicht war, dass es den Staat zu teuer komme, ihn die eigentlich vorgesehene volle Woche bleiben zu lassen. Dennoch: Seine Heilung schritt voran. Er bewegte sich. Diese spezielle Verletzung würde er durch pures Glück überleben. Als er in sein Zimmer zurückkam, machten sie sein rechtes Handgelenk und sein linkes Fußgelenk wieder mit Handschellen am Bettgestell fest.)

Im Kursraum saßen sie schon alle auf ihren Plätzen und brüteten in angespanntem Schweigen vor sich hin. Albernerweise dachte ich, es hätte etwas mit mir zu tun; vielleicht hatten sie gehört, ich sei sexistisch und rassistisch, eine, die Sextätern den Weg bereitete. Vielleicht wollten sie aus dem Kurs aussteigen. Vielleicht wollten sie, dass ich Granby verließ.

Britt sagte: »Kann ich kurz auf dem Flur mit Ihnen sprechen?« Es war Zeit, mit dem Unterricht anzufangen, aber sie redete sowieso schon weiter. »Ich hab mir gedacht, ich könnte auf den Mord an Barbara Crocker umsteigen.«

»Mehr als die Hälfte des Kurses ist schon vorbei«, sagte ich. »Sie könnten vielleicht in der zweiten Folge darauf umschwenken, aber im Grunde –«

»Nein«, sagte sie. »Ich möchte alles löschen, was ich bisher gemacht habe.«

Jamila stöhnte laut auf. »Britt, jetzt krieg dich mal wieder ein und mach zu Ende, was du angefangen hast. Es kommt mir langsam so vor, als ob du mich für meine Kritik bestrafen willst.«

»Will ich *nicht*!«, sagte Britt. Sie schien kurz davor, in Tränen auszubrechen.

Alder sagte: »Hey. Hey. Okay.« Er klopfte sich sacht auf die Oberschenkel. »Ganz ruhig. Hör mir mal zu. Ich ringe auch mit meinem Projekt, weil ich ehrlich gesagt nicht mal mehr weiß, worum es da eigentlich geht.« Da wollte ich ihm nicht widersprechen. »Wie wär's, wenn –«

»Ich will nicht mit dir tauschen«, sagte Britt. »Ich will einfach nur aufhören.«

»Nein! Wie wär's, wenn wir deins zusammen machen? Ich will es dir nicht wegnehmen, aber du weißt, dass ich inzwischen von dem Fall besessen bin.«

Jamila verdrehte die Augen, als wäre Alder einer, der andauernd weißen Mädchen aus der Verlegenheit half.

Alder sagte: »Ginge das, Ms. Kane?«

»Ich denke, das wäre in Ordnung.« Vor allem, wenn es bedeutete, dass jetzt niemand anfing zu weinen. »Und vielleicht könntet ihr beide dann zwei Folgen zusätzlich machen, damit es hier gerecht zugeht.«

Britt wirkte ungeheuer erleichtert, Alder begeistert. Jamila flüsterte Alyssa etwas zu, und Alyssa grinste in ihr Notizheft.

»Weil, ganz ehrlich«, sagte Alder, »ich bin jede Nacht ewig aufgeblieben und habe was zu dem Fall gegoogelt.«

Ich sagte: »Britt? Bist du damit einverstanden?«

Britt schaute kurz zu Jamila, die ihr ihren Segen aber nicht geben würde. »Ja, ich – das wäre viel besser. Schon um noch mehr – mehr Perspektiven zu haben. Und vier Folgen sind kein Problem.«

»Dann ist ja alles klar, denke ich.«

Lola sagte: »Jetzt erzähl ihr von der *Entwicklung*!«

»Oh.« Britt brachte ein kleines Lächeln zustande. »Ich habe eine Antwort von Thalias Schwester bekommen.«

Ich hatte nicht gewusst, dass sie Vanessa kontaktiert hatte. Ich versuchte auszurechnen, wie alt sie jetzt war.

»Die Eltern haben nicht zurückgeschrieben, aber sie schon. Sie wirkte genervt, also, an keinem Gespräch interessiert. Aber sie hat all die Sachen aufgelistet, die sie hat, alle Arztberichte und die Protokolle von den Vernehmungen hier im Internat, also die der Staatspolizei und die der Privatdetektive. Was gigantisch ist, weil es das auf der *Free Omar*-Seite alles nicht gibt. Aber sie hat mir nicht angeboten, die Sachen einzusehen. Ich glaube, sie dachte, dass wir was Offizielleres damit vorhaben.«

»Sie *hat* das alles?«, sagte Alder. »Das ist ja – okay, kann ich mit ihr sprechen? Wo immer sie ist, ich nehm ein Uber. Jetzt sofort, mein voller Ernst.«

Britt zuckte mit den Schultern. »Sie klang so, als ob sie das absolut nicht will. Aber ich kann dir zeigen, was sie geschrieben hat.«

Ich sagte: »Hätten Sie was dagegen, es mir auch zu zeigen?« Ich wollte jedes Dokument sehen, das Vanessa hatte, und zwar auf der Stelle. Meine Hals- und Ohrenschmerzen waren wie weggeblasen. Ich fühlte mich zum ersten Mal seit Tagen wieder wach. Mit den Vernehmungsprotokollen würde ich Stunden verbringen können, Wochen. Mir wurde bewusst, dass auch meine eigenen Worte darin enthalten waren. Ich sagte: »Ich werde mich nicht weiter einmischen, aber ich kannte Vanessa. Vielleicht – ich könnte ihr zumindest kurz schreiben, dass Sie in meinem Kurs sind. Ich weiß nicht, ob sie sich an mich erinnert, aber schaden kann es ja nicht.«

Ich erzählte ihnen von dem Flachmann und meiner Theorie zum zeitlichen Ablauf. Das schien Britt vollends aufzuheitern; hier war etwas, womit ihre zweite Folge beginnen könnte. Lola sagte: »Ihr könnt meinen Onkel fragen! Wenn es hinter der Bühne Alkohol gab, war er mit ziemlicher Sicherheit beteiligt.«

4 6

Britt und Alder fragten mich nach weiteren Leuten aus meinem Jahrgang, mit denen sie reden könnten, und ich musste scharf nachdenken, wer dafür aufgeschlossen wäre. Geoff Richler fiel mir ein, der hatte zwar Thalia kaum gekannt, war aber immerhin derjenige gewesen, der Jimmy Scalzittis Matratzenparty-Fotos entwickelt hatte. Außerdem war Geoff witzig und klug und würde einen guten Podcast-Gast abgeben. Er lebte in New York, und im Lauf der Jahre hatten wir immer wieder groß getönt, uns auf einen Drink zu treffen, wenn ich mal in der Stadt wäre, es aber nie auf die Reihe gekriegt. Er schrieb mir immer, während er meinen Podcast hörte, solche Sachen wie *Ich bin jetzt bei der Stelle, wo sie süchtig nach Amphetaminen ist. Lauf um dein Leben, Judy!* Einmal revanchierte ich mich, indem ich mir seinen TED-Talk online anschaute und ihm pausenlos Kommentare schrieb. (*Du drehst dich nach links! Du hast dich gerade geräuspert! Uuuh, der Online-Markt als unwahrscheinlicher Ansporn für lokales Wachstum!*)

Ich warnte ihn kurz vor, dass sich ein paar Leute aus meinem Kurs bei ihm melden würden, und er schickte mir ein GIF von einem Popcorn essenden Affen.

Mein Filmkurs fand diesmal zur Abwechslung abends statt, also lieh ich mir nach dem Mittagessen Annes Schneeschuhe aus, und Fran und ich machten einen Spaziergang auf dem frisch verschneiten Nordic Trail; eins unserer Gesprächsthemen war Geoff.

»Seine letzte Freundin«, sagte Fran, »war geradezu lächerlich heiß.« Sie hatte sie beide beim Klassentreffen zu unserem Zwanzigjährigen gesehen, das ich verpasst hatte.

Ich sagte: »Also – ich sehe ihn jetzt objektiv, und klar, er ist attraktiv und erfolgreich. Trotzdem ist er unser kleiner Geoff.«

»War da nicht sogar mal ein Model im Spiel? Oder nein, warte, eine Fitnesstrainerin.«

»In Granby ist der Gute nicht ein einziges Mal zum Zuge gekommen«, sagte ich.

»Wie auch. Er war viel zu sehr damit beschäftigt, dich und Carlotta anzuschmachten.«

»Nee«, sagte ich, »mich nicht.« Ich hätte ihr gern den Blick zugeworfen, den ihre Bemerkung verdiente, aber sie ging vor mir. »Nur Carlotta.« Fran schnaubte.

»Erinnerst du dich noch an seine T-Shirts?«, sagte sie. »Ich glaube, die waren sein halbes Problem.«

Aus den Untiefen meines Gedächtnisses kamen mir jetzt die drei gleichen T-Shirts in verschiedenen Farbtönen wieder in den Sinn, die er im ersten Granby-Jahr abwechselnd getragen hatte – juwelenfarbene Rugby-Shirts mit weißen Paspeln an Kragen und Bündchen. Hemden, die man Fünfjährigen anziehen würde.

»Der arme Geoff«, sagte ich.

Ich war außer Atem, weil ich mich die ganze Zeit anstrengen musste, um mit ihr Schritt zu halten. Das Leben in L. A. lässt einen manchmal vergessen, wie es ist, sich mit Kleidung oder Ausrüstung fortzubewegen, die etwas wiegt.

Wir waren jetzt ungefähr dort, wo früher die Matratzen gewesen sein mussten, allerdings hatten die Bäume und auch der Weg selbst sich so sehr verändert, dass ich die genaue Stelle nie wiedergefunden hätte.

Fran sagte: »Zwischen uns ist doch alles okay, oder? Du bist mir nicht böse wegen neulich Abend? Ich möchte ja nur nicht, dass du dir diese ganze Verschwörungsdenkweise zu eigen machst.«

Fast hätte ich sie gefragt, ob ich mich ihrer Meinung nach so langsam in Dane Rubra verwandelte, aber damit hätte ich zugegeben, dass ich wusste, wer Dane war, was nicht hilfreich gewesen wäre.

»Wie gesagt, es ist nicht mein Projekt. Wenn ich wüsste, wie man Teenager einer Gehirnwäsche unterzieht, wäre ich reich.«

»Okay, gut. Es wird so viel irres Zeug geredet. Wir haben sie doch alle zusammen in einem satanischen Ritual getötet, oder?«

»Ich bin immer noch sauer, dass ich nicht eingeladen war.«

»Und dann all das Zeug über Barbara Crockers Mörder. Und das mit der Punkt-Theorie.«

Ich ließ es sie zweimal wiederholen und hatte immer noch keine Ahnung, wovon sie sprach.

»In ihrem Jahresplaner? Oh, mein Gott, schau dir das bloß nicht an, das hältst du nicht aus. Ich nehme an, ihr Planer war in ihrem Rucksack, als sie gefunden wurde, aber er wurde nie als Beweisstück zugelassen.«

»Das klingt ... ungut«, sagte ich.

»Weil da bloß schulisches Zeug drinstand. Für ihre privaten Sachen hat sie den nicht benutzt. Aber an bestimmten Tagen sind da so farbige Punkte, und die Reddit-Irren meinen, das war eine Art Code.«

»Die stehen für ihre Periode«, sagte ich, stolz, dass ich das wusste und dabei zugleich so vernünftig klang.

»Das scheint mir *wesentlich* logischer, als dass es ein Freimaurercode gewesen wäre oder so was.«

Ich sagte: »Wenn es keine Blindenschrift ist, bin ich mir *sicher*, dass sie ihre Periode damit festgehalten hat. So hat sie es nämlich gemacht, als wir zusammenwohnten.«

Das stimmte; nachdem ich ihr mein System erklärt hatte, bat sie mich in jenem Frühjahr irgendwann um einen roten Stift. »Guck mal!«, sagte sie. »Wie brav ich bin!«

Worauf ich gesagt hatte: »Oh, okay. Ich markiere die Seite immer gleich mit meinem Menstruationsblut.« Thalia sah mich entsetzt an und stieß ein zaghaftes kleines Lachen aus. Damit sie es nicht vor ihren Freundinnen wiederholte, musste ich den Witz kaputtmachen und ihr sagen, es sei nur Spaß gewesen.

Wir erreichten jetzt den höchsten Punkt des Weges und blieben stehen, um von oben auf das Schulgelände hinabzuschauen. Man konnte den Tigerwhip sehen und die Kirchturmspitzen der beiden Kapellen, die aus dem Baumkronendach herausragten.

Wir besprachen den Klatsch des Tages, nämlich die sich anbahnende Liebschaft meines Hausmitbewohners mit Amber, der Lateinlehrerin, die ihm auf der Party offenbar so gefallen hatte. Oliver lebte in New Jersey, was nicht zu weit entfernt schien, um etwas Vielversprechendes am Laufen zu halten.

»Fragt sich nur«, sagte Fran, »ob wir Amber endgültig verlieren oder Oliver für immer hierbehalten.«

Ich bin mir sicher, dass Fran noch einige Kilometer weitergewandert wäre, aber sie hatte Erbarmen mit mir, und so kehrten wir nach kurzem Aufenthalt auf der Anhöhe um.

Vorsichtig sagte sie: »Also, du weißt ja, dass ich *Starlet Fever* auf Twitter folge.«

»Ach, du Schande.«

»Ich verstehe gar nicht, was da los ist.«

»Es geht um Jerome.«

»Klar, da*s* hab ich kapiert. Aber was zum Teufel ist mit *dir* passiert?«

Was sie gesehen hatte, waren die zornigen, kryptischen Tiraden, die die Leute unter allen alten Tweets zu der Sendung gepostet hatten. Ich setzte sie, so gut ich konnte, ins Bild, schaffte es sogar, über mich selbst zu lachen, über meinen alkoholisierten Badewannen-Thread, meine ungeschickten Daumen.

»Ich habe angeboten, aus dem Podcast auszusteigen«, sagte ich. »Vielleicht schreibe ich ein Buch. Über die frühen Drehbuchautorinnen, Anita Loos, Frances Marion und all die.«

»Ich habe keine Ahnung, wer diese Leute sind«, sagte Fran, »aber nein, deshalb gibst du *nicht* deinen Job auf.«

Ich sagte: »Vor 1925 wurde fast die Hälfte aller Drehbücher zu den Filmen, die in Hollywood produziert wurden, von Frauen geschrieben. Aber sobald es um richtiges Geld ging, übernahmen die Männer das Ruder.«

»Twitter ist nur Twitter«, sagte sie.

Ich sagte: »Wir sind jetzt endlich wieder bei so was wie fünfundzwanzig Prozent angelangt; lange Zeit waren es praktisch null.«

»*Bodie*«, sagte sie. »Ignoriere es einfach, irgendwann zieht es vorbei.«

Ich fand es wunderbar, dass Frans Ratschläge immer das Wort »einfach« enthielten. (Sag dem Typen einfach, dass du ihn magst, nimm dir einfach mehr Zeit, frag die Robesons einfach, ob du bei mir wohnen darfst, sag einfach, du willst eine Gehaltserhöhung.)

»Dafür könnte es zu spät sein«, sagte ich.

»Dann hast du jetzt vielleicht was gelernt. Bleib dem Internet fern, da haben doch alle einen an der Waffel.«

Ich beschloss, nicht darauf einzugehen, dass sie über mehr sprach als die Sache mit Jerome.

Sie sagte: »Das Leben ist nicht so chaotisch, wenn du dich vom Chaos fernhältst.«

47

Das Beste, was ich an meinem geheimen Münztelefon mithörte, war ein Gespräch zwischen Geoff Richler und seiner Mutter im Herbst unseres letzten Schuljahrs. Ich hörte nur eine Minute zu, bevor ich ein zu schlechtes Gewissen dabei bekam, einen Freund zu belauschen, und auflegte. Sie hatte ihm erzählt, dass Opossums auf ihrem Rasen waren und die Stadt nichts dagegen unternehmen wolle.

»Ich hab ewig nicht an Opossums gedacht«, sagte Geoff. »Bis eben hatte ich im Grunde vergessen, dass es überhaupt welche gibt.«

»Sie sind garstig«, sagte sie.

»Winzig kleine Teufelsaugen«, stimmte Geoff ihr zu.

»Und Reißzähne!«

Am nächsten Tag hatten Geoff und ich die Tür zum Sportgeräteschuppen aufgehebelt, weil es zu regnerisch war, um zum Rauchen zu den Matratzen zu gehen. Der Schuppen war hinter der Sporthalle, gleich neben dem Footballfeld und der Leichtathletikanlage, mit einer unüberdachten Pressetribüne obendrauf. Der Raum selbst war so hindernisreich und unappetitlich, dass die Leute, die zur Pressetribüne hinaufwollten, meist die Leiter an der Seite des Gebäudes benutzten, anstatt über das Durcheinander aus orangenen Hütchen, Sprengern und Lacrosse-Toren zu steigen, um die wacklige Innentreppe zu nehmen. Wir setzten uns auf die blaue Hochsprungmatte, teils, weil sie so weich war, teils, weil meine Füße dann den Boden nicht berührten, wo manchmal Mäuse hin und her huschten. Wir machten Witze darüber, wie viele Leute sich hier wohl schon nackt ausgezogen hatten, aber Keime beunruhigten mich weniger als Mäuse. Es *roch* sogar nach Mäusen – nach Staub, Fäulnis, Spinnenweben und Schimmel. Der Schuppen war nur so groß wie zwei Wohnheimzimmer zusammengenommen, aber es gab endlose Ecken und Ritzen, wo sich Ungeziefer versteckt halten konnte. Daran erkannte ich meine Sucht: dass ich bereit war, nur für eine Zigarette hierherzukommen.

Ich sagte: »Weißt du, was noch schlimmer ist als Mäuse? Opossums.«

»Oh, mein Gott«, begann Geoff, doch bevor er weiterreden konnte, fuhr ich fort.

»Sie haben diese winzig kleinen Teufelsaugen. Aus irgendeinem Grund musste ich gestern an sie denken. Ich saß nachmittags um vier in meinem Zimmer, und plötzlich dachte ich so – Opossums. Ist das nicht komisch?«

Ich konnte nicht viel erkennen – der Schuppen wurde nur von einer einzelnen Glühbirne erleuchtet –, aber ich sah Geoffs weit aufgerissene Augen, und er schwieg ein paar Sekunden, was sein persönlicher Rekord gewesen sein könnte.

Dann sagte er: »Bodie, du machst mir Angst.«

»Wieso, hast du Angst vor Opossums?«

»Nein, ich – ich glaube, ich träume?«

Er erklärte mir sein Déja vu, und ich ließ mir nicht das Geringste anmerken. Einerseits wollte ich mir den Spaß nicht verderben, und andererseits fand ich es herrlich, dass er jetzt vielleicht glaubte, es gäbe eine besondere seelische Verbindung zwischen uns. Vielleicht war ich tatsächlich in Geoff verknallt, war es vielleicht die ganze Zeit schon gewesen. Wenn, dann war es ein grundlegend anderes Gefühl als das theoretische Verlangen, das ich jemandem wie Mike Stiles gegenüber empfand. Geoff war etwas zu klein für mich, was wohl erklärt, warum ich mir einreden konnte, ich hätte keine Gefühle für ihn – und es mir wiederum erlaubte, ihm näherzukommen, als es mir sonst möglich gewesen wäre.

Die Tür öffnete sich knarrend, und in einem Streifen Licht standen drei Neuntklässler, denen wir offenbar einen Heidenschreck einjagten. »Wir schauen uns nur ein bisschen um«, sagte einer von ihnen schnell. Vielleicht dachte er, wir wären Aufsichtsschüler. In der Dunkelheit konnte er wahrscheinlich gar nicht sehen, wer da war.

»Komisch«, sagte Geoff, »wir sind hier reingegangen, weil es so alarmierend nach Zigarettenrauch roch. Ihr habt nicht zufällig eine Ahnung, wo der hergekommen sein könnte?«

Der Mutigste sagte: »Macht ihr da drinnen rum oder was?«

»Kommt doch rein und schaut selbst«, sagte Geoff und begann, sich das Hemd aufzuknöpfen. Die Jungs fluchten und rannten lachend weg.

In einem anderen Universum hätte ich Geoff in diesem Moment geküsst. In diesem anderen Universum begriff ich, dass ich nicht abstoßend war, dass Geoff sich vielleicht sogar gefreut hätte oder zumindest geschmeichelt gewesen wäre. Ich wäre aus der Deckung gekommen, hätte mir erlaubt, einen echten, erreichbaren Menschen zu mögen anstatt toter Musiker oder des heißesten Jungen in Granby. Aber in der realen Welt kam es mir überhaupt nicht in den Sinn.

48

Am Abend zeigte ich meinem Filmkurs im Theater die Original- und die 1983er-Version von *Scarface*. Zusätzlich zu *Memento* hatten sie schon *Augen ohne Gesicht*, *Das Kabinett des Dr. Caligari* und *Fargo* gesehen, aber für sich allein. Hier war dieselbe Bühne, die ich beleuchtet hatte, während die anderen aus der Theater-Crew sangen und tanzten, dieselbe Bühne, auf der wir gelegentlich die Leinwand hatten herunterziehen und VHS-Filme schauen dürfen. Jetzt gab es einen Anschluss für meinen Laptop und eine Fernbedienung, mit der sich lautlos eine Leinwand entrollen ließ, so groß wie die Bühne selbst.

Es roch noch genauso wie früher, nach Sägespänen, Schweiß und Farbe; nur mein Beleuchtungspult war im Zuge der Entkernung und Erweiterung des Theaters ausgetauscht worden. Aber dies, teilte ich den jungen Leuten zunächst mit, sei der Saal gewesen, wo ich den Film für mich entdeckt hätte. »Ich war eine von wenigen, die den Projektor bedienen durften, also war ich förmlich gezwungen, in den Filmclub einzutreten.« Ich kam ins Reden, erzählte ihnen, wie Geoff Richler einer Handvoll von uns *Leoparden küsst man nicht* vorgeführt und uns erklärt hatte, dass niemand seine Dialogzeilen so nahtlos aneinandergefügt habe, wie Hepburn und Grant es hier täten, bevor Howard Hawks – der auch bei der 1932er-*Scarface*-Fassung, die wir gleich sehen würden, Regie geführt hatte – sie zu komödiantischer Geschwindigkeit hochgepeitscht habe, sodass sie immer wieder gleichzeitig redeten. Es war das erste Mal, dass ich einen Film wegen anderer Aspekte als der Handlung geschaut hatte. Und dann dauerte es nicht mehr lange, bis ich mich für Kameraarbeit und die Geschichte des Films und schließlich für die Theorie interessierte.

Diese Jugendlichen waren deutlich weniger eifrig. Sie hatten sich überall im Saal verteilt, manche saßen zu zweit zusammen, manche allein. Ich sagte: »Nur zur Erinnerung, wenn Sie in Ihre Handys schauen, kriege ich das mit. Ihr Kinn leuchtet dann blau.«

Binnen zehn Minuten hatte ich meine eigene Regel gebrochen, aber ich kannte ja auch beide *Scarface*-Versionen praktisch auswendig. In der letzten Reihe sitzend, tippte ich eine Mail an Vanessa Keith, die jetzt Vanessa Birch hieß. Ich hätte mit ihrer Schwester eine Zeit lang das Zimmer geteilt, rief ich ihr ins Gedächtnis, ohne zu erwähnen, dass Thalia und ich uns das nicht ausgesucht hatten. *Ich wäre dir dankbar für jede Info, die du den zwei jungen Leuten aus meinem Kurs geben kannst*, schrieb ich. *Sie wollen keinen Ärger stiften, und ich glaube, ihr Fokus wird darauf liegen, wie das Internat selbst die Ermittlungen behindert oder vorangebracht hat*. Ich war mir nicht sicher, ob das stimmte, hoffte aber, es würde sie beruhigen. Ich wisse, fügte ich noch hinzu, wie lang und komplex Trauer sein könne, weil ich ungefähr im gleichen Alter einen Bruder verloren hätte, und wolle ihr keinen zusätzlichen Kummer bereiten. Dann lehnte ich mich zurück und schaute den Film.

Wir waren erst bei der Szene angelangt, in der Poppy Tony nach seinem Schmuck fragt, als ich eine Antwort bekam.

Sie hatte mir gleich einen Dropbox-Link geschickt. Keine Nachricht.

Ich freute mich, und ich hatte Angst. Angst, mir selbst in den Vernehmungsprotokollen zu begegnen, Angst, weiter in diesen Strudel hineingezogen zu werden, und Angst, überhaupt nichts Nützliches darin zu finden.

Eines Nachts vor vielen Jahren, als ich mir ziemlich sicher war, dass Jerome mit einer Künstlerkollegin schlief, nahm ich mir sein

Handy und ging damit ins Bad. Erst als ich in seinem Nachrichtenverlauf nicht das Geringste fand, wurde mir klar, dass ich einen Beweis hatte finden *wollen*, und sei es nur, um mein Gefühl bestätigt zu sehen, dass zwischen uns irgendetwas furchtbar schieflief. Jetzt ging es mir genauso – ich hoffte seltsamerweise auf das Schlimmste, auf den eklatanten Fund, der mir bedeuten würde, dass ich mich engagieren, alles stehen und liegen lassen und die nächsten Jahre meines Lebens darauf verwenden musste, den Fall zu klären.

Ich befürchtete, meine zitternden Hände würden den Link löschen – wenn sie dieses grässliche GIF geliked hatten, wer wusste, was sie sonst noch alles tun könnten –, aber ich schaffte es, ihn zu öffnen, und erlebte dort in der letzten Reihe meine ganz private schöne Bescherung.

Es gab über vierhundert Seiten Dokumente. Zunächst eine ungeheure Menge medizinischer und juristischer Schriftsachen, die alle gleichermaßen unverständlich aussahen.

Aber auch die Vernehmungsprotokolle, auf die ich gehofft hatte, waren dabei, nicht nur aus den ein, zwei Tagen an Miss Vogels Küchentisch, an die ich mich erinnerte, sondern aus einigen Wochen. Anscheinend war die Staatspolizei mehrmals wiedergekommen, um Thalias engste Freundinnen und Freunde zu befragen. Diese Protokolle wollte ich mir alle ausdrucken und gründlich lesen, anstatt auf die gescannte Courier-Schrift in meinem Handy zu starren, aber ich konnte nicht anders, als ein paar davon schon jetzt zu überfliegen.

Hier waren Bendt Jensens Bericht von der Matratzenparty und Jenny Osakas vom Feueralarm im Wohnheim. Die ersten Vernehmungen schienen in der Tat erst am Samstag, dem 11. März, stattgefunden zu haben, eine volle Woche (eine volle, unverzeihliche Woche), nachdem Thalias Leiche gefunden worden war.

Und ja – Gott stehe mir bei –, auch meine kurze Vernehmung war da, aber ich war noch nicht bereit, sie zu lesen. Zum Teil, weil ich mich wie eine verzweifelte Opportunistin fühlen würde, wenn ich sie jetzt las (Seht nur, schaut her! Ich war wirklich dabei!), und zum Teil, weil mir davor graute zu sehen, was ich über Thalias Drogenkonsum gesagt hatte.

Ich scrollte weiter, suchte nach irgendeiner Erwähnung Omars.

Hier war Beth Docherty: »Es gibt da diesen Typen, der im Kraftraum arbeitet, der ist superzwielichtig. Auf jeden Fall kommt er ziemlich oft zum Training der Mädchen. Vielleicht gehört das zu seinem Job, aber komisch ist es schon. Thalia hat da mal was zu mir gesagt, also, ein paar Mal sogar: ›Lass dich nie mit einem älteren Mann ein, das ist es nicht wert.‹ Und Robbie ist nur ungefähr einen Monat älter als sie. Das gibt mir halt zu denken.«

Und Puja Sharma: »Als Mädchen bekommt man unerwünschte Aufmerksamkeit, jedenfalls wenn man einigermaßen attraktiv ist. Ich glaube, die meisten Jungs haben Thalia in Ruhe gelassen, weil sie mit Robbie zusammen war. Und ich glaube auch nicht, dass es ein Schüler war, weil, also, die Schüler, die haben Thalia doch respektiert. Sie sollten sich die Leute anschauen – also, Sie sollten sich fragen, wen gibt es hier, der uns Mädchen und Jungs kennt, aber selbst kein Schüler ist?« Sie wurde gefragt, ob sie jemand Bestimmtes meine, und Puja sagte erstaunlich direkt: »Nach dem, was ich so höre, sollten Sie mal mit Omar reden, aus der Sporthalle.«

Die meisten Fragen stellte ein Mann namens Boudreau von der Abteilung Schwerverbrechen. »Hat sie Ihnen gesagt, was sie an dem Abend vorhatte?«, fragte er alle, und: »War Thalia nach Ihrer Kenntnis sexuell aktiv?«, und »Hat Thalia sich auf irgendeine Art selbst verletzt?« Die Fragen schienen irrelevant für den Fall, so als würde er sie immer stellen, egal, um wen es sich bei dem Opfer handelte und wie der- oder diejenige zu Tode gekommen war. Dann und wann kam eine Nachfrage, ein »Wie das?« oder »Würden Sie das bitte buchstabieren?« oder »Um wie viel Uhr war das?«, aber nichts Einschneidendes.

Aller Wahrscheinlichkeit zum Trotz hoffte ich, dass noch jemand ausgesagt hatte, sie habe Drogen genommen oder zumindest ab und zu gekifft. Es durfte einfach nicht nur von mir gekommen sein. Aber mein Schnelldurchlauf hatte bisher nichts dergleichen ergeben.

Ich würde später alles gründlich lesen müssen, mit klarem Kopf, auf geordnete Weise. Das heißt, Britt und Alder würden das tun. Ich leitete ihnen den Dropbox-Link weiter.

Irgendwo aus der Dunkelheit kam die Stimme eines meiner Schüler: »Moment mal, er ist ihr *Bruder*? Der fährt ja viel zu sehr auf sie ab.« Jemand anders machte *Psssst*.

Ich bestellte Pizza und ging gegen Ende der 1932er-Fassung raus, um auf den Lieferservice zu warten. Ich trat in der Kälte von einem Bein aufs andere, als mein Handy summte – eine SMS von Mike Stiles. Dass Lola deren SMS vom Freitag, in der dey Kontakt zwischen Britt und deren Onkel Mike herstellte, auch an mich geschickt hatte, minderte den Schock nur ein wenig. Da, in meinem Handy, stand es – *Vielleicht: Mike Stiles*.

Die Nachricht lautete: *Hey, Bodie, ich hab mich so gefreut, deinen Namen von Lola zu hören. Nicht zu fassen, wie lange es her ist! Ich habe ein paar Bedenken, was so ein Gespräch mit den Schülern angeht. Können wir morgen irgendwann telefonieren?*

Ich fühlte mich da draußen in der Kälte auf einmal beobachtet. So sehr, dass ich ein neutrales Gesicht aufsetzte, den Mantel über dem Bauch glattstrich, die Schultern durchdrückte. Ich erwog, ihm sofort zurückzuschreiben, aber es war zu kalt, um die Handschuhe auszuziehen, und wahrscheinlich war es sowieso besser, ihn einfach am nächsten Tag anzurufen. Und hier kam auch schon die Pizza.

Mein Timing war perfekt; ich betrat das Theater just in dem Moment, als Tony im Wasserbecken starb und die Leuchtschrift hinter ihm verkündete, die Welt gehöre ihm.

49

Gegen zwei Uhr morgens hatte ich alle Dokumente durchgesehen, die Vanessa mir geschickt hatte, und diejenigen, die ich verstehen konnte, gelesen; darunter auch meine eigene, nur zwei Seiten umfassende Aussage. Die Mülltonnen-Geschichte war das einzig Bemerkenswerte darin. Ich redete über das Musical, wurde aber nie gefragt, um wie viel Uhr es zu Ende war.

In diesen ersten Vernehmungen war ich tatsächlich die Einzige, die etwas von Drogen sagte. Mir wurde zunehmend mulmig; was hatte ich womöglich angerichtet, nur weil ich mich wichtig machen wollte? Thalias Freundinnen und Freunde wurden gefragt, ob sie Drogen genommen habe, und sagten alle nein. Aber in der zweiten Runde, als die Fragen sich immer mehr auf Omar konzentrierten und sie zum Beispiel wissen wollten: »Falls Thalia auf dem Schulgelände Drogen kaufen wollte, an wen hätte sie sich Ihrer Meinung nach gewandt?«, schienen alle sich dem Gedanken anzunähern. Sie könnten nicht behaupten, sie habe *keine* Drogen gekauft, sagten sie, und alle hätten gewusst, dass Omar dealte. Derselbe Mann, den sie schon am Anfang genannt hatten. Puja und Rachel und Beth; Robbie, Dorian, Mike, Marco Washington – sie hatten ihn alle erwähnt.

Vielleicht stimmte es trotzdem, dass Omar Thalia nachgelaufen war, dass er ihr »ein unangenehmes Gefühl einflößte« (Robbie), »sie auscheckte« (Marco), »sie quasi stalkte« (Rachel) oder dass er gewitzelt hatte, er würde Thalia auf der Hantelbank festbinden, wie Dorian und Mike und ihr Skifreund Kirtzman allesamt zu Protokoll gegeben hatten.

Aber genauso gut war es möglich, dass ihre Freundinnen und Freunde ihre individuellen Erinnerungen in den Tagen vor den Vernehmungen miteinander verquickt hatten, vielleicht nicht mal bewusst, Erinnerungen an jemanden, der nicht zu ihrer Gruppe gehörte, der Außenseiter genug war, um etwas getan haben zu können, was wir keinem von uns zutrauten. Wie die Menschen intuitiv schon immer gewusst haben, rückt ein Problem weit weg, wenn man jemanden dafür verantwortlich macht, der nicht zum eigenen Kreis gehört.

Gegen drei, unfähig, die Augen zuzumachen, schaute ich mir auf Reddit die Theorien zum zeitlichen Ablauf an. So viel wie möglich über die Details und Umstände von Thalias Tod zu lesen, fühlte sich nicht mehr wie eine Falltür zur Angst an, sondern eher wie das einzige Seil, an dem ich mich festhalten konnte, während um mich herum alle Rettungsflöße sanken. Wenn ich, um über Wasser zu bleiben, wach bleiben musste, bis der Himmel hell wurde, dann würde ich das tun.

Um vier Uhr war ich wieder auf Dane Rubras YouTube-Kanal.

»Sprechen wir mal eben«, sagt Dane in einem frühen Video, »über den Mord an Barbara Crocker 1975. Barbara Crocker ist eine junge, schöne Spanischlehrerin in Granby. Sie kommt aus Quebec und wohnt außerhalb des Internatsgeländes in der kleinen Stadt Kern. Ende April 75 verschwindet sie, und am dreizehnten Mai wird ihre schon verwesende Leiche in dem Wald gefunden, der ans Gelände angrenzt. Wer wandert ins Gefängnis? Ihr Freund. Klar, okay. Meistens hat der Freund es getan. Ich schaue dich an, Roberto A. Serenho, Jr. Meistens ist es der Freund.«

Er blendet ein Foto von Barbara Crocker ein, dasselbe unscharfe Foto, das in meinem letzten Schuljahr im *Sentinel* abgedruckt war, als Rachael Martin einen Artikel der Sorte *Wusstet ihr, was vor zwanzig Jahren hier passiert ist* schrieb: Barbaras langes, dunkles, in der Mitte gescheiteltes Haar, eine Brille, die niemand je attraktiv gefunden haben kann. Sie sieht so sehr nach 1975 aus, dass man sich nicht vorstellen kann, was für ein Leben sie außerhalb dieses Jahres gehabt haben mag.

Jetzt ist Dane wieder im Bild und erzählt uns, die Anklage gegen Barbaras Freund Ari Hutson habe sich im Wesentlichen auf Indizien gestützt, von denen es allerdings einen Haufen gegeben habe: Er habe nicht nur ihre Telefonrechnung für April bezahlt, sondern auch eine Geburtstagskarte an ihren Neffen geschickt, für die er ihre Unterschrift gefälscht habe. Nachbarn hätten ihn in den Tagen nach ihrem Tod bei ihr ein- und ausgehen sehen, Tagen, in denen er sie nicht als vermisst gemeldet habe. Er sei der Einzige, der den Teppich gebleicht, die Mordwaffe abgewaschen und wieder in Barbaras Messerhalter gesteckt haben konnte.

Ein Fun Fact, den Dane Rubra unterschlägt: Es ist nicht meistens der Freund. Die tatsächliche Statistik besagt, falls es Sie überhaupt interessiert, dass weltweit 38,6 Prozent aller ermordeten Frauen von ihren Beziehungspartnern getötet werden. Nur in manchen Ländern ist diese Zahl wesentlich höher.

Wenn es allerdings um eine junge Frau geht, die nicht in illegale Geschäfte verwickelt war, die nicht auf der Straße lebte, die keine Sexarbeit machte, die ein stabiles Netzwerk aus Familie und Freunden hatte, die nicht im Urlaub vor einem Nachtclub ausgeraubt wurde und in deren Leben es einen Freund *gab* – oder zwei –, ja, dann hat es höchstwahrscheinlich jemand getan, mit dem sie schlief. Weswegen es für die Polizei wichtig war zu wissen, mit wem sie schlief.

Aber in keiner der Vernehmungen durch die Staatspolizei deutete irgendwer an, dass Sie es gewesen sein könnten. Ihr Name fällt, weil sie einer der zwei Erwachsenen waren, die sie als Letzte gesehen hatten, und ein Lehrer, dem sie nahestand. Die Polizei war unaufmerksam genug, um Ihren Namen konsequent falsch zu schreiben – »Block«.

Und dann wurden Sie selbst vernommen, gerade mal sieben Minuten lang. Ihre Antworten waren absolut nichtssagend und vage. Man fragte Sie zwar, wo Sie an dem Abend gewesen seien, aber es wirkte wie eine reine Formalität, und Sie hatten ja auch ein Alibi – Sie hatten aufgeräumt und sich mit mir unterhalten (da war sogar mein Name, aus Ihrem Mund) und waren dann direkt zu Ihrer Frau und Ihren Kindern nach Hause gefahren. Die Polizei interessierte sich mehr dafür, ob Thalias Noten schlechter geworden seien, ob sie einen bedrückten Eindruck gemacht habe. Sie sagten an vier verschiedenen Stellen: »Sie war ein tolles Mädchen.«

Dane Rubra sagt: »Nehmen wir an, Crockers Freund tötet sie aus Eifersucht. Aber Granby will sich durch einen Tatort auf dem Gelände nicht den Ruf vermasseln lassen. In den Zeitungen steht dann, die Leiche wurde in einem Wald in New Hampshire gefunden. Schließlich kommt raus, dass der Wald ans Schulgelände angrenzt.« Dane zeigt er eine Reihe von Karten und behauptet, die Leiche sei auf dem Internatsgelände gefunden worden, und die Schule habe den Staatsanwalt und den Gerichtsmediziner dazu gebracht, den offiziellen Fundort um fünfzig Meter zu verlegen.

»Mit anderen Worten«, sagt er, und er sollte sich mal den Schweiß von der Stirn wischen, »die Taschen sind tief und die Machenschaften dunkel.«

#6: Ari Hutson

Wir wissen alle von dem Mann, der sich am Rand des Internatsgeländes herumdrückt und in einem Lacrosse-Tor im Wald lebt. Jeder kennt jemanden, der ihn gesehen hat, und wir haben ihm verschiedene Namen gegeben – Torkel zum Beispiel oder der Einsiedler. Fran und ich witzeln gern, er sei derjenige, der die Nachrichten am Kurt-Schrein hinterlasse. Einer von diversen Geschichten zufolge ist er ein ehemaliger Granby-Schüler, dem für den erfolgreichen Abschluss am Ende ein einziger Punkt fehlte. Geoff Richler sagt: »Er stellt da draußen Fallen für Waschbären auf. Die kann man gut essen.«

Die Geschichte, die sich bis heute hält: Es handele sich um Barbara Crockers schuldig gesprochenen Freund, der nach der Entlassung aus dem Gefängnis zum Tatort zurückgekehrt sei. Er habe eine Wohnung in Kern, übernachte aber in den wärmeren Monaten draußen in Granby. Ari Hutson wurde 1989 entlassen; unmöglich ist es nicht.

Ich habe online Fotos von ihm gefunden, mit sympathischem Haarschopf und Zottelbart. Auf einem davon, offenbar auf einer Party aufgenommen, trägt er einen gestreiften Rollkragenpullover und lacht. Um ehrlich zu sein, ich sehe den Reiz. Auf eine 1975er-Art.

Am 3. März lauert er im Dunkeln vor der Sporthalle, als Thalia auftaucht. Sie will dort auf Sie warten. Nach dem Schlussapplaus ist sie sofort aufgebrochen, aber Sie müssen noch einiges beaufsichtigen, Schlaginstrumente wegschließen, mit der Inspizientin reden.

Als Sie zum vereinbarten Treffpunkt kommen, ist Thalia nicht da. Sie gehen zum Haupteingang der Sporthalle und stellen fest, dass er offen ist, was er um diese Zeit nicht sein sollte. Sie schauen kurz drinnen nach, natürlich, ohne laut nach ihr zu rufen, aber im Gebäude ist alles dunkel.

Sie fahren nach Hause zu Ihrer Frau und Ihren Kindern. Am nächsten Morgen halten Sie beim Brunch nach Thalia Ausschau, aber da Wochenende ist, schlafen die jungen Leute aus, also machen Sie sich keine Sorgen, sondern sind nur irritiert und wünschten, Sie könnten mit ihr sprechen. Sie erwägen, im Singer-Baird-Wohnheim anzurufen und mit verstellter Stimme nach ihr zu fragen. Vielleicht tun Sie das sogar, aber das Mädchen, das ans Telefon geht, sagt Ihnen nur, Thalia sei nicht in ihrem Zimmer. Sie denken sich, dass Sie sie beim Abendessen sehen werden, und wenn nicht dort, dann auf jeden Fall später bei der *Camelot*-Vorstellung.

Selbstverständlich sagen Sie der Polizei nicht, dass sie dort war, um sich mit Ihnen zu treffen. Sie sagen ihr nicht, wo sie gestanden haben könnte, als ihr jemand über den Weg lief. Und Sie verschweigen ihr, dass sie ganz sicher nicht mit Omar schlief. Denn der ältere Mann, von dem ihre Freundinnen gehört hatten, waren Sie. Sie erzählen der Polizei überhaupt nichts, beziehungsweise nur, was Sie zur Tatzeit gemacht haben und was für ein liebenswerter junger Mensch sie war, was für eine vielversprechende Schülerin. Ein tolles Mädchen, ein tolles Mädchen, ein tolles Mädchen.

Damit mussten Sie nun ein Vierteljahrhundert leben.

5 0

Wenigstens ein paar Minuten musste ich dann doch geschlafen haben, denn ich hatte ganz deutlich von Yahav geträumt. Mir war, als könnte ich mich umdrehen, und da wäre er – hatte er sich nicht gerade noch von hinten an mich geschmiegt? –, aber nein, das Kissen war kalt, ohne eins der dunklen, weichen Haare darauf, die ich immer fand, nachdem er das Bett mit mir geteilt hatte. Mein Traum hatte etwas Drängendes gehabt, so als ob ich ihm eine Frage stellen, ihm etwas erzählen sollte.

Und vielleicht sollte ich das. Nicht über mich, nicht über ihn, aber über den Fall.

Yahav war kein praktizierender Strafrechtler, unterrichtete aber Beweisrecht, was hier ziemlich relevant schien. Yahav und seine Eltern waren US-Bürger geworden, als er siebzehn gewesen war, und im selben Jahr schaute er im Fernsehen Paul Newmans *Die Wahrheit und nichts als die Wahrheit* und begann sich leidenschaftlich für das amerikanische Rechtssystem zu interessieren. Er war brillant darin, die rechtlichen Prämissen aller Filme, die wir gemeinsam schauten, auseinanderzunehmen. Ich hinterfragte meine Beweggründe – wollte ich nur seine Aufmerksamkeit? –, wusste aber, dass meine einzige Chance, ihn zurückzugewinnen, darin bestehen würde, ihn in Ruhe zu lassen. Und nun musste ich das Gegenteil tun.

Ich schickte ihm einen Link zur *Free Omar*-Website und den

Dropbox-Link. Ich schrieb: *Ich wüsste sehr gern, was du hiervon hältst. Du erinnerst dich doch, was ich dir über meine Mitbewohnerin erzählt habe. Erscheint dir diese Verurteilung fundiert?*

Eine halbe Stunde vor Unterrichtsbeginn saß ich allein im Kursraum, als mir einfiel, dass ich *Granby + Thalia + Punkte + Planer* googeln konnte, um bestätigt zu finden, dass ich die Lösung dieses speziellen Rätsels kannte. Eigentlich hätte ich mir die überarbeiteten Folgen meiner Podcaster anhören sollen, aber ich hatte bereits unabhängig davon entschieden, ihnen allen ein *Sehr gut* zu geben. Wie käme ich dazu, hier hereinzuschneien und jemandem den Notendurchschnitt zu vermasseln?

Ich frage mich, ob Sie diese Seiten auch gesehen, ob Sie nachts allein in Ihrem Büro die Einzelheiten von Thalias Fall gegoogelt haben – oder ob Sie eine Mauer hochzogen und sich nie gestatteten, die Buchstaben ihres Namens einzugeben.

Obwohl der Planer nicht als Beweismittel zugelassen worden war, zeigten diverse Websites jetzt dessen Layout. Jemand – die Polizei? Thalias Familie? – hatte die zwei Seiten für die Woche veröffentlicht, die am Freitag, dem 3. März 1995, endete, mit dem Wochenende des 4. und 5. März komprimiert am Rand. Wie ich angenommen hatte, befanden sich die fraglichen Punkte jeweils in der unteren Ecke eines Tages-Kästchens. Es wirkte authentisch; ich erkannte Thalias sorgfältige Handschrift wieder.

Was Fran nicht erwähnt hatte: Da waren nicht nur Punkte. Montag, 27. Februar, ein roter Punkt. Dienstag nichts. Mittwoch, 1. März, ein blaues X in Klammern. Donnerstag, 2. März, sowohl ein blaues als auch ein lila X.

Ein Reddit-Theoretiker behauptete, diese Markierungen habe sie immer dann gemacht, wenn Omar sie geschlagen habe. Sie habe es dokumentiert, um Omar anzuzeigen, und bevor sie das tun konnte, habe er sie getötet. Ein anderer hielt dagegen, es gehe um Bowling-Ergebnisse, und das X stehe für einen Strike. *Du beweist nur, dass ich Recht habe*, schrieb der Erste zurück. *Wenn ein X für einen Strike steht, war das vielleicht ihre Assoziation. Strike heißt ja auch Schlag. Heute wurde ich geschlagen.*

Es leuchtete mir ein, dass sie das vor Gericht nicht verwendet hatten, nicht ohne eindeutige Aufschlüsselung hinten im Buch. Trotzdem hätte ich gern den Rest des Planers gesehen. Wenn die roten Punkte ein paar Tage zurückreichten, markierten sie offensichtlich ihre Periode. Sollte sie meinem System gefolgt sein (schmeichelte ich mir, wenn ich das dachte?), würde das bedeuten, dass die Kreuze für sexuelle Kontakte standen. Das eingeklammerte Kreuz kennzeichnete vielleicht eine andere sexuelle Handlung oder einen abgebrochenen Versuch. Das blaue Kreuz und das lila Kreuz konnten für verschiedene Männer stehen, mit denen sie geschlafen hatte. Das eine für Robbie, das andere für Sie? Oder eins für geschützten Sex, eins für ungeschützten.

Obwohl Vanessa mir auf meinen Dank für den Dropbox-Link nicht geantwortet hatte, beschloss ich, ihr noch eine Mail zu schreiben: *Ich verstehe völlig, wenn du an zusätzlichen Informationen kein Interesse mehr hast, aber ich möchte dir doch gern sagen, dass ich zu wissen glaube, wie die Punkte und Kreuze in Thalias Planer, den ich erst kürzlich zu sehen bekommen habe, zu deuten sind. Sie beruhen auf etwas, das ich selbst früher immer so gemacht habe. Wenn es dir zu sehr zusetzt, ignoriere meine Mail bitte einfach.*

Und dann tauchte ich wieder in Reddit ein.

Die Kreuze zeigten an, wann sie sich geritzt habe.

Die Punkte stünden für anonyme Anrufe, die Kreuze für Drohbriefe. Na ja, wir hatten keine Telefone in unseren Zimmern, wie sollte das also funktionieren.

Es gehe ums Essen, behaupteten mehrere Leute. Wann sie sich vollgestopft und wieder erbrochen habe. *Ich hatte genau dasselbe System*, schrieb jemand. Das, musste ich zugeben, war möglich.

Britt kam als Erste ins Zimmer, und ich weiß nicht, was für ein Gesicht ich machte, aber sie wich einen Schritt zurück und sagte: »Oh – bin ich – ist es noch zu früh?« Britt trug ein langes Blumenkleid, unter dem Docs hervorschauten, darüber einen langen, verschlissenen Pullover. Wie eine süße Schülerin 1994, die alles ironisch meinte.

Ich sagte: »Oh Mann, ich fürchte, ich habe mich in diese Punkte-Verschwörung reinziehen lassen. Thalias Planer.«

Sie grinste. »Wusste ich doch, dass wir Sie süchtig machen würden.«

Kurz bevor der Unterricht anfing, eine SMS von Yahav. Ich hatte nicht erwartet, dass er sich mit Details befassen würde. Wenn er überhaupt antworten würde, dachte ich, dann so was wie: »Interessant, aber diese Sachen sind kompliziert«.

Er schrieb: *Habe den ganzen Vormittag drin gelesen. Rufst du mich an? Es gibt viel dazu zu sagen.*

51

Alle Fünf spielten mir an diesem Tag neues Material vor, Sachen, die sie in ihren zweiten Folgen verwenden würden. Alyssa hatte unsere Séance zu zwei witzigen Minuten zusammengefasst, mit schwungvoller Musik. Lola hatte Aufnahmen von einer Kellnerin bei Foxie's.

Als Britt und Alder an der Reihe waren, hob Alder die Hand, so zaghaft, als wollte er gleich einen Käfer erschlagen, der sich nicht erschrecken sollte. Er sagte: »Wir haben da was, womit – also, wir wissen nicht recht, was wir damit machen sollen.«

Britt wirkte genervt; offenbar hatte er das nicht ansprechen sollen. Sie sagte: »Es ist ja nicht mal Audio-Material.«

»Ist es schon, wenn wir es laut vorlesen.« Er klappte seinen Laptop auf und räusperte sich. »Okay, also, dies ist Sonya Rousseau. Sie war die – sie war ungefähr ein Jahr mit Omar verheiratet, bevor er hierherkam. Und vor fünf Jahren hat sie auf irgend so einer Website ein Interview gegeben. Das ist sie wirklich, alles echt.« Er drehte den Computer so, dass wir den Bildschirm sehen konnten. Ich erkannte den Namen der Website wieder, erinnerte mich, dass auf Reddit jemand auf das Interview verwiesen hatte, aber gelesen hatte ich es nicht.

Ich wusste schon vor den Zeitungsberichten von Sonya, weil Omar von ihr gesprochen hatte. Er plauderte oft mit uns, wenn wir auf den Rudergeräten trainierten, erzählte uns unter anderem, dass er nach der UNH eine Dartmouth-Studentin kennengelernt und sich mit ihr verlobt hatte. Ihre Eltern seien nicht einverstanden gewesen, also hätten sie heimlich geheiratet, aber die Ehe sei vor ihrem ersten Hochzeitstag, 1991, schon wieder zu Ende gewesen, sagte er; eines Tages, als er bei der Arbeit gewesen sei, habe seine Frau ihn ohne Vorwarnung verlassen und alles mitgenommen – sogar den Fernseher, sogar die Katze. Omar kam wie besessen immer wieder auf sie zurück: *Sie war genauso klug wie ihr*, sagte er zum Beispiel, oder *Meine Ex konnte nicht mehr als fünf Kilo heben. Sie dann immer so: Autsch, meine Arme!* Er sagte es nicht rachsüchtig. Er bezeichnete sie auch nicht als verrückt oder als Schlampe. Aber er redete ständig von ihr.

Alder begann vorzulesen, was sie gesagt hatte: *Omars Wutausbrüche machten mir Angst, und meinen Eltern auch. Einmal hat er mich aus dem Haus ausgesperrt. Es war minus sechs Grad, und ich hatte meine Stiefel nicht an. Er hat oft gebrüllt, hat mich an den Schultern gepackt und mir ins Gesicht gebrüllt. Er ist eins neunzig, müssen Sie wissen, macht Kraftsport. Manchmal stimmte ich ihm zu, nur damit er nicht handgreiflich wurde. Aber er brauchte seinen Körper gar nicht einzusetzen, um Gewalt auszuüben. Macht das Sinn? Und wenn er wütend war, gab er nie auf. Einmal ist er aus dem Haus gestürmt, und ich habe die Türen hinter ihm abgeschlossen. Dann wollte er wieder rein und hat an die Tür gehämmert und ist schließlich aufs Verandadach geklettert und hat unser Schlafzimmerfenster aufgemacht. Ich habe die Polizei angerufen, und die haben es nicht verstanden. Wie soll man das auch erklären – ja, es ist mein Mann, und ja, es ist sein Haus, aber nein, er soll hier nicht reinkommen?*

»Moment«, sagte Lola, »sie findet es also schlimm, dass er sie aus dem Haus ausgesperrt hat, aber sie hat ihn auch aus dem Haus ausgesperrt, und das war in Ordnung?«

Alyssa sagte: »Ja, aber er hört sich schon bedrohlich an.«

»Hängt davon ab, was sie mit *an den Schultern gepackt* meint«, sagte Jamila. »Wir haben alle schon mal jemanden an den Schultern gepackt. Es gibt eine normale Art, das zu tun, und eine beängstigende Art.«

»Aber sie sagt doch, es war die beängstigende Art.«

»Klar«, sagte Lola, »aber sie ist eine weiße Frau, die das über einen Schwarzen Mann sagt, *nachdem* er wegen Mord verhaftet wurde. Ihre Wahrnehmung könnte verzerrt sein.«

Sie fingen an zu streiten, aber ich konnte mich auf keine ihrer Stimmen konzentrieren.

Dies – jetzt wurde es mir klar, und ich sackte auf meinem Stuhl zusammen – dies war der Grund, warum ich mich in die Sache nicht einmischen sollte. Denn was wusste ich schon? Vielleicht war Sonya verbittert und übertrieb, und er war der Omar, den ich gekannt hatte, zugänglich und liebenswürdig; vielleicht sagte sie die Wahrheit, und Omar hatte Thalia getötet und hätte noch andere getötet, wenn er nicht im Gefängnis säße; vielleicht war er auch ein schrecklicher Ehemann, ein aggressiver Mensch, der Thalia *nicht* getötet hatte, dessen negative Ausstrahlung ihren Freundinnen und Freunden aber genügt hatte, um sich gegenseitig davon zu überzeugen, dass er der Täter gewesen war.

Wenn deren Mutmaßungen 1995 unangebracht gewesen waren, wenn ihre Meinungen kein Gewicht gehabt hatten – wenn auch meine nicht hilfreiche, an die Polizei weitergegebene Erinnerung fehl am Platz gewesen war –, vielleicht war es dann genauso unangebracht, dass *diese* Jugendlichen sich mit dem Fall beschäftigten. Welche Maßstäbe hatte irgendjemand von uns für die Wahrheit?

Aber wem wollte ich hier etwas vormachen? Ich würde weder Britt und Alder daran hindern noch mich selbst.

Mit meiner überzeugendsten Lehrerinnenstimme sagte ich: »Diese Kontroverse wird es zu einem besseren Podcast machen. Denken Sie daran, wir brauchen Fragen. Dies wirft doch großartige Fragen auf.«

52

Ich hätte Yahav gern gleich nach dem Filmkurs angerufen, aber ich wusste, dass er um diese Zeit Essen für seine Kinder machte – er war der Koch in der Familie –, außerdem hatte ich Mike Stiles versprochen, mich zu melden.

Ich hasse das Telefon. Die eigene Familie oder den Apotheker anzurufen ist ok, aber ein verabredeter Anruf bei jemandem, den ich nicht richtig kenne, macht mich so nervös, dass ich mir die Nackenhaare ausreißen möchte. Wenn ich mich dabei bewege, geht es noch am besten, also steckte ich mir nach einer heißen Dusche im Gästehaus meine AirPods in die Ohren und machte mich auf den Weg zur Cafeteria.

Zum Glück meldete er sich gleich mit »Bodie!«, ich brauchte also keine Erklärung zu stammeln, ihn nicht erst zu erinnern, warum ich anrief. Er sagte: »Wie geht's, wie steht's, wie ist es in Granby?«

Ich sprudelte los, über Lola, den Kurs, das Internat, erzählte ihm, wer von den Leuten, die wir gekannt hatten, noch hier war. »Und du bist an der UConn, wie ich höre«, sagte ich. Er bestätigte es und sprach dann von seinen drei Kindern, das älteste war zwölf.

Ich ging gerade über die Mittelbrücke und sagte es ihm.

»Ich bin neidisch!«, sagte er. »Lola weiß, dass ich zur Abschlussfeier komme, ob ich eingeladen werde oder nicht.« Und dann: »Apropos Lola, dieses – dieses Projekt.«

»Komischerweise«, sagte ich, albern erpicht darauf, es ihn wissen zu lassen, »kam die Idee dazu gar nicht von mir.« Britts Interesse habe schon vor dem Kurs bestanden, erklärte ich ihm, und die Jugendlichen betrachteten das Ganze als Geschichte von anno dazumal.

Mike sagte: »Weißt du, ich habe ziemlich oft daran gedacht. In den letzten paar Jahren.«

»Es bekommt eine andere Bedeutung, wenn man selbst Kinder hat.«

»Klar«, sagte er, »klar. Aber ich meine eher die Zeit, in der wir jetzt sind, all das – wir waren so – Gott, Bodie, ich weiß nicht.«

Wenn man jemanden zum Reden bringen wollte, musste man sich auf die Zunge beißen, das gehörte zu den ersten Dingen, die ich den Kids beigebracht hatte. (»Buchstäblich, wenn es notwendig ist«, hatte ich gesagt.) Und tatsächlich füllte er sein eigenes Schweigen.

»Wenn ich tippen müsste, würde ich sagen, es war Omar. Aber aufgrund von Gerüchten kann man niemanden verhaften, nicht? Ich weiß noch, dass es eine Liste gab, auf der wir uns eintragen mussten, und dann sind wir einzeln rein – und wir haben gesagt, was wir wussten, hatten aber mit Sicherheit vorher schon miteinander gesprochen. Man sitzt tagelang rum und versucht zu begreifen, was passiert ist, versucht es in seinen Kopf zu kriegen, und dann hört man die Leute über Omar reden. Und allmählich ergibt es Sinn.«

Ich war jetzt bei der Neuen Kapelle angekommen, und es hatte wieder angefangen zu schneien, schnelle, dicke, nasse Flocken, die auf meinem Gesicht und Schal landeten, mir gegen die Beine wehten. Ich stellte mich im Vorraum der Kirche unter. Früher hatte dort ein Münztelefon gestanden; jetzt gab es hier eine Handy-Aufladestation.

Es war verrückt, wie vertraut seine Stimme klang. Im Unterricht hatte er nie etwas gesagt, und wir hatten nicht viel miteinander geredet – aber ich hatte ihn jeden Abend in den *Camelot*-Proben erlebt und seine raue Stimme vor nicht allzu langer Zeit in der

YouTube-Version gehört, zum Beispiel mit dem Satz: *Mein Lehrer, Merlin, der sich an die Dinge, die sich noch nicht ereignet haben, besser erinnerte, als an jene, die längst vergangen waren.*

Jetzt sagte Mike: »Vor allem – wenn ich jetzt über diesen Fall nachdenke, sehe ich, wie leicht sie Omar wegen Drogenbesitz drangekriegt haben. Damit haben wir ihn der Polizei im Grunde ausgeliefert. Die haben uns gefragt, wer es getan haben könnte, und wir haben alle gesagt, *Na ja, da ist dieser Typ, der Thalia nachläuft, und wir haben gehört, dass er Gras verkauft.* Ich meine, wir *wussten*, dass er Gras verkauft. Garantiert haben sie bei der Durchsuchung seiner Wohnung genügend Drogen gefunden, um ihn einzubuchten. Ich war nie dort, aber – die Jungs, die mal bei ihm waren, sagten, er hatte Grow-Lampen für den Anbau und alles.« Ich fragte mich, ob diese Jungs wirklich dort gewesen waren oder es nach Omars Verhaftung nur behauptet hatten, aber ich hielt mich zurück. »Und es ist durchaus möglich, dass die Drogen bei seinem Geständnis eine Rolle gespielt haben. Was hatten sie denn außer diesem Geständnis gegen ihn in der Hand?«

»Er hatte Zugang zum Schwimmbad«, sagte ich. »Er war im Gebäude.« Ich hielt das inzwischen für keinen stichhaltigen Beweis mehr, aber Mike hatte nun mal gefragt.

»Das ist ganz unwesentlich. Und außerdem. Bodie. Wir hatten *alle* Zugang zur Sporthalle, wenn nicht zum Schwimmbad. Wie viele Generalschlüssel waren im Umlauf? Falls diese eine Tür nicht abgeschlossen war, hätte jeder von uns da reingehen können. Und einige hatten wahrscheinlich sogar den Schwimmbadschlüssel. Ich weiß noch, wie ich ihre Fragen beantwortete und dachte, scheiße, während wir hier reden, liegen bei mir im Schrank zwei unzulässige Schlüssel unter der Einlegesohle eines meiner Sneaker. Ich weiß noch, wie ich dachte, dass sie *mich* verhaften würden, wenn sie das wüssten.«

»Und Omars DNA war an ihrem Badeanzug«, sagte ich. »Und er hat diese Schlinge gezeichnet.«

»Stimmt.« Er seufzte. »Stimmt.« Er schwieg einen Moment.

Es tat gut, mit einem anderen Erwachsenen darüber zu sprechen. Fran wollte es nicht, und Carlotta wollte es nicht, aber Mike schien mehr an den Einzelheiten des Falls interessiert als an einem Gespräch über seine Teilnahme an dem Podcast. Das half mir, mich nicht ganz so verrückt zu fühlen; offenbar hatte auch er nicht wenig über all dies nachgedacht.

Ich stand inzwischen in einem der Seitenschiffe der Kirche. Vorne war ein Wohnzimmer aufgebaut – ein geblümtes Sofa, eine Lampe ohne Schnur, ein niedriger Tisch mit Spitzendeckchen –, und mir fielen die Plakate auf dem Schulgelände wieder ein, für eine Aufführung mit Einaktern, der hier stattfinden sollte. Hinter dem Buntglas an der westlichen Mauer ging die Sonne unter. Alles roch nach warmem, altem Holz.

Ich sagte: »Hätte er wirklich eine Anklage wegen Drogenbesitzes gegen eine Mordanklage getauscht?«

Es folgte ein langes Schweigen. Ein paar Mal hörte ich ihn Luft holen, als wollte er antworten, aber es kam nichts heraus. Schließlich sagte er: »In meiner Forschung habe ich mich viel mit dem Gnadenerlass und den Menschenrechten befasst. Wenn ich mir diesen Fall ansehe, komme ich mir unglaublich scheinheilig vor. Ich habe dazu beigetragen, dass es so gekommen ist.«

»Eine Menge Leute haben dazu beigetragen.«

»Wahrscheinlich hat er es getan, aber was weiß ich? Es ist nicht an mir, das zu entscheiden, und ich als Teenager hätte da auch nicht mitreden dürfen. Vielleicht hätte man verhindern müssen, dass ein Haufen Jugendlicher jemanden der Polizei ausliefert, weißt du. Ich meine, was sie gegen ihn in der Hand hatten – das kam alles von uns. Na gut, außer der Sache mit der DNA. Aber keiner von uns hat doch gedacht, hey, ich hänge diesem Mann jetzt persönlich was an. Und – das sage ich absolut im Vertrauen – vielleicht haben wir genau das getan. Vielleicht war es ein Schuldiger, den wir angeschwärzt haben, aber angeschwärzt haben wir ihn.«

Auf einmal fühlte ich mich auf eine Weise körperlich unwohl, die nichts mehr damit zu tun hatte, dass ich mit jemandem telefonierte, den ich mal attraktiv gefunden hatte. Wahrscheinlich wollte er mich gar nicht in sein »wir« einschließen, aber er hatte es getan.

Ich ging in den Vorraum zurück und steuerte auf die Toilette zu, obwohl ich nicht musste – Toiletten sind nun mal der Ort, wo man hingehen kann, wenn man sich elend fühlt und allein sein will. Die Tür war noch die alte, und dahinter fand ich die zwei vertrauten maroden Kabinen vor, das vertraute Waschbecken, den verzogenen Spiegel darüber, den Papierhandtuchspender zum Kurbeln. Fünf Sekunden früher hätte ich nichts über diese Toilette sagen können, und nun erkannte ich jeden Quadratzentimeter wieder.

Unter dem kleinen Milchglasfenster war ein Heizkörper. Ich lehnte mich dagegen, um mir durch die Jeans hindurch den Hintern zu grillen.

Ich sagte: »Erinnerst du dich zufällig noch, ob an dem *Camelot*-Abend hinter der Bühne getrunken wurde? Kann es sein, dass Thalia getrunken hat?«

Er stieß Luft aus. »Ich meine, generell schon. An dem Abend? Wer weiß. Warum?«

Ich erläuterte ihm, so gut ich konnte, meine Bedenken in Bezug auf den zeitlichen Ablauf. »Hm«, machte er; es klang zurückhaltend. »Ich – Gott, das könnte so ein Schlamassel werden. Ich traue meinem Gedächtnis ja nicht mal, wenn es darum geht, was ich gestern Abend gegessen habe. Was passiert dann wohl mit Erinnerungen im Laufe von zwanzig Jahren? Und genau das ist es, was mir Sorgen macht, wenn deine Schüler mich fragen, ob sie mit mir reden können. Ich habe einfach das Gefühl – es ist ein Wespennest.«

Mir war nicht ganz klar, ob er damit sagen wollte, dass wir uns besser nicht weiter mit dem Fall befassen sollten. Vermutlich nicht. Aber er klang gequält.

»Es ist nur ein Projekt von ein paar jungen Leuten«, sagte ich matt.

»Das war Facebook auch.«

Am Ende erklärte er sich bereit, mit Britt und Alder zumindest über seine Erinnerungen an Thalia zu sprechen; falls dann noch andere Dinge zur Sprache kamen, würde er weitersehen. Ich hatte meinen Mantel ausgezogen, genoss die stickige Hitze der kleinen Toilette und rutschte an dem Heizkörper herum, um meine Beine an verschiedenen Stellen zu wärmen. »Lola sagt, du fandest mich damals unheimlich.«

»Oh. Na ja – du warst vielleicht etwas kratzbürstig. Oder du wolltest einfach nichts mit mir zu tun haben. Ich galt ja als ziemlicher Macho. Bestimmt war ich furchtbar.«

»Zu mir warst du nett.«

»Ja, klar. So benimmt man sich eben, wenn man Angst vor jemandem hat.« Er lachte jetzt, und der Gedanke, dass er damals mit irgendetwas anderem als Mitleid oder Hohn auf mich geschaut hatte, schmeichelte mir enorm. »Ich bin einfach nie schlau aus dir geworden. Dieses Goth-Mädchen, das ruderte und bei Musicals mitmachte.« Das waren zwei Dinge mehr, die er entgegen jeder Erwartung meinerseits noch über mich wusste, auch wenn ich strenggenommen nicht bei Musicals *mitgemacht* hatte. Ich konnte die Wehmut oder vielleicht sogar Zärtlichkeit in seiner Stimme nicht fassen.

Er musste Schluss machen; er würde sich melden, wenn er mit Britt und Alder gesprochen hätte.

»Meine Nummer hast du ja«, sagte ich und fragte mich, ob mein Ton eher geschäftsmäßig oder nach romantischer Komödie klang. Lächerlicherweise fragte ich mich, ob Yahav eifersüchtig gewesen wäre, wenn er mich gehört hätte.

Kaum hatte ich aufgelegt, kam eine Nachricht von Carlotta, und kurz fühlte ich mich wie 1995, so als würden wir gleich jedes Detail meines Gesprächs mit einem attraktiven Jungen analysieren. *Alles gut bei dir??,* schrieb sie. *Sag mir, wenn ich IRGENDWAS tun kann, wirklich.*

Ich zog den von der Heizung trockengerösteten Mantel an. Es wäre so schön gewesen, wenn sie den Podcast gemeint hätte, aber ich wusste, dass es um Jerome und um meinen Absturz ging, denn auch wenn Carlotta nicht auf Twitter war, hatte sie über private Nachrichten von Leuten, die mich kannten, natürlich längst davon gehört.

Mir wurde heißer und heißer, und als ich in die absurde Kälte hinaustrat, empfand ich es als Erleichterung.

53

Was mich unentwegt beschäftigte: Wann ich das nächste Mal von Lance hören würde. Ob ich Twitter checken sollte. Ob ich meine Inbox checken sollte.

Ob es Zeit war, den Beruf oder den Namen zu wechseln.

Ob Jerome genügend schlief und aß, um die Kinder gefahrlos herumzukutschieren.

Ob ich, wenn ich aus dem Podcast ausstieg, finanziell wieder von Jerome abhängig wäre. Ob Jerome noch ein Einkommen hatte, von dem ich abhängig sein könnte.

Omars Mutter an ihrem Klavier.

Thalias Eltern an ihrem Küchentisch.

Wie schnell ich in Boston sein könnte, um Yahav an die Hand zu nehmen, ihn dazu zu bewegen, wenigstens einen Nachmittag im Motel zu verbringen und so viel von ihm aufzusaugen, dass ich ein paar Monate davon zehren könnte.

Was Sie getan haben mochten, nachdem Sie an dem Abend das Theater verlassen hatten, nur Sekunden nachdem wir auseinandergegangen waren.

Wie schnell alles, was ich einst für einen Haufen Beweise gegen Omar gehalten hatte, zu Sand wurde.

(Andererseits: die Worte seiner Ex, ihre Angst.)

Lose Enden bei der Recherche für die Rita-Hayworth-Folgen, die ich vielleicht nie fertigstellen würde. Zum Beispiel, was ihren

Flamencotänzer-Vater anging, der sie im Alter von vier Jahren mit auf Tour nahm, sie körperlich misshandelte und sexuell missbrauchte und damit auf ein Leben voller furchtbarer Beziehungen programmierte. Sie sah sich während ihrer gesamten Karriere als Tänzerin – nicht in erster Linie als Schauspielerin und schon gar nicht als Sexsymbol. Wenn sie aufgebracht oder traurig war, legte Orson Welles, ihr zweiter von fünf Ehemännern, immer eine Platte mit spanischer Musik auf und ließ sie allein, damit sie sich den Stress aus dem Leib tanzen konnte. Was passiert, wenn deine einzige Möglichkeit der Flucht dasselbe ist, wovor du zu fliehen versuchst? Hier ist der Soundtrack deiner Tragödie: Tanz dazu.

54

Mein eleganter Schachzug: Anstatt Yahav selbst anzurufen, lud ich ihn für Mittwoch nach dem Unterricht zu einer Telefonschalte mit Britt und Alder ein. Am Ende blieb allerdings die ganze Gruppe da und versammelte sich um mein Handy, das ich vor uns auf den Tisch gelegt hatte. Yahavs Stimme war wie Eis in einem Whiskyglas, und ich spürte sie durch den Tisch, durch den Boden, in meinen Beinen.

Er sagte: »Mich interessiert nicht so sehr, ob er schuldig oder unschuldig ist, so merkwürdig das klingen mag. Mich interessiert der Aspekt der Rechtsstaatlichkeit. Meine Perspektive ist diese: Kann sein, dass der Mann es getan hat, aber der Prozess wurde saumäßig geführt.«

Britt tippte auf ihrem Laptop hektisch mit, obwohl wir alles aufnahmen; Alder vollführte einen Freudentanz mit den Armen.

»Ich kenne die genauen Gesetze in New Hampshire nicht«, sagte er, »aber ich kann allgemein etwas zu den Themen sagen, um die es hier geht. Die einzigen zwei Dinge, die man nicht als schauderhaft unzulängliche Indizien abtun kann, sind die DNA und das Geständnis. Zur DNA: Am Tatort wurden *minimale Spuren* gefunden. Und ohnehin ist das mit der DNA eine heikle Angelegenheit. Vor ein paar Jahren hat man mal DNA an den Jeans eines toten Mädchens gefunden, eine Menge Geld ausgegeben und die DNA zu einem Arbeiter in der taiwanesischen Fabrik zurückverfolgen können, wo die Jeans hergestellt wurde. Nicht hilfreich.

Außerdem war die DNA-Analyse 1995 noch einen Scheiß wert. Man hatte damals wesentlich weniger Daten zur Verfügung, also hieß es dann am Ende vielleicht, *Wir haben eine Übereinstimmung von eins zu acht Millionen*, während man jetzt von eins zu zweitausend sprechen kann. Es war ein brandneues Feld.«

Die Kids grinsten, zum Teil wahrscheinlich, weil er Wörter wie »Scheiß« mit einem so vornehmen Akzent aussprach. Die Geschichte mit den Jeans kannte ich noch nicht. Wenn die DNA nichts weiter bewies, als dass Omar den Badeanzug ein einziges Mal angefasst hatte, dann – also, ich als Geschworene hätte das nicht für einen zwingenden Beweis gehalten. Ich hakte im Geist ein weiteres Kästchen ab. Ein großes.

»Jetzt zum Geständnis. Sobald Drogendelikte ins Spiel kommen, fahre ich meine Antennen aus. Das läuft nämlich folgendermaßen: Die sagen dir, wegen des Drogendelikts müssen sie dich der Bundespolizei übergeben, können dich eventuell aber schützen, wenn du dich in der hiesigen Untersuchung kooperativ zeigst. Dann heißt es: Haben Sie sie an dem Abend in die Schwimmhalle gelassen? Sie müssen sie doch gesehen haben, wie kommt Ihre DNA sonst da hin? Und weiter: Es sieht schlecht aus, wir wissen jetzt, dass Sie am Tatort waren, *und* dann ist da noch das Drogendelikt. Ihre einzige Chance besteht darin, ein Geständnis abzulegen.«

Er hatte sich also wirklich eingehend mit dem Fall beschäftigt. Unter anderen Umständen hätten mich romantische Hoffnungen überwältigt, doch stattdessen pochte mein Herz, weil ich an Omar dachte. Den echten Omar, den ich gekannt hatte, nicht den Mann auf dem Polizeifoto. Den echten Omar, der den Rest seines Lebens im Gefängnis verbringen würde. Und Yahav mochte von seiner Unschuld noch nicht überzeugt sein, aber Yahav wusste ja auch noch nichts von *Ihnen*.

Er sagte: »Ihr kennt doch die Geschichten, oder? Von Menschen, die derart unter Schlafentzug leiden, dass sie alles unterschreiben oder jeder Lüge glauben, die man ihnen auftischt, ob sie angebliche

Beweise betreffen oder mildernde Umstände oder die Aussicht, nach Hause gehen zu dürfen. Und das ist noch gar nicht das Schlimmste. Es gibt auch echte Gewalt, echte Folter. Sogar in Amerika.«

»Das sind großartige Infos«, sagte Britt. »Können wir, also –«

Aber Yahav war im Doziermodus. »Nachdem so viele Jahre vergangen sind«, sagte er, »müsste Mr. Evans idealerweise zwei Dinge parat haben, um erneut Berufung einzulegen. Zum einen stichhaltige Beweise für ineffektiven Rechtsbeistand, also dafür, dass er von seinem Anwaltsteam keine angemessene Unterstützung bekommen hat. Das haben sie in der Berufung von 1999 zu behaupten versucht und parallel dazu irgendwas an der Art und Weise angefochten, wie die Beweise der Gegenseite vorgelegt wurden, aber ineffektiver Rechtsbeistand ist unglaublich schwer zu beweisen, sofern der Anwalt nicht jeden Tag im Gerichtssaal eingeschlafen ist. Sein Anwalt war grottenschlecht, aber das ist nicht das Problem des Gerichts.«

Britt hatte erst am Morgen darüber gesprochen, dass Omars ursprünglicher Anwalt auf dem Internatsgelände kaum eigene Nachforschungen angestellt hatte. Omars Onkel, der Bruder seines verstorbenen Vaters, verdiente als Berufspilot gutes Geld und hatte darauf bestanden, auf eigene Kosten einen prominenten Bostoner Anwalt zu engagieren, mit dem er befreundet war.

Die Pflichtverteidiger New Hampshires gelten als hervorragend. Sie kennen jeden im Rechtssystem dieses sehr kleinen Staates, sind mit der Kultur vertraut und erscheinen nicht overdressed vor Gericht. Aber der Bostoner Anwalt – er tauchte in *Dateline* auf – war ein Designeranzug-Typ mit dickem schwarzem Haar und einem leuchtend blauen Mazda, den er um die Ecke vom Gericht parkte. Während des fünfwöchigen Prozesses wohnte er nicht in Kern, sondern eine halbe Stunde entfernt in einem schönen Hotel in Brattleboro. Nichts davon war bei den Geschworenen gut angekommen. Die Geschworene, die Lester Holt interviewte, die Dame mit dem aufgeplusterten blonden Haar, nannte ihn »diesen aalglatten Anwalt aus Boston«. Aber wichtiger noch: Der Mann kam mit enormer Hybris daher, leistete so wenig Arbeit wie möglich, erhob fast nie Einspruch, wenn eine Zeugenaussage auf Hörensagen beruhte, und tat dann bei der Urteilsverkündung schockiert.

Yahav sagte: »Da diese Berufung gescheitert ist, wäre es für Mr. Evans jetzt am besten, wenn ein neuer Beweis auftauchen würde. Nicht irgendein Beweis, sondern einer, der den Fall vom Kopf auf die Füße stellt. Neue DNA zum Beispiel. Und wenn er dann sagen kann, dies sei ein Beweis, den seine ursprünglichen Anwälte hätten finden müssen – wenn er also einen neuen, besseren Anspruch auf Wiederaufnahme des Verfahrens wegen ineffektiven Rechtsbeistands geltend machen kann –, hätte er vielleicht eine Chance. Das ist die Nadel, die ihr einfädeln müsst.«

Britt sagte: »Na ja, also, wie Sie wissen, gehen wir noch zur Schule. Aber wir sind schon sehr an diesem Fall interessiert, und ich habe vor, Jura zu studieren, und irgendwie möchte ich, dass dieser Podcast so lange weiterläuft, bis wir ein paar Antworten bekommen. Vielleicht könnten wir wenigstens mit Ihnen in Kontakt bleiben.«

Er holte Luft, als müsse er darüber nachdenken. »Ich habe keine Zeit, mich in der Sache zu engagieren«, sagte er dann. »Wiederaufnahmeverfahren sind ein Albtraum. Wenn ihr nicht gerade ein Video davon habt, wie jemand anders sie umbringt, werden sie Mr. Evans nicht entlassen, das ist die Realität. Und selbst wenn ihr so ein Video hättet, ist es unwahrscheinlich, glaubt mir.« Er lachte traurig. »Aber klar, falls ihr irgendwas findet, können wir noch mal reden.«

Nachdem alle gegangen waren, schrieb ich ihm meinen Dank. Er antwortete: *Der wahrscheinlichste Ausgang nach jahrelanger Arbeit wird sein, dass mehr Leute wissen, was für ein Scheißprozess das war, aber aufgehoben wird nichts.*

Drei Punkte tanzten eine Ewigkeit lang, während er noch etwas tippte. Vielleicht wollte er mir ja sagen, dass er mich vermisste, dachte ich, und sich wegen Samstag entschuldigen.

Aber nein. Er schrieb: *Grundsätzlich finde ich es trotzdem lohnend, die Sache weiterzuverfolgen. Ich rate nur dazu, sich keine Hoffnungen zu machen. Es könnte schrecklich unbefriedigend sein, wenn der Mord hinterher wieder halb unaufgeklärt ist. Evans bleibt im Gefängnis, aber jetzt kann niemand damit abschließen, auch die Familie des Opfers nicht. Das ist alles, was dabei rauskommen wird.*

Als ich wieder nach draußen ging und die kalte Luft mir mitten ins Gesicht schlug, gestand ich mir ein paar Dinge ein.

Erstens sagte mir mein Bauchgefühl jetzt klipp und klar: Omar hatte es nicht getan. Oder zumindest: Alle Gründe, aus denen ich an seine Schuld geglaubt hatte, waren weggefallen, und genauso gut wie er konnten es alle möglichen anderen Leute gewesen sein. (Ob Sie es getan hatten oder nicht, war fürs Erste irrelevant. Sie waren ja nicht kurz davor, ein Geständnis abzulegen, und wir waren nicht kurz davor, nach all den Jahren Ihre Fingerabdrücke an der Schwimmhallentür zu finden. Entscheidend war diese Farce von einem Prozess gegen Omar.)

Zweitens: Wenn ich bei *Starlet Fever* aufhörte, hatte ich mehr Zeit zur Verfügung, nicht nur in dieser Woche, sondern auch danach. Es war zwar nach wie vor Britts und Alders Projekt, aber ich hatte vielfältige Möglichkeiten, ihnen zu helfen. Ich könnte sie bei der Verbreitung unterstützen. Ich könnte sie beraten, sie coachen oder sogar die Folgen produzieren. Ich könnte das neben anderen Projekten tun, dem Buch zum Beispiel, das ich wirklich gern schreiben wollte.

Und drittens: Es war ausgeschlossen, dass ich am Ende dieser Woche den Frühling 1995 würde hinter mir lassen können, all die Fragen, die ich überdenken, die Menschen, mit denen ich mich noch einmal befassen musste.

Und zuletzt: War ich es Omar nicht auch persönlich schuldig?

55

Als ich am Abend nach dem Essen ins Gästehaus zurückkam, saß Oliver mit einer Tüte Tortilla-Chips und einer Dose Salsa an der Kücheninsel.

Ich setzte mich auf den Hocker neben ihm und widerstand der Versuchung, ihn über die Lateinlehrerin Amber auszufragen, die, da war ich mir ziemlich sicher, die letzte Nacht hier verbracht hatte. Stattdessen fragte ich ihn, ob er glauben könne, dass die zwei Wochen fast schon vorbei seien.

Oliver schüttelte den Kopf. Er sagte: »Ich kann ja nicht mal fassen, dass es überhaupt existiert. Diese Kids, das Internat. Ich will das alles nicht mögen, aber ich mag es.«

In dem Moment kam eine Nachricht von Jerome: *Ich hab bei Otis gekündigt, damit sie mich nicht feuern müssen. Ist doch besser so, oder?*

Irgendwie gelang es mir, weiter mit Oliver zu reden. Ich sagte: »Klar, es ist eine *unglaubliche* Schule. Und im Vergleich zu früher ist sie noch wesentlich besser geworden. Also – meine Noten am Ende der achten Klasse waren miserabel.« Ich drehte das Handy um. »Und sie haben mich trotzdem genommen. Es gibt Schulen, die haben so strenge Aufnahmebedingungen wie Harvard, wussten Sie das? Hierher kamen die Leute, die die Voraussetzungen für solche Schulen nicht erfüllten oder abgelehnt worden waren. Das hatte ich nicht gewusst. Ich dachte, in Granby wimmele es nur so von den intelligentesten Kindern der Welt, und ich würde scheitern.

Ich war keine besonders gute Schülerin, aber am Ende habe ich in allen Fächern ganz passabel abgeschnitten.«

Oliver schien verwirrt, und mir wurde bewusst, dass ich schwafelte. Ich war mit dem Gedanken beschäftigt, dass wir von Jeromes Bildverkäufen leben könnten, wenn wir beide keinen Job mehr hätten – aber auch diese Quelle konnte natürlich versiegen.

»Lange Rede, kurzer Sinn«, sagte ich, um mich zu fangen, »es war ein sehr besonderes Internat für ganz normale Kinder.«

Er sagte: »Ich verstehe schon, warum Sie noch mal zurückgekommen sind. Und warum Ihre Freundin nie weggegangen ist. Es scheint ein Ort zu sein, an dem man sich einrichten kann.« Sein Blick war unruhig, etwas glasig, und ich begriff, dass er dabei war, sich zu verlieben. Vermutlich in Amber, aber vielleicht auch in das Internat. Er malte sich ein Leben in Granby aus, mit ihr.

Ich sagte: »Ich habe wirklich an Magie geglaubt, als ich hier war. Kann sein, dass es am Alter lag; jedenfalls gab's bei mir eine Menge magisches Denken.« Zum Glück fragte er mich nicht nach Einzelheiten, denn ich hätte ihm das alles nicht erklären können – die Markierungen, die ich damals für Ace angebracht hatte, das Münztelefon, die ernsthaften Séancen, die Tatsache, dass ich alles Mögliche als ein Zeichen ansah.

Vielleicht verfiel ich gerade wieder in dieses Denken, aber das Universum schien mich so offensichtlich in eine bestimmte Richtung zu lenken: Bring mich nach Granby zurück, lass mir Britt und Alder über den Weg laufen, nimm Yahav aus dem Spiel, nimm jede Stabilität weg, die Jerome mir gegeben hatte. Zeig mir Thalias Jahrbuchzitat und die Punkte in ihrem Planer, zeig mir Beth Dochertys Flachmann. Was bleibt dann, außer einem einzigen, klar umrissenen Pfad?

Oliver starrte in die Salsa, als könnten sich dort Antworten für ihn verbergen. Ich hatte ihn auf der Party neben Amber auf dem Sofa sitzen sehen. Ich hatte seine Augen gesehen, als er sich bei riesigen Cafeteria-Waffeln mit ihr unterhielt. Ich sagte: »Dies ist nicht der richtige Moment, um zurückhaltend zu sein.« Er blickte hoch, entweder erschrocken, dass ich ihm in die Seele geschaut hatte, oder verblüfft.

Ich stand auf, weil ich nach oben gehen und Lance eine Mail schreiben musste, um ihm zu sagen, dass ich wirklich, wirklich aufhörte und er frei war, sich unverzüglich eine neue Co-Moderatorin zu suchen. Ein paar Ideen dazu hatte ich.

Ich sagte: »Sie sollten ihr sagen, was Sie empfinden.«

56

Wenn man achtzehn ist, scheint ein Monat so lang wie ein paar Jahre. Thalias Tod, Pujas nächtliches Weglaufen, der Bombenanschlag in Oklahoma City, der Giftgasanschlag in der Tokioter U-Bahn, der Prozess gegen O. J. Simpson, der Bosnienkrieg, der Autounfall unserer Mitschüler – all das gehörte zum Wirrwarr eines einzigen überfrachteten Frühlings und schien in psychologischer Hinsicht nicht viel miteinander zu tun zu haben.

Woran ich mich erinnere: Puja, die sich mit Rachel und Beth zerstritten hatte, lief mitten in der Nacht zu Fuß los und wurde dann rasch aus Granby weggeholt. Tim Busse und Graham White fuhren betrunken aus Quebec zurück und verunglückten; Graham lebte noch einen Tag auf der Intensivstation weiter, ohne dass je echte Hoffnung bestand. (Zwei Jungs, die ich gern gemocht hatte: Tim, dessen Stimme die erste war, die ich in meinem magischen Telefon hörte, und Graham, der Tom Petty für mich sang.) Drei Trauergottesdienste, alle verschwommen. Die Choristen, unter Ihrer Leitung, sangen alle drei Male dieselben Songs: *Bridge Over Troubled Water* und *Jerusalem*.

War es ein Wunder, wenn Thalias Tod und die anderen Vorfälle sich vermischten, in unseren Köpfen genauso wie in der Vorstellung der Öffentlichkeit? Hani Kayyali, der anstelle von Jenny Osaka Stufensprecher geworden war, hielt die Rede bei unserer Abschlussfeier. Die Wunden müssten verheilen, sagte er, und wir müssten weiterziehen, die Dinge hinter uns lassen – alles, die Bitterkeit, die sich in unser Miteinander eingeschlichen habe, die neue Welle des einfallslosen Vandalismus auf dem Schulgelände, die Anschuldigungen, die Zerknirschung und das Misstrauen.

Wir hörten dort draußen auf dem Hof benommen zu, die Mädchen in weißen Kleidern, vom lässigen Hochzeitskleid bis zum Vegas-Cocktailkleid, die Jungs in Khakihosen und dunklem Blazer. Wir froren, und sie schmorten.

Als Sie zu mir kamen, um sich zu verabschieden, stand ich zwischen Severn Robeson und meiner Mutter und hielt einen Teller mit Kuchen in der Hand. Sie werden sich kaum an die allseitige Befangenheit erinnern, weil ich nicht wusste, wie ich sie Ihnen vorstellen sollte, und Sie nicht ganz verstanden, wer sie waren. Aber es herrschte sowieso ein völliges Durcheinander: Schwärme von Tanten, Onkeln und Paten, verbotene Zigarren und Flachmänner, wo man hinsah. Nach vier Jahren erzwungener Intimität hatten wir gerade zum ersten Mal gehört, wie alle anderen mit zweitem Vornamen hießen. Unsere Zimmer waren schon leer.

Ich weiß noch, wie Sie zu meiner Mutter sagten: »Bodie ist in den letzten drei Jahren mein Mädchen für alles gewesen. Ich wünschte, ich könnte sie klonen.«

Es war das erste Mal, dass meine Mutter in Granby war. Sie hatte während meiner Besichtigungstour permanent die Nase gerümpft und jedes Gebäude »edel« genannt. Sie trug Caprihosen und ein geblümtes T-Shirt zur Zeremonie, und ich mied sie, so gut ich konnte. Nicht so sehr, weil sie mir peinlich war, sondern vor allem, weil ich sie an diesem Ort, den sie nicht verstand, als Eindringling empfand und weil es mich ärgerte, wie argwöhnisch sie alles beäugte, wovon ich mich schweren Herzens trennen musste.

Und dann war da Severn, den alle für meinen Vater hielten. Während ich als Kind gedacht hatte, die Robesons seien vornehm und reich, wirkte er hier absolut durchschnittlich, ein Mittelwestler mit hartem Bierbauch, der eine schlechtsitzende Freizeitjacke trug.

Meine Mutter fragte Sie: »Und was unterrichten Sie?«

»Musik«, antworteten Sie, und sie sah mich verdutzt an. Sie dankten mir für das Geschenk, das ich Ihnen vor die Tür gestellt hatte (eine letzte RC Cola, für die Fahrt). Und bevor Sie jemand wegzog, um ein Foto mit Ihnen zu machen, sagten Sie: »Ich kenne meine neue Adresse noch nicht, sonst würde ich sagen, schreib mir, aber ich nehme mal an, ich werde von dir hören, wenn du berühmt bist.«)

»Was sollte *das* denn heißen?«, fragte meine Mutter, als wir zu den überwiegend leeren Tischen gingen. Ich setzte mich mit ihr und Severn hin, während die Glücklichen, die es geschafft hatten, ihre Familien loszuwerden, auf dem Rasen für Fotos posierten. Wie gern hätte ich mich zu ihnen gesellt. »Sein Mädchen für alles? Und worin sollst du bitte so berühmt werden?«

In dem Moment kam Dorian Culler zu uns an den Tisch, ein paar kichernde Skikumpels im Schlepptau, und reichte Severn auf die wohlerzogenste Art und Weise die Hand. Er sagte: »Mr. Kane, es ist mir eine Freude. Ich habe Ihrer Tochter jahrelang vergebens den Hof gemacht. Vielleicht können Sie sie zur Vernunft bringen. Ich habe vor, gut zu verdienen und sie anständig zu behandeln. Sie kann so viele Babys haben, wie sie möchte. Sechs, sieben mindestens. Meine Name ist Bueller«, sagte er, und hier verloren seine Freunde endgültig die Fassung. »Ferris Bueller.« Dorian verzog keine Miene. Severn antwortete verwirrt, aber höflich, und Dorian verbeugte sich leicht, bevor er davonschritt.

Severn sagte: »Na, ist doch toll, dass alle so eine prima Laune haben. Wär ja auch nicht schön, wenn es hier allzu ernsthaft zugehen würde.«

Ich beobachtete, wie Dorian zu dem Pulk lautstarker, Zigarre schwingender Familien zurückging, die sich offenbar schon kannten. Zu meinem Erstaunen war seine Mutter im Rollstuhl erschienen. Fran klärte mich später auf, Info von ihren Eltern: Mrs. Culler saß seit kurz nach Dorians Geburt im Rollstuhl. Das hatten wir nicht gewusst. Wir hatten sie noch nie auf dem Schulgelände gesehen; vielleicht war sie nie hier gewesen. Die Wege über den Campus waren selbst für ein Fahrrad zu holprig – in dem Schreiben, das wir vor der Einschulung erhalten hatten, wurde ausdrücklich davon abgeraten, eins mitzubringen –, und es sah schon mühevoll genug aus, sie auf dem Schulhof von A nach B zu befördern. Robbie, der wahrscheinlich mehrfach in Greenwich bei Dorian zu Hause gewesen war, hatte es auf sich genommen, sie über das unebene Gelände zu schieben, brachte ihr Kuchen und Punsch und steckte ihr seine Knopflochblume ans Kleid.

Ich hasste Dorian mit jeder Faser meines Körpers, aber zum ersten Mal verspürte ich den Drang, mit ihm zu reden. Zu sagen: »Ich hatte ja keine Ahnung, und du hast auch keine Ahnung von mir.«

Aber alle strebten schon auseinander und stiegen in überladene Autos. Es war Zeit zu gehen.

5 7

Am Donnerstag graupelte es. Um ehrlich zu sein, hatte ich vergessen, dass es Graupel gab. Im Film kommt er nicht vor; entweder regnet es da oder es schneit. Warum sollte Hollywood diesen scheußlichen, stechenden Schmodder auch nachbilden?

Ich hatte in Granby nie einen Schirm gehabt. Was für ein Freak man hätte sein müssen, um mit einem richtigen Schirm herumzulaufen, wie eine alte Dame, wie jemand, der hier in den Wäldern nicht zu Hause war. Zwar hatte ich von November bis April Halsweh, oft trockenen Husten und gegen Ende der Zwölften drei Wochen lang leichtes Fieber, sodass ich zum Unterricht wankte und von Ibuprofen aus der Krankenstation lebte, aber egal. Ich versuchte mich zu erinnern, ob das mit dem Fieber vor oder nach den Wochen meines Zusammenbruchs gewesen war, meiner gefährlichen Episode beim Kurt-Schrein. Irgendwann um diese Zeit herum jedenfalls. Die Sorgen der anderen wegen meiner Blässe, meines leeren Blicks tat ich ab, indem ich ihnen sagte, ich sei krank, was ja nicht falsch war.

Im Unterricht an diesem Morgen hingen alle durch, waren unkonzentriert. Am nächsten Tag war auch in einem anderen Kurs ein Abschlussprojekt fällig; bei Alyssas ging es um ein Hängebrückenmodell, sie hatte die ganze Nacht daran gearbeitet.

Sie waren erst halb aus der Tür, als ich meine E-Mails checkte (ein Reflex, eine schlimme Angewohnheit) und Britt und Alder hinterherrief, sie sollten noch kurz bleiben. Zwischen Hassmails über Jerome und Hassmails über mich eine Antwort von Vanessa. Sie war kurz, aber nicht ärgerlich.

Thalias Planer habe ich, schrieb sie. *Aber wenn du nach Scans fragst, muss ich sagen, dass ich mich damit nicht so wohl fühle. Ich lebe in Lowell, Mass, und könnte dich irgendwo zwischen hier und Granby treffen, wenn du in den Planer reinschauen möchtest. Schüler hätte ich lieber nicht dabei, aber dir kann ich ein paar Seiten zeigen. Ich müsste irgendeinen Ausweis von dir sehen, nur für meinen Seelenfrieden. Vielleicht dieses Wochenende?*

Mein Flug ging am Samstagmorgen. Ich könnte ihn verschieben, aber das wäre teuer, und ich wusste nicht, in welcher Verfassung Jerome war, wie viel länger er auf die Kinder aufpassen konnte, ob sie ihn bei Verstand hielten oder alles schlimmer machten. Trotzdem, diese Chance durfte ich nicht verpassen.

In der Hoffnung, sie würde mich nicht zu aufdringlich finden, schrieb ich zurück, es würde die Dinge für mich wesentlich vereinfachen, wenn wir uns früh am nächsten Morgen treffen könnten. *Ich kann auch nach Lowell kommen*, schrieb ich. Ich würde Fran fragen, ob sie mich hinfuhr, oder mir ein Auto leihen. Als ich meine Mails das nächste Mal checkte, auf dem Weg zum nachmittäglichen Filmkurs, hatte sie zugestimmt und mir einen Coffeeshop genannt, wo wir uns um sieben Uhr treffen könnten.

#7: Ihre Frau

S agen wir, es war Ihre Frau.
   War es Ihre Frau?

5 8

Fran versuchte kaum, ihren Unmut angesichts meines Vorhabens zu verbergen. Sie hatte keine Lust, um fünf aufzustehen, war aber bereit, mir ihr Auto zu leihen. »Ich hoffe, es hilft dir, einen Schlussstrich zu ziehen«, sagte sie. Es gelang mir, nicht zu lachen, ihr das Wort *Schlussstrich*, das Gegenteil dessen, worauf ich aus war, nicht um die Ohren zu hauen. Besser, ich ließ Fran in dem Glauben, dass wir zu einem Ende kamen.

In der Noch-Dunkelheit des Freitagmorgens brach ich auf und flog, immer auf der Hut vor Elchen, über die Hügel. In L. A. fahre ich so ungern Auto, dass ich vergessen hatte, wie viel Spaß mir Autofahren eigentlich macht.

Unterwegs tankte ich und bezahlte intuitiv mit der Kreditkarte, die ich nur für Geschäftsausgaben verwende. Denn war dies jetzt nicht mein einziger Job? Ich hatte Britt und Alder noch nicht vorgeschlagen, ihnen bei der Fortsetzung des Podcasts zu helfen – solange der Kurs nicht zu Ende war, durfte ich sie ja nicht begünstigen –, aber ich würde es ihnen am Nachmittag anbieten.

Vanessa saß in Yogasachen und Ugg-Boots an dem Ecktisch, den sie mir beschrieben hatte, und ich konnte ihr älteres Gesicht weder mit dem Kind, das ich gekannt hatte, noch mit der jungen Frau auf *Dateline* in Einklang bringen. Ich holte meinen Führerschein heraus, und sie sah mich an, als wäre ich nicht ganz dicht. »Du hast doch gesagt«, begann ich, und dann fiel es ihr wieder ein, und sie schaute kurz darauf und lachte über sich selbst.

»Ich erkenne dich, ob du's glaubst oder nicht. Wenn man ein Kind ist, fasziniert einen das Leben der älteren Schwester.«

Sie schob mir einen Latte über den Tisch; sie hatte mich vorher per SMS gefragt, was sie für mich bestellen solle.

Ich sagte: »Ich möchte auf keinen Fall einen falschen Eindruck erwecken. Wir waren nicht eng befreundet, aber wir haben uns ein Zimmer geteilt, und –«

»Schon in Ordnung«, sagte sie. »Das ist sogar gut. Ihre engen Freundinnen haben sie nicht gerade beschützt, stimmt's? Wenn du eine von ihnen wärst, würde mir das nicht unbedingt helfen, dir zu vertrauen.«

Das kam unerwartet, ein Zuspruch, den ich bis in die Knochen hinein spürte.

Sie sagte: »Ich weiß nicht genau, warum ich zugestimmt habe, vielleicht weil ich es so schrecklich finde, wie im Internet über den Planer geredet wird. Die Markierungen seien da, weil sie magersüchtig war oder was auch immer.« Ich war mir ziemlich sicher, dass Thalia zumindest ein bisschen magersüchtig gewesen war, sagte aber nichts. »Also, falls du irgendwas weißt, würde ich es auch gern wissen.«

Ich nickte und fürchtete zugleich, sie enttäuschen zu müssen.

Sie sagte: »Mir schreiben so viele furchtbare Leute wegen des Falls, aber nach all den Jahren hat noch nie jemand aus Granby Kontakt mit mir aufgenommen; von allen, die sie damals gekannt haben, bist du die erste, die sich bei mir gemeldet hat. Na ja.« Sie griff in den Stoffbeutel, der an ihrem Stuhl hing, und zog einen alten spiralgebundenen Granby-Planer heraus, dessen grünes Deckblatt ganz zerfasert war. Ich nahm ihn vorsichtig entgegen, besorgt, dass er auseinanderfallen würde. Innen sah allerdings alles brandneu aus, als könnte Thalia jeden Moment eine Aufgabe abhaken und in ihrer sauberen, schnörkeligen Handschrift eine neue eintragen.

Der Planer ging von August bis August, und ich blätterte die

Seiten mit Tennisstunden der Vorsaison, in die Ecke geschriebenen Telefonnummern, Projektabgabetermine, Hausaufgaben und Chorproben durch. Montag bis Mittwoch auf der linken Seite, Donnerstag bis zum Wochenende rechts. Am 8. Dezember das *Camelot*-Vorsprechen. Am 9. Dezember das *Lessons and Carols*-Konzert in der Kirche. In der Woche vom 12. Dezember Klausuren. Und durchgängig die drei verschiedenen Zeichen: rote Punkte, blaue Kreuze, lila Kreuze. Manchmal lagen die roten Punkte ungefähr vier Wochen auseinander, manchmal sechs Wochen oder acht. Aber Thalias Periode war unregelmäßig gewesen – war das nicht Teil ihres Problems? Sie war so dünn. Kein Wunder, dass sie nicht jeden Monat blutete, kein Wunder, dass sie diese Ängste hatte. Sie kennzeichnete nicht alle Tage, an denen sie blutete, wie ich es machte, sondern nur einen, den ersten, nahm ich an. Das machte die Sache schwerer zu deuten, aber ich war mir sicher.

Ich sagte: »Du weißt, dass die roten Punkte für ihre Periode stehen.«

Vanessa nickte. »Das ist *eine* Theorie.«

»Nein, es stimmt. Ich habe ihr beigebracht, auf diese Art den Überblick zu behalten. Den vom Jahr davor hast du nicht mehr, oder?«

Und zu meiner Überraschung zog Vanessa einen zweiten Planer aus dem Beutel, den für die elfte Klasse, 1993–1994, mit dem goldgelben Deckblatt.

»Oh, mein Gott, perfekt.« Ich blätterte bis zum Ende der Feb-Woche vor. Dort, an dem Tag, als sie früher als geplant nach Granby zurückgekommen war, dem Donnerstag, war ein roter Punkt. Ich sagte: »Sie hatte Angst, schwanger zu sein, und sie war so erleichtert, als sie ihre Tage bekam. Da ist es.«

Vanessa nickte bedächtig. »Okay, also, das – ja, wir wissen, dass sie nicht schwanger war, als sie starb, aber ein paar Leute waren wohl der Ansicht, dass sie es *geglaubt* hatte. Dabei gab es einen Punkt –« Sie nahm den Planer der Zwölften und öffnete ihn mühelos auf den beiden Seiten, die auch im Internet zu sehen waren. Hier war das Buch im Laufe der Ermittlungen auf Kopiergeräten und Scannern flachgedrückt worden. Montag, 27. Februar, vier Tage bevor sie starb, ein roter Punkt. Vanessa sagte: »Mit dieser Theorie konnte ich sowieso nie viel anfangen. Also, dass sie Omar gesagt hätte, sie sei schwanger. Die beiden waren nicht zusammen. Da bin ich mir sicher.«

Vielleicht konnte sie sich Thalia nur nicht in einer Beziehung mit dem Mörder vorstellen, für den sie Omar hielt; trotzdem, ihre Meinung bestätigte, was ich selbst dachte.

Ich blätterte im Planer der elften Klasse von der Feb-Woche aus weiter vor. Ein blaues Kreuz am Dienstag, ein lila Kreuz am Donnerstag. Und über den ganzen Frühling verteilt weiteres Blau und Lila, immer in der unteren rechten Ecke der Tageskästchen.

Behutsam, als könnte Vanessa nach all der Zeit noch entsetzt sein, sagte ich: »Die Kreuze hat sie ziemlich sicher immer dann gemacht, wenn sie mit jemandem geschlafen hat.« Ein paar Seiten weiter kam der Frühlingsball, auf den sie mit Robbie gegangen war. Zwei blaue Kreuze in der Ecke. Der Ball war im Hanover Inn, und wer sich fürs Wochenende abgemeldet hatte, konnte danach gleich weiterfahren, angeblich nach Hause, in Wirklichkeit dorthin, wo Partys stattfanden. Auch im Kästchen für den Tag danach war ein blaues Kreuz. Ich drehte den Planer zu ihr um und zeigte ihr die Stelle, wo Thalia mit orangem Leuchtstift FRÜHLINGSBALL hingeschrieben und die Buchstaben mit schwarzem Gelschreiber umrandet hatte. Ich sagte: »Blau ist Robbie. Ich glaube, Lila ist jemand anders.«

Vanessa schüttelte den Kopf, dass ihre Haare flogen. »Sie schlief nicht mit Omar. Wenn sie eine Beziehung gehabt hätten, dann hätte er das gesagt, nachdem er sein Geständnis zurückgenommen hatte. Er hätte damit erklären können, warum seine DNA an ihr war.«

»Genau. Es war nicht Omar. Warte mal.«

Wir tauschten die Planer, und auf eine Ahnung hin sah ich mir unseren letzten Winter an. Montags ging Thalia zum Üben ihres Abschlussvortrags zu Ihnen, direkt vor mir. Am Montag, 30. Januar, ein lila Kreuz. Und eins am Montag, 6. Februar. Keins in der Woche darauf, der Feb-Woche, als sie mit Robbie unterwegs war und es eine Menge blauer Kreuze gab. Ein lila Kreuz am Montag, 20. Februar. Nicht an jedem einzelnen, aber doch an genügend Montagen. Meine Güte, wenn ich Recht hatte, dann schliefen Sie mit ihr, während ich draußen auf dem Flur stand und wartete. Auf dem Sofa, dem braunen Cordsofa neben Ihrem Schreibtisch? Also, damit ich das richtig verstehe: Ich kam ins Zimmer, ich setzte mich auf das Sofa, und Sie redeten mit mir, Sie sahen mich an, während ich dort saß, wo es gerade passiert war. Ich konnte das in diesem Coffeeshop schon nicht verarbeiten, und ich kann es auch jetzt nicht.

Am Samstag, 25. Februar, weniger als eine Woche bevor sie starb, hatte sie geschrieben *DB, o/y*. Sie müssten mir erklären, was der zweite Teil hieß (one year? only you?), aber am selben Tag gab es ein lila Kreuz. Ich drehte Vanessa den Planer hin. »Hast du den Namen Denny Bloch schon mal gehört?«

Ich erzählte ihr alles, was ich hinsichtlich Ihrer Beziehung zu Thalia vermutete, und sie war angewidert, aber nicht schockiert. Wie könnte irgendeine Frau von solchem ausbeuterischen Verhalten noch schockiert sein?

Die nächsten zwanzig Minuten studierten wir die Planer, beide auf die Zeit achtend – ich würde rasen müssen, um rechtzeitig zum Unterricht zurück zu sein –, und es gab eindeutige Muster, etwa die Überstimmungen im Herbst zwischen den lila Kreuzen und den Abenden, an denen wir Follies-Proben hatten. Und dann eine Goldmine: Während der Opernreise nach New York im Oktober drei blaue und zwei lila Kreuze. »Auf der Reise waren nur noch zwei andere Jungs mit«, sagte ich. »Definitiv nicht Omar.« Ich schrieb die anderen Namen für Vanessa auf eine Serviette: Kellan

TenEyck, der inzwischen tot war, und Kwan Li, heute Erster Tenor bei der English National Opera. Ich erzählte Vanessa, was ich damals am Bethesda Fountain gesehen hatte.

Dennoch, Lila und Blau konnten auch beide Robbie sein – konnten, zum Beispiel, für Geschlechtsverkehr und Blowjobs stehen. Vanessa war es, die diese Theorie widerlegte. Ich ging den 1994/95er Planer durch, sie den für 1993/94. Wir waren still, bis sie mit dem Stift auf den Tisch haute. »Hier«, sagte sie. Thalia hatte quer über das Wochenende 4.–6. März 1994 *Skiteam – Fahrt nach Hebron* geschrieben. Drei Tage, in denen das Skiteam definitiv in Maine war. Aber am Samstag fand sich ein lila Kreuz. »Sie wird doch nicht mitgefahren sein, oder?«

Ich schüttelte den Kopf. »Freundinnen durften da nicht mit. Sie hätte sich höchstens abmelden und sagen können, sie führe zu irgendwem nach Hause – nein, schau mal, sie hatte an dem Wochenende Tech-Probe.« *Kleiner Horrorladen erste Tech* stand in wesentlich kleineren Buchstaben da als Robbies Skiteam-Trip, aber es stand da. Und wenn Thalia an dem einen entscheidenden Tag, an dem ich die Federführung hatte, nicht zur Tech-Probe erschienen wäre, hätte sich mir das ins Gedächtnis eingebrannt.

»Tja«, sagte sie.

Ich nickte. »Tja.«

Vanessa zog den Planer der Zwölften in die Tischmitte. »Die Woche, in der sie starb«, sagte sie. »Das blaue Kreuz hier am Mittwoch, in Klammern. Was bedeuten die Klammern?«

»Vielleicht hatte sie immer noch ihre Periode«, sagte ich, »und sie – vielleicht war es etwas anderes als Sex.«

»Vielleicht war's ein Coitus interruptus«, sagte sie und rief mir damit in Erinnerung, dass sie eine erwachsene Frau war und kein kleines Mädchen mehr, das ich vor irgendetwas beschützen musste.

Ich sagte: »Am Donnerstag war sie mit *beiden* zusammen.«

»So viel Sex«, sagte Vanessa und lachte trocken. »Kannst du dir noch vorstellen, so jung zu sein?«

Ich schüttelte den Kopf. »Mein Eindruck – und vielleicht weißt du da mehr als ich – mein Eindruck ist, dass Denny Bloch nie richtig unter die Lupe genommen wurde. Im Hinblick auf Thalias Tod.«

Ich wusste nicht, wie das bei ihr ankommen würde, wie sehr ihr die Andeutung, dass der Fall womöglich nicht geklärt, nicht hermetisch verschlossen war, zusetzen würde.

Vanessa konzentrierte sich auf etwas anderes als mein Gesicht, irgendetwas über meiner Schulter. »Wie alt war er noch gleich?«

»Dreiunddreißig«, sagte ich. »Verheiratet, zwei Kinder. Er ist immer noch Lehrer.«

Ihre Finger wanderten zu ihrem Nasenrücken. »Himmel.«

Ich sagte: »Ich befürchte – ich meine, die anderen haben alle miteinander geredet, bevor sie vernommen wurden. Du weißt, wie Gerüchte entstehen. Und sicher wollten sie alle Robbie schützen, weil ja klar war, dass er der Erste wäre, den die Polizei ins Visier nehmen würde. Ich habe nie geglaubt, ich wüsste mehr als ihre Freundinnen und Freunde. Wenn sie mit dem Finger auf Omar zeigten, dann hatten sie wohl Informationen, die ich nicht hatte, dachte ich. Aber in letzter Zeit kommt mir öfter der Gedanke, dass ich vielleicht doch mehr wusste als sie. Oder zumindest diese eine Sache, diese eine wichtige Sache, nur hat mich niemand je danach gefragt.«

Hinter der Kaffeetheke gab es einen Knall, dann schrilles Gelächter. Vanessa wandte sich um, und im Licht wirkte ihr Gesicht noch älter – resigniert, verhärtet. Auf einmal war sie jede Schwester jedes ermordeten Mädchens, von dem in den Nachrichten je die Rede gewesen war.

Als sie sich wieder zu mir umdrehte, war ihre Miene, von allgemeiner Verwirrung abgesehen, unergründlich. Sie sagte: »Ich bin froh, dass du mir das erzählt hast. Schwer zu sagen, was man jetzt damit machen soll.«

Ich versuchte, ihr am Gesicht abzulesen, ob sie jemals an Omars Schuld zweifeln könnte oder ihn für immer hinter Gittern wissen wollte. Oder ob jeder Schritt, der sie von der Gewissheit wegführte, sie zutiefst verunsicherte, so wie es mir selbst erst vor wenigen Tagen gegangen war.

Ich sagte: »Das sollte ja auch gar nicht deine Aufgabe sein. Die Ermittler hätten bessere Arbeit leisten müssen, damals. Die Polizei, meine ich, aber auch – also, Omar hatte kein gutes Verteidigerteam. Eigentlich müssen so was die Ermittler der Verteidigung machen, sich andere Verdächtige anschauen etc. Und sei es nur, damit alle beruhigt sind.«

Vanessa sagte: »Ich brauche erst mal Zeit, um das sacken zu lassen.«

Ich nickte. »Wenn du zufällig irgendwas findest – in ihren Briefen oder in den Jahrbüchern – wenn es da irgendwas von Denny Bloch gäbe oder über ihn ... ich frage mich zum Beispiel, ob er ihr im Sommer geschrieben hat.«

Ich hatte den Eindruck, sie hörte mir nicht zu. Sie sagte: »Ich hatte nicht erwartet, dass irgendwas hierbei rauskommen würde.«

»Ich weiß nicht, ob in Omars Fall überhaupt noch mal eine Berufung zugelassen würde. Und wie das für dich wäre. Aber wenn Britt und Alder, die beiden aus meinem Kurs, weitermachen, wenn sie Sachen zutage fördern, vielleicht in Granby, irgendetwas, womit die Ermittler sich nie befasst haben –«

Vanessa sagte: »Ich bin mit ihm in Kontakt. Mit Omar.«

Ich hatte gerade aufstehen und sie zum Abschied unbeholfen umarmen wollen, aber jetzt zog mich mein ganzes Gewicht auf den Stuhl herunter.

»Meine Therapeutin hat das vor ein paar Jahren vorgeschlagen. Um an Vergebung und Frieden zu arbeiten. Ich fahre einmal im Monat zu ihm. Das heißt, zuerst habe ich ihm geschrieben, dann haben wir telefoniert, und dann habe ich angefangen – also, wir sprechen nicht darüber. Er hat mir einmal gesagt, dass er es nicht getan hat, dass er Thalia kaum kannte, und seitdem sind wir nicht mehr darauf zurückgekommen. Wir ... wir sprechen über unser

Leben. Meine Eltern wissen nichts davon. Sie würden es nicht verstehen.«

Ich sagte: »Das ist beeindruckend. Dazu wären nicht viele in der Lage.« Und dann, weil ich nicht anders konnte: »Britt und Alder würden wahnsinnig gern mit dir sprechen, und auch mit ihm.«

Sie senkte die Stimme. »Ich darf das eigentlich nicht wissen, und du schon gar nicht, aber im Moment ist er im Krankenhaus. Zumindest war er vor ein paar Tagen dort.«

Ich sagte: »Oh. Ist es was Ernstes?«

Sie sah mich an, als wäre ich bescheuert. »Sie werden nur ins Krankenhaus gebracht, wenn es um Leben und Tod geht. Ich war am Mittwoch im Gefängnis, und eine Frau, mit der ich mich ein bisschen angefreundet habe, kam gerade raus, sie besucht da immer ihren Mann, und hat mir erzählt, dass Omar angegriffen wurde und nicht da sei. Genaueres konnte sie mir auch nicht sagen. Ich mache mir solche Sorgen, und es gibt keine Möglichkeit, mehr zu erfahren. Aber im Ernst, du darfst das nicht wissen. Selbst seine Familie weiß wahrscheinlich nichts davon oder erfährt es erst, wenn er wieder in seiner Zelle ist. Wenn Häftlinge irgendwo hingebracht werden, ist das nicht –«

»Ich werde nichts sagen.«

Mir war bisher nicht in den Sinn gekommen, dass das Zeitfenster, in dem wir Omar helfen könnten, schmal sein könnte. Ich hatte mir ein langes Leben für ihn vorgestellt. Hatte er nicht immer vor Gesundheit gestrotzt? Naiverweise hatte ich nicht berücksichtigt, wie leicht man im Gefängnis sterben konnte.

Mit dünner Stimme sagte ich: »Vielleicht – wenn du bereit bist, irgendwann mit den beiden zu reden, und wenn es gut läuft – vielleicht könntest du dir dann auch vorstellen, sie mit Omar bekannt zu machen, für sie zu bürgen – also, wenn es ihm besser geht. Sie wollen keinen Ärger machen. Es sind tolle junge Leute.« Meine nächsten Worte wählte ich mit Bedacht, denn mir war bewusst, dass Vanessa trotz ihrer Besuche in Concord nach wie vor an

Omars Schuld glaubte – es sei denn, ich hatte sie gerade vom Gegenteil überzeugt. »Falls es unbeantwortete Fragen gibt, können sie vielleicht einige davon klären.«

Sie schloss die Augen und lächelte leicht, nickte fast unmerklich mit dem Kopf. Es bedeutete nichts Besonderes, aber es war das Ende des Gesprächs oder zumindest ein Lesezeichen.

Wie seltsam musste es gewesen sein, Vanessa auf die normale Art und Weise kennenzulernen – als Kollegin, als Nachbarin – und erst später zu hören, dass sie für immer und ewig die überlebende Schwester war. Zuerst würde man vielleicht einfach denken, sie hätte einen tiefen Körperschwerpunkt, der sie in sich hineinsacken ließ, hätte müde, durchdringende Augen, um dann zu begreifen, dass sie schon ihr Leben lang erschöpft war. Obwohl, sie war ja nicht immer so, rief ich mir in Erinnerung, und sie traf auch nicht ständig auf jemanden, der in der Ecke eines Coffeeshops versuchte, ihr den Frieden, den sie mittlerweile gefunden haben mochte, wieder zu nehmen.

Auf dem Rückweg im Auto sandte jeder Mensch, an dem ich vorbeikam, Wellen der Trauer aus. Jeder Mensch war der Onkel oder die Nichte oder der Babysitter von jemandem und saß auf einem überpolsterten Sofa und erzählte vor laufender Kamera, wie es war, die Leiche zu finden oder die Leiche nicht zu finden oder die Sprachnachricht zu hören oder die Tasche zu finden, die sie nie irgendwo hätte liegen lassen. Welche Frau lässt ihre Tasche liegen? Welche Frau hat je ihre Tasche liegen gelassen?

#8: Sie

Tun wir es uns an. Stellen wir es uns, endlich, vor.

Sie bleiben ganz bewusst bis zum Ende der Show auf der Bühne. Sie wollen gesehen werden, klar, aber mehr noch wollen Sie auf dem Video ruhig, gut gelaunt, väterlich wirken, damit die Leute zurückblicken und denken werden: *Dies ist kein Mann, der im Begriff ist, jemanden umzubringen.*

Thalia hat Ihnen gesagt, dass sie schwanger zu sein glaubt, dabei ist das ganz unmöglich, Sie waren doch so vorsichtig. Alle paar Monate ist sie sicher, ihre Periode zu spät zu bekommen. Sie sagen ihr, sie müsse das besser im Blick behalten, und sie sagt: »Du klingst schon wie Bodie Kane. Die hat dafür ein ganzes *System*.« Was Sie nicht ahnen: Thalia befolgt dieses System schon das ganze Jahr und weiß verdammt gut, dass sie nicht schwanger ist. Sie haben Thalia generell als nicht sehr gewissenhaft kennengelernt, etwa wenn es darum geht, zur verabredeten Zeit anzurufen, die Pille zu nehmen, die Sie ihr bezahlen, Dinge vor ihren Freundinnen geheim zu halten.

Ihre Frau bittet Thalia immer wieder, auf die Kinder aufzupassen, und sie sagt immer wieder zu. Zuerst war das Babysitten ein Trick, damit Sie sie am Ende des Abends nach Hause bringen konnten, aber inzwischen haben Sie bessere Möglichkeiten gefunden, und Sie bitten Thalia, nein zu sagen, wenn Suzanne das nächste Mal fragt. An einem Samstag, als Sie und Suzanne zu einem Abendessen in Hanover eingeladen sind, ist sie doch wieder da. Am Montag darauf sitzt sie schmollend bei Ihnen im Büro und fragt, wo Sie und Ihre Frau ihre Flitterwochen verbracht haben, und aus ihren Nachfragen wird deutlich, dass sie sich Ihre Fotoalben angesehen hat. Ein paar Tage darauf kann Suzanne ihr blaues Nachthemd nicht finden. Einige Wochen später kommt Thalia wieder zum Babysitten, und als Sie in dieser Nacht schlafen gehen, finden Sie ihre silbernen Tränenohrringe auf Ihrem Nachttisch – als hätten Sie dort in Ihrem Ehebett mit ihr geschlafen; als hätte Suzanne sie finden sollen; als hätte Thalia den Moment eins zu eins aus irgendeinem Film abgekupfert. Sie stecken sie rasch in die Tasche Ihrer Pyjamahose, wo sie Ihnen morgens um zwei, als Sie sich auf die andere Seite drehen, in den Oberschenkel stechen, zum Glück nur ins Bein.

Sie haben drei Mal versucht, die Sache zu beenden – nicht, weil Sie es wollen, sondern weil Sie angesichts der bedrohlich näher rückenden Abschlussfeier befürchten, Thalia könnte alles an die große Glocke hängen. Sie hat Ihnen von einer Schülerin aus Andover erzählt: Das junge Mädchen und ihr Mathelehrer waren unsterblich ineinander verliebt, und sobald die Abschlussfeier vorüber war, kündigte er seine Stelle, nahm sie vor aller Augen auf den Arm und entschwand zum Entsetzen ihrer Eltern mit ihr in seinem Auto. Sie hat Ihnen diese Geschichte mehrfach erzählt. Sie hat gesagt, in ihrem Jahrbuchspruch gehe es ausschließlich um Sie, *warte, bis du es siehst*, und gescherzt, sie würde in der *Talent Night* aufstehen und Ihnen einen Song widmen. Sie hat Sie gefragt, wie Sie mit einer Frau zusammenleben können, die Sie nicht lieben, hat Ihnen Prospekte der Masterstudiengänge an der Uni in Amherst gegeben und einen Hass auf Ihre Frau entwickelt, der Ihnen Angst macht. Suzanne geht jeden Samstagnachmittag zu einem Yogakurs in der Stadt, und seit einiger Zeit nimmt auch Thalia daran teil.

Dreimal haben Sie es versucht, haben ihr gesagt, dass sie auf dem College ihre Freiheit werde haben wollen und dass Amherst ihr eine Welt neuer Möglichkeiten eröffnen werde. Beim zweiten Mal sagt sie: »Ich weiß nicht, wie ich das überstehen soll, ohne mir was anzutun, es sei denn, ich gehe zu einem Psychiater. Ich muss mit Dr. Gerstein reden.« Und Barry Gerstein mag zwar an die Schweigepflicht gebunden sein, aber er ist auch Auftragnehmer des Internats. Er kennt Ihre Kollegen, Ihre Verwaltungsvorgesetzten, Sie.

Als Sie es zum dritten Mal versuchten, begann sie auf Ihrem Bürosofa zu hyperventilieren, atmete schwer in ihre Knie und sagte: »Ich muss mit meiner Mutter reden. Ich muss nach Hause fahren und – ihr alles erzählen.« Und Sie strichen ihr über den Rücken, sagten ihr, sie habe Sie falsch verstanden, alles würde sich lösen lassen.

Stellen wir uns auch den Rest vor.

Sie haben sich mit Thalia hinter der Sporthalle verabredet, aber zuerst gehen Sie kurz nach Hause und sagen Suzanne, Sie müssten noch eine Weile arbeiten, unten im Keller, wo sich Ihr Arbeitszimmer befindet. Es ist 21 Uhr 45, und sie ist erschöpft von den Kindern und schon auf dem Weg ins Bett. Sie geben ihr ein Schlafmittel, sagen ihr, Sie hätten viel zu erledigen. Sie gehen hinunter, beginnen, etwas auszudrucken (ein Drehbuch, das ein Freund sie zu lesen gebeten hat), schließen die Tür Ihres Arbeitszimmers, verlassen das Haus durch die Wetterschutztür. Sie tragen Ihr Granby-Sweatshirt und eine Granby-Skimütze, könnten aus der Entfernung gesehen also jeder sein, ob Lehrer oder Schüler.

Thalia versucht, Sie zu küssen, aber Sie hindern Sie daran, weil Ihre DNA nicht an ihr gefunden werden soll. Sie geben ihr noch eine Chance. Sie sagen: »Thalia, wir müssen Schluss machen, und du musst mir versprechen, zu keinem Menschen je auch nur ein Sterbenswort von uns zu sagen.«

Selbst wenn sie ja gesagt hätte, hätten Sie ihr nicht geglaubt. Aber sie macht es Ihnen leichter, indem sie ihren Rucksack auf den Boden schleudert, sich rückwärts gegen die Wand fallen lässt und so laut weint, dass Sie ihr mit der behandschuhten Hand den Mund zuhalten müssen. Sie kommt offensichtlich nicht damit klar, und es gäbe so viele Kollateralschäden. Auch für sie selbst, aber das begreift sie nicht. Was für ein Leben wird sie haben, wenn alles herauskommt? Was für ein Leben werden ihre Eltern haben? Und natürlich denken Sie an sich und Suzanne und die Kinder. Und an Granby. Granby ist gut darin, Dinge zu vertuschen, aber nur, wenn alle Beteiligten entschlossen sind, Stillschweigen zu bewahren. Thalia wird es laut hinausschreien, genau so wie sie jetzt schreit, und es ist nicht schwer für die Hand über ihrem Mund, zu einer Hand zu werden, die ihren Kopf gegen die Wand knallt, zweimal, dreimal, nicht schwer für Ihre andere Hand, Thalias Kehle zu finden. Und das Bemerkenswerte ist nicht so sehr, dass Sie dazu fähig sind, sondern dass Sie es jetzt, da Sie einmal angefangen haben, auch so schnell wie möglich zu Ende bringen wollen. Die Dringlichkeit, die Sie empfinden, wird zu physischer Kraft, und obwohl Sie sie nicht blutig, sondern nur bewusstlos schlagen und in den Pool schaffen wollten, spüren Sie jetzt etwas Glitschiges in ihrem Nacken. Das Blut sagt Ihnen: Dies ist endgültig und real. Der Rubikon ist überschritten.

Sie haben sie einmal geliebt. Wenn Sie diese Liebe hinter sich lassen konnten, können Sie alles hinter sich lassen. Im Abspalten sind Sie brillant.

Sie führen Ihren Plan zu Ende, schließen die Hintertür der Schwimmhalle auf, deren Alarmanlage Sie tags zuvor entschärft haben, ziehen ihr den Badeanzug an, den Sie dort deponiert haben, eine großen, der sich leicht über ihren zu dünnen Körper schieben lässt. Sie rollen sie ins Becken, halten mit Ihrer behandschuhten Hand ihren Kopf unter Wasser – das Blut wird keinen Sinn ergeben, es passt nicht zu der einfachen Geschichte, die Sie vor Augen hatten. Sie beobachten, wie es aus der Wunde wirbelt, rosa wird, sich auflöst. Ein Zeichen, dass alles hieran verblassen, in Ihrem Leben immer heller und leichter werden wird, bis es nicht mehr existiert.

Sie legen ihren Rucksack und ihre Kleidung an den Rand, wie Sie ihrer Tochter die Sachen für den nächsten Schultag bereitlegen.

Als sie nach Hause kommen, ist das Drehbuch fertig ausgedruckt. Sie stecken Ihre Kleidungsstücke in die Waschmaschine, ziehen sich eine Jogginghose und ein T-Shirt aus dem Trockner an, gehen mit dem Drehbuch Ihres Freundes in der Hand nach oben. Suzanne macht die Augen auf. »Ich hoffe, der Drucker hat dich nicht wachgehalten«, sagen Sie und wedeln mit den Seiten. Es ist ein besonders lauter, mieser Drucker, und sie hat sich schon manchmal darüber beklagt. Sie fragt, wie das Drehbuch sei. »Ein fürchterliches Ding«, sagen Sie. »Ich hab schon Kopfschmerzen davon.«

Sie duschen, was Sie abends oft tun, weil Sie gern mit nassen Haaren einschlafen wie früher als Kind. Sie legen sich ins Bett, schmiegen sich an sie, halten sich an ihr fest wie an einer Boje.

59

Als ich nach Granby zurückkam, war alles still – eine Schneekugel, die seit Tagen niemand geschüttelt hatte. Niemand ging über den Hof, niemand kam mit einer Waffel und einem Kaffee aus der Cafeteria gehastet. Ich war das Einzige, was sich bewegte, denn ich war spät dran; ich hatte Alder geschrieben, sie sollten schon mal ohne mich anfangen. Ich ließ Frans Auto auf dem Parkplatz hinterm Quincy stehen und rannte die große Holztreppe zum ersten Stock hinauf, immer eine Stufe überspringend, wie ich es zuletzt als Zwölftklässlerin gemacht hatte.

Auf dieser Treppe hatte ich in meinem ersten Schuljahr gesessen und geschluchzt, nachdem ich die Zwischenprüfung in Englisch nicht bestanden hatte. Einmal war ich sie runtergefallen und hatte mir das Steißbein gestaucht. Und einmal war Carlotta und mir auf halber Treppe von Dorian Culler und dem Schulwechsler, den wir Peewee nannten, aufgelauert worden.

Ich hatte ja erwähnt, dass es eine Geschichte über Peewee gibt. Dies ist sie.

Carlotta und ich saßen auf der obersten Stufe der unteren Treppenhälfte. Ich weiß nicht, ob Sie die Haarnadelform dieser Treppen noch vor Augen haben, die Kurve und die tiefe Patina des Geländers – aber vielleicht haben Sie in Quincy Hall nicht viel Zeit verbracht. Der Unterricht war vorbei; Carlotta übte *These Are Days* auf ihrer Gitarre, für eine der diversen Gelegenheiten, bei denen sie den Song in dem Jahr spielen und uns zum Weinen bringen würde. Es gab ihn schon eine Weile, aber zu unserer erklärten Hymne wurde er erst kurz vor dem Ende unserer Schulzeit.

Die Jungs hatten eine Kamera dabei, was nicht ungewöhnlich war, wir saßen ja nicht weit von der Dunkelkammer entfernt. Dorian machte ein Foto von uns, und Carlotta hörte auf zu singen und fragte, was er wolle.

»Ich brauche den Film auf«, sagte er. Und dann: »Peewee, geh mal mit ins Bild.« Parkman Walcott sprang die Stufen hoch und ließ sich mit seinem riesigen Leib, der nach Schweiß und billigem Männderduft roch, zwischen uns plumpsen. Ich fiel auf Dorians Schwachsinn schon lange nicht mehr rein und würde nicht in die Kamera lächeln, Carlotta sicher auch nicht. In der Sekunde, nachdem der Blitz losgegangen war, legte Peewee schnell die Arme um uns und packte meine rechte Brust und Carlottas linke, fest genug, um blaue Flecken von seinen Fingerkuppen zu hinterlassen. Carlotta buckelte wie ein Pferd, um Peewee von sich, von uns beiden abzuschütteln, und rammte ihm – unabsichtlich, aber hilfreich – ihren Gitarrenkopf in den Adamsapfel. Er fluchte, sie schrie ihn an, beim nächsten Mal würde sie seine Eier erwischen, ich wusste nicht, was ich machen sollte, Dorian konnte sich nicht halten vor Lachen. Wie das alles endete, weiß ich nicht mehr.

Zwischen 1995 und diesem Augenblick hatte ich nicht öfter als ein-, zweimal daran gedacht. Nicht, dass ich es verdrängt hätte, ich war nur in meinen Gedanken nicht darauf zurückgekommen. Aber jetzt, 2018, als ich dieselbe Treppe hinauflief, auf der es sich ereignet hatte, führte ich mir einiges genau vor Augen. Dorian Culler hatte mir dreimal seinen Schwanz ins Gesicht gehalten, er hatte seinen Freund dabei fotografiert, wie er meine Brust begrapschte, er hatte mich vier Jahre lang in aller Öffentlichkeit gedemütigt. Es hatte sich langsam gesteigert, sich schrittweise fortentwickelt von etwas, das er als Witz hätte abtun können, bis zu diesem Moment, in dem zum ersten Mal physische Gewalt ins

Spiel kam. Das war im Herbst unseres zwölften Schuljahrs gewesen, Carlotta hatte nämlich für das Lagerfeuer beim Elternwochenende geübt; da war ich mir jetzt ganz sicher, denn nach dem Treppenvorfall zeigte sie mir ein paar Tage lang die kalte Schulter, und am Abend des Lagerfeuers sprachen wir uns schließlich aus. Sie gab mir die Schuld für das, was passiert war, und sagte, ich sei dermaßen feige, sie habe es satt. Ein Weichei nannte sie mich. Ich fing von meiner Kindheit an, meinem Vater, meinem Bruder, aber sie unterbrach mich und sagte, das wolle sie nicht hören. Dann entschuldigte sie sich, und wir weinten. Das war also im Oktober.

Und im Oktober hörte ich auf zu essen, gut getarnt von meinem Veganismus. Ich fing an zu rauchen, als wären Zigaretten mein einziger Sauerstoff. Ich begann, meinen Körper derart auszuhungern, dass ich im Frühling schließlich kein Girl Scout-Kanu mehr rudern konnte, von der Teilnahme an der Sprintsaison ganz zu schweigen. Aus der Distanz all der Jahre erkannte ich es deutlich: Ich war im Begriff gewesen, meinen Körper auszulöschen.

Dabei war das Busengrapschen nicht das Schlimmste, was mir hätte passieren können. Ich hatte schon Schlimmeres überlebt. Es war nur eben die eine Sache zu viel.

Und dann die Art, wie Thalia starb – wie ihr Körper misshandelt worden war – und ins Wasser geworfen – jedes Mädchen bloß ein Körper, den man benutzen und entsorgen konnte – einen Körper zu haben schon genug, um von ihnen begrapscht zu werden – einen Körper zu haben schon genug, um von ihnen vernichtet zu werden –

Und schließlich landete ich bei jenem Baum in Wald.

Und schadete mir auch auf langsamere Weise selbst.

Loretta Young war nicht klar, dass Clark Gable sie vergewaltigt hatte. Sie hatte sich schließlich nicht gewehrt und betrachtete ihre Tochter daher als »wandelnde Todsünde«, bis sie, mit über Achtzig, durch *Larry King Live* vom Sachverhalt der Rendezvous-Vergewaltigung erfuhr und begriff, dass sie keinerlei Schuld traf.

Ich beschloss, am Nachmittag im Filmkurs über Loretta Young zu sprechen. Es war eine Geschichte, mit der ich sie in die Welt hinausschicken konnte.

Aber fürs Erste stand ich vor Raum 212 in Quincy Hall, wo meine Podcaster auf unser letztes Treffen warteten. Ich hatte ihnen einiges zu berichten. Ich zog meinen Mantel aus, richtete mein Haar.

Als ich die Tür öffnete, schien hinter ihnen die Sonne, und sie bestanden aus Licht.

60

Am Sonntagmorgen fuhr Anne mich zum Flughafen, während Fran mit den Jungs zum Bodenturnen ging.

Im Radio war die Geschichte aus den Nachrichten zu hören – die mit dem Bürgermeister einer Kleinstadt, der sich am Tag, nachdem seine ehemalige Sekretärin ihn wegen sexueller Belästigung angezeigt hatte, das Leben nahm.

Oder eher die mit dem Chef, der sich in seinem leeren Restaurant aufhängte, weil er wegen Vergewaltigung angeklagt werden würde.

Ich hatte mir vorher Themen überlegt, über die wir uns unterhalten könnten, falls es auf der anderthalbstündigen Fahrt zu peinlichem Schweigen käme, aber wie sich zeigte, hatte Anne eine Agenda. Wir waren kaum losgefahren, da sagte sie: »Weißt du, also, Fran geht es einfach um den Schutz der *Schule*.«

Ich hatte ein Stück rote Zwiebelschale vom Sitz genommen, Überbleibsel von einem Einkauf. Das zerbrach ich jetzt in immer kleinere Teile, spürte jedes Mal das saubere Reißen der Fasern.

Ich sagte: »Sie will, dass ich es fallen lasse. Schon klar.«

»Ich weiß, es kommt so rüber, als wäre sie nicht deiner Meinung, als fände sie, du reimst dir da irgendwas zusammen. Sie will einfach keine Unruhe stiften.«

Ich konnte das Geräusch nicht kontrollieren, das mir entfuhr, ein empörtes Schnauben. »Himmel«, sagte ich. »Hier geht es doch nicht um das Unbehagen von irgendwem. Wenn Omar –«

»Nein, ich weiß.«

»Komisch«, sagte ich, »immerhin ist Fran diejenige, von der ich gelernt habe, wie man Unruhe stiftet.«

»Na ja, aber dies ist ihr Zuhause. Das verstehst du doch.«

Und ja, obwohl ich grundlegend anderer Meinung war als sie, verstand ich ihren Impuls, Granby zu beschützen, so reflexhaft, wie eine Drohne ihren Bienenstock beschützt. Auch wenn ich mir ein solches Ausmaß an Verbundenheit mit Granby nicht vorstellen konnte. Als wir uns kennenlernten, war ich jemand, die kein Zuhause hatte, und Fran jemand, die ihres nie verlassen würde.

Während andere Neuankömmlinge noch auf der Suche nach diversen Klassenräumen waren, zeigte Fran mir schon die kleine Kammer neben dem Ringkampfraum, wo zusätzliche Frisbees aufbewahrt wurden. Sie zeigte mir, wo der Alkohol für die Ehemaligentreffen lagerte, auch wenn wir uns an den nie herantrauten. Sie zeigte mir die drei kleinen Grabsteine im Wald, von Bauern, die hier zweihundert Jahre zuvor gestorben waren.

Diese geheimen Orte zu kennen, hieß, die Schule zu kennen, sie in Besitz zu nehmen. Es gab noch wesentlich mehr davon, Orte, wo man hingehen konnte, um allein zu sein oder allein mit einer anderen Person.

Es gab die Orte im Theater, die später mir gehören sollten: das Beleuchtungspult, den Farbfilterraum, die Requisitenkammer, die Galerie. Ich lud nie irgendwen hierher ein; es wäre kein Spaß gewesen, weil ich jedes Mal losbrüllte, wenn jemand auch nur eine Getränkedose irgendwo hinstellte.

Es gab die Dunkelkammer, die so durch und durch Geoffs war, dass sie automatisch auch mir, Fran und Carlotta gehörte.

Es gab den Sportgeräteschuppen, aber da war ich selten – ich konnte meine Angst vor Mäusen nicht überwinden.

Es gab einen ungenutzten offenen Kamin in Jacoby Hall, mit einem Klavier davor, und manche Paare hatten sich angewöhnt, das Klavier dicht vor die Öffnung zu ziehen und dahinter rumzuknutschen.

Es gab den Wald (die Matratzen, ja, aber noch etliche andere Treffpunkte: besondere Baumstümpfe, ein Rest von einer Mauer), obwohl es während des Schuljahres ewig dunkel und kalt war, der Boden entweder gnadenlos hart oder so weich und nass, dass er an den Stiefeln schmatzte.

Es gab die Orte, zu denen man sich mit verbotenen Schlüsseln Zugang verschaffen konnte, wenn man den Mut dazu hatte. Die Klassenräume von Lehrkräften, die nicht auf dem Gelände wohnten, waren an sich eine sichere Bank – allerdings waren auf diese Art Jorge Cardenas und Laren Willebrand in der Elften von Ms. Arena erwischt worden, zwar weitgehend bekleidet, aber trotzdem in größte Verlegenheit gebracht.

Es gab Mittel und Wege, Ausgangssperren, Alarmanlagen und Aufsicht führende Lehrkräfte zu umgehen. Fran hatte einen seltsamen Status, da sie ja im Grunde genommen eine Tagesschülerin war – nur wurde sie natürlich, anders als die anderen rund zwanzig pendelnden Schülerinnen und Schüler, nicht vom Gelände verbannt, wenn gegen Abend die Hausaufgabenzeit begann. Mr. Peloni erwischte sie einmal dabei, wie sie mitten in einer Schulwoche um 22 Uhr über den Hof ging, und versuchte, eine große Sache daraus zu machen, aber Fran argumentierte mit Erfolg, dass die anderen ja auch nicht zu Hause eingesperrt würden, wenn sie das Schulgelände verließen. Was war, wenn sie mit dem Hund rausgehen musste? Oder wenn ihre Familie auf der Terrasse grillte? Danach wurde sie nur noch kühner. Zum Beispiel stellte sie einen Stuhl vor meinem Erdgeschossfenster auf, und wir unterhielten uns.

Sie werden das Schulgelände vermutlich nicht so gesehen haben – als übereinandergelegte Karten öffentlicher und privater Räume, die privaten so rar und kostbar, dass wir alles für sie riskiert hätten. Sie hatten Ihre Wohnung, Sie hatten Ihren Klassenraum. Sie hatten ein Auto und die Orte, wo ein Auto Sie hinbringen konnte.

Wir dagegen hatten nur unsere Füße. Trotz aller Freiheit, die wir genossen – Teenager mit wenig echten Pflichten, Dutzende oder Tausende von Kilometern von zu Hause entfernt –, fühlten wir uns gefangen. Laborratten, denen nichts anderes übrigblieb, als immer dieselben Wege zu gehen. Die Steinstufen vor Quincy Hall hatten weiche Mulden in der Mitte, durchgetreten von zwei Jahrhunderten der Schuhe und Stiefel.

In Annes Auto lief immer noch das Radio.

Es war die mit den grünen Kunstfasern, die man zwischen den Zähnen der Frau fand.

Es war die mit den verschwundenen Schuhen der Frau.

Die mit den fehlenden Fingernägeln der Frau, die im Kampf abgebrochen waren.

Anne sagte: »Und ich selbst muss das hinsichtlich der Neuaufnahmen ja auch berücksichtigen, allein schon, weil die Leute die Schule googeln. Die tiefe Vergangenheit ist eine Sache, aber ein fortdauerndes Drama ist der Albtraum.«

Die Äste hatten sich in chaotische verschwommene Zeichen verwandelt, die kritzelige Handschrift von einem, der es eilig hatte, ein ärztliches Rezept, das nur der Apotheker lesen konnte.

Ich antwortete Anne, sagte ihr, das verstünde ich, war aber mit meinen Gedanken beim Geräteschuppen. Er stand seitlich hinter der Sporthalle, vielleicht zehn Meter vom Notausgang des Schwimmbads entfernt. Dort gab es keine Flutlichter. Ich dachte an die Schuppentür, daran, dass die halbe Schule wusste, wie man sie öffnete. Ich dachte an die Pressetribüne, wo jeder hochklettern konnte, was die Kids auch oft taten.

Waren die Wände des feuchtkalten Schuppens je mit Luminol nach Blutspuren untersucht worden? War jemand auf die Pressetribüne gestiegen? Und die Zuschauertribünen? Etliche Meter klirrendes Metall und so viel Raum darunter. Was war mit diesen Orten, wo zwei Menschen spät nachts tatsächlich ungestört reden konnten? Diesen Orten, die so nah bei der hinteren Schwimmhallentür waren, dass es, nachdem die Katastrophe passiert war, nur logisch schien, jemanden in den Pool zu zerren? Ich erinnerte mich bloß an gelbes Absperrband rund um die Sporthalle selbst.

Klar – denn wenn Omar es getan hatte, war es in der Sporthalle passiert. Warum woanders suchen?

Aus einer Laune heraus schrieb ich Alder, dessen Nachrichten in meinem Verlauf noch weit oben standen. Nach der letzten Kursstunde hatte ich mit ihm und Britt darüber gesprochen, dass ich sie unterstützen würde, wenn sie den Podcast fortführen wollten. Und falls sie irgendwann zu viel anderes zu tun hätten, auch selbst etwas machen könnte. *Hier habe ich ein aussichtsloses Unterfangen für Sie,* schrieb ich. Der Schuppen und die Pressetribüne standen noch, obwohl jetzt, da hier kein Football mehr gespielt wurde, auch keine Ansager mehr gebraucht wurden. Ich schrieb: *Bestimmt ist längst alles übermalt worden, aber vielleicht gibt es ja etwas ... das Blut konserviert?* Ich bat sie nicht, selbst CSI zu spielen, sondern legte ihnen nur nahe, nachzuforschen, ob diese Orte untersucht worden waren, sich Einsicht in Unterlagen zu verschaffen, um herauszufinden, von wann die letzten Anstriche stammten, wann die Tribünen das letzte Mal ausgetauscht worden waren.

Dann öffnete ich auf meinem Handy die App der Fluggesellschaft, um nachzusehen, ob ich in die Business-Class hochgestuft worden war.

Ich hatte keine Ahnung, was ich angerichtet hatte.

TEIL II

1

Und dann, an einem eiskalten Mittwoch im März 2022, war ich wieder da.

Nicht direkt in Granby, sondern in Kern, wo ich im Calvin Inn wohnen würde. Kern hatte sich seit den Tagen unserer Wagon-Fahrten um vielleicht fünfundzwanzig Prozent verändert. Es gab kein Kino mehr, und das Blockbuster war jetzt eine Genossenschaftsbank. Aber *Taste of Asia* hatte noch dasselbe Neonschild. Die Bar, wo Geoff uns Gin Tonics bestellt hatte, gab es auch noch, nur unter anderem Namen. Die kleinen Läden in der Main Street hatten die Pandemie größtenteils überlebt.

Abgesehen von ein paar kleinen Motels und Zeltplätzen ist das Calvin Inn das einzige Hotel in der Stadt. Es gibt die Embassy Suites und ein paar Bed & Breakfasts in Granby selbst, aber das Calvin – groß und heruntergekommen, für jene Tage gebaut, als Kern hier im Bezirk noch ein Knotenpunkt war – liegt näher beim Gericht und ist überraschenderweise billiger, vielleicht weil die Heizung nicht immer funktioniert und es eine unerklärliche Fülle an Zimmern gibt. Außerdem sind sie dort bereit, Reservierungen ohne konkretes Abreisedatum zu akzeptieren, vor allem außerhalb der Herbstlaub- und der Hochzeitssaison. Seine Fassade kannte ich gut, die umlaufende, mit Fliegenfenstern versehene Veranda, darüber zwei Etagen aus Backstein und darüber wiederum eine holzverkleidete dritte Etage mit Mansardenfenstern. Aber ich war noch nie drinnen gewesen.

Das Team der Verteidigung hatte meinen Flug aus Kalifornien und meine Unterbringung zwar ins Budget eingeplant, aber ich bezahlte meine Reise lieber selbst. Jeder Penny, den die Verteidigung einsparen konnte, war wichtig – außerdem konnte ich so ein paar Tage länger hier sein, vorher einen schönen Puffer einbauen und hinterher noch bleiben, um einfach in der Nähe zu sein, selbst wenn ich nicht viel tun konnte. Als Zeugin kann man nicht im Gerichtssaal sitzen, und man darf auch nicht mit anderen Zeuginnen und Zeugen sprechen, zumindest nicht über den Fall – aber *da sein* kann man trotzdem.

Ein paar Kleinigkeiten zu Ihrer Information, Mr. Bloch: Bei einer Anhörung wegen eines Antrag auf Wiederaufnahme des Verfahrens, jenes unwahrscheinlichsten aller unwahrscheinlichen Fälle, gilt die Unschuldsvermutung nicht mehr. Es obliegt der Verteidigung zu zeigen, dass das neue Beweismaterial ausreicht, um die Stichhaltigkeit des ursprünglichen Urteils ernsthaft in Zweifel zu ziehen – mit anderen Worten, zu beweisen, dass keine vernünftige Geschworenengruppe den Angeklagten jetzt noch verurteilen würde. Aus diesem Grund ist die Verteidigung auch zuerst an der Reihe. Das beste Ergebnis wäre eine Aufhebung der Verurteilung durch den Richter, was nicht heißen würde, dass Omar freikäme; es würde heißen: zurück auf Anfang, als wäre er gerade erst wegen Thalias Tod verhaftet worden. Wenn der Staat die Anklage dann nicht fallen lässt, wird ein neues Verfahren eröffnet – eines, in dem er wieder als unschuldig gelten würde, bis seine Schuld bewiesen wäre. Das passiert so gut wie nie.

Auf der Veranda hielt ich inne und blickte zurück auf den Platz. Dort war das Gerichtsgebäude, wo gerade zwei separate Gruppen farbenfroher Roben die breiten Stufen erklommen. Ein einzelner Übertragungswagen, plus der riesige Truck von Court TV, drumherum keinerlei Betrieb. Ich täuschte Interesse an der Plakette neben der Tür vor (demnach war das Hotel 1762 errichtet und nach einem Feuer wiederaufgebaut worden), damit ich in die Lobby schauen konnte. Abgesehen von einem älteren Paar war sie leer. Auf einem Teppich, der vielleicht einmal rot gewesen war, ging ich hinein. Der Boden war dramatisch uneben; wenn ich meinen Koffer losgelassen hätte, als ich an der Rezeption stand, wäre er womöglich weggerollt.

Auf meinem Handy eine Million Nachrichten.

Fran hatte *Willkommen* geschrieben, gefolgt von einem auf dem Kopf stehenden Lachgesicht-Emoji. Ich schickte ihr ein Foto von meinem eigenen Gesicht: Flugzeughaare, Brille statt Kontaktlinsen, eine Stoffmaske mit kleinen Farnen – das Tragen einer Maske war hier seit ein paar Wochen freiwillig, aber ich war froh über die gewisse Anonymität, die sie mir neben dem Schutz meiner Gesundheit gab. Ich schrieb: *Meine raffinierte Tarnung.* So fest ich vorgehabt hatte, hinter den Kulissen des Podcasts zu bleiben – es hatte nicht so richtig funktioniert.

Leo, inzwischen elf, fragte, ob ich daran gedacht hätte, Batterien für seine Drohne zu kaufen, und wenn ja, wo sie seien.

Alder schrieb: *Flieger gelandet? Willkommen in Kern Vegas!* (Ich schrieb zurück: *Jap, aber wir sollen uns eigentlich nicht schreiben, vergessen?*) Alder war im Prinzip ein Vertreter der Presse, und es sah nicht gut aus, wenn ich mit ihm sprach. Britt dagegen war Zeugin der Verteidigung wie ich und durfte weder mit ihm noch mit mir über den Fall reden.

Geoff Richler, der nicht vorgeladen war, erwog trotzdem zu kommen: *Bist du da? Sind noch andere da? Ist es mehr wie DER GROSSE FRUST oder die zweite Hälfte von ES?* Ich schickte ihm ein Clown- und ein Luftballon-Emoji. Er schrieb: *Ich mach's. Ich kann ein verlängertes Wochenende einlegen.* Ich verstand seinen Impuls nicht ganz, hätte aber liebend gern jemanden in der Nähe gehabt, mit dem ich reden durfte. Er schrieb: *Ich kann dein persönlicher Gerichtsreporter sein.* Ich schrieb: *Nee, aber ich freu mich drauf, dich zu sehen!*

Ich hatte ein paar Telefonate zu führen, würde aber damit warten, bis ich allein auf meinem Zimmer wäre. Zum Beispiel musste ich dem Team der Verteidigung Bescheid geben, dass ich angekommen war und mich nun offiziell bis zum Prozess abschotten würde.

Der pockennarbige Teenager an der Rezeption fragte mich nach meinem Namen und grinste, als ich ihn nannte. »Ich bin ein Fan«, flüsterte er. Dann blinzelte er viel zu lange in den Computer. Ich drehte mich etwas zur Seite, um die gesamte Lobby überblicken zu können.

Hinter mir läutete die Fahrstuhlglocke, ein Eiszapfen in meinem Nacken, und ich wandte mich um und sah eine Frau, die zu jung war, um mich aus Granbyer Zeiten zu kennen. Sie rückte das Baby in ihrem Tragetuch zurecht.

»Der Fitnessraum ist da hinten, hinter den Fahrstühlen«, sagte der Teenager. »Unser Hallenbad ist offen, aber das Wasser ist noch etwas kalt.« Er sagte das ganz unbefangen, so als wären die Leute, die sich zu dieser speziellen Anhörung versammelten, froh, wenn sie ausgiebig schwimmen könnten. Er lieferte keine Erklärung dafür, warum ein Hotel, das älter war als der Bezirk, ein Hallenbad hatte, aber es schien die Art Etablissement zu sein, dem man über die Jahrzehnte immer wieder hoffnungsvolle Zusätze angeflickt hatte.

Er gab mir den WLAN-Code, händigte mir einen richtigen metallenen *Schlüssel* aus und teilte mir mit, dass der Fahrstuhlknopf so seine Tücken hatte. Ich wandte mich zum Gehen, dachte dann aber, dass sich mir hier vielleicht eine Chance bot; ich beugte mich vor und flüsterte: »Können Sie mir sagen, wie viele Zimmer belegt sind?«

»Oh, für die, äh ... Im Moment? Ja, zwölf.«

»Und sind einige der Gäste auch Anwälte?«

Er schüttelte den Kopf. »Ich glaube, die – wie heißt das, die Anwaltteams sind hauptsächlich in den Embassy Suites. Mein Freund dort sagt, sie sind komplett voll.«

»Zwölf. Die Namen können Sie mir nicht sagen, oder?«

Sein konspirativer Ton hatte mich hoffen lassen, er würde gegen die Regeln verstoßen, aber nein.

»Ich – aber was ich sagen *kann*?« Auch er flüsterte jetzt. »Ein paar von den Namen habe ich eindeutig wiedererkannt.«

2

Dass alle unsere Namen mittlerweile bekannt waren – nicht nur Thalias und Omars, sondern Robbies, Mikes, Beths, Pujas und meiner und ja, Ihrer bis zu einem gewissen Grad auch – scheint mir immer noch das Merkwürdigste an allem. Die Nischen des Internets waren eine Sache; das öffentliche Bewusstsein war eine ganz andere.

In dem Podcast wurden Sie nie namentlich genannt, ich hoffe, das wissen Sie. Ich habe Sie bei einem meiner Gastauftritte erwähnt, aber nur von »einem Lehrer« gesprochen, dem Thalia womöglich problematisch nahestand. Ich habe noch nicht mal gesagt, welches Fach Sie unterrichteten. Soll heißen, ich habe mich nicht stärker auf Sie fixiert als auf andere in Betracht kommende Verdächtige, solche, gegen die der Staat, der mit seinen Scheuklappen immer nur auf Omar schaute, nie ermittelt hat. Nicht etwa, weil ich Sie verschonen wollte; vielmehr waren mir die Hände gebunden. Wir bekamen inzwischen rechtliche Beratung, und einer der ersten Hinweise an uns lautete, keinen Verdächtigen, der in dem Fall nicht von polizeilichem Interesse gewesen war, öffentlich beim Namen zu nennen. Ich trat also vorsichtig auf, behielt Sie in der Hinterhand. Aber die Lehnstuhldetektive von Reddit brauchten nur ein paar Stunden, um herauszufinden, wer Sie waren, nachdem ein ehemaliger Granby-Schüler – ich werde nie erfahren, wer – eifrig ausgeplaudert hatte, »alle« hätten von Ihnen und Thalia gewusst.

Ich hatte die ganze Zeit gehofft, dies würde zum Moment der

Abrechnung mit Ihnen werden. Ich hatte gehofft, andere Schülerinnen von Ihnen würden sich melden, junge Frauen aus Providence oder Bulgarien oder Granby, die etwas wussten, etwas zu Ihrem Missbrauchsverhalten sagen und Einzelheiten beisteuern könnten, mit denen sich beweisen ließe, dass sich hinter Ihrem ernsten Gebaren die Fähigkeit zur Manipulation, Obsession und Gewalt verbarg. Ich wartete auf eine ähnliche Flut von Anschuldigungen, wie Jerome sie erlebt hatte – als plötzlich alle, die sich je von ihm unrecht behandelt gefühlt hatten, aus ihren Löchern hervorgekrochen waren. Zumindest, dachte ich, würde man in Ihrem Leben graben und beweisen, dass ich nicht verrückt war. Vielleicht würden Sie nie anstelle von Omar verhaftet werden, aber das auf Sie gerichtete Scheinwerferlicht könnte Ihre gegenwärtigen Schülerinnen schützen und Sie Ihren Job kosten. Der Sturm blieb jedoch aus. Es kamen nur ein paar Tropfen – Threads auf Nachrichtenforen, die Sie vielleicht nicht mal gesehen haben.

Ihr ungeheures Glück: In derselben Woche sorgten in dem Fall zwei andere Meldungen für Aufsehen. Ein in Vermont lebender Mann bekannte sich zu der Tat, doch dann stellte sich heraus, dass er zur fraglichen Zeit auf einem Marineschiff im Persischen Golf gewesen war; und Thalias Halbbruder veröffentlichte jenen Online-Artikel, in dem er alle bat, sich aus dem Fall herauszuhalten und seine Familie in Ruhe zu lassen. Das Gerede über Sie war daraufhin sehr schnell wieder verstummt. Und es gab etliche andere Gesprächsthemen: Irgendwer behauptete, es sei der liebe, gute Mr. Levin gewesen, mit dem Thalia etwas gehabt habe, ausgerechnet; jemand bewarf einen Mann mit Dreck, der in einer Supermarkt-Kette in Kern arbeitete; andere waren überzeugt, der Halbbruder selbst sei der Täter, warum sonst sollte er dem Gerede so unbedingt ein Ende machen wollen.

Damit Sie als Verdächtiger in den Fokus gerückt wären, hätte jemand wie Dane Rubra sich die Theorie zu eigen machen müssen. Zu Ihrem Glück folgte er da gerade einer anderen Fährte, versuchte, die Frau aufzuspüren, mit der Robbie Serenho auf dem College zusammen gewesen war. Außerdem ärgerte er sich über den Podcast, der in dieser Geschichte, die er so eindeutig für seine hielt, die Zügel in die Hand genommen hatte. Er würde ganz sicher nicht alles, was wir aufs Tapet brachten, unterstützen.

Entscheidend und unserer Sache dienlich wäre es, wenn Ihr Name in der Anhörung selbst fiele – wenn Sie als in Frage kommender Verdächtiger betrachtet würden, als eine wichtige Person, gegen die nie ermittelt worden war. Was immer vorher über Sie zutage kam, blieb dem Schicksal überlassen.

Ich konnte nicht diejenige sein, die Ihren Namen ins Spiel brachte, nicht ohne stichhaltigen Beweis, sonst hätte ich meine Glaubwürdigkeit als Zeugin in Omars Fall verloren. Ich konnte noch nicht mal online anonyme Posts absetzen, die dann womöglich zu mir zurückverfolgt würden.

Verstehen Sie mich nicht falsch: Ich wollte Ihren Kopf aufgespießt sehen. Ich war nur bereit zu warten.

3

Im Fahrstuhl hing ein Plakat, auf dem ein »Quilt-in« des Hotels im April angekündigt wurde. In meinem Zimmer: eine getüpfelte weiße Tagesdecke, eine gerahmte alte Karte von New Hampshire.

Mein Zimmer hatte einen Balkon mit Blick auf den Connecticut River. Wir waren Hunderte Male an genau dieser Stelle vorbeigerudert; ich hatte zu dem großen alten Hotel hinaufgeschaut und es mir wesentlich edler vorgestellt, als es war. Es war zu kalt, um den Balkon zu nutzen, jedenfalls ohne den Vorwand einer Zigarette – und ich hatte seit 2005 keine mehr geraucht.

Eine weitere Nachricht von Alder: *Okay, ich schreib nicht mehr, aber Lola sagt, deren Onkel Mike kommt heute Abend her, falls das eine nützliche Info ist.*

Dann noch eine: *Können wir nicht Snapchat nutzen oder so? Wo Nachrichten von selbst gelöscht werden? Britt sagt Hi.*

Noch eine: *Ich glaube, es läuft gut, bin nicht sicher. Richter hat weltbestes Pokerface.*

Noch eine: *Haben Sie einen Snap-Account? Ich kann einen für Sie einrichten.*

Ich schrieb: *Viele Grüße an Britt und KEINE NACHRICHTEN MEHR!*

4

Ich werde nie erfahren, ob Sie sich den Podcast angehört haben – nicht *Sie ist ertrunken*, den stellten Britt und Alder nach vier Frischlingsfolgen ein, sondern den richtigen, öffentlichen, den sie im Jahr danach zusammen mit mir und meinem Produzenten machten –, aber dass meine Nachricht an Alder mit der plötzlichen Eingebung, der Frage, ob sie den Sportgeräteschuppen durchsucht hätten, der Startschuss für alles weitere war, wissen Sie vermutlich. Wir haben es am Ende der ersten Folge so dargestellt. Alders musikalische, klatschsüchtige Stimme: »Sie war schon auf halbem Weg zum Flughafen, als sie uns eine Nachricht schickte.« Britts Stimme, tiefer als Alders, auf Dramatik aus: »Es war eine Nachricht, die alles auf den Kopf stellen sollte, was wir bis dahin über den Fall wussten, alles, was die Welt in den vergangenen dreiundzwanzig Jahren über diesen Tatort gewusst hatte.«

Sie verrieten noch nicht, was der Inhalt meiner Nachricht war, sprachen erst in der zweiten Folge darüber, wie Britt ihren Chemie-Leistungskurs einbezogen hatte, um Luminol herzustellen, was erstaunlich einfach ging – und wie sie dann ganz unten an der Innenseite der Geräteschuppentür und vor allem in den Ritzen des Zementbodens noch dreiundzwanzig Jahre später genügend Blut nachweisen konnten. Blut bleibt haften.

Das Gebäude stand noch, weil der Bau des neuen sieben Millionen Dollar teuren Sportgerätehauses sich verzögert hatte. Die Tür war aus Metall, ein verrostetes Braun – und während man Griff und Schloss irgendwann ausgetauscht hatte, war die Tür selbst noch dieselbe, die wir früher immer aufgehebelt hatten. Sie war bei weitem nicht das älteste Objekt in Granby, aber eindeutig das älteste hässliche Objekt.

Die bessere Geschichte wäre es gewesen zu sagen, der Chemiekurs sei da reinspaziert und habe alles sofort entdeckt – wie es in den Medien manchmal dargestellt wurde –, aber in Wahrheit war die Chemielehrerin, sobald sie die Spritzer schwach bläulich leuchten sah, vernünftig genug gewesen, alle so schnell wie möglich hinauszuschicken, nicht ohne sie daran zu erinnern, dass auch andere Substanzen als Blut Luminol zum Leuchten bringen konnten. Manche Wandfarben zum Beispiel. Das Fleisch von Steckrüben, so unwahrscheinlich das sein mochte. Sie war auch vernünftig genug, die Sache der Direktorin zu übergeben, die ihrerseits die Polizei kontaktierte, die wiederum die Zeit und das Geld investierte, die sie 1995 hätte investieren sollen, um den Bereich abzuriegeln und mit höherwertigem Luminol, Licht und Kameras dort hineinzugehen sowie mit chemischen Farbentfernern, feinkörnigem Sandpapier und Rasierklingen, weil die Betonziegelwände 1996 und 2004 neu gestrichen worden waren und sich unter beiden Schichten Graffiti befand. Nicht alle Proben waren testierfähig, aber doch genügend: Dies war Thalia Keiths Blut.

An der Innenseite der Tür fanden sich nicht nur Blutspritzer, sondern, ganz unten, auch der lange unsichtbar gebliebene Abdruck einer blutigen Turnschuhspitze, mit der vielleicht die Tür aufgetreten worden war. Aber noch mehr Blut als an der Tür selbst war an der Wand links von der Tür. Was ich nicht gewusst hatte: Wenn ein Kopf zum ersten Mal gegen eine Wand knallt, gibt es keine Spritzer. Erst beim zweiten Mal – bei einer blutenden Wunde, einer gebündelten Blutquelle, die auf etwas Hartes trifft. Was die Profis also bestimmen konnten, war die Stelle, wo Thalias Kopf zum zweiten oder dritten Mal gegen die Wand geknallt war. Sie hatte noch aufrecht gestanden oder war wohl eher aufrecht gehalten worden. Vielleicht am Hals. Mit dem Gesicht zu ihrem Angreifer.

Viel von diesem Blut war wenig später weggeschrubbt worden – zu Kreisen verwischt, die man mit bloßem Auge nicht sehen konnte, schon gar nicht in einem dunklen Geräteschuppen mit nur einer Glühbirne. Vielleicht war gleich danach, schnell und oberflächlich, frisches Graffiti aufgesprüht worden, das sich mit den anderen Sprayfarben-, Edding- und Kreideschmierereien vermischen sollte. Und selbst wenn irgendwelchen Leuten später ein schwacher bräunlicher Kreis an der Wand auffiel, ungefähr auf Kopfhöhe, in einem Raum voller Flecken, Spinnweben und Nagetierexkrementen – warum sollten sie ihn mit dem Mädchen in Verbindung bringen, das im Schwimmbad ertrunken war?

Die Entdeckung war aus mehreren Gründen bedeutsam. »Punkt A und Eins«, wie Fran sich ausdrückte, lieferte es ein starkes Argument dafür, dass Omars ursprüngliche Verteidiger nicht gründlich ermittelt hatten. Das wäre vielleicht keine ausreichende Grundlage gewesen, um erneut ineffektiven Rechtsbeistand geltend zu machen, hätte das neue Beweismaterial nicht Anhaltspunkte dafür gegeben, dass das Urteil anders hätte ausfallen können. Und in der Tat *wäre* das Urteil womöglich anders ausgefallen, hätte (Punkt 2) die Anklage sich nicht auf das Argument gestützt, Omar müsse etwas gehört oder gesehen haben, wenn jemand im Schwimmbad ermordet worden wäre. Thalia war jedoch gar nicht innerhalb des Gebäudekomplexes getötet worden, so viel stand jetzt fest. Und wenn man die unmittelbare Nähe des Schuppens zum Notausgang des Schwimmbads berücksichtigte (plus die Blutspuren an dessen Türrahmen, zuvor als Schludrigkeit des Sicherheitsdienstes abgetan), war Thalia aller Wahrscheinlichkeit nach auf diesem Weg ins Schwimmbad befördert worden – nicht über den Flur vor Omars Büro. Überdies (Punkt 3) war die Methodologie, mittels derer man Omars DNA an Thalias Badeanzug und dem Haar in ihrem Mund nachgewiesen haben wollte, inzwischen lachhaft überholt. Punkt 4: Mehrere Leute aus der Theater-Crew waren jetzt bereit auszusagen, dass Thalia am Ende des Musicals hinter der Bühne getrunken hatte, was für einen früheren Todeszeitpunkt sprach. Und Punkt 5, ein weiterer Minuspunkt für die ursprünglichen Verteidiger: Sie hatten es versäumt, diese Zeuginnen und Zeugen weiter zu befragen – und sie hatten nie mit mir gesprochen, einer Mitschülerin, die Thalias Planer für sie hätte dechiffrieren können.

So jedenfalls begann 2019 der öffentliche Podcast – mit meiner Nachricht und ihren Konsequenzen. Das war der Grund, warum die Leute bereit waren, einer von zwei Teenagern moderierten Sendung zuzuhören: Es waren Teenager, die nach der Geräteschuppen-Entdeckung einen Beitrag im *People*-Magazin bekamen, Teenager, die Gastauftritte in anderen Podcasts gehabt hatten, Teenager, die in schmeichelndem Licht von Savannah Guthrie interviewt worden waren. Ich war Co-Produzentin und tauchte als gelegentlicher Gast auf, aber ich wollte unbedingt, dass es ihr Podcast blieb. Zum Teil, um mir meine Integrität als potenzielle Zeugin zu bewahren; zum Teil, weil ich Sorge hatte, der Schmodder, der nach wie vor an mir und Jerome klebte, könnte dem Projekt schaden; und zum Teil, ja, wegen meiner bleibenden, irrationalen, pubertären Angst, manch Ehemalige würden sich fragen, warum ausgerechnet ich mich in der Sache so engagierte.

Trotzdem war ich diejenige, die im Internet am meisten abbekam. Es gab Anschuldigungen (ich sei eine Publicity-Hure, ich mischte mich überall ein, ich wisse mehr, als ich sagte), und es gab persönliche Nachrichten (in einer wurde ich gefragt, wer zum Teufel ich sei – sie stammte von jemandem mit nur zehn Facebook-Freunden, darunter Beth Docherty; deuten Sie das, wie Sie wollen). Manche schrieben, Jasmine Wilde hätte ich nicht geglaubt und unterstützt, aber Omar, der ein Mann sei, glaubte ich, *sei das nun nicht interessant.* Ich konnte es verkraften. Ich war ein menschliches Schild zwischen den jungen Leuten und der Öffentlichkeit und fing einige der gegen sie gerichteten Hiebe ab. Die meisten ignorierte ich. Ich mühte mich weiter mit meinem Buch über Drehbuchautorinnen ab, und als die Aufregung um Jerome sich weitgehend gelegt hatte, fand ich aufgrund des Exposés und zweier Probekapitel eine Agentin.

Meine Freundin Elise, die Astrologie liebt, sagte mir, ich erlebte wahrscheinlich gerade meine Uranus-Opposition. Das passiere bei allen Anfang Vierzigjährigen – eine große Erschütterung, eine Zeit, in der, freiwillig oder unfreiwillig, alles niedergebrannt und das Leben völlig neu geordnet werde. »Manche haben dann eine Affäre oder kaufen sich einen Sportwagen«, sagte sie. »Aber du, du übst Selbstjustiz. Fantastisch. Und du warst noch nie so ... *voller Energie*. Es ist, als wärst du turboaufgeladen.«

In der Tat hatte mein Leben, das in den zwei Wochen in Granby völlig aus den Fugen geraten war, mit diesen beiden Projekten neue Gestalt angenommen. Und natürlich waren da meine Kinder; sie waren nie fortgewesen. Jerome und ich hatten uns scheiden lassen. Nicht wegen der Vorfälle im Internet, sondern weil wir schon lange darauf zugesteuert waren. Er wohnte immer noch nebenan.

Ich hatte also ein Ziel im Leben, aber hier ist etwas, das mir nachts, wenn ich im Bett lag, Bauchschmerzen bereitete: Thalias Familie, abgesehen von Vanessa, wollte dies alles nicht. Ihr Halbbruder warf uns im Namen ihrer Eltern und aller anderen Verwandten vor, wir hätten ihnen damit weiteres Leid zugefügt und sie in ihrem Trauerprozess gestört. Sie brauchten die Gewissheit, dass der Fall 1997 gelöst worden war. Sie hatten schon damit abgeschlossen, und der bloße Gedanke, der falsche Mann sitze hinter Gittern, wühlte alles wieder auf. Die Tatsache, dass wir Recht hatten, die Tatsache, dass Omars vergangene fünfundzwanzig Jahre auf der Balkenwaage des Unglücks weit schwerer wogen als ihr Kummer, machte dies irrelevant – aber so sahen sie es nicht. »Es ist, als verlören wir sie noch einmal«, hatte Thalias Bruder dem *Union Leader* gesagt, in einem Interview, das sich direkt gegen mich zu richten schien. Ich war es, die ihnen diesen Schmerz ein weiteres Mal zufügte. Noch dazu war Vanessa jetzt vom Rest der Familie entzweit. Ich konnte gar nicht umhin, all das als Belastung zu empfinden.

Als ihr Podcast ein Jahr später zum Abschluss kam – Britt studierte inzwischen im zweiten Jahr am Smith College, Alder im ersten Jahr an der Columbia, beide zu der Zeit online wegen des Lockdowns –, hatte sich das New England Innocence Project eingeschaltet, und das Geld strömte nur so in Omars Rechtshilfefonds. Die *Spider-Man*-Schauspielerin war auf einmal wieder interessiert, gab zwar weniger Geld, als man meinen könnte, redete aber ziemlich viel darüber.

Britts und Alders Podcasts endete mit der Verkündung, dass Omar eine Anhörung zur Wiederaufnahme des Verfahrens gewährt worden war – die sich dank der Pandemie und des Rückstaus liegengebliebener Fälle dann erheblich verzögern sollte, aber das wussten wir da natürlich noch nicht.

Sie versprachen, Bonusfolgen über die weitere Entwicklung herauszubringen. Inzwischen gab es mindestens fünf andere anerkannte Podcasts, die sich dem Fall widmeten. Einen mit Juristen und Juristinnen, die das Beweismaterial analysierten, einen, der sich mit der Forensik befasste, einen, der von einem pensionierten Polizisten und einer Opferrechtsaktivistin moderiert wurde, und ein paar, die einfach die Arbeit aller anderen zusammenfassten und sich darüber ausließen. In verschiedenen Sendungen traten Gestalten aus Granby und in den Fall involvierte Leute auf. Vanessa war häufig dabei, gegen den Wunsch ihrer Familie. Und Yahav tauchte regelmäßig in Britts und Alders Podcast auf, mit Kommentaren zur rechtlichen Seite der Dinge. Er war immer noch mit seiner Frau verheiratet. Er war immer noch wunderschön.

Omar selbst sprach nur mit Britt und Alder – und auch das nur ein einziges Mal; danach war ihm von seinem Anwaltsteam geraten worden, sich nicht öffentlich zu äußern, weil das Auswirkungen auf seinen Fall haben könnte. Haben Sie es sich angehört? Nach all der Zeit hatte ich immer noch nicht selbst mit ihm gesprochen.

Hier ist etwas, worauf Sie herumkauen können, Mr. Bloch, etwas, über das ich in den vergangenen paar Jahren sehr viel nachgedacht habe.

Das Höllische an der Haft ist nicht das schauderhafte Essen, es ist die fehlende Wahlmöglichkeit. Es ist nicht die Kälte, nicht der nasse Boden, sondern dass man sich keinen anderen Platz zum Stehen oder Sitzen aussuchen kann. Es ist nicht so sehr das Eingesperrtsein an sich, sondern dass man nirgendwohin laufen, sich nie ins Auto setzen und losrasen kann, wie Omar es eigentlich so gern machte.

Das New Hampshire State Prison for Men ist fast zweihundert Jahre alt, ein Gebäude, in dem es, Vanessa zufolge, immer entweder eiskalt oder brütend heiß ist. Seit mehr als der Hälfte seines Lebens kann Omar sich nicht selbst entscheiden, wann er aufwachen, was er essen, wann er schlafen möchte. Er hat um jedes Blatt Klopapier bitten müssen. Jener tätliche Angriff gegen ihn im Jahr 2018 war nicht der einzige; es war nur der schlimmste, bislang. Er hat die Ermordung oder den Suizid unzähliger Männer erlebt. Er war nicht bei seiner Mutter, als sie an COVID starb. Und das wird nicht alles sein. Ich wüsste gern, wie viel Sie darüber nachgedacht haben.

Der offizielle Podcast endete mit der Stimme von Dr. Meyer, der sowohl Thalia als auch mich in der zwölften Klasse kurz vor seiner Pensionierung in Englisch unterrichtet hatte. »Solange niemand ein Geständnis ablegt«, sagte er, »werden wir nie das Gefühl haben, dass Gerechtigkeit geübt wurde.«

Seine Stimme war unfassbar alt.

»Ein Mann kommt aus dem Gefängnis, ein anderer geht hinein. Ist das Gerechtigkeit? Wir werden es nie wissen. Es wird sich nie richtig anfühlen. Wenn Sie an Gott glauben, ändert das vielleicht Ihre Sicht. Nur wenn wir in der Zeit zurückgehen und es mitansehen könnten – na ja. Dazu wird es nie kommen. Dazu wird es nie kommen.«

Mit Musik unterlegt, müssen Sie wissen, war das ziemlich eindrucksvoll.

5

Leo und Silvie riefen mich auf dem Weg zu Silvies Gymnastikkurs per FaceTime aus dem Auto an. Leo war sauer, weil er mitmusste. Silvie wollte, dass ich Leo sagte, ihre Augen seien dunkler als seine.

»*Ohne* eurem Vater das Handy ins Gesicht zu halten, während er fährt«, sagte ich, »könntet ihr mich mal mit ihm sprechen lassen?«

Auf dem Bildschirm war plötzlich die Wagendecke zu sehen; ich nahm an, die Kinder hatten das Telefon auf den Beifahrersitz gelegt.

Jeromes Stimme: »Wir stehen auf der 10 im Stau. Warum fangen die Sachen der Kinder alle um fünf an?«

Ich sagte: »Wir können jederzeit wieder zu Zoom-Gymnastik wechseln.«

Protestgeheul von der Rückbank.

»Wie läuft der Prozess?«

»Es ist eine Anhörung. Und ich kann jetzt noch gar nichts sagen. Aber du weißt, was ich gesagt habe: Wir haben eine Chance zu gewinnen, allerdings nur eine geringe. Diese Fälle bleiben gern gelöst.«

»Es wird jede Menge darüber berichtet.«

»Ich weiß, und bitte erzähl mir nichts davon. Ich bin jetzt offiziell abgeschottet.« Es hatte nicht den Anschein, als würde das sehr streng gehandhabt, aber ich wollte nichts riskieren.

»Wie kann ich offiziell abgeschottet werden? Das klingt herrlich.«

Ich habe gesagt, dass die Aufregung um Jerome verebbt war, und das war sie auch, aber nur vorübergehend. Der vergangene Herbst hatte eine zweite Welle der Desaster mit sich gebracht – zumindest für ihn, wenn nicht auch für mich. Auf den ersten Orkan, in dem er seinen Job gekündigt und die Galerie ihn fallengelassen hatte, folgte eine lange Phase der Ruhe. Die Leute vergaßen schnell, und seine Kunst selbst verlor nie an Wert. Er bekam wieder Aufträge, fand einen neuen Aussteller. Selbst online gab es nicht mehr viel Gerede. Aber im Oktober 21 machte Jasmine eine einmonatige Performance im Washington Square Park, bei der sie nur aß, was die Leute ihr brachten, und nur die Kleidungsstücke trug, die die Leute ihr brachten. Inwiefern das nicht einfach Stadtstreicherei war und eine Beleidigung der Obdachlosen, war mir nicht ganz klar. Jedenfalls bescherte es ihr so viel Aufmerksamkeit, dass das Magazin *New York* im Januar ein längeres Feature über sie veröffentlichte, in dem ihr Stück über Jerome noch einmal in den Blick gerückt wurde, mit neuen Zitaten von ihr über ihn und einem Schwarzweißfoto der beiden aus dem Jahr 2003, als Artemis und Zeus auf einer Kostümparty. Es gab keine neue Enthüllung, nur eine größere Plattform.

Erneut war es Twitter, wo die Sache unschöne Formen annahm. Die Leute taggten Jeromes neue Galerie, forderten sie auf, ihn nicht weiter zu vertreten. Sie verlangten eine längst überfällige Entschuldigung von Jerome. (Das sei eine Falle, hatte man ihn gewarnt: Es gebe keine Entschuldigung, die sie akzeptieren würden. Und sich selbst zu verteidigen wäre noch schlimmer.) Sie versuchten, auch mich da wieder mit hineinzuziehen, fragten mich, wie ich noch zu ihm stehen könne. Zum Glück bekamen sie bald Wind von der Scheidung und nahmen an, dass Jasmine der Grund war. Ich korrigierte sie nicht.

Sie denken vielleicht, ich hätte inzwischen, was Jasmine Wilde betraf, eingelenkt. Hätte begriffen, wie sehr ihr Unrecht geschah, wie sehr sie ein Opfer war. Oder Sie hoffen, ich hätte begriffen: Wenn Jasmine freiwillig mit Jerome zusammen war, dann war es mit der Liebe zwischen Ihnen und Thalia vielleicht genauso einfach. Absolut nicht.

Klar, mit siebzehn war Thalia nur vier Jahre jünger gewesen, als Jasmine es zur Zeit ihrer Beziehung mit Jerome war. Aber so wenig das zu sein scheint – auch zwischen elf und fünfzehn liegen vier Jahre, und niemand würde behaupten, das sei kein Unterschied. Vier Jahre lang war ich in Granby gewesen: eine komplette Oberschulzeit. Inzwischen war es vier Jahre her, dass ich als Lehrerin dorthin zurückgekehrt war, und mein Leben hatte sich verändert.

Die gute Nachricht war: Ich brauchte mich nicht zur Richterin über Jeromes Charakter aufzuwerfen. Und die Scheidung machte das offiziell.

Vor dem Ausbruch der Pandemie war ich ein paar Monate lang mit jemandem liiert, und im Sommer 21, in der kurzen Phase des Optimismus nach den Impfungen, kam Yahav anlässlich einer Konferenz für ein paar Tage nach L. A., und wir schliefen das ganze Wochenende miteinander, was mein Verlangen wieder vollends anheizte und mich in einem schmerzhaften Gleichgewicht zurückließ, mit der Einsicht, dass Yahavs Platz in meinem Leben nicht größer war als zwei bis achtundvierzig Stunden hier und da, für eine unbestimmte Anzahl von Jahren. Wie ein Magen-Darm-Infekt, der mich ein Wochenende lang komplett übermannte und dann wieder verschwand.

»Übrigens, noch was Komisches«, sagte Jerome. »Gestern hat jemand auf *meinem* Handy angerufen, um dich zu erreichen. Wollte deine Adresse rausbekommen. Ich hab aufgelegt.«

»O *Gott*«, sagte ich. »Mann? Frau?«

»Klang wie eine junge Frau, ziemlich nervös. Ich glaube, so was wie eine Amateur-Detektivin.«

Ich war in den vergangenen drei Jahren derart von E-Mails überschwemmt worden, dass ich eine automatische Antwort eingerichtet hatte, in der ich die Leute, die Informationen zu dem Fall hatten, bat, sich mit dem Team der Verteidigung in Verbindung zu setzen. Das Problem war, niemand hatte je Informationen zu dem Fall. Sie hatten *Theorien*. Da gebe es doch diesen einen Serienmörder, der in den frühen Neunzigern in Maryland sein Unwesen getrieben habe und 2001 in Quebec wieder aufgetaucht sei. Man könne doch die nächstgelegene Kinderwunschpraxis mal fragen, ob Thalia dort gewesen sei. Der Bruder sitze wegen einer Tankstellenschießerei in Texas zu Unrecht im Gefängnis, ob ich helfen könne. Einer von hundert Leuten wollte mir immer noch was von Greta Garbo erzählen.

Leos Stimme: »Mom, die werden uns stalken, oder? Können die unser Haus finden?«

»Nein«, sagte ich, »natürlich nicht«, obwohl es schon zweimal passiert war. Eine Frau, die mit einem Handy filmte, und zwei junge Männer, die mich als Gast in ihrem Video-Podcast haben wollten und sich gedacht hatten, da ich ihre E-Mails nicht beantwortete, sollten sie es mal bei mir zu Hause versuchen.

Silvie sagte: »Was ist, wenn der Mörder –«

»Schluss damit«, sagte Jerome. »Silvie, wir haben das doch besprochen. Niemand Gefährliches interessiert sich für uns.«

»Okay, aber was ist, wenn der Mörder jeden ermorden will, der weiß, wer er ist? Er könnte Gift mit der Post schicken.«

»Na ja, es weiß ja niemand, wer er ist«, sagte ich. »Also sind wir sicher.« Das war wahrscheinlich kein allzu beruhigender Gedanke.

Vergiften, dachte ich, wäre vielleicht tatsächlich Ihr Stil. Mehr als Erwürgen, mehr als Kopfverletzungen. Gift passte in die raffinierte, ironische, ästhetisch angenehme Blase, in der Sie herumliefen.

Jasmine Wilde hatte das Wort in ihrem Interview verwendet. »Was er gemacht hat«, sagte sie über Jerome, »würde ich so beschreiben: Er hat den Brunnen vergiftet.«

6

Omars Stimme in dem Podcast ist kratzig und tief – ich hätte sie nicht wiedererkannt. Die Telefonverbindung ist nicht gut, und es gibt Störgeräusche.

Granby war ein guter Job, sagt er. Heute denke ich, es war ein Job, den ich vielleicht fünf, sechs Jahre behalten hätte. Dann wäre der nächste gekommen, nicht? Es wäre einfach ein Job gewesen, den ich mal hatte.

Hier drinnen ist es so: Die Menschen und die Orte, die man zuletzt gekannt hat, als man noch draußen war, die sieht man am klarsten von allen vor sich. Ich kann mich so gut an Granby erinnern, weil ich seitdem nirgends groß gewesen bin, außer hier. Das Gehirn deckt es nicht mit anderer Info zu.

Ich könnte zum Beispiel heute noch sagen, wo jedes einzelne Gerät in dem Kraftraum war.

Und andererseits ist es eine Million Jahre her.

Alder kommt auf den Abend zu sprechen, an dem Thalia starb, fragt ihn, woran er sich erinnert.

Eigentlich an nichts. Die Polizisten haben mich das so oft gefragt, und ich weiß nur, was ich ihnen geantwortet habe, als es mir noch frisch in Erinnerung war. Ich war an dem Abend in meinem Büro. Ich war mit der Hockeymannschaft der Mädchen unterwegs gewesen, zum letzten Spiel der Saison, und musste noch Anrufe machen und Bestellformulare ausfüllen und mich um die Arbeitsstundenzettel für meine Schüler-Assistenten kümmern. Dabei habe ich ein bisschen Radio gehört. Dann bin ich nach Hause gefahren und hab die Frau angerufen, mit der ich damals zusammen war, Marissa, und wir haben von ungefähr eins bis zwei telefoniert. Das hat sie bezeugt.

Und später im Gericht wird da diese Riesensache draus gemacht, dass ich sie um eins angerufen habe. Ich hätte sie angerufen, weil ich nicht schlafen konnte, hieß es dann, weil ich Schuldgefühle gehabt hätte.

Der nächste Tag war ein Samstag, und ich musste nicht arbeiten. Es war die Zeit zwischen zwei Sportsaisons, keine Spiele, keine Wettkämpfe. Das ist für mich eins der wenigen freien Wochenenden im ganzen Schuljahr, also habe ich mehr oder weniger den ganzen Tag geschlafen. Am nächsten Tag, Sonntag, hab ich mich mit besagter Frau getroffen, Marissa, bin dann zum Essen zu meiner Mutter gefahren, und als ich wieder zu mir nach Hause komme, steht da ein Polizeiwagen vor der Tür.

Ganz ehrlich, also – ich hab ein bisschen Gras angebaut, und das ist das einzige Gesetz, wogegen ich je verstoßen habe, mal abgesehen von ein paar überfahrenen roten Ampeln. Und daran denkt man dann. Ich dachte, darum geht's.

Sie sagen, ich soll mit zur Wache in Granby kommen, erklären mir aber nicht, warum. Ich weiß nur, dass man einen Anwalt haben kann, immer. Aber in dem Moment dachte ich, das sieht komisch aus. Vor allem, nachdem sie mir gesagt hatten, worum es ging, dass es nicht das Gras war. Ich war ganz erschrocken, als ich das gehört habe, dieses Mädchen, das ich ja quasi gekannt habe. Ein tolles Mädchen, fand ich, und jetzt so jung schon tot. Tot an meinem Arbeitsplatz. Das ist doch der absolute Wahnsinn.

In der ersten Verhörrunde sind sie noch ganz easy, so nach dem Motto: *Wir wollen nur wissen, ob Sie was gehört haben.* Ehrlich mal, warum soll ich da sagen: *Moment, ich brauch hier einen Anwalt?* Da kann ich doch gleich lauthals verkünden, dass ich was verbrochen hätte. Hatte ich aber nicht.

Das war die örtliche Polizei. Die staatliche war noch nicht eingeschaltet. Ich habe keine Ahnung, wann sie mit der Autopsie fertig waren.

Sie müssen nicht mal einen auf locker machen, zu der Zeit denken sie ja noch, es wär ein Unfall unter Alkoholeinfluss gewesen. Sie versuchen nur rauszufinden, wie sie in die Sporthalle reingekommen ist, schreiben nur ihren kleinen Polizeibericht. Gibt ja auch Sinn, dass es ein Unfall war. Einige glauben bestimmt, diese Schüler wären Engel, aber ich hab 'ne Menge Scheiß mitgekriegt. Ich war kein Lehrer, deshalb haben sie vor mir oft kein Blatt vor'n Mund genommen. Es ging bloß ums Trinken und irgendwelche Heimlichkeiten und sowas, nichts, was man nicht erwarten würde, aber diese Kids, die langweilen sich da im Wald, und die haben Geld, und dann machen sie halt Scheiß.

Ich komm also am Montag wieder zur Arbeit, und alles ist fast normal, außer dass da Absperrband vorm Pool und vorm hinteren Flur ist. Aber sonst, also, die Sporthalle ist voll mit Kids, die durften da erst ein paar Tage später nicht mehr rein.

Anfang der Woche drauf bestellen sie mich wieder ein. Diesmal die Leute von der Staatspolizei, und inzwischen wissen wir alle, dass an ihrem Tod irgendwas faul ist. Viele sind schon vernommen worden, das weiß ich. Also gut, denk ich mir, ich hab das erste Mal keinen Anwalt gebraucht, warum sollte ich beim zweiten Mal einen brauchen? Es gibt da ein paar ungelöste Fragen, sagen sie. Dann ziehen sie diese Scheißnummer ab, schütteln immer den Kopf, egal was ich sage, und gucken enttäuscht. Das macht mich immer nervöser. Sie lassen mich für eine Stunde allein, kommen wieder, stellen noch mal dieselben Fragen. Dann kommen sie mir mit zwei Sachen. Die Kids sagen, Sie bauen Gras an, und Sie verkaufen Gras. Und sie sagen, Sie waren von Thalia Keith besessen.

Warum soll ich das mit dem Gras in dem Moment zugeben? Die tun so, als ob das alles irgendwie zusammenhängt, wenn ich also zugebe, dass ich ein paar Grow-Lampen habe, dann gestehe ich damit anscheinend auch gleich einen Mord. Und ich stand nicht auf Thalia. Ich hab gern meine Späßchen mit ihr gemacht, aber so war ich eben. Ich war unreif. Ich kannte Thalia, weil sie Tennis spielte, und ein paar Mal hatte sie Probleme mit dem Ellbogen. Ich war bei den Spielen immer dabei, aber das war alles im Herbst. Ich hab sie den ganzen Winter über nicht gesehen. Sie kommt ja schließlich nicht zum Gewichtheben, oder?

Sie bitten mich um eine Haarprobe, eine Speichelprobe. Die kriegen sie, und dann lassen sie mich gehen.

Moment, ich muss das noch erklären. Wissen Sie, was die machen? Die brauchen so ungefähr hundert Haare dafür. Da steht also eine Frau mit Gummihandschuhen vor mir und reißt mir Haare mit der Wurzel aus, überall auf meinem Kopf und dann von meinen Armen und Beinen. Die reinste Tortur.

Am Freitag, ich bin in meinem Büro in der Schule, kommen sie und verhaften mich. Und ich denk mir nicht mal was dabei, als sie bei mir reinmarschieren. Ich hab mich dran gewöhnt, dass sie im Gebäude rumschnüffeln.

Aber sie sagen, ich soll aufstehen, dann kommt die Nummer mit den Handschellen und der Belehrung, und ich kann nur lachen. Das ist eine merkwürdige Reaktion, ich weiß. Es war kein hysterisches Lachen, eher so ein ungläubiges. Ich kam mir vor wie im Film. Aber dann, tja, zwei Jahre später vor Gericht, sagt ein Polizist aus, ich hätte gelacht, als sie gekommen wären, um mich zu verhaften. Und das lässt mich wie einen Irren aussehen.

Was sie gegen mich in der Hand hatten, oder es jedenfalls glaubten, war ein ganz kleines Stück von meinem Haar in Thalias Mund und meine DNA am Badeanzug. Ich weiß nicht, was ich dazu sagen soll, weil, also, entweder war das einfach mal Scheißpech oder, tut mir leid, sie haben da ein bisschen nachgeholfen. Und alles drangesetzt, ihre Theorie zu untermauern, weil sie unter diesem Wahnsinnsdruck standen, den Fall aufzuklären. Und ich bin die Lösung, die die Schule glücklich macht. Ich bin kein Schüler, ich bin kein Lehrer. Ich bin kein megawichtiger Teil der Gemeinschaft. Wahrscheinlich haben sie geglaubt, sie hätten rausgekriegt, was passiert ist, und nur noch ein bisschen Hilfe gebraucht.

Kann aber auch sein, dass es alles sauber war. Ich bin ja ganz oft morgens in dem Pool geschwommen. Hab Gewichte gehoben, mich kurz abgebraust, bin geschwommen, wieder unter die Dusche gesprungen und an die Arbeit gegangen. Also klar, vielleicht waren da ein paar Haare von mir im Pool. Was mit dem Badeanzug war, keine Ahnung. Ich hab da in der Sporthalle alle möglichen Sachen angefasst.

Sie sagen »DNA«, und das klingt so eindeutig, so als kann es nur von meinem Blut oder Sperma kommen. Der DNA-Beweis war damals was ganz Neues und Aufregendes – vielleicht hatten die Geschworenen mal im Fernsehen davon gehört, wenn überhaupt. Die hören *DNA* und denken sich, *wow*, klarer Fall.

Dabei sind in so einem Pool eine Million Liter Wasser, und da schwimmt jede Menge Scheißdreck drin rum, zum Beispiel eben auch ein Haar von mir.

Die Bullen sagen mir aber nichts von einem Haar und irgendwelchen Spuren an ihrem Badeanzug. Sie sagen, dass meine DNA überall an ihr war, was nur möglich ist, wenn ich sie entweder umgebracht oder mit ihr geschlafen habe. Sie sagen mir das um drei Uhr in der Nacht. Nicht dass ich in dem Moment weiß, wie viel Uhr es ist. Sie haben mir meine Armbanduhr weggenommen. Ich weiß nur, dass ich fünfzehn Stunden da drin war. Sie sagen: »Helfen Sie uns zu verstehen, warum Ihre DNA an ihr war, und wir können Sie als Tatverdächtigen ausschließen. Wenn es einen logischen Grund dafür gibt, sind Sie aus dem Schneider. Und der logische Grund ist, Sie hatten was mit ihr.« In New Hampshire ist man mit sechzehn volljährig, sagen sie mir, wenn ich also mit ihr geschlafen habe, werde ich vielleicht gefeuert, aber falls das alles erst kürzlich passiert ist, ist es nicht mal gegen das Gesetz.

Ich weiß auch nicht, was da in meinem Kopf vorgegangen ist, aber es schien wie ein Ausweg. Ich bin nicht mal richtig wach, also, ich starre die ganze Zeit auf diesen Scheißtisch vor mir und hoffe, er wird zu einem Kissen. Also sage ich ja. Aber damit ist die Sache nicht erledigt. Jetzt heißt es: »Sie schliefen also mit ihr, Sie waren der Einzige, der im Gebäude war, was immer da vor sich ging, Sie hätten es hören müssen. Und wir haben Ihre DNA. Sie haben es getan.« Sie sagen, Sie kriegen mich entweder wegen Mord *und* Drogendelikten dran, oder ich gestehe den Mord, und sie vergessen das mit den Drogen. Und wenn sie rausfänden, dass ich Staatsgrenzen überquert hätte, würde die Drogensache an die Bundespolizei gehen, und strenggenommen hatte ich das, weil ich bei einem Freund in Vermont war. »Vielleicht war es ja ein Unfall«, sagen sie. »Fahrlässige Tötung. Sie ist ausgerutscht und in den Pool gefallen, stimmt's? Das ist nicht so schlimm für Sie, aber wenn wir Sie wegen Mord und Drogen drankriegen, stehen Sie da wie ein Berufsverbrecher.«

Sie müssen wissen – und das kommt mir heute so traurig und so komisch vor –, die Menge an Gras, die ich zu Hause hatte, war lächerlich. Die Gesetze waren damals streng, aber – ich weiß nicht. Mannomann.

Dann haben sie mir das Schülerverzeichnis unter die Nase gehalten wie die reinste Trumpfkarte. Ich hab da jedes Jahr so Kommentare reingeschrieben, um mir ihre Namen und Gesichter zu merken, aber dann haben die Jungs aus der Hockeymannschaft das spitzgekriegt, und die saßen dann manchmal bei mir im Zimmer und haben mir gesagt, was ich schreiben sollte. Wie gesagt, ich war unreif. Und was ich da unter Thalias Foto geschrieben habe, also, *minderjährig*, das hatte was mit einem Gerücht zu tun, das einer von den Jungs mir über Thalia und einen Lehrer von ihrer alten Schule erzählt hatte. Die Bullen zeigen mir also den Strick um ihren Hals, und ich kann mich nicht erinnern, dass ich den da hingemalt habe. Vielleicht habe ich mal beim Telefonieren vor mich hingekritzelt, kann sein. Aber die Hockeyjungs hatten das Buch ständig in den Fingern und haben da drin rumgemalt. Meine Vermutung ist, dass es irgendein Fünfzehnjähriger war. Ich meine, auf dem Foto von irgendwem anders waren Hakenkreuze, und die habe ich nun mit Sicherheit nicht gemalt.

Egal, irgendwann kriegen sie mich dazu, dass ich sage, ich wäre in meinem Büro auf sie losgegangen, sie kriegen mich dazu zu sagen, ich hätte ihren Kopf gegen die Wand geschlagen. Dann fällt ihnen ein, dass ja gar kein Blut in meinem Büro war, und sie sagen: »Okay, Sie hatten da doch ein Poster. Was für ein Poster war denn das?« Wenn ich jetzt zurückblicke, kommt es mir vor wie ein Traum oder als wäre ich unter Hypnose gewesen.

Ein paar Stunden später fällt mir endlich wieder ein, dass ich um einen Anwalt bitten kann. Sie sagen: »Klar, klar, aber wenn Sie Ihre Aussage erst machen, nachdem der Anwalt gekommen ist, sieht es so aus, als hätte der Ihnen gesagt, was Sie zu Protokoll geben sollen; als würden Sie etwas verschweigen. Bringen Sie es jetzt hinter sich, wir holen den Anwalt später, und alle wissen, dass Sie die Wahrheit sagen.« Das haben sie wirklich so zu mir gesagt. Aber nichts davon ist auf dem Band.

Sie kriegen mich also dazu, diesen Wisch zu schreiben, die Aussage, die haben Sie ja sicher gesehen. Sie sagen mir, was ich schreiben soll, und ich schreibe es hin. Und sie kriegen mich dazu, es zu unterschreiben und laut vorzulesen, das ist dann das Einzige, was sie aufnehmen, von dieser ganzen Nacht.

Britt fragt ihn, ob er Granby die Schuld dafür gebe, was passiert sei. Es folgt eine lange Pause.

Dann sagt er: Ich denke nicht, dass sie sich vorgenommen haben, mich zu benutzen. Aber ich denke, Granby hat die Polizei schwer unter Druck gesetzt, damit sie die Sache schnell aufklärt und auch

Lehrer und Schüler nicht zu genau unter die Lupe nimmt. Diese Schule hat Anwälte ohne Ende. Und sie hat Geld ohne Ende.

Im Zweifel gilt für mich die Unschuldsvermutung. Ich glaube nicht, dass sie gesagt haben: »Hey, hängen wir's doch Omar an.« Aber wenn man Leute so unter Druck setzt, geben sie einem, was man braucht. Und was sie brauchten, war jemand wie ich.

7

Das Adrenalin, das ich spürte, als ich am Abend zum Essen ging, war antizipatorisch: Ich wusste, dass ich Leuten begegnen würde, ob ehemaligen Mitschülerinnen und Mitschülern oder Personen, die mit der Anhörung befasst waren, oder Opportunisten. Den meisten von ihnen musste ich aus dem Weg gehen. Ich wusste nur nicht, wann sie vor mir auftauchen würden.

Der Teenager an der Rezeption hatte mir ein italienisches Restaurant ein paar Querstraßen entfernt empfohlen. Es entpuppte sich als eins dieser Lokale mit lächerlich vielen Plätzen – zweckmäßig für Hochzeiten und Präsidentschaftswahlen, aber an einem Mittwochabend weitgehend leer. Für die soziale Distanzierung perfekt. Ich bat um eine Nische (eigentlich mehr ein gepanzertes Gehäuse), bestellte ein Glas Shiraz und klappte augenblicklich meinen Laptop auf. Wie Frauen je allein in einem Restaurant essen konnten, bevor sie einen Laptop als Schutzschild verwenden konnten, ist mir schleierhaft.

Ein paar Tische weiter saß Amy March, die Chefverteidigerin. Schon meine Freude über ihren Namen war groß gewesen, aber noch mehr freute ich mich, als ich via Zoom sah, dass sie Hühner züchtete und sich auch genauso kleidete wie jemand, der Hühner züchtete. Sie war jahrelang Pflichtverteidigerin gewesen und hatte jetzt eine eigene Kanzlei. Ich hatte sie noch nicht persönlich kennengelernt – aber hier war sie, in Pulloverkleid, Leggings und Clogs.

Ihre Haare hatten eine eindrucksvolle Färbung, wie das Fell eines Stinktiers, nur umgekehrt: ein Streifen ursprüngliches Schwarz in einer Wolke aus Grau. Sie saß mit zwei anderen Frauen und einem Mann zusammen, offenbar in ernste Gespräche vertieft, die Teller längst leer, der Wein halb ausgetrunken. Der Mann schrieb pausenlos etwas in sein Handy und las dann laut daraus vor. Die Verteidigung hatte die Anhörung vor zwei Tagen eröffnet, und ich nahm an, es hatte heute mehrere Zeugenvernehmungen gegeben.

Eigentlich hatte ich vor, an ihrem Tisch vorbeizugehen, Blickkontakt mit Amy March aufzunehmen und kurz zu winken, um dann zur Toilette weiterzugehen, wo ich wirklich hinmusste. Doch ehe ich bei ihr angekommen war, hörte ich von der angrenzenden Bar aus jemanden meinen Namen rufen. Es war Sakina John.

Sie sagte: »Heilige Scheiße, Bodie Kane, komm *her*!« Sie rutschte von ihrem Hocker herunter und nahm mein Gesicht zwischen beide Hände. »Musst du aussagen? Ich musste heute Morgen hin. Ich, also, Scheiße, Bodie, ich hab die ganze Zeit gezittert. Wenn ich operiere, zittere ich nie, aber dann steh ich da im Zeugenstand, und sie fragen mich nach meinem Namen, und ich zittere wie Espenlaub. Wenigstens ist es nur ein Richter und nicht auch noch ein Haufen Geschworener, aber ich dachte so, soll ich den Richter angucken? Soll ich Augenkontakt herstellen? Und ich weiß nicht, ob das noch wegen der Pandemie ist oder was, aber ich hab ganz auf der anderen Seite des Raums gestanden, dem Richter gegenüber. Und kleine Vorwarnung, wenn du da drinnen eine Maske tragen willst, geben sie dir so ein gruseliges Plastikding, so ein durchsichtiges, damit sie deinen Mund sehen können. Ich so, *Danke, geht auch ohne.*«

Okay, sie war ein wenig betrunken. Als ich ihr sagte, ich hätte nebenan einen Tisch, ging sie rüber und holte mein Weinglas und den Brotkorb an die Bar. Also saß ich nun hier, auf einem wackeligen Barhocker, und hörte Sakina zu, die mir von den Fragen der Verteidigung erzählte, Fragen, die sie vorher mit ihr geübt hätten –

vor allem sei es darum gegangen, ob Thalia am Ende des zweiten Akts hinter der Bühne getrunken habe, dann aber auch darum, dass Omars ursprüngliche Verteidiger weder sie noch die anderen, die früher an dem Abend mit Thalia zusammen gewesen seien, kontaktiert hätten. Sie hätten die schablonenhaften Interviews der Staatspolizei gelesen und es nicht für nötig gehalten, selbst weiter nachzuforschen. Und die Staatspolizei habe nicht mal gefragt, ob Thalia an dem Abend getrunken habe, dabei sei das doch grundlegend. Stattdessen habe sie gefragt, ob sie »betrunken gewirkt« habe. Nein, das habe sie nicht, hätten ihre Freundinnen und Freunde alle ehrlich geantwortet.

Der Staatsanwalt, so Sakina weiter, habe sie ins Kreuzverhör genommen und ebenfalls wissen wollen, woran sie sich erinnerte – etwa, wie Thalia aus Beths Flachmann getrunken und ihn ins Korsett ihres Kleids gesteckt habe, zum Scherz –, und dann habe er sie nach dem Rest des Abends gefragt. »Er so: ›Wenn Sie sich so genau daran erinnern, was hinter der Bühne los war, wird Ihre Erinnerung an den Rest des Abends ja sicher auch einwandfrei sein, also lassen Sie uns daran teilhaben.‹«

»Du darfst mir das gar nicht erzählen«, sagte ich, aber Sakina ließ nur kurz den Blick durch den Raum schweifen, wo lauter Leute saßen, die nicht zuhörten, große Männer aus der Gegend mit T-Shirts irgendwelcher Mikrobrauereien, und zuckte mit den Schultern. Ich drehte mich so, dass ich die Tür zum Hauptspeisesaal im Blick hatte. Amy Marchs Tisch konnte ich von hier aus nicht sehen.

Sie sagte: »Aber sie wollten jedes Detail des zeitlichen Ablaufs von mir hören, dabei – also, ich erinnere mich ja nicht mal mehr daran, was *passiert* ist. Ich erinnere mich nur daran, was ich *gesagt* habe. Ich erinnere mich an das, woran ich mich erinnere, mich zu erinnern.«

Vor meiner Abschottung hatte ich an genügend Besprechungen teilgenommen, um nicht überrascht zu sein; der Staat versuchte, den ursprünglich postulierten Zeitablauf des Abends abzusichern, der es nicht notwendig hatte erscheinen lassen, gegen Leute wie Sie oder Robbie zu ermitteln. Und Sakina war zwar die Erste gewesen, die Verbindung mit mir aufgenommen und von sich aus gesagt hatte, sie erinnere sich daran, dass Thalia getrunken habe, und sie war auch im Podcast aufgetreten und hatte dort von ihren jahrelangen Zweifeln an Omars Verurteilung gesprochen; aber an den Details des Abends hatte sich durch sie nichts geändert.

Sie legte mir, plötzlich ernst, eine Hand auf den Arm und beugte sich zu mir vor. »Sie haben gesagt, sie würden mich vielleicht noch mal vorladen, da dachte ich mir, ich fliege sicher nicht ganz nach Seattle zurück, nur um gleich wieder umzukehren, ich bleibe einfach ein paar Tage hier. Aber jetzt habe ich gehört, okay, das könnte auch erst in ein paar Wochen passieren. Also fliege ich jetzt doch nach Hause, aber vorher fahre ich noch runter nach Philly, um meine Cousine zu besuchen. Außerdem« – sie hob ihr Weinglas – »Urlaub, oder? Soll sich doch Darius mit Sechstklässler-Mathehausaufgaben rumschlagen.«

Ich hätte sie gern gelöchert, um noch mehr darüber zu erfahren, was im Zeugenstand zur Sprache gekommen war – aber wenn ich ihr Fragen stellte, anstatt ihr nur zuzuhören, während sie angetrunken daherplapperte, wäre das ein Schritt weiter auf dem Weg zu verbotenem Zeugenverhalten gewesen. Zum Glück schwenkte sie jetzt auf die Kinder um. Sie holte ihr Handy heraus, um mir neue Bilder von ihrer Tochter Ava zu zeigen, die am selben Tag wie Leo geboren war, und sagte, wir sollten sie verkuppeln, sollten sie beide nach Granby schicken, dann könnten sie Homecoming-Sweethearts werden. Nicht in einer Million Jahren würde ich meine Kinder nach Granby schicken. Und sei es nur, weil mir Vierzehn, auch wenn es für mich selbst ein völlig akzeptables Alter gewesen sein mochte, um von zu Hause fortzugehen, für Leo unvorstellbar schien – Leo, der schon in drei Jahren Vierzehn sein würde und noch das ganze Bett voller LEGOs hatte.

Sie fing an, etwas von Avas Tanzlehrerin zu sagen, und dann

winkte sie jemandem hinter mir zu, und plötzlich tauchte grinsend Mike Stiles vor uns auf. Wie sich herausstellte, war er schon hier gewesen und nur kurz rausgegangen; das halb getrunkene Bier vor mir war seins. Ich war zu erschrocken, um verlegen zu sein. Wir umarmten uns wie alte Freunde, denn das waren wir. Man braucht nicht miteinander befreundet gewesen zu sein, um später alte Freunde zu sein.

»Er sagt nicht mal aus!«, verkündete Sakina, aber das wusste ich schon. Mike erinnerte sich nicht daran, Thalia hinter der Bühne trinken gesehen zu haben. Falls wir Glück hatten und es zu einer Wiederaufnahme des Verfahrens kam, wäre er allerdings ein großartiger Zeuge. Er hatte sich komplett, noch dazu öffentlich, der Auffassung angeschlossen, dass die Ermittlungen und das ursprüngliche Verfahren gegen Omar Pfusch gewesen waren. Das hatte er in seinem akademischen Blog geschrieben.

Mike setzte sich auf meine andere Seite. Ich zog meinen Hocker ein Stück von der Bar zurück, sodass wir ein Dreieck bildeten. Er hatte die wilden Augenbrauen eines älteren Mannes, mit ein paar langen grauen Haaren zwischen den schwarzen, was merkwürdig gut zu ihm passte. Seine Stirn, der Grund, warum Fran ihn damals als Neandertaler bezeichnet hatte, war jetzt von tiefen Falten durchzogen. Aber insgesamt sah er schmalzig aus, zu hübsch, um ernstgenommen zu werden. Irgendwann in meinen Zwanzigern war ich aus meinem Faible für Symmetrie herausgewachsen. Ich fand ihn als älteren Mann attraktiver als früher, aber weniger attraktiv, dass er immer noch aussah wie jemand aus einer Werbung für Zahnweiß.

Er sagte: »Mein Neffe geht seit diesem Jahr aufs Granby. Lolas kleiner Bruder. Teils bin ich hier, um ihn zu besuchen, aber vor allem kommt Serenho morgen, und der wird Ablenkung brauchen können.«

Sakina sagte: »Er sagt aus? Für die Verteidigung?« Ich wollte, dass sie den Mund hielt, und drehte mich kurz zum Speisesaal um.

»Ich denke, er steht auf der Liste.« Mike machte ein düsteres Gesicht, als spräche er auf der Beerdigung eines Freundes. »Die werden ihn in den Zeugenstand rufen und ihn aussehen lassen wie einen Tatverdächtigen. Er hat doch dieses Interview gegeben, in dem er gesagt hat, Thalia habe keine Drogen genommen, und das wollen sie in erster Linie noch mal von ihm hören, weil die ganze Theorie der Staatsanwaltschaft auf der Sache mit den Drogen beruhte. Aber ihr wisst, was passieren wird, wenn er erst mal im Zeugenstand ist.«

Das Interview hatte Robbie nicht in Britts und Alders Podcast gegeben, sondern in einem wesentlich aufwändigeren, schon länger bestehenden, dessen Produzenten ihm für seinen Auftritt eine beträchtliche Summe zahlen konnten. Er sprach nur fünf Minuten und sagte hauptsächlich belanglose, vorhersehbare Dinge, erklärte aber mit Nachdruck, Thalia habe nie Drogen genommen, habe nicht mal gekifft. »Ich weiß nicht, wo diese Idee herkam«, hatte er gesagt, und mein Magen ging kurz auf Achterbahnfahrt. In unserem Podcast hätte er hören können, wie ich mir selbst für dieses Detail die Schuld gab. »Also, jetzt, 2020, kann ich das ja sagen. Ich hab's versucht! Ich habe versucht, sie dazu zu bringen, ein bisschen zu kiffen. Sie hatte kein Interesse. Deshalb glaube ich auch nicht, dass ihre Beziehung zu Omar was mit Drogen zu tun hatte. Ich glaube überhaupt nicht, dass sie und Omar eine Beziehung hatten. Das war alles nur eine Fantasie in seinem Kopf. Und als sie da nicht mitspielen wollte, ist er ausgetickt.«

Ich hoffte immer wieder, das Bild, wie Thalia die Mülltonnen umkreiste, würde einrasten, sich in als Erwachsene erworbenes Wissen einfügen, aber es blieb ein Rätsel. Vielleicht war sie geschlafwandelt. Oder hatte sie aus Versehen etwas Wichtiges weggeworfen – ihre Zahnspange, eine Hausarbeit – und Mut zu fassen versucht, hochzuspringen und im Müll zu wühlen. Vielleicht hatte sie auf Sie gewartet. So oder so: Ich hatte die Szene so dramatisch falsch interpretiert wie Bendt Jensen damals die Glühwürmchen.

Ich sagte: »Das ist der Hauptgrund, warum sie ihn vernehmen wollen, die Drogengeschichte. Unter Anklage steht er nicht. Und sie wollen zeigen, dass gegen niemand anderen ermittelt wurde.«

»Klar«, sagte Mike. »Klar.« Er bemerkte den Brotkorb, den Sakina von meinem Tisch geholt hatte, und faltete sich ein eindrucksvoll großes Stück Baguette in den Mund.

Mike war eine interessante Fallstudie: Jemand mit jeder Menge Berufserfahrung in Menschenrechtsbelangen, der mit dem Recht trotzdem nicht ganz klarkam, wenn es seinen Kumpel betraf.

Auch mir waren die Konsequenzen für Robbie keineswegs gleichgültig. Es war eine Quelle bohrender Schuldgefühle für mich, dass wir ihm durch die Wiedereröffnung des Verfahrens die Aufmerksamkeit eingetragen hatten, der er beim ersten Durchgang, als es das Internet noch nicht gab, entgangen war. In seinem Umfeld würde er jetzt zumindest mit Mitgefühl, wenn nicht mit unfairem Argwohn betrachtet werden. Ich wollte mir nicht vorstellen, was die Leute womöglich zu seinen Kindern sagten. Es gab eine Website, nicht sonderlich aktiv, die RobbieSerenhoIsGuilty.com hieß. Dane Rubra hatte sich erst ganz kürzlich auf die Theorie versteift, dass sowohl Robbie als auch Thalia mitten in der Nacht ihre Wohnheime verlassen hätten, um zu trinken, und der bislang postulierte Zeitpunkt von Thalias Tod inkorrekt sei und Robbie ein Roid-Rage-Problem gehabt habe. Was lächerlich war. Koks und Pot mochte Robbie Serenho ja genommen haben, aber doch keine Anabolika. Er war einfach nur drahtig und muskulös gewesen, dafür gebaut, die Hänge herunterzufliegen.

»Geht es ihm einigermaßen?«, fragte ich.

Mike zuckte nur mit den Schultern.

»Zeig mir mal ein Bild von deinem Neffen«, sagte ich, und er suchte eine Minute lang in seinem Handy herum und zeigte mir dann einen Jungen, der so aussah wie er mit vierzehn und dazu ein bisschen wie Lola, trübäugig, dünnlippig.

Ich sagte: »Der wird einige Herzen brechen.«

Ich habe mal zu einem Freund von mir gesagt, ein Foto von seinem Großvater als Soldat, aus der Zeit, als er genauso ausgesehen hatte wie mein Freund, sei das Heißeste, was ich je gesehen hätte. Und einem Schriftsteller habe ich mal gesagt, ich sei in seine (eindeutig autobiografische) Hauptfigur verknallt. Ich betrachte das als verdecktes Flirten, und es funktioniert erstaunlich gut. Um es klar zu sagen, ich baggerte Mike Stiles nicht direkt an. Eher demonstrierte ich – ein Urinstinkt – die Tatsache, dass ich es konnte. Es war eine Zurschaustellung von Dominanz. Ich war jetzt eine Frau, die sich den Spaß machen konnte, mit ihm zu flirten oder nicht, ganz wie ich es wollte.

Es war außerdem Teil des allgemeineren Versuchs, das Gespräch von der Anhörung wegzulenken, aber nur Sekunden später waren wir schon wieder dabei, weil Sakina sagte, wenn in der Medizin alles so lange dauern würde wie im Rechtswesen, würden alle ihre Patienten sterben.

»Ich weiß schon, sie müssen es richtig machen«, sagte sie, »aber ich muss es manchmal um drei Uhr nachts auch richtig machen. Wir warten nicht auf den perfekten Moment. Tja, tut mir leid, meine Liebe, ich kann erst in zwei Monaten einen Kaiserschnitt bei Ihnen machen, weil wir erst mal den Papierkram erledigen müssen.«

»Die Mühlen der Justiz –«, begann Mike, viel zu ernst.

»Die Mühlen der Justiz haben den Mahlbetrieb eingestellt«, sagte ich.

Er rang sich ein kurzes Lachen ab. »Warst du schon immer witzig?«, fragte er.

Ich hatte es nicht witzig gemeint.

Sakina sagte: »Das wird hier das reinste Klassentreffen. Hättet ihr je gedacht, dass wir drei irgendwann mal zusammen was trinken würden? Wenn ihr mich 1995 gefragt hättet, mit wem ich 2022 in Granby einen heben würde, wie groß wäre die Wahrscheinlichkeit gewesen, dass ich Bodie Kane und Mike Stiles gesagt hätte?

Und Mike, sieh dir Bodie an! Ist sie nicht heiß inzwischen? Wer hätte das gedacht?«

Mike schien im Boden versinken zu wollen, aber ich konnte nicht ausmachen, ob es daran lag, dass er ein verheirateter Mann war, der das Aussehen einer Frau bewerten sollte, oder daran, dass er im Namen meines Teenager-Ichs gekränkt war. Er griff nach seinem Bierglas, als wäre es die Rettung, und prostete uns zu. »Auf die Gegenwart«, sagte er.

8

Ende 2020, als wir gerade erfahren hatten, dass Omars Anhörung noch einmal verschoben worden war, bekam ich einen Anruf von Fran und nahm an, sie wolle deshalb mit mir sprechen. Nachdem das Blut entdeckt worden war, hatte sie mir meine Einmischung weitgehend verziehen. Das heißt, verstimmt war sie immer noch, aber ihr Unmut richtete sich eher gegen alle Welt als gegen mich persönlich.

Aber sie rief nicht wegen des Falls an; sie wollte mir etwas mitteilen. Carlotta hatte Brustkrebs, Stadium 3. »Allerdings ist inoperabel anscheinend nicht das Gleiche wie unbehandelbar«, sagte Fran.

Carlotta hatte nur Kraft für ein einziges Granby-Telefonat, das verstand ich natürlich, aber es gab mir trotzdem einen Stich, dass sie Fran angerufen hatte und nicht mich. Ich schluckte meine egoistische Gekränktheit herunter und sagte: »Welche Brust?«

»Was?«

»Welche Brust?«

»Gott, was weiß ich. Wahrscheinlich inzwischen beide. Ist das wichtig?«

Das war es, es war *mir* wichtig, weil ich immer noch Peewee Walcotts Finger spürte, die sich in meine rechte Brust gruben. Also hatte er Carlottas linke Brust begrapscht. Und obwohl es überhaupt keinen Sinn ergab, wusste ich, dass er sie dabei geschädigt, irgendetwas in ihr eingepflanzt hatte, das fünfundzwanzig Jahre später ihre Zellen verändern und dazu führen würde, dass ihr Körper sich gegen sich selbst wandte. Es war unmöglich, aber es war wahr.

Ihre Kinder waren elf, acht und sechs. Die Therapie würde brutal sein, eine aggressive Vergiftung jeder Zelle ihres Körpers.

Sie schlug an, zunächst. Ihre Haare wuchsen sogar nach. Aber jetzt, ein Jahr später, war sie wieder krank. Der Krebs hatte gestreut, und Fran hatte eine zweite Crowdfunding-Seite eingerichtet. Die Kinder waren jetzt dreizehn, neun und sieben.

Ein paar Jahre zuvor hatte eine Verschiebung stattgefunden: Lange Zeit waren die Todesfälle von Leuten, mit denen ich zur Schule oder aufs College gegangen war, plötzlich und schnell eingetreten, aufgrund eines Unfalls etwa, kein Raum für langes Leiden, nur für den Schock der Hinterbliebenen. Aber vor einem Jahr war eine Freundin vom College an Leukämie gestorben, dann ein Freund an einem Hirntumor und ein anderer an langwierigen COVID-Komplikationen und einem schwachen Herz. Und nun Carlotta, deren Haut auf den Fotos wächsern aussah, als wäre ihr Leben schon so dünn wie der letzte Rest Intelligenter Knete, bis ins Unmögliche gedehnt und in die Länge gezogen, bis sie sich am Ende in Luft auflöst. In dreißig Jahren würde es einen steten Strom von Nachrufen geben, in denen davon die Rede wäre, dass die Verstorbenen ein langes, erfülltes Leben hatten. Aber diese Tode von Menschen in der Mitte des Lebens, mit Anfang, Mitte Vierzig, schienen am grausamsten. Vielleicht weil dabei fast immer Kinder in Mitleidenschaft gerieten, noch viel zu jung, um zurückgelassen zu werden.

Carlotta würde es nicht schaffen. Ich wusste es schon seit Wochen, hatte es als dumpfen Schmerz gespürt, aber als wir an jenem Abend zum Hotel zurückgingen, bestätigte Sakina es mir. Und Sakina wusste, wovon sie sprach.

Ich hatte recht gehabt: Irgendwann hörte ich es von Carlotta selbst: Der Krebs hatte ihre linke Brust befallen. Das heißt, inzwischen hatte er gestreut und war überall, in ihren Knochen, ihrer Leber, ihrer Lunge. Aber angefangen hatte das alles in ihrer linken Brust.

9

Früh am nächsten Morgen, bevor sie im Gericht sein mussten, traf ich mich zum Durchspielen meiner Zeugenaussage mit zwei Leuten der Verteidigungsassistenz im »Blue Ballroom« des Calvin Inn – einem Raum, der nur in punkto Größe einem Ballsaal ähnelte. Das Blau kam von einem raffinierten Paisley-Teppich, der vermutlich die Flecken mehrerer Jahrzehnte tarnte. Sie hatten Banketttische zusammengeschoben, und wir setzten uns auf gepolsterte weiß-goldene Stühle mit hohen Lehnen, eindeutig für Hochzeiten bestimmt.

Ursprünglich hatten wir gedacht, ich würde an diesem Nachmittag aussagen, aber die Staatsanwaltschaft beanspruchte für die Kreuzverhöre wesentlich mehr Zeit als geplant, sodass ich nun wohl erst spät am kommenden Tag an der Reihe sein würde. Mehr Zeit, um jedes Wort, das ich zu sagen beabsichtigte, noch einmal auf die Goldwaage zu legen. Britt würde heute in den Zeugenstand treten, wie ich von Alder wusste, und über die Entdeckung der beweiskräftigen Blutspuren sprechen. Ich hatte Alder geschrieben, er dürfe mir Auskunft darüber geben, *wer* aussagte, solange er mir nicht berichtete, *was* die Leute sagten; außerdem darüber, was der Richter für einen Eindruck mache (*Wirkt wie ein ernsthafter Typ, der heimlich ein lustiger Opa ist*, schrieb Alder, wenig hilfreich. *Wünschte, ich könnte seine Gedanken lesen*) und wie es Omar gehe (*Schwer zu sagen. Er soll ja nicht reagieren ...*), aber beides würde ich selbst bald sehen.

»Amy möchte, dass ich Sie an die Abschottungsregel erinnere«, sagte der jüngere Anwalt, Hector. Ich zuckte zusammen, fürchtete schon, in Schwierigkeiten zu sein, aber er reichte mir nur ein Blatt Papier von einem Stapel, auf dem in Stichpunkten die richterlichen Beschlüsse aufgelistet waren. Es war nichts Persönliches. »Die Stadt ist klein«, sagte er, »es wird also nicht leicht sein, aber tun Sie einfach nichts, was schlecht aussehen könnte, okay?« Hector kam gerade von der Uni und hatte einen leichten Akzent, einen kolumbianischen, wie ich erfahren hatte, und schmerzerfüllte, intelligente Augen. In Präsenz wirkte er genauso nervös wie auf Zoom, jeder Satz von ihm endete mit einem leichten Zittern, als stünde er auf einer Bühne und hasste öffentliche Auftritte.

Die ältere, Liz, die aussah wie Lisa Kudrow, würde Amy spielen und fing auf der Stelle an. Hector nahm alles mit seinem Handy auf, damit Amy es sich später anhören konnte. Einfache Fragen zuerst: Name, Beruf, wann ich in Granby zur Schule gegangen war, wann ich mit Thalia das Zimmer geteilt hatte. Dann ein paar schwierigere über meine Zeit im Internat 2018, meine Rolle in dem Podcast, meine Rolle bei der Entdeckung des Bluts.

Dann: »Beweisstück 58 der Verteidigung ist dieser Granby-Planer für das Schuljahr 1993–1994. Kennen Sie diesen Planer?« Hier war es nur ein dünner Stapel farbiger Kopien, aber ich nickte; dann fiel mir ein, dass ich laut »Ja« sagen musste. Ich erklärte das System der Farbcodes und merkte, wie gut es für mich war, es laut zu üben.

Als Nächstes gingen wir den Planer für 1994–1995 durch, und ich gab meine Interpretation zum Besten. Die, das wusste ich, nach wie vor nur eine Interpretation war.

Liz fragte: »Wissen Sie von irgendjemandem, mit dem Thalia Keith, von ihrem Freund Robbie Serenho abgesehen, sexuelle Kontakte hatte?«

»Ich hatte und habe noch immer triftige Gründe anzunehmen, dass sie eine romantische, wenn nicht auch sexuelle Beziehung

mit dem Musik-Fachbereichsleiter der Schule, Dennis Bloch, hatte.«
(Hatte ich diese Formulierung viele Male geübt? Ja, allerdings.)

»Welche Gründe haben Sie für diese Annahme?«

Ich begann mit dem Bethesda-Brunnen, dem konkretesten, unverfrorensten Vorfall. Dann führte ich aus, wie viel Zeit sie allein mit Ihnen in Ihrem Klassenraum verbracht hatte und dass sie oft nach den Proben noch geblieben war. Ich sprach über ihren Jahrbucheintrag. Ich war froh und dankbar, dass wir das Jahr 2022 schrieben, in dem ein vernünftiger Richter verstehen würde, wie unangemessen diese Art von Verhältnis war. Die Richterin in meinem Kopf verstand es jedenfalls.

Wenn ich all dies vor Gericht sagte, wenn ich Ihren Namen nannte, täte ich es zum ersten Mal in der Öffentlichkeit. Zum ersten Mal würde die Öffentlichkeit von diesen Details erfahren, den Brotkrumen, die mich zu Ihnen geführt hatten. Ich fragte mich, ob es Stunden, Minuten oder Sekunden dauern würde, bis Ihr Name überall im Netz wäre.

»Haben Sie zusammen mit anderen über dieses Verhältnis spekuliert?«, fragte Liz.

»Ich habe damals mit mindestens drei Leuten darüber gesprochen.«

»Haben sie Ihnen gesagt, dass sie Ihren Verdacht teilten?«

»Ja, das haben sie«, sagte ich.

Das war der einfache Teil. Der schwierige kam, als Liz einen Staatsanwalt beim Kreuzverhör mimte. In dieser Rolle fragte sie mit schrofferer Stimme: »Hat Thalia Ihnen mal erzählt, was ihr System aus Punkten und Kreuzen bedeutete?«

»Nur die roten Punkte. Aber der Rest –«

»Sie haben also keine unmittelbare Kenntnis darüber, was diese Farben symbolisieren.«

»Nein.«

»Soweit Sie wissen, könnten die Kreuze also zum Beispiel für Hausaufgaben stehen.«

»Ja.« Es schien mir nicht lohnend, hier einen kleinlichen Einwand zu machen, zu sagen, ich sei mir sicher, ziemlich sicher, quasi vielleicht sicher.

»Ms. Kane, hat Thalia Keith Ihnen je erzählt, dass sie eine romantische oder sexuelle Beziehung mit Dennis Bloch hatte?«

»Nein.«

»Hat Thalia, nach Ihrer Kenntnis, jemand anderem gegenüber von einer Beziehung mit Dennis Bloch gesprochen?«

»Nein.«

»Ms. Kane, nach Ihrer Kenntnis, mit welchem Alter beginnt die Sexualmündigkeit in New Hampshire?«

»Mit Sechzehn. Aber Granby hatte Regeln bezüglich –«

»Auch wenn Sie Dennis Bloch also beschuldigen, gegen Granbys Verhaltenskodex verstoßen zu haben, deuten Sie damit nicht an, dass er gegen irgendein Gesetz verstoßen hat.«

»Außer dass er vielleicht einen Mord begangen hat.«

Sie fiel kurz aus der Rolle. »Das können Sie nicht sagen.«

»Klar.«

»Haben Sie je gesehen, wie Thalia und Dennis Bloch sich geküsst haben?«

»Nein.«

»Händchen gehalten haben?«

»Nein.«

»Geschlechtsverkehr gehabt haben?«

»Nein. Aber wie ich gesagt habe, beim Brunnen haben sich ihre Fußgelenke berührt.« Es klang so dürftig.

»Haben Ihre Fußgelenke je die eines anderen Menschen berührt, mit dem Sie keine sexuelle Beziehung hatten?«

»Nicht auf diese spezielle Art«, brachte ich heraus.

»Und worin bestand diese spezielle Art?«

»Ihre Beine waren – ineinander verschlungen. Und sie saßen ganz nah beieinander.«

»Und auf der Basis dieses einen Vorfalls, bei dem ihre Fußgelenke sich berührten – was Sie von der anderen Seite eines öffentlichen Platzes gesehen haben, der voller Menschen war – schlossen Sie, dass die beiden eine sexuelle Beziehung hatten?«

»Es war einer meiner Indikatoren.« Meine Stimme war dünn. Mir dämmerte, und es war ein krankmachender Gedanke, dass womöglich nicht das Geringste passieren würde, wenn ich Ihren Namen vor Gericht nannte. Was auch immer ich hier für ein Feuer entfachen wollte, würde vielleicht im Keim erstickt werden.

»Auf der Basis dieser Annahme also, und auf der Basis Ihrer die kleinen Markierungen in Thalias Planer betreffenden Theorie, waren Sie der Ansicht, Sie hätten mehr zu den ursprünglichen Ermittlungen beitragen können?«

Hätte ich das? Wäre ich mit Achtzehn in der Lage gewesen, irgendetwas von diesen Dingen zu den Ermittlern zu sagen – von Monatsblutungen, von Sex mit einem Lehrer? Hätte ich Sie, meinen Lieblingslehrer, in einen Mord hineingezogen? Aber ich kannte die korrekte Antwort: »Ja.«

»Tatsächlich hat ja diese Anhörung sehr viel mit Ihrer Intervention in der Sache zu tun, richtig?«

»Dazu kann ich mich nicht äußern.«

»Sie haben sich öffentlich recht viel zu dem Fall geäußert.«

Liz kniete sich richtig hinein, fast bekam ich das Gefühl, dass sie mich aufrichtig hasste und nie ein Wort von dem geglaubt hatte, was ich sagte.

»All das, worüber ich in der Öffentlichkeit und hier vor Gericht gesprochen habe, sind Dinge, die ich schon 1995 wusste, und ich hätte sie den Ermittlern auch gesagt, wenn ich denn gefragt worden wäre.« Es gelang mir, die Selbstsicherheit zu mimen, die ich nicht empfand.

»Das ist gut«, sagte Hector. »Merken Sie sich, wie Sie das formuliert haben.«

»Aber Sie wurden nicht gefragt«, fuhr Liz fort. »Haben Sie sich mit diesen Informationen an die Ermittler gewandt?«

»Nein. Ich wurde von ihnen einbestellt, weil ich im Jahr davor mit Thalia zusammengewohnt hatte. Aber sie fragten mich nicht nach ihrem Liebesleben. Und den Planer bekam ich nie zu Gesicht. Ihr Fokus lag ganz und gar darauf, ob ich irgendetwas über den Abend wusste, an dem sie gestorben war. Und ich hatte sie an dem Abend nicht gesehen, außer auf der Bühne.«

Hector nickte energisch.

Liz sagte: »Dass Britt Gwynne die Durchsuchung des Sportgeräteschuppens auf dem Campus von Granby in die Wege leitete, geschah auf Ihren Vorschlag hin, richtig?«

»Ja.«

»Das ist erstaunlich konkret. Haben Sie vorgeschlagen, auch noch andere Orte zu durchsuchen?«

»Ich habe den Sportgeräteschuppen genannt, die Pressetribüne auf dem Dach desselben Gebäudes, und die Tribünen des Leichtathletik- und Lacrossefelds, das früher das Footballfeld war.«

»Diese Orte liegen alle dicht beieinander. Sie haben also zufälligerweise vorgeschlagen, nur den einen Ort unter die Lupe zu nehmen, wo das Blut dann tatsächlich gefunden wurde?«

Mir blieb der Mund offen stehen. »Das werden sie wirklich machen?«

Liz zuckte mit den Schultern. »Könnten sie.«

»Aber wenn sie andeuten, dass ich irgendetwas über die Ereignisse jenes Abends wusste, würde das nicht bedeuten, dass sie mich *definitiv* 1995 hätten befragen müssen?«

»Sie könnten damit andeuten, das Beweismaterial sei womöglich später dort platziert worden. Eine Inszenierung.«

»Das ergibt doch keinen Sinn. Oder? Ist das überhaupt möglich?«

»Es genügt, wenn sie es vage andeuten. Wahrscheinlich werden sie Sie als neugierige, überengagierte Person darstellen, die sich profilieren will. Damit Sie dem Richter am Ende unsympathisch sind.«

Das wäre wohl ein Leichtes, dachte ich: Schauen Sie sich doch das arrogante kleine Gesicht an, diese ruhmgeile Wichtigtuerin. Sie kannte die Leute doch kaum.

Liz fragte, ob ich eine Pause brauchte. Ja, die brauchte ich. Unbedingt brauchte ich die.

10

Ich hatte vorgehabt, zum Internatsgelände zu fahren, um Fran zu sehen, war aber körperlich und emotional erschöpft und bat sie, mit den zwei Jungs zum Schwimmen ins Hotel zu kommen. Ein vernünftig großes Schwimmbecken und ein Whirlpool füllten den riesigen Wintergarten, der in den Garten hinter dem Hotel hineinragte, nur zur Hälfte aus. Drei Wände und die sanft abfallende Decke waren aus einem dicken, grünen Glas, das alles hereinströmende Licht filterte und uns in ein Pseudosommergefühl aus Feuchtigkeit, Wärme und Chlorgeruch hüllte. Fran hatte den Jungs Cheetos aus dem Automaten gekauft, aber jetzt, da sie Arschbomben ins Wasser machten, aßen wir den Rest peu à peu selbst und bekamen orange Finger davon. Ich hatte mir seit Jahrzehnten keine Cheetos mehr gegönnt. Wenn ich mir erlaubt hätte, zu essen, was immer ich wollte, hätte ich es jeden Tag getan.

Ich erzählte ihr von meinem Vormittag – das war okay, sie würde ja nicht aussagen – und von meiner Begegnung mit Sakina und Mike am Abend davor.

»Wie wär's«, sagte Fran und zeigte mit einem fetten Cheeto auf mich, »wenn Mike Stiles seine Frau für dich verlassen würde, und ihr beide heiratet dann in der Alten Kapelle?«

»Meine Ansprüche sind gestiegen«, sagte ich.

»Die Choristen könnten singen! Deine Brautjungfern könnten Grün und Gold tragen!«

Eine der schönsten Neuigkeiten, die ich in den vergangenen paar Jahren gehört hatte, war die, dass Oliver, mein damaliger Gästehausmitbewohner, Amber geheiratet hatte, die süße junge Lateinlehrerin. Und er hatte eine Stelle in Granby ergattert. Fran sagte, ich sei am kommenden Abend, Freitag, zu einer Party in ihrem Haus auf dem Campus eingeladen – zur Feier der Tatsache, dass man sich wieder versammeln dürfe, wie klein dieses Fenster in der Pandemie auch immer sein mochte. Das würde den Anwälten wahrscheinlich gar nicht gefallen, dachte ich, obwohl mir nicht ganz klar war, warum nicht. Schließlich war es nur eine Party, wenn auch eine, die ziemlich nah am Tatort stattfand.

Drei andere Kinder hatten sich zu Frans Jungs gesellt – zwei Jungs und ein Mädchen –, und ihre Mutter sprang anmutig hinein und schwamm ein paar Bahnen. Unser Alter, irritierend zellulitisfrei.

Fran räusperte sich, blickte vielsagend über meine Schulter. Ich wandte mich um und sah jenseits des Pools einen Mann in blauer Schwimmshorts, mit weichem Bauch, aber muskulösen Armen und Beinen. Ich nahm das Gesicht in mich auf: Dies war Robbie Serenho. Dies war seine hübsche Frau. Dies waren seine Kinder. Er blies gerade eine Luftmatratze auf. Die Frau stieg aus dem Wasser, wickelte sich in ein Handtuch, schnappte sich eine Schlüsselkarte von ihm und ging.

Panisch überlegte ich, was ich tun sollte – ins Becken springen und unter Wasser bleiben schien ausgeschlossen –, bevor mir einfiel, dass die Entscheidung ja schon für mich gefällt worden war. Ich *durfte* gar nicht mit ihm reden. Zumindest nicht über die Anhörung, aber das war ein ausreichender Vorwand, um sitzen zu bleiben. Zaghaft hob ich eine Hand von meinem Bein. Er kniff die Augen zusammen, spähte verwirrt zu uns herüber. Sein Haaransatz war dramatisch zurückgewichen.

»Ich geh mal rüber«, sagte Fran, bevor ich sie darum bitten konnte.

Auf dem Weg um das Becken herum blieb sie kurz stehen und sagte zu Jacob, er solle Max kein Wasser in die Augen spritzen.

Hatte ich Robbie erst in den vergangenen paar Jahren zu einer Art überlebensgroßer Symbolfigur hochstilisiert? Oder hatte er seit unserer Schulzeit so in meiner Vorstellungswelt gelauert? Oder schnellte mein Blutdruck aus anderen Gründen in die Höhe: wegen meines schlechten Gewissens, weil ich sein Leben auf den Kopf stellte, meiner Angst, dass er mich hasste? Jedenfalls schien kein Sauerstoff im Raum zu sein, nur gasförmiges Chlor.

Fran war jetzt bei ihm, gestikulierte, während sie sprach. Durch die dicke Luft hindurch konnte ich nicht hören, was sie sagte. Robbie lachte über irgendetwas, sie lachte über irgendetwas. Einer von Robbies Jungs kletterte heulend aus dem Wasser, richtete sich auf, tropfnass. Robbie legte ihm eine Hand auf den Kopf und ließ ihn warten, während er mit Fran redete. Mir fiel ein, dass ich ja so tun konnte, als schaute ich in mein Handy, also machte ich das, bis Max, der sich am Beckenrand festklammerte, sein Kickboard verlor; ich kniete mich hin, streckte den Arm danach aus und ließ es in seine Richtung segeln. Dann warf ich ihm Ringe ins Wasser, nach denen er tauchen konnte.

Robbies Stimme, lauter jetzt, schaffte es über den Pool bis zu mir. Er hatte sich zu mir umgedreht. »Ich weiß, ich darf nicht mit Bodie reden«, rief er, »aber ich freue mich, sie zu sehen.«

Gott sei Dank. Ich lachte, zuckte mit den Schultern, winkte.

Er sprach weiter, zur Mitte des Raums: »Sag ihr bitte, ich finde, sie ist ziemlich cool geworden. Nichts für ungut. Sag ihr, meine Frau ist ein großer Fan von ihr!«

Er wandte seine Aufmerksamkeit dem kleineren Jungen zu, der ungefähr sieben war. Als Fran zu mir zurückkam, hob er ihn hoch und warf ihn – einen kichernden Sack Kartoffeln – in hohem Bogen ins Wasser. Dann ging er ein paar Schritte zurück, lief selbst zum Beckenrand, packte in der Luft seine Beine und landete als Arschbombe im Wasser.

11

Um 11:45 eine Nachricht von Alder: *Shit shit shit*. Ich widerstand der Versuchung zu antworten.

Um 11:47: *Ganz ungut.*

11:50: *Kann ich nicht wenigstens schreiben warum??? Es ist BAD. Britt noch im Zeugenstand, Staat bringt Sie im Kreuzverhör ins Spiel.*

Ich war gerade in der Drogerie und kaufte Zahnseide und Säureblocker, die ich zu Hause vergessen hatte.

11:52: *Raste aus. Geht jetzt darum, ab wann Sie sich engagiert haben; also, war das in der Woche, als ihr Mann im Spotlight war, war das bevor oder nachdem sie die Gegenreaktion auf ihre Tweets bekommen hatte. So bescheuert omfg*

11:55: *Wie jetzt – die wollen sagen, Sie haben das alles gemacht, um von sich und Ihrem Mann abzulenken?*

Scheiße.

Wenn Jerome und seine Eskapaden und meine armselige Reaktion letztlich dazu führen würden, dass wir verloren, würde ich ihm das nie verzeihen. Mir auch nicht.

Ich war im Gang mit den Verdauungsmitteln stehengeblieben, vor den Regalen mit Mitteln gegen Magenverstimmung. Ich sollte Alder bitten, mir nicht mehr zu schreiben, aber musste ich dies nicht wissen?

11:59: *Die stellen Sie als diese verzweifelte Person dar. Amy erhebt bei quasi jedem Wort Einspruch, Richter gibt nie statt???*

Genau das hatte ich einst so gefürchtet – wie eine verzweifelte, übergriffige Person auszusehen –, aber jetzt kümmerte es mich wesentlich weniger als die Frage, was das für Britts Zeugenaussage bedeutete oder für meine eigene Zeugenaussage bedeuten würde. Das hatte Omar nicht verdient.

12:20: *Also, die sind jetzt schon ewig vorne beim Richter, ich kann kaum was hören, grgrgrgrrrrr*

Ich stand an der Kasse; ich ging über den vereisten Bürgersteig; ich trank an der Straßenecke Frappuccino aus meiner Flasche wie eine Pennerin.

12:45: *Die haben gerade mal 2 Fragen gestellt und stehen schon wieder beim Richter*

13:15: *Nicht zu fassen, dass ich Vorlesungen versäume, um diesen Anwälten auf den Rücken zu starren*

Der Anruf von Amy March kam kurz nach Fünf. Ich lag in einem sandpapierrauen Bademantel auf dem Bett, mit nassem Haar, unfähig zu schlafen, weil der Fahrstuhl viel zu laut durch die Zimmerwand dröhnte. Sie sagte: »Ich weiß, dass Sie heute schon das eine oder andere gehört haben. Bitte machen Sie sich keine Sorgen. Noch steht nichts fest, aber, also, vielleicht – wir überlegen gerade noch mal neu, ob wir Sie im Zeugenstand haben wollen.«

Der Rauchmelder an der Zimmerdecke blinkte rot – eine kleine, permanente Testwarnung.

Sie sagte: »Anscheinend besteht deren ganze Taktik darin, Sie ins Zentrum von allem zu rücken, Ihre Ehrlichkeit und Ihre Absichten in Zweifel zu ziehen.«

»Sollte der Richter mich dann nicht sehen, damit er den richtigen Eindruck bekommt?«

Sie zögerte. »Wir hätten ja gern Ihre Aussage zu dem Planer, aber es könnte nach hinten losgehen, wenn wir Sie aussagen lassen.« Sie klang so defensiv, als wäre das Problem eher mein Ego als der Fall selbst. »Mit dem Blut haben wir im Grunde genug. Das ist der Kern unseres Arguments. Sie sind eine Person, die damals hätte befragt werden sollen, aber wir haben noch andere. Die bereiten den Boden, um Sie im Kreuzverhör hart in die Mangel zu nehmen, und wenn wir Sie gar nicht bringen, signalisieren wir damit, dass wir auch ohne Sie genug Material haben.«

Ich sagte: »Das leuchtet mir ein.« Das tat es, aber ich konnte die gewaltige Enttäuschung in meiner Stimme hören, und Amy sicher auch. Ich sagte: »Dann werden wir keine Chance haben, Denny Blochs Namen zu nennen.«

»Ich weiß, ich weiß«, sagte sie. »Aber unter den augenblicklichen Umständen würde es die Sache verwässern, glaube ich.« Sie klang so vorsichtig, so versöhnlich. Nicht zum ersten Mal beschlich mich die Sorge, dass sie fand, ich sei zu sehr von meiner eigenen Agenda besessen.

Ich sagte: »Kann ich dann kommen und zuhören?«

Ich kannte die Antwort: Auch als Zuhörerin wäre ich eine Ablenkung. Allerdings sagte sie: »Sie stehen ja noch auf der Liste; nichts ist endgültig entschieden. Wenn Sie in der Stadt bleiben könnten, wäre das großartig, und für Sie gilt immer noch die Abschottungsregel.«

»Klar.«

»Wahrscheinlich schließen wir die Anhörung Montagabend oder Dienstagfrüh ab, und dann können Sie gehen.«

Dann würde ich die nächsten paar Tage eben als Schreib-Retreat nutzen, dachte ich. Ich steckte mitten in den Recherchen über Marion Wong und die Mandarin-Filmgesellschaft und könnte mich den ganzen Tag darin verlieren. Aber Zeit zum Schreiben war ein armseliger Trostpreis. Alles, was ich wollte, war, als Zeugin auszusagen.

Ihr Name hockte seit vier Jahren in meiner Kehle und wartete darauf herauszukommen. Ich hatte vier Jahre darauf gewartet, Omar zu sehen, ihm in die Augen zu blicken. Ich wollte oder erwartete nichts von ihm; es ging mir nur darum, sein Gesicht zu sehen.

An Schlaf war unter diesen Umständen nicht zu denken. Ich lag lange Zeit wach und reglos auf dem Bett und lauschte, wie der Fahrstuhl Leute in andere Etagen entließ.

12

Am Abend setzte ich mich im Mantel auf meinen angeknacksten Balkonstuhl und schaute auf den langen, schneebedeckten Rasen, der sich sanft bis zum Fluss hinabschwang. Auf halbem Weg stand ein Pavillon, der im Sommer vielleicht für Hochzeiten genutzt wurde – verlassen, ein Ort, wo man sich von jemandem trennen konnte. Die Sonne ging gerade unter, verlieh allem eine goldene Glasur und eine zarte Illusion von Wärme. Jerome hatte mir geschrieben, um mir Glück für morgen zu wünschen, und ich wusste nicht, wie ich ihm erklären sollte, dass ich umsonst hergekommen war. Yahav, der den Fall via Twitter und durch Updates von Alder fast in Echtzeit mitverfolgte, musste ich es nicht erklären; kurz nach meinem Telefonat mit Amy hatte er geschrieben: *Könnte sein, dass sie es jetzt zu riskant finden, dich zu bringen. Was gehört?*

Ich wollte gerade hineingehen, als ein Mann in mein Blickfeld trat, der am Fluss auf und ab ging und telefonierte. Ich war mir ziemlich sicher, dass es Geoff Richler war, obwohl dieser Mensch hier selbstbewusst wirkte, entschlossen, nicht so latschig wie der Teenager, den ich gekannt hatte. Er trug eine Fleecejacke, aber seine Schultern schienen für einen Blazer gebaut, architektonische Stützen, dazu gedacht, etwas Teures daran aufzuhängen. Als er sein Handy in die Tasche steckte, rief ich ihn, und tatsächlich, es war Geoff – Geoff, der jetzt über den Rasen gelaufen kann. Er sprang hoch und versuchte, den unteren Rand des Balkons zu fassen zu kriegen, was beim ersten Mal nicht gelang, aber beim zweiten – und dann stemmte er sich hoch, bis er mir direkt gegenüberstand, zwischen uns nur das Geländer. Ich legte ihm die Hände auf die Schultern und drückte zu. Er konnte mich nicht umarmen, ohne das Geländer loszulassen und auf den Boden zu plumpsen.

Ich sagte: »Da bist du!«

Er sagte: »Da bist *du*!«

In den sozialen Medien war er dermaßen präsent – es schien unmöglich, dass ich ihn seit 1995 nicht gesehen hatte.

Er sagte: »Erzähl mir alles!«

»Über ... den Fall? Mein Leben?«

»Fang mit der Anhörung an.«

Ich schüttelte den Kopf. »Ich darf nicht drüber reden, auch wenn ich nicht mehr glaube, dass sie mich tatsächlich aussagen lassen.«

Für ihn war das keine so erschütternde Nachricht wie für mich. Er sagte: »Heißt das, sie holen Denny Bloch nicht in den Zeugenstand? Das ist alles, was ich wollte, dass sie ihn vorladen. Warum geht das nicht?« Geoff hatte inzwischen Krähenfüße, die ihn herzensgut, weise und verschmitzt aussehen ließen. Und seine Sommersprossen waren noch da.

»Ich weiß«, sagte ich, »ich weiß. Aber die Strategie – also, wenn sie ihn in den Zeugenstand holen und fragen, *Hey, haben Sie mit Thalia Keith geschlafen?* sagt er: *Um Himmels willen, nein*. Sie: *Ein paar von Thalias Mitschülerinnen dachten das*. Er: *Nein, nie*. So kommt er aufrichtig und sanftmütig rüber. Ende der Geschichte. Dann sieht es aus, als griffen wir nach Strohhalmen.«

»Klar. Okay. Solange ich, wenn es vorbei ist, an seine Tür klopfen und ihm in die Fresse hauen darf.«

Im Podcast hatten wir mit dem, was wir wussten, mit unserem Verdacht gegen Sie, hinter dem Berg gehalten, aber Geoff hatte ich alles erzählt. Er war noch stärker als ich davon überzeugt, dass Sie etwas mit Thalias Tod zu tun hatten – nämlich zu hundert Prozent gegenüber meinen fünfundneunzig. Und während ich mich einerseits betrogen fühlte und andererseits einfach entsetzt war, wenn ich Sie als Thalias Mörder in Betracht zog, schien Geoff eine Art Urwut zu empfinden.

Die Sonne ging jetzt schnell unter, war fast schon verschwunden. Ich sagte: »Werden deine Finger am Geländer festfrieren?«

»Es wäre ein edler Tod.«

Ich erzählte ihm von Carlotta – er kannte nur Teile der Geschichte –, und er schloss die Augen, wie um sich dagegen zu schützen. »Ich war immer in sie verliebt«, sagte er.

»Ich weiß.«

»Das heißt, eigentlich war ich in euch beide zusammen verknallt. Nichts Pornomäßiges, eher – in euch beide als Duo. Ihr hattet immer so viel Spaß zusammen.«

Ich verstand, was er meinte, auch wenn ich es nicht zugeben wollte: Geoff und ich konnten damals stundenlang herumalbern und uns gegenseitig zum Lachen bringen, aber ich war ein Tölpel mit öligem Teint und konnte nicht mal ansatzweise flirten. Carlotta zupfte ihre Gitarre und sah atemberaubend aus. Zusammen waren wir alles, was er brauchte.

»Wir waren nie ein Duo«, sagte ich. »Es gab ja noch Fran.«

»Klar. Fran war die, mit der ich darüber gesprochen habe.«

Ich sagte: »Weißt du, was meine absolute Lieblingserinnerung an Carlotta ist?« Ich erzählte ihm die Geschichte, die er mit Sicherheit mal gekannt hatte: Ich war bei ihr in der Kunstwerkstatt, um ihr Gesellschaft zu leisten, während sie ihre Tonbüste von Frida Kahlo fertigstellte, als Dorian Culler ungebeten hereinkam, sich auf den Rand eines großen Metalltisches setzte und mit ein paar dicken Tuben Acrylfarbe zu jonglieren versuchte. Wir ignorierten ihn, so wie wir einen Berglöwen ignoriert hätten, dem wir im Wald begegneten – in der Hoffnung, unser Schweigen würde unseren Duft tarnen.

»Carlotta«, sagte Dorian, »wenn ich dich so nennen darf. Ich mache mir Sorgen wegen unserer Freundin Bodie. Weißt du, ich lebe jetzt in einer ernsthaften Beziehung, und ich bin mir nicht sicher, ob sie damit fertigwird. Fakt ist: Das ist kein Lidstrich, was sie da um die Augen hat, sie hat bloß die ganze Zeit um mich geweint.«

Während ich wie erstarrt dastand, griff Carlotta nach einer Tube blauer Ölfarbe unter dem Werkstatttisch. Sie drückte etwas davon auf einen Pinsel, ging zu Dorian und malte ihm einen dicken blauen Streifen von der Stirn bis zur Nase hinunter.

»Verdammt!«, sagte er, sprang vom Tisch und wischte sich mit den Ärmeln übers Gesicht, aber nun war die Farbe überall. »Du verdammte Psychopathin.« Damit verließ er die Werkstatt.

Carlotta sagte: »Das Beste ist, er wird es mit Seife abwaschen wollen, was aber nicht funktioniert.« Sie lachte so laut, dass er es auch draußen auf dem Flur garantiert noch hörte.

Beim Essen an dem Abend war er immer noch hellblau.

»Er sah aus wie ein Schlumpf«, sagte ich zu Geoff.

Geoff lachte hämisch. Er sagte: »Der Typ hatte *Probleme*. Ein erbärmlicher kleiner Kerl.«

Das verblüffte mich irgendwie. Insbesondere der Gedanke – der so offensichtlich hätte sein müssen –, dass es bei Dorians dauernden Belästigungen gar nicht um mich ging. Sie hatten nichts damit zu tun, wer ich war oder wie ich aussah; ich war nur ein geeignetes Requisit, jemand, der nicht zurückbiss. Es hätte nicht so lange dauern sollen, bis ich das begriff. Es hätte nicht nötig sein sollen, dass Geoff mich darauf stieß.

Hinter Geoff war unterdessen eine Person in einem wattierten roten Anorak zum Pavillon gegangen und umkreiste ihn jetzt langsam, ein iPad vor der Nase. Soweit ich es erkennen konnte, war es weder Hector noch sonst jemand von der Verteidigung. Nicht dass es eine Rolle spielte – Geoff war ja kein Zeuge –, aber das verfängliche Romeo-und-Julia-Szenario, das wir hier auf der Rückseite des Hotels boten, machte vielleicht einen seltsamen Eindruck.

Ich sagte: »Willst du reinkommen? Übers Geländer?«

Er schüttelte den Kopf. »Ob du's glaubst oder nicht, ich hab heute Abend noch zwei Telefonkonferenzen. Aber lass uns zusammen frühstücken. Und dann – ich hab das Zeug rausgekramt, das ich den jungen Leuten aus deinem Kurs versprochen hatte. Also, aus deinem ehemaligen –«

»Zeug?«

»Sie hatten mir in den Ohren gelegen wegen Fotos, aber die Sachen von damals waren alle im Haus meiner Mutter. Alte Konzertprogramme und so was. Früher habe ich ganz viel aufgehoben. Ich darf mich doch mit ihnen treffen, oder?«

»Du kannst machen, was du willst. Du darfst mit ihnen sprechen, allerdings nur einzeln, weil Britt eine Zeugin ist und Alder alles für den Podcast aufnimmt, also ist er Presse. Und mit mir darfst du auch sprechen. Aber wir drei dürfen nicht miteinander reden.«

»Das gibt mir eine interessante Machtposition«, sagte er und grinste. »Wie soll ich sie missbrauchen?«

Ich legte ihm einen Finger an die Stirn und sagte: »Soll ich dich schubsen? Renommierter Ökonom stürzt in frühen Tod.«

Er warf den Kopf zurück, ruderte übertrieben mit einem Arm, drehte sich halb zum Rasen um und sprang. Er landete hart, ich fürchtete schon, er habe sich wehgetan. Der Mann im roten Anorak drehte sich um, eilte ein paar Schritte näher, ins Licht vom Hotel. Aber Geoff war nichts passiert. Im Weggehen rief er mir noch zu, wir würden uns beim Frühstück sehen.

Dann sah ich es: Der Mann im roten Anorak war Dane Rubra. Er blickte neugierig zu mir hoch. Sein strähniges Haar war unter einer grauen Wintermütze versteckt, und er war größer, als ich gedacht hätte.

Als auch er mich erkannte, traf es ihn offenbar wie ein Stromstoß; er blickte nicht mehr, sondern starrte zu mir hoch, fassungslos.

Er tat nichts, sagte nichts – stand nur da, sechs Meter entfernt, und einen Moment lang waren wir zwei Figuren in einer Geometrie-Aufgabe. Die einstige Mitbewohnerin des toten Mädchens steht in drei Metern Höhe auf einem Balkon. Der YouTube-Rächer dieses Mädchens steht sechs Meter und leicht hangabwärts vom Hotel entfernt. Bestimmen Sie die Linie zwischen ihren aufeinander gerichteten Blicken.

Um ihn aus seiner Not zu befreien, sagte ich: »Sie sind Dane.« Ich winkte ihn näher heran.

Er machte Anstalten, sein iPad, das in einer dicken Schutzhülle steckte, anzuheben, als wollte er mich filmen, besann sich jedoch eines Besseren und ließ es sinken. Dies war ein Mann, der mir in letzter Zeit in seinen Videos widerstrebend für meine Arbeit gedankt, aber auch jede Gelegenheit genutzt hatte, auf vermeintliche Irrtümer von mir, Alder oder Britt hinzuweisen.

Er sagte: »Da wären wir also.« Als hätte ich auf ihn gewartet. Als wären er und ich die beiden Protagonisten in diesem Drama. Er stand jetzt direkt unter mir, mit geblähten Nasenflügeln, so wie sie sich auch auf dem Bildschirm blähten, wenn er glaubte, irgendetwas Neuem auf der Spur zu sein, oder wenn er mit spürbarem Hass von Robbie sprach.

»Ich dachte mir schon, dass Sie hier herumschleichen«, sagte ich, mir meiner Wortwahl wohlbewusst. »Finden Sie was Gutes?«

»Klar. Vielleicht. Hey, Sie sagen zu den Punkten aus, stimmt's? Was werden Sie sagen?«

»Sie wissen, dass ich das nicht beantworten darf. Außerdem schneiden Sie sicher mit.«

Er schien verwirrt, schaute zu dem iPad, das er immer noch vor dem Schritt hielt. »Nein, ich –«, sagte er und schleuderte das Gerät wie ein Frisbee über den gefrorenen Rasen. Es landete an einem der Eisberge aus altem, braunem Schnee.

»Ich sag's Ihnen trotzdem nicht«, sagte ich.

Als ich das iPad dort liegen sah, wurde mir klar, dass sich mir hier eine einzigartige Chance bot – persönlich mit Dane zu sprechen, ohne E-Mail-Spuren zu hinterlassen, ohne laufendes Aufnahmegerät. Es gab, neben dem Zeugenstand, noch zwei andere Wege, Informationen in die Welt zu setzen. Es gab andere Wege, Ihren Namen hinauszuposaunen, sodass relevante Personen es rechtzeitig hören und vortreten könnten. Und was immer ich Dane erzählte, wäre spätestens morgen online.

Ich setzte mich im Schneidersitz auf den Boden, um ungefähr auf Augenhöhe mit ihm zu sein, und sagte: »Aber wenn ich Ihnen einen Rat geben darf?« Er schien sich dafür zu wappnen, gleich zu hören zu bekommen, er solle sich um seinen eigenen Kram kümmern. »Eine Spur«, sagte ich.

»Nur zu.«

»Ich war nie der größte Robbie-Serenho-Fan. Er war der Typ, den auf der Schule alle kannten, der Star. Und er hat Thalia nicht gut behandelt. Aber das heißt nicht, dass er irgendwas getan hat. Sie übersehen das Offensichtliche.«

Dane lachte verunsichert. Gegen so einen Vorwurf musste er sich eigentlich klar verwahren, aber gleichzeitig wollte er sich nicht die Chance vermasseln, zu erfahren, was ich in petto hatte. »Ich höre«, sagte er.

»Ich habe im Podcast darauf angespielt, durfte aber aus rechtlichen Gründen den Namen nicht nennen. Dennis Bloch, Leiter des Musikfachbereichs. Er hatte definitiv Sex mit ihr. Hier ist also ein Mann, dessen Ehe auf dem Spiel steht, ein Mann, dessen Job auf dem Spiel steht. Thalia ist kurz vor dem Schulabschluss, vielleicht wird er damit nicht fertig. Auf jeden Fall stimmt irgendwas mit ihm nicht, oder? Nicht so sehr, weil er sich von ihr angezogen fühlt«, fügte ich hinzu, denn Dane war selbst ein Mann in den Vierzigern mit einer deutlichen Schwäche für die heranwachsende Thalia, »– aber sie so zu manipulieren, sie auszunutzen, gegen jede Regel zu verstoßen. Er hat ihr Leben zerstört. Womöglich hat er es ihr auch genommen.«

Es war eine melodramatische Rede, keine Frage. Aber ich wusste ja, wie Dane redete, wie er dachte.

»Und das Schlimmste ist, dass er immer noch unterrichtet«, fuhr ich fort. »Er hat die vergangenen siebenundzwanzig Jahre irgendwo da draußen verbracht, mit anderen jungen Menschen.«

Dane räusperte sich. »Ich glaube, mehr als über diese konkrete Person verrät es uns darüber, was Granby alles zu vertuschen bereit ist«, sagte er. »Denken Sie nicht, ich hätte mich nicht mit Dennis Bloch beschäftigt. Das Internat hat über die Jahre etliche Männer wie ihn gedeckt. Sie geben ihnen Empfehlungsschreiben und schicken sie weiter. Ich bin mir sicher, dass er ein Creep war, aber dieses Verbrechen war der Akt eines Jugendlichen. In einem Anfall von Wut begangen, schlampig. Zieh ihr einen Badeanzug über, und vielleicht werden sie glauben, sie sei ertrunken. So denkt kein erwachsener Mann.«

Ich sagte: »Die wenigsten Mörder sind Agatha-Christie-Schurken.«

»Na schön«, sagte er und drehte sich in die Richtung seines iPads, »ich danke Ihnen für den Input.«

Ich durfte ihn nicht gehen lassen. Ich durfte diese Chance einfach nicht verpassen.

»Im Eingangsbereich der Sporthalle war ein Telefon«, sagte ich. Ich hatte keine Ahnung, worauf ich hinauswollte; es ging mir nur darum weiterzureden. »Da konnte man mithören, was jemand sagte, der am Münztelefon im Barton Hall war, einem der Jungswohnheime. Das würde mir niemand glauben, deshalb habe ich es bisher niemandem erzählt. Nicht mal den Anwälten.« Ich merkte, dass ich im Begriff war zu lügen, eine Grenze zu überschreiten. Aber es geschah im Dienst einer größeren Wahrheit. Und damit Dane anbiss, musste ich ihm etwas geben, was ihm völlig neu war, was er für eine exklusive Information hielt. »Ich habe da alles Mögliche belauscht. Und es war das Wohnheim, in dem Mr. Bloch einmal die Woche Aufsicht hatte. Und – hören Sie, wahrscheinlich sollte ich Ihnen das nicht erzählen. Aber ich denke heute noch daran. Es war bedrohlich.«

»Er hat sie bedroht?«

»Er hat gesagt, *Du musst Ja sagen, du musst Ja sagen*. Das war eine Woche vor ihrem Tod. Und *Das kannst du mir nicht antun*.« Wenn ich mehr Zeit gehabt hätte, wären mir bessere Dialogzeilen eingefallen. »Das Bedrohliche lag in seinem Ton, nicht in den Worten. Es gab einen Subtext. Deshalb könnte ich dazu auch nicht aussagen. Er hat ja nicht gesagt, *Wenn du das nicht tust, bringe ich dich um*. Aber es war – kennen Sie diese Stimme, die männliche Alphatiere bekommen, wenn sie anderen sagen, wo es langgeht?«

Ich hielt Dane für jemanden, der viel auf die Macht männlicher Alphatiere gab. Und in der Tat nickte er, sein Blick jetzt hochkonzentriert.

Wie komisch, Sie als Alpha-Wasauchimmer zu betrachten.

Ich sagte: »Aber sie werden ganz sicher nicht gegen jemanden ermitteln, nur weil ich da so ein Gefühl habe. Außerdem, wie leicht wäre es für sie zu sagen, ich hätte die Stimmen verwechselt? Und wer würde mir das mit dem Telefon überhaupt abnehmen? Es würde nur meiner Glaubwürdigkeit schaden.«

Dane sagte: »Man nennt das ein Bridge-Tap. Wenn zwei Kabel sich im Verzweigerkasten berühren, vermischen sich die Signale.«

»Ich – oh. Hm.«

Er sagte: »Ich glaube Ihnen.«

»Wie gut. Das freut mich. Ich dachte schon, ich spinne.«

»Warum erzählen Sie mir das? Warum mir?«

»Weil Sie meiner Meinung nach der Einzige sind, der etwas tun könnte. Sie sind nicht Granby, Sie sind nicht das Gericht, Sie sind kein Zeuge, Sie sind nicht die Polizei. Sie dürfen die Wahrheit sagen.« Ja, so dick trug ich auf. Ich fühlte mich wie eine Kleindarstellerin in der Heldenentstehungsgeschichte von Dane Rubras Leben. »Bitte nennen Sie diese konkreten Details nicht. Bitte bringen Sie mich nicht ins Spiel. Aber ich weiß, dass Sie etwas tun können.«

Er befingerte den Rand seiner Mütze und nickte feierlich. Es juckte ihn ganz offensichtlich, zu seinem iPad zu rennen. Er fragte, ob wir uns noch einmal unterhalten könnten, und ich sagte, besser nicht, ich hätte schon zu viel gesagt.

Hunderte von Kilo fielen mir von den Schultern. Ich stellte mir vor, wie diese Gewichte vom Balkon aufflogen, um Sie zu finden und sich Ihnen um den Hals zu legen.

Befanden Sie sich auf einer schönen Flugbahn, bevor ich dazwischenkam?

Habe ich Ihr Karma beschleunigt?

Sie werden keine Entschuldigung von mir hören.

13

Das Frühstück im Calvin Inn war eine aufwändige Angelegenheit, die ich tags zuvor gemieden hatte. Man wählte einen Tisch auf der verglasten Sonnenveranda oder der davon abgehenden zweiten Sonnenveranda und kringelte auf der Tageskarte ein, was man haben wollte, jeweils eine Sache in jeder der sieben Kategorien. Ich nahm nur Haferflocken und einen Latte, Geoff dagegen bestellte sich Brioche-French-Toast, Speck, Joghurt, Obstsalat, ein pochiertes Ei, ein Croissant und einen Kaffee, was in völlig zufälliger Reihenfolge gebracht wurde. Ich hätte mich gefragt, wie er dermaßen viel essen konnte, hätte er nicht pausenlos jeden Muskel seines Körpers bewegt. Das hatte ich vergessen. Oder vielleicht war es mir bei einem Teenager normal vorgekommen, während es bei einem erwachsenen Mann eigenwillig wirkte.

Geoff konnte von seinem Platz in unserer Ecke aus den ganzen Raum überblicken. Er lehnte sich weit auf seinem Stuhl zurück, der jeden Moment umzukippen drohte. Ich war froh, dass ich nur ihn sah, mich nicht mit den Auf- und Abtritten des Bühnenstücks hinter mir befassen musste.

Er sagte: »Vierundneunzig war das letzte gute Jahr für die Popkultur. Denk an die Musik: Wir hatten die Cranberries, wir hatten Bush, wir hatten Veruca Salt und die Smashing Pumpkins. Und was passiert im Jahr darauf? Dave Matthews übernimmt das Ruder. Oasis und die Gin Blossoms. Von da an geht's bergab. Schon der Jahrgang unter uns, weißt du noch, was die alle für *sonnige Gemüter* hatten? Und wie hip die waren? Wenn ich jetzt zurückblicke – das waren die ersten Millennials, oder?«

»Ich weiß nur noch, dass ich sie nicht mochte«, sagte ich. »Sie wirkten – ja, zu glücklich oder so was.«

»Sie hatten so einen Grundoptimismus.« Und dann sagte er: »Oh, wow, da ist Beth Docherty.«

Ich wollte mich schon umdrehen, bremste mich aber noch rechtzeitig und griff nach einer Marmeladenpackung, damit ich etwas zu tun hatte. Ich konnte ihr verzeihen, dass sie gemein war und dass sie freiwillig mit Dorian Culler ging und dass sie mir wahrscheinlich diese merkwürdige Facebook-Nachricht geschickt hatte, von wegen, für wen ich mich eigentlich hielte. Aber es gab zwei Dinge, die ich ihr nicht verzeihen konnte, zwei Gründe, warum sich meine Rippen gerade wie ein Korsett zusammengeschnürt hatten – (a) Sie war die erste gewesen, die der Polizei gegenüber Omar erwähnt hatte, und (b) Sie hatte sich den Spitznamen »Die Onanistin« für mich ausgedacht und für wert befunden, ihn ein Jahr lang ständig zu wiederholen. Die zwei Dinge sind von vollkommen unterschiedlicher Qualität, das ist mir bewusst. Ich hätte tausend kränkende Spitznamen ertragen, wenn ich Omar damit zu einer Stunde Freiheit hätte verhelfen können. Ich sage nur, ich konnte ihr weder das eine noch das andere verzeihen. Ich flüsterte: »Moment, sagt sie heute aus?«

Geoff wackelte mit den Augenbrauen. »Hat sie schon. Gestern Vormittag. Weiß ich auf einmal mehr als du?«

»Ich bin nicht *so* gut informiert, ob du's glaubst oder nicht.«

Ich konnte an Geoffs Augenbewegungen ablesen, wo im Raum sie sich befand. Er sagte: »Sie erkennt mich niemals wieder. Ich könnte sie so übel an der Nase herumführen.«

»Bitte mach das. Wenn sie schon gestern dran war, wieso ist sie dann noch da?« Aber die Frage konnte ich mir selbst beantworten: mögliche Wiedervorladung, ein vorsichtshalber spät datierter

Rückflug, die Verheißung des schlimmsten Klassentreffens aller Zeiten, die Chance, eine weitere Nacht von zu Hause, den Kindern und der Arbeit wegzubleiben. Allerdings war sie, wie ich wusste, nicht gerade voller Feuereifer gekommen. Anders als Sakina hatte Beth sich nicht freiwillig gemeldet. Sich nachträglich unerlaubten Alkoholkonsum vor siebenundzwanzig Jahren vorhalten zu lassen, erklären zu müssen, warum sie der Polizei nichts von ihrem Flachmann erzählt hatte, von der Verteidigung hart dazu befragt zu werden, warum sie Omars Namen genannt hatte – nichts davon war angenehm, schon ohne den Medienrummel. Beth gehörte zu den wenigen Granby-Schülerinnen, die beim ursprünglichen Prozess ausgesagt hatten – und wer wusste, was ihre Anwesenheit jetzt zutage fördern würde? Ich an ihrer Stelle wäre längst abgereist.

Geoff sagte: »Ich hab gehört, ihr Mann ist der Typ, der dieses – was ist das noch mal für eine Tech-Firma mit dem Biberlogo? Nein, kein Biber, ein Otter?«

»Und wie hat sie sich geschlagen?«

»Du hast dir noch nicht mal deinen eigenen Podcast angehört? In der Folge gestern Abend ging es um sie und darum, wie die Staatsanwaltschaft versucht hat, dich zusammen mit Britt zu kreuzigen. Was so ein hoffnungsloser Schwachsinn war.«

Ich sagte: »Ich denke, ich bin jetzt als Lockvogel hier. Wenn ich in der Stadt bleibe, wird die Staatsanwaltschaft sich weiter auf mich konzentrieren, und dann, Überraschung, trete ich gar nicht in den Zeugenstand.«

Geoff sagte: »Okay, sie hat sich ganz hinten bei der Safttheke hingesetzt. Also, ja, es ging hauptsächlich um den Flachmann. Sie erinnert sich nicht mehr, ob Thalia getrunken hat, gibt nur zu, dass sie den Flachmann rumgereicht hat. Und dann sind sie im Wesentlichen noch mal mit ihr durchgegangen, was sie der Polizei erzählt hat.«

»Oh. Moment, nein, das solltest du nicht beantworten. Ich darf nicht –«

»Ganz ruhig, du hörst dir hier keinen Podcast an, du sprichst mit keinem anderen Zeugen. Du isst nur Haferflocken. Guck dich doch an, wie du dasitzt und Haferflocken isst wie eine Irre.«

Ich schaufelte mir einen Löffel voll in den Mund.

»Sie hat keinen guten Eindruck gemacht. Die Verteidigung, also – ehrlich gesagt haben sie sie ziemlich rassistisch aussehen lassen, oder zumindest klassistisch. Sie hat sich immer nur drauf rausgeredet, dass ›alle‹ von Omar gewusst hätten, und die Verteidigung meinte dann: *Das heißt, Sie haben viel auf Gerüchte gegeben.*«

Ich sagte: »Sie bringen die Zeugenaussage im Podcast?« Als ich das letzte Mal mit Alder gesprochen hatte, war er nicht sicher gewesen, ob man ihm das gestatten würde und ob seine Aufnahme überhaupt gut genug wäre.

»Die pikanten Teile«, sagte Geoff. »Hast du so eine Anhörung je miterlebt? Neunundneunzig Prozent davon sind die reine Langeweile.«

Ich sagte: »Okay. Ich esse noch einen Löffel Haferflocken. Sag mir, ob irgendetwas absolut Schockierendes zur Sprache kam. Also, irgendwas, von dem du meinst, dass ich es nicht schon weiß.«

»Zweifelhaft. Oh, sie haben sie gefragt, ob sie je in dem Geräteschuppen war und ob sie von anderen weiß, die dort waren. Weil die Staatsanwaltschaft in ihrem Eröffnungsplädoyer ja argumentiert hat, der neue Ort ändere nichts, weil Omar einen Schlüssel für den Schuppen gehabt haben müsse. *Hatte* diese Tür überhaupt ein Schloss? Sie ist, äh – Scheiße.« Er blickte auf seinen Teller, plötzlich sehr an den in Sirup badenden Resten interessiert.

Als ich mich umdrehte, sah ich Beth Docherty auf unseren Tisch zusteuern. Sie war gealtert wie jemand, der in jedem Urlaub ein Yoga-Retreat auf einer Insel machte. Ihr Gesicht war gealtert, aber reich gealtert. Nichts Hängendes, nur feine Falten, die sie mit Botox wegbekommen hätte, wäre sie dafür nicht zu selbstbewusst gewesen. Ihr blondes Haar war kurz, hinter die Ohren gesteckt, immer noch schön gesträhnt. Sie blieb kaum bei uns stehen. »Was für ein Schocker, dich hier zu sehen«, sagte sie.

Ich hätte lächeln und erwidern sollen, ich freute mich auch, sie zu sehen, sagte aber, bevor sie an uns vorbei war, schnell: »Ich bin als Zeugin hier. Genau wie du.«

Beth fuhr herum, saugte ihre Zunge an die Zähne und stieß zwei kleine Lacher aus. »Du hast nicht den kleinsten Scheißdreck bezeugt, Bodie. Das Ganze hier ist die erbärmlichste Aufmerksamkeitsheischerei. Hast du schon ein Angebot für dein Buch?«

Geoff sagte: »Nein, aber ihr Album kommt Dienstag raus.«

Beth blinzelte ihn an, als versuchte sie ihn einzuordnen, aber es war ihr offenbar nicht wichtig genug, um sich richtig Mühe zu geben.

Er sagte: »Ich bin mir ziemlich sicher, dass das hier Zeugenbeeinflussung ist.«

Erfreulicherweise wirkte Beth daraufhin alarmiert. Sie wusste ja nicht, ob er ein Anwalt war oder was. Sie wischte sich die Hände am Pullover ab, als würde sie uns damit loswerden, und ging ohne ein weiteres Wort weg.

Weiß Gott, warum ich mich bemüßigt fühlte, Beth Docherty in diesem Moment zu verteidigen – Beth, in deren Augen ich nicht besser war als Dane Rubra –, aber ich sagte: »Ich könnte mir vorstellen, dass sie immer noch eng mit den Keiths befreundet ist.«

»Eng befreundet ist sie mit dem Stock in ihrem Arsch, mit dem ist sie eng befreundet. Hör mal, ich kann dir aus dem Gericht schreiben, wenn du willst.« Geoff wollte sich um zehn in den Gerichtssaal setzen, der in den ersten paar Tagen von Presse und Publikum voll gewesen war, aber inzwischen hatten sich die Reihen etwas gelichtet.

Ich lud Geoff ein, am Abend mit mir und Fran zu der Party zu kommen, und er grinste. »Ich bin fünfundvierzig Jahre alt, aber bei der Vorstellung, auf dem Schulgelände so viel Alkohol trinken zu dürfen, wie ich will, kriege ich Bauchkribbeln.«

»Ich glaube, am Ehemaligen-Wochenende darfst du das auch.«

Er sagte: »Ich komme erst, wenn sie mich als bezahlten Redner einladen.«

Als ich an der Rezeption vorbeiging, stritt sich der Teenager, bei dem ich eingecheckt hatte, laut mit zwei jungen Frauen mit Videoausrüstung, an der kein Logo zu sehen war; ein Nachrichtenteam waren die beiden eher nicht. Sie sahen jung aus, wie Studentinnen. Der Teenager geriet ins Stottern, sagte ihnen, sie brauchten eine Filmerlaubnis und sollten vor der Tür warten, bis er mit dem Manager gesprochen habe. Ich hastete vorbei, eilte zum Fahrstuhl und drückte hastig auf den Knopf, damit die Tür sich schnell schloss.

14

Etwas, was Amy March Alder berichtete und Alder mir schrieb: Omar wurde jeden Morgen um sechs Uhr geweckt, bekam ein schnelles, kaltes Frühstück und wurde dann in einer Polizei-Limousine nach Kern gebracht – eine Autostunde vom Staatsgefängnis in Concord entfernt –, wo er in einer Zelle warten musste, bis um neun die Gerichtssitzung begann.

Amy brauchte eine Genehmigung vom Gerichtsdiener, um Omar etwas zum Mittagessen zu bringen, und der Gerichtsdiener hatte es ihr seit Beginn der Anhörung jeden Tag verweigert.

(*Warum???*, schrieb ich Alder, und er schickte mir ein schulterzuckendes Emoji zurück.)

Die Sitzung endete immer gegen vier, sodass Omar gegen sechs wieder im Gefängnis war – wo die Abendessenszeit dann schon vorbei war.

In der ganzen Woche hatte Omar also von nur einer Mahlzeit am Tag gelebt. Es war eine Mahlzeit von festgelegtem Umfang; einen Nachschlag gab es nicht.

Alder zufolge fürchtete Amy nicht nur, dass Omar bei Gericht ohnmächtig werden würde, sondern auch, dass sein benommener, leerer Blick bei dem Richter womöglich einen bestimmten Eindruck erzeugte. Jeden Tag wieder trug sie dem Gerichtsdiener ihr Anliegen vor, und jeden Tag wieder lautete seine Antwort Nein.

15

In Kern gibt es ein Frauenbekleidungsgeschäft namens Delilah, in dem ich in den Neunzigern ab und zu mal geklaut hatte. Ich beschloss, dort Entschuldigungsgeld auszugeben.

In dem Laden roch es immer noch nach Patschuli, und die Sachen sahen nicht anders aus als früher. Leinenkleider, voluminöse Pullover, Perlenschmuck, Clogs. Die Frau mit der Silbermähne hätte ebenfalls die ganze Zeit unverändert hinter der Theke gestanden haben können.

Ich hatte mir ein paar Kleider herausgesucht, um sie hinter dem kleinen blauen Vorhang anzuprobieren, und als ich mich gerade damit abmühte, mir ein zu kleines wieder über die Schultern zu zerren, klingelte mein Handy, und ich brauchte ein paar Sekunden, bis ich drangehen konnte. Es war Verteidigungsteam-Hector, der mir mitteilte, man habe mich im Hotel mit anderen Zeuginnen oder Zeugen sprechen sehen, und nur um auf der sicheren Seite zu sein, möge ich doch bitte jeden direkten Kontakt mit diesen Leuten vermeiden. Die Vernehmungen begannen in zehn Minuten, und so nutzte er seine Zeit.

»Ich habe ja noch nicht mal eine vollständige Liste der Leute«, sagte ich.

»Dann meiden Sie wohl am besten alle, von denen Sie nicht ganz genau wissen, dass sie nicht darauf stehen.« Das Hotel habe sich bereiterklärt, Frühstück zum Mitnehmen für alle zu machen, die es benötigten, und ich könne meins an der Rezeption abholen. »Sie brauchen sich nicht in Ihrem Zimmer zu verstecken«, sagte er. »Seien Sie einfach nur vorsichtig.« Jetzt verstand ich, worum es ging – nicht so sehr um tatsächliche Abschottung, als vielmehr darum, dass ich wie eine Manipulatorin wirken könnte, die durch die Stadt lief und Leute einschüchterte.

Nachdem ich beschlossen hatte, statt der Kleider Ohrringe zu kaufen, trat ich aus der Kabine und stand einer Frau gegenüber, die ich vom Vortag am Pool wiedererkannte – es war Robbie Serenhos Ehefrau. Sie hatte ein paar Hemden über dem Arm, und von Nahem sah sie müde aus. Einen peinlichen Moment lang schauten wir uns unsicher an, bevor sie die Hand ausstreckte.

»Ich weiß, wer Sie sind«, sagte sie. »Ich bin Jen Serenho.«
»Oh, ich – ja, hallo.«
»Ich darf doch mit Ihnen reden, oder? Ich weiß, dass Robbie mit niemandem auf der Liste sprechen soll, was – Sie kennen Robbie ja, das ist nicht leicht für ihn. Aber Mike ist hier, und Mike habe ich schon immer gerngehabt. Er war sogar bei unserer Hochzeit! Die Granbyer, die ich kenne, habe ich alle ins Herz geschlossen.« Jen Serenho war entweder eine Frau, die immer nonstop redete, oder eine, die nonstop redete, wenn sie der Frau gegenüberstand, die ihrem Mann das Leben ruiniert hatte. Sie wirkte angespannt, beugte sich zu weit zu mir vor, und ich war froh über meine Maske. Hector wäre sicher nicht begeistert von diesem Gespräch; andererseits war Jen ja nun ganz sicher keine Zeugin.

Ich trat zur Seite, nur um die Kleider wieder an die Stange zu hängen, und sie berührte mich am Arm, als wollte sie verhindern, dass ich aus dem Laden flüchtete. »Wissen Sie, es war das Schwerste, was er je erlebt hat«, sagte sie. »Er hat mir gleich bei unserem ersten Date davon erzählt. Ich habe ihn nach dem schlimmsten und dem schönsten Erlebnis seines Lebens gefragt, und er hat mir erzählt, wie es war, Thalia zu verlieren. Er ist jemand – er nimmt die Dinge schwer. Vor allem in den letzten paar Jahren, da ist alles wieder hochgekommen.«

Mir dämmerte, dass sie eine Entschuldigung von mir hören wollte. Stattdessen sagte ich: »Für Sie ist das sicher auch alles nicht leicht.«

»Oh! Na ja, sicher. Aber es ist sehr gut, dass Robbie hier aussagen und die Sache klären kann. Wir bekommen immer wieder E-Mails, Anrufe. Unseren Facebook-Account haben wir inzwischen gelöscht. Bei jedem Paket, das uns geliefert wird, müssen wir gegenchecken, ob es auch etwas ist, was wir bestellt haben. Die Leute wollen nur Gerechtigkeit, ich weiß, aber sie sind so durcheinander. Ich habe mal eine Frau mit einem T-Shirt gesehen, auf dem stand: *Der Ehemann war's*, und ich habe sie gefragt, was das heißt, ich dachte, es wäre vielleicht aus einer Fernsehsendung oder so, und sie sagte, wenn eine Frau ermordet wird, ist der Täter immer der Mann oder der Freund. Wir sind darauf konditioniert, so zu denken.«

Ich wollte ihr sagen, das T-Shirt sei gar nicht falsch, nur dass Thalia mehr als einen Freund gehabt habe. Und ich wollte ihr sagen, bei allem Verdacht, den Dane Rubra auf sie gerichtet habe, hätte ich die Sache hoffentlich nur besser gemacht.

»Es ist so ein Riesenstress für ihn«, sagte sie. »Wenn wir das hier durchstehen, wird es ihm besser gehen, das weiß ich. Wir sind gestern angekommen, weil es hieß, sie würden ihn vor dem Wochenende in den Zeugenstand rufen, aber oops! Ich weiß, was sie ihn fragen wollen, sie wollen ihn fragen, warum gegen ihn nicht weiter ermittelt wurde, und wissen Sie, was sein Standpunkt ist? Sie *hätten* gegen ihn ermitteln müssen. Das wird er sagen. Sie hätten ihn an einen Lügendetektor anschließen sollen. Dann hätten wir jetzt nicht diese Wolke des Argwohns und Verdachts. Sie hätten sich ihn und diesen Mann vornehmen sollen, der im Wald lebte. Und andere Schüler, auch Schülerinnen. Einige von den Jungs, du meine Güte, erinnern Sie sich an einen Peewee Soundso, der ist mehr als einmal wegen häuslicher Gewalt verhaftet worden. Und er war nicht mit den anderen auf der Party! Wurde der je gefragt, wo er war?«

»Seinetwegen hat meine Freundin jetzt Brustkrebs«, sagte ich aus irgendeinem Grund laut.

»Entschuldigung?«

»Nichts. Ich bin froh, dass Sie das verstehen. Das Problem ist, sie haben sich kaum jemanden genauer angeschaut. Sie haben sich auf einen Mann geeinigt, haben gesagt, der war's, und dann ihre Scheuklappen aufgesetzt.«

»Genau«, sagte sie. »Genau. Und wenn Sie im Zeugenstand sind, wenn Sie aussagen – Sie waren doch noch nicht dran, oder? Dann werden Sie das sagen, ich weiß. Vielleicht können Sie sogar etwas über Robbie sagen, wie Sie ihn kannten, wie –«

Offenbar sah man mir an, wie alarmiert ich war, denn sie brach mitten im Satz ab.

Sie sagte: »Ich sollte Ihnen hier nicht das Ohr abquatschen. Darf ich Sie kurz umarmen? Robbie besorgt den Kindern ein Stück die Straße runter was zum Mittagessen, und ich geh jetzt besser mal zu ihnen, aber ich würde Sie gern kurz umarmen.«

Ich ließ mich in die Ärmel ihres kastanienbraunen Wollmantels, in ihr zartes Parfüm und ihren Vorhang aus honiggelben Haaren hüllen.

Jen ging zur Tür und drehte sich nach ein paar Schritten noch einmal um. »Ich glaube, ich hätte sie gemocht«, sagte sie.

»Das hätten Sie.«

»Ich bezweifle allerdings, dass sie mich gemocht hätte.« Sie lachte. »Ich war so uncool. Ich war nicht weltgewandt, nur ein Bücherwurm. Staatliche Schule in Nirgendwo, New York. Aber ich hätte sie gemocht.«

Ich sagte: »Alle mochten sie.«

Nachdem sie gegangen war, wählte ich drei Paar klimpernde Blechohrringe und eine Kette aus Zinn. Ich zahlte bar, und als die Frau mir den Rücken zuwandte, ließ ich die zwölf Dollar Wechselgeld auf dem Tisch liegen und eilte hinaus, bevor sie mich zurückrufen konnte.

Mir war ganz schlecht wegen Jen, aber dass Robbie Serenho die zu viel redende Klassenstreberin einer öffentlichen Schule irgendwo auf dem Land geheiratet hatte, fand ich doch großartig.

Als ich den Laden verließ, bekam ich eine Nachricht von Alder. *Dein Freund dreht voll auf,* schrieb er. *U will love.* Alder fand es witzig, Dane meinen Freund zu nennen. Er hatte mir einen Link zu einem YouTube-Video geschickt. Ich blieb mitten im Wind stehen und wartete, dass es lud.

Noch einmal Alder: *Die stehen gleich schon wieder vorne beim Richter, ich sterbeeeee.* Dann ein GIF von einer Katze, die auf die Uhr starrt.

Ich fischte meine AirPods aus der Tasche und verzog mich in einen Coffee Shop.

»Große Neuigkeiten hier in Kern«, sagte Dane Rubra. Er war außer Atem, saß auf einem Bett, hinter ihm ein dunkles Hotelfenster. Offenbar hatte er dies gestern Abend noch aufgenommen, nach unserem Gespräch. »Ich habe exklusive Quellen, Sie müssen mir hier also einfach vertrauen. Dies ist der Grund, verstehen Sie, genau dies ist der Grund, warum man reisen muss, warum man am Ort des Geschehens sein muss. Ich will es vorsichtig formulieren, aber ich habe Grund zu der Annahme, dass wir etwas sehr Großes übersehen haben. Wie ich schon ein paarmal erwähnt habe, gab es in Granby einen Musiklehrer namens Dennis Bloch. Geboren im April 1962 in Olivette, Missouri. Zuletzt Lehrer in Providence, Rhode Island, aber den Job scheint er vor ein paar Jahren aufgegeben zu haben. Ich poste gleich einige relevante Links im Kommentarbereich, und ich weiß, wie gern Sie alle graben.

Fürs Erste sage ich nur, dass Dennis Bloch womöglich etwas Wichtiges über diesen Fall weiß, etwas, was er vor siebenundzwanzig Jahren hätte preisgeben sollen. Dieser Mann ist im Schulwesen geblieben, hat danach mit anderen Kindern und Jugendlichen gearbeitet. Von denen einige da draußen vielleicht auch etwas wissen könnten. Und –« Er lehnte sich zur Kamera vor, schüttelte leicht den Kopf, biss die Kiefer aufeinander, sammelte sich, fuhr fort. »Er könnte immer noch Beziehungen mit jungen Mädchen haben, könnte jahrzehntelang unbehelligt weitergemacht haben. Wir brauchen Folgendes: Unterlagen zu seiner Erwerbstätigkeit, etwaige Beschwerden oder Anzeigen gegen ihn, aktuelle Kontaktdaten. Insbesondere alles, was Granby-Schülerinnern und -Schüler wissen. Keine Gerüchte, okay, kein Hörensagen, aber haben Sie was bezeugt, haben Sie was gesehen, wissen Sie etwas.«

Ich war wie betäubt gleich hinter der Tür stehengeblieben, wie ich jetzt merkte. Weiter auf mein Handy starrend, stellte ich mich in die kurze Schlange an der Theke. Dane ermahnte jetzt seine Follower, auf keinen Fall selbst mit Ihnen Kontakt zu suchen, die Dinge nicht selbst in die Hand zu nehmen, sich an das Gesetz zu halten, Aufzeichnungen zu machen.

»Das dient Ihrer eigenen Sicherheit«, sagte er, »genauso wie der Unverfälschtheit der Ermittlungen.«

Hinter ihm unordentliche Kleiderhaufen auf dem Hotelbett. Der Wecker blinkte auf 0:00 Uhr.

16

Am Abend holte Fran mich und Geoff ab, um uns zu der Party auf dem Schulgelände zu chauffieren. Geoff machte sich den Spaß, »Radio Ga Ga« auf seinem Handy abzuspielen; den Song hatten wir früher, wenn Fran uns mitten am Tag im Auto ihrer Mutter heimlich zur Eisdiele fuhr, in Endlosschleife gehört.

Wenn ich in den vergangenen vier Jahren zu einem Abendessen aufgebrochen, losgejoggt oder in ein Flugzeug gestiegen war, hatte der Gedanke, dass ich all dies tun konnte und Omar nach wie vor in einer Zelle eingesperrt war, mir oft einen harten Schlag versetzt. Während des Lockdowns beklagten sich viele meiner Freundinnen und Freunde darüber, nur noch ihr Puzzle und ihren Sauerteigstarter zu haben, und ich biss mir dann auf die Zunge – oder auch nicht. Aber jetzt zu einer Party zu fahren, die so dicht beim Gericht stattfand, fühlte sich besonders geschmacklos an, selbst wenn der Omar, den ich gekannt hatte, sicher gehofft hätte, es wäre eine ordentliche Sause.

Als der Song zu Ende war, sagte Geoff: »Ich darf Bodie nicht erzählen, was bei Gericht passiert ist.« Ich saß auf der Rückbank, und er sprach über die Schulter. »Aber ich muss euch sagen, es war verstörend, Omar zu sehen. Er – also, erstens trägt er Hand- und Fußschellen. Und seine Handgelenke sind an so einer Kette um seinen Bauch befestigt. Er kann sich also überhaupt nicht normal bewegen. Dabei wissen wir doch alle noch, wie er immer rumsprang, er war immer so – er war eben ein Sportler. Jetzt ist er ganz steif. Er sieht aus, als ob er Schmerzen hat. Als er einmal den Anwalt anschauen sollte, hat er sich mit dem ganzen Körper zu ihm hingedreht, als könnte er nicht nur den Kopf wenden.«

Ich hatte viel über die harten Betten, die physische Gewalt, die Kälte nachgedacht. Aber erst jetzt kam mir in den Sinn, dass chronischer Schmerz oder etwas, das sich chiropraktisch behandeln ließe, das Letzte war, weswegen man im Gefängnis zum Arzt gebracht werden würde. Eine kleine Sache, aber doch eine riesengroße Sache.

Geoff sagte: »Heilige Scheiße, wir sind auf dem Campus. Haben die den geschrumpft? Fran, wie haben die das gemacht, alles zu schrumpfen?«

Verwirrenderweise lebten Oliver und Amber jetzt in der Singer-Baird-Wohnung, wo sie sich kennengelernt hatten und wo Fran großgeworden war. Ein Soziologe könnte einen grandiosen Aufsatz über Gemeinschaften schreiben, in denen die Leute permanent in die Behausungen anderer aus der Gemeinschaft einziehen.

Und so stand ich auf einmal in der dritten Version des Raums, der für mich die Hoffnungsche Küche war. Der Kühlschrank war mit billigen Raststättenmagneten von allen fünfzig Staaten gepflastert; ansonsten war die Ästhetik geschmackvoll und schlicht, mit einer schwarzen Leder-Couchgarnitur, die das Wohnzimmer beherrschte. Sowohl Oliver als auch Amber umarmten mich und boten mir etwas zu trinken an, und ich freute mich zu hören, dass Amber schwanger war.

In einer Ecke des Raums standen zwei Frauen, die ich nicht kannte, und starrten mich an. Es ist komisch: Da Fran mir verziehen hatte, war ich gar nicht auf den Gedanken gekommen, ich könnte an diesem Abend feindliches Terrain betreten. Das Internat hatte nach wie vor großen Zulauf, das hatte Fran mir versichert. Was sich allerdings ändern könnte, dachte ich, wenn herauskam, dass Granby irgendetwas vertuscht hatte, aber das sprach ich nicht an. Die Frauen steckten die Köpfe zusammen, und ich nahm an, sie redeten über mich. Vielleicht war ich auch paranoid. Vielleicht ging es nur darum, dass ich von außerhalb angereist war und wegen der Drinks und Snacks jetzt die Maske, die ich beim Eintreten getragen hatte, abnahm. Irgendwer hatte wieder den gloriosen Paprikakäsedip von vor vier Jahren gemacht.

»Sie werden Ihr Kind hier zur Schule schicken!«, sagte ich zu Oliver. Ich war schon ein wenig beschwipst von dem Whiskey, den ich im Hotelzimmer getrunken hatte. »Als Sie herkamen, dachten Sie noch, *Was soll so ein Internat überhaupt*, und jetzt werden Sie selbst kleine Dragon-Kinder haben!«

Oliver unterrichtete Programmieren und Webdesign. Er erzählte mir von einem Schüler aus Botswana, dem er Programmieren beigebracht hatte und der jetzt in Stanford angenommen worden war. Er strahlte.

Ich sagte: »Da hat anscheinend einer die bittere Pille geschluckt.«

Geoff hatte es sich auf der Couch gemütlich gemacht und unterhielt sich mit Petra, die mich hier empfangen hatte, als ich das erste mal nach Granby zurückgekehrt war. Sie schien gebannt, und ich versuchte mich zu erinnern, ob sie single war, versuchte auszumachen, ob Geoff flirtete. Ich betrachtete ihn mit ihren Augen: gutaussehend, erfolgreich und witzig, keine Spur mehr von dem Heranwachsenden, den ich immer noch in ihm sehen konnte. Petra hatte mich noch nicht begrüßt, mir aber immerhin auch keine bösen Blicke zugeworfen.

Der junge Englischlehrer, der mir empfohlen hatte, Shirley Jackson zu lesen, fragte mich, ob ich es in der Zwischenzeit getan hätte. Das hatte ich, und dann schwärmten wir gemeinsam von *Wir haben schon immer im Schloss gelebt,* und zur Feier des Tages goss er mir trotz des Weißweins in meiner Hand einen Cocktail ein. Er sagte, ich müsse im April wiederkommen und mir das Musical anschauen, bei dem er mithelfe. »Vielleicht lebe ich schon zu lange im Wald, aber die Kids hier sind echt *außergewöhnlich*.«

Dana Ramos kam direkt zu mir und umarmte mich. Ich erzählte ihr, dass Silvie im Bio-Unterricht der vierten Klasse gerade etwas über Blattformen lerne, und sie war hellauf begeistert. »Kinder sind Zoochauvinisten, sage ich immer. Nur Tiere, keine Pflanzen. Es wäre wesentlich nützlicher, zuerst die Pflanzen zu verstehen!«

Geoff erzählte von dem Schüler, der ein ganzes Jahr lang eine kunstvolle gläserne Shisha in seinem Zimmer gehabt habe, einfach unter einem kleinen Lampenschirm versteckt; kein Lehrer habe je zweimal hingeschaut. Petra fand das wahnsinnig komisch, warf ihren Kopf zurück und entblößte dabei ihren langen Hals.

Priscilla Mancio kam mit einer Tüte Chips auf die Party. Ich wusste nicht, wie sie zu der Anhörung stand oder ob sie noch Kontakt zu Ihnen hatte. Falls sie sich mir näherte, würde ich sie einfach nach ihrer Bulldogge fragen. Aber sobald sie mich sah, legte Priscilla die Chipstüte ab, sagte etwas zu Oliver, zeigte auf ihr Handy und verschwand. Ein erfundener Notfall. Perfekt, und wir konnten jetzt ihre Chips essen.

Anne stellte mich dem neuen Leiter der Entwicklungsabteilung vor; er sagte: »Ich kenne Ihre Arbeit« und ging weg.

Mir kam der Gedanke, dass ich hier womöglich allen die Party verdarb.

Mein Handy summte – eine Nachricht von Mike Stiles: *Du wirst nicht glauben, wo ich bin.* Es folgte ein Foto von der Samuel-Granby-Statue. Dann: *Hab mich mit meinem Neffen getroffen, und jetzt laufe ich ziemlich belämmert hier rum.*

Ich fragte mich, warum er mir und nicht zum Beispiel Robbie geschrieben hatte, hielt mich aber nicht lange damit auf; dies konnte mein Ticket nach draußen sein. Ich schrieb zurück: *Ich bin auch auf dem Campus!* und fragte ihn, ob wir uns in zwanzig Minuten auf dem Hof des Unteren Campus treffen wollten.

Ich zeigte Fran die Nachrichten, die sie rasend komisch fand. Sie sagte: »Ich geb euch meinen Generalschlüssel! Dann könnt ihr machen, was ihr wollt.« Als würden Mike und ich gleich in der Zwölftklässler-Lounge rumknutschen. Aber Fran war beschwipst und hartnäckig und drehte schon den Schlüssel von ihrem Bund.

17

Mike stand in einer Lichtlache vor der Alten Kapelle und blies sich in die hohlen Hände. Die Temperatur war in der letzten Stunde stark gefallen, und während ich eben noch gedacht hatte, wir könnten einen Spaziergang machen, zeigte ich ihm jetzt als Erstes den Schlüssel. Wir schlossen auf und orientierten uns in der dunklen Kirche an den erleuchteten Ausgangsschildern. Sie war ein Viertel so groß wie die Neue Kapelle, für eine Schule von einhundert unterernährten Jungen gebaut, die Bänke puritanisch schmal und puritanisch hart.

»Lass uns die Plaketten für die toten Schüler anschauen«, sagte Mike. An der Seitenwand, das hatte ich vergessen, hingen etwa zwanzig kleine Gedenktafeln, graviertes Messing auf Holz. Alle für Jungen, die gestorben waren, während sie hier zur Schule gingen, keiner später als in den 1920er Jahren. Mike schaltete sein Handylicht ein, um sie zu lesen. Drei waren 1840 bei einem Brand in einem Wohnheim umgekommen. Zwei andere Jungen waren, im Abstand von gut fünfzig Jahren, am Abend ihrer jeweiligen Schulabschlussfeier im Tigerwhip ertrunken, wahrscheinlich alkoholisiert.

»Du wirst das vielleicht befremdlich finden«, sagte Mike, »aber diese Plaketten waren das Erste, was mir an Granby gefallen hat. Auf meiner Campustour als Achtklässler.«

»Vielleicht eher morbide als befremdlich.«

»Es hatte für mich so was Seriöses. Ich wusste, dass ich in Deerfield oder Exeter nicht genommen werden würde, aber durch die Plaketten wirkte Granby auf mich alt und vertrauenswürdig.«

Ich sagte: »Als ich hierherkam, hatte ich von Exeter oder Deerfield definitiv noch nie was gehört.«

»Ach ja – Iowa, stimmt's?«

»Indiana.«

»Mein Vater und mein Bruder waren in Exeter. Ehrlich gesagt hätten sie mich da vielleicht schon deshalb genommen, aber ich hatte zu viel Angst, es zu riskieren. Meine Noten waren miserabel.«

»Wirklich?«

»Lese-Rechtschreibschwäche. Hat eine Weile gedauert, bis das klar war. Dieser hier«, sagte er und leuchtete die Plakette für Louis Stickney an, 1890 gestorben, »bei dem ist ein Initiationsritus schiefgegangen. Dem haben sie eine Woche lang jede Nacht kaltes Wasser übers Bett geschüttet, und er hat eine Lungenentzündung bekommen.«

»Initiation in was?«

»Einen von diesen bescheuerten Bünden.«

»Ein Geheimbund? Lola hat angedeutet, dass du in einem warst.«

Mike hustete einen Lacher aus. »Wir *dachten*, wir wären ein Geheimbund.«

Ich war überrascht, dass er bereit war, so offen mit mir zu reden, aber der Reiz pubertärer Späße hatte sich sicher längst abgenutzt.

»Ich kann dir nicht sagen, welcher«, sagte er. »Er war einfach blöd, wie eine hinterwäldlerische Studentenverbindung. Man wurde aufgenommen, und das war's so ungefähr. Manchmal trugen wir alle Blau, aber das hat überhaupt niemand gemerkt. Einmal im Jahr gab es so eine Art Gedenktag, da sind wir nachts aus den Wohnheimen ausgebrochen.« Er sah mich an. »Es war nicht der dritte März, falls du das denkst.«

»Aber ihr habt euch Treue geschworen?«

»Klar.«

Wenn eine signifikante Anzahl Jungs aus dem Internat einen Eid darauf geschworen hatten, sich gegenseitig zu schützen, wäre das für die Verteidigung eine nützliche Information.

»Wer war noch dabei?«, fragte ich, und er lachte.

»Serenho nicht, wenn du darauf hinauswillst.«

»Will ich nicht! Ich – ich hoffe, du denkst nicht, dass ich das denke. Von Robbie.« Ich hätte noch hinzufügen können, das liege mehr an dessen Unvermögen, die Zeit auszutricksen, und an allem, was ich über Sie wisse, als an großer Sympathie für ihn – aber ich sagte nichts. Es stimmte trotzdem.

»Gut«, sagte er und entspannte sich sichtlich. »Eine Menge Leute tun das. Und seitdem sitzt er in der Scheiße. Ich gebe dir überhaupt keine Schuld dafür, aber die Leute im Internet ticken doch nicht richtig. Wusstest du, dass seine Kinder die Schule wechseln mussten?«

Ich schüttelte den Kopf.

»Irgendein Irrer hat immer wieder im Schulsekretariat angerufen. Das war so eine kleine Privatschule ohne Sicherheitsdienst, also haben Robbie und Jen sie rausgenommen und in eine öffentliche Schule gesteckt. Na ja, vielleicht war es auch eine finanzielle Entscheidung. Sein Geschäft hat gelitten. Ich meine, *erheblich* gelitten. Sie hatten sich gerade ein Haus gekauft, und – ich weiß nicht.«

»Oh, Gott«, sagte ich. »Verdammter Mist.« Dann hatte Jen sich am Nachmittag stärker beherrscht, als mir klar gewesen war. Vielleicht hatte sie mir die Schuldgefühle ersparen wollen.

Mir war zum Kotzen zumute, aber stattdessen schlug ich vor auszuprobieren, ob wir mit Frans Schlüssel auch in den Uhrenturm kämen. Es funktionierte, und wir stiegen die Holztreppe hinauf, steil wie eh und je. Ich war einmal mit ein paar Ruderfreundinnen hier raufgegangen, um eine Flasche Johnson's Babyshampoo herumzureichen, die unsere Steuerfrau mit Jim Beam gefüllt hatte. (Sie bewahrte sie auf der Duschablage auf; die Lehrerinnen würden nie auf die Idee kommen, an unserem Shampoo zu riechen.) Und ich war auch mal allein oben gewesen, mit Radiohead auf meinem Discman – das Einzige, was man sich in all dem Durcheinander pubertärer Angst in einem Uhrenturm anhören kann.

Wir hätten unbeholfen im Dunkeln stehenbleiben können, aber ich beschloss, mich neben dem großen Getriebe auf den Boden zu setzen, und Mike tat es mir gleich. Um uns herum waren die Rückseiten der vier Uhren, alle etwa anderthalb Meter hoch, ihr milchiges Glas im Licht der Campuslaternen und des Monds leuchtend. Ein Filmemacher auf der Suche nach Locations auf dem Campus wäre vor Begeisterung gestorben. Aber der Boden war staubig, und es war fast so kalt wie draußen. Ich fragte mich, ob es Fledermäuse gab, und wünschte, wir hätten wenigstens was zu trinken dabei. Eine Flasche gutes altes Babyshampoo. Wir schlangen beide die Arme um die Knie.

Mike sagte: »Und wer passt auf deine Kinder auf? Sind sie nicht noch ziemlich klein?«

»Ich habe sie mit ein paar Konserven und Pfefferspray vor den Fernseher gesetzt.«

Er sah mich verdutzt an. »Du machst Witze, oder?«

»Wahrscheinlich.«

Er sagte: »Ich wollte dir noch sagen, dass ich meine Meinung geändert habe. Bei unserem letzten Gespräch habe ich dir gesagt, es gehe mir um den Prozess. Meine ursprüngliche Sicht der Dinge war, dass Omar wahrscheinlich der Täter ist, die Ermittlungen damals aber fehlerhaft waren und er keine adäquate Verteidigung hatte. Das ist meine professionelle Meinung. Ich glaube, ich habe dir sogar gesagt, ich sei mir immer noch ziemlich sicher, dass er es war.«

»Ja, so was in der Art.«

»Und als er dann in dem Podcast aufgetreten ist, also, ich weiß nicht. Ich habe mir die Folge fünf Mal angehört. Es ist ein Bauchgefühl, aber ich glaube ihm jetzt voll und ganz. Ich höre mir das alles an und denke, oh Gott, dieser Mann ist nicht der Täter. Das ist meine *persönliche* Meinung. Entweder ist er der durchtriebenste Schauspieler der Welt, oder er hatte mit den Ereignissen an dem Abend nichts zu tun.«

»Es tut gut, das zu hören.«

Er sagte: »Hast du Pot dabei?«

»*Hier*?«

»Keine Ahnung, du kommst aus Kalifornien.«

»Genau. Ich bin geflogen.«

»Mist. Ich dachte, du hättest vielleicht was.«

»Hast du mir deshalb geschrieben?«

Er wirkte ziemlich verlegen, also war es anscheinend zumindest halb wahr. Er sagte: »Bei uns in Connecticut wurde es letztes Jahr legalisiert. Was einem übrigens ein bisschen den Spaß nimmt. Ich vermisse die Spannung der ganzen Heimlichkeiten.«

Ich sagte: »Und warum sollte Omar sich mit ihr in dem Schuppen treffen?«

»Wie?«

Mir wurde bewusst, dass meine Frage zusammenhanglos wirkte. Ich war immer noch halb betrunken und fror so sehr, dass mein Gehirn schrumpfte.

»Omar ist ein erwachsener Mann mit einem Büro und einer Wohnung. Wenn sie sich treffen, um Sex zu haben, warum sollten sie in diesen staubigen Verhau mit alten Sportgeräten gehen? Da gab es Mäuse, weißt du nicht mehr? Wenn man sich mit jemandem trifft, mit dem man ein Verhältnis hat, geht man doch an einen warmen, privaten Ort oder wenigstens an irgendeinen romantischen Ort, wie den hier.«

Mike wurde rot – auch wenn ich die Farbe seiner Wangen nicht richtig ausmachen konnte, sah ich es an seinen Augen und daran, wie er plötzlich den Kopf senkte –, und ich hätte schnell sagen können, so meinte ich es nicht, ich spräche nicht von uns, nicht von jetzt, aber stattdessen fuhr ich fort.

»Die einzige Erklärung, warum Omar mit ihr in den Schuppen geht, obwohl er ein Büro mit einer Couch hat, wäre die, dass es Vorsatz war. Aber das passt zu nichts anderem. Weder dazu, dass er sie in den Pool wirft, was eine Kurzschlusshandlung ist. Noch zur Theorie der Staatsanwaltschaft, dass es in einem Wutanfall passierte.«

Mike sagte: »Ich wünschte, sie könnten klären, wie sich dieser Ausgang öffnen ließ, mit welchem Schlüssel und so weiter. Es macht mich fertig, dass sie 1995 nicht jeden Millimeter dieser Tür dokumentiert haben.«

Noch etwas anderes begann an mir zu nagen: Warum sollten *Sie* mit ihr dorthin gehen? Ihr Haus kam nicht in Betracht, klar. Aber Ihr Klassenraum? Der Chorraum? Sie hatten ein Auto, wie Omar. Der Schuppen war dreckig. Es war nicht das erste Mal, dass mir diese Unstimmigkeit zu denken gab: Sie in Ihrer adrett gebügelten Khakihose, wie Sie sich Ihren Weg durch Spinnengewebe und zerbrochene Leichtathletikhürden bahnen. Hat Thalia sie dorthin geführt? Ihnen gezeigt, wie man die Tür öffnete? Reine Dunkelheit und Staubgeruch. Sie verstand nicht, was für ein Geschenk sie Ihnen da gerade gemacht hatte.

Ich sagte: »Mir ist wirklich scheißkalt. Ich bring dich jetzt zu dieser Party. Da gibt es gute Drinks.«

18

Mein Kater plus die Warnung von Hector waren Grund genug, mich den ganzen Vormittag in meinem Zimmer zu verstecken. Ich ging nur kurz runter, um mir die Frühstückstüte zu holen (unaufgeschnittener kalter Bagel, kleines Päckchen Streichkäse, kümmerliches Plastikmesser), setzte mich damit ins Bett und schaltete HGTV ein. Es war Samstag – bei Gericht passierte heute nichts, alles, worauf ich warten konnte, war die Aufregung um Danes Video. Bisher kamen die Kommentare dazu ausschließlich von Dane-Fans, die ihm zustimmten oder nicht zustimmten und darüber lamentierten, wie wenig sie online finden konnten. Sie waren aufgeregt – aber noch war da nichts von jemandem, der Sie kannte.

Ich war wieder eingeschlafen, als es trotz des Bitte-nicht-stören-Schilds an meiner Tür klopfte. Es war ein Uhr.

Durch den Spion sah ich Alder draußen stehen und wollte brüllen, er solle auf der Stelle wieder verschwinden, zugleich wollte ich aber auch nicht brüllen, also machte ich die Tür auf und zog ihn am Arm ins Zimmer.

Ich sagte: »Sie haben einen Knall.«

»Aber ich bin ja gar nicht hier!«

Alder trug ein Sportsakko über einem Purple-Rain-T-Shirt. Offenbar war er noch größer geworden, seit ich ihn das letzte Mal gesehen hatte. Ich vergesse immer wieder, wie spät Jungen noch wachsen.

Er sagte: »Das hier *müssen* Sie sehen«, setzte sich an mein Bettende und tippte auf seinem Handy herum.

Ich sagte: »Hoffentlich ist es ein YouTube-Video von kleinen Kätzchen.«

»Es ist der Chefermittler der Abteilung für Schwerverbrechen von der Staatspolizei. War gestern der letzter Zeuge.«

»Dwight Boudreau?« Ich schaute auf das angehaltene Video. Der Mann war uralt. Er musste, als ich damals an Miss Vogels Küchentisch mit ihm gesprochen hatte, kurz vor der Pensionierung gestanden haben. Ich sagte: »Das dürfen Sie mir nicht zeigen.«

»Deshalb habe ich es Ihnen ja auch nicht geschickt! Deshalb bin ich höchstpersönlich gekommen!«

»Können Sie es zusammenfassen?«

»Das Meiste ja, aber eins müssen Sie hören, das ist zum Wegschmeißen. Okay, also, Amy geht mit ihm die Ermittlungen durch, Schlag um Schlag, angefangen bei dem Anruf vom Gerichtsmediziner. Das Meiste ist unerträglich langweilig. Wie Papierkram, nur laut vorgetragen. Dann geht sie die Vernehmungsprotokolle durch, all die Dinge, denen nie nachgegangen wurde. Ein Lehrer sagte, Thalias Noten seien deutlich schlechter geworden, und sie fragt ihn: *Haben Sie sich ihre Noten angesehen?* Hatte er nicht. Solche Sachen. Tausende davon, es läpperte sich also. Wenn ich der Richter gewesen wäre, hätte ich gedacht: *Oh, verdammt.*

»So. Ich schalte jetzt hier dieses Kätzchen-Video ein, und wenn Sie zufällig was mitbekommen, ist das einfach Pech.«

Er drückte auf Play, legte das Handy aufs Bett. Ich setzte mich ein paar Schritte entfernt mit halbem Hintern auf die Kommode, als würde mich ein Meter Abstand exkulpieren.

Amy Marchs Stimme: »Sie haben sich am Mittwoch, dem 8. März 1995, mit Dr. Mary Ellen Calahan, der Schuldirektorin, getroffen, ist das korrekt?«

Die Stimme eines alten Mannes, dick und verschleimt: »Ja.«

»Und dies sind Ihre Aufzeichnungen von diesem Treffen?«

»Ja.«

»Können Sie die hervorgehobenen Zeilen laut vorlesen? Wir haben die Möglichkeit, sie für Sie zu vergrößern.«

»Ich kann das nicht lesen.«

»Okay, wenn das Gericht erlaubt, werde ich es vorlesen.« Ein Murmeln vom Richter. »Hier steht: *Dr. C schlägt vor, dass wir uns diejenigen aus der Internatsgemeinschaft genauer ansehen sollten, die stark genug sind, um einen sich wehrenden Körper in den Pool zu wuchten. Keine Schüler, keine Lehrer.* Erinnern Sie sich, das geschrieben zu haben?«

»Wenn es meine Handschrift ist, habe ich es geschrieben.«

»Sind Sie diesem Vorschlag von Dr. Calahan gefolgt?«

»Ich würde nicht sagen, dass wir Anweisungen von ihr entgegengenommen haben, aber sicherlich, wir haben es hier mit jemandem zu tun, der ein heranwachsendes Mädchen tragen konnte, der ihr diesen Badeanzug überziehen konnte, angenommen, sie hat es nicht selbst getan, und der sie in den Pool schaffen konnte.«

»Herr Boudreau, wie viel wog Thalia Keith zum Zeitpunkt ihres Todes?«

»Daran erinnere ich mich nicht.«

»Thalia Keith wog 50 Kilo.«

»Okay.«

»Das ist ziemlich wenig für ihre Größe. Sie war deutlich untergewichtig.«

»Nach meiner Erfahrung sind menschliche Körper unhandlich.«

»So dass man körperlich ungeheuer fit sein müsste, um ein 50 Kilo schweres Mädchen anzuheben.«

»Ja.«

»Können Sie mir ein Beispiel für jemanden nennen, der fit genug ist, das zu tun?«

»Ein Beispiel?«

»Was für eine Person könnte einen Körper dieser Größe anheben?«

»Ein Sportler. Jemand, der großgewachsen ist. Nicht der durchschnittliche fünfzehnjährige Junge.«

»Würden Sie sagen, ein achtzehnjähriger potenzieller Olympia-Skisportler könnte 50 Kilo anheben?«

»Vielleicht.«

»Denken Sie, ein dreißigjähriger Englischlehrer, der die Schüler auch im Football trainiert, könnte 50 Kilo anheben?«

»Das hängt von der Person ab.«

»Würden Sie sagen, dass mein Kollege hier eine 50 Kilo schwere Frau anheben könnte?« Ich nahm an, sie meinte Hector.

»Ich habe keine Ahnung.«

»Ich wiege 72 Kilo, also deutlich mehr als Thalia Keith. Sie und ich sind gleich groß, einen Meter siebzig. Sollen wir ihn mal aufrufen und ausprobieren, ob er mich anheben kann?«

»Das würde ich gerne sehen«, sagte er. Der Staatsanwalt erhob Einspruch, und der Richter gab ihn statt, klang aber belustigt.

Amy sagte: »Hector, ich fürchte, wir müssen Ihre Kraft bei anderer Gelegenheit testen. Mister Boudreau, Sie sagen, Sie haben *unabhängig* von Dr. Calahans erwähntem Hinweis entschieden, dass ein Schüler oder Lehrer aller Wahrscheinlichkeit nach nicht in der Lage gewesen wäre, Thalia Keith anzuheben?«

»Es wäre schwer gewesen. Ich weiß noch, wie ich damals, als ich in dem Fall ermittelte, gedacht habe, dass ich nicht dazu in der Lage gewesen wäre.«

»Sie haben sich also in Ihrer Entscheidungsfindung von Ihrer eigenen mangelnden Fitness leiten lassen.«

Es wurde Einspruch erhoben, und Alder hielt das Video an und brach in Gelächter aus.

Er sagte: »Okay, jetzt gibt es eine Verhandlungspause, und als der Richter gegangen ist, probieren die Leute es alle aus, jeder hebt irgendwen an. Nie im Leben probiert der Richter es nicht auch an jemandem aus.«

Ich sagte: »Das war ja wirklich ein fantastisches Kätzchen-Video.«

»Oder?«

Nach allem, was ich mir von Omars Verteidigung beim ersten Prozess angehört hatte – wir hatten uns für den Podcast die Audiomitschnitte besorgt –, klang der Bostoner Anwalt wie jemand, der uninspiriert aus den Unterlagen für ein langweiliges Verfahren vorlas. Amy bedeutete eine enorme Verbesserung.

Alder sagte: »Und ich weiß ja nicht, was in Ihren Freund gefahren ist, aber seit seinem Video kommt die Denny-Bloch-Sache endlich ins Rollen.« Anstatt zu antworten, schluckte ich. Alder und Britt waren nicht so stark auf Sie als Schuldigen fixiert, wie ich es war – Alder konzentrierte sich inzwischen mehr auf Ari Hutson, der aus dem Wald aufgetaucht sei, um erneut zu töten –, aber wir waren uns alle drei einig, dass jeder Verdächtige neben Omar uns weiterhalf. »Haben Sie das hier gesehen?«

Er zeigte mir eine neue Facebook-Seite mit der Überschrift: **Dennis Bloch Thalia Keith ›unaufgeklärter‹ Mord Belohnung.** Bisher hatte nur der Administrator etwas gepostet: *Denny Bloch, wo sind Sie? Interessierte Kreise sind bereit, für einen Lügendetektortest mit Ihnen wie auch mit Ihrer Frau Suzanne Hamby Bloch zu zahlen. Die Welt will es wissen, was verbergen Sie, Denny Bloch? Im Zusammenhang damit bieten wir eine Belohnung von 10.000 $ für jede Information zu Dennis Blochs Verstrickung in den Tod von Thalia Keith. Verbirgt auch Ihre Frau Suzanne Bloch Informationen? Machen Sie reinen Tisch, Dennis Bloch. Schreibt uns jedwede Information zu D Blochs Verstrickung in den Mord an Thalia Keith 1995.*

Es gab schon eintausend Follower.

»Das ist ja irre.«

»Die Dinge kommen in Fahrt!«, sagte Alder. »Die Dinge kommen ins Wanken.«

Ich sagte: »Bitte machen Sie sich keine großen Hoffnungen.«

Alder stand auf, wischte irgendetwas von seiner Jeans. Er sagte: »Ich bin ein Schwarzer in Amerika. Meine Hoffnungen sind nicht groß.«

19

Der Fitnessraum, der immer leer war, wenn ich daran vorbeikam, schien mir der sicherste Ort zu sein, um Sport zu machen. Im Schwimmbad könnte ich wieder die Serenhos treffen, beim Walken oder Joggen in der Stadt allen möglichen Zeuginnen und Zeugen begegnen und auf irgendeine problematische Art und Weise mit ihnen »gesehen« werden.

Es war ein kleiner Raum, dessen eine Wand nur aus Spiegeln bestand. Zwei Ellipsentrainer, ein Standfahrrad, ein paar Hanteln. Unter der Decke ein Fernseher, CNN in voller Lautstärke – Bomben in Kiew, Bomben in Charkiw, laute Männer mit lauten Meinungen zu allem. Ich musste ein paar Mal auf die Fernbedienungstasten hauen, bis der Apparat aus war. Als ich zehn Minuten auf dem Ellipsentrainer und zehn Minuten eines Films über eine Pariser Talentagentur hinter mir hatte, kam Beth Docherty herein.

Oder besser gesagt: Sie betrat den Raum, sah mich und machte auf dem Absatz kehrt. Sekunden später war sie wieder da, stürmte zu dem anderen Ellipsentrainer, nur wenige Schritte von meinem entfernt, und knallte ihre Wasserflasche in den Halter. Dann legte sie los, als könnte sie, wenn sie die Griffe nur schnell genug hin und her bewegte, wutgetrieben abheben. Sie versuchte, den Fernseher wieder einzuschalten, aber bei ihr funktionierte die Fernbedienung nicht. Beth war muskulös und dünn, fit auf eine Art, die sich mit Mitte Vierzig nur aufrechterhalten ließ, wenn man fast permanent trainierte. Braun war sie auch. Im März.

Ich hatte allen Grund, nicht mit ihr zu sprechen, und das war auch mein Plan, aber dann schien sie etwas zu sagen, also nahm ich meine Ohrstöpsel raus.

»Wie bitte?«

»Ich hab nicht mit dir geredet«, sagte sie. »Ich hab geflucht.«

»Oh. Okay.«

»Du kannst mich jetzt wieder ignorieren.«

Ich sagte: »Ich wollte nicht unhöflich sein. Wir dürfen nur nicht miteinander reden. Ich habe noch nicht ausgesagt.«

Sie lachte bitter. »Das kommt dir dermaßen gelegen, oder. In der Öffentlichkeit reißt du die Klappe auf, wann immer es dir passt, aber wenn deine Aktionen jemandem aus Fleisch und Blut schaden, befolgst du auf einmal brav die Regeln.«

»Es tut mir leid, wenn du das Gefühl hast, meine Aktionen hätten dir geschadet«, sagte ich, hörte meine eigene Formulierung, erkannte den Satzbau schlechter Menschen. Aber es war mir egal. *Beth Docherty* Ungelegenheiten zu bereiten, tat mir nicht leid. »Du musst doch gar nicht mehr hier sein, oder? Du wirst sicher nicht noch einmal in den Zeugenstand gerufen. Kannst du nicht einfach nach Hause fahren?«

»Mein Mann holt mich in einer Stunde ab. Ich hätte einfach zu Fuß nach Hause gehen soll. Ich hasse das hier alles. Ich find's zum Kotzen, diese Leute zu sehen. Ich find's zum Kotzen, die schlimmsten Jahre meines Lebens noch einmal zu durchleben.«

Ich brauchte eine Sekunde, um zu registrieren, dass sie nicht von den schlimmsten Momenten ihres Lebens gesprochen hatte, sondern den schlimmsten Jahren. Plural.

Ich sagte: »Du – du bist kein Granby-Fan mehr?«

Sie schnaubte. »Jede Sekunde in diesem Internat war ein Albtraum.« Sie haute auf eine Taste an ihrem Trainer, und er piepte und zeigte ihr, als sie abstieg, die Resultate ihres kurzen Workouts an.

Ich dachte, sie würde gehen, aber stattdessen entrollte sie eine lila Yogamatte, die sie neben den Hanteln gefunden hatte, setzte sich im Schneidersitz darauf, die Hände auf den Knien, und starrte in den Spiegel. Sie atmete sehr laut und sehr kontrolliert ein und aus. Ich konnte, ohne groß den Kopf zu drehen, ihr Spiegelbild sehen und beobachtete sie, wie man einen näherkommenden Waldbrand beobachten würde.

Beth sagte: »Ich hatte befürchtet, sie würden mich zu Mr. Bloch befragen.« Ihre Stimme war jetzt kleinlauter. Und irgendetwas war merkwürdig. Ich schaltete den Trainer aus und stieg ab, stellte mich schwitzend neben sie, schaute sie, die Hände auf den Hüften, im Spiegel an.

»Wäre das denn ein Problem gewesen?«

Ihr Gesicht war ein erlöschender Stern. Sie sagte: »Ich möchte mit all dem nichts mehr zu tun haben. Ich habe schon 97 ausgesagt, musste extra vom College aus herkommen. Ich wollte das alles nicht.« Unerwarteter- und unangebrachterweise hätte ich sie gern umarmt. Sie wirkte so klein dort auf dem Boden, eine ohnehin schon winzige Frau, die sich kieselsteinstill machte. Sie schloss die Augen. Ich setzte mich so leise ich konnte neben sie, kreuzte ebenfalls die Beine, schaute geradeaus in den Spiegel, als nähmen wir gemeinsam am selben Yogakurs teil und warteten auf Anweisungen. »Sie wollten etwas über meinen Flachmann wissen, aber warum sollte ich mich überhaupt noch daran erinnern? Und sonst haben sie wieder die gleichen Fragen gestellt wie letztes Mal. Wenn ich eine Schallplatte mit Sprung sein soll, können sie dann nicht einfach vorlesen, was ich damals gesagt habe? Meine Erinnerung ist ja nicht *besser* geworden. Und dann versuchen sie auch noch, es so darzustellen, als hätte ich persönlich ihn verleumdet, verdammt. *Zufällig* hat die Polizei mit mir zuerst geredet, aber gesagt haben wir alle das Gleiche. Und jetzt bin ich irgendwie das Problem. Außerdem hatten wir doch Recht. Es gab DNA-Spuren. Vielleicht würde ich anders denken, wenn das, was wir gesagt haben, das einzige Indiz gewesen wäre, aber das war es nicht.«

Es gelang mir, nicht zu widersprechen.

Als sie die Augen aufmachte, sagte ich: »Sie wollen nur beweisen, dass gegen niemand anderen ermittelt wurde.«

»Das Komische ist«, sagte sie, »dass ich ihnen durchaus was von Mr. Bloch hätte erzählen können, wenn sie denn *gefragt* hätten.«

»Von ihm und Thalia?«

»Er stellte sich so hinter dich und legte dir die Hände auf den Bauch, als wollte er an deinem Zwerchfell prüfen, wie du sangst. Oder er stellte sich vor dich und legte dir die Hände auf die Schultern, damit man sie beim Atmen nicht bewegte, und dabei kam er einem so nah, dass man seinen Atem im Gesicht hatte. Diesen grässlichen Kaffee-Atem.«

»Oh«, sagte ich. Warum war ich jetzt doch ein bisschen überrascht? Ich hatte erwartet, von einer Frau zu hören, die Sie Jahre später in Providence belästigt hatten, vielleicht von einer, die wie Thalia aussah. Vielleicht hatte ich auch angenommen, Sie hätten nur ab und zu mal eine Schülerin herausgepickt. Und Ihre Hände nicht überall gehabt, nicht wahllos alle angefasst. Das war dumm von mir. Nur weil Sie *mich* nie belästigt hatten, waren Sie in Ihrer Besessenheit noch lange nicht einäugig. »Hat er auch mal mehr gemacht als das?«

»Man sollte sich geschmeichelt fühlen. Als wir in der Zehnten waren, also in seinem ersten Jahr an der Schule? Da war er so dermaßen hinter dieser Zwölftklässlerin her, Erin Dominici, erinnerst du dich? Sie sah *umwerfend* aus. Und im Frühjahr darauf bekomme ich dann auf einmal ganz viel Aufmerksamkeit von ihm. Schon komisch, ich bin nicht in derselben Liga wie Erin, und seine Schmeichelei ist berauschend für mich. Alle finden ihn süß. Er hatte – also, wenn man jetzt zurückdenkt, hatte er was Jungenhaftes, das für Teenager attraktiver war, als wenn er einen Riesenbart gehabt hätte oder sowas, verstehst du? Er wollte, dass wir uns öfter zum Proben trafen, zu zweit. In dem Sommer hat er sogar mal bei mir zu Hause angerufen. Zum Glück bin ich selbst ans Telefon gegangen, aber vielleicht hatte er es schon vorher probiert und aufgelegt, als mein Vater dranging. Er wollte wissen, ob ich auch regelmäßig singe. Und dann redete er davon, wie einsam es im Sommer in Granby sei.«

Mir wurde bewusst, dass sie mit der routinierten Selbstwahrnehmung und Fähigkeit zum Monologisieren einer Frau sprach, die schon viele Therapiesitzungen hinter sich hatte.

»Im Herbst kommen wir alle zurück, und Thalia ist neu, und ich bin diejenige, die sie überredet, für die Follies vorzusingen. Er ist auf der Stelle hingerissen, ganz offensichtlich. Und das Kranke daran ist – solange sie mir galt, hatte ich nichts gegen seine Aufmerksamkeit, dann gilt sie ihr, und ich find's ekelhaft. Was ja wohl heißt, ich war eifersüchtig, oder? Thalia ist so schön, wie blöd von mir zu glauben, er könnte mich mögen, bla bla. Und es setzt mir zu, wie sie darauf reinfällt. So denke ich darüber – sie fällt auf diese Masche von ihm rein, die er bei allen anwendet.

Und sie geht so viel weiter, als ich es getan hatte. Ich weiß noch, wie wir einmal in jenem Herbst shoppen waren und sie sich lauter sexy Unterwäsche anschaute, so aus schwarzer Spitze, und mich fragte, ob ich glaubte, dass sie ihm gefallen würde. Ich hab gesagt, *Aber er wird sie doch nie zu sehen bekommen, oder?*, und sie dann: *Er lässt gern das Licht an.*«

Ich sagte: »Oh, mein Gott.« Ich sah mir selbst ins Gesicht, erstaunt, dass es nicht in Flammen aufgog. Ich musste Amy March anrufen, musste ihr dringend nahelegen, Beth noch einmal in den Zeugenstand zu rufen, aber zuerst musste ich wieder Luft bekommen.

»Wusstest du, dass ich sie mit Robbie verkuppelt habe?«, sagte sie. »Ich habe mich so bemüht. Um sie von Mr. Bloch abzubringen, was nicht geklappt hat. Und dann hat Robbie sie wie ein kleines Arschloch behandelt. Und ich – ich dachte jahrelang, ich wollte wohl Mr. Blochs ganze Aufmerksamkeit für mich allein. Aber wenn wir jung sind, sind wir manchmal klüger, als wir meinen. Vielleicht setzte es mir nicht zu, weil ich eifersüchtig war. Vielleicht setzte es mir zu, weil es mir *zusetzte*.«

Sie schwieg eine Weile, und ich hatte das Gefühl, irgendwie reagieren zu müssen. »Du hattest einen guten Instinkt«, sagte ich.

»Dann kam die Opernreise, und sie verschwand andauernd mit ihm, obwohl Robbie auch dabei war. Und ich habe sie immer wieder gefragt, ob wir nicht irgendwas zusammen machen wollten, nur um sie voneinander fernzuhalten. Wir hatten einen Riesenkrach deswegen. Wir haben wochenlang nicht miteinander geredet.«

Da hatte ich mich für so aufmerksam gehalten, und all dies war völlig an mir vorbeigegangen.

»Aber denk bitte nicht, das wäre der Grund, warum ich Granby gehasst habe. Die Mädchen waren schrecklich. Die *Jungs* waren schrecklich. Im ersten Jahr mussten wir in diesem Gesundheitskurs so einen bescheuerten anonymen Sexfragebogen ausfüllen, und diese Scheiß-, nein, ich werde dir nicht sagen, wer es war, aber irgendwer hat den Stapel Fragebögen gefunden und meinen genommen, weil ich als Einzige angekreuzt hatte, ich hätte schon Sex gehabt. Also zeigt sie den überall rum, in der ganzen Schule, bevor ich überhaupt rausfinden kann, warum alle hinter vorgehaltener Hand über mich reden. Mir bleiben zwei Möglichkeiten: Ich kann mit gesenktem Kopf rumschleichen oder ich kann dazu stehen. Ich wollte von der Schule weg, aber mein Vater – ich weiß nicht. Ich bin geblieben.«

Ich erinnerte mich daran. Donna Goldbeck – sie war es gewesen – hatte den kompletten Fragebogen, zusammen mit einer Nachricht, die Beth einmal am Flurtelefon für sie aufgeschrieben hatte, im Wohnheim herumgehen lassen. Sie brauchte viele Meinungen, ja die Meinung von jeder Einzelnen von uns, um zu klären, ob die Handschriften übereinstimmten.

»Und weißt du, was die Ironie daran ist? Ich hatte noch gar keinen Sex gehabt. Ich bin auf einer neuen Schule, die anderen wirken alle so erfahren, und ich denke, wahrscheinlich bin ich die Einzige, die es noch nicht gemacht hat. Mit vierzehn Scheißjahren. Also kreuze ich überall Ja an, aus Angst, dass mir jemand über die Schulter guckt und denkt, ich wäre prüde. Und das geht spektakulär nach hinten los.«

Ich sagte: »Das tut mir so leid. Und um ehrlich zu sein – ich habe da leider mitgemacht. Ich habe auch darüber geredet.« Mir wäre in unzähligen Leben nicht in den Sinn gekommen, dass ich mein Teil dazu beigetragen hatte, Beth Docherty zu mobben.

»Ich werfe niemandem vor, es geglaubt zu haben. Selbst jetzt, bei meinen eigenen Kindern, finde ich diese Dinge noch wahnsinnig verwirrend. Ich sage ihnen, sie sollen nichts auf Gerüchte geben, und dann erklärt mir meine Tochter: *Aber durch Gerüchte weiß man doch erst, ob jemand ein Missbrauchstäter ist.* Solche Wörter kennt sie, mit zwölf Jahren, das ist doch irre. Und soll ich dann sagen: *Ja, glaube diesen Gerüchten, aber den anderen nicht? Glaube nur Gerüchten über Männer?*«

»Tja«, sagte ich. »Glaube Frauen. Das ist nicht perfekt, aber vielleicht ein Anfang.«

Beth drehte ruckartig den Kopf zur Seite und sah mich zum ersten Mal direkt an. »Entschuldige, aber ist dein Mann nicht total in die Mee-too-Mangel genommen worden?« Sie sprach jetzt wieder mit ihrer schärfsten Stimme. Als wäre die ganze Unterhaltung eine Falle gewesen, wie einst die Bemerkung »schönes Oberteil«.

Ich sagte: »Jemand hatte ein paar Probleme mit ihm.«

»Dann musst du das gerade sagen. *Dieser* Frau glaubst du nicht, aber anderen Frauen schon, wenn es dir in den Kram passt.«

»Das ist, glaube ich, nicht ganz fair.«

Beth richtete den Blick wieder auf den Spiegel, regulierte ihren Atem. Wir waren wieder im Yogakurs.

»Wie auch immer, ich habe alles darüber gelesen.«

»Ja«, sagte ich, »er ist ziemlich bekannt. Aber was ich meinte war: Es tut mir leid, dass dir das passiert ist.«

»Im letzten Schuljahr war ich doch mit Dorian zusammen, weißt du noch? Wir haben uns nach der Hälfte meines ersten Semesters an der Penn getrennt, aber insgesamt war das ein Jahr meines Lebens. Er hat mich behandelt wie – für ihn war alles ein Witz. Er verkörperte alles, was an Granby am schlimmsten war.«

Beth und Dorian machten damals so oft Schluss und versöhnten sich wieder, dass wir schon darüber lachten, es war ein Running Gag. Sie kam mit geschwollenen roten Augen zum Unterricht, und Fran schob mir einen Zettel zu: *Zoff in Loverville!*

»Wir waren in der Skihütte von Mike Stiles' Eltern in Vermont, und sie hatten eine Überwachungskamera auf der Veranda. Die hat Dorian irgendwie ins Schlafzimmer geholt, und dann ist er mit mir da reingegangen. Er hatte allen anderen gesagt, sie sollten auf den Monitor schauen, und ich hatte keine Ahnung.«

Im Spiegel weiteten sich meine Augen, mein Mund suchte dümmlich nach Worten.

»Das ist ja schrecklich.«

»Die haben alle dagesessen und zugesehen, was wir machten. Noch dazu Sachen, die ich gar nicht machen wollte. Dorian fand es wahnsinnig komisch.«

»Das ist *schrecklich*.« Ich machte im Geist eine Bestandsaufnahme der Leute, die wahrscheinlich dabei gewesen waren, die zugeschaut und gelacht hatten. Mike Stiles auf jeden Fall. Robbie. Dass Thalia dort sitzengeblieben war, konnte ich mir nicht vorstellen. Sie hätte ihnen eher gesagt, sie seien widerlich, hätte den Raum verlassen.

»Es ist so scharf, wie sie sich streiten«, hatte Donna Goldbeck mal über Beth und Dorian zu mir gesagt. »Also, richtig heiß. Sie haben sich da im Haus angeschrien, und fünf Minuten später waren sie oben und haben gevögelt.«

Und ich glaubte es ihr aufs Wort: Es war heiß, es war beneidenswert, es war eine Ebene von Beziehung, die ich allenfalls anstreben konnte.

»Aber du verstehst das nicht«, sagte Beth. »Du sagst, es ist schrecklich, aber du hast keine Ahnung. Du warst *sicher*. Du warst nie in dieser Lage.«

»Ich war sicher?« Ich versuchte zu begreifen, was sie meinte.

»Mensch, Bodie. Du warst merkwürdig. Du warst einschüchternd. Du hast immer mit den Augen gerollt, egal, was wir gesagt haben. So als ob du uns für die wertlosesten Menschen der Welt gehalten hast.«

Ich konnte ihr nicht widersprechen. Ich hätte ihr Dinge aus meinem Leben erzählen können, meiner Kindheit, hätte sie daran erinnern können, dass sie mich »Die Onanistin« getauft hatte. Aber ich hatte längst gelernt, die Traumata anderer nicht mit meinem Trauma zu kontern. Ich sagte: »Es tut mir so leid, dass du das durchmachen musstest. Ich hatte keine Ahnung, und es tut mir wirklich wahnsinnig leid.«

»Und mir tut es leid, dass ich dich so hasse. Aber, Bodie, ich hasse dich *so sehr*. Du hast dies alles in Gang gesetzt, und jetzt muss ich all diesen Menschen gegenübertreten. Mein Mann hat diese Woche eine OP, darauf müsste ich mich eigentlich konzentrieren, und stattdessen bin ich hier. Ich würde gern einfach mein Leben weiterleben. Ich hasse dich dafür, dass du mich wieder hierhergebracht hast.«

Wir schauten immer noch ausschließlich in den Spiegel, zwei gleichaltrige Frauen, die in der gleichen Haltung dasaßen. Ihre Zierlichkeit war mir in Granby als eine starke Währung erschienen, ich hatte geglaubt, je kleiner du warst, als Mädchen, desto mehr drehte die Welt sich um dich herum. Jetzt, neben mir, zwei Drittel so groß wie ich, wirkte sie, als wäre sie von einer zu großen Welt überwältigt, als wäre ihr nie mehr Macht gewährt worden als einem kleinen Mädchen.

Ich sagte, noch einmal: »Ich hatte keine Ahnung.«

Sie stand auf, ohne die Hände zu benutzen, schwerelos, und sagte: »Ich bin so scheißfroh, diesen Ort hier verlassen zu können.«

2 0

Dane Rubra war außer Atem.

Er hatte Sie gefunden. Oder jemand aus seiner »Community«. Es gab einen D. Stanley Bloch in Silver Spring, Maryland, 59 Jahre alt, der für ein lokales Jugendorchester arbeitete. Einen Moment war ich skeptisch (Stanley?), aber Danes Leute hatten sorgfältig gearbeitet.

»Also«, sagte Dane in seinem gerade geposteten Video. Er stand auf einem Parkplatz, Vogelgezwitscher und Verkehrslärm um ihn herum. »Herausgefunden zu haben, wo jemand lebt, heißt nicht, dass wir als Mob vor seiner Haustür auftauchen. Es heißt, dass wir Menschen aus seinem Umfeld ansprechen, Menschen, die seit 1995 Kontakt mit ihm hatten, Vorgesetzte, Kolleginnen und Kollegen, ehemalige Schülerinnen. Letzteres kann ich nicht genug betonen. *Ehemalige Schülerinnen.* Der Mann selbst – wenn wir ihm auf der Straße begegnen, wird er uns gar nichts geben. Aber die kleine Sally, die Flötenspielerin, versteht ihr, die er auf seinem Schoß hat sitzen lassen, die hat vielleicht eine Geschichte zu erzählen.«

Die Schadenfreude in seinem Blick widerte mich genauso an wie seine Verwendung des Namens Sally, Synonym für das klischeehaft unschuldige Mädchen, das aus dem Jahr 1955 stammte. Die kleine Sally und ihr Bruder Timmy.

Und trotzdem: Er war nützlich. Seine Follower waren nützlich. Wer wusste, was sie sonst noch herausfinden konnten?

Dreimal an diesem Nachmittag hatte ich angefangen, der Verteidigung zu schreiben, sie sollten noch einmal mit Beth sprechen, und jedes Mal hatte ich die Wörter wieder gelöscht. Ich würde ihnen damit nicht nur von Thalias, sondern auch von Beths Missbrauchserlebnis erzählen, noch dazu ohne ihre Erlaubnis. Und wenn die Verteidigung meine Anschuldigungen gegen Mr. Bloch nicht gebraucht hatte, brauchte sie dann Beths? Da sie schon ausgesagt hatte, würde es, wenn sie sie erneut in den Zeugenstand riefen, nicht so aussehen, als wäre sie unter Druck gesetzt worden? Was, wenn der Staatsanwalt sie fragte, ob sie zwischen ihren beiden Aussagen mit mir gesprochen habe? Es wäre Amys Verantwortung, aber ich musste es dennoch alles gut durchdenken. Und heute war erst Samstag; ich könnte sie morgen noch anrufen.

Dass Danes Lakaien den Brotkrumen folgten, war fürs Erste genau das, was ich mir gewünscht hatte.

»Und zweitens«, sagte Dane, »wollen wir ihn im Auge behalten. Dieser Mann hat mindestens einmal seinen Namen geändert. Wir wollen nicht, dass er den Ort wechselt.«

Ich fragte mich, wie viele seiner Follower in dieser Sekunde nach Silver Spring aufbrachen, wie viele Ihren E-Mail-Account hackten. Wie viele etwas noch Größeres planten.

Mir lief es kalt den Rücken hinunter, die Arme hinunter, als mir der Mann in den Sinn kam, der auf der Suche nach dem nicht existierenden Pädophilenring im Keller einer Pizzeria mit einer Schusswaffe dort hineingegangen war; als ich überhaupt daran dachte, wie viele Menschen in Amerika Schusswaffen besaßen.

Erschrocken merkte ich, dass ich Ihnen gegenüber in einem ganz, ganz kleinen Winkel meiner Seele immer noch Loyalität empfand und Ihnen eine Nachricht schicken wollte: Setzen Sie sich ins Auto und fahren Sie los. Ändern Sie auch Ihren Nachnamen. Drehen Sie sich nicht noch einmal um.

21

Ich versuchte, mich mit einem Film abzulenken, aber da das WLAN des Calvin Inn sich für den Tag offenbar schon verausgabt hatte, war ich auf das Angebot des klotzigen Panasonic in meinem Zimmer angewiesen. Auf einem Sender lief *Bus Stop*, ein Film, den ich furchtbar fand. *Bus Stop* ist das, was herauskommt, wenn keine Frauen am Schreibprozess beteiligt sind. Da sehen wir dann zum Beispiel, wie Marilyn Monroe sich im Bus neben eine Frau setzt und ihr sagt, sie sei gekidnappt worden, und die Frau antwortet: »Das wäre nicht so schlimm, wenn Sie in ihn verliebt wären.«

Ich schaltete den Fernseher aus und ging meine E-Mails durch. Jemand, den ich nicht kannte, hatte mir einen Clip von einem Bostoner Sender geschickt – Teil eines Interviews mit Brad Keith, Thalias Halbbruder. Brad war auf würdevolle Art ergraut, mit immer noch dichtem Haar. Er trug einen taubenblauen Pullover. Nach meinem letzten Kenntnisstand war er Rohstoffhändler.

»Aber im Interesse der Gerechtigkeit –«, sagte die Reporterin, die ihm gegenüberstand.

»Der Gerechtigkeit wurde Genüge getan. Er hat seine Gerichtsverhandlung gehabt und nach der Berufung noch eine zweite. Ich verstehe das Recht auf ein faires Verfahren, aber drei Verfahren? Vier? Fünf? Wo hört das auf? Man kann nicht so lange weiter würfeln, bis man das gewünschte Ergebnis hat.«

Die Reporterin wies ihn nicht auf den Unterschied zwischen

einer Anhörung und einem Verfahren hin. Sie sagte: »Es gibt neues Beweismaterial. Wir wissen jetzt, da–«

»Nichts ist neu. Ihre ehemalige Mitbewohnerin erzählt irgendeinen Mumpitz über *Punkte*. Und es gibt Blutspuren, die den tätlichen Angriff ein paar Schritte weiter nach links verlegen. Omar Evans hat unser aller Leben zerstört, nicht nur Thalias. Und jedes Mal, wenn man uns wieder in die ganze Geschichte reinzerrt, zerstört er es uns von Neuem. Wir haben genug durchgemacht.«

»Ihre Schwester Vanessa ist anderer Meinung.«

Er schüttelte resigniert den Kopf. »Sie war noch so jung, als es passierte.«

In der E-Mail, unter dem Videolink, stand: *Guck, was du anrichtest, du gewissenlose Bitch.*

22

Geoff hatte zum Abendessen Pizza bestellt, und wir setzten uns an den kleinen Tisch in seinem Zimmer. Geoff, der sich früher kulinarischen Mutproben gestellt hatte und zum Beispiel in einem Becher aus der Cafeteria Schokomilch, Hot Sauce, Ranch-Dressing und Orangensaft mischte und das Gebräu in einem Zug austrank, war ein Gourmet geworden. Er hatte es geschafft, über einen Lieferdienst eine ganz bestimmte Kräuterpizza aus Hanover zu bestellen, die noch heiß geliefert wurde, zusammen mit einer Flasche hervorragendem Syrah aus einer völlig anderen Quelle. Wir hatten vor, den von ihm gehorteten alten Granby-Krempel durchzusehen, den er für Britt und Alder mitgebracht hatte. Aber zuerst: Kohlenhydrate, Käse und Wein. Ich beschloss, so viel zu essen, wie ich wollte.

Er sagte, im Calvin Inn bekomme man, was man verdient habe; ich verstand nicht, was er meinte, und musste mir von ihm erklären lassen, dass es ein Witz über den Calvinismus war. »Ach, *so* einer«, sagte ich. »Ich liebe gute Calvinismus-Witze.«

Er fragte mich, ob ich glaubte, dass Carlotta es schaffen würde, und der Käse verklebte mir den Hals.

Um neun kam Alder dazu. Ich hatte beschlossen, mich nicht länger von ihm fernzuhalten – was machte es schon, wenn eine, die nie aussagen würde, mit einem Vertreter der Presse sprach? –, aber ich hatte ihm noch nicht erzählt, was ich von Beth erfahren hatte. Alder war nicht gerade der beste Geheimnishüter.

Geoff zog einen Rollkoffer aus der Garderobe ins Zimmer und öffnete ihn auf dem Boden. »Ich musste die Krankenpflegerin meiner Mutter bitten, das alles rauszukramen.« Der Koffer war mit Jahrbüchern, Papieren, Fotos und Ausgaben des *Sentinel* vollgestopft.

»Wie viel musstest du der Fluggesellschaft zahlen, um einen Tausend-Kilo-Koffer mitzunehmen?«

Wir setzten uns im Schneidersitz auf den Teppich, der wahrscheinlich nicht allzu sauber war.

Ich nahm unsere *Dragon Tales* aus dem letzten Schuljahr von einem Haufen, blätterte die Seite mit unseren Eigeneinträgen auf und tat so, als läse ich vor: »*Lieber Geoff, ich möchte einen Mord gestehen, der* – mein Gott, Geoff, das hast du siebenundzwanzig Jahre lang bei deinen Sachen gehabt!«

»Dr. Calahan!«, rief er. »Die ganze Zeit!«

Wir brachten drei Stunden damit zu, alles durchzusehen, ordneten manches zu gutgemeinten Stapeln, lasen uns immer wieder gegenseitig etwas vor und brachen in schallendes Gelächter aus. Geoff schrieb damals oft Filmkritiken für den *Sentinel,* und 1994 hatte er *Pulp Fiction* als »ein ikonoklastisches Filmkunstwerk« bezeichnet, »das für die großen Ruhmeshallen ausersehen wäre, hätte es diese herausragende kanonische Bestimmung nicht bereits erreicht.«

»Das kannst du gern in irgendwelchen künftigen Vorlesungen verwenden«, sagte er. »Zitier das gern wie verrückt.«

Alder wollte sich über jeden Jungen und jedes Mädchen mit interessantem Haarschnitt unterhalten. Die Jugendbilder von jemandem wie Priscilla Mancio begeisterten ihn. »Es gab einen *Websurfing-Club*?«, sagte er.

»Da waren nur die größten Nerds drin«, sagte ich. »Ich hoffe, sie sind jetzt alle Milliardäre.«

Gegen Mitternacht waren wir alle überdreht und erschöpft und wären endlich schlafen gegangen, hätten wir nicht, zu Alders

Freude, gerade die ganzen Fotos von Jimmy Scalzittis gefunden – *Camelot* und die Matratzenparty und am Ende der Boden von Jimmys Wohnheimzimmer. In dem weißen Geschäftsumschlag waren mehr als sechsunddreißig Abzüge, allerdings gab es manche Fotos doppelt. Ich staunte, dass die Negative noch dabei waren; wieder etwas, wonach die Staatspolizei nie gefragt hatte. Etwas Neues war leider nicht dabei, all diese Aufnahmen waren auch online zu sehen – und trotzdem konnten wir nicht anders, als sie alle auf dem Bett auszulegen.

Ende 2018 war im Internet großes Interesse an der Frage aufgekommen, ob die Sneaker von irgendwem zu sehen waren, weil sich so vielleicht der Fußabdruck an der Geräteschuppentür identifizieren ließe. Vom zeitlichen Ablauf her ergab das keinen Sinn, es sei denn, jemand von der Matratzenparty wäre später rübergegangen, um beim Beseitigen der Spuren zu helfen. Den Leuten, die von Omars Unschuld überzeugt waren, schien es dennoch einen Versuch wert gewesen zu sein. Immerhin hätte ein identifizierbarer Sneaker einen kleinen Keil in den Fall treiben können. Aber die einzigen Schuhe, die man deutlich genug sehen konnte, um sie zuzuordnen, waren Asad Mirzas Duck Boots.

»Also, wer sich ja an den beiden hier definitiv aufgeilen würde«, sagte Geoff und legte ein Bild von Beth und Fizz aufs Bett, »ist dieses YouTube-Teiggesicht.«

»Das will ich mir gar nicht vorstellen.«

Mithilfe der Zeitangaben auf den Negativen legten wir die Fotos in chronologischer Reihenfolge nebeneinander, identische Bilder zusammen. Zuerst waren da zwölf Aufnahmen von *Camelot* – miserable Qualität, weil Jimmy kein Blitzlicht benutzen durfte –, dann lauter verschwommene Beine und eine blaue North-Face-Jacke im dunklen Wald (hier musste er doch sein Blitzlicht verwendet haben), 21:58.

Dann kam die 21:59-Aufnahme mit den berüchtigten »Blutspritzern«, die aber so eindeutig nur Schlammspritzer hinten auf Robbies Sweatshirt waren. Der Rahmen war etwas größer als das Foto, das ich online gesehen hatte. Fünf Personen, drei mit dem Rücken zur Kamera. Zwei Gesichter – Sakina John, Asad Mirza – leuchteten im Blitzlichtfeuer; die Kamera hatte beiden rote Teufelsaugen verpasst. Wir nannten Alder alle Namen, aber er kannte sie schon.

Als Nächstes das 22:02-Foto von Robbie mit den Armen um Beth und Dorian. Hier sah man sein Gesicht, nicht nur seinen Rücken; dies war das Foto, das sein Alibi bewies, das Foto, das online am prominentesten von allen diskutiert worden war. Reddit-User hatten ganze Threads darüber. (*Wie exakt ist so ein 1990er-Kamera-Zeitstempel überhaupt? Ist ja kein mit GMT synchronisiertes Smartphone. Könnte ziemlich weit abweichen. Zeitzonen, DST etc!*) Aber selbst wenn das so war, deckten die Fotos bis zu dem letzten, auf dem Fizz ein Bier trank, doch einundvierzig Minuten ab – und wenn diese Kids nicht alle zu ihren Wohnheimen zurückgeflogen waren, passte das ziemlich genau. Es hätte schon eines Klügeren als Jimmy Scalzitti bedurft, um mehrfach die Zeiteinstellungen zu ändern.

Ich schaute mir die letzten drei Aufnahmen an, die von Jimmys Zimmerboden, zufrieden, dass wir alle sechsunddreißig Fotos zugeordnet hatten, als Alder »Hm« machte.

Einfach so, ein kleines, dumpfes Grummeln.

Ich spähte über seine Schulter und versuchte zu sehen, wo er hinschaute. Er nahm es in die Hand: das Schlammfoto, die Rückenansicht.

Alder sagte: »Das ist Serenho, stimmt's?« Er zeigte mit dem kleinen Finger auf Robbies Rücken. Das war er, sein lockeres Haar, die Rückseite desselben goldenen Granby-Skisweatshirts, das er auch auf anderen Aufnahmen trug, dieselbe weite Hose.

Ich sagte: »Ja. Es ist *kein* Blut.«

»Nein, ich weiß.« Alder spitzte die Lippen.

»Es ist nur Dreck.«

»Genau.«

Er machte mit seinem iPhone ein Foto von dem Foto, stellte den Kontrast so scharf ein wie möglich. Dann zoomte er den Rücken von Robbies Sweatshirt heran. Die Spritzer waren genau in der Mitte und bildeten ein Muster, das sich nach oben hin verjüngte. Und man sah, dass sie noch etwas weiter hinunterreichten, denn dieser Abzug war um ein paar Millimeter größer als das online-Foto. Blut war es trotzdem nicht. »Ich denke Folgendes«, sagte er. »Die Spritzer stammen von einem Fahrrad. Vom Fahrradfahren über schlammigen Boden.«

Auch wenn ich keine Ahnung hatte, worauf Alder hinauswollte, hielt ich die Luft an.

»Nein«, sagte Geoff. »Niemand hatte ein Fahrrad. Darf man *heute* auf dem Campus Rad fahren? Und wozu überhaupt.«

Aber Alder hatte Recht. So sahen Leos T-Shirts hinten aus, wenn wir Jeromes Familie in Wisconsin besucht hatten und er auf ihrer Farm herumgefahren war.

Alder zoomte so nah wie möglich heran, als stünden ein paar Antworten auf unsere Fragen womöglich in dem dunklen Muster. Er sagte: »Das stammt von einem Fahrrad.«

»Es stammt von einem Fahrrad«, wiederholte ich begriffsstutzig.

Geoff sagte: »Okay, aber wer hatte eins?«

»Na ja – kleine Kinder«, sagte ich. »Oder? Kinder von Lehrkräften.« Ich erinnerte mich, dass Mr. Levins Sohn Tyler mit seinem BMX auf der Allwetterlaufbahn herumgefahren war, immer im Kreis. Für uns wäre es idiotisch gewesen, sich auf Rädern über das Gelände zu bewegen, aber wer ein fünfjähriges Kind hatte, kaufte ihm natürlich trotzdem ein Fahrrad. Irgendwie mussten sie es ja lernen.

Geoff sagte: »Er hatte wahrscheinlich eins zu Hause.«

Alder sagte: »Er ist zu Hause in Vermont an Weihnachten Fahrrad gefahren? Im Schlamm? Und hat das Sweatshirt wieder mit hierher genommen und es drei Monate nicht gewaschen?«

»Vielleicht«, sagte ich. »Oder in der Feb-Woche. Das klingt nicht logisch. Warum hab ich Herzrasen?«

Geoff starrte auf das Foto und sagte »Ach herrje«, als wäre auch ihm gerade alles klar geworden, und nur ich stocherte noch im Dunkeln.

Alder sagte: »Gehen wir das mal zusammen durch. Gehen wir das durch.« Er setzte sich auf die Bettkante, und die anderen Fotos rutschten ineinander.

Ich brauchte so lange. Ich brauchte lächerlich lange. Und ja, das Hauptproblem war, dass ich mich so auf Sie fixiert hatte, dass ich den Laserstrahl meiner Gedanken auf Ihr Alibi, Ihre Motive, Ihre Sünden, Ihre Lügen gerichtet hatte und das, was eine Erleuchtung hätte sein sollen, nur als blendendes Gleißen sah. Wie bei einer Sonnenfinsternis konnte ich nur die Ränder davon erkennen.

Ich sagte: »Er fuhr mit dem Rad, weil – okay, er fuhr mit dem Rad, um zur Party zu kommen. Alle anderen gingen zu Fuß, aber er nahm ein Fahrrad?«

Geoff ging im Zimmer auf und ab, die Hände auf dem Kopf.

Alder sagte: »*Camelot* ist zu Ende. Und sie gehen los. Und – und sie sind zu Fuß unterwegs, gehen vielleicht noch kurz in ihre Wohnheime, brechen so um neun herum auf. Sie brauchen eine halbe Stunde. Und sie gehen langsam wegen Mike Stiles Bein, richtig?«

Und ich begriff es immer noch nicht.

»Er war nicht *dabei*«, sagte er. »Nicht von Anfang an. Sie gehen in Gruppen, es sind neunzehn, niemand macht eine Anwesenheitskontrolle. Die Hälfte ist schon betrunken.«

Ich sagte: »Er war nicht dabei« oder bewegte zumindest stumm die Lippen. War das überhaupt möglich? Es war eine Rechenaufgabe. Ich schnappte mir den Calvin-Inn-Notizblock und einen Stift von Geoffs Schreibtisch und schrieb:

ca. 20:45? Camelot zu Ende
21:00 Aufbruch

21:30 Matratzen
21:58 erstes Matratzenfoto
21:59 erstes Foto von Serenho
22:45 Aufbruch Matratzen
23:05 zurück in Wohnheimen

Geoff nahm mir den Stift aus den Fingern und kringelte die ersten fünf Punkte ein, alles vom Ende von *Camelot* bis zu Robbie Serenhos erstem Foto. Daneben schrieb er: *1 Stunde 14*. Das war so viel Zeit. Selbst wenn die Aufführung ein paar Minuten später zu Ende gewesen war.

Er sagte: »Was meint ihr, wie lange es dauert, mit dem Fahrrad von der Sporthalle zu den Matratzen zu fahren?«

»Es war matschig«, sagte ich. Nur meine beschränktesten Gedanken nahmen vollständig Gestalt an. Ich sagte: »Alder, du nimmst das doch nicht alles auf, oder?«

Er schüttelte den Kopf. »Sollte ich?«

»Nein.«

Geoff sagte: »Wenn ich mich nicht groß anstrenge, schaffe ich acht Kilometer pro Stunde. Hier fährt jemand, so schnell es geht, über 2,2 Kilometer matschiges Gelände – sagen wir, vorsichtig gerechnet, zehn Minuten. *Extra*vorsichtig, fünfzehn Minuten. Selbst wenn wir von einem jugendlichen Sportler mit tonnenweise Adrenalin reden.«

Ich sagte: »Das gibt ihm immer noch fast eine Stunde.«

Ich stützte das Gesicht in die Hände, weil es heiß war und meine Hände eiskalt.

Alder rutschte auf den Boden, legte sich auf den Rücken, starrte an die Decke. Er sagte: »Sind wir verrückt? Vielleicht sind wir verrückt. Also Moment: Er holt Thalia hinter der Bühne ab. Vielleicht versucht er sie dazu zu bringen, mit zu den Matratzen zu kommen. Vielleicht hat er ja seinen Freunden gesagt, dass er kommt. Sie streiten sich, gehen Richtung Sporthalle. Was immer passiert, passiert. Er gerät in Panik, weiß, dass er ein Alibi braucht. Wenn er zu den Wohnheimen zurückgeht, wird man nicht nachvollziehen können, wo er die vergangenen fünfundvierzig Minuten war.«

»Außerdem braucht er wahrscheinlich was zu trinken«, sagte Geoff.

»Genau. Und er braucht seine Freunde. Also muss er schnell zu den Matratzen. Er sieht sich um und entdeckt ein Kinderfahrrad, vielleicht auch das Fahrrad eines Lehrers, einer Lehrerin, was auch immer. Er fährt hin, lässt das Fahrrad irgendwo im Wald, und sobald er dort ist, sorgt er dafür, dass seine Freunde ihn sehen. Er tut so, als wäre er die ganze Zeit da gewesen.«

»Niemand sieht ihn kommen?«, sagte ich. »Niemand sagt: *Wo kommst du denn jetzt her?*«

Geoff sagt: »Okay, also, vielleicht bemerken sie es nicht oder sie haben es vergessen. Oder sie decken ihn später. Aber er sieht, dass Scalzitti seine Kamera noch dabeihat. Die ersten Bilder wurden ja erst gemacht, nachdem Robbie dazugekommen war. Vielleicht hat er sich die Kamera geschnappt und den Zeitstempel aktiviert.«

Alder, immer noch auf dem Boden, sagte: »Oh mein Gott oh mein Gott oh mein Gott. Kann ich Britt anrufen?«

Ich sagte: »Ich – also, das ist alles ganz schön ausgefuchst für einen betrunkenen Jugendlichen.«

»Wer sagt denn, dass er betrunken war?«, sagte Geoff. Vielleicht war er stocknüchtern. Oder klar, vielleicht war er auch die ganze Zeit besoffen. Das sind ja keine nüchternen Handlungen. Angefangen damit, es überhaupt zu tun. Sie in den Pool zu werfen. Ein Fahrrad zu klauen und damit durch den Wald zu pflügen.«

Ich sagte: »Das ist ein Zirkelschluss. Wir gehen von einem Dreckstreifen auf seinem Sweatshirt aus. Der könnte drei Monate alt gewesen sein. Er ist ein Teenager. Der Dreck könnte von etwas anderem stammen. Das Sweatshirt könnte jemand anderem gehören.«

»Stimmt«, sagte Alder. »Und das ist nicht besonders nützlich vor Gericht. Robbie hatte ein dreckiges Sweatshirt, also ist Omar unschuldig. Das ist nicht –« Er beendete den Satz, indem er sich auf den Bauch drehte, mit dem Gesicht zum Teppich.

Ich sagte: »Es ist nichts Greifbares.«

Aber trotzdem: Ich spürte, wie bei mir alles verschwamm.

Ich hatte so viele Jahre lang geglaubt, dass es Omar gewesen war und der Fall geklärt war, selbst dann noch, als meine Zweifel an dem Verfahren gegen ihn – und mein Verdacht gegen Sie – anfingen, an mir zu nagen, ein Vogel, der bereit war, aus seiner Schale zu schlüpfen. Und dann brach die Schale, zerfiel in Stücke, und die einzige plausible Erklärung war, dass Sie es getan hatten.

Sie hatten es getan, Sie. Alles passte. Sie hatten ein Motiv, Sie hatten eine Gelegenheit. Sie hatten schon eine schreckliche Tat begangen, also mussten Sie noch eine andere begangen haben.

Mein schwachsinnigster Gedanke: So unbekümmert, wie er neulich in den Pool gesprungen war, konnte es nicht Robbie gewesen sein.

Alder und Geoff starrten wieder auf das Foto. Irgendwo hier im selben Gebäude schliefen Robbie und seine Familie. Und irgendwo da draußen schliefen auch Sie.

23

Ein Mann wurde gefasst, weil er behauptet hatte, er habe den Staat nicht verlassen – aber die toten Insekten auf der Windschutzscheibe seines Mietwagens konnten nur von außerhalb Kaliforniens stammen.

Ein Mann wurde gefasst, weil er sich auf Amazon ein Messer bestellt hatte.

Ein Mann wurde gefasst, weil auf dem Starbucks-Becher im Müll der Frau sein Name stand.

Ein Mann wurde gefasst, weil er, nachdem die Polizei ihm mitgeteilt hatte, dass die Leiche seiner Frau im Wald gefunden worden sei, dorthin kam und statt zum Absperrband zu laufen genau zu der Stelle lief, wo er ihre Leiche abgelegt hatte.

Ein Mann wurde gefasst, nachdem seine Behauptung, er und die Frau hätten einvernehmlichen Sex gehabt, in sich zusammenfiel, weil sein Samen in ihrem Körper war, aber nicht in ihrer Unterhose oder Hose. »Tote Frauen«, sagte der Staatsanwalt, »stehen nicht auf.«

Eine Frau schaffte es, den Führerschein ihres Kidnappers in zwanzig kleine Stücke zu schneiden und sie herunterzuschlucken, damit sein Ausweis in ihrem Magen sein würde, wenn man sie fand. Und er wurde verhaftet. Und zum Verhör vorgeladen. Aber es wurde nie Anklage gegen ihn erhoben.

2 4

Wieder in meinem Zimmer, lag ich im Bett und versuchte nachzudenken. Wenn Robbie sie getötet hatte, wenn er die Beherrschung verloren hatte und gewalttätig geworden war, dann wahrscheinlich Ihretwegen. Was sonst hätte ihn so wütend machen sollen? Gut: Bei manchen Menschen lauert die Wut direkt unter der Oberfläche, und eine zerkochte Kartoffel genügt, um sie zu tödlicher Gewalt anzustacheln. Soweit ich wusste, war das bei Robbie nicht so. Sie war nie mit blauen Flecken im Gesicht zum Unterricht erschienen. Sie kam an dem Abend aus Ihrer Show. Hatte er etwas zwischen Ihnen beiden gesehen?

Mir fiel wieder ein, was mein Unbehagen ursprünglich ausgelöst hatte: wie Thalia den Kopf zur Seite gedreht und stumm *Was?* gesagt hatte, als wartete dort in den Kulissen jemand auf sie, sei wütend auf sie. Sie waren im Orchestergraben und dirigierten. Omars Anwesenheit im Theater wäre aufgefallen. Robbie Serenho dagegen konnte einfach hinter die Bühne huschen und durch die Grüppchen der Mitwirkenden gehen, ohne mehr als ein geflüstertes *Robbie, du hast hier nichts zu suchen!* hervorzurufen. Ihr Streit könnte begonnen haben, als sie von der Bühne abging und ihm sagte, er solle verschwinden. Oder er war dort, weil der Streit schon Stunden vorher begonnen hatte. Vielleicht trieben ihn Stunden der Wut vorwärts. Vielleicht wusste er ganz genau, was er vorhatte.

Ich schlief ein, aber meine Träume käuten die Themen nur wieder. Die Fotos auf Geoffs Bett, die Rechenaufgabe mit dem Fahrrad im Wald. *Ein Zug fährt um 21 Uhr in Kansas City los, sein Ziel ist die Sporthalle. Wie wütend ist der Lokführer?*

Am Morgen schrieb ich Fran: *Ich habe eine Aufgabe für Jacob und Max.* Könnten sie bitte mal mit ihren Rädern von der Sporthalle zur alten Matratzenstelle fahren und die Zeit stoppen? Und dabei alle neueren Pfade meiden? Ich gab ihr keine Erklärung.

Fran schrieb zurück: *Wer hatte denn bitte ein Fahrrad? Aber klar! Sie brauchen Bewegung!*

Es war jetzt kalt und matschig, und es lag nur wenig Schnee. Die Bedingungen waren ungefähr die gleichen.

Bevor wir auseinandergingen, hatten wir entschieden, dass Alder sowohl Britt als auch die Verteidigung informieren würde. Wir wussten, wie weit hergeholt das alles klang – wahrscheinlich würden sie uns für verrückt halten –, aber Robbie musste noch aussagen, und vielleicht würden sie ja etwas daraus machen. Und in der Zwischenzeit konnten diejenigen von uns, die nichts Besseres zu tun hatten, noch tiefer graben. Ich stellte mir lächerlicherweise vor, wir würden ein verrostetes Fahrrad im Wald finden, mit Robbies Fingerabdrücken und Thalias Blut noch am Lenker.

Vor meinem geistigen Auge tauchte immer wieder das Bild einer verknoteten Halskette auf. In einem der normaleren Momente meiner späteren Kindheit hatte meine Mutter mir beigebracht, so eine Kette mit Olivenöl einzureiben, dann eine lange, gerade Nadel zu nehmen und dort anzufangen, wo sich der winzigste Spalt auftat, wo ein klein wenig Spielraum war. Wenn sich eine Stelle löste, ließ sich die nächste lösen, dann die übernächste. Zuerst hatte ich dabei immer ein klaustrophobisches Gefühl gehabt. Aber mit der Zeit hatte ich gelernt, Geduld aufzubringen, hatte gelernt, wie sehr es sich lohnte, mich durch mein Unbehagen hindurch zu atmen.

Was ich wusste, war, dass wir einen Spalt im Knoten gefunden hatten. Ich wusste nicht, was sich daraufhin noch lösen lassen würde, und ich wollte nicht zu stark ziehen, aber wenn wir geschickt und behutsam vorgingen, dann, da war ich mir sicher, würden andere Dinge folgen.

Gegen Mittag setzten Geoff und ich uns mit unseren Laptops ins Café und durchforsteten die Vernehmungsprotokolle von 1995 nach Details zum zeitlichen Ablauf der Matratzenparty und nach Aussagen dazu, ob Robbie die ganze Zeit dabei gewesen war oder wer mit wem hingegangen war. Alle zählten die neunzehn Leute auf, die an der Matratzenparty teilgenommen hatten, bestätigten, dass getrunken worden war, sagten aus, wann sie Thalia zuletzt gesehen hatten. Nichts dazu, wie verstreut oder dicht beieinander sie zu den Matratzen gegangen waren.

Das Thema kam nur zweimal zur Sprache, nämlich als die Staatspolizei erst Sakina und dann Bendt Jensen fragte, ob Robbie die ganze Zeit dabei gewesen sei. Sakina sagte, soweit sie sich erinnern könne, ja. Bendt sagte, er nehme es an. Sakina wurde gefragt, ob er früher gegangen sein könnte, was sie verneinte, weil sie sich erinnerte, dass er Stiles mit seinem verletzten Bein auf dem Rückweg geholfen hatte. Mike Stiles selbst hatte ausgesagt, Robbie und Dorian hätten ihm auf dem Rückweg geholfen.

»Erstaunlich ist doch«, sagte Geoff, »dass sie auf die Idee kamen zu fragen, ob er früher gegangen sei, aber nicht, ob er später dort hinkam.«

»Stimmt. Weil schlimme Dinge spät nachts passieren. Schlimme Dinge passieren, nachdem man getrunken hat, nicht vorher.«

Alder schrieb: *LOL, Amy war so, öh, danke für die Theorie. Immerhin hat sie zugestimmt, dass es nach Fahrradschlamm aussieht!*

Als wir gerade gehen wollten und unsere leeren Becher auf dem Tresen abstellten, schrieb Fran: *Jacob neun Minuten, Max mit Stützrädern zwölf, falls ich ihnen die richtige Stelle gezeigt habe. J sagt, er könnte es schneller schaffen, wenn es nicht so nass wäre.*

25

Am Abend setzte ich mich selbst als Waffe ein. Als Spionin in der großen Tradition von Frauen, die Sex, oder die Aussicht auf Sex, gegen Geheimnisse tauschen. Nur dass ich eine Schlafanzughose und ein USC-Sweatshirt anhatte und nichts anderes machte als Mike Stiles eine Nachricht zu schicken. *Ich drehe hier so langsam durch*, schrieb ich. *Muss mit jemandem reden, der nicht auf der Scheißzeugenliste steht. Drinks auf dem Balkon? So kalt ist es nicht!*

Als ich die Tür aufmachte, wirkte er beherrscht, aber beim Hereinkommen errötete er. Immerhin war ihm bewusst, dass er als verheirateter Mann spätabends das Hotelzimmer einer Frau betrat. Wir setzten uns nach draußen und tranken Whiskey aus den zwei verzierten Gläsern, die auf dem Eiskübeltablett bereitstanden. Wir sprachen über Lola, über deren Pronomen, mit denen Mike noch Mühe hatte (er arbeitete daran) und darüber, wie es demm in Baylor ging.

Ich bekam den Gedanken nicht aus dem Kopf, dass Mike dort in der Skihütte gewesen war, als Dorian Beth auf dem Monitor zur Schau gestellt hatte. Dass er Dorian womöglich gezeigt hatte, wo die Sicherheitskamera war. Dass er einer von »all denen« gewesen war, die dagesessen und zugeschaut hatten. Stolz war er vermutlich nicht darauf. Ja ich fragte mich, ob er überhaupt je daran dachte.

Ich wartete ab, bis er sich nachgeschenkt hatte, und sagte dann:

»Durch diese Anhörung kommt bei mir so vieles wieder hoch. Alle meine jugendlichen Unsicherheiten. Dieses Mädchen wollte ich eigentlich hinter mir lassen.« Ich fühlte mich schlecht, weil ich damit im Grunde Beth zitierte, aber ich bin keine kreative Lügnerin.

»Das ist komisch. Ich habe nicht gewusst, dass du unsicher warst. Soweit ich mich erinnere, hast du dich nur nicht an die Spielregeln gehalten. Ich meine das positiv. Du hast bei dem ganzen Teenie-Zeitschriften-Quatsch nicht mitgemacht.«

»Was meinst du damit?«

»Na ja – bei den Mädchen, die sich alle die gleiche Frisur schneiden ließen und versuchten, sich einem in der Bibliothek auf den Schoß zu setzen. Die waren unsicher. Du warst anders.«

In den meisten Situationen hätte ich einen Mann, der *Du bist nicht wie andere Mädchen* als Kompliment benutzte, zur Rede gestellt, aber dies war nicht der richtige Moment. Ich sah ihm direkt in die Augen und sagte: »Ich wusste immer, was mir gefällt.«

Ein wenig origineller Satz, und doch: Seine Ohren liefen rot an, er machte den Mund auf, sagte nichts.

Es war doch zu kalt, also gingen wir hinein. Mike setzte sich auf den geblümten Sessel und zog ihn nah ans Bett heran, um seine in wollenen Socken steckenden Füße hochlegen zu können. Ich lehnte mich an die zu vielen Kissen, die das Calvin Inn bereitlegte, und zog mein Sweatshirt aus. Das Tanktop, das ich darunter trug, hatte ich sorgfältig ausgewählt.

»Ich wette, du bist der Einzige aus der damaligen Ski-Clique, der heute einer sinnvollen Arbeit nachgeht«, sagte ich. »Machen nicht alle anderen im Grunde bloß aus Geld noch mehr Geld?«

Er protestierte, war aber sichtlich geschmeichelt. Er zischte seinen Whiskey weg und sagte: »Es ist schwer, das Muster der elterlichen Wünsche und Vorstellungen zu durchbrechen. Man meint, man müsse mindestens so viel verdienen wie sie. Und dann waren da ja auch so Leute wie Serenho, die in ihrer Kindheit nicht viel hatten. Mein Großvater und mein Vater haben geschuftet wie die Pferde, und ich kann dieses komfortable Leben in der akademischen Welt führen und habe immer ein Sicherheitsnetz.«

»Moment, ich dachte, Serenho war stinkreich.« Ich nahm einen Schluck, um meine miserable Schauspielerei zu tarnen.

Er beugte sich geheimniskrämerisch vor. »Überhaupt nicht. Er bekam erhebliche finanzielle Unterstützung, und in den letzten zwei Jahren haben Rachel Popas Eltern für ihn gezahlt.«

»Warum haben sie das gemacht?«

»Weil sie es konnten. Ich weiß nicht; er war einfach ein toller Typ. Und er wusste, wie man sich bei den Eltern seiner Freunde beliebt macht. Bei den Müttern vor allem. Wir haben ihn immer damit aufgezogen, dass er auf einmal so höflich wurde, *Dieser Pullover steht Ihnen aber richtig gut, Mrs. Stiles* und so was.«

Ich sah es vor mir. Auch mit unseren Lehrern und Lehrerinnen konnte er so gut umgehen, hatte ein ganz entspanntes Verhältnis zu ihnen. Wenn ich zum Beispiel in der Neunten zu früh zum Englischunterricht kam, war er manchmal schon da und fragte dann etwa Mrs. Hoffnung, wie er einen Schokoladenfleck aus seinem Lieblings-Oxfordhemd rauskriegen könne.

»Aber fuhr er nicht immer mit euch allen in die Ferien?«

»Klar. Doch gezahlt haben wir. Wir dachten uns was aus. Wenn wir zum Beispiel Geld fürs Bierfass sammelten, sorgten wir dafür, dass er nicht angehauen wurde.«

Ich sagte: »Thalia wusste sicher Bescheid, oder? Über die finanzielle Unterstützung?«

»Ja, aber andererseits hat er sie nie mit zu seinen Eltern nach Vermont genommen, weißt du? Und da sie erst später nach Granby kam, hatte sie ihn nicht gesehen, als er noch Scheißklamotten trug und billige Skier fuhr. Sie lernte ihn erst mit all dem Zeug kennen, das wir ihm gegeben hatten.«

Das gab mir einen Stich. Mir war nie aufgefallen, dass Robbie sich schlecht gekleidet hatte, vielleicht weil er ein Junge war und weil selbst seine »Scheißklamotten« gegenüber Indiana eine Steigerung waren. Dass auch er eine Wandlung durchgemacht hatte, parallel zu meinen Raubzügen durch die Schränke von Frans Schwester, tat weh. Warum, war mir nicht ganz klar. Vielleicht fühlte ich mit ihm, oder es kränkte mich, dass seine Freunde ihn zu einem Star gemacht hatten, während meine Wandlung, so befreiend sie gewesen war, mich von den meisten aus meinem Jahrgang nur noch weiter entfernt hatte. Aber hatten meine Freundinnen und Freunde mich nicht auch unterstützt? War ich nicht gut klargekommen?

»Das wusste ich alles nicht«, sagte ich und schenkte uns Whiskey nach. »Du wolltest ihn sicher beschützen.« Ich fürchtete, Mike würde in die Defensive gehen, aber er lehnte sich in seinem geblümten Sessel zurück, die Füße nah bei meinen. Er hatte einen beeindruckenden Bartschatten. »Als das mit Thalia passierte, war mir nicht klar, wie verletzlich er war«, fuhr ich fort. »Es ist eine Sache, wenn ein Kind reicher Eltern wegen irgendwas angeklagt wird und sich einen Anwalt leisten kann, aber wenn sie Robbie beschuldigt hätten, wäre er in der gleichen Lage gewesen wie Omar.« Das glaubte ich keine Sekunde. »Er muss furchtbare Angst gehabt haben.«

»Hatte er.« Mikes Augenlider wurden schwer. Ich musste ihn wachhalten, bei Laune halten, zusehen, dass er weiterredete.

Ich sagte: »Ich weiß noch, wie Scalzitti die Fotos entwickelt hat, also, *sofort*. Wo doch der Beweis, dass auf dem Schulgelände getrunken wurde, normalerweise das Letzte ist, was man braucht. Ich dachte immer, er hat das gemacht, um Robbie zu schützen. Oder Robbie hat ihn darum gebeten.«

Mike zeigte auf mich. »So war's«, sagte er. »Scalzitti wollte den Film vernichten. Ich war dabei, im Lambeth, sie haben sich richtig gezofft. Serenho meinte, *Die werden sagen, Thalia war bei uns, und dann werden wir alle beschuldigt. Wenn wir die Bilder entwickeln, können sie sehen, dass sie nicht da war.* Scalzitti machte sich trotzdem noch in die Hose, also bin ich mit ihm zusammen in die Dunkelkammer, zu dem kleinen – wie hieß der Typ noch? Ritter? Ich glaube, sonst hätte er den Film in den Bach geworfen.«

»Ich sagte: »Es gab da die Zeitstempel und alles. Das war die Rettung für Robbie.«

»Für uns alle wahrscheinlich.«

»Genau. Weil niemand, der da war, es getan haben konnte. Was – also, das war ein paar Tage lang nicht so offensichtlich, oder? Es dauerte ja eine Weile, bis sie die Todesursache und den Todeszeitpunkt ermittelt hatten. Also, zuerst könnte es schlecht ausgesehen haben. Dies sind die Leute, die draußen feiern und trinken und auf dem Gelände herumschleichen, also wer weiß, was sie noch getan haben.«

Mike wirkte verwirrt; seine dichten Augenbrauen berührten sich in der Mitte. »Es ging wohl vor allem darum, dass sie nicht bei uns war.«

»Aber warum ist Robbie dieses Risiko eingegangen«, sagte ich. »Das ist doch komisch.«

»Er hatte ja nichts zu verbergen. Das macht es einfacher.«

»Ich weiß von Sakina, dass ihr Jungs in Grüppchen zu den Matratzen gegangen seid«, log ich. »Ich meine, das ergibt ja auch Sinn. Du warst wegen deines Beins wahrscheinlich langsamer als alle anderen. Aber als sie danach gefragt haben, da – da habt ihr die Sache vereinfacht, stimmt's? Wenn ihr alle zusammen hingegangen seid, kommt das Wesentliche besser rüber.«

»Moment, hat sie das im Zeugenstand gesagt?«

»Das bezweifle ich. Ich meine, die interessieren sich doch allenfalls dafür, wann die Leute *gegangen* sind.«

»Stimmt.« Er lehnte sich wieder zurück. »Ich weiß nicht. In den Tagen danach haben wir uns immer wieder beieinander vergewissert, dass wir auch alle das Richtige sagen. Nicht dass wir uns was ausgedacht hätten, es ging nur darum, wessen Idee es war, wie lange wir da waren und so weiter. Ehrlich gesagt, haben wir gemeinsam entschieden, nur Alkohol und Zigaretten zu erwähnen. Gekifft wurde definitiv auch, aber das war nicht auf den Fotos zu sehen, warum sollten wir es also erwähnen?«

»Genau«, sagte ich. »Warum sollte Kiffen relevant sein?« Aber er schien meinen Sarkasmus nicht herauszuhören.

Ich schenkte ihm nach, auch wenn sein Glas noch nicht leer war. In meins goss ich nur einen Millimeter. Ich hatte kaum etwas getrunken. Als ich mich wieder in die Kissen zurücklehnte, streckte ich die Arme über den Kopf, eine Bewegung, die Männer als ungeheuer aufreizend empfanden, wie ich gelernt hatte, dabei war sie gar nicht so gemeint; ich hatte nur verkrampfte Schultern. Aber ich blieb kurz so, streckte mich nach links und nach rechts.

Nach meinem jüngsten Yahav-Rückfall hatte ich die nicht eben schmeichelhafte Erkenntnis gehabt, dass ich kein einziges Mal in meinem Leben an einem ganz und gar verfügbaren Mann interessiert gewesen war. Mit Anfang Zwanzig verfeinerte ich mein Geschick mittels verheirateter Männer, Männer, bei denen ich es nicht persönlich nehmen konnte, wenn sie mich irgendwann ausmusterten und verschwanden. Selbst Jerome hatte ich nie gänzlich besessen, es auch nie gewollt. Und nach wem hatte ich in Granby geschmachtet: nach dem heißesten Jungen aus dem Skiteam und Kurt Fucking Cobain. Männer, die mich nie verletzen konnten, weil ich für sie unsichtbar blieb.

(»Meinen Sie, das könnte etwas mit Ihrem Vater und Bruder zu tun haben?«, fragt jeder neue Psychiater, jede neue Psychiaterin behutsam, als wäre es nicht vollkommen offensichtlich.)

Jetzt sagte ich, zu dem Jungen, dem zu Ehren ich mir mal in der Bibliothek eine Karte von Connecticut ausgeliehen hatte, nur um nachzusehen, wo genau seine Straße in New Canaan lag: »Neulich im Uhrenturm musste ich an all die Orte denken, wo die Leute hingingen, um rumzumachen. Oder zu rauchen.«

Er lachte und wischte sich mit dem Handrücken über den Mund.

»Oh, Mann. Ich hab nie geraucht, bei den Orten kenne ich mich also nicht aus.«

»Klar, du kanntest nur die fürs Rummachen, und ich kannte nur die fürs Rauchen.«

»Du bist nie auf dem Schulgelände aktiv geworden?«

»Kein einziges Mal.« Es klang nicht so mitleiderregend, wie es vielleicht rübergekommen wäre, wenn ich es mit Achtzehn gesagt hätte. »Was waren so die Hauptorte? Im Theater habe ich andauernd Leute erwischt.«

Er sagte: »Oh, Mann, das ist ja nicht gerade kreativ. Es gab da ein Gäste-Apartment hinterm Jacoby. Das war gut, wenn man den Schlüssel hatte. Aber im Frühling waren da Leute untergebracht, die sich um irgendwelche Stellen bewarben, dann fiel das natürlich aus.«

Ich sagte: »Und manche Paare hatten Orte, die quasi *ihre* waren. Zum Beispiel ging man abends nie auf den Quincy-Balkon, weil man wusste, da waren Sakina und Marco.«

»Stimmt! Das hatte ich ganz vergessen. Es gab richtige Gebietsansprüche. Kannst du dir das nicht gut in David Attenboroughs Schilderung vorstellen? *Die Jugendlichen haben ihre Brutplätze abgesteckt.*«

Ich lachte. »Absolut. Angie Parker und dieser kleine Typ, Steve Irgendwas, die waren immer oben im Englisch-Flur.«

»Und Dorian«, sagte er, »wenn er mit Beth zusammen war, mieteten sie sich ein Hotelzimmer in der Stadt. Angeblich zwang sie ihn dazu, weil sie auf keinen Fall auf dem Schulgelände mit ihm schlafen wollte.«

»Das passt.« Ich lachte, aber diesmal war es kein aufrichtiges Lachen. Meine Güte, nach allem, was seine Freunde gesehen hatten, konnte ich es ihr nicht verdenken. Ich sagte: »Wo war – Robbie und Thalia hatten doch sicher auch einen Ort, oder?«

Er wurde bleich, richtig bleich, so unübersehbar, dass ich es nicht lässig übergehen konnte. »Wieso – was«, sagte ich.

Ich hoffte, er war betrunken genug. Ich wusste, was ich von ihm hören wollte, er musste nur betrunken genug sein, um es zu sagen. War er aber nicht. Ich konnte förmlich sehen, wie es in seinem Kopf ratterte, aber er schwieg.

Also sagte ich: »Oh, Gott, war es – glaubst du, sie hat an dem Abend auf ihn gewartet? Beim Schuppen? Dann hat sie ihn da bestimmt gesucht, und jemand – oh, Scheiße.« Mike widersprach nicht, also redete ich weiter. »Dann leuchtet es natürlich ein, warum ihr sein Alibi absichern musstet. Selbst als wir noch gar nicht wussten, dass es da passiert ist – der Schuppen ist so nah beim Pool. Gott, kannst du dir das vorstellen? Wenn die Polizei versucht hätte zu beweisen, dass er direkt dort beim Pool war?«

Leise, als bliebe dies, wenn er nur die Stimme senkte, unser Geheimnis, sagte er: »Deshalb hat er sich immer verantwortlich gefühlt. Sie haben sich irgendwie missverstanden. Er dachte, sie würde zu den Matratzen kommen, und sie dachte, er würde zum Schuppen kommen.«

»Das heißt, ihr wusstet alle, dass sie beim Schuppen war. Ich will nicht – versteh mich nicht falsch, ich werfe hier niemandem irgendwas vor, aber das stelle ich mir schwer für euch vor, der Polizei gegenüber den Schuppen nicht zu erwähnen.«

»Wir wussten ja nicht, dass es dort passiert war.«

»Nein, klar, natürlich nicht. Aber wenn die Polizei da nachgeforscht hätte, wenn das Blut gefunden worden wäre, hätte das vielleicht was geändert.«

Er schüttelte den Kopf. »Ja, es hätte vielleicht was geändert, nämlich insofern, als ein anderer Unschuldiger ins Gefängnis gekommen wäre. Ich sage nicht, dass mir Robbies Freiheit mehr wert ist als Omars, aber wer weiß, was sie sonst noch für Fehler gemacht hätten.«

Es gab mehreres, was ich ihm am liebsten ins Gesicht gebrüllt hätte. Zum einen hatte er *ganz eindeutig* Robbie über Omar gestellt. Außerdem schien er überhaupt nicht an Gerechtigkeit für Thalia interessiert zu sein, daran, ob sie in Frieden ruhte und ob die Person, die sie getötet hatte, womöglich ungeschoren davongekommen war und noch mehr Menschen hatte Leid zufügen können.

Anstatt zu brüllen, steckte ich mir ein dickes Kissen zwischen die Schulterblätter, drückte die Schultern durch und streckte die Brüste raus.

Ich fragte mich, ob Mike irgendetwas hiervon unter Eid aussagen würde – unabhängig von seiner professionellen Überzeugung, seiner persönlichen Ethik. Mein Handy nahm die ganze Zeit auf, für alle Fälle. Blöd bin ich nicht.

»Umso verständlicher, dass ihr euch mit euren Aussagen alle abgesprochen habt. Er war gefährdet.« Ich schluckte all die Spucke in meinem Mund herunter und sagte: »Selbst wenn Robbie etwas später als ihr zu den Matratzen gekommen wäre, hättet ihr sagen müssen, dass er von Anfang an da war, oder? Sonst hätte es eine wilde Hasenjagd gegeben. Vielleicht hätten sie es ihm sogar ganz angehängt.«

Anstatt alarmiert zu wirken, zuckte er nur mit den Schultern. »Er war ja da.«

»Weißt du noch, ob du mit ihm zusammen hingegangen bist?«

»Na ja, nach all der Zeit – aber er war von Anfang an auf den Fotos. Das ist bombensicher.«

»Ach so, ja«, sagte ich. »Er ist gleich auf dem ersten Foto zu sehen. So wie ich ihn kannte, war es wahrscheinlich sogar seine Idee, die Fotos zu machen.«

»Schon, oder? Wenn wir jetzt jung wären, wäre er sicherlich der Instagram-König. Er wollte immer, dass sich alle daran erinnern, wie viel Spaß wir hatten.«

»Süß«, sagte ich. »Er ist schon ein lieber Kerl.«

»Sentimental ist er. Damals hörte er immer *Das Phantom der Oper*. Ich hab's nie begriffen – wie kommt ein Junge damit durch, *Das Phantom der Oper* zu hören, ohne gehänselt zu werden? Niemand hat seine Sexualität hinterfragt.«

»Also«, sagte ich, »wenn sie dich im Zeugenstand fragen würden, ob er von Anfang an da war, könntest du es mit Sicherheit sagen? Ich habe nämlich eine Gewissenskrise, was meine Aussage betrifft. Ich meine, wie soll man das alles noch genau wissen? Es ist so lange her.«

»Ich glaube, uns hat geholfen, dass wir sofort drüber geredet haben. Wir haben uns zusammengesetzt und aufgezählt, wer alles im Wald war, und uns bewusst gemacht, wann wir da angekommen sind.«

»War das alles Robbies Idee? Es war ja schon ziemlich clever von ihm, die Fotos entwickeln zu lassen und alles.«

Ich nippte an meinem Whiskey und ließ mir absichtlich etwas übers Kinn auf mein Tanktop tropfen, damit ich mich trocken tätscheln konnte.

Mike hielt den Blick standhaft über meinen Kopf gerichtet. »Ja, das stimmt«, sagte er. »Er hat einige von uns zusammengetrommelt. Oder vielleicht – ich nehme an, wir sind zu ihm ins Zimmer, um zu sehen, wie es ihm ging. Es war der Tag, nachdem man sie gefunden hatte. Er schrieb alles in ein Notizbuch, wer da war und wann wir das Theater verlassen hatten. Es half ihm dabei, das Ganze zu verarbeiten.«

Dieses Arschloch. Dieses privilegierte kleine Arschloch.

»Bestimmt«, sagte ich. »Und ich wette, er hatte furchtbare Angst. Angst, beschuldigt zu werden. Ich meine, was, wenn er nicht bei euch gewesen wäre? Oder erst später dazugekommen oder früher gegangen wäre?«

»War er aber nicht«, sagte Mike, und mir war, als wäre ich gegen einen Stolperdraht gelaufen. Er wirkte gereizt, schaute auf sein Handy. »Meine Güte, ist es spät«, sagte er.

Ich bewarf ihn mit einem Kissen. »Aber wirklich! Raus hier, lass mich endlich schlafen!«

Und da zog er davon. Da war Mike Stiles' Rücken, als er mein Hotelzimmer verließ wie ein Lover nach einem Rendezvous. Die

Teenagerin in mir, die von 1995 aus zuschaute, war von alledem ganz verwirrt.

»Es ist nicht so, wie du denkst«, flüsterte ich ihr zu.

2 6

Ich hätte da ein paar Fragen an Sie.

Wussten Sie, dass es Robbie war? Wussten Sie wenigstens, dass es nicht Omar war? Kannten Sie die Gerüchte über einen älteren Mann und begriffen, als Omar verhaftet wurde, wie knapp sie davongekommen waren?

Hatte Robbie etwas gesehen? Hatte er Sie und Thalia erwischt? Hatte sie Ihnen gesagt, er sei misstrauisch geworden? Hatte sie Ihnen erzählt, er wisse Bescheid? Hatte sie Ihnen erzählt, sie habe Robbie eines Abends, zu Beginn jenes Frühling, alles gestanden – oder ihm wenigstens gestanden, dass es da *jemanden gebe*, selbst wenn sie ihm Ihren Namen nicht nannte? Hatte sie Ihnen erzählt, er sei wütend? Sie habe Angst vor ihm?

Und als dann die Polizei kam und Fragen stellte – sahen Sie davon ab, Robbie ins Spiel zu bringen und zu sagen, er habe vielleicht ein Motiv, weil er dann seinerseits mit dem Finger auf Sie hätte zeigen können? Einigten Sie sich sogar mit ihm darauf? Warfen sie sich vielsagende Blicke quer durch die Cafeteria zu, so nach dem Motto: *Wir tun beide gut daran, den Mund zu halten?*

Hatten Sie den Job in Bulgarien schon angenommen, bevor Thalia starb? Hatten Sie zugesagt und es ihr mitgeteilt, und sie war wütend geworden, weil Sie nicht nur die Schule, sondern gleich das ganze Land verließen, und dann war es ihr Robbie gegenüber herausgerutscht? Oder führten Sie in der Woche nach ihrem Tod eine panische Jobsuche durch, weil Ihnen klar war, dass die Gerüchte sich verdichten würden und etwas davon hängenbleiben könnte, wenn Sie nicht weggingen?

Bevor Omar verhaftet wurde, machten Sie sich da Sorgen, dass man Ihnen auf die Schliche kommen würde? Lagen Sie nachts wach und dachten an sich selbst, anstatt daran, was Thalia passiert war? Dankten Sie Gott für Ihr Alibi, dafür, dass Sie noch mit mir geplaudert hatten, während Sie die Pauken wegräumten? Sorgten Sie dafür, dass Ihre Frau sich genau erinnerte, wann Sie nach Hause gekommen waren?

Haben Sie je darüber nachgedacht, was passiert wäre, wenn Sie gebeichtet hätten? Wenn Sie alles geopfert hätten, um Omar zu helfen? Um der Gerechtigkeit für Thalia willen, die Sie damals, da bin ich mir sicher, zu lieben glaubten? Das ist viel verlangt, ich weiß. Es hätte Ihre Ehe zerstört, Ihre Karriere. Aber Sie hätten Ihre Version der Geschichte erzählen können. Sie konnte Ihnen ja nicht mehr widersprechen.

Haben Sie mal über die Leibesvisitationen nachgedacht, die im Gefängnis durchgeführt werden? Haben Sie mal darüber nachgedacht, dass Gefängniswärter nicht selten ihre eigenen, willkürlichen Urteile vollstrecken und einem Gefangenen die Zähne einschlagen, weil er nicht genügend Respekt gezeigt hat?

Haben Sie sich überlegt, wie sich alles hätte entwickeln können, wenn der Erwachsene, der Thalia in Granby am nächsten stand, eine Stimme der Vernunft gewesen wäre, jemand, dem sie sich hätte anvertrauen können, jemand, der bemerkt hätte, wie unglücklich sie mit Robbie war, wie wenig sie aß, wie wütend und kontrollsüchtig er war?

Wenn Sie die schwierige Aufgabe eines Erwachsenen geleistet hätten und eingeschritten wären – was dann? Würde sie dann jetzt noch leben?

Schlafen Sie gut?

Träumen Sie?

Wird Ihnen in Ihren Träumen vergeben?

27

Am Montagmorgen schrieb ich nach einer frustrierenden Google-Suche schließlich Yahav, um ihn zu fragen, was passieren würde, wenn so spät noch neues Beweismaterial auftauchte.

Was für Beweismaterial denn?, antwortete er.

Tja, das war das Problem. Es war eigentlich kein Beweismaterial. Und es war auch eigentlich nicht neu. Und Amy March war nicht mal sonderlich daran interessiert. Ich schrieb: *Sagen wir, Beweismaterial, das das Alibi eines anderen möglichen Verdächtigen zerstört.*

Wenn der Staat es zurückgehalten hat, schrieb er, *ist das ein Verstoß gegen die Brady-Doktrin.*

Nein, so was nicht. Eher – wenn was Neues rausgekommen ist oder ein Zeuge seine Aussage ändert. Wunschdenken. Selbst wenn ich Mike knacken könnte, und ich war mir nicht sicher, dass es da noch etwas zu knacken gab – er stand nicht auf der Zeugenliste, und das machte die Sache zusätzlich kompliziert. Sakina hatte ihre Aussage nie geändert. Und Beth war abgereist und hasste mich. Was sollte ich also machen – Bendt Jensen in Dänemark aufspüren und ihn fragen, ob er zufällig noch wisse, wer vor siebenundzwanzig Jahren in welcher Reihenfolge bei den Matratzen eingetroffen war?

Geoff stand mit ein paar anderen Leuten in Verbindung, die damals dabei gewesen waren, und wollte im Laufe des Tages versuchen, Jimmy Scalzitti, Fizz und einen gewissen Kirtzman aus dem Skiteam, an den ich mich hauptsächlich wegen seines lauten Niesens erinnerte, zu kontaktieren, und schauen, ob er irgendetwas Konkretes in Erfahrung bringen konnte.

Yahav schrieb: *Trägt die Verteidigung noch vor? Dann kann sie noch in den Zeugenstand rufen, wen sie will. Auch jemanden, der schon ausgesagt hat, zum Gegenbeweis, wenn der Staat die Beweisaufnahme geschlossen hat. Was ist passiert???*

Eigentlich nichts, antwortete ich, wahrheitsgemäßer, als mir lieb war. *Hat mich bloß interessiert.*

28

Eine Korrektur: Beth war abgereist, aber nicht weit weg, wie ich herausfand. Auf Instagram hatte sie ein Foto von sich und ihrem gutaussehenden Mann gepostet, auf einer Restaurantterrasse vor einem Feuer sitzend. Sie hatte es mit den Hashtags #selfcare und #restandrecreation versehen und ein Skiurlaubshotel in Stowe, Vermont, verlinkt – der Website nach zu urteilen eines mit Luxus-Wellnessangeboten und regionaler Küche. Jetzt begriff ich, warum sie auf ihren Mann gewartet hatte; sie wollten vor seiner OP noch ein schönes Wochenende zusammen verbringen.

Ich scrollte durch ihre älteren Fotos: Beth auf einer Fußgängerbrücke, Beths Mann im Smoking auf einem Zebrastreifen, Beths Kinder, die sich auf ihrem Ehebett lümmelten, ein Bild wie für eine Zeitschrift aufgenommen, was es wahrscheinlich auch war. Auf einem Foto vom vergangenen Frühjahr sah man, wie sie sich impfen ließ, die blauen Augen über der Maske freudentränenfeucht.

Ich wusste nicht, wonach ich suchte. Ich wusste nicht, ob sie in der Lage oder willens war, uns zu helfen, und nichts, was ich hier sah, würde mir diese Fragen beantworten. Aber ich musste es versuchen. Wenn ich ihr das Wochenende verdarb, verdarb ich ihr eben das Wochenende.

Alder war wieder im Gericht, Britt nicht – und auf Britt war in punkto Diskretion Verlass. Also rief ich sie an und fragte sie, ob sie mich nach Vermont fahren würde. Die Abschottungsregel war meine geringste Sorge. Britt war mit dem Auto vom Smith College hergekommen, einem Kia, und damit holte sie mich kurz darauf vor dem Calvin Inn ab.

Unterwegs sagte Britt: »Wenn wir Recht haben – bestimmt hat Robbie seine Familie dann deshalb mitgebracht. Meinen Sie nicht? Er hatte Angst, dass etwas in dieser Art passieren könnte. Er möchte gut aussehen.« Britt war von Alders Theorie überzeugt, selbst wenn die Verteidigung es nicht war. Im Podcast wollten sie sie noch nicht diskutieren, das konnten sie, wenn nötig, später machen.

Die Fahrt dauerte zweieinhalb Stunden, und als wir in die Berge kamen, waren die Straßen stellenweise noch dicht mit milchiggrauem Eis bedeckt.

Ich fragte Britt, ob sie am Smith einen Freund habe, und sie sagte: »Ich bin immer noch mit Alder zusammen.«

Ich war froh, dass sie nach vorne schaute und mein völlig verblüfftes Gesicht nicht sah. Ohne wirklich darüber nachzudenken, hatte ich angenommen, sie wären beide am selben Geschlecht interessiert. Nichts hatte für mich darauf hingedeutet, dass sie ein Paar waren.

»Das ist ja wunderbar!«, brachte ich nach einer länglichen Pause heraus. »Wie lange jetzt schon?«

Sie zuckte mit den Schultern. »So ungefähr seit Ihrem Kurs, würde ich sagen. Fernbeziehungstechnisch alles ganz entspannt.«

Weiter zu fragen schien mir aufdringlich, also ließ ich es dabei bewenden. Aber ich freute mich sehr darüber. Ein Beweis, dass ich nicht nur eine Spur des Chaos hinterließ.

Britt sagte: »Ich habe eigentlich ein ziemlich gutes Gefühl. Nicht erst seit heute. Das Problem ist, normalerweise ist das ein schlechtes Zeichen.«

»Ich weiß, was Sie meinen.« Auch ich schütze mich im Regelfall lieber vor Optimismus. Aber Hoffnung – war es nicht Hoffnung, was Omar am Leben hielt? Zu wissen, die Hölle könnte eines Tages enden?

Den ganzen Tag schon wuchs in mir die Hoffnung für Omar. Ich malte mir aus, wie er in den Wind eines Frühlingstages hinaustrat. Ich malte mir aus, wie er bei seinem jüngeren Bruder einzog, stellte mir die neue, weiche Bettwäsche vor, die sein Bruder ihm vielleicht kaufte. Ich malte mir aus, wie er alles bekam, was er gerne aß. Eiscreme, warmes Brot, einen besonders schönen Salat. Ich malte mir aus, wie er eine Massage bekam, Akupunktur bekam, zum Chiropraktiker ging, einen Joint rauchte. Ich malte mir aus, wie er umherlief, leichtfüßig, muskulös, auf Federn, ganz wie früher. Wie er in ein Auto stieg und losbretterte, schnell, schnell, schnell.

Allerdings – selbst wenn seine Verurteilung aufgehoben wurde, konnten bis zu einem neuen Verfahren zwei, drei Jahre vergehen. Falls es weitere COVID-Wellen gäbe, vielleicht noch mehr. In der Zwischenzeit könnte der Staat in Berufung gehen, und der Oberste Gerichtshof New Hampshires könnte die Entscheidung des Richters revidieren, einfach so. Dass er gegen Kaution freikommen würde, war unwahrscheinlich, weil ihm diese Option auch 1995 nicht gewährt worden war. Und all dies war der allergünstigste Fall, das Luftschloss.

Schließlich erreichten wir ein Hotel, das noch wesentlich größer war, als ich erwartet hatte, mit einem Parkplatz, auf dem es von SUVs aus anderen Bundesstaaten wimmelte.

»Ich fürchte, ich hab das hier nicht zu Ende gedacht«, sagte ich. Ich hatte vage die Vorstellung gehabt, das Hotel den ganzen Tag lang auszukundschaften, aber jetzt war es schon drei Uhr, und ich wollte nicht, dass Britt im Dunkeln auf den Gebirgsstraßen zurückfahren musste.

Sie machte irgendwas auf ihrem Handy, schaltete es dann auf Lautsprecher, wählte rasch verschiedene Telefonnummern des Spabereichs, bis sie eine Frau mit seidenweicher Stimme erreichte.

»Ja«, sagte Britt, »mein Name ist Beth Docherty. Ich glaube, mein Mann hat heute einen Termin für mich vereinbart, aber er hat vergessen, mir zu sagen, um wie viel Uhr.«

Geraschel und Verwirrung am anderen Ende. Dann sagte die Frau: »Ich habe hier stehen, dass Sie um halb drei für Ihre Gesichtsbehandlung eingecheckt haben. Sind Sie nicht –«

Britt legte auf, warf mir ihr Handy wie eine heiße Kartoffel in den Schoß, und wir prusteten los.

Ich sagte: »Wir hätten Sie in Granby damals gut gebrauchen können. Wir haben wahnsinnig viel Zeit mit Telefonstreichen verbracht. Man wusste nie, wer in den Wohnheimen abnehmen würde.«

29

Ich setzte mich auf eine gepolsterte Bank vor dem Spa in der zweiten Etage, dem *Seasons!,* aus dem selbst durch die marmorierten Glasscheiben der geschlossenen Türen hindurch beruhigende Sheabutter-Düfte drangen. Britt war wie selbstverständlich in den Businessbereich geschlendert, als wohnte sie in dem Hotel, und hatte sich ihren Kopfhörer aufgesetzt, um den Podcast zu überarbeiten.

Das hätte ich gern früher im Leben gelernt: Benimm dich so, als gehörtest du dazu, und du wirst dazugehören.

Ich vertrieb mir die Zeit mit einem Video von Silvie, die in unserer Einfahrt seilsprang; Jerome hatte es mir geschickt. Ihre Beine waren so stark, und sie strahlte nur so vor Konzentration und Stolz. Sie sprang normal, kreuzte dann die Arme, normal, gekreuzt, normal, gekreuzt. Ein neuer Trick.

Ich musste daran denken, was eine Freundin in L. A. vor kurzem in Bezug auf ihre Tochter gesagt hatte: »Es fühlt sich falsch an, ihr so viel Freude und Zuversicht zu schenken, wo wir doch wissen, was kommt. Die siebte Klasse wird sie treffen wie ein Hammerschlag. Es fühlt sich an, als mästete man ein Schwein für die Schlachtung.«

Aber was war die Alternative? Das Schwein auszuhungern?

Beth schaute auf ihr Handy, als sie aus dem Spa kam. Ihr Gesicht war ungeschminkt, leuchtete aber von innen, und sie trug grüne Schaumstoff-Flipflops aus dem Spa und hatte Watte zwischen den frisch rotlackierten Zehen. Ihre Schuhe hielt sie in der Hand. Ich stand ruckartig auf, damit sie mich bemerkte.

Sie musterte mich von oben bis unten, als könnte die untere Hälfte meines Körpers ihr eine Erklärung dafür liefern, was ich hier machte. Sie sagte: »Was. Zum Geier.«

Ich hatte überlegt, ob ich mich erklären oder entschuldigen oder so tun sollte, als wäre es ein reiner Zufall. Stattdessen sagte ich: »Ich spendiere dir unten einen Drink, und dann bist du mich für immer los. Aber du musst jetzt bitte sofort mitkommen.« Wenn man jemanden kidnappt, ist es das Beste, entschlossen aufzutreten.

Und obwohl sie missmutig vor sich hin murmelte und ihrem Mann per Sprachnachricht Bescheid gab, ihr sei »gerade etwas unfassbar Bescheuertes dazwischengekommen«, folgte sie mir tatsächlich den langen Flur entlang und die prächtige gewundene Treppe hinunter in eine Bar mit Möbeln aus Eichenholz, rotem Leder und Fotos von Prominenten an den Wänden, die im Lauf der Jahre in dem Hotel gewohnt hatten.

Wir setzten uns an einen kleinen, robusten Tisch unter ein signiertes Foto von Bing Russel mit Cowboyhut. Auf der Stelle kam ein Kellner zu uns, füllte zwei Gläser mit Eiswasser und teilte uns mit, sie hätten heute zu wenig Personal, er sei aber gleich wieder bei uns, was Beth zu verärgern schien; es bedeutete, dass wir mehr als dreißig Sekunden hier sitzen würden.

Sie sagte: »Und?« Ihre Augen waren so kristallblau wie die eines Filmschurken, ihre Pupillen zu Stecknadeln geschrumpft.

»Okay.« Ich legte die Hände mit den Handflächen nach unten auf den Tisch und drehte sie dann, von wegen Körpersprache, andersherum. »Ich danke dir dafür, wie offen du neulich warst. Ich habe hinterher darüber nachgedacht, wie furchtbar das für dich gewesen sein muss – die Sache in Stiles' Haus. Das war eine Tätlichkeit.«

»Sicher.«

»Und zwar eine Tätlichkeit von *allen Beteiligten*, von jedem, der es gesehen hat.«

»Nach heutigen Maßstäben sicher.« Sie hob ihr Eiswasser an und stellte es wieder ab.

»Es gab ja eine Art Schweigekodex bei diesen Dingen. Die Jungs bildeten eine undurchdringliche Mauer, egal wo sie waren.«

Sie zuckte mit den Schultern. »Na ja, die Mädchen auch.«

»Mir ist ein Gedanke gekommen«, sagte ich, als wäre es mir gerade erst eingefallen, auf der Fahrt, die zufällig an diesem Hotel vorbeiführte. »Am Abend des dritten März. Du warst doch im Wald dabei.«

»*Dazu* willst du mich was fragen? Ja, ich war im Wald. Ich war nicht mit Thalia im Pool oder was immer du denkst, verdammt.«

»Warte kurz, es geht mir nur um eine Sache. Du erinnerst dich daran, am Schluss mit Robbie zurückgegangen zu sein, zusammen mit allen anderen.«

»Ja, sicher.«

»Erinnerst du dich auch daran, mit ihm *hingegangen* zu sein? Also, hast du konkrete Erinnerungen daran, dass er auf dem Hinweg dabei war?«

Sie sah mich mit halb zugekniffenen Augen an, als wäre ich verrückt, und blickte dann hoch zu dem Bing-Russell-Foto.

»Woran ich mich erinnere«, sagte sie, »ist, dass er hinter einem Baum hervorgesprungen kam und mich zu Tode erschreckt hat.«

Das war neu.

»Wie das?«

»Na ja – wir waren alle da oben und haben was getrunken, und plötzlich kommt er da rausgesprungen und sagt so, *Ha, ha, ich hatte mich da hinten versteckt, und ihr habt es nicht gemerkt, was, wenn ich ein Axt-Mörder wäre, bla bla bla.*«

»Das heißt, er ist einfach plötzlich aufgetaucht?«

»Das – weißt du noch, wie die Jungs in der Mittelstufe immer mit ihren Skateboards direkt auf einen zurasten und erst in letzter Sekunde auswichen und einen dann auslachten, weil man sich erschrocken hatte? Oder sie hielten einem von hinten die Augen zu, und wenn man es nicht lustig fand, war man frigide oder so was? Man musste diese Übergriffe einfach nehmen, wie sie kamen, sonst war man eine blöde Ziege.«

»Also, wie viel Zeit war vergangen, was meinst du? Bis er hinter dem Baum rauskam?« Mein Herz war ein ganzes Perkussionsensemble.

»So lange, dass es merkwürdig und komisch war. Nicht nur fünf Minuten. Eher eine halbe Stunde.«

»Und vorher hattet ihr ihn nicht da oben gesehen?«

»Nein. Das war ja der Witz.«

Ich sagte: »Okay. Okay.«

»Warum. Was.«

»Ich möchte dir was zeigen«, sagte ich und klickte das Foto von Robbies Sweatshirtrücken an, zoomte die Schlammspritzer heran, erläuterte ihr Alders Theorie und was sie für den zeitlichen Ablauf bedeutete.

Sie sagte: »Ich sehe, was ihr seht, aber ich glaube, ihr greift nach Strohhalmen.«

»Du meinst nicht, das könnte für die Verteidigung interessant sein?«

»Himmel.«

»Ich will damit nicht sagen –«

»Du nimmst uns doch nicht auf, oder?«

Das tat ich nicht, und um es zu beweisen, legte ich mein Handy auf den Tisch und drückte so lange auf die Seitentaste, bis es ganz ausgeschaltet war.

Sie sagte: »Was ich *nicht möchte*, Bodie, ist so eine Art Kronzeugin sein. Ich wollte mit all dem nichts zu tun haben. Am liebsten würde ich diese vier Jahre komplett vergessen. Kennst du diesen Film, in dem die Erinnerungen der Menschen gelöscht werden?«

»Niemand hat sich das hier ausgesucht. Niemand hat darum gebeten, Zeugin zu sein.«

»Na ja, du irgendwie schon.«

»Absolut nicht.« Ich hatte das Bedürfnis, mich zu erklären, dachte dann aber, je weniger ich sagte, desto besser. »Unter uns«, fuhr ich fort, »ich erinnere mich, wie furchtbar Robbie auch Thalia behandelt hat. Als ich das Zimmer mit ihr teilte, ist mir vieles aufgefallen. Oder zumindest fällt es mir jetzt auf, wenn ich als Erwachsene daran zurückdenke.«

Der Kellner kam wieder, und ich bestellte uns beiden ein Glas Malbec, während Beth über meinen Kopf hinwegschaute.

Als er gegangen war, sagte sie: »Er hat ihr andauernd Vorwürfe gemacht. Oft wartete er vor einem Unterrichtsraum auf sie und begleitete sie zum nächsten, und alle fanden das so süß. Ich nicht. Er hat sie ständig kontrolliert. Einmal hat er ihr die Zahnspange gestohlen.«

»Er hat was?«

»Sie musste doch nachts eine Zahnspange tragen, weißt du nicht mehr? Und in den Frühjahrsferien der Elften wollte sie mit einigen von uns nach Anguilla fahren, Pujas Familie hatte uns alle eingeladen. Auch Jungs kamen mit, Dorian, Kellan und all die. Aber wir mussten die Flüge selbst bezahlen, und Robbie hätte sich das nicht leisten können. Also nahm er Thalia die Zahnspange weg und sagte, wenn sie mitfahren würde, dann würde er sie die ganze Zeit behalten. Und sie würde zwei Wochen später mit völlig verpfuschten Zähnen zurückkommen. Sie hatte Angst, was ihr Kieferorthopäde dazu sagen würde.«

»Also ist sie dageblieben?«

»Ja, aber ich glaube, sie ist stattdessen nach Hause gefahren. Sie war in der Zeit noch nicht mal mit ihm zusammen, aber eben auch nicht mit *uns*.«

»Das hatte ich vergessen«, sagte ich, »aber ich weiß noch, wie ihr alle über Anguilla geredet habt. Ich hatte noch nie was davon gehört und dachte die ganze Zeit, das wäre ein Name. Ich dachte, ihr fahrt zu irgendeiner Verwandten von Puja, die so hieß.«

»Wie witzig«, sagte sie, ohne zu lachen. »Du kommst aus dem Mittleren Westen, stimmt's?«

Mich streifte der unsinnige Gedanke, dass Indiana näher bei Anguilla lag als New Hampshire, aber ich wusste, was sie meinte.

Sie sagte: »Und ein anderes Mal, in der Zwölften, hat er ihre Fotocollagen weggeworfen. Die hatte sie an der Wand hängen, von ihren Freundinnen und Freunden zu Hause, und er war eifersüchtig auf einige Jungs auf den Bildern. Eines Tages kam sie in ihr Zimmer, und sie waren weg. Sie wusste, dass er das gewesen war. Sie hat sogar den Müll in seinem Wohnheimflur durchwühlt, nichts.«

Ich erinnerte mich an die Collagen, weil sie sie in der Elften auch schon gehabt hatte. Und ich fragte mich jetzt, ob sie deshalb damals um die Müllcontainer herumgelaufen war – weil sie ihre Collagen gesucht hatte. Ob sie vielleicht im Schlafanzug nach draußen gelaufen war und so benommen gewirkt hatte, fast wie unter Drogen, weil sie es kaum fassen konnte.

Ich fragte: »Hat er sie je geschlagen?«

»Stell dir vor, ich hätte das alles im Zeugenstand gesagt. Dann würde die Anhörung doch noch ewig dauern. Sie würden Robbie in den Zeugenstand zerren. Ich würde tagelang aussagen.«

»Na ja, du würdest es ja nicht völlig beliebig formulieren, sondern vorher mit der Verteidigung sprechen, die dann die Chance hätte, sich zu überlegen, wie man das alles am besten darstellt, bevor sie es der Staatsanwaltschaft mitteilt und so weiter.«

»Was alles rein hypothetisch ist, denn ich bin mit dem Thema durch.«

»Weißt du, es könnte Omar ernsthaft helfen. Es wäre kompliziert, weil sie sich die richterliche Genehmigung holen müssten, dich erneut anzuhören. Dafür ist massenhaft Papierkram nötig, aber es ist so wichtig. Findest du nicht?«

Der Kellner kam und brachte uns nicht nur unseren Wein, sondern fragte, woher wir kämen, ob wir einen schönen Aufenthalt hätten, ob wir enttäuscht seien, dass es da draußen keinen frischen Pulverschnee gebe. »Ich bin noch nie im Leben Skigefahren«, sagte ich, gereizt genug, um ihn zu vertreiben.

Als ich mich wieder Beth zuwandte, hatte sie die Augen geschlossen und hielt den Stiel ihres Glases nachdenklich zwischen Daumen und Mittelfinger.

Sie sagte: »Er hat mit uns allen gesprochen, nachdem sie Thalia gefunden hatten. Über seine Anwesenheit bei den Matratzen, um sicherzugehen, dass wir uns daran erinnerten. Klar erinnere ich mich, habe ich gesagt, du bist hinterm Baum rausgesprungen, und wir haben geschrien. Ich war vielleicht ein bisschen betrunken, aber das wusste ich natürlich noch. Und es leuchtete mir ein, dass er Angst hatte, beschuldigt zu werden. Ich habe keine Sekunde gedacht, er könnte was damit zu tun haben.« Ihre Augen weiteten sich, blau blau blau. »Könnte er doch auch nicht, stimmt's? Was du da sagst, das ist alles – es geht dir doch nur darum, dass sie sich ihn genauer hätten vornehmen müssen, oder?«

Ich schüttelte den Kopf, ganz langsam, so als müsste ich etwas darauf balancieren.

Ich sah sie unverwandt an, bis sie den Blick senkte.

Oh, machte sie, tonlos.

Ich sagte: »Könnte sich nicht vielleicht noch jemand daran erinnern, dass er euch alle erschreckt hat und erst später dazukam?«

Sie zuckte mit den Schultern. »Du hast gefragt, ob er sie je geschlagen hat. Das Komische ist, sie hat uns erzählt, er hätte ihr eine geklebt, und Puja fand, sie solle es dem Vertrauenslehrer melden, aber Thalia sagte, so sei das nicht, sie hätte ihm auch eine geklebt. Manchmal würde sie ihn schlagen, und er würde zurückschlagen oder so ähnlich. Es kam uns vor wie ein weiteres Erwachsenengeheimnis. Wie eine Abtreibung oder ein Verhältnis mit einem Lehrer oder ein Alkoholproblem. Erinnerst du dich an die

Serie *Die besten Jahre*? Es war so naiv von mir, aber das waren für mich die Kennzeichen des Erwachsenwerdens, so als müsste man erst Vorabendserienprobleme haben, um erwachsen zu sein. Und das Traurige ist, dass es einer der Streitpunkte zwischen uns war, nach ihrem Tod. Puja wollte der Polizei davon erzählen, aber, also, wir hatten uns ja geeinigt –« Ich hoffte, sie würde weiterreden, aber sie war in irgendeinem Nebel versunken.

»Und das hast du den Anwälten gegenüber bisher nicht erwähnt? Weder bei der Vernehmung noch im Zeugenstand?«

»Sie haben mich nur nach dem Flachmann gefragt, und ich sollte noch mal wiederkäuen, warum ich die Polizei auf Omar aufmerksam gemacht hätte. Aber es gab doch niemanden, der es sonst hätte gewesen sein können. Ich meine, Mr. Bloch hätte so was doch nie getan. Oder kannst du dir das vorstellen? Er war ein Perversling, aber auch – so ein Büchernarr und so weinerlich. Einmal hat er tatsächlich vor mir geweint. Nicht dass jemand, der weint, nicht auch jemanden umbringen könnte, aber es kam mir einfach total unwahrscheinlich vor.«

Ich nickte, so als stimmte ich ihr zu.

Sie sagte: »Wenn Omar – glaubst du wirklich nicht, dass er es getan hat?«

»Ich werfe dir nicht vor, dass du seinen Namen ins Spiel gebracht hast. Du bist an nichts von alledem schuld. Aber ich glaube ernsthaft, dass Omar nichts damit zu tun hatte.«

»Ich möchte nicht auf einmal als Rassistin dastehen. Außerdem, was ist, wenn ich –« Sie stützte den Kopf in die Hände.

Ich widersprach ihr nicht, sagte aber – vorsichtig, besänftigend –: »Du warst so jung.«

Sie rührte sich nicht.

»Wenn du bereit wärst, mit der Verteidigung über Robbie zu sprechen – darüber, dass er Thalia geschlagen hat und dass er vielleicht später als ihr zu den Matratzen gekommen ist –, dann können wir auch noch ein paar andere Dinge vorbringen. Und du würdest ja nur die Wahrheit sagen. Es war so unfair, dass wir als Teenager mit all dem umgehen mussten. Aber jetzt haben wir die Möglichkeit, unsere Fehler zu korrigieren.«

»Ich habe ein Leben. Und ich will nicht, dass dies der erste Eintrag ist, wenn jemand meinen Namen googelt. Oder die Namen meiner *Kinder*. Herrje. Ich will mit all dem nichts zu tun haben. Ich will nach Hause.«

»Ich weiß«, sagte ich.

Sie sagte: »Bodie, kannst du mich bitte in Ruhe lassen? Du kannst mir deine Nummer geben oder was weiß ich. Aber ich muss nach Hause zu meinen Kindern.«

3 0

Es war die mit der Frau, die ihren Schirm als Schild benutzte.

Daran erinnern Sie sich, oder? Nancy Grace hat über den Fall berichtet.

Denken Sie gut nach, Mr. Bloch, denn ich bin mir sicher, dass Sie sich daran erinnern.

Es war die mit der Frau, der niemand glaubte, nachdem sie ihm heißes Wasser entgegengeschleudert hatte und geflohen war. Sie wolle wahrscheinlich bloß Aufmerksamkeit. Sie habe ja auch psychische Probleme. Diese Panikattacken, die sie immer wieder bekomme: Das beweise ja, dass sie nicht gesund sei.

Was Sie vermutlich im Fernsehen gesehen haben, war der Bericht darüber, wie ihr eigener Bruder den Mann einlud und ihr sagte, sie solle sich bei ihm entschuldigen, schließlich habe sie seinen Namen durch den Dreck gezogen. Und das tat sie. Sie entschuldigte sich.

In der nächsten Nacht kam er wieder und stach mit dem Messer auf sie ein.

Es war die mit der Frau, die die Leute nicht richtig ernst nehmen konnten, weil ihr Name der Name einer Stripperin war. Jay Leno machte Witze über sie, ihren Namen.

Sie überlebte die Messerstiche. Sie war diejenige, die mit Narben am Hals und im Gesicht bei Oprah auftrat. Sie war diejenige, die mit Barbara Walters sprach. Barbara beugte sich zu ihr vor, ganz nah, und fragte sie, ob sie sich vorstellen könne, ihrem Angreifer zu vergeben. Er war gerade aus seiner zweijährigen Haft entlassen worden.

Was ich in Erinnerung behalten habe: Diese Frau, noch so jung, erwiderte Barbara Walters' Blick und sagte: »Sollte ich das? Wahrscheinlich sollte man das. Damit man es hinter sich lassen und nach vorne schauen kann.«

Damals fand ich das nicht sonderlich bemerkenswert. Es schien bloß etwas zu sein, was man so sagt. Aber zehn Jahre später wachte ich mitten in der Nacht auf und erinnerte mich plötzlich an dieses Interview und wollte schreien.

Ich googelte die Frau, um zu sehen, ob sie es sich anders überlegt hatte, ob sie sich noch einmal zu Wort gemeldet hatte.

Sie war sechs Jahre zuvor gestorben, von einem anderen Mann erschossen. Einem, dem sie wieder und wieder vergeben hatte, so, wie man es machen sollte.

#9: Robbie Serenho

Es gibt Dinge, die ich wahrscheinlich nie erfahren werde: Ob es geplant war, ob er betrunken war, ob er es jemandem erzählt hat, ob er wusste, was er tat, oder es erst begriff, als es schon geschehen war. Ob er das Fahrrad bereitgestellt oder dort vorgefunden hatte – ein Zeichen von oben, dass er dies überstehen, dass er unbehelligt davonradeln sollte. Ob er den Rest des Abends vor Angst und Schrecken zitterte oder mit sich zufrieden war. Ob ein Freund ihm half, am nächsten Morgen den Geräteschuppen sauber zu schrubben, während Thalia noch unbemerkt, unvermisst, im Pool trieb.

Wie er all die Jahre seine Frau behandelte – ob er sich beherrschte, sie vielleicht nie schlug –, und doch der Mann blieb, der zu solcher Gewalt imstande war. Oder ob er sie schlug, vielleicht Schlimmeres tat. Ob er – unmöglich ist es nicht – ein vorbildliches Leben führte, als könnte er auf die Weise eine kosmische Schuld abbezahlen. Ob er vielleicht immer vor diesem Teenager und seinen Sünden davonlief.

Es gibt Dinge, die ich vermuten kann: Vielleicht trank er sich durchs College, um zu vergessen. Vielleicht rechtfertigte er, was passiert war, vor sich selbst – nicht, weil er fand, Thalia habe es verdient zu sterben, sondern weil er sich sagte, Omars Leben sei entbehrlicher als seins. Vielleicht überlegte er sich, wie weit er es schon gebracht hatte. Vielleicht dachte er, es würde seine Eltern umbringen, wenn sie es erführen, und wären nicht zwei weitere

Tode schlimmer? Vielleicht redete er sich ein, Omar, der mit Drogen dealte, würde ohnehin irgendwann ins Gefängnis kommen. Vielleicht gelang es ihm auch, Omar vollkommen zu vergessen.

Es gibt Dinge, die ich mir immer wieder vorstelle: Robbies Gesicht, wie es vor Wut rot anlief. Seine in der Dunkelheit stark geweiteten Pupillen. Das Knacken, als der Schädel brach. Den Ausdruck von Entsetzen und Verzweiflung auf ihrem Gesicht. Das Gewicht ihres Körpers, selbst eines so dünnen. Wie sie kurz das Bewusstsein wiedererlangte, als er sie ins Wasser warf. Wie ihr klar wurde, das war's, dies war der Moment, in dem die ganze Welt sie verließ.

Die wenigen Dinge, die ich weiß: Sie war ihm zugewandt, als er ihren Kopf nach hinten knallte, mehr als einmal; sie standen sich Auge in Auge gegenüber. (Ich sehe es vor mir, klarer, als ich mir je Omar derart außer sich vorstellen könnte, klarer als ich mir je Ihre Hände an ihrem Hals vorstellen könnte.) Sie hatte keine Zeit, sich zu wehren. Es gab einen Moment, in dem sie verstand, dass es diesmal anders war. Sie holte im Wasser noch ein paarmal Luft. Ob sie bei Bewusstsein war oder nicht, es dauerte lange, bis sie tot war.

Ich weiß, dass Robbie am nächsten Morgen zum Brunch kam. Am Wochenende darauf fuhr er beim Granbyer Sportturnier Ski. Alle sagten, wie gut er sich halte. Im Mai verbrachte er einige Zeit bei Rachel Popa. Er bekam den Senior Spirit Award für Kampf- und Gemeinschaftsgeist. Sein Notendurchschnitt war hervorragend.

31

Wieder im Calvin Inn, im leeren Wintergarten, sprang ich in den Pool und saß, solange ich konnte, am Grund. Das Wasser war belebend kalt.

Auf der Rückfahrt hatte ich Yahav geschrieben, ob er mich mal anrufen könne. Ich brauchte seinen rechtlichen Rat, und ich wollte alles loswerden, was Beth gesagt hatte. Wenn auch sonst nichts mehr zwischen uns war, ein guter Freund war er immer noch. Und es *war* sonst nichts mehr zwischen uns. Ich musste akzeptieren, dass die Menschen auf dieser Welt im Wesentlichen aneinander vorbei schlittern. Ich konnte ihn nicht zum Bleiben zwingen, konnte ihn nicht an den Schultern packen, konnte kein Atom jener besitzergreifenden Kraft zulassen, die Robbie dazu gebracht hatte, so brutal an Thalia festzuhalten.

Vom Grund des Pools aus war das einfacher zu sehen.

Das Licht drang in kompakten Strahlen ins Becken, machte das Wasser zu einer Kathedrale.

Ich wollte atmen, aber nicht an die Oberfläche aufsteigen. Ich wollte Wasser einatmen, entdecken, dass ich Kiemen hatte.

Ich hatte mir das Video von Jasmine Wildes Washington Square Park-Performance angeschaut, bei dem die Leute ihr die Dinge brachten, von denen sie lebte. Wenn niemand ihr Essen brachte, aß sie nichts. Wenn niemand ihr Wasser brachte, trank sie nichts. Einmal, dehydriert und dem Delirium nah, riss sie Grasbüschel aus, um darauf zu kauen. »Da ist Leben drin«, sagte sie zur Kamera oder zu dem, der sie hielt. »Die Wurzeln enthalten viel Wasser. Manchmal muss man sich bedienen.«

Ich hatte keine Ahnung, was das heißen sollte. War das nicht gerade das Problem, immer schon? Wir machten nichts anderes, als uns zu bedienen – beieinander, bei der Erde, bei uns selbst. Vielleicht wollte sie sagen, wir könnten es nicht ändern. Und jetzt musste ich mich bei Beth bedienen, was nicht fair war; und bei Robbie, dem es recht geschah.

Mein Selbsterhaltungstrieb setzte ein, und ohne es bewusst entschieden zu haben, tauchte ich auf und holte tief Luft, Sauerstoff für jede Zelle meines Körpers.

Mein Handy, am Beckenrand, zeigte eine Sprachnachricht von einer unbekannten Nummer an.

Ich trocknete mir einen Finger am Handtuch ab, um auf die Wiedergabetaste drücken zu können, und Beths leise Stimme erfüllte den Raum. Sie sagte: »Ich kann immer noch nicht glauben, dass du ganz nach Stowe gekommen bist.« Und dann redete sie weiter, aber ich hörte es von Anfang an in ihrer Stimme, hörte es ihrem Ton der erleichterten Resignation an: Sie würde es machen, sie würde mit Amy sprechen. Ihr war klar geworden, dass sie seit Jahrzehnten darauf wartete.

3 2

Ein ganzer Tag verstrich.
 Gegenüber von dem Café, wo ich mit meinem Laptop und Latte saß, in einer Straße, die schon seit Kopfsteinpflastertagen eine Straße war, gab es einen Softeisladen. Robbie und Jen Serenho waren unverkennbar, Robbie im dunkelblauen Anorak, Jen in ihrem kastanienbraunen Mantel, die Kinder auf und ab hüpfend wie Kaninchen.

Ich wartete auf Amy March, die – nach meiner lächerlich langen Sprachnachricht – den ganzen Tag bei Gericht Zeit geschunden hatte, indem sie zum Beispiel den zweiten Mann von der Staatspolizei wesentlich länger befragte, als es nötig gewesen wäre. (*Sie hat ihn praktisch nach seiner Schuhgröße gefragt*, schrieb Geoff. *So nach dem Motto: Lesen Sie uns bitte dieses ganze zehnseitige Dokument vor? Wort für Wort?*) Und ich wartete auf Beth. Beide sollten um halb fünf hier sein, sobald Amy bei Gericht fertig war. Es wäre nur der erste von vielen Dominosteinen, die nach und nach fallen würden. Anstatt zu warten und Beth erst in den Zeugenstand zu rufen, nachdem die Staatsanwaltschaft ihre Sicht der Dinge dargelegt hätte, könnten sie sich die bevorstehende OP von Beths Mann zunutze machen und den Richter ersuchen, sie außer der Reihe erneut anzuhören. Auf diese Weise hätte Amy die Möglichkeit, Robbie – auch wenn er schon wüsste, was auf ihn zukam – direkt zu Beths Aussage zu befragen.

Ich beobachtete, wie Robbie, auf der anderen Straßenseite, seine

Kleinste hochnahm, einmal im Kreis herumschwang, wieder absetzte.

Das Universum stand still. Ich fragte mich, ob ich abspringen könnte.

Hier war die Person, nach der ich all die Jahre gesucht hatte. Und ich konnte es nicht erwarten, sie zu vernichten. Eine Person, die das Leben geführt hatte, das Omar verdiente. Das Leben, das Thalia verdiente.

Hier war, außerdem, jemand mit kleinen Kindern, die ihn liebten, mit einer Frau, die ihn liebte. (Ich weiß, ich weiß. Ich weiß.)

Es waren die Kinder, an die ich dachte. Selbst wenn Robbie nie selbst der Prozess gemacht werden würde (die Chancen waren gering), selbst wenn er seinen Job behielt, selbst wenn seine Ehe überlebte – seine Kinder würden in einem überwältigenden Schatten aufwachsen.

Nicht wie meine Kinder, die irgendwann mitbekommen würden oder nicht, dass jemand ein Kunstwerk über ihren Vater gemacht hatte, die es ablehnen oder gutheißen, ihn anklagen oder verteidigen konnten.

Dies war Mord. Er hatte sie stranguliert und tätlich angegriffen. Er hatte ihr den Kopf eingeschlagen und sie ertrinken lassen. Es war ein Missbrauch von Privilegien, an dem die Welt sich ergötzen würde: ein Schüler eines Elite-Internats, ein Sportler und Star, ein Typus. Aus gutem Grund.

Um keine Missverständnisse aufkommen zu lassen – ich sage nicht: *So ein feiner junger Mann, zerstören wir ihm nicht die Zukunft.* Ich sage vielmehr, ich beobachtete ihn und wusste, ich beobachtete, unter anderem, einen Mörder. Und mich überlief der erwartete Schauer. Aber ich hatte nicht erwartet, mich selbst wie eine Mörderin zu fühlen, wie jemand, der die Hände ausstreckt, um etwas zu beenden.

Keine einzige Zelle seines Körpers war noch dieselbe, die sie 1995 gewesen war. Und dennoch war er noch derselbe, genau so wie ich, trotz allem, noch die Teenagerin von damals war. Ich war über sie hinausgewachsen wie Jahresringe um die Mitte eines Baums, aber sie war immer noch da.

Robbies Tochter hatte ein rosa Softeis, vielleicht Erdbeer. Ein Sohn hatte Schokolade, der andere Vanille. Robbie schwenkte das Mädchen hin und her: links, rechts, links rechts.

3 3

Ich hatte unrecht, was Sie betrifft, Mr. Bloch, und doch fühle ich mich nicht ganz im Unrecht.

Anders gesagt: Ich habe mich geirrt, aber ich lag nicht ganz falsch.

In der Orientierungswoche mussten wir ein peinliches Spiel spielen, bei dem jemand so tat, als wäre er oder sie ein Maschinenteil, und jemand anders kam dazu und machte eine andere Bewegung, ein anderes Geräusch, und dann noch jemand und noch jemand und noch jemand, bis wir alle eine große hormonale Maschine mitten auf dem Hockeyfeld waren.

Was ich sagen will: Sie waren ein Teil dieser Maschine, ein Arm, ein Bein. Sie saßen am Steuer des Fluchtwagens. Sie warfen Steine durchs Fenster, und jemand anders raffte den Schmuck zusammen. Sie lenkten die Sicherheitspolizisten ab, während die Spione flüchteten. Sie hielten die Frau fest, während jemand anders sie schlug. Sie trafen das Reh und verwundeten es; als der zweite Jäger dazukam, konnte das Reh nicht mehr weglaufen.

3 4

Dane Rubra blickt eine ganze Weile blinzelnd in die Kamera. Seine Augen sind gerötet, die Iris nach wie vor bernsteinfarben wie die eines Reptils.

»Sehr verehrte Damen und Herren«, sagt er, »und Anderen. Ich bin – ich weiß eigentlich gar nicht, was ich sagen soll. Wie Sie zweifellos gehört haben, gab es heute die Art von Paukenschlag, der diese ganze Anhörung beenden könnte.

Ich spreche am Abend des sechzehnten März, einem Mittwoch, aus meinem Hotelzimmer zu Ihnen. Folgendes wissen wir bisher. Heute konnte die Verteidigung ihre Zeugin Elizabeth Docherty erneut in den Zeugenstand rufen, die aussagte, Robbie Serenho sei vor 21:59 höchstwahrscheinlich nicht bei den Matratzen gewesen, und Thalia Keith habe ihr bei mehr als einer Gelegenheit anvertraut, dass Serenho sie tätlich angegriffen habe. Wozu ich nur sagen kann: Oooohh boy. Ich bin froh, dass mein Bauchgefühl, mein allererster Instinkt, richtig war. Wenn Sie sich fragen, wie Denny Bloch da reinpasst – und wenn Sie Folge 46 noch nicht gesehen haben, nehmen Sie sich bitte die Zeit –, sage ich Ihnen, was ich kürzlich dazu herausgefunden habe, ist *nicht* irrelevant. Robbie Serenho hat diese Tat begangen. Dennis Bloch lieferte ihm das Motiv. Ms. Docherty hat heute bei Gericht auch über Bloch gesprochen, und anscheinend wird die Verteidigung das im weiteren Verlauf verwenden. Dass Thalia mit ihrem Musiklehrer schlief, ist ein Vergehen, das für den jungen Mr. Serenho die Todesstrafe verdient.

Wir wissen also jetzt, dass Serenho Mittel, Motiv und Gelegenheit hatte. Das macht aus ihm einen möglichen Verdächtigen, einen *mehr* als möglichen Verdächtigen.«

Hier hält Dane inne, nimmt einen langen Schluck Wasser aus einem mit Fingerabdrücken verschmierten Glas.

»Serenho hat Anspruch darauf, sich rechtlich vertreten zu lassen, und wird das, logo, auch tun. Er ist morgen Vormittag an der Reihe, was unglaublich interessant sein dürfte. Ich habe Robbie Serenho hier in der Stadt mit seiner Familie gesehen. Zu dem Zeitpunkt war ich mehr an der neuen Information über Dennis Bloch interessiert; sonst wäre ich versucht gewesen, ihn zu konfrontieren. Einer der vielen Gründe, warum ich noch eine Zeitlang in Kern bleiben werde, ist die Möglichkeit, ihn irgendwo zu treffen, bevor er abreist.«

Dane beugt sich vor, um die Aufnahme zu stoppen, sodass seine Nase zu nah an der Kamera ist.

Geoff, der das Video am Mittwochabend mit mir gemeinsam schaute, hatte mich schon vorher auf den neusten Stand gebracht. Er hatte mir erzählt, dass Mike Stiles gleich nach Beths Aussage, also vor dem Kreuzverhör, aus dem Gerichtssaal geeilt war. Wahrscheinlich, um Robbie zu berichten, was passiert war.

Geoff sagte: »Du hast bekommen, was du wolltest. Ich meine – was Bloch betrifft, dass sein Name jetzt in den Akten steht. Das wolltest du doch immer noch, oder?«

Ja. Allerdings.

Ich sagte: »Ich will nicht, dass sie ihn töten. Ich will nicht –«

»Nein, ich weiß.«

»Es liegt jetzt nicht mehr in meiner Hand. Was sich gut anfühlt. Zumindest sollte es sich gut anfühlen.«

Geoff zog mich auf sich, strich mir über das Haar.

Zum Kontext sollte ich hier wohl erklären, dass Geoff und ich uns in meinem Bett befanden. Mehr möchte ich Ihnen nicht dazu sagen. Es geht Sie nichts an.

Geoff sagte: »Was die Serenhos wohl gerade machen?«

Ich konnte es mir nicht vorstellen. Alles, was ich wusste, war, dass Robbie Anwälte hatte, und wahrscheinlich hatten auch seine Anwälte welche. Er war schließlich gut vernetzt. Ein Granby-Absolvent.

3 5

Als ich im August 91 nach Granby kam, zeigte Severn Robeson mir die unveränderten Teile des Geländes. Er ging mit mir in die Cafeteria, die Alte Kapelle, die Neue Kapelle, die Bibliothek. Zu meiner entsetzlichen Verlegenheit nahm er mich auch mit ins Couchman, sein früheres Wohnheim. Sicher durfte ich dort doch gar nicht sein. Aber niemand schaute zweimal hin; vielleicht dachten sie, ich setzte nur meinen Bruder hier ab.

In den breiten hölzernen Fensterrahmen des Gemeinschaftsraums von Couchman hatten die Jungs sich verewigt – mit Initialen, Daten, Namen. Sichtlich erfreut fand Severn in der Ecke eines Rahmens die Initialen SDR. »Da bin ich!«, sagte er. »Ah, das tut gut. Als wäre ich nie weggegangen!«

Zu Hause in Indiana hatte ich eine Menge Graffiti gesehen, aber das war der Vandalismus der Gelangweilten, Verzweifelten, an einem grässlichen Ort Gefangenen, die bereit waren, ihn zu entweihen. Dies hingegen – dies war etwas Wunderschönes. Bleibende Markierungen, als hätte jemand einen Gipfel erklommen und wollte seine Spur hinterlassen, um zu sagen: *Ich war hier.*

Darüber denke ich sehr viel nach. Wenn mich jemand fragt, ob ich das Internatsleben mochte, kann ich meine Antwort, mein Urteil, nicht mehr auf die Menschen gründen, die ich dort kannte. Einst hätte ich vielleicht an Sie gedacht. Ich hätte an alle möglichen Leute gedacht, die nicht so waren, wie ich es einmal glaubte. Aber den Ort selbst kann ich immer noch mögen, einfach als einen Ort, mit all seinen Gerüchen und Echos und Einfallswinkeln des Lichts, seinen Flächen mit ihrer je eigenen, tief eingravierten Geschichte.

Wenn Mike Stiles in dem Moment, als er die Gedenktafeln sah, wusste, dass er nach Granby gehörte, empfand ich etwas Ähnliches im Gemeinschaftsraum von Couchman. Es hatte nichts mit Schicksal zu tun – nur damit, dass es ein Ort war, wo man eine kleine Ecke für sich beanspruchen konnte, ein Ort, wo ich nach vier Jahren würde sagen können: Ich war Teil von etwas. Irgendwo auf dem Campus würde ich einen Ort finden, wo ich etwas von mir hinterlassen könnte.

Ich war hier.
Ich war hier.

3 6

Alder, Britt und Geoff schilderten mir alle unabhängig voneinander die bizarre Szene, die am Donnerstagvormittag abgelaufen war, demselben Vormittag, an dem ich im Bett gelegen und auf den Fernsehbildschirm gestarrt hatte, wo CNN von globalen Katastrophen berichtete, die den ganzen Bundesstaat New Hampshire mikroskopisch klein erscheinen ließen.

Robbie war mit blassem, geschwollenem Gesicht in den Zeugenstand getreten, sein Anwalt direkt hinter ihm – »wie ein Puppenspieler«, sagte Geoff. Britt sagte: »Mir war nicht klar, dass das geht. Der Mann hat ihm quasi *eingeflüstert*, was er sagen soll.«

Robbie hatte offenbar nach jeder Frage zu seinem Anwalt geschaut, selbst als es darum ging, wann er in Granby zur Schule gegangen war und ob er Thalia gekannt hatte. Dann nickte der Anwalt, und Robbie antwortete. Als Amy ihn fragte, ob seine Beziehung zu Thalia sexueller Natur gewesen sei, schüttelte der Anwalt den Kopf, und Robbie sagte: »Ich berufe mich auf mein Aussageverweigerungsrecht nach dem 5. Zusatzartikel der Verfassung.« Und dann immer das Gleiche, wieder und wieder, bei jeder nachfolgenden Frage.

Im Kreuzverhör fragte der Staatsanwalt ihn nur: »Waren Sie für den Tod von Thalia Keith verantwortlich?«, worauf Robbie laut und nachdrücklich mit »Nein« antwortete.

Geoff sagte: »Der Scheißkerl wird ungestraft davonkommen.

Selbst wenn Omar entlastet würde, werden sie Serenho niemals strafrechtlich verfolgen. Kann ich mir nicht vorstellen.«

Yahav, am Telefon, sagte das Gleiche. »Es liegt nichts Verwertbares gegen ihn vor.«

Ich sagte: »Aber gegen Omar lag auch nichts vor.«

»Ja. Tja.«

37

Ein Mann entging seiner Strafe, weil er ganz schnell die einzige Zeugin heiratete; sie konnte nicht gezwungen werden, gegen ihren eigenen Ehemann auszusagen. Sie war die Mutter des Opfers.

Ein Mann wurde wegen einer Formalität laufen gelassen (ein Fehler in den Unterlagen) und tauchte zum Entsetzen der Familie der jungen Frau, die er erwürgt hatte, bei der Trauerfeier auf.

Ein Junge wurde trotz fahrlässiger Tötung seines Vaters, den er von einer Restaurantterrasse gestoßen hatte, nicht verurteilt – weil das System in seinem Fall so funktionierte, wie es bei jedem funktionieren sollte. Als man ihn zur Vernehmung vorlud, gab man ihm eine Decke und eine heiße Schokolade. Die Polizei verstand, dass er ein Kind war.

Ein Mann ging straffrei aus, weil die Ermordung fünf Schwarzer Transfrauen, die innerhalb eines Jahres tot im selben Park aufgefunden worden waren, ein Zufall gewesen sein musste, ein Zeichen, dass dies ein zwielichtiger Park war. Es wurde noch nicht einmal nach ihm gefahndet.

In den Neunzigern gab es einen Fall, in dem der Staat keine Anklage gegen den Freund der Familie erhob, dessen Samen im Mund, in der Vagina und im Anus der ermordeten Elfjährigen gefunden worden war. Der Staatsanwalt war nicht der Meinung, dass es genügend Beweise gegen ihn gab. Das Mädchen konnte ja auf einem Bett gesessen haben, wo er zuvor masturbiert hatte, und dort Popcorn gegessen und so seinen Samen in den Mund bekommen haben. »Auf die Weise ziehen wir uns auch Erkältungen zu«, sagte der Mann. »Wir berühren etwas, wir berühren unser Gesicht. Und dann geht ein kleines Mädchen auf die Toilette, und was tut sie? Sie wischt sich ab, von vorne nach hinten, so.« Und live im Fernsehen hockte er sich in irgendeinem Marmorflur des Gerichts hin und fuhr sich mit der Hand zwischen seinen anzugbehosten Beinen hindurch.

38

Die Verteidigung schloss die Beweisführung ab, nachdem sie Robbie vernommen hatte, und die Staatsanwaltschaft brachte keine neuen Zeugen oder Zeuginnen mehr. Am Tag darauf trugen beide Seiten ihre Argumente vor, wobei die Staatsanwaltschaft erneut behauptete, ich hätte Leute beeinflusst, hätte diesmal Beth manipuliert. Die Schlussplädoyers hätte ich mir im Gerichtssaal anhören dürfen, aber Amy hielt das für keine gute Idee; sie sagte, ich solle besser nach Hause fliegen, und so endete das Ganze, als ich irgendwo über den Rockies in der Luft war. Nach der Landung hörte ich eine Sprachnachricht von Amy ab, in der sie mir mitteilte, sie glaube, es sei sehr gut gelaufen. Nun müsse der Richter »mit sich selbst zurate gehen«, und in einem bis sechs Monaten würden wir wohl hören, ob er beschlossen habe, das ursprüngliche Urteil aufzuheben.

Zu Hause fand ich eine E-Mail von einer jungen Frau aus Salem, Oregon, vor. Sie kannten sie, als sie Schülerin in Providence war. Paula Gutierrez; bei dem Namen klingelt es sicher bei Ihnen. Sie wollte Beth Docherty eine Nachricht übermitteln, um ihr dafür zu danken, was sie im Zeugenstand über Sie gesagt hatte. *Es klang alles so unheimlich vertraut*, schrieb sie Beth. *So als sprächen Sie von meinem Leben.*

Eine Woche später leitete Dane Rubra mir eine E-Mail von Allison Mayfield weiter, die auf die Schule gegangen war, an der Sie direkt vor Granby unterrichtet hatten. Erinnern Sie sich an sie?

Die, die in der Elften von der Schule abging, nachdem sie sich mit einer Nagelschere die Pulsadern aufgeschlitzt hatte?

Und Zoe Ellis? Sie glaubte wirklich, Sie beide seien ineinander verliebt. Sie hatte nicht wieder darüber nachgedacht, bis eine Freundin ihr von der Anhörung schrieb. Gott segne Zoe, sie war bereit, an die Öffentlichkeit zu gehen und über alles zu schreiben.

Und Annie Mintz?

Haben Sie noch einen Job? Haben Sie noch eine Familie?

Online ist das schwer auszumachen.

39

Im April flog ich wieder an die Ostküste, um Geoff zu sehen. Wir verbrachten eine Woche zusammen in New York – wir lagen im Bett herum, ich arbeitete an dem Buch, wir bestellten uns Essen –, und wir planten seinen Besuch bei mir in L. A. im Sommer. Ich war sehr glücklich darüber. Ich bin es immer noch.

Fran sagte ich nur, ich sei in New York, um für mein Buch zu recherchieren. Ich wartete noch auf den richtigen Moment, es ihr zu erzählen, den richtigen Moment, sie aufschreien zu hören: »Darauf warte ich seit *dreißig Jahren!*«

Von New York aus nahm ich den Amtrak nach Manchester, wo Fran mich abholte; ich würde zwei Tage und Nächte bei ihr in Granby verbringen. Wir hatten etwas Wichtiges zu erledigen, etwas, wovon ich Ihnen jetzt noch nicht erzählen möchte. Am nächsten Tag würden wir zur Matinee des Schulmusicals gehen, des Musicals, das der Shirley-Jackson-Fan mir so ans Herz gelegt hatte.

Am Spätnachmittag des ersten Tages gingen Fran und ich mit ihrem Golden Retriever um das Lacrossefeld, als mein Handy summte – drei Nachrichten hintereinander, von Britt, Yahav und Alder: *Schlechte Nachrichten* und *Antrag auf Wiederaufnahme des Verfahrens abgelehnt* und *Fuuucckckck*.

Mir stockte der Atem, mehr vor Ungläubigkeit als vor Entsetzen. War es dafür nicht zu früh? Die Anhörung war kaum einen Monat her. Dies war sicher ein Irrtum, irgendein kleines rechtliches Versehen, das ich nicht verstand. Aber es war real.

Yahav schrieb weiter: *Er kann in Berufung gehen, aber das ist noch weniger aussichtsreich. Es tut mir so leid, Bodie. Ich hoffe, ich habe dir keine falsche Zuversicht gegeben. Genau das wollte ich vermeiden. Diese Sachen kommen nie durch. Sie sind so angelegt.*

Mit zitternder Hand zeigte ich Fran mein Handy. Boris sprang hoch, um daran zu schnuppern, an diesem Ding, das uns beide so sehr interessierte.

Fran fragte mich, ob ich allein sein wolle. Ich antwortete nicht, folgte ihr nur benommen nach Hause.

Ich überlegte, wie lange es dauern würde, bis Omar davon erfuhr. Vielleicht wusste er es noch nicht. Ich wünschte ihm eine letzte Nacht der Hoffnung.

In der Dunkelheit von Frans Gästezimmer schaute ich das Video, das Dane Rubra gerade ins Netz gestellt hatte. Ich hatte ihn inzwischen merkwürdig gern. Zumindest konnte ich ihn all die Gefühle für mich empfinden lassen.

Dane sagte: »Im Grunde ist es kein Schock, nein. Das Beweismaterial entlastete Omar letztlich nicht. Man kann glauben, dass Robbie Serenho Thalia jeden Tag grün und blau schlug und verspätet im Wald auftauchte und trotzdem weiterhin der Meinung sein, Omar habe sie umgebracht. Man läge damit falsch, aber bitte.«

»Sie wissen, was zu tun ist«, fuhr er fort, »Sie alle in dieser unglaublichen Community, die wir aufgebaut haben. Brandneue Beweise könnten immer noch zum Gamechanger werden, und wir wissen, dass da noch mehr zu finden ist. Die Staatsanwaltschaft wird zwangsläufig auf stur schalten und niemals zugeben, dass sie sich geirrt haben. Meine starke Vermutung ist, dass sie sich mit Thalias Familie beraten. Und die Keiths waren von Anfang an felsenfest von Omars Schuld überzeugt. Wenn Sie das Video vom Statement der Familie gesehen haben, das Myron Keith heute vor ihrem Haus abgegeben hat, dann wissen Sie, was ich meine. Diese

Leute werden sich keinen Zentimeter bewegen. Aber wir – jeder, der dies sieht, diese ganze Armee, die wir jetzt haben – wir werden *Berge* versetzen.«

Ich fühlte mich von seiner kleinen Rede merkwürdig aufgerüttelt. Das, und ich spürte Wut in mir aufbranden. Oder besser gesagt, die längst vorhandene Wut in mir schlug tsunamihohe Wellen.

Ich dachte an den Moment, in dem Omar hiervon erfahren würde; und an alles, was wir getan hatten, alles, was Beth sich zugemutet hatte; und dann dachte ich an die Leute da draußen – Sie, Mike, Dorian, von Robbie ganz zu schweigen –, die das, was sie wussten, einfach für sich behielten.

Ich dachte, wenn ich nichts zu verlieren hätte, würde ich persönlich zu Ihnen gehen. Und wenn ich Sie nicht zum Reden bringen könnte, würde ich selbst das Reden übernehmen.

Ich dachte: Was *habe* ich eigentlich zu verlieren? Alles Wesentliche wird bleiben: meine Kinder, Geoff, das Buch, in das ich mich mit jedem Moment der Recherche tiefer versenke.

Und vielleicht sind Sie das fehlende Puzzleteil. Sie, Robbies Motiv. Sie, die über sehr viele Dinge sehr viel wussten und nie etwas sagten. Sie, die von der ersten Reihe aus zuschauten und sahen, was schieflief. Sie, die ein großer Teil dessen *waren*, was schieflief.

Vielleicht hole ich mir Sie. Vielleicht wollte ich mir Sie schon die ganze Zeit holen.

4 0

Das war ihr Flipflop neben dem Kleinbus.

Das war ihr Kamm in der Schlucht.

Das war ihre Karte in dem Geldautomaten in Kansas, aber die Person auf dem Überwachungsvideo war sie nicht.

Manche hinterlassen natürlich mehr als andere; manche hinterlassen Fußabdrücke und Videos und Jahrbucheinträge; manche hinterlassen kaum eine Spur.

Das war ihre Schrift in dem Logbuch.

Das war ihr Handy, das von der Fußgängerbrücke geworfen wurde.

Das war ihr Blut im Badezimmer.

Das war ihr Haar auf dem Dachboden.

Wir haben Glück, wenn wir so viel finden.

Das war ihre Wäsche, noch im Trockner.

Das war ihr Körper, aber sie ist längst tot.

41

Das Musical war *Into the Woods*, ein Stück, das wir damals nie hätten auf die Bühne bringen können: komplexe Orchestrierung, Jungs, die tatsächlich singen konnten, ein Budget für mechanisierte Bäume. Die Choreografie übertraf die Grapevines und Boxsteps, unser komplettes Repertoire an Tanzschritten, bei weitem. Es gab eine Cinderella aus Nigeria und eine Hexe aus Shenzhen und einen Großen Bösen Wolf, der, wie Fran mir zuflüsterte, nach der Schule Musicaltheater am Berklee College in Boston studieren wollte.

Es war eine lohnende Ablenkung.

Ich war schon immer am glücklichsten, wenn ich irgendwo im Dunkeln sitzen, mein eigenes Leben abschalten und mir eine Geschichte anschauen konnte.

In der Pause sprach ich mit dem Paar, das neben mir saß, Pensionären aus Petersborough, die sagten, sie hätten keine einzige Granby-Show verpasst. »Dieses Musical haben wir in den Neunzigern am Broadway gesehen«, sagte die Frau, »und ich schwöre Ihnen, das hier ist genauso gut.«

Als die Lichter wieder ausgingen, sagte ich leise zu Fran: »Heute würde man mich in Granby wohl eher nicht mehr aufnehmen, oder?«

»Wahrscheinlich nicht«, sagte sie. »Nichts für ungut.«

Natürlich wären wir anders, wenn wir heute aufwachsen würden. Wir wären immer noch ahnungslos, immer noch naiv. Wir wären gestresster. Vielleicht hätten wir Geschwüre. Aber womöglich hätten wir uns weniger bieten lassen. Und das wäre ja schon etwas.

Die Schülerinnen und Schüler sangen und spielten sich das Herz aus dem Leib; was konnte man mit all den geballten Emotionen der Jugend auch Besseres tun?

Ich erinnerte mich, von einem Mann gehört zu haben, der nach dreiundvierzig Jahren im Todestrakt entlassen wurde und sagte, das Beste am Leben in Freiheit sei, unter einer Dusche, deren Temperatur er selbst regeln könne, zu singen. »Ich kann unter kochend heißem Wasser Opern singen, wenn ich will.«

Ein Mann wurde nach vierzig Jahren entlassen und kam im Rollstuhl herausgerollt. In den Nachrichten sagte er: »Über die verlorene Zeit kann ich nicht nachdenken, denn Sie werden's nicht glauben, aber die Zeit läuft nicht rückwärts. Ich habe nur das, was vor mir liegt, genau wie Sie.« Er wurde ins Baseball-Stadion Camden Yards eingeladen und aus dem Rollstuhl gehoben, damit er das Gras unter seinen Füßen spüren konnte.

Nach der Show ging ich mit zu Fran und Anne, um ein Nachmittagsbier zu trinken, aus dem dann drei wurden.

Fran zeigte mir im Internet das Video vom selben Vormittag: Amy March vor dem Staatsgefängnis, erschöpft, aber mit entschlossenem Blick. Sie sagte: »Der Sieg, den wir errungen haben, besteht darin, dass Omar jetzt weiß, wie viele Menschen es gibt, die ihm glauben. Er hat mir gesagt, er sei dankbar dafür – für die wachsende Zahl von Menschen, die verstanden haben, dass er unschuldig ist, und die weiterhin für seine Freiheit kämpfen werden. Er ist bereit für den vor uns liegenden Kampf. Vergessen Sie nicht, dass er Sportler ist; er weiß, was Durchhaltevermögen heißt.«

Fran massierte mir die Schultern, während ich das Video schaute. Sie sagte: »Also machen wir alles nochmal, oder?«

Es war dumm von mir gewesen, Omar ein paar Stunden Hoffnung mehr zu wünschen, aber wovon sonst hatte er die ganze

Zeit gelebt, wenn nicht von Hoffnung in ihrer reinsten, unverfälschtesten Form? Gemessen an ihm wusste ich nichts über Hoffnung.

Die Jungs wollten mir ihren Ninja-Parcours im Garten zeigen, und dank des Biers kriegten sie mich dazu, die Seilrutsche auszuprobieren.

Ich beschloss, spazieren zu gehen, um meinen Schwips loszuwerden, bevor Fran und ich tun würden, was wir tun mussten. Dafür wollte ich nüchtern sein.

Ich hatte kein besonderes Bedürfnis, über das ganze Internatsgelände zu laufen; von meinem 2018er-Aufenthalt war mir alles noch frisch im Gedächtnis. Also ging ich über die Nordbrücke und zurück über die Mittelbrücke und schließlich zur Südbrücke, wo ich eine Pause einlegte, mich hinsetzte und die Beine über den Rand baumeln ließ. Die Äste entfalteten gerade erst ihre weichsten, kleinsten Blätter, hellgelbgrün, aber der Waldboden unter mir war schon üppig und dicht bewachsen – Moos und Triebe und Kriechpflanzen, ein paar Veilchen und Schlüsselblumen –, und im kleinen Bach am Grund der Schlucht plätscherte munter das Wasser, wahrscheinlich von der Schneeschmelze in den Bergen.

Ich dachte an Carlotta. Wer weiß, ob Sie sich überhaupt an sie erinnern. Vielleicht als ein Mädchen, das für Ihre Annäherungsversuche zu kratzbürstig war. Oder sie war eine unerhebliche Geräuschkulisse für Ihre Obsessionen. So oder so: Mir bedeutete sie alles.

Was ich Ihnen noch nicht erzählt habe, was ich selbst noch nicht ganz begriffen hatte, ist, dass ich nach Granby gekommen war, weil Fran und ich später am Abend ein Achtel von Carlottas Asche in den Tigerwhip streuen wollten. Carlotta hätte das gutgeheißen. Sie liebte diesen Ort.

Auf der Brücke sagte ich mir noch einmal, dass es wirklich geschehen war, dass wir sie wirklich vor drei Wochen verloren hatten. Ich schaffte es nicht, an ihre Kinder zu denken, noch nicht, aber ich konnte sie mir hier bei mir vorstellen, frei, sich aufzuhalten, wo immer sie wollte. Sie war fünfundvierzig gewesen. Jetzt war auch sie wieder siebzehn. Nicht auf so furchtbare Art, wie Thalia für immer siebzehn sein würde; an Thalia mit siebzehn zu denken, hieß, an eine junge Frau am steilsten Abgrund zu denken. Sich Carlotta als junge Frau vorzustellen, hieß, sie hoch durch den Himmel fliegen zu sehen, eine, die alles noch vor sich hatte. Die mehr im Werden weiterlebte als in den Nachwirkungen einer Tragödie.

Ich dachte daran, wie Carlotta und Fran im Frühling der elften Klasse, um mich zu überraschen, nach Kent gefahren waren, wo wir auf dem Housatonic ruderten. Als wir vorbeikamen, jubelte Fran und skandierte meinen Namen; Carlotta drehte sich um und zeigte mir den blanken Hintern. Ich lachte und kam beinahe aus dem Rhythmus, aber ich liebte sie dafür.

Was mir da erst wieder einfiel: Am selben Tag, vielleicht auch an einem anderen, tauchte Omar, der mitgereist war, um unsere Gelenke zu kühlen und zu tapen, plötzlich am Ufer auf und joggte am letzten Flussabschnitt neben uns her. Das Wasser war wahnsinnig aufgewühlt, und zwei unserer Zwölftklässlerinnen hatten die Grippe, also saß eine völlig verängstigte Zehntklässlerin zum ersten Mal ganz vorne. Wir waren noch nie so schlecht gerudert, lagen hoffnungslos weit zurück, aber Omar beschloss, dass wir gegen *ihn* ruderten. Sobald wir an ihm vorbeigezogen waren, sprintete er hinter uns her; und obwohl wir so langsam waren, dass er uns wahrscheinlich leicht hätte einholen können, tat er es nie ganz – bremste immer wieder ab und gab vor, aus der Puste zu sein, wenn unser Kampf gegen das unbarmherzige Wasser besonders schwer war. Fünf Meter vor der Ziellinie beugte er sich vor, als könnte er keinen einzigen Schritt mehr tun – das Ganze eine alberne kleine Gefälligkeit.

Warum ich mich in dem Moment, trotz der bleiernen Traurigkeit des vergangenen und dieses Tages, so ungeheuer leicht fühlte – bereit, auf und davon zu schweben –, weiß ich nicht genau. Ich hatte drei Bier getrunken, wie gesagt.

Diese Pflanzen dort unten, die Frühankömmlinge, hatten Glück. Diejenigen, die in einer stickigen Sommerschlucht später sprossen, würden um Sonne und Platz kämpfen müssen. Viele würden es schaffen. Alles Grüne ist etwas, was überlebt hat.

Von dort, wo ich saß, konnte ich den Unteren Campus sehen und hörte die Schreie einer Gruppe Jugendlicher, die auf dem Weg über den Hof miteinander rangelten.

Inzwischen hatte ich die Namen der meisten Pflanzen vergessen, aber damals in Dana Ramos' Unterricht kannte ich sie alle. Ich hatte nur vier Jahre in New England gelebt, und doch hatte ich hier mehr von meiner Umgebung wahrgenommen, mehr über sie gelernt als jemals in Indiana oder später in L. A., wo in meiner Straße unentwegt etwas Neues, unfassbar Farbenprächtiges blüht. Ein paar von den standhaften Bäumen und vergänglichen Blumen New Hampshires könnte ich Ihnen noch nennen: bemaltes Trillium, kanadischer Hartriegel, Hemlocktannen, schmalblättrige Lorbeerrose, nördliche weiße Zeder, Blutwurz.

Unter mir und über mir und in den Wäldern, die sich dicht und endlos in alle Richtungen erstreckten, machten ihre Blätter Zucker aus nichts als Licht.

Danksagungen

Zunächst eine biografische Anmerkung: Ich wohne seit einundzwanzig Jahren auf dem Gelände desselben Internats, das ich als Tagesschülerin in den 1990ern besucht habe. (Für die Neugierigen: Ich habe meinen Mann im Studium kennengelernt und ihn mit nach Chicago geschleppt, wo er sich um Dozentenjobs bewarb; der, den er bekam, war an meiner Alma Mater. Es war nur in den ersten paar Monaten seltsam. Nein, ich bin keine Wohnheimmutter und ich unterrichte auch nicht dort. Aber ich wohne in einem Wohnheim-Apartment.)

Für alle, die dieses Internat kennen, sollte offensichtlich sein, dass Granby ganz anders ist. Es sollte auch allen, die mich als Schülerin kannten, klar sein, dass Bodie nicht mir nachempfunden ist, und ich hoffe, es ist genauso offensichtlich, dass niemand in dem Buch eine oder einer von euch ist. Sollte ich mich hinsichtlich meiner Figuren so weit verbogen haben, dass sich versehentlich doch irgendwelche Ähnlichkeiten mit irgendwelchen Personen, die ich jetzt kenne oder damals kannte, ergeben haben, so ist es keinesfalls Absicht. (Eine Ausnahme: In meiner Klasse gab es tatsächlich eine Unterwäschediebin.) Wenn ich ein Buch über reale Personen schreiben wollte, das wisst ihr alle, hätte ich eine Wahnsinnsgeschichte zu erzählen, aber es wäre nicht diese.

Mein allergrößter Dank geht an Stephanie Hausman, eine brillante und leidenschaftliche Pflichtverteidigerin im Staat New Hampshire, die die rechtlichen Teile des Buches kurskorrigiert und feingeschliffen, mir viel über den Strafvollzug New Hampshires beigebracht und mir generell mit ihrer genauen Lektüre sehr geholfen hat.

Außerdem danke ich: Paul Holes, der mir tapfer mit Luminol und Blutspritzern half. Liz Silver, die mir ganz am Anfang einige rechtliche Fragen beantwortete. Becky Findlay und Suzy Vaughn, die bei den Ruderpassagen halfen. Dr. Ciprian Gheorghe, der sich in der Notfallmedizin auskannte. Eventuelle Fehler auf diesen Feldern gehen allein auf mein Konto.

Jordyn Kimelheim erfand den Namen *Starlet Fever*. Meine Kinder gaben den Dragons ihren Namen und wählten deren Farben. Lacy Crawfords brillantes Memoir *Notes on a Silencing* (bitte lesen!) gab mir Aufschluss über geheime institutionelle Absprachen. Während ich schrieb, arbeitete meine Studentin Rosemary Harp ebenfalls an einem Campus-Roman (einem großartigen), der mich an die Magie eines geliebten Ortes in den Wäldern erinnerte. Der Dichter Kaveh Akbar hielt eine Vorlesung, die mich indirekt auf die Bilder brachte, mit denen das Buch schließt. Der Schriftsteller Omer Friedlander half mir aus einer Hebräisch-Notlage.

Ich bin den zwei Dutzend Menschen dankbar, die den Figuren in diesem Buch ihren Namen gaben – was ich vor ein paar Jahren angeboten hatte, im Tausch gegen die Unterstützung eines unabhängigen Buchladens. Sie sollten alle Nebenfiguren werden, aber manche von ihnen wurden auf unerwartete Art und Weise lebendig, und ich hoffe, niemand ist erschrocken von dem Ergebnis. Namen besitzen für mich Magie, und diese haben mich auf überraschende Art inspiriert.

Dieses Buch wurde in der Ragdale Foundation begonnen – und später, als COVID weitere solche Schreibaufenthalte unmöglich machte, war ich dankbar für die Großzügigkeit von Barbara Nagel, Catherine Cooper und Marshall Greenwald, Catherine Merritt und Jack Wuest sowie Lika Lopez de Victoria, die mich ihre Häuser hüten und meine Retreats dorthin verlegen ließen.

Rachel DeWoskin, Gina Frangello, Thea Goodman, Dika Lam, Emily Grey Tedrowe, Zoe Zolbrod, Charles Finch und Eli Finkel waren fantastische frühe Leserinnen und Leser. Jon Freeman ist nicht mehr mein erster Leser, aber immer noch mein letzter, und dazu meine emotionale Stütze.

Meine Studierenden und Kolleginnen und Kollegen am Story-Studio Chicago, an der Northwestern University und an der Sierra Nevada University waren mir Unterstützung und Inspiration, insbesondere, als die Welt auseinanderfiel.

Ein Stipendium des Illinois Artists Fund hat mir im letzten Schreibjahr große Dienste geleistet.

Allergrößter Dank an meine zwei Lektorinnen dieses Buches, Lindsey Schwoeri und Andrea Schultz, für ihre Doppeltritte in den Hintern und den Doppelsupport sowie dafür, dass sie unter ungewöhnlichen Umständen redigiert haben – und an das ganze Schiff voller Wikinger: Brian Tart, Rebecca Marsh, Lindsay Prevette, Kate Stark, Allie Merola, Sheila Moody, Katie Hurley, Maddie Rohlin, Lucia Bernard, Elizabeth Yaffe, Christine Choi, Mary Stone und Sara Leonard. Clarence Haynes hat das Buch auf Authentizität hin gelesen, was großartig und sehr hilfreich war. Tonnenweise Dank an Nicole Aragi, Maya Solovej und Kelsey Day. Mein Assistent Keaton Kustler hat dafür gesorgt, dass mein Kopf noch dran ist.

Im Lauf der vergangenen paar merkwürdigen Jahre habe ich mehr denn je die Unterstützung unabhängiger Buchläden gespürt. Wenn Sie dies lesen, bitte kaufen Sie sich in einem davon ein Geschenk. Sie haben es verdient.

Chicago, 1985: Yale ist ein junger Kunstexperte, der mit Feuereifer nach Neuerwerbungen für seine Galerie sucht. Gerade ist er einer Gemäldesammlung auf der Spur, die seiner Karriere den entscheidenden Schub verleihen könnte. Er ahnt nicht, dass ein Virus, das gerade in Chicagos Boystown zu wüten begonnen hat, einen nach dem anderen seiner Freunde in den Abgrund reißen wird.

Paris, 2015: Fiona spürt ihrer Tochter nach, die sich offenbar nicht finden lassen will. Die Suche nach ihr gestaltet sich ebenso zu einer Reise in die eigene Vergangenheit, denn in Paris trifft sie auf alte Freunde aus Chicago, die sie an das Gefühlschaos der Achtzigerjahre erinnern und sie mit einem großen Schmerz von damals konfrontieren.

»Ein großer, unter die Haut gehender Roman.«
DER SPIEGEL

VERLAG